U0115592

图样先森

著

你是不是想赖账

—完结篇—

Winter Agreement

湖南文艺出版社
HUNAN LITERATURE AND ART PUBLISHING HOUSE

博集天卷
CS-BOOKY

爱很冲动,
爱一个人是完全感性且主动的行为,
但真正的爱情一定是平等的。

———— ／ ◆ ＼ ————

Winter Agreement

她想和温衍结婚。想和他一起迎接所谓爱情的终点。

而且她想看他是不是真的会高兴得昏过去。

你是不是想赖账

Winter Agreement

Contents

目录

你是不是想赖账

Winter Agreement

你是不是
想赖账

Winter Agreement

图样先森 著

第 1 章

酒会现场

这话一出，盛柠听懂了温衍的暗示，本来就恼怒的表情顿时更甚几分。

她上回已经被他用激将法气过，稀里糊涂把自己的初吻给搞没了，本来就已经悔恨难当，那段时间和温衍说话甚至都不敢看他的脸，因为一看他的脸就会自动把目光挪到他的嘴上。

"温衍你有病吧。"盛柠直呼他的大名，"你还好意思说我只要给钱跟谁都行，你自己又有多清高？"

男人一怔，而后张唇想说什么，可还没来得及说出口，掐住她下巴的手已经被她狠狠甩开。

她眼神犀利，一字一句地质问道："你这样跟刚刚那个声称我只要给够了钱连睡觉都肯陪的垃圾男人有什么区别？我承认我是贪你的小便宜，你讨厌我，看不惯我，这些我都认，我本来也没想讨你喜欢，但你是我的老板，你给我发工资，我就有义务让你开心。我为了赚你这笔导游费，准备了好几页的文档，生怕你有一丁点的不满意。"

盛柠咬了咬唇，轻声说道："我真的是在认真赚钱，你有什么工作可以直接吩咐我，为什么要对我提这种要求？你平时会对其他下属提这种要求吗？"

温衍一言不发，在听到她的话后，眼中满是伴随着心中情绪起伏而晃动不定的光芒。

他很明白自己在用什么钓着她，她也确实上钩了。

而上钩的鱼却比扔饵的渔夫更聪明，她对想要的饵咬得牢牢的，其余的诱惑竟然一眼都不看，从头到尾没有掺杂过一点私心在里面。

温衍这两次无理而霸道的要求都在挑战他以往面对女人时该保持的距离和教

养。上一次她跟着他一块儿冲动，那冲动的后劲实在太强，他到现在都没能忘掉，嘴角的伤口早已经长好，当时的触感却仍留存在记忆当中。

自从认识她之后，他总会没来由地烦躁，还易怒，像木偶似的被她牵动着每一丝细微的情绪，理性的思考和身体上的行为完全走向了两个极端。

最令人难堪的是，心意还没说出口，就被眼前这个什么也不懂的傻子给拒绝了。

电梯先到了盛柠所住的楼层。

盛柠已经冷静下来，心想刚刚那番虽然是从心而说但非常得罪他的话会不会让自己直接在此刻失业。

"你回房吧。"温衍说。

两个人之间的观念相去甚远，一言不合就意见相悖，彼此都觉得对方不识好歹，是对方冒犯了自己的心意。

哪怕温衍已经在刻意收起姿态，可有时候本能流露出的那副居高临下的傲慢之态，还是会让盛柠觉得自己被轻视。

随着他突然放轻的语调，这场荒唐的争论彻底落幕。

"好。"盛柠犹豫片刻，还是敬业地说，"明天我会起早一点，送温总去机场。"

"不用。"温衍淡淡拒绝，"从明天开始好好过完你的假期，放完假后准时来上班。"

她没失业，但心中的讶异却不比没有失业的庆幸之情少。

盛柠喃喃道："可是我刚刚骂了你……"

他失忆了？

"骂就骂吧。"温衍自嘲地扯了扯唇，"我也确实是有病。"

没什么不好承认的，自己在讨厌她又对她抱有浓厚偏见的同时，依旧不可抑制地一头深陷了进去。

因为阶级差距而蔑视她，却又违背了阶级差距在爱她。

这本来就是疯了。

反正所有的情绪都在身体内纠缠，最后变成了没有底线的妥协。

盛柠不敢相信自己有生之年竟然能从温衍的口中听到这种承认自己有病的话。

电梯门关上，盛柠才狠狠舒了口气。

她捂着胸口，不敢置信在刚刚跟温衍的对话中，比起恼怒，更多的是不知所措。

他那样的人，轻视她的同时又在怠慢她，可还是让她的心跳一阵阵地急促起来。

温衍说不用送，盛柠就真没去送，一觉睡到了日上三竿。

自然醒之后盛柠下意识去找手机，查了航班信息，估计这会儿飞机已经平安降落在燕城机场。出于礼貌和问候，她给温衍发去信息，问他平安到达没有。

温衍的回答一如既往地简单："平安。"

那看来飞机没失事。

盛柠将手机丢到一边，展开双臂狠狠地伸了个懒腰，然后继续在床上瘫着。

当临时导游的那几天给她累够呛，终于可以好好休息了。

盛柠仰躺在床上，跷着二郎腿发了会儿轻松惬意的呆，宽松的裤脚因为抬腿的动作顺着重心往膝盖上滑，露出了还没消退的瘀青痕迹。

虽然看着还是有点严重，但已经完全不疼了。

看着这个瘀青，盛柠又想到那个此时已经回到燕城的上司。又想起他用冷毛巾帮她冰敷伤口的时候半蹲在她面前的样子，以及他那只修长骨感的手搭在她膝盖上，被这一片瘀青衬得更加白皙，就连手背突出的关节和青筋都让人难忘。

如果她不是学外语而是学美术的，估计已经把这只手给画了下来。

她用力捶了捶膝盖，直到又自虐般地捶疼了自己，本能的痛楚才好不容易盖过自己因为无事可做而产生的某些胡思乱想，最后蒙上被子，又睡了过去。

就这样在酒店瘫到初七，盛柠和盛诗檬一起返回了燕城。

盛诗檬在飞机上问她："这几天给温总当导游感觉怎么样？"

盛柠不想多说，只是敷衍道："还可以。"

"我发现你和温总——"盛诗檬不想这样猜测，可又觉得实在蹊跷，"你不觉得你和他之间，哪怕没有我和温征的事在中间夹着，也有很多时间在接触吗？"

盛柠突然皱眉，抿唇说："我也觉得。"

"然后呢？你们平时不聊我和温征的事的时候，都在干什么？"

"他给我安排工作，我顺便赚钱。"

"没了？"

"没了。"

盛诗檬失望地摇摇头，戴上眼罩准备睡个小觉。

盛柠却突然语气严肃地问："你觉得温衍有可能会包养女人吗？"

温衍突然对她转了性，一个向来看不起她这种财迷的资本家突然对她好了起来。为防止自己自作多情，她还是决定委婉地跟盛诗檬咨询一下。

"啊？"盛诗檬突然掀开眼罩，瞪大了眼睛看着盛柠，下意识摇头道，"不太会吧，他那样的男人……"

但是她也不是很了解温衍，只是单纯凭着对温衍平时的印象否认，所以语气不是很肯定。

于是初八上班这天，盛诗檬带着这个疑问去问了高蕊。

食堂里，高蕊仗着食堂人多又吵，直接大声而坚决地否认："不可能，绝对不可能。"

盛柠嚼着嘴里的排骨问："你怎么这么肯定？"

"他这种眼高于顶的'高岭之花'，一般女人都看不上，别说那种拜金女了。"高蕊说，"一个女人心甘情愿被男人包养，不要名分不要感情，那不就是图钱的拜金女吗？"

听到这话，拜金两姐妹同时心虚了一下。

盛柠自惭形秽，果然又是自己在自作多情。

高蕊神经大条没察觉出来，还兴致勃勃地问："不过你问这个干什么？难道是发现温总最近身边有其他女人出现了？"

"他在公司接触的不就那几个女下属，比如我姐。"盛诗檬耸耸肩说，"但出去应酬就不知道了，我们也看不见啊。"

"说到应酬。"高蕊突然想到什么，语气正经地说，"外贸企业联合举办的元宵商务酒会，你们知道吗？"

实习生怎么会知道大佬们的这种聚会，于是姐妹俩同时摇摇头。

"我爸跟我说的。"高蕊愁得不行，"听说到时候还会有女明星来，我跟女明星站一块儿，那不是妥妥的绿叶吗？"

"外贸酒会为什么会来明星啊？"盛诗檬不解。

"赚钱赚到一定份儿上了，当然要往外拓展。"高蕊说，"我爸说了，温氏这十几年几乎什么领域都踏足了，唯独还有一个领域没碰过，那就是文娱影视产业，所以宾客里会有影视娱乐公司的负责人，他们要跟温氏谈合作，肯定要带当家明星来撑场子。"

盛诗檬听温征说过，温家老一派的传统思想很重，觉得戏子上不了台面，所以对那些表面说搞艺术实际上还是在偷偷搞钱的"艺术家"嗤之以鼻，自然也不想赚这份钱。

但近几年这个圈子能吃到的红利越来越多，一夜爆红赚得盆满钵满的人比比皆是，也难怪当初看不上文娱影视产业的一些大佬转而又打脸般地往里投资。

高蕊热情地问："你们追星吗？到时候我跟着我爸去，要是碰上了帮你们要签名。"

盛柠嘴里还嚼着肉，语气含糊道："签名能卖多少钱？"

"那不知道，得看咖位，咖位越高的卖得越贵。"

"这样啊。"盛柠说，"那你到时候看看那个明星咖位怎么样，如果高的话就帮我要。"

盛诗檬："……"

她姐可真是一点都不藏着掖着。

高蕊却觉得盛柠这股坦诚的贪财劲莫名可爱，正好也借着这个要签名的机会跟盛柠处好关系，于是爽快地答应道："没问题！"

吃过饭后，三个女孩准备回部门午休，她们仨在不同的部门，部门又在不同的楼层，于是直接在食堂门口分了手。

盛诗檬刚回到自家部门，就被组长叫住，说温二少来了，在休息间等她。

温征来得突然，她有些惊讶，不过还是迈步往休息间的方向走去了。

盛诗檬一离开，同部门的几个年轻女孩立刻在背后小声议论起来。

"跟皇亲国戚谈恋爱就是不一样啊，公用的休息间都给包下来了。"

"以后要真嫁进豪门了那还了得，咱们整个部门不都给她让位置？"

"笑死，你以为豪门真那么好嫁啊？谈谈恋爱就得了，少做点不切实际的麻雀飞上枝头的白日梦。"

"你跟我说有什么用，去跟咱们部门的那位麻雀小姐说去啊。"

这些"忠告"因为都是在背后说的，所以盛诗檬并没有听见，她来到休息间，温征正倚着茶台，一只手插在裤兜里，低头看手机，姿态闲适而懒散，见她来了，脸上随即露出浅浅的笑。

"这还是过年后咱们第一次见吧？"

盛诗檬点点头，问他："你找我有事吗？"

"没什么事，今天上午来这儿开股东大会，所以顺便过来看看你。"

如果是以前，盛诗檬这会儿已经扑上去抱住他的脖子甜甜地对他说"我们真有默契，我正好在想你你就出现在我面前了"这种贴心情话了，但现在情况不同，温征把话给她说开了，那她也就没必要再演这些戏了。

见盛诗檬反应不大，温征歪头问她："怎么？我来看你你不高兴吗？"

盛诗檬却风马牛不相及地问了句："你爸爸今天也来开股东大会了吗？"

"嗯？"温征没料到她会问这个，但还是如实回答，"没有，他身体不好，线上连线。"

"你爸爸既然都不在这里。"盛诗檬笑了笑，"那你没必要在公司做戏啊。"

温征突然愣住，被她说的话扑灭了顺便来这儿见她的所有心情。

"也是。"他扯了扯唇，也跟着笑起来。

盛诗檬摸了摸鼻子，说："那我回工位了。"

"你等等。"温征叫住她。

她回过头不解地看着他。

"元宵节温氏和别的企业有一场联合酒会，搞得还挺热闹的，你到时候想去玩玩吗？"温征顿了顿，又补充道，"我哥也会去，他是我爸的眼睛，如果我们一块儿去了酒会，他会把他看到的告诉我爸。"

盛诗檬心想，自己跟温征一起去的话，如果温总知道了，就一定会把盛柠也给捎上。到时候就不用麻烦高蕊跟明星要签名，盛柠自己就能去要，至于明星的咖位高不高，她也能自己判断。

想到这里，盛诗檬点头答应："好啊。"

就在盛诗檬和盛柠说她也会去酒会的第二天，温衍让盛柠去他办公室。

前几天两人虽然在同一个屋檐下上班，但没有单独相处的机会，这日子也还算能过下去。现在温衍让她去办公室，那有些东西就不得不面对了。

比如大年初三那天两个人大吵一架，她脱口而出骂了一句他有病，结果他还真的承认了自己有病这一魔幻现实。

不但他有病，在那之后一连好几次梦到温衍的盛柠觉得自己也有病。

所以说不能跟老板吵架，吵架一时爽，事后火葬场。

盛柠走进温衍办公室，也没法当作什么都没发生，但又不能表现得太不自然，因为越不自然就越是尴尬。

"站这儿杵了半分钟还是个哑巴。"终于，温衍板着张冰块脸，语气不怎么好地主动开了口，"跟我就这么没话说？"

打破沉默那就代表还能正常交流，盛柠松了口气。

"我这不是在等你说话吗？"盛柠把皮球又踢了回去，"你把我叫进办公室，难道不是有事要吩咐我？"

温衍抿唇，直接挑明正题。"正月十五那天有一场元宵酒会，到时候温征会带着你妹妹过去。"

盛柠瞬间想起这个所谓的元宵酒会，她听高蕊提起过。

温衍吩咐道："不知道他们要干什么，你跟我一块儿过去吧。"

盛柠其实不太想去完全在自己社交范围外的聚会，一个人都不认识，整整几个小时的酒会，就那样干站着，简直是受刑。

到时候温征和盛诗檬在那儿你侬我侬，温衍跟别人喝酒应酬，她能干什么？站在旁边当吉祥物吗？

盛柠委婉拒绝道："那么高端的酒会，我去不合适吧？"

"你妹妹都能去你不能？"

"她跟温征是男女朋友，她去理所应当，我又没什么身份。"

温衍手握钢笔，垂眼盯着桌上的文件，顺着她的话状似漫不经心地问道："那说你是我女朋友？"

盛柠瞬间惊恐地抬起头，颤抖着声音说："温总，玩笑不能乱开。"

她这个极度抗拒的反应着实给男人气得胸闷，他冷着嗓音说："随便一说，看你吓得那样。"

盛柠："……"

"宾客中有不少外商，到时候我还需要一个翻译。"温衍顿了顿，问她，"你做吗？"

作为翻译出席？那就是正经工作了，盛柠当然要做。而且口译讲究的是实战，这是不可多得的锻炼机会。

"做。"盛柠点头，"请务必给我这个机会。"

温衍看她一下子积极起来，扯着唇意味不明地哂了声。"那我让陈助理安排，到时候你跟他一块儿来。"

"好。"

温衍提醒她："酒会上有着装规定，记得打扮。"

盛柠问："我在年会上穿的那条裙子只穿过一次，穿那个去可以吗？"

虽然价格不贵，但是款式还是挺高贵的，连高蕊那个千金大小姐都说好看。

温衍没有直接说不可以，而是反问："我不是有送你一衣柜的衣服吗？"

盛柠反应了一会儿，恍然道："啊。"

男人语气倏地沉下来："你都卖了？"

"没，在柜子里好好放着呢。"

她又不是什么名媛小姐，这种需要穿礼服的高端酒会平时根本和她扯不上关系，她每天上班也不可能穿件礼服来，所以就一直没什么机会穿那些衣服，一时半会儿没想起来。

温衍"嗯"了声："那就随便挑一件穿。"

"穿哪件都行吗？"盛柠严谨地问，"有没有什么忌讳的颜色之类的？"

"没有，别穿得太暴露就成。"温衍抬头看她一眼，语气很淡，"你还是裹成汤圆的时候比较顺眼。"

"……"是在讽刺她身材不行所以得遮着吗？

因为她半天没回答，温衍又开口叫她："盛柠，你有没有听我说话？"

"有。"盛柠说。

才怪。

反正她是不会因为男人的一句话就陷入"身材焦虑"，而且她觉得自己的身材还行，虽然没有那么前凸后翘，但也算得上小有"材料"。

她想事情的时候喜欢转眼珠子，一双杏本来就生得大而亮，平时目光淡淡的时候看着还算文静，但一动起来就显得生动又机灵。

"转着眼珠子在打什么鬼主意。"温衍沉着脸色，语气不善地问道，"是不是想到时候专挑一件暴露的穿着去？"

盛柠装模作样地摇了摇头："没有啊。"

温衍瞥她一眼，眼神中透着怀疑。

以防再被说中心事，盛柠赶紧借口离开。

刚坐回自己工位，丽姐就过来敲了敲她的桌子，递过来一份文件。"要翻译成德语，能行吗？"

盛柠"啊"了声，她的德语水平还没精通的程度，只能说普通交流没问题。

她如实说："简单的口语还行，但是书面翻译有些专业词汇和语法太难了，我怕我来做的话效率会很慢。"

毕竟会说一门外语和精通一门外语，是两个概念。

"是吗？"丽姐不是学外语的，也不太懂这其中区别，问了句，"那你最擅长说什么词汇？"

盛柠想了想，配合着吐气骂了句"scheiße"！

丽姐问："什么意思？"

盛柠语气正经："shit（该死）的意思。"

"……果然无论什么语言，脏话都是最容易学的。"丽姐表情复杂地说，"那你翻译一份英文的吧，这个我找别人。"

盛柠："不好意思啊，丽姐。"

"没事，元宵节以后你就要开学准备毕业的事了吧。"丽姐顺口问，"有正式入职的想法吗？"

盛柠愣了愣。

一开始只是陈助理推荐她过来实习的，兴逸是相当有名的外贸企业，一份由兴逸人事部盖戳的实习证明对她将来要走的路有很重的含金量。

但是她还没想过正式入职的事。

丽姐看她的表情也猜到她还没决定，给出建议："如果你的打算不是考公职或是进专业的翻译机构，其实留在兴逸对你来说是非常不错的选择。"

"好好考虑。"丽姐拍拍她的肩膀，然后才离开。

盛柠的前导师戴春明知道她毕业后最想去的就是外交部，可上学期她为了维权的事，已经错过了去年的国考。今年的外交部国考招聘大概率也是在十月份左右，等忙完考口译证和写毕业论文之后，剩下准备考试的时间就不多了。

如果真打算考，还得抽时间出来看书做题。

公考不是学校普通的考试，没那么容易，盛柠不确定自己有没有精力可以将工作和考试两手抓。

每次只要一考虑以后就会不可避免地感到焦虑，她叹了口气，整个人顿时又陷入低潮。

越想越低迷，盛柠趴在桌上发呆。

趴了没一会儿，电脑响起消息提示，她以为是工作，强行坐直了身体眯眼查看。

是新的好友申请，申请理由是：陆嘉清。

他们在一个微信群里，陆嘉清要加她很简单，但是毕业这么多年了，他们始终没有加上过微信。

可能是因为他打算来燕城工作，要向她咨询什么问题才加她的吧。

盛柠用鼠标点击添加，顺便给他加上了备注，很快窗口上弹出了对话框。

陆嘉清："哇，好快。"

她和陆嘉清太久没见了，隔着屏幕对话都让她觉得陌生，按理来说开场白不应该是"hello（你好）"或者是"好久不见"之类的客套话吗？

对这种好久不见的同学，只是简单回一句话显得太冷淡，可是回得太热情也不太合适。盛柠想了半天，先发了个从群里偷过来的笑脸表情，然后才回了一句："正好看到了。"

陆嘉清："那我运气真好。"

盛柠又不知道该怎么回了，只好又回了个表情。

发明表情的人真是太伟大了，简直就是他们这种不太擅长社交的人的应对"万金油"。

陆嘉清："在忙吗？"

盛柠："嗯，在上班。"

陆嘉清："那待会儿聊，先不打扰你。"

盛柠松了口气。

结束了干巴巴的聊天，她点进了陆嘉清的朋友圈，他设置了朋友圈半年可见，发的大多是一些在国外拍的意境风景照或是食物照片，又或者是一些不配图的描述心情的简短句子。完全就是一个生活简单而随性的男生朋友圈，没有他的个人近照，所以盛柠也不知道他现在长什么样。

盛柠退出他的朋友圈，因为这一个加好友的插曲，她的低迷情绪消了大半，又投入了丽姐交代给她的工作中。

一直到下班，在坐地铁回家的路上，她才收到陆嘉清的消息。

陆嘉清："下班了吗？"

盛柠："下了。"

然后就没话讲了，她也不知道该说什么。

陆嘉清："下午刚加上的时候翻了下你的朋友圈。"

果然加好友先看朋友圈是所有人类的共同行为。

陆嘉清："没看到你现在的样子。"

盛柠没多想，于是回他："那我发张照片给你。"

然后她就去手机里翻，她手机里自拍很少，而且都是一个人在角落里偷偷拍，表情比较臭美的那种，发给一个好久不见的男同学总感觉挺那什么的。

其余的照片大都是盛诗檬拍了以后传给她的，盛诗檬对自己的拍照水平很自信，可是盛诗檬传给她的照片都是修过的，还加了滤镜，盛柠觉得不太真实。

半天没选出来照片只好放弃，正好这时候陆嘉清又回了消息。

陆嘉清："哈哈不用。"

陆嘉清："我觉得实际见一面比看照片更清楚，你说呢？"

如果把高中的那段懵懂回忆当作纯友情的话，她跟陆嘉清其实关系不错，而且自高中毕业后就没联系也没见过了，他们早已经长大，以前再怎么样现在肯定也变了。她以后要在燕城定居，陆嘉清也要来燕城工作，他将会是她人际关系当中的一环。

"到站了吗？"一直到靠在她肩上小睡过去的盛诗檬睁开眼问她，盛柠才从种种考虑中回过神来。

"还有两站。"盛柠说。

盛诗檬捂着嘴打了个小小的哈欠，惺忪的睡眼间无意瞥到盛柠的手机，随便问了句："你在跟谁聊天啊？"

盛柠："陆嘉清。"

盛诗檬觉得这名字莫名熟悉，但又想不起在哪儿听过，于是皱着眉使劲想，终于有了那么点印象。"……是你高中同学吗？"

记忆里，这好像是学生时代的一个名字。

"嗯。"

经盛柠提醒，盛诗檬恍然大悟："啊啊啊我记得了，就是那个偷偷来找我打听你爱好的你们班那个总跟你轮流考第一名的学长！"

"对，就是你告诉他我喜欢喝香蕉口味的牛奶。"盛柠淡淡地说，"然后我就连着被送了半学期的香蕉牛奶。"

"你本来就喜欢啊，我又没说错。"盛诗檬兴奋地说，"你们聊什么了？快快快，给我分享一下。"

盛柠直接把手机递给了她，又没聊什么不该聊的，随便看无所谓。

盛诗檬一路往上翻，然后吐槽道："女人你好冷淡。"

"那么多年没见都不知道聊什么，我怎么热情？"

盛诗檬小声嘟囔："我看你平时对温总就挺热情的。"

盛柠和温衍经常聊有关温征和盛诗檬的事，每次一聊完，盛柠就会把聊天记录截图发给盛诗檬看，以防姐妹俩的合伙薅羊毛计谋穿帮。

"那能一样吗？"盛柠说，"我对温总热情那都是为了搞钱。"

"不管是为了什么，你对温总比对学长热情这就是事实。"

盛诗檬点开手机的键盘，对着上面摁了几下。

盛柠："你干什么？"

然后伸手打算拿回手机。

"替你回消息。"盛诗檬起身躲开了盛柠，不过几秒后就笑眯眯地把手机还给了她，"学长回了，你撤回也没用了。"

盛柠低头一看，盛诗檬替她发了句"要一起吃个饭吗"。

"他刚刚那些话就是暗示想和你见面啊。"盛诗檬笑着说，"老同学一起吃个饭有什么的，去吧去吧。"

因为怕见了面没话题聊太尴尬，盛柠本来还在犹豫，现在好了，盛诗檬一通操作下来，她也不用犹豫了。

元宵节过完就要开学，盛柠还得忙毕业论文的事。陆嘉清原本要等到开春后才回来，但因为今年他家有位长辈过整数大寿，所以才提前回了国。到燕城也是提前过来看看，熟悉一下这座即将要工作的城市。

元宵节不是法定假日，想来想去也就只有这一天比较合适。

酒会的开场时间定在下午，到晚上一般就会变成几个大佬的小团体聚会，宾客们各自分散开组织小聚会，温衍会和几个熟悉的商业大佬一起去吃晚饭，都是国人，自然也就不需要翻译在场，只需要陈助理或是张秘书陪同。

盛柠的工作也就在温衍的晚餐前结束。

时间管理技能觉醒，盛柠见缝插针地把跟陆嘉清的见面时间约在了元宵节当天。

盛诗檬原本不打算干涉盛柠去酒会穿什么，酒会上的主角本来也不是她们，再加上今天的酒会会有明星出席，明星和素人之间的差距怎么说都摆在那里，素人再漂亮也不会有女明星们漂亮。但是在酒会之后，盛柠会直接去和陆嘉清吃饭，这个性质就不同了。

"穿这条穿这条。"盛诗檬主动提出要替盛柠选衣服，在衣柜里挑挑拣拣，选出了她心中最佳，"绝对好看。"

盛柠试穿上身，盛诗檬不禁感叹："绝了，我眼光真是绝了。"

然后又拉着盛柠往梳妆台前一坐。"来，你今天的妆造我包了。"

"我会化妆。"盛柠说。

"你那水平顶多就新手起步阶段，真正会化的话是可以完全改变一个人的，有的技术好的，甚至都能换个头。"

盛柠知道有的人化妆堪比换头，她只是不太相信盛诗檬："你有那么厉害吗？"

一个学翻译的，又不是什么正经美妆学院出来的。

"反正比你强。"盛诗檬说，"等化好你就知道什么叫现实生活中的顶级美颜了。"

等盛诗檬往她脸上鼓捣了大半天，最后从化妆镜前移开。"看看。"

盛柠看着镜子里的自己，什么也没说，只是对盛诗檬竖起了一个大拇指，以示最高级别的赞美。

盛诗檬叉腰，骄傲地仰起头。"我这大学四年没白混吧？等毕业后如果找不着工作，我就去开个摄影工作室，专给小姐姐化妆拍写真，不说大富大贵吧，肯定能养活自己。"

给盛柠做好妆造后，盛诗檬因为跟温征约好一块儿去酒会，就先走了一步。

盛诗檬走了，盛柠坐在镜子前看着自己发呆，化了个漂亮的妆，看着镜子里的自己也是会愣的。

就这么看到陈助理发微信说他到了，盛柠才匆匆拿上包下楼。

陈助理坐在车里等盛柠，等看到盛柠下楼的身影，降下车窗对她打了个响指。"盛柠，这边。"

裹着大外套的盛柠看到他，连忙迈着小碎步走过来。

她穿着比较高的高跟鞋，因为怕走得太急崴着脚，所以不敢迈大步子，小碎步看上去很有趣。

副驾驶的车门被打开，陈助理原本打算开口打趣她两句，等她坐进车里后，他神色稍稍一愣，没说出话来。

盛柠看他愣住，抿唇笑了笑："专门请化妆高手给我化的，还不错吧？"

"很好看。"陈助理也笑，"你们女孩子化了妆真的不一样。"

得到夸奖的盛柠脸上的小表情更开心了些。

人和人之间的差距就是这么大，有的人跟她说话就是如沐春风，有的人跟她说话就是夹枪带棒。

到了举办酒会的酒店，陈助理说："我先问问张秘书在哪儿，咱们直接先去跟他会合。"

打过去电话，张秘书说酒会还没正式开始，宾客们还没到齐，所以他正陪着温总到处跟提前来了的宾客打招呼。

"嗯，我和盛柠到楼下了。"

"快来。"张秘书说，"好多人，有的温总都不记得是谁，我怕我脑子一抽也记不起来，来个当场失业。"

挂掉电话，陈助理刚按下电梯按钮，突然后面传来一个人兴奋的声音。"盛柠！学长！"

盛柠和陈助理同时回过头，穿着小礼服裙的高蕊正朝他们奔过来。

因为今天有女明星到场，所以她特意打扮了一番，比参加年会的时候还高调，发型和妆都是特意去找明星御用的妆造师弄的。

"学妹。"陈助理故作惊讶地惊叹道，"差点没认出来。"

"那肯定，花了钱的。"高蕊挑眉，转而对盛柠吹捧道，"好看！简直是女明星，谁敢相信你只是个素人。"

"你也好看。"盛柠说，"演艺圈没你是一种损失。"

陈助理听着两个女孩子互吹彩虹屁，脸上的笑意越来越浓。

等上了电梯，高蕊又好奇地问盛柠："你这个妆化得好好看，去哪家工作室化的？给我介绍一下呗。"

"诗檬给我化的。"

"她化妆技术竟然这么牛 × ？"高蕊惊呼，"隐藏的大佬啊，我还特意去请别人帮我化，早知道我也让她帮我化了。"

盛柠觉得这不是什么大事，于是说："下次你要是再参加什么宴会，就让她帮你化。"

"那必须的。"高蕊用力点头。

其实高蕊还注意到了盛柠身上的裙子，不过她知道牌子，就没问题。

这条裙子是去年出的限定款，她当时也想下手，不过因为是抹胸一字肩的设计，两臂上挂着的灯笼袖是落肩设计，所以比较考验肩颈和背部线条，她当时和小姐妹嚷嚷着要去健身房练出线条来再买，然后就因为拖延症耽误到了现在。

但有的人天生线条就长得好，盛柠的背很薄，脖子长，肩也挺，低头看手机的时候，后背露出的那条曲线微微向下弯着，白鹅折颈般优美随性。

到了酒会主厅，高耸的香槟塔立在主厅中央，灯光辉煌明亮，映得整个现场富丽堂皇，此时已经来了不少人，觥筹交错的现场充斥着交谈声。

高蕊和他们暂时分别："二位，我先去我爸那边打个招呼，待会儿见啊。"

酒会现场太大，盛柠找了半圈，看到了温衍和张秘书。

温衍一身西装革履，从头到脚都是量身定做的手工制品，面料考究，版型精致且贴合。一双精瘦的长腿包裹在西裤里，上身正装衬得他肩宽腰细，尤其是西装后背腰身收线的那一条曲线，更显身材。事实证明一个男人的细腰，杀伤力不比女人的细腰小。

他正单手举着香槟杯和人交谈，手腕处露出的腕表蓝宝石镜面以及发光的银色袖扣在瓦数十足的宴会灯光照射下，发出"我很贵，凡人不配"的耀眼光芒。

他把一套房戴在了手上。

盛柠在心里叫嚣着这简直就是在暴殄天物！

张秘书这会儿正在温衍的耳边提醒面前这个来敬酒的人是谁。"Garry 娱乐的张总。"

温衍语气淡淡道："我知道。"

张秘书先是诧异了一小下，接着很快回过神来礼貌地对张总打招呼。

"哟，温总秘书跟我还是本家啊。"张总笑意盈盈地说。

"张是大姓。"张秘书笑着说，"我们办公室的一个前辈也是姓张。"

"那我们公司跟兴逸可以说是很有缘了。"张总举了举酒杯，状似不经意地说道，"正好我今天带过来的女艺人和温总也是本家姓。"

见温衍没什么反应，张总又问："不知道温总有没有兴趣认识一下？"

张秘书正要替温衍回绝，却听温衍突然应道："可以。"

张秘书顿时有些诧异地看向温衍，温总转性了？

"那温总稍等我一会儿，我去把她叫过来。"

张总一离开，张秘书这才对温衍耳语道："陈助理和盛翻译已经到了。"

温衍："在哪儿？"

他话刚问出口，陈助理和盛柠已经朝这边走了过来。

陈助理来了，张秘书立刻松了口气。"温总，那我去一下洗手间。"

"去吧。"

陈助理走过来，甭管迟没迟到，先给自己找了一个借口："抱歉啊温总，路上有点堵车，所以迟了点。"

温衍"嗯"了声，目光扫向陈助理身边的姑娘。

男人本来就长得浓眉俊目，那双眼睛更是深邃，平时冷冰冰的时候显得生人勿近，可一旦染上点别的情绪，专注起来的时候就显得更加漂亮，也更加令人不敢直视。

简约的黑色长裙，抹胸的一字肩设计露出一整片锁骨和漂亮流畅的肩颈线，妆有点浓，但浓得刚刚好，明媚温柔，嘴唇上是透亮的草莓色，还带着细闪，露出的耳垂和锁骨上也撒上了从月光那里偷来的亮粉。

盛柠被看得脸颊发烧，皱着眉侧过头，装作老成地咳了声。

过分，这男人长得是真帅。

"陈丞。"温衍淡声喊道，将手里的酒杯递给助理，"替我去拿杯新的香槟来。"

陈助理点头："好的。"

等陈助理也走了，盛柠刚要问那我做什么，温衍又开了口。"脸红什么？"

盛柠以为他是要吩咐什么，被这个问题打了个猝不及防。

温衍眉峰微挑，目光又重新移回了她的脸上，拖着调子懒洋洋地问："穿这么少还热？"

盛柠垂在身侧的手不自觉捏紧裙摆，不甘示弱地反问道："温总你穿这么多，难怪你耳朵都热红了。"

温衍蹙眉，手指下意识抚上耳朵。

"我骗你的。"盛柠歪头，得逞地挑了挑眉，"温总你耳朵红没红自己都不知道吗？"

男人还停留在耳朵上的手指突然颤了下，冷冷瞪了眼盛柠，刚刚还是正常颜色的耳朵这回是真的泛起了浅浅的红晕。

盛柠见好就收，忙转移话题问："你弟弟呢？"

温衍冷着脸："不知道。"

"不是你说他会带盛诗檬来参加酒会，所以你才让我来的吗？"盛柠问。

"我不可能一天二十四小时看住他。"温衍抿了抿唇，语气不耐烦道，"我找不着温征，你不会去找盛诗檬吗？"

盛柠："行吧。"然后就要走："我手机不在身上，我出去拿手机给盛诗檬发个消息问问她在哪里。"

她没带那种其他女士随时就能拎在手里的装饰包，可以装手机和口红，工作时间直接把手机拿在手里也不礼貌，所以在进来前将手机寄放在工作人员那儿了。

"不用。"温衍说，"只要他们在这儿，总能找着。"

盛柠倒是不着急，只问："那现在我干什么？"

"跟着我，有的宾客只是长了张亚裔脸，你机灵点。"

一进入工作状态，盛柠立刻就不跟温衍废话了，抬了抬下巴："好的，温总。"

这时候陈助理拿着香槟过来，张秘书也从洗手间回来了。

酒会还没正式开始，好些大佬在随意地走动，管他熟悉的不熟悉的，总之香槟碰一碰就算认识了，总能扯出话题交谈上几句，他们和温衍差不多，身后都跟着助理或是翻译。

温衍在和某个互联网企业的老总聊天，都是国人，所以暂时还用不上盛柠。

衣冠楚楚，谈话斯文，即使文化自信的思想已经越发受到重视，但不可否认，经济发展的数十年来，在这群受西方思想影响很深的上层精英眼中，西式的宴会形式和社交方式仍然是最受欢迎的上流礼仪。

盛柠庆幸自己还好有点专业技能在身上，否则今天在这个酒会上也太格格不入了。

"温总。"不远处走来的一个女人说，"我带我们家艺人来给你认识了。"

陈助理体贴地低下头，附在盛柠耳边为她简单介绍："那是 Garry 娱乐的张总，温总这几年打算往影视业入资。"

盛柠下意识看了眼张秘书。

张秘书挑了挑眉，解释说："是我本家，不过我们不是亲戚。"

盛柠突然想起来，总裁办的老张前辈也碰巧和张秘书同姓，他们也不是亲戚。

知道张总是谁后，她的目光又放在了张总领过来的那个女艺人身上。

其实张总和这个女艺人刚过来的时候她最先注意到的就是这个女艺人。她前几年陪盛诗檬看过这个女艺人的古偶剧，盛诗檬那时候迷她迷得不行，甚至还是她和男主的 CP 粉[1]，即使后来男女主都各自婚配，盛诗檬也仍是坚定地嗑着这对过期 CP。

可惜天不佑盛诗檬，男方去年婚后出轨彻底塌了房，盛诗檬宛若失恋，连夜发表朋友圈感言"CP 粉都是傻 ×"。

因为被狠狠伤过一次，即使后来这个女艺人跟她的现任老公再甜蜜再好"嗑"，盛诗檬都好几次忍住了入坑的念头，坚定地远离娱乐圈 CP，就是怕这一对哪天又突然塌房。

没想到来的竟然是这个女艺人，如果盛诗檬现在在这儿，她应该会比较开心。

事实证明镜头真的吃颜值，今天面对面见到真人，女艺人精致明艳到极点的那张脸简直让人挪不开眼。盛柠不是她的粉丝，也看得发了愣。

女艺人注意到有个女孩子在直愣愣地看着自己，盛柠被女艺人抓了个正着，不知所措地眨了眨眼。

对方冲她礼貌地弯了弯眼睛，笑起来的时候更加艳光四射。

盛柠心跳骤快，心想盛诗檬真倒霉，偏偏这时候不知道跟温征在哪个犄角旮旯约会，不见半个人影，男人有美女香吗？

张总催促女艺人："温荔，叫人啊，你本家的，叫温总，还有这位许总。"

女艺人笑着和两位老总打了声招呼。

和盛柠的侧重点不同，陈助理和张秘书显然也是认识这个女艺人的，见到她的时候微微讶异地张了张嘴，然后互相交换了一个意味深长的眼神。

许总明显也是被女艺人夺去了大部分的目光，端起酒就要张总牵线，和温荔认识一下，顺便喝杯酒。

喝酒应酬是十分正常的社交礼仪，温荔欣然接受，可紧接着许总又开始邀约起了第二杯和第三杯，明显兴趣盎然。

张总蹙了蹙眉，但娱乐行业远没有互联网的资本强大，她既然带了艺人过

---

[1] CP 粉：网络流行词，影视剧或综艺中合作的艺人被粉丝当作情侣，成为他们的情侣粉丝。

来，那势必要让艺人发挥一些作用的。

"今天是我们的局，张总带过来的人只是点缀而已。"此时温衍举起手中的香槟杯，唇角难得露出淡淡的笑意，"许总怎么都不跟我喝一杯？"

许总巴不得能和温衍喝酒，比起跟漂亮的女明星喝酒，和温衍处好关系显然更重要，于是刚刚还热情地要跟女明星喝酒的男人立刻对温衍笑开了花。

"抱歉抱歉，是我失礼，希望温总不要怪罪，来，我先干了这一杯，你随意。"

在场有眼睛的都看得出来温衍在帮温荔解围挡酒。

温荔笑盈盈地看向温衍，还对温衍眨了眨眼睛，温衍悄悄瞪她一眼，微仰头将酒一饮而尽。

温衍的几个下属都敏锐地察觉到了这个对视的小细节，张秘书更是勾着唇对陈助理耸了耸肩，唯独盛柠神色茫然且复杂。

终于等宾客尽数到齐，摩肩接踵的社交会厅中，交响乐团正式鸣奏，酒会正式开始，温衍突然吩咐陈助理，让他去把温荔找过来叫去休息室。

然后对张秘书和盛柠说："你们在这儿等我回来。"

盛柠站在长长的自助餐桌旁边和张秘书边闲聊边等，没过多久，陈助理回来了，温衍还没回来。

张秘书："温总呢？"

"后头休息间呢，没那么快回来。"陈助理端起餐盘说，"趁这时间赶紧拿点蛋糕吃啊，等温总回来陪着他应酬就没空吃了。"

"对，得赶紧吃，今天还不知道要陪着温总忙到几点。"然后张秘书就给自己拿了个餐盘，还顺便帮盛柠拿了个，"你不吃吗？女孩子的体力撑不了这么久吧。"

"盛柠跟咱们不一样，她晚饭前就能下班了。"陈助理问："你今天晚上还跟人约了晚餐是不是？"

盛柠点头："嗯。"

"难怪。"张秘书羡慕地道，"做翻译还是轻松啊。"

于是两个大男人在认真挑蛋糕，你不喜欢巧克力我不喜欢芝士，总之挑剔得很，唯一的女孩子盛柠就站在旁边看他们挑。

陈助理语气复杂："你一大老爷们儿竟然喜欢吃泡芙。"

张秘书理直气壮："我前女友爱吃，爱屋及乌，管得着吗你。"

"都前女友了还爱屋及乌。"

"至少我有前女友，你有吗？天天围着温总转难道还指望他给你发个女朋友吗？"

盛柠："……"

"盛柠！"

盛柠回过头，高蕊从熙熙攘攘的人群中冒出头。

"我被我爸拉着到处跟人打招呼，我借口上厕所溜过来了。"高蕊看了一下周围，秘书助理和翻译都在，唯独不见老总，"咦"了一声，"温衍呢？"

陈助理咬了口黑森林蛋糕，说："温总去休息室了。"

"他怎么了？喝多了不舒服？"

"没，他跟人在休息室说话。"

"哦。"高蕊点头，又疑惑地道，"那你们这几个下属怎么都不跟着啊？"

张秘书适时说："跟女明星一起，当然用不着我们跟着了。"

高蕊顿时睁大了眼："啥？哪个女明星啊？今天来了好几个呢。"

"温荔。"陈助理说。

"啊，是她，我看过她和她老公的综艺。"高蕊说，"我刚刚还想去找她要签名来着，被我爸拦着没去成，怎么了？"

陈助理哭笑不得："学妹，你有点天真啊。"

高蕊听懂了陈助理的话里话，抿唇瞪着他说："单独谈话也不代表有什么吧，我相信温衍。"

陈助理笑而不语，张秘书却突然问了盛柠一句："盛柠你刚刚看到那女艺人身上的那件礼服了吗？"

盛柠点头："怎么了？"

张秘书这才对高蕊说："巴黎空运过来的高定礼服，温总送她的。"

这回不光是高蕊，盛柠也愣了。

"可是温荔不是已经结婚了吗？"高蕊喃喃问道。

陈助理和张秘书同时笑了笑，没说话。

高蕊的表情瞬间就变了，语气一言难尽："贵圈真乱。"

陈助理好心提醒："学妹，别忘了你也是这个圈的。"

"我以为我和温衍都是这个圈的清流，谁知道——"高蕊一脸幻灭，开始对男性群体无差别扫射，"你们男人果然没一个好东西，不管外表看着多像高岭之花都一样。"

虽然高蕊说是这么说，但心里还是在为她仰慕的男人找借口。也许只是单纯地聊天呢？温衍那么有钱，朋友之间送个上百万的高定礼服也正常。

"哪个休息室啊？"高蕊问。

"后厅出去拐角往南走第三间。"陈助理问，"学妹你要干什么？"

"刺探敌情。"

"别。"陈助理阻止道,"被温总发现了不得了。"

"放心,不会的,我谨慎着呢。"然后高蕊拉起盛柠的手,"盛柠你陪我一起,要是我到时候醋意大发做出什么不受控制的行为,你起码能劝住我。"

"盛柠你陪她去吧。"陈助理一脸无奈,"我实在不放心我这学妹。"

其实盛柠心里也有一点点的好奇,所以她没拒绝高蕊的提议,跟着往休息室去了。

当然不能就这样贸然闯进去,所以高蕊去的是隔壁的休息室,一进去就趴在了墙上,准备隔墙偷听。

"听不见啊。"高蕊把耳朵贴着墙壁,埋怨道,"这隔音效果怎么这么好啊。"

这又不是什么普通酒会,隐蔽性当然不一般,于是两个人隔着墙什么也没听见,偷听了个寂寞。

盛柠:"我们回去吧。"

高蕊失望地点点头,然后往门口走,刚打开一条门缝就听到了温衍的声音,他和温荔已经谈完话出来了。

她立刻冲盛柠比了个"嘘"的动作,然后继续把门拉开。

盛柠抑制不住人类本能的八卦之心,也好奇地凑了过去。

"你别老板着张脸嘛。"温荔语气轻快,"这礼服是你送我的,我今天特意穿了过来,好不好看?"

温衍并不吃她这一套:"别在我面前臭美,没用。"

"切,要你夸一句跟要你命似的。"

"把你那口头禅赶紧改了,姑娘家的成天切来切去像什么样子。"

"切,切切切切切切。"

温衍"啧"了声,没计较她的叛逆,又吩咐她。"等会儿我要应酬,没工夫管你,你自己机灵点别让人占了便宜听到没?"

"哎呀,知道。"

"当初自己信誓旦旦跟我说要不靠我干出一番事业。"温衍冷嗤一声,"结果刚被人灌酒都不知道拒绝。"

"……"

之后的对话因为距离太远,就再也听不见了。

"怎么办?"高蕊问。

盛柠也没回过神来,呆呆地问了句:"什么?"

"高岭之花真的下神坛了。"高蕊一脸难过,"那个幸运儿却不是我。"

原来她和盛诗檬的猜测没错，温衍这种男人甭管面上看着多高冷，一旦对上喜欢的人在乎的人，再高冷的人设也会崩。

原来他也能一口气说那么多话的。

盛柠皱眉说："可是温荔不是已经结婚了吗？"

高蕊和盛柠同时沉默下来，而后异口同声地猜测道："前女友？"

从古至今，前女友这种生物真是无敌强，哪怕是温衍都逃不过。

"好家伙，给已婚前女友送百万高定礼服。"高蕊啧啧感叹，语气夸张，"这料要是爆出去，娱乐圈和财经圈都得炸，你知道这叫什么吗？这叫炸了文学。"

盛柠听不懂高蕊在说什么，但她也知道这个料很猛，于是她小声问："你觉得这个爆料能卖多少钱？"

高蕊："……我真不知道我究竟看上你哪一点。"

盛柠没说话，心里闷闷的。

才觉得温荔美到令她这个直女都有几分心动，结果没想到温荔跟她老板竟然还有这层关系。她也不知道自己是在生温荔还是温衍的气，反正就是觉得贵圈真乱。

盛柠和高蕊装作什么都不知道地回到酒会现场。

高蕊刚进去就被她爸抓了个正着。"高蕊！你跑哪儿去了！"

然后盛柠就看见一个跟高蕊长得特像的中年男人气得面红脖子粗地冲过来，之后高蕊就被她爸抓着胳膊拉走了，临走前高蕊还对盛柠喊了话。

"要多少钱我给你，不许去卖新闻！我未来老公的名声由我来守护！绝不能让他的舔狗属性被大众知道！"

"谁是你未来老公？"高蕊他爸听到这话，丝毫不给女儿面子地讽刺道，"你先找个男朋友回来再说吧！"

盛柠："……"

高蕊和她爸的背影消失在人流中，盛柠转身去找陈助理，结果是陈助理先找到的她。

"我跟温总说你去洗手间了。"陈助理的语气很急，"快点，温总那边在等你。"

盛柠心一紧，立刻跟着陈助理赶过去。

正和温衍交谈的是个德国外商，五官深邃，棕发棕瞳，还留着浓密的胡子，遮住了下半张脸。外商身边还跟着个年轻女人，盛柠以为是他夫人，后来听他说才知道这是他女儿，他们家族事业的下一个继承人，所以特意带她过来见世面。

温衍在盛柠过来之前一直是自己在和外商交谈，外商的中文比较蹩脚，英文还不错，但跟母语是英语的人肯定不能比。因为年纪偏大，说英语的时候带了西欧口音，听他说话，温衍的语言处理速度肯定没有盛柠这个专业的翻译快。

好在他女儿的口语流利，温衍基本上是听她在传达意思。

现在盛柠来了，所以他干脆谁的都不听了，直接听盛柠帮他翻译成中文就行。

之后这个外商想让自己的女儿跟温衍碰杯酒，德国女性在他们国家的社会地位很高，如此开放平等的环境下，德国女性普遍自信且大胆，对事业对男人都是，看中了之后，她们就会散发出不输给任何男人的执行力。

温衍蹙眉，碰杯的时候稍微垂了下眼，躲开了点这位女士的眼神。

然后这位女士蹙眉，用德语说了句什么。

温衍没听懂，看向盛柠。

"他们德国有个迷信。"盛柠表情复杂，小声对温衍说，"碰杯不看眼，床上痿七年。"

温衍："……"

第 *2* 章

阴差阳错

这位德国女士之所以这么大胆，一是因为她本来性格就直爽，快言快语，二是因为她以为这位长相颇为英俊的先生和他身后的那个小翻译都不懂德语。

女士的父亲低声指责了一句，心里庆幸还好 Mr. Wen（温先生）不懂德语。

然而小翻译对男人说了句什么，男人淡漠冷峻的脸色稍变了变。

温衍说了句抱歉，然后重新举杯，想要再次和这位女士碰杯，这次他礼貌地对上了对方打趣的眼神。

德国父女的神色同时尴尬了一小下，紧接着女儿扑哧一声笑了出来，欣然接受了温衍的碰杯请求。

即使是这样正经的中国男人，思想含蓄又保守，也非常在意自己的某些方面。

个高长腿的成熟男人，仅仅因为一个国外的迷信传言重新请求碰杯，莫名又带着点小男人的执着，盛柠站在旁边想笑，但为了给老板面子，还是使劲憋住了笑。

很多性格强势的女人恰恰就喜欢小男人，于是德国女士被眼前男人的这种反差戳中萌点，愉悦地又感叹了句什么。

盛柠觉得女士简直是在为难自己这个翻译，她有点说不出口，但很明显温衍和女士都在等她传达意思，于是她只能硬着头皮，口齿不太清晰地对温衍说："她说你相信这个传言的样子很可爱。"

"……"

说完她的表情和温衍的表情同时都变得有些许古怪，但是德国父女却全然没察觉到，因为他们都觉得这是在夸 Mr. Wen。

而陈助理和张秘书都没听见盛柠的翻译，所以他们的表情都很正常。

女士对温衍的兴趣越发浓厚，即使她的父亲已经客套完了，她仍举着酒杯站在原地和温衍聊天。

盛柠的德语并不算好，碰上专业词汇和复杂语法就容易卡壳，女士为了照顾她，切换回了英语。

她很健谈，但不会失礼地直接将话题往温衍的私人方面带，企业之间跨境合作的话题能侃侃而谈，交换完观点和意见，说完一大段话后，才会顺便提一下关于温衍的个人问题。

盛柠为温衍翻译道："她问你的夫人今天怎么没陪你一起来？"

温衍睨着盛柠，淡淡反问："你说呢？"

"He is single.（他是单身。）"作为一个专业的翻译当然要懂得随机应变，盛柠笑着对女士解释。

"Aha？That is so unbelievable.（啊？那太难以置信了。）"

女士感叹，脸上表情明显是 amazing（惊讶）大过 unbelievable（难以置信）。

这句盛柠没翻译，反正温衍肯定听得懂。

此时酒会上的交响乐团开始演奏新的曲目，是耳熟能详的《小步舞曲》，宾客们默契地向会厅的四周退开，留出了以圆点为中心的舞池区域。

女士听到曲目，提着裙摆微曲膝，邀请眼前的男人共舞。

温衍并没有很快做出反应，盛柠以为是舞曲太吵他没听见女士的邀约，于是咳了声在他耳边提醒道："温总。"

"嗯。"温衍淡淡应了声，侧眸看着盛柠，问，"她刚刚说什么？"

盛柠心想原来他真没听见。"她问，有没有荣幸和你跳一支舞？"

"什么？"

盛柠又扬高了声音："有没有荣幸和你跳一支舞？"

温衍突然勾了勾唇，盛柠不明所以，接着就看他委婉拒绝了眼前这位女士，理由是"抱歉，我的翻译刚刚已经邀请我了"。

盛柠："？"

女士明显很惊讶，看向盛柠："Ms. Translator？（翻译小姐？）"

盛柠表情愣愣的，不知道该怎么解释。这会儿如果说她没这个意思，那就是揭穿老板，会不会当场失业？她只好用眼神向陈助理和张秘书求助。

陈助理和张秘书都知道温总明显是不想跟这位女士跳舞，所以拉盛柠出来挡枪，不约而同地给了她一个"温总说什么就是什么吧，不要跟他抬杠，否则明天你就会因为左脚先踏进公司而失业"的眼神。

盛柠："……"

垂在身侧的手已经被人牵起，她被男人拉着进了舞池。

而被拒绝了的女士有些无奈地看向自己的父亲。"爸爸，我被拒绝了？"

"看来 Mr. Wen 对你并没有兴趣。"父亲说。

"那爸爸您觉得他对翻译小姐有兴趣吗？"女士问，"翻译小姐对 Mr. Wen 的话似乎也很惊讶，她应该并没有邀请 Mr. Wen 跳舞的想法。"

"我不知道。"父亲眯了眯眼睛，"这是他们两个人之间的事情。"

男士拒绝淑女的邀约，这在社交场合其实是一件非常没有绅士风度且失礼的事，可这份失礼若是因为心有所属，为了另一位淑女，那就没什么好介意的了。

没有必要为了一个对自己不感兴趣的男士而去责怪或是嫉妒另一位淑女，爽朗的女士朝自己的父亲伸出了手，父亲哈哈大笑，欣然应下女儿的邀请。

"老外果然还是洒脱。"张秘书说，"我觉得其实温总不用拉盛柠挡枪，直接拒绝的话，人家应该也不会介意。"

陈助理跟着温衍来这种场合的次数比较多，所以很清楚温衍平时是怎么处理的，温衍从不带女伴，对这种邀请很少会拒绝，一是因为礼仪，二是因为利益，跳支舞而已，又不会少块肉。

盛柠以前只参加过学校舞会，娱乐性质更强，现场气氛欢乐。如果抽签抽到同样不会跳舞的舞伴，两个人就现场"一嗒嗒二嗒嗒"地跟着舞蹈老师学，小心翼翼地看着地面边步，生怕踩着对方的脚。

但这种场合，周围都是精英，要是不会跳，那就很尴尬了。

温衍问她："会跳吗？"

盛柠不满地反问："你都不知道我会不会就拉我进来跳？"

"你这么大个人连支交谊舞都不会跳？"

"温总，你们资产阶级的那一套社交标准能不能别这么理所应当地放在我这个无产阶级身上？"盛柠心里吐槽资本家"何不食肉糜"，面无表情地说，"我只会第三套全国中小学生广播体操，舞动青春。"

温衍沉默几秒，冷嗤道："还有恭喜发财舞。"

"……"

盛柠不再和温衍说话，她不能一直盯着地面，否则是个人都能看得出来她不会跳，于是只能保持平视，盯着温衍的下巴看，所以她就很怕踩到温衍穿着的名贵皮鞋。

温衍低头看了眼他这位突然变哑巴了的翻译小姐，入眼的是她低垂的睫毛以及小巧挺翘的鼻梁，还有微微翕动的嘴唇。

"你嘴里在嘟囔什么？"

"数拍子。"

温衍叹了口气，沉声说："别数了，我带你跳。"

曲目此时正好换成了节奏稍快的《肖邦圆舞曲》，温衍抬起牵着盛柠的那只手，抬她的头顶，提醒道："转圈。"

盛柠转了个圈，鱼尾似的黑色裙摆小幅度地在空中画了半圈，还没等转回来重新面对温衍，他就已经放下了胳膊，牵着她的手先松开，然后抓上她的另一只手，指尖从她的五指缝隙中钻了过去。

另一只手虚扶上她的腰，盛柠背对着温衍，还没明白过来这个姿势，他低下头在她耳边说："就这样，免得你踩到我。"

盛柠被他呼吸间吐出的热气闹得后颈一痒，不自在地缩了缩脖子。

很快收到了他的提醒："注意仪态。"

盛柠咳了声，她穿的是抹胸礼服，所以后背的蝴蝶骨是没有遮挡的，就那样碰到了他西装稍硬的布料，随着脚下步伐的交替以及身体的摆动，似乎还蹭到了触感冰凉的金属制领带夹。

暖和的会厅里，就算穿着抹胸也不觉得冷，但她竟然因为这个领带夹打了个寒战，不自觉起了一片鸡皮疙瘩。

她颤抖的动作引起了温衍的注意，他顺势往下望去。

盛柠今天盘了头发，只有几缕不听话的碎发落下，遮不住白皙的脖颈，从耳垂往下到肩颈处的线条流畅，玉颈生香。男人比她高，稍微低头就能一览无余，他又离得近，因而掠过肩膀的位置，恰好看到她正面若隐若现的弧度。

男人一愣，侧开眼，原本从容的脚步也跟着乱了，紧接着脚上一疼。

原本就很紧张的盛柠更是吓得心脏都差点停止跳动。

完了，她踩到他了。

温衍疼得很，脸色微变，紧紧抿着唇。

"我自己数拍子数得挺好的，是你非要教我。"盛柠心虚地说，"我不会赔清洗费的。"

温衍皱眉，忍着疼沉声问她："你没事穿个凿子干什么？要把这儿的地板凿穿？"

"什么凿子？"盛柠低头看了眼自己的高跟鞋，看到那可怕的细跟，了然道，"好吧，对不起。"

温衍懒得计较她毫无诚意的道歉，不想再被她的"凿子"踩到，又让她转回来面对着他。

盛柠没再平视，而是更加低下了头。

温衍也不再低头看她，视线端正地停留在水平线上看不到她的位置。

"你怎么没听我的话。"男人突然低声问，"我不是让你多穿点吗？"

盛柠皱眉，觉得这男人实在是够古板。"温荔今天穿的也是抹胸的礼服。"她口不择言地反驳道，"你怎么不让她今天别穿这么暴露过来？"

那礼服还是他送给温荔的，简直够双标。

温衍愣了愣，问："你突然提她干什么？"

盛柠一惊，也觉得自己莫名其妙，她突然提温荔干什么。

圆舞曲结束，温衍松开手，两人互相鞠躬以示结束后的礼仪，盛柠说要去洗手间，先一步提着裙摆离开。

说是逃也不为过。

温衍看着她匆匆离开的背影，落在身侧的两只手僵硬地动了动，眼中闪过莫名的情绪。

离开会厅后的盛柠没去洗手间，而是去拿她的手机。

她一拿到手机就准备给盛诗檬发微信，问盛诗檬到底躲在哪里，酒会都已经过半，她竟然到现在都没看到盛诗檬。结果一打开手机，先收到了盛诗檬的好多条微信轰炸。

盛诗檬："哭泣。"

盛诗檬："我服了，人一倒霉真的什么事都能撞上，温征的车竟然在大马路上爆！胎！了！"

盛诗檬："你敢信几百万的跑车就这么随随便便爆胎了？"

盛诗檬："我跟他说打个车去，车等保险公司过来处理，结果你猜他怎么说，他说他不能放任他的新宝贝就这么孤零零地躺在街上……"

盛诗檬："然后我们两个就像两个傻×似的陪他的车在大马路上等保险公司的人过来拯救。"

盛诗檬："然后我还要装作体贴地跟他说没关系，我不介意，我陪你一起等。"

盛诗檬："我今天的千金妆算是白化了。"

盛诗檬："人生如戏，我想退隐。"

盛柠一言难尽地回了一个省略号给她，紧接着盛诗檬又回了好几个哭泣的表情，说你终于回我消息了。

盛柠收起手机，现在的她满脑子都在祈祷酒会赶紧结束，反正盛诗檬和温征也不在这儿，她把自己该做的工作做完，今天就算是解放。

盛柠心里很乱，想去洗手间拿冷水滋滋脸冷静一下。

她推开洗手间的门，刚好碰上从里面出来的人。

盛柠愣了下，是刚刚和温衍在休息室谈话的温荔。

温荔长了张精致到极点的脸，在洗手间温和昏黄的灯光下显得更加漂亮。

盛柠尤其抗拒不了这样浓墨重彩的浓颜脸，无论是对男人还是对女人，女人就比如眼前这位，男人……就比如温衍那样的。

"你是我——"温荔显然也认出了她，顿了下，语气自然，"温衍的下属吗？"

盛柠点头："嗯。"

温荔眯了眯眼："这老古董竟然有女下属了。"然后她又笑着问盛柠："他不好伺候吧？"

盛柠抿唇，没有回答。

温荔一点也没有明星架子，哼哼两声说："我也看不惯他，所以你放心吐槽。"

盛柠咳了声，犹豫却诚实地说："是挺难伺候的。"

听盛柠这个做下属的吐槽上司，温荔乐得花枝乱颤，仿佛找到了同好。

盛柠不好意思地抿唇，还是开了口："温小姐，那个——"

温荔："嗯？"

盛柠本来是想问她跟温衍之间的事，但转念一想，两个人说话都要特意去休息室，所以一定是不想让别人知道他们是认识的，甚至不止是认识，她又有什么立场去打听，而且她就算打听了，知道了答案，这个行为也很奇怪。

盛柠心里酸涩涩的，最终还是没问出口。"我可以问你要个签名吗？"她只好找个别的借口，"我妹妹是你的粉丝。"

成功拿到温荔的签名，盛柠决定不卖了。抛开温衍不说，她就跟温荔说了几句话而已，却觉得温荔实在很讨人喜欢，等回去以后送给盛诗檬吧，如果盛诗檬不要，那她就自己留着，摆在家里当纪念。

酒会在临近六点的时候结束，盛柠准时下班，和陈助理他们告别后准备坐电梯下楼。

她掏出手机给陆嘉清打电话。

"盛柠？"陆嘉清接得很快，"工作结束了吗？"

陆嘉清还是那副和高中时候一样清隽温和的嗓音，盛柠对他的记忆又回来了一些。

"嗯，我现在坐车过去。"盛柠说，"我这边比较近，你可以晚点再出门。"

"你声音一点都没变啊。"陆嘉清笑了两声说，"不用坐车了，我开朋友的车过来，已经快到你那里了，你直接下楼跟我碰面就行。"

"谢谢，麻烦你了。"盛柠说，"是你来燕城玩，其实应该是我去接你。"

"无所谓，反正我也要在这里工作，就当提前熟悉环境了。"

跟这样性格好的人交谈会让人觉得轻松，盛柠自身不属于那种很亲切的性格，所以和人相处得好不好，全看对方对她是什么态度。

"盛柠。"

有人叫她，盛柠回过头去，是陈助理。

盛柠的嘴原本已经绽开了笑容，但一看到跟陈助理站在一起的男人，她的唇角瞬间落了下来。

"温总。"盛柠不得不客套地问他，"已经忙完了吗？"

"嗯，现在去楼下餐厅。"温衍看她抱着外套，问，"你现在回家吗？"

陈助理先替盛柠回答："温总，盛柠晚上跟人有约了。"

温衍语气平平："和谁？"

"高中同学。"盛柠说，"他来燕城玩，我招待一下。"

"你就穿这个去赴约？"温衍问，"不先回去换件衣服？"

"不用吧。"盛柠低头看了眼自己，"我是去西餐厅吃饭，这身挺好的。"

穿这么正式都不好去普通餐馆，盛柠为此还特意订了西餐厅的位置，反正西餐厅大家都穿得很正式，她就不显得突兀了。

温衍突然皱眉："所以你是为了晚餐，才特意打扮成这样的？"

盛柠心想今天这身虽然是盛诗檬单方面热情地给她打扮的，又是化妆又是盘发的，但她也没拒绝。好歹是七八年没见面的高中同学，注重形象打扮一下，这总没毛病吧。

"差不多。"盛柠点头。

"你那同学男的女的？"

"男的。"

温衍"呵呵"一声："怪不得。"

盛柠侧过头去看他："怪不得什么？"

"怪不得我让你穿多点你不肯。"温衍面无表情地说，"原来是为了见男同学。"

盛柠对他的阴阳怪气相当不爽。

"我不穿好看点，难道还要邋里邋遢地去见别人吗？"她反驳道。

对她的反问，温衍依旧冷着张脸："平时没见你这么上心。"

"我平时那是上班，不是走秀。"盛柠顿了下，有力地说，"见的都是同事和温总你，我觉得自己认真工作就是对温总你最大的上心。"

每天早上九点上班，还要算上通勤时间，她哪儿有那个时间天天打扮得像个公主似的去上班？

而且老板并不会因为她打扮得好看就给她涨工资，同事也不会因为她打扮得好看就认可她的工作能力，她只要每天干净整洁地去上班，不辣别人的眼睛就足够了。

温衍被她有理有据的反驳说得气结，神色阴晦地盯着她那副惹人生气的倔强脸。

电梯到了，盛柠直接走进去，刚按下关门键，温衍抬腿，一言不发地走进来。

盛柠惊疑地看着他。

"温总？"陈助理语气不解，"您不等许总他们一起了？"

"我下去一趟，你和张绪先替我应酬着。"

陈助理迟钝地点点头："啊，好。"

电梯门关上，陈助理站在原地愣了一会儿。温总属实是有些多管闲事，他就觉得盛柠的打扮没毛病，挺漂亮的。

他转身，打算回去跟张秘书会合，两个人先把几个老总请到餐厅坐下再说，刚回到会厅，迎面撞上个冒冒失失的人。

陈助理忙扶稳人，看清来人后叹气道："看路啊你。"

"学长。"高蕊惊喜地问，"温衍呢？"

"刚坐电梯下去了。"

"我又错过了?!"高蕊一脸失望，"我好不容易才从我爸那儿脱身的！"说完她不甘心，就要往外面跑："不行，我今天一定要见他一面。"

"你还是先别去了。"陈助理拉住她。

高蕊很不理解："为什么啊？我今天打扮得这么好看，却一面都没见着他，好歹让我在他面前亮个相，我这身打扮才不算浪费吧？"

陈助理低头，高蕊身上穿的同样是小抹胸设计的礼服，领口好像比盛柠的那件还要低一点。

高蕊注意到他的视线停在不太礼貌的位置，稍微后退了一步，语气有些尴尬："学长？"

陈助理咳了声，挪开眼，提醒她说："温总不太喜欢女孩子穿这种类型的礼服。"

高蕊一下子抬高了声音："啊？可是他前女友今天穿的就是这样的礼服啊，

那还是他送给她的呢。"

"什么前女友？"

"温荔啊。"高蕊说，"经过我和盛柠女人的第六感推测，那肯定是他前女友。"

陈助理其实也不知道温总和温荔是什么关系，所以也无法明确地反驳，只能说："温总和温荔认识挺久了，她和你们不一样。"

"所以就是双标呗，她能穿所以其他女人都不能穿，否则就是碰瓷。"高蕊撇嘴道。"人家都结婚了，我去年还追过她的综艺，她跟她老公恩爱着呢，温衍他上赶着当什么痴情男二啊。不行，我得帮他走出上一段感情。"沉思片刻，高蕊突然认真地道。

陈助理哭笑不得："你要怎么帮？"

"我之前原本想让盛柠帮我追温衍，可是她没同意，我也觉得这样有损我跟她之间纯洁的友谊。"高蕊突然对陈助理甜甜笑道，"所以学长，我帮温衍，那你就帮帮我呗？"

陈助理点点头，微笑道："啊，怕有损你跟盛柠纯洁的友谊，就不怕有损我跟你纯洁的同门情是吧。"

"不是，我跟盛柠这才认识多久啊，我跟你那就不一样了。"高蕊骄傲地说，"我们连微观经济学都是一个老师教的。"

陈助理沉默几秒，说："我先说好，温总不好追。"

"我知道，所以才有挑战性嘛，追高岭之花的乐趣不就在这儿？"高蕊信心满满地说着自己的计划，"本来我是想温水煮青蛙，靠细节取胜，逐步攻破他的心防。"

"但是太慢了，我这实习都快结束要回学校了，而且估计到现在他也没记住我叫什么，所以我打算先告白，让他记住我，然后再慢慢追。"

听着挺靠谱，但对象如果是他上司……悬。

陈助理满脸黑线地提醒道："要是你到时候被他狠狠拒绝了，千万别找我哭。"

"放心，我自个儿去酒吧深夜买醉，绝对不麻烦你。"

陈助理："可以。"

反正别给他添麻烦就行。

进了电梯，盛柠摁下一楼的按钮，语气不怎么好地问温衍："温总你要去哪一层？"

"一楼。"

"你不是还要留在这儿吃晚餐吗？"盛柠问。

温衍淡淡说："我只说去一楼，没说要走。"

盛柠点头："哦。"

盛柠无话可说，电梯里的气氛迅速沉寂下来。她在心里祈祷，快点到一楼，快点到一楼。

没等到一楼，温衍突然不咸不淡地说了句："跟我一起去应酬。"不等盛柠回答，他又说："算你加班。"

盛柠摇摇头："今天不行。"

"财迷转性，为了和人一块儿吃顿饭。"温衍扯唇，语气意味不明，"连最爱的加班费都不要了。"

盛柠承认自己是很喜欢加班费，而且温衍每次给加班费都很大方。

"我和别人提前约好的，总不能为了赚加班费放人鸽子吧。"盛柠嘟囔着说，"而且今天不是有陈助理和张秘书在吗？要是下次他们不在，你有工作要吩咐，我随时可以的。"

"没有了。"温衍冷冷地说，"你这次不要就没下次了。"

盛柠听出他在刻意找碴，心头火气顿起，压了又压，咬着牙说："那就当我没这个福气吧。"

温衍心里也有火，听到盛柠的这句回掷，脸色变得更加阴沉。

电梯到了一楼，盛柠迫不及待地走了出去。

男人腿比她长，迈开步子越过她，轻松挡在她身前拦下了她。

他说："你把衣服穿好。"

盛柠翻了个白眼，衣服衣服，她穿这个到底哪里惹到他了?!

"今天酒会上那么多女人穿得比我还少，你去管她们啊，为什么就单单针对我？"

温衍淡淡地说："我又不认识她们。"

"那温荔呢？温荔你总认识吧，还是说全世界只有温荔能穿露肩的礼服，我就不能穿吗？"盛柠又开始口不择言，尖声问道，"我身上这件也是你送的，你送的她能穿，我为什么就不能穿？你就这么看不惯我？"

温衍一怔，随即冷下语气问："你怎么知道她身上那件是我送的？"

他承认了。温荔身上那件所谓的百万高定礼服真的是他送的，他对女人可真是大方。而她今天身上穿的这件，对他来说不过拔根毛的程度。

她没见过世面，还小心翼翼地放在衣柜里供着，到今天这样的重要场合才舍得把它穿出来。

以前觉得没什么，本来人和人从出生的那一刻起就有了差距，但现在莫名其妙的自尊心在折磨她，她不想被人看轻，也不想承认自己和他的差距。

"你送了难道还怕别人知道吗？"盛柠淡淡说。

温衍没有回答，而是盯着她质问道："是陈丞告诉你的？"

"不是。"她不想扯其他人下水，直接把所有责任往自己身上揽，"是你和温荔去休息室说话的时候我听到的。"

温衍错愕地张了张嘴："那你知道我跟她——"

盛柠突然很不耐烦地打断他："我知道，都听见了。"

就在她以为自己因为窥探上司隐私要被大骂一顿甚至丢掉工作的时候，男人沉沉叹了口气，语气平静道："那丫头怕影响她的事业，不让对外公开，你记得保密。"

他没有生气，更没有恼羞成怒，但也没有否认。

盛柠在松口气的同时，心情更加酸涩了几分。她吸了吸鼻子："我会保密的。"

已经答应他了，这下她可以走了吧？

结果她刚往前走两步，又被拉住了胳膊。

"把衣服穿好再出去。"他仍是这样不容她拒绝地命令道。

盛柠实在忍不住了，一把甩开他的手，怒气冲冲道："我不穿啊！"

"你到底在生什么气？"温衍被她凶得有些愣神，嗓音压得很低，"你偷听了我和温荔的谈话，我没有怪你，你反倒对我甩起脸色了？"

"那你又生什么气？"盛柠咬着牙问，"我不能跟同学去吃饭吗？这裙子你既然送我了，我不能穿吗？"

温衍神色一顿，但拉着她的胳膊的手始终没有松开，然而兜里的手机一直在振动，令人无法忽略。

盛柠眉头皱得很紧："你不接电话吗？"

温衍"啧"了声，用空着的那只手从兜里掏出手机，不耐烦地接起："喂？"

"温总。"电话里的陈助理听出他正在生气，小心翼翼道，"许总他们都在等您。"

酒会后的这顿晚餐很重要，全是生意场上需要结交的人，还有好几个互联网新贵，他们的企业主要面向年轻人群体，市场很大，眼光老到的企业家们自然也瞄准了他们。

新兴企业需要老牌企业的支持，而老牌企业需要通过投资入股新兴企业为自己注入新鲜血液。那几个和他父亲称兄道弟的老总平时看着慈眉善目，一到这种关系到自身利益的当口儿，什么明招阴招都使得出来。

他今天代表整个兴逸，不能缺席。

"我马上上来。"

温衍刚挂掉电话，盛柠也不等他主动松开，就迫不及待地甩开了他的手。

他不知道出于什么情绪，是挽留还是责怪，沉声叫她："盛柠。"

"今天温征和盛诗檬压根就没来酒会，我作为你翻译的工作已经结束了。"盛柠转头看他，目光冷淡，语气平静，"请问温总，我可以走了吗？"

"……"

抛开温征和盛诗檬，抛开工作，温衍压根就没有立场叫住她。

盛柠知道他懂这点，所以故意这样说，果然温衍不再说话，她说了句"温总再见"，然后转身离开。

外头风很大，她推开玻璃门走了出去。

温衍在心里嗤了声。没有立场叫住她又如何，但凡今天这顿饭局没那么重要，她怎么可能走得掉？

他看着她快步走向停在酒店门口的那辆小车，那个从主驾驶座上下来的男人看着和她差不多的年纪，盛柠一见到那个男人，一改刚刚对他那副张牙舞爪的模样，笑意盈盈地和那个年轻男人打招呼。

两个人脸上都挂着笑容，站在车子旁交谈，之后那个男人礼貌地指了指盛柠的外套。

盛柠抿唇一笑，很快将外套穿上。

温衍烦躁地侧过头，目光晦暗冰冷，讽刺地笑了两声。他叫她穿好衣服再出去，她不听，他叫她干什么，她就偏不干什么，而她那个同学就只是指了指她的外套，她就立刻听话地穿上了。

她怎么会是这样的姑娘，怎么能对他和她那个男同学的态度这么天差地别？

心烦意乱的同时又觉得莫名挫败，他只觉得一身的骄矜和傲慢都被这姑娘踩在了脚底下。

抓在手里的手机再次催促般地振动起来，男人目光灼灼地盯着那两个人，最后艰难地转过身，将这个令人生气的场景甩在脑后。

时隔七八年的会面，两人都没料到曾经的高中同学现如今竟是这个样子。可是如果表现得太过惊讶会让对方感到尴尬，彼此的目光只是在对方身上停留了片刻，紧接着就用刻意的对话开始打破好久未见而产生的陌生感。

他们的声音没怎么变，但是模样都有所改变。

陆嘉清高中的时候长得很清秀，瘦高的个子，他性格好，开朗大方，所以有很多朋友。唯独给盛柠送牛奶的那段时间，他反差比较大，总是表现得很腼腆。

在见到现在的盛柠的第一面时，陆嘉清稍微怔了一下，紧接着很快露出那副从高中到现在都没变的爽朗笑容。

他笑得很大方，盛柠自然也回了他一个笑容。

"不好意思，工作才结束，没时间回去换衣服了。"坐上车的盛柠抱歉地对他说，"本来是让你选吃饭的地方，现在只能勉强你去西餐厅了。"

"没事，我挺喜欢吃西餐的。"陆嘉清轻轻一笑，"很好看，如果不是因为今天恰好你有工作，我恐怕也见不到你打扮得这么隆重。"

陆嘉清指了指自己，打趣道："特意跟我朋友借的正装，还合身吧？"

"很合身。"

"刚刚我看到你在里面跟一个男人说话。"陆嘉清顿了顿，语气温和，"是你同事吗？"

"是我上司。"盛柠解释，"刚刚在交代我工作。"

"上司？"陆嘉清有些惊讶，"这么年轻？"

盛柠语气平静："富二代，出身好，一生下来就是天之骄子。"

"难怪。"陆嘉清立刻理解了，"那我们比不了。"

盛柠点头："是啊。"

到了预订好的餐厅，两个人有一搭没一搭地聊着过去，因为太久没见，对现在毫无共同话题，所以只有过去可以聊。后来陆嘉清说到准备来燕城工作的事，这才把话题重新拉到现在的时间线上。

"我在线上面试过几家公司，有几家公司已经通过了，说我随时可以去。"陆嘉清说，"吃完饭我把那几家公司的资料发给你，你帮我参谋参谋？"

"可以，举手之劳。"

吃完饭后，盛柠打算叫服务生过来买单。

陆嘉清说："这顿我请吧。"

"不是说好我请吗？"盛柠没答应，"这么久没见了，该讲的客套还是要讲，我来。"

这之后又互相客套了几下，陆嘉清叹着气说："盛柠，就当这顿饭是我高中的时候请你喝的牛奶，不行吗？"

盛柠觉得这个比喻很奇怪。

"价格差这么多，这怎么能比？"她退了一步说，"就算你也想付钱，那至少跟我 AA[1] 吧。"

"AA？"陆嘉清蹙眉，"你有把我当男人看吗？"

"你才毕业回来，工作都还没找，好歹我都实习这么久了。"盛柠不想说这个，但不说又没有别的理由，"论私房钱，我还是比你多点吧。"

陆嘉清一愣，爽朗地笑起来。"喂，盛柠，你不是在跟我炫富吧？"

"是。"盛柠语气正经，"所以这顿让我请。"

陆嘉清顿时笑得更大声了，干净清澈的眼睛微微弯着，边笑边咳，最后妥协地点了点头："好吧，你请，这可是你给我的机会啊。"

盛柠："什么机会？"

"这次你请我，那下次我不就能顺理成章地回请你了吗？"陆嘉清立刻用她的理由堵住她接下来要说的话，"你自己说的，我们这么久没见了，该讲的客套一定要讲，我不能白吃你一顿饭。"

盛柠张了张嘴，在他自信又清爽的笑容前没好意思拒绝，点头说："好吧。"

吃过饭之后他们准备各回各家，盛柠又主动说："把我送到最近的地铁站吧，我自己坐地铁回去就行。"

陆嘉清犹豫了会儿，点头："好。"

他知道盛柠是那种如果别人对她不主动，那她就一定不会主动的类型。可如果有人对她好，她也会回报，但这种回报只是她对别人人情上的一种偿还，并不是回应和亲近。

她对他很客气，态度也很友好，像普通朋友一般，却始终不亲近。但他已经不像高中的时候那么腼腆了，当时送牛奶都会不好意思，如今已经可以从容又爽快地面对盛柠了。

今天的见面没有想象中的尴尬，盛柠比高中的时候健谈了很多，看得出来这几年在燕城，她的社交能力提升了不少，不是当年那个只会埋头学习的书呆子了。

高中的时候，陆嘉清对盛柠的第一印象就是书呆子。他习惯了当第一名，可是自从和盛柠做了同学以后，这个第一名就不再是他的专属了。有几次他因为考试前一天和朋友通宵去网吧上网，结果就被盛柠在考试中拉开了不小的分差，而他每次考第一名的时候，盛柠就只和他差个几分。

陆嘉清疑惑难道这个女孩子每次考试前都会准备得那么充分吗？于是他开始注意盛柠。

---

[1]　AA：平均分担所需费用。

斯斯文文的长相，戴着眼镜，脑后扎着马尾辫，喜欢穿干净整洁的校服和帆布鞋。

她其实长得蛮漂亮的，但当时他们年级有几个特别会打扮的女生，男生们的目光都被那几个女生吸引，也就没人注意到这个优等生其实一点都不输给那几个女生。

盛柠今天的打扮就证实了他当时的眼光没错。

陆嘉清边淡淡地回忆从前，边默默开车，边想办法说服盛柠，将她送到了她家楼下。

"等我找好吃饭的地方后发微信给你。"等盛柠下了车，陆嘉清降下车窗笑着对她说，"不去西餐厅了，想穿什么就穿什么，你怎么舒服怎么来。"

盛柠觉得其实今天这顿饭她吃得挺舒服的，比和温衍跳舞舒服多了。

和陆嘉清告别，盛柠拖着疲倦的身体上楼，回到家的时候灯都关着，盛诗檬还没回来。

难道保险公司还没赶去拯救他们？这是什么保险公司，效率这么垃圾，温征竟然放心在这种保险公司投保，看来富二代挑保险公司的眼光也不怎么样。

盛柠撇撇嘴，将今天唯一的收获——温荔的签名摆在了玄关的柜子上。

她匆匆洗了个澡，直接上床准备睡觉，可是在床上躺了好久也睡不着，于是拿出手机打算玩一会儿再睡。

不知怎么的，盛柠竟然破天荒地用手机搜了温荔的名字。

温荔已婚，所以搜她的时候难免会顺便搜到她的老公。

盛柠也没见过她老公本人，不过光是看图片，她觉得两个人很般配。

她又看了几段这对夫妻的综艺剪辑视频，结果一看就看到了盛诗檬回家。

盛诗檬在楼下喊她，盛柠立刻心虚地把手机往枕头里一塞装睡。

眼睛闭着，脑子里却在想刚刚看的视频。

人家夫妻俩这么恩爱，所以说温衍跟着瞎凑什么热闹。

不过她也有病，她跟着瞎凑什么热闹。

两个神经病。盛柠在心里骂道。

元宵节过后学校开学，毕业论文的开题报告已经通过，导师让她开始准备论文资料写初稿。盛柠和所有实习生一样，开始两头忙碌。

在公司的时候负责带她的徐百丽又问起她的就业打算，她想了想，还是把自己的打算告诉了丽姐。

"考外交部啊？"丽姐点点头，"那你马上要开始准备下半年的公考了吧？"

"嗯。"

"也行，你自己做好决定了就行。"丽姐拍了拍她的肩膀，"有的忙了，加油。"

等丽姐一走，盛柠又趴在桌上开始发起呆来。

人事部已经给她的寒假实习报告盖了章，按理来说她已经圆满完成了这次实习，可以不用来上班了。可是丽姐安排给她的工作她还没有完成，她觉得丽姐虽然人比较严肃，但对她还算不错，给她安排工作也是为了锻炼她，陈助理和张秘书也会时常指点她。

总裁办的其他前辈虽然喜欢支使她这个实习生做东做西，但也没有为难过她，每次点下午茶的时候都会请她吃零食。

除了顶头上司，其实这里其他人都挺好相处的。

而且新认识的朋友高蕊也不错，虽然是富家千金，人却没有架子，平时午休时间和她聊天也比较愉快。

于是今天中午在食堂吃饭的时候，高蕊依旧充当了气氛活跃者。

刚放完长假的公司食堂很热闹，每一桌的人都在互相聊过年期间发生的事。

高蕊和盛诗檬很聊得来，两个女孩子喋喋不休，现在她们聊到了一月份新的动画，盛柠不看动画，所以走了会儿神。

放在桌上的手机屏幕亮了，盛柠拿起一看，是陆嘉清发来的微信。他已经选好回请她的餐厅，把定位发给了她。

"盛柠，你有没有听我说话啊？"

盛柠茫然抬起头："啊？"

"我说，我打算把温衍约出来，跟他告白。"高蕊重复了一遍。

盛柠的脑子一时间没转过弯来："你们不是在聊动画吗？"

"那是几分钟之前，已经聊完了。"盛诗檬说，"我劝她不要，因为百分之九十九的概率会失败，姐你也劝劝她吧。"

盛柠顿了下，诚实地说："难道不是百分之百的概率吗？"

"……"

"……"

"哎呀，不管了，我实习结束马上就要回学校忙论文的事了，管他是死是活呢，告白就完事了。"高蕊坚定地举起小拳头说，"大不了就是被拒绝轰轰烈烈哭一场，到时候我可不想叫上我那帮'塑料'小姐妹让她们笑话，你们得陪我通宵买醉，放心，酒水我请。"

盛诗檬不禁为高蕊的勇气鼓掌，毕竟她追过温衍，她知道这是抱着多大的勇气才能下定决心跟温衍告白。

"她打算这周六把温衍约出来吃饭，让我们把周六晚上的时间空出来，等她告白失败以后随时接应，出发去酒吧。"盛诗檬说。

高蕊看向盛柠："你周六那天有空吧？"

"没空。"盛柠说，"我约了人吃饭。"

高蕊大喊："什么人，难道比你姐妹还重要吗？"

盛诗檬却猜到点什么，悄悄问盛柠："是陆嘉清学长吗？"

"嗯。"

盛诗檬的眼睛一下子亮了起来。"这是你们约的第二顿饭了吧？有机会发展吗？"

盛柠摇头："没有吧。"

没有特别的感觉，就像过年的时候无意间在酒店碰上了同学聚会，见到了很久都没见的同学们差不多的感觉。

盛柠一直觉得陆嘉清对她而言是比较特殊的那个，她曾对他有过好感，即使这份好感并不深刻，但比起其他那些和她萍水相逢的人来说，他已经足够特别。可那天见面后，并没有久别重逢的喜悦，而是扑面而来的陌生感。

"啊。"盛诗檬失望地发出一个语气词。

"什么什么？什么约饭？什么发展？"高蕊明显也听到了点什么，立刻把头凑了过来想要多听点内情。

盛柠觉得也没什么不好跟高蕊说的，毕竟高蕊连跟温衍告白这种私事都跟她和盛诗檬说了。

她大概交代了一下陆嘉清的事，盛诗檬是知情人，有些盛柠刻意省略的地方，譬如送牛奶这个细节，盛诗檬等盛柠说完，又立刻在后头一脸激动地帮盛柠补充说明。

高蕊听得羡慕不已："我去，这不就是那种清纯的青春电影吗？"

"是吧。"盛诗檬拼命点头，"以我的经验和直觉，那个陆嘉清学长绝对是为我姐才来的燕城。"

"不过我有一点疑问。"高蕊举手说，"如果你姐的那个高中同学，是为了她才来燕城工作，就代表这么多年他一直没忘记过盛柠，那为什么要等到现在才联系盛柠啊？"

盛诗檬被问住，不确定地说："之前不在一座城市，联系了也没用吧。"

"为什么没用？"高蕊更不解了，"都在地球上，就算隔了个太平洋，一张飞机票难道还搞不定吗？要是我的话我绝对不会等到现在才联系你姐。"

"你跟那个学长性格不一样啊。"盛诗檬说。

像高蕊这样既乐天派又热情的人能有多少，她的成长环境造就了她这样爽快的性格，而大多数人都没有她这样幸运，比如盛柠，比如盛诗檬。因为怕受伤，所以不肯付出，更不要提单方面地陷到一段得不到回应的感情里。

"如果真的对一个人很有感觉，理智是劝不住的。"高蕊指了指自己，"就比如我啊，你们都让我别跟温衍说，我自己能不清楚这个道理吗？傻就傻呗，大不了就是哭一场醉一场的事嘛。"

"不管他有什么样的顾虑，都是他的事。"盛柠突然说，"再说我高中毕业都多少年了，我长大了他也会长大，想法也会变的。"

说完后她端起餐盘离开，还是像往常那样提醒她们两个别聊太久忘了时间。

"你姐也太理智了吧。"高蕊偷偷嘟囔，"我怎么觉得她比温衍还难搞。"

"没吧，明显温总更难搞啊。"盛诗檬否认道。可转念一想，她追温衍才追了多久，盛柠跟她又认识了多久，如此就又不太肯定自己刚刚说的话了。

平心而论，她不希望盛柠错过陆嘉清，至少他们俩从高中的时候就认识，比起认识一个新的人建立一段新的关系，和曾一起度过某段岁月的旧识重新认识并接触，显然更适合盛柠。

高蕊和盛诗檬还在食堂继续磨蹭，盛柠已经先上楼回了总裁办。

办公室里没几个人，都在安静地玩手机，盛柠回到自己的工位，打算先看会儿翻译文件催眠，然后趴在桌上睡个午觉。

陈助理给温总送饭上来的时候，盛柠已经在自己工位上用脑袋"钓鱼"了。

他默默欣赏了一会儿她"钓鱼"的姿态，原本打算上前提醒她想睡就睡，可又怕这样会赶走她的瞌睡虫打扰到她午休，最终还是没管，径直往温总的办公室走去。

"温总，饭给您送来了。"

正专注工作的男人从电脑屏幕上挪开视线。"辛苦了。"

"还是按您的口味让食堂专门做的。"陈助理说，"您先吃饭吧，吃完再继续忙。"

有时候白天工作太忙，午饭也没空特意去餐厅解决，反正温衍的口味不怎么挑剔，只要不是太难吃或太奇怪的菜品都能吃得下口，为了省时间，就会直接让助理帮忙去食堂买饭。

温衍吃饭的时候比较斯文，而且他吃饭的时候不习惯被人盯着看，因为被人一直盯着，吃进嘴里的肉都变得像蜡一样难以下咽。

"还有事吗？"

受人所托，陈助理也不知道该怎么说。"嗯……温总您这周六有空吗？"

"应该有。"温衍问，"有新的行程安排？"

"不是，是私人邀请。"陈助理咳了声说，"有人托我约您这个周六一起吃个饭。"

温衍："谁？"

"她不让我说，总之您放心，一定不是阴谋，我很了解她，就是普普通通的一顿饭。我只负责带话，去不去还是您自己决定。"

温衍从来没听自己助理这么模棱两可地说过话，既然助理说不是阴谋，那他出于信任，当然也不会怀疑是不是鸿门宴。

"公司的人吗？"

"对。"

"你朋友？"

"是。"

"姑娘？"

陈助理心想不会直接被温总猜出来吧，语气开始犹豫："嗯。"

温衍"哦"了声，没再继续往下猜，而是直接说："那你跟她说，我没空。"

陈助理心想：我就知道，没有谁比我更了解温总。

就这样直接被拒绝，他也有些替高蕊尴尬。他本来就不适合插手温总的私事，更何况还是这种感情上的私事，就算温总想去，肯定也不会把真实想法跟他说。

"早知道就让盛柠来跟您说了。"陈助理尴尬地笑了笑，"我帮姑娘带话也太奇怪了，温总您别介意。"

温衍神色一顿，蹙眉问道："盛柠也知道这事？"

"啊。"陈助理刚下意识地点头，但立刻反应过来这样太过暴露，和他和盛柠都熟的人，万一温总猜到了怎么办，又赶紧改口，"她应该不知道吧，我也不清楚，我先出去了。"

说的越多错的越多，陈助理赶紧溜了。

出去的时候特意往盛柠的工位那边绕，在盛柠即将睡着时敲了敲她的桌子。

盛柠惊醒，非常不爽地往上一瞪，一看是陈助理，火气瞬间就下去了。"怎么了？"

"学妹让我帮忙约温总的话我带到了，要是温总待会儿问起你，你帮帮忙。"

说完陈助理快步逃离了总裁办。

盛柠困倦地打了个哈欠，这种事她要怎么帮忙？

她觉得以资本家的性格，就算她帮忙了也没用，他不想去还是不会去。

原本已经快睡着的盛柠只好奄拉着眼皮，继续盯着手里的文件开始第二轮催眠。

没过多久，盛柠感觉到有道视线莫名其妙地在扰乱她本来就因为犯困而缠成一团乱毛线的思绪。

她只能硬着头皮从文件中抬起头。"温总？"

温衍语气平平："终于肯抬起头了？"

"太专注了，没注意到你来了。"盛柠问，"有事吗？"

"这周六你有安排吗？"

盛柠点头："有。"

"吃饭？"

她疑惑他怎么知道，是刚刚在食堂吃饭的时候被他安插的眼线听到了？

但这并不是什么需要隐瞒的事，盛柠再次点头："嗯。"然后又问："温总你问我这个是这周六要加班吗？"

"不是。"温衍顿了顿，淡声提醒，"周六别迟到。"

盛柠莫名其妙地皱了皱眉，心想她这位上司最近真是越管越宽，她跟高中同学吃饭，他竟然还专门提醒她别迟到。

如果换作酒会那天，可能她又会觉得不爽然后撑回去，但现在是大白天，她没喝香槟，甚至刚刚还喝了口热水。

盛柠坐在自己的工位上，眼前这位是她正儿八经的顶头上司，所以她很清醒。

"知道，不会迟到的。"

她以为他之后还有什么事要吩咐，结果男人只对她说了这么几句话，就转身走了。

那天在酒会，温衍叫她把外套穿好再出去，她死活不穿，可一出去就被风刮得打了好几个哆嗦，陆嘉清提醒她穿衣服她才着急忙慌地穿上外套。

盛柠后来反思了一下，觉得她和温衍最近的相处模式，越来越像不听话的叛逆女儿和性格冷漠只会命令式教育的刻板父亲。

她也不知道为什么，每次在温衍面前，总是控制不了自己的脾气，只要他有一点让她不爽，她就格外任性。

明明面对其他人的时候就很正常，和谁都能好好说话，唯独对温衍不行，两个人就像是火星子点上炮仗，噼里啪啦永远没个安静的时候。

盛柠抿唇，低头又趴在了桌上，困意全无，下半张脸埋在胳膊里，露在外面的眼眸中闪动着复杂明灭的光。

反正实习就要结束了，到时候等盛诗檬和温征的戏演完，她也不用再背着良心做恶人。

她马上就能解放了。

第 3 章

杀上门来

周五下班的时候，高蕊兴奋地跟盛诗檬说："不用去酒吧买醉了，温衍应约了。"

盛诗檬以为高蕊是亮明了身份去约温衍的，所以没觉得很意外。高蕊怎么说也是富家千金，她和高蕊还是不太一样的，温衍看不上她，不代表看不上高蕊。她在心里庆幸自己对温衍还好没坚持多久，而是中途换了目标。

把一个姑娘的家世背景看得比什么都重要的男人，她就是拼了命去追，也追不上的。

周五的晚上，盛诗檬和高蕊在她们的三人小群里聊天，突然，盛诗檬放下手机，躺在公寓的沙发上沧桑地感叹道："这个社会太现实了。"

盛柠把积攒了一周的脏衣服丢进洗衣机，还在计算洗衣液的用量，没太注意盛诗檬说了什么。

"姐！"盛诗檬又抬高了声音，"这个社会是不是很现实、很讽刺？"

"嗯。"盛柠敷衍道，"你这条打底裤洗不洗？"

盛诗檬有气无力地回："洗，我放在洗衣篮里的都洗。"

洗衣机开始工作，盛柠走回到沙发边，抬脚踢了踢咸鱼样子的盛诗檬："别横着躺，给我让个位置。"

盛诗檬懒洋洋地坐起来，盛柠在她身边坐下，自顾自拿起电视遥控器准备找部电影看。

盛诗檬撇撇嘴，突然张开双臂牢牢抱住了盛柠。"姐。"她闭上眼，又喃喃地重复了一遍刚刚的话，"这个社会太现实了。"

盛柠嗯了声，拍拍她窝在自己胸前的脑袋："所以这个现实的周六，你有什么打算？"

"高蕊和温总去吃饭，你和陆嘉清学长去吃饭。"盛诗檬自言自语道，"我就去图书馆写论文呗。"

"你开始写论文了？"盛柠惊讶地眨了眨眼，"我以为照你的拖延症，起码要拖到五月才开始动笔。"

"六月就毕业答辩了，我还想顺利拿到毕业证呢。"盛诗檬也不介意姐姐的打趣，反正她也知道自己是个什么德行，故意叹了口气顺着姐姐的话说，"虽然我也不想这么早就开始，但是没办法，谁让我孤家寡人呢。"

盛柠皱眉："你哪儿孤家寡人了？温征呢？"

"反正迟早都要分手。"一听盛柠提起温征，盛诗檬原本轻松的表情顿时又变得烦躁起来，"我现在一想起他就想起那天陪他和他的跑车在冷风里坐了好几个小时，就觉得烦。"

盛柠突然好奇起来："你们那天晚上真就在大马路上坐着，别的什么也没干？"

"对啊。"盛诗檬叹气，"亏我那天还给自己化了那么好看的妆。"

"你都觉得烦，难道他不觉得烦吗？"盛柠不太理解。

盛诗檬耸肩："不知道。"

她没看出来温征哪儿烦。

车子开到半路，车胎突然爆了，两个人都以为怎么了，坐在车上面面相觑。后来下车查看，发现是车胎爆了，在盛诗檬无语至极的眼神下，温征竟然莫名笑了起来。

盛诗檬却笑不太出来，酒会快迟到，他竟然还能笑得出来。

她提出打车去，却又被他顾左右而言他地拒绝了，说这辆车是新宝贝，不能把它丢在大马路上。

温征喜欢车她是知道的，但她没想到他会愿意陪着一辆车在马路上吹风，盛诗檬能怎么办，只能装作不在意，老实陪着他一块儿吹风。

他突然问她想不想喝奶茶，盛诗檬说随便，他竟然就拿起手机点起了外卖。

盛诗檬永远忘不了当外卖小哥拎着奶茶到达目的地的时候，要找的竟然是一辆停在大马路上的豪华跑车，以及单主是一对打扮得相当正式像是要去参加上流宴会的男女，对他们露出的那个震惊又迷茫的眼神。

后来保险公司过来将车拖走，可酒会也快结束，再赶去也没什么用了。

盛诗檬想回家，温征却突然说："你今儿打扮得这么漂亮，就光跟我在大马路上坐了一下午，是不是太亏了？"

她在心里拼命点头，本来打扮得这么漂亮就是要闪亮登场啊，谁知道车会爆胎。

之后温征为了不让她这身打扮浪费掉，带她去西餐厅吃饭。是他们曾经去过的高空餐厅，依旧坐在可以从观景玻璃往外俯瞰整个燕城夜景的位置上。

他们吃完饭后，去了更高层的室外观景台看夜景。

盛诗檬的长发被吹得扬起来，观景台上拍照"打卡"的漂亮小姐姐不少，但还是有不少人在看她。

肩上突然被披上外套，盛诗檬抬头看向温征，刚要对他说句谢谢。

他目光专注，眼中情绪化成的光比远处的夜景霓虹还要亮，唇角带笑，朝她低下头来。

盛诗檬心里一紧，后退两步，下意识拒绝了这个吻。

温征已经把话对她说开，他利用她，她接受他的利用，但并不代表他们还能像从前那样肆无忌惮地亲密。

他眼中闪过一丝失望，但很快脸上重新挂上了那副漫不经心的懒散笑容。

盛诗檬尴尬地转移话题，问："刚刚吃饭的时候为什么不喝红酒。"

他倚着栏杆，懒懒地说："今天的红酒不行，还没有下午的奶茶好喝。"

盛诗檬甩甩头，将那天的记忆从脑海中甩掉。

而盛柠这会儿已经找好了电影，一边剥橘子一边看了起来。

盛诗檬突然朝她张嘴："啊。"

"你没手吗？"盛柠嘴上抱怨着，但还是剥下了一瓣橘肉扔到了盛诗檬的嘴里。

盛诗檬被橘子甜得眯了眯眼，一边脸颊微微鼓着，吃完后又张开嘴，想让她姐再喂她一个，而盛柠已经沉浸在电影里，完全没看见盛诗檬的暗示。

电影是原声英文片，碰上值得学习的短句或是词组，盛柠甚至还会顺手用手机做笔记。

盛诗檬不知道盛柠到底是在看电影还是在学习，只好自己剥橘子吃，她对这种晦涩的电影没什么兴趣，又顺手拿起手机准备看看微博打发时间。

上回在酒会上，她几年前喜欢过的温荔竟然也去了，盛柠还带了温荔的签名回来。虽然盛诗檬早就"脱粉"了，但还是很遗憾没去成酒会。

她决定去微博看看温荔的近况，如果温荔的脸还是那么好看，她可以考虑继续喜欢。

刚打开微博，手机上方弹出微信消息，是温征发来的，问她周六有没有空。

"都说开了还装什么浪子回头啊。"盛诗檬小声抱怨道。

周六如期而至。

高蕊之所以不让陈助理提前告诉温衍到底是谁约他在周六这天晚上吃饭，就是想要赌一把，顺便试探他。

如果他坚决不来，那就证明他正如她想的那样，不是轻易可以打动的人，所以不会在不知道对方是谁的情况下就贸然应约。而她也可以在还没来得及告白的时候就提前知道答案，他也不会知道是谁约的自己，高蕊也能免于豁出去丢脸。

如果他来了，那就说明他再高冷，那也是一个男人，即使再难追那也是有可能追到的，他们并不是一点可能性都没有的。

想好了两种可能，做好了两种打算的高蕊从学长那里知道了答案：温衍会来。

她无法形容那一瞬间有多高兴，更无法形容之后的心情有多复杂。

约他的人不是盛柠。

温衍也无法形容自己这一刻有多失望多生气，在和高蕊简单交谈几句后，他一路头也不回地走到地下停车场，坐上车，三两下发动车子驶离这里。

他打开导航，输入了温宅的位置，导航的女声开始工作，为他规划了一条回家的路。

开到半路堵了车，不是因为交通事故，而是因为交警临时查车。

温衍烦躁地揉了揉眉心，过了一会儿交警过来敲了敲他的车窗："先生，你好。"

温衍放下车窗，给交警看了驾照，做了酒精测试。

交警平常见多了私生活混乱的有钱人，豪车本来就扎眼，碰上这种临时查车的工作，更加成了重点观察对象。

结果一切正常，交警态度颇好地说："不好意思啊先生，今天是周六，出去玩的年轻人比较多，我们也是怕出乱子。"

温衍淡淡地说："没事，理解。"

"刚刚我们在前边就拦了对小情侣，两个人都喝多了正要往酒店去呢，神情特别不对劲，这不被我们带回局里做尿检了。"另一个交警自来熟地多说了几句，"一到周末啊，这不靠谱的小情侣就多了起来，感谢先生理解啊。"

交警放了行，温衍拉下手刹，将车开出了侧边停车位。

开出几百米后，他越想越烦躁，刚刚和高蕊的对话和交警说的话在他脑子里反复盘旋。每一个字都让他不由自主地往盛柠头上想。

他和高蕊吃饭的事，那个财迷明显是知道的，但她没有任何表示，也没有任何反应，而且不用猜，他都知道她今晚大概是和谁去吃饭了。

吃完饭又要去干什么？

他越想越烦躁，最后在前面可以转弯的路口，男人猛地按下转向灯，转动方向盘，车子瞬间掉了个头，又急不可耐地往回开去。

导航女声提醒了好几遍"您已偏离路线"，温衍置若罔闻，最后找了个地方停车。

他打开通讯录找了半天，在盛柠名字那儿停顿了一下，然后再往后滑，并没有盛诗檬的名字。

温衍突然想起，他没存盛诗檬的电话，他只好给温征拨过去电话。

温征接得挺快："哥？"

温衍言简意赅："盛诗檬跟你在一块儿？"

那边瞬间沉默下来，温衍又催促道："哑巴了？说话。"

温征语气低沉："干什么？"

"她果然跟你在一块儿。"温衍说，"叫她听电话。"

"差不多得了啊温衍。"温征直接叫了他哥的大名，"管不住我就管到我女朋友头上了是吧？你是我哥不是她哥，你要敢——"

温征还没说完，被温衍直接冷声打断："再跟我浪费时间，你这辈子都别想再见到盛诗檬了，信吗？"

温征不屑地"呵呵"一声："好啊，你还威胁我——"

温衍耐心尽失："三、二——"

"你定时炸弹啊，还倒计时！"

然后电话就换了人听。

盛诗檬的声音听上去小心翼翼的："温总？您找我有事吗？"

"你姐今天是不是在外头吃饭？"

盛诗檬："啊？"

真不愧是一对情侣，真一个比一个愣头呆脑，在这儿跟他浪费时间。

"别跟我说'啊'，我问什么你答什么，听到没有？"

盛诗檬讷讷道："哦，您问。"

"她是不是跟她同学去吃饭？"

"嗯。"

"她跟那个同学什么关系？"

"同学关系啊。"

温衍沉声问："我难道不知道他们是同学关系？用你说？"

盛诗檬顿了顿，理解了温衍的话，补充道："那个学长高中的时候追过我姐，我姐对他也挺有好感的，他们算半个初恋吧——"

半个初恋，果然。

怪不得盛柠能对那个老同学笑得那么开心，对着他的时候要不就是虚伪讨好，要不就是任性乖张，从来没有给过他真心的好脸色。

从来没有在他面前真的开心过。

温衍沉默几秒，不再问，而是直接说："你知道他们在哪里吃饭吗？"

"知道。"

"让温征发微信给我。"温衍"嗯"了声，"挂了。"

然后就干脆利落地挂断了电话，电话那头的小情侣本来在心里想了一百八十种应对猝不及防打来电话企图用打电话拆散他们的大哥的方法，结果这一百八十种应对方法全部打了水漂，只剩下他们面面相觑，两脸蒙。

温征愣愣地问："他又威胁你跟我分手了？"

盛诗檬愣愣地答："没有。"

两个人的脑子一时半会儿都没转过弯来。

盛诗檬告诉了温征她姐和陆嘉清吃饭的餐厅地址，然后又赶紧给盛柠发去了微信。

收到温征的微信后，烦人的导航女声终于不再啰唆温衍已经偏离路线，而是继续老实地为他导航新的路线。

盛诗檬："姐！！快跑！！"

盛诗檬："温总朝你的方向杀过来了！！"

盛诗檬："呜呜呜，我本来不想说的，可是温总他好凶把我吓到了，我怕死所以就出卖了你。"

盛诗檬："原谅我。"

盛柠收到这几条微信的时候，脑袋里就是一个大大的问号。

"你怎么了？"坐在对面的陆嘉清问她。

盛柠说："我老板好像过来了。"

陆嘉清疑惑地"啊"了一声，然后问她："你工作没做完？"

"没啊，再说我的工作归带我的组长管，不归他直接管。"

盛诗檬让她跑，她不知道自己为什么要跑。

盛柠突然想，该不会是她们姐妹俩合伙薅羊毛的事被发现了吧？

一想到这个可能性，盛柠立刻就开始害怕起来，连忙起身，匆匆对陆嘉清说:"我出去打个电话。"

她想好好问一下盛诗檬,如果真的是这件事被发现了,光跑有什么用,赶紧买火车票连夜逃出燕城才能保住这条命。

她刚起身,紧接着就看到门口有个熟悉的男人身影。

动作这么快??

在她看见温衍的同时,温衍也看见了她。

门就那一扇,后门只准餐厅工作人员进出,她贸然走后门也肯定会被拦下,盛柠吓得动弹不得,就这么眼睁睁地看着温衍冷着脸冲她走过来。

他居高临下地看了她一眼,又看了陆嘉清一眼。

"跟我谈谈。"然后攥起盛柠的胳膊就要往外走。

陆嘉清从盛柠老板出现的那一刻就愣住了,看这个男人要带盛柠走,他立刻出声阻止道:"先生,你这样随便就带走我朋友不好吧。"

"这是我跟盛柠的事,麻烦不要插手。"温衍淡淡睨他,以不容拒绝的语气直截了当地说,"你们今天这顿饭我请,人我就带走了。"

这口气,这姿态,真是仗着自己有两个臭钱就傲慢嚣张到了极点,陆嘉清对这个男人的第一印象瞬间就跌落到谷底。

他看向盛柠,想问问她的意愿,愿不愿意被老板带走谈话。

盛柠脸色发白,觉得这件事即使败露了,也是她和盛诗檬造的孽,跟陆嘉清没关系,不能把他牵扯进来,于是说:"对不起,改天我再请你吃饭。"

然后陆嘉清还没来得及说话,就这么眼睁睁地看着盛柠被她的老板拉走。

盛柠被温衍拉着胳膊往外走,男人劲大,又带着生气的情绪,被他攥住的胳膊疼得厉害,她实在受不了,只能喊道:"我不跑,你轻点拽,很痛啊。"

走在她前面的男人并没有停下脚步,只是攥着她的手的力道松开了几分。

他直接把她拉出了餐厅,拉到了路边停着的车子旁,用手指按下电动锁,打开后车门将人扔了进去,然后自己一并跟着上了车,二话不说关上车门。

她被他关车门的动作吓到,以为他这是要把她往派出所送。

盛柠撑着坐垫往后躲了躲,非常生硬地开始找话题:"……温总你今天晚上不是跟人吃饭去了吗?"

"你还知道我跟人吃饭去了。"温衍气得笑了声,"你和陈助理一块儿帮高蕊计划的?"

盛柠看他的样子就知道他很生气,果断摇头:"我没有,我只是知道这件事而已。"

温衍盯着她看,几乎是磨着后槽牙一字一句地问她:"然后呢?你知道我今晚要跟高蕊去吃饭，所以你就来跟你老同学出来吃饭了？"

盛柠皱眉，不解道："你吃饭跟我吃饭，这两件事有什么直接关系吗？"

"怎么没有？"温衍扬了扬下巴，故意问道，"打扰你们吃饭，是不是很不爽？"

听着他阴阳怪气的讽刺，盛柠的火气忍不住又上来了："你都知道会打扰我，还来？"

"那你觉得我今天为什么要来打扰你？"

"我哪儿知道。"

"不知道你就坐在车里想。"温衍冷冷地说，"什么时候想明白了什么时候下车。"

盛柠睁大了眼："你什么意思啊？"

"自己想。"

盛柠想了片刻，她发现自己只能想到那个。

"温衍，你是不是想赖账不给钱啊？"生怕他知道了自己和盛诗檬合谋的事情收回给自己的好处，盛柠法盲气质十足地说，"合同已经签了，那房子按理来说就是我的了，你不给钱也行，但是房子得照给，不然你就是违反合同。"

温衍被这榆木脑袋气得着实不轻。"盛柠，你脑子里究竟都装的什么？我现在是在跟你说钱的事吗？"

盛柠更不理解了："那你不是说这个，我好好吃着饭，你火急火燎一副来要账的样子过来找我干什么？"

而且盛诗檬还在微信里跟她说快跑。

温衍突然重重叹了口气。他很生气，但是又不知道该如何纾解心里的这股恼意，因为她压根就没往那方面想过。

他觉得高蕊今天的行为很愚蠢，可是他又比高蕊好到哪儿去？换句话说，就连高蕊都不怕被他拒绝，他为什么要怕？

而事实是他确实是在怕，这样剃头挑子一头热的感情让人觉得挫败，又让人觉得无比难堪。

他原本是想两个人抬头不见低头见，只要时间足够长，可以慢慢地来，可是谁知道还会不会出现她的第二个、第三个老同学。

终于被今天晚上发生的种种刺激到，温衍彻底没辙了。

莽撞就莽撞吧，反正这几天下来，他已经不知道冷静这两个字是怎么写的了。

人已经栽了，但被感情牵动着情绪控制不了目前自己所有的所作所为，他几乎是坚持着最后的一点点骄傲对她说："我真瞎了眼了，我怎么就对你……"

盛柠皱眉："……你对我什么？"

"你说我对你什么？"温衍瞪她，非常凶狠且恨铁不成钢地说，"你也瞎了是不是？看不出来我喜欢上你了？"

他带着愠怒情绪的坦白犹如头顶炸雷，盛柠的耳根仿佛被轰了一下，甚至有那么一瞬间以为自己幻听。

他是怎么做到用这种仇人对峙、恨不得杀了她解气的语气说出这种难为情的话来的?!

于是她只能像个木头似的愣愣地戳在那儿，眼睛睁得巨大，却怎么都无法挪动身体，脑子和身体都陷入麻木的状态，声带丢失，说不出任何话来，也无法做出任何反应，眼睛呆滞而失焦地看着他。

温衍将自己的视线牢牢地锁在她身上，在她涣散的眼神下，黑沉沉的眼眸中仿佛盛着一触即燃的灼热火星。

她发愣的时间太久，久到温衍已经失去了等她开口的耐心。

他稍显慌乱且无措地闭了闭眼，暂时躲开了她直勾勾的目光，哑声说："盛柠，你说话。"

盛柠整个人仍然沉浸在巨大的震惊之中，她的心跳得厉害，胸腔中的反应越是剧烈，身体就越是僵硬。

"温衍。"她张着嘴，过了好一会儿才低声道，"你耍我吗？"

他神色微顿，之后转为错愕："……什么？"

盛柠只能想到他在耍她，而她承受能力太差，这个玩笑也确实吓到她了。

她不知道该怎么面对，低下眸说："让我下车。"

靠街那边的车门被他挡着，她顾不得其他，转头就要打开自己这边的车门。

刚打开几厘米，外头的风和鸣笛声就顺着门缝灌了进来，她眯了眯眼，紧接着一只手掠过她的身体朝车门伸了过来，借着男人与生俱来的力量优势强行关上了车门。

温衍紧紧攥着她的手，微怒斥道："你不要命了，这边的车门能随便打开吗？"

盛柠转动手腕，挣脱不开，咬唇说："那麻烦你让让，让我从你那边下车。"

他不给任何余地地说："我说过在你想清楚我们的关系之前不许下车。"

温衍为人处世自傲且清高，他的自尊不允许自己在如此鲁莽且令他难堪的真心坦白下，得不到眼前人任何的回应。

她的逃避和顾左右而言他，以及缓缓流淌而过的时间仿佛刀尖般给人凌迟，温衍自认已经放下了姿态，他不允许她拖着他吊着他，他已经将自己的底线露给了盛柠，现在他必须明确地要一个答案。

"什么关系？"她说，"谢谢你能看得上我，所以我答应你？我们在一起？"

温衍微怔，喉结微动，正要说什么，而下一秒盛柠那淡淡的语气却再次开始了对他的折磨。

"那你一个月给我多少钱？"她勾了勾唇，语气里却没什么笑意，"你这么有钱，我一个月应该能领不少包养费吧。"

温衍完全错愕了，紧接着嗓音中怒意更甚，攥着她的手更用力了几分，压着几欲溅出的情绪问她："盛柠，你说这话是在糟蹋谁？"

"那你又在糟蹋谁？"盛柠问，"你想找女人的话找谁不好为什么要找我？你是不是觉得只要给我钱，你想让我做什么我都会答应你？"

"你傻吗？我为什么要找你？"温衍目光复杂，意味不明地叹了口气。

他再次闭了闭眼，侧过头不再看她，下颌紧紧绷着，耳根不受控制地滚烫起来，嗓音低沉，夹杂着难堪、不安，甚至是赧意。

"自从认识了你之后，我整个人就跟疯了一样，常常满脑子都是你，你只要一对我冷言相向我就生气，我想试着好好跟你说话，可是你却总是不听我的话。你和别的男人在一块儿又关我什么事？你以为我想管吗？我压根不知道我自己在做什么，盛柠，我是真的拿你没辙。"

温衍既生气又无奈地说完了这段话，接着突然放轻了声音，以完全放弃挣扎的姿态自嘲地说："你已经把我逼成这样了，我还怎么找别的女人。"

他说完这段话后才又转回头重新看向她，一贯冰冷的漂亮眼眸里装满难堪和无奈。

一字一句敲在心底，盛柠耳尖滚烫，心跳如擂鼓，但同时又觉得无比嘲讽。

他多委屈啊，因为爱上她这件事让他有失身份。

"我逼你？"盛柠吸了吸鼻子，用力点头，一边贬低自己，一边加重了语气说，"对，我逼你，是我脑子不清醒，我不识好歹，明知道自己配不上你还做这种灰姑娘的白日梦。"

见她将自己贬低到了尘埃里，温衍有些无措又茫然地看着她。

"但是温衍，如果不是你有钱，你以为我乐意对你点头哈腰让你看不起吗？我要攒钱过日子，讨好你能赚钱，我为什么不干？"盛柠瞪着他说，"我就是这样的人，既然你觉得自己是瞎了眼，你就去看眼科医生，吃药也好做手术也好，哪怕治不好病反正你也有得是钱，买一只导盲犬来伺候你。"

温衍几乎是以不可置信的语气颤声低问："所以你要拒绝我？"

盛柠紧闭着唇不说话。

他盯着她倔强的唇，从这张嘴里吐出的对他说的每一句话，真心话刺耳，不真心却又虚假。

她对他的讨厌跃然于上，几乎是没有任何掩饰的。

即使两人之间已经谈崩到这个地步，温衍依旧不肯让让她下车，盛柠气急败坏，将视线挪到他背后的车窗上，正好看见陆嘉清从餐厅里走了出来。

"话说完了，让我下车。"盛柠看着车窗说，"我去跟我同学道个歉。"

温衍见她没看自己，转头顺着她的视线往车外看，同样看到了陆嘉清。

陆嘉清站在餐厅门口，但没急着走，低头看着手机，手指在屏幕上动作。

盛柠兜里的手机振动起来，她正要掏手机出来给陆嘉清回消息，手机却被温衍一把夺过。

"你干什么？我给人回消息。"说完她就伸手要把自己手机抢回来。

"你跟我说话的时候能不能专心点？"

盛柠不耐烦地说："我该说的已经说完了。"

温衍咬住后槽牙，盛柠越是在他面前急着要把手机抢回来，他的脸色就越是阴沉。

他将手往后放，将手机牢牢藏在自己身后，盛柠靠近过来抢，温衍被她的动作逼得整个人靠在车门前，盛柠气急败坏地一手撑着车玻璃，一手伸到他背后胡乱找手机。

温衍心烦意乱，刚刚她拒绝的话还盘绕在耳边。

现在她把他甩了，就要去找另一个人。

他突然抬手，宽大的手掌扣上她的后脑勺，盛柠慌忙抬头，正好给了他低头的机会。

温衍对着她的唇就咬了上去。

盛柠脑子一嗡，脑内瞬间炸成模糊的一团亮光。

她反应过来，身体使劲往后缩，双手用力推他，男人根本不给她任何撤退的机会，死死按在她后脑勺上的手扣得比任何时候都紧。

感受到她强烈的抗拒和挣扎，盛怒和挫败两种情绪在脑内交织纠缠，温衍没有本能地对她进一步地侵袭，只是将自己的唇重重碾在她唇上。

他克制住了更冒犯的动作，但即使再克制，也仍是冒犯了。

盛柠的嘴唇很疼，等他从怒意中回过神来，她鼓足了劲，抬起手用力朝他的脸抢了一巴掌过去。

温衍被她打得侧过了头。

盛柠不喜欢打人，即使跟人再生气也不会动手，但这一刻她觉得这个男人实在需要一个教训。

温衍用手背轻轻抚了抚刚刚被她打的那一边脸颊，一张英俊的脸面无表情，已经开始浮现的红痕掌印配上他没有波动的表情，形成强烈的视觉反差，盛柠不忍又害怕地低下了头。

在沉默而令人窒息的车厢内，他突然开口，淡淡发问："现在你还有心思去找他吗？"

盛柠觉得他简直不可理喻，对他刚刚的行为感到心悸又无措，她转头贴上自己这边的车窗，仔细看了眼外面的车况，确定没有电动车或是自行车过来，冒着危险打开了车门，匆匆逃下了车。

下了车的盛柠压根没有心思去找陆嘉清，而是躲开了陆嘉清，自己随手拦了辆出租车。

顾不得坐出租车有多费钱，她只想赶紧回家。

她全身脱力般地靠着车座，闭上眼原本什么都不想去想，可却又控制不住去想。

盛柠知道自己是个没有底线的人，但她不知道原来自己可以这么没有底线。

她骗不了自己，同时也意识到了自己这段时间为什么面对温衍时这么反复无常。

一个压根就不尊重她的男人，以及那一大串心不甘情不愿的真心话。

盛柠自嘲地笑了笑，手机又振动起来，她以为又是陆嘉清发过来的消息，于是没有理会。可是手机还在持续不断地响，陆嘉清应该不会这样喋喋不休地给她发消息。

盛柠掏出手机，是三人小群的消息。

高蕊："姐妹们，我不负众望地表白失败了。"

高蕊："本来不想打扰你们约会，但我学长他酒量不行，喝太多刚去厕所吐了，你们来吗？"

高蕊："可以带伴，酒水我包。"

盛诗檬："你不是说温总应约了，今天不用去酒吧买醉了吗？"

高蕊："他应约是因为他以为今天晚上这顿饭是别人约的他。"

高蕊："我还是晚来一步！"

接着是一大串的表情包刷屏。

盛诗檬："他以为是谁约他啊？"

高蕊："不知道，我才不问，那不是纯给自己找虐吗？"

一开始温衍在餐厅里见到高蕊的时候，并没有想起来她是谁，后来还是高蕊说她爸是谁，温衍才有了印象。

温衍问她是不是她父亲让她约的这顿饭。

高蕊摇头，说是自己想和他吃饭。

说到这儿温衍的态度就已经很明了了，他甚至连这顿饭都不愿意吃就要离开。

高蕊搞不懂，即使是他不知道今天约他吃饭的是谁，可他还是来了啊，这说明他是不抗拒吃这顿饭的，为什么现在又要走？她有些生气地问他，今天为什么要来。

温衍告诉她，他以为是另一个人约的他。

高蕊愣了好半天，女孩子的心思在那一刻比任何时候都敏感，她不想问他以为的那个人是谁，只是觉得，一定不会是什么令人开心的答案。

可也在那个时候觉得自己像个小丑，她原本想要给自己留一点体面的。

温衍也不懂她为什么要自取其辱，或许他心里也觉得这个姑娘真是愚蠢得令人忍俊不禁。于是他在离开前多问了她一句，明知道这顿饭没有意义，为什么要浪费心思特意叫陈丞帮忙。

"因为就算你拒绝了，起码以后在你眼里，我的身份不再是高家建的女儿，也不是一个你记不住名字的实习生，而是一个仰慕、喜欢你的人。如果因为怕被拒绝就畏首畏尾的，那也太孬种了。"高蕊对她仰慕的男人说，"我高蕊可不是那么胆小的人。"

她觉得那是她在温衍面前最高光最帅气的时刻，会让她一生铭记的那种。

等温衍走了，高蕊才抽抽搭搭地哭了起来，她想给盛柠姐妹俩打电话求安慰，但又突然想起他们今天晚上都有约会，于是她只好打电话给学长。

听到电话里熟悉的声音，高蕊突然放声大哭。

"学长，我太高估我自己了。我明知道他不喜欢我，可是在他拒绝我的那一瞬间，我还是好伤心啊。"

电话那头的人长长地叹了口气，问她："温总是不是已经走了？"

她说："你怎么知道？"

因为他了解温总，温总会应约，这件事本身就很奇怪。

"在那儿等我过来。"学长在电话里对她说，"今晚我陪你喝的所有酒都由你买单。"

时间拉回现在，高蕊在三人小群里感叹。

高蕊："我今天真是又惨又帅。"

看着这些聊天对话，盛柠有些不知道该怎么面对高蕊。

这真的是一个很好的姑娘。比她开朗，比她热情，比她更招人喜欢。更比她勇敢。

盛柠关上手机，企图用逃避的方式暂时忘掉今晚发生的所有事。

到家的时候盛诗檬依旧没在，她庆幸地松了口气，趁着盛诗檬回家之前以最快的速度洗漱完毕，然后关灯上床，强行逼迫自己赶紧睡过去。

盛诗檬回来的时候，盛柠已经睡过去了，她并不知道盛柠今天经历了什么事，又是怀着怎样复杂的心情睡过去的。

在洗漱好上床后，盛诗檬试探地开口："姐，你睡了吗？温征说他要带我回他家见他爸爸。"

盛柠没有回答。

盛诗檬想她姐大概是已经睡着了。"我会配合他演完这最后一场戏的。"盛诗檬自言自语道，"这样我们就都解脱了。"

以为自己是在自言自语的盛诗檬并不知道，盛柠悄悄在黑夜中睁开了眼。

她以为自己在经历过父母的事后，已经变成了一个懂得取舍和进退的人。

想要的就全力握紧，不想要的就心如止水。

小时候她爱过爸爸、妈妈、石老师，还有很多很多的人，那时候的盛柠坚定地认为爱这种情感是种双向的选择，他们爱她，所以她也要百分之百地爱回去。

如果金钱真的是万恶的，那么它唯一侵蚀不了的就是爱。

但爱会消失，即使是至亲之间。

而事实证明，她还是那个会一头扎进糖果陷阱出不来的熊孩子。

盛柠侧了个身，佯装在睡梦中翻身，抱住了旁边的盛诗檬。

姐妹俩住的公寓已经熄了灯，而偌大的温宅中，仍有几束灯光在黑夜中阑珊。

自从过年之后，温老爷子就更加不待见他的那个小儿子，以前见了还只是嘴上说两句，现在已经升级成一见到小儿子就心跳加速，得时时备着速效救心丸。

温征也识趣，到家的几百米外就放慢了车速，跑车开成老爷车，回来后也没敢发出动静。

以前温征说带女朋友回家就是想气气老头子，顺便试试老头子的反应，没当真。可是他最近慢慢发现，如果不做狠一点，他就得跟老头子这么一直耗着。老头子在商场沉浮几十年，又有温衍在前面打头阵当恶人，比温征有耐心得很。

不管怎么说也是父子一场，温征不愿看到他爹真油尽灯枯的那一天，只要他爹肯松口，答应从此不插手他的人生，包括婚姻大事，他立马老实做回二十四孝子。

不敢就这么贸然地去跟他爹说，温征打算先去试探试探他哥的反应。

温征回来的时候看到温衍房间的窗户里灯还亮着，于是径直上了楼去敲他的房门。

温衍果然没睡，隔着门问："谁？"

"哥，我。"

不一会儿，房门从里面被打开，温衍一脸疲态地看着他："有事？"

温征觉得他哥的左脸和右脸看上去似乎有些不对称。"你左边脸怎么了？"

温衍侧过脸："没怎么，你有什么事？"

"聊聊？"温征没多在意，说，"反正你也没睡。"

温衍没说话，转身往里走，不过房门没关，温征立刻心领神会，走进房间还顺便替他哥关上了房门。

温征一进屋就闻到了浓郁的黑咖啡味，他往靠近窗台的书桌那儿看了眼，果然电脑开着，旁边放着一个已经用了的冷敷冰袋，还放着一杯冒着热气的咖啡。

"这么晚了你还喝咖啡，不想睡了啊？"

好歹老大不小了，又不是什么十七八岁的小年轻，能熬得住夜吗？

"周一有会要开。"温衍揉揉鼻梁，又端起咖啡杯抿了口，言简意赅，"聊什么？"

"哦，我打算过段时间带檬檬回家见爸。"

温衍也不知有没有听进去，垂着眼皮淡淡"哦"了声。

温征语气诧异："你不阻止我吗？"

"你非要凑上去给爸教训，我阻止有什么用？"温衍抬眼，语气平平道，"反正不到黄河你不死心，随你吧。"

"你不对劲，你以前不是这个态度的。"温征语气惊疑，越想越不对劲，"以前你不是给咱爸当前锋当得很积极吗？甚至都找上了檬檬她姐。"

温衍神色一顿，刚要咽下的黑咖啡在口腔里多停留了几秒，那带着酸意的苦涩味瞬间就在嘴里加倍炸开，饶是平时喝惯了，他也忍不住皱眉。

"对，说起她姐我就觉得更奇怪了，今天晚上你给我打电话找檬檬打听她姐在哪儿吃饭，你要干什么啊？"

温衍放下杯子，淡淡回："跟你无关。"

温征明显不信："跟我无关？你别忘了是靠我和檬檬你才找到的她姐，你敷衍谁呢？"

"我说跟你无关，你难道不该庆幸吗？"温衍说，"温征，你不是不乐意我插手你和你女朋友的事吗？"

温征语气微滞，咳了声说："我这不是怕你来阴的吗。"

温衍扯了扯唇。

"那我说完了。"温征尴尬地说，"我回房了。"

"别忙着回。"温衍叫住他，顿了顿开口，"问你个事。"

真难得。

温征点头："问吧。"

"你被盛诗檬打过吗？"

温征以为他哥要问什么特别严肃的事，结果一开口把他给问愣住了，没反应过来。"嗯？什么？"

温衍皱眉，不自在地挪开眼，冷冰冰地讽刺："聋了？"

"你问的这是什么问题啊？"温征说，"我俩好端端的，她为什么要打我？"

"你俩没吵过架？"

"没。"

他谈恋爱的时候对女朋友一向都是宠着惯着，到了盛诗檬这儿尤甚，再加上盛诗檬脾气也好，平时对他也是温柔，两个人之间压根就没有吵架的导火索。

"……"温衍"啧"了声，"那冒犯呢？"

"冒犯？"他哥说话太文绉绉，像从二十世纪穿越过来的，温征没懂，"比如？"

温衍翻了个白眼："你自己想。"

温征只好以他身为男人的惯有思维猜测道："动手动脚吗？"

温衍立刻嫌弃地拧起了眉："你还做过这种事？"

"不是你一个劲地在这儿引导我往那方面想吗？"温征无语至极，没什么兴致地说，"不是动手动脚那是动什么？动嘴？"

男人能在女人身上动的不就那些部位。

温衍抿唇，"嗯"了声。

"偷亲吗？"

"比这严重点。"

"那就……强亲？"这回温衍没否认，温征顺着说了下去，"一般情况我能看

058.

出来她是不是在害羞或是欲迎还拒，如果是，那就是情趣而已，女人不好意思主动，男人主动点又不会少块肉。"

情趣这玩意儿在他们之间大概率是没有的，他没有，那个财迷肯定也没有。

温衍觉得自己完全就是在和温征浪费时间，因为情况天差地别。

"她就没有不乐意的时候？"

温征撇嘴说："不乐意那谁还下得去嘴啊？这种事真搞强迫就没意思了，只有变态才会觉得爽吧。

"你弟我之所以在情场上从未产生过败绩，就是因为绅士，床上你情我愿地玩玩还行，一般姑娘谁乐意天天被强迫啊，肯定是希望被人放手心上宠着啊。"

"……"温衍抚了抚额。

有的道理连温征这个纨绔子弟都懂，他却在被打了一巴掌后才开始明白。

盛柠跟他说出"包养"两个字的时候，他认为她是在糟蹋他的心意，所以很生气，又偏巧她那个同学出现在车外，就让她分了心。

其实也并没有那个意思，那样激烈的争吵之下，哪里还有半点旖旎的心思，更不要提她当时那副张牙舞爪的样子。只不过他是以男人天生的优势桎梏住了她，从情绪上来说，他才是那个被牵着鼻子走的人。

"好了，你回房吧。"他闭眼，嗓音微哑，"我困了。"

结果温征又聊上头了，不舍得走："再聊聊啊，你以前可从来没跟我聊过这种事。"

别人家的兄弟俩，别说聊这种话题，都能坐一块儿看碟，温征从来没体验过。

初中的时候他从同学那儿搞来好东西，想着独乐乐不如众乐乐，就问他哥要不要一块儿看，结果温衍只是扫了眼碟片上的模特，转头就把那东西交给了老爷子，弄得当时身体还不错，能跑能跳的老爷子追着他满屋子揍，说臭小子不好好学习，毛还没长齐就知道看这个了。

更绝的是老爷子当时气昏了头，口无遮拦，没注意到当时家里唯一的女孩也在场，于是还在读小学的外甥女一脸纯真地问温衍："舅舅，小舅看的是什么呀？"

如今他哥年纪也老大不小了，终于肯跟他交流这方面的事，也算是老来开窍，做弟弟的肯定要倾囊相授。

"你还来劲是不是？"温衍蹙眉，"赶紧回房。"

温征钉在床上不动弹，温衍走到他身边，居高临下地看着他。

"想被我扔出去？"

温征赶紧起来，等走到房门边时又回过头："我和檬檬的事……"

"怎么？"

"你就真撒手不管了吗？"温征打探道，"还是说爸不让你管了？"

"既然你决定带她回家见爸，那你就做好准备。"温衍没回答他的问题，而是语气平静地提醒他，"爸发脾气的时候，你多少替你女朋友挡挡。"

房门一关，温征愣住了。

天要下雨娘要嫁人，真转了性了，他自个儿都还没说要护着盛诗檬，这个从前半点都看不上他女朋友的哥哥竟然主动提醒他要记得护着盛诗檬，而且他哥还突然关心起他和盛诗檬的恋爱细节了。

这是已经发现他和盛诗檬之间的端倪了在试探他？

好有心机的哥哥。

好可怕的城府。

众人各自精彩纷呈的周末过去后，又迎来了令人不爽的周一。

燕城的天气这几日渐渐回暖，一连出了半周的太阳，只是气温依旧低，纵使白天看上去风和日丽，风一刮也仍是冻得刺骨。

好在冬天的供暖时间够长，有消息说今年要到四月份才会停止供暖。

盛柠整个前半周都在学校忙论文和考试的事，最近常常往导师的办公室跑。

"你那边的实习差不多就收个尾吧。"导师说，"回学校专心弄毕业的事，不然再过俩月各种琐事加起来，你忙都忙不过来。"

她的实习报告已经盖好章交到教务处去了，老师那边也给她通过了。

盛柠心想，实习确实也差不多该结束了。

因为丽姐一直有给她活干，再加上她也没跟丽姐说确切的结束时间，时薪工资还是照算，于是就这么耽误了下来。

于是她在周四那天去了趟公司，本来是去找丽姐的，结果一上楼就正巧撞见了迎面从办公室走出来的老总。

温衍几天没见她，这会儿突然见着了，明显也是没有心理准备。

相当尴尬的一次会面。

老总有沉默的资格，但员工没有。

"温总。"盛柠只能先打招呼，"我来找丽姐。"

他淡淡道："嗯。"

就在盛柠以为这场会面即将这样不尴不尬地结束时，他又开了口："找完她你来一趟我办公室。"

此时盛柠的内心——救命啊，上周才跟她说过那种，话还被她狠狠拒绝了，难道他就不会觉得尴尬吗？但凡有点羞耻心都应该躲着她走吧？为什么还要找她去办公室说话？还是说资本家的脸皮天生就比较厚？

然而内心戏再丰富，也只化成了嘴边一句厌厌的"哦"。

没多久，盛柠站在了办公室里，温衍的对面。

她没有先说话，因为心里还有怨言。

讨厌他这样高高在上的模样，仿佛阶层上位者对下位者于股掌之上的戏弄，好似他的青睐对她而言是一种恩赐，仿佛他只要对她有感觉，她就必须接受，否则就是不识好歹。

明明控制不住先说喜欢的是他，凭什么她就要妥协？

就在盛柠在脑子里疯狂给温衍扎小人的时候，男人毫无预兆地说："对不起。"

盛柠一瞬间愣住，空气静默。

他语气沉静，声音听上去真切而正经。"上周是我失态，没控制好自己的行为，冒犯了你，抱歉。"

盛柠跟很多人一样有个怪毛病，那就是当别人对她强硬的时候，她比谁都凶，可一旦别人的态度突然软化下来，她又会该死地觉得是不是自己太强硬了。

简而言之就是吃软不吃硬。

看着他放低的姿态，盛柠甚至开始反思自己上周下了狠手的那一巴掌是不是太过分了。

温衍的心思如今昭然若揭，把所有的话都摊开了跟她说，她自然也没法再骗自己，唯有拼命稳住自己的心跳。

"算了，反正当时我也打回去了。"

他扯了扯唇，正好她这时也开了口。

"那天我——"

"那天的事——"

温衍主动住了口，抬了抬手，示意她先说。

"我口气重了点。"盛柠不自在地说，"但意思还是那意思，希望你理解。"

还是拒绝，只是不再是那样言之凿凿的厉声拒绝，而是态度柔和的拒绝。

温衍垂眼，掩下眸中一瞬间闪过的受伤，他开口道："不用反思自己，你确实有拒绝我的权利。"

盛柠松了口气，点头赞同他的话，心跳也趋于平静。

这才是正常人的思维，正常人的对话，而不是像那天一样，告白的那个像是来寻仇的，被告白的那个像是要英勇就义的。

"但我想我应该也还有追求的权利。"

盛柠点头点到一半突然察觉到他的峰回路转，抬起头来："啊？"

眉眼英俊冷淡的男人再次柔和了姿态和语气。"因为我得让你知道我究竟是不是认真的。"

他偏头看她，在上周的爆发以及这周的冷静过后，克制而又含蓄地说："盛柠，我等你愿意闭眼的那一天。"

第 *4* 章

无事殷勤

他说完这句话后，就把头又低了下去，一副继续埋头工作的样子。

盛柠没有像往常那样先打声招呼再走，而是愣头愣脑地径直从办公室走了出去。

出来以后，她还是蒙的。

终于也稍微理解了盛诗檬面对温征的时候是什么想法——不相信。

不相信他会对自己有真心，怎么可能。

时间倒回到半年前，那个时候从天而降往她头上砸下来一套房子，直接解决了她今后在燕城的生计。而比砸下一套房子更荒唐的是，温衍这个人，以及他对自己说的话。

她就这样一直发蒙到了中午，盯着电脑发呆，直到老张前辈提醒她快去吃饭了才站起身来。

午餐依旧是三人小群体一起约着吃，盛柠依旧是心不在焉。

高蕊依旧是话最多的那个，上周的那顿晚饭虽然有小小地打击到她，不过当晚狠狠哭过一场，前半夜有学长陪着喝酒买醉，去了 KTV 唱了好几个小时的悲伤情歌，后半夜又去大马路上做街溜子，最后酩酊大醉，吐了学长一身，被嫌弃她到死的学长背着送回了家。

第二天她腰酸背疼，却觉得莫名痛快。

人就是要学会发泄，开心要发泄，不开心更要发泄，做个闷葫芦把什么都憋在心里，那活着还有什么乐趣。

"这一个寒假实习我收获到了什么呢？收获到了加班、被组长塞各种乱七八糟的杂活、同事们的各种茶后八卦、我们部门女孩们的攀比心。"高蕊掰着手指头细细总结这几个月的收获，"还有对温衍的告白失败。"

听着都惨，盛诗檬露出了同情的眼神。

"算了，实习生这活不适合我。"高蕊神色忧郁，"我还是回去继承家业吧。"

盛诗檬神色一滞，立刻收回了对她的同情。

高蕊是个藏不住秘密的人，她把那天和温衍的对话完完整整地说了一遍给盛柠和盛诗檬听，接着开始好奇起温衍那天误以为的人是谁。

他以为是那个人约他，所以才会去。

高蕊问盛诗檬，盛诗檬摇头，老实说不知道。她又问盛柠，盛柠在走神，没有反应。

"盛柠？"高蕊扬声说，"盛柠！"

盛柠回过神，躲开高蕊的目光："什么？"

"你怎么了？"高蕊问，"忙毕业的事忙傻了？"

盛柠："应该吧。"

"那你得注意劳逸结合，也别太拼了。"高蕊安慰道，"硕士毕业而已，又不是博士毕业。"

盛柠"嗯"了声，欲言又止地看向高蕊，张嘴半晌，最后还是什么都没说。

高蕊今天破天荒是最快吃完饭的，吃完了拿出手机看了一眼，好像在赶什么时间，端着餐盘急匆匆就要走。

"上周吐废了学长一身衣服，他不让我赔，所以我得找别的方法弥补他。"高蕊说，"刚餐厅给我发消息说外卖到了，你们慢慢吃，我去给我学长送道歉午餐了。"

等高蕊走了后，盛诗檬突然感叹："陈助理脾气真好，难怪能给温总当助理。"

她一提起温总，盛柠就好像起了应激反应，不自主地颤了颤肩膀。

"姐，你说温总以为约他的那个人是谁啊？其实我个人觉得大概率是温总拒绝的借口，我刚没敢直接这么跟高蕊说，怕她听了不高兴。"盛诗檬边吃菜边和盛柠闲聊，"因为那天温总后面应该是去找你了吧？他还打电话给我问你在哪儿来着。"

盛柠突然问她："他打电话给你，除了问我在哪儿，还问了别的吗？"

盛诗檬想了想说："还问了陆嘉清学长，我跟温总说了，他以前追过你。"

盛柠皱眉，语气有些责怪："你干吗跟他说这个？"

"不能说吗？"盛诗檬无辜地眨了眨眼。

盛柠抚额，怪不得温衍那天的话题一直围绕着陆嘉清。

"这有什么不能说的啊？"盛诗檬却不知道她姐在烦恼什么，还打趣道，"你还怕温总吃醋啊？"

盛柠神色复杂，放下筷子，表情严肃地鼓起勇气对盛诗檬说："我跟你说。"

"我开玩笑的！我没乱想啊。"盛诗檬以为她姐这副样子是不爽她又开这种玩笑，立刻做了个给嘴巴拉上拉链的动作，"你之前跟我再三强调过你和温总不可能，我铭记于心。而且温征也跟我提过，他之前也误会过你跟温总有什么，可是一听说你是我姐，就立马打消误会了。"

盛柠："……"

"我们都知道不可能啦。"盛诗檬怕她不相信，还特别加重了语气说，"两个棒打鸳鸯的家长自己对上眼了，太扯了，我看了这么多偶像剧，就没看到过这种套路。知道你和温总都不是这种会打自己脸的人，放心吧，我和温征不会对你们两个乱想的。"

盛柠："……"

被盛诗檬一番话说下来，她羞愧得恨不得当场遁地，什么话也说不出口了。

狗屁资本家，现在这种死局都是他一手造成的。

盛柠这一天都过得相当浑噩，临下班时丽姐交代她的善后工作她也是左耳进右耳出，完全听了个寂寞。

她今天也不打算回公寓睡，装着论文的优盘放在宿舍里忘记拿，她今天得回趟学校。

盛诗檬的毕业论文进度目前还是零，于是姐妹俩在下班时分道扬镳。

下班高峰期，堪称社畜出笼，地铁口外排出了弯弯绕绕长达好几百米的夸张队伍。回学校还需要转地铁，这一折腾还不知道要几点才到学校，盛柠认命地乖乖排队。

排队的时候没事做，她掏出手机干脆玩起了消消乐。

消消乐这游戏虽说无聊，但打发时间确实是不错，她爱好不多，不像盛诗檬和高蕊，手机里安装的游戏一大把，还大都是需要充钱的。

这游戏她已经玩到了一千多关，她打算继续打之前大半个月一直没打过去的关，打到一半，手机屏幕上方弹出来消息。

资本家："我看到你了。"

这是盛柠给温衍设置的微信备注，为的就是时时刻刻提醒自己这男人隐藏在那张好皮囊下的真实面目。

下班时间，老板管不着她，她直接忽略了。

资本家："在看手机都不回我？"

然后也不再废话跟她敲字，直接打了个电话过来。盛柠接也不是，不接也不是，最后还是为生活和金钱折腰，接起了电话。

接了电话她也不开口，就等着电话里的男人教训，结果温衍也顿了几秒，反而问她："怎么不说话？"

"你打电话给我。"盛柠说，"当然是温总你先说啊。"

"你往左边看。"

盛柠往左边的大马路上看了眼，又转回了头："看了。"

温衍沉默几秒，压低了声音不悦问道："……你没看到我的车吗？"

盛柠又偏头看了眼，马路侧边的停车位上确实停了辆黑色轿车。

"看到了。"盛柠盯着那辆车，没什么情绪地说，"有钱真好，都不用自己坐地铁回家。"

温衍直接在电话里头被气笑了："过来上车，我送你回家。"

盛柠拒绝道："我不回公寓，我今天回学校。"

"回学校？"温衍没什么反应，语气淡淡地说，"那你是想浪费好几个小时的通勤时间大半夜才到，还是让我送你，你回去还能吃个晚饭？"

盛柠沉默片刻，但还是很有原则性地坚持着："你干吗突然要送我？无事献殷勤。"

温衍慢吞吞地提醒她："你好好想想，我是无事献殷勤吗？"

盛柠："……"

哦，他说要追她来着。

她看了眼地铁口的长队，又想了想通勤时间，最终还是选择离开队伍往温衍的车子那边走去。

她本来是想坐后面的，刚打开后座的门就听见温衍说："坐前边。"

盛柠不解："你司机呢？"

"我刚让他下班了。"

盛柠坐上副驾驶，嘟囔道："有司机都不用，身在福中不知福。"

"你脑瓜子到底多久没动过了？这么迟钝。"温衍听到她这句吐槽，又气又无奈，"我送你回家，为什么还要叫个人过来当电灯泡？"

盛柠被他这几句没明说但是暗示意味很明显的话打得猝不及防，想骂他厚脸皮但又怎么都骂不出口。

脸上的温度有点烫，她打开车窗，想让冷风给自己降一下温度。结果被风灌了下鼻子，盛柠鼻头一痒，忍不住打了个喷嚏。

温衍听到这声喷嚏，迅速关上了车窗，嘴上低斥道："大冷天的开什么窗，想感冒？"

盛柠今天穿了件宽松的呢子大衣，里头是低领的薄款打底衫，因为怕冷，所以特意围了条撞色的厚围巾。

开不了窗，她只好把围巾给脱了下来，这会儿也实在没什么心思玩手机，就那么撑着下巴，看着车窗发起了呆。

男人突然开口："今天没把自己裹成汤圆，难怪打喷嚏了。"

盛柠却觉得很不爽，她之前就因为穿衣的问题跟温衍发生过争吵，而且他真的好喜欢管她，简直比她爸管得还宽。

"我平时想穿什么都是我的自由，如果你老拿着这一点说，我会觉得你跟那些因为自己把持不住就怪女孩子穿太少的男人没两样。"盛柠说，"我也不想把你想成那种男人，所以你以后能别管我穿什么了吗？"

"我不是管你。"他说。

盛柠没说话，心里默问不是管是什么。

男人见她不说话，放低了语气说："我之所以让你穿多点，一是现在天气还没回暖，外头很冷，你本来就怕冷，平时吹点风脸就冻得通红，你穿多点总没错。"

盛柠确实是怕冷体质，所以每到冬天就把自己裹得牢牢的，温衍说她像汤圆，不是没道理。只是他以前都是冷嘲热讽，如今这样正儿八经地对她解释，还是头一回。

盛柠觉得他说的有道理，如果好好讲道理的话，她其实是会听的。

她抿唇，又问："那二呢？"

"二是。"他顿了顿，"对你而言我确实是那种男人，别把我想得太高尚了。"

盛柠睁大眼睛，侧过头震惊地看着他，后怕地威胁道："你是又想被我打吗？"

温衍失笑，搭在方向盘上的手轻轻敲着，眼睛依旧盯着前方路况。"我答应过你不会在未经你同意的情况下冒犯你，但不代表我心里没想过。"他侧过头瞥了她一眼，看她那警惕又呆愣的样子，很轻地牵了下唇角，"你知道我对你有什么心思，要是想都不许我想，是不是有点为难我了？"

盛柠噎住，头皮发麻，抓着围巾的手忍不住蜷缩，拼命地抠挠。

救命，这就是资本家的话术吗？

她要是连想都不许他想，就显得她很不讲理似的。

一个人的心里在想什么，旁人确实也管不住，哪怕他想的跟自己有关。可是盛柠总不能两手一摊，大度地说随便你怎么想，于是她只能用吃闷亏而又说不出口的纠结表情看着温衍。

男人开着车，眼睛余光却一直在盛柠身上。"盯着我干什么，想我心里在想什么？"

盛柠迅速侧过头："不想。"

被如此干脆地否认，温衍非但没有生气，反而好整以暇道："看来你心里也清楚。"

盛柠扯了扯嘴角，绷着一张脸，想起自己曾经做过的有关温衍的梦。

有他的梦境里总是充斥着一种奇怪的氛围，盛柠每次醒过来的时候都是一身冷汗，觉得毛骨悚然，明明梦里也没做什么，没有肢体接触，没有越线的行为，但就是让人平白无故觉得心慌，以为是自己犯病。

现在到了场景清晰的现实，没了梦境特有的模糊感，看得清楚也感受得明白，终于知道了这是为什么。

是他的语气，和她以往印象中形成强烈反差的语气。

以前盛柠不爽温衍每次同她说话的口气，觉得太居高临下了，然而现在她同样感到不适。

她揪着围巾的一角，都快被她揪出球了她还在揪，尽力稳定着自己的情绪问："你能不能正常说话？"

温衍："我是在正常说话。"

"那你就不要说话了。"盛柠嗔道。

温衍下意识蹙眉，或许是从没被人这样制止过，所以有些错愕。

这会儿炸毛的盛柠双眼圆瞪，眼神里还透着几分凶恶，一副他再说话就要跟他吵架的模样。他本来想说什么，顿了顿，算了，顺顺毛吧。

温衍妥协道："行。"

盛柠"嗯"了声，又说："我要开窗。"

"会冷。"他这样说，显然就是不想让她开。

"你车里的暖气开太高了，我就是要透透气。"

"开吧。"温衍说，"透完气就关上，我给你把温度调低点。"

盛柠开了窗，这个时间天黑得早，街边的商铺已经亮起 LED 灯带，照亮她那张情绪不明的脸，以及那双似嗔非嗔的杏眼。

终于到了学校，盛柠淡淡朝空气说了句谢谢，匆匆解开安全带要下车。

"晚饭有着落吗？"温衍说，"我带你去吃。"

盛柠点头："我已经想好了，待会儿去吃麻辣烫。"

天冷，坐在摊位上来一碗热腾腾的麻辣烫最舒服。

"不吃米饭？"

"晚上不吃。"盛柠说。

温衍皱眉，不懂为什么小姑娘晚上都不爱吃米饭。他那个外甥女尤甚，有的时候对自己狠起来，晚上连水都不喝一口。

"哪一家？离这儿近吗？"温衍没干涉盛柠晚上不吃米饭的习惯，而是说，"我开车送你过去吃。"

盛柠听出点什么来："你要跟我一起去吃？"

"不行吗？"温衍抿唇，语气淡然，却带了那么几分资本家的财大气粗，"我给你付钱，你就是把一整个店吃了都行。"

缄默几秒，盛柠无奈地说："没必要浪费油钱，店就在我们学校东门的夜市，走两步就到。"接着她又看了眼他开的这辆高档车，以及他那身大衣，吐槽道，"而且你去那里像领导巡视，谁还有心思吃。"

温衍觉得自己到目前已经够惯着她了，现在却听到她这副语气。他没忍住，冷冷问她："你嫌弃我？"

"不是嫌弃。"她抿唇，含糊说，"是不合适。"

他愣了愣，盛柠已经下了车。

车子停在校门口，这会儿周围相当热闹，小摊的摊主们已经支起了摊。

夜色冷清，盛大夜幕下的景象却很有烟火气，学生们成群结伴地朝外走，他们大都是年轻气盛的模样和打扮，因此也就尤为显出这辆豪车的冰冷，与周围场景格格不入。

他在车里叫她："盛柠。"

盛柠只好弯下腰往车里看："还有事吗？"

"到宿舍了给我发个消息。"他说。

她顿了下，点头："好。"

"回去吧。"温衍喉结微动，还是轻声嘱咐，"麻辣烫这种东西不要经常吃，对身体不好。"

之后盛柠转身离开，往前慢吞吞走了几步，始终没听见车子在她身后发动的引擎声，她不敢回头，只好加快了脚步往前走。

盛柠回到宿舍后，发现室友季雨涵也在，季雨涵因为论文的事被导师发邮件训了一顿，所以正窝在被子里自闭。

盛柠拍了拍她的被子："吃晚饭了吗？"

"吃个屁。"季雨涵闷闷地说，"我要延期毕业了。"

"只是初稿，没那么严重。"盛柠安慰道。

"那我也没心情吃。"季雨涵语气坚决，"就当减肥了。"

盛柠不想一个人去吃，于是说："我请你吃。"

被子里的人好半天没回应，盛柠没想到她室友竟然这么有原则，连白吃的美食都诱惑不到。谁知没过几秒，季雨涵掀开被子从床上坐了起来，顶着一头"鸟窝"，手臂朝前伸直，做了个进攻的手势。

"走！"

盛柠："……"

她们去的这家东门的麻辣烫店因为味道不错，价格实惠，在燕外吃货群中一直备受好评，上学期刚装修翻新过，用餐环境也更好了。

大锅里煮着各式各样的荤素菜，沸腾的热汤不断往上扑腾着气泡，白色蒸汽随着食物煮熟的气味缭绕上升，没有什么能比美食更治愈人心了，尤其是在这个冷气环绕的季节。

季雨涵最爱吃的就是兰花干，放锅里煮个几分钟，捞上来后每一个小孔都吸满了麻辣汤汁，咬在嘴里又烫又香，烫得人直张嘴呼气，痛并快乐着。

她吃完后还不忘感叹一句："虽然翻新了是挺好吧，但我还是更喜欢以前那个简陋的环境。"

越是简陋的苍蝇馆子，就越是让人感觉酒香巷子深，吃起来更有那种韵味。

正在煮东西的老板表情一顿，心说他特意花钱重新装修店面，就是为了让这帮学生吃得更舒服，难道是他想错了？

盛柠咬了口生菜，点头附和："我也是。"

"你别你也是了。"季雨涵意味深长地撞了撞她的胳膊，"在兴逸实习了一个寒假，跟着温先生享受了不少好东西吧？"

盛柠神色一顿，摇头："没有。"

"别装啊，别装。"季雨涵连忙拿出手机，迅速翻出微博，"这是你没错吧？"

盛柠低头一看，竟然是那天元宵酒会上的照片。上面是她和高蕊、陈助理、张秘书，还有一个燕大毕业的科技新贵，合照就是他提出来的。

"隔壁燕大的校友微博，我刷同城微博刷到的。"

当时的情况是，盛柠正在和高蕊还有陈助理说话，因为陈助理和高蕊都是燕大出身，所以聊了两句之后，就来了个燕大校友过来敬酒。

校友说想合个影，盛柠和张秘书本来是想回避，但那个校友直接大方地表示一起拍，高蕊正好也不想就她一个女生跟几个大男人合照，主动揽上盛柠的胳膊，几个人一起来了张合照。

微博下面有几个博主的好友问这个穿黑色鱼尾裙的妹子是谁。

博主回复："学妹的朋友，很漂亮啊！[坏笑]"

季雨涵羡慕地说："我也想给温先生打工。"

盛柠解释："我就是过去临时当翻译的。"

"当翻译怎么了？只要世界一天不统一，语言一天不统一，地球上就永远不能少了咱们当翻译的。"季雨涵猛拍着盛柠的肩膀激励道，"盛小柠同学，这个酒会就是你迈向人生巅峰的第一步，你还记得你跟我说过的吗？努力工作，升职加薪，跟着温先生这种大老板绝对有肉吃，到时候苟富贵，勿相忘！"

"……"盛柠哑口无言。

她一开始确实是这么打算的，但是……

盛柠实在是憋疯了，就算温衍不把她搞疯，她再这么憋着迟早有一天也会疯。

"我跟你说件事，你先答应我，绝对不可以跟别人说，就是诗檬也不行。"

季雨涵被她突然严肃的语气吓到，点点头，压低声音说："只要不是违法犯罪的事，我帮你带到棺材里。"

"温衍。"盛柠指了指空气，代表温衍，又指了指自己，话都还没说出口脸就已经开始发烫，"他对我——"

季雨涵："对你什么？"

盛柠怎么都说不出那几个字，二十一世纪灰姑娘，说出去连她自己都觉得像在发癔症。

"对你什么啊？"季雨涵有点不耐烦，随口问，"看上你了？"

盛柠肩膀一颤，难堪地咬着唇，没有否认。

季雨涵从她的微表情中得到答案，整个人瞬间愣住，张着嘴的表情僵了至少半分钟。直到她旁边的一个男生夹菜不小心脱手溅了一身汤，站起来大喊了一声，这才把她的魂魄吓回来。

季雨涵回过神，第一反应就是："牛×啊，盛柠！"

盛柠："……"

"我就说嘛，男未婚女未嫁的，你长得漂亮他长得帅，有什么不可能的。"季雨涵一副"我是预言家我骄傲"的表情，"你当初还说绝对不可能，啧，装×了吧？盛柠我代表所有无产阶级鄙视你。"

然后就送了盛柠一个鄙视的眼神加手势。

盛柠没说话，她也很鄙视自己。

脸不但热，还疼得厉害。

季雨涵一把将她吃麻辣烫的碗抢过来，夹走了她碗里的东西。

盛柠赶紧拦下："你干吗夹我的菜？"

"你搞错没有啊盛柠，都这样了，竟然还坐在这里跟我吃麻辣烫。"季雨涵语气严肃，"你这时候不是应该穿着晚礼服坐在高档餐厅里一边喝罗曼尼康帝，一边吃牛排吗？"

如果是以前，盛柠肯定也会这么想，有钱谁还吃麻辣烫啊？

"他对我有那什么，难道我就必须接受吗？"盛柠把自己的碗抢了回来，愤愤地咬了口鹌鹑蛋，"谁规定的？"

"牛×……要我我绝对把持不住。"季雨涵啧啧佩服，"那现在你怎么打算啊？你不是还在兴逸实习吗？这天天抬头不见低头见的。"

"我今天刚答应过带我的组长，再多留半个月帮她的忙，然后就彻底结束实习了。"

"那你跟温先生呢？"

盛柠顿了顿，说："我们差太远，给他打工还行，别的……我觉得不合适。"

等实习结束，就自然而然结束了。

她以为自己那天不留余地的拒绝，再加上那一巴掌，已经彻底把他给得罪了。那样一个高傲的男人，天天冷着一张脸谁都看不上的样子，他还知道自己现在在干什么吗？

盛柠又想起他那天说的那些话，更烦了，到底是谁逼谁啊？

要是早知道他是这样的人，她今天绝对不会答应丽姐再多留半个月的请求。

再烦也没用，在新的一周，她还是要抽空去兴逸报到。

果然在这周的例行会议之后，温衍说有话跟她说，又让她来一趟办公室。

她读书的时候就不喜欢被老师叫进办公室，总觉得只有闯了祸的学生才会总是被老师叫到办公室去教训。

盛柠以为他又要找她说私事，怀着相当忐忑的心情进去了，结果温衍没跟她提私事，真是找她进来说工作的。

他问："上次酒会上的那个德国外商，你还有印象吗？"

盛柠心说资本主义的腐蚀和诱惑真是够可怕，搞得这些日子她真是有点飘了，居然自作多情到这个份上了。

盛柠羞愧地点头："有。"

"他公司的啤酒品牌要进驻国内市场，需要找代理工厂和代理商，之前他已经去了好几座城市调研，燕城是他去的最后一站。"温衍说，"这周末我需要带他去工厂那边逛逛，顺便挑几个景点带他观光，你跟我一起吧。"

"我德语其实一般。"盛柠语气犹豫，实话实说，"我去的话，到时候还得麻烦他们说英文。"

直接找个专攻德语的翻译不是更省事？

"我跟他说了。"温衍淡淡地说，"是他的女儿指定要你做翻译。"

盛柠想起来了，那个大胡子商人还有个女儿，他的女儿当时在酒会上对温衍表现出了非同一般的兴趣。

被人指定那还有什么好拒绝的，盛柠点头："我知道了。"

交代完工作，盛柠像所有下属那样又礼貌地问了句："还有别的事吗温总？"

"到时候工作结束以后。"温衍一手捏着文件纸的边缘，一手散漫地转着钢笔，"我请你吃个饭？"

盛柠神色一紧，赶紧摇头："不用，反正有加班费拿，不需要再特意请我吃饭了。"

男人放下手里转动着的钢笔，扯了扯唇："盛柠，你能不能有点被追的意识？"他皱着眉，语气不悦："我请你吃饭这事跟工作无关。"

盛柠又开始头皮发麻了，她故意装傻，不懂他为什么又突然这么赤裸裸地把话摊开来说。

"那要不是工作的话，我就不去了。"盛柠小声说，"我晚上有约了。"

"和谁？"

盛柠心说：我怎么知道和谁，我随口编的。

她不说话，又是一副比较纠结的样子，温衍见状不耐地问："你那个高中同学？"

盛柠思索几秒，点头："嗯。"

反正温衍跟陆嘉清也不认识，而且陆嘉清也快回学校拍毕业照了，没有人证随便她说。

温衍没再说话，盛柠以为他打消了请她吃饭的念头，松了口气。

"那我出去了？"

"你等会儿。"

盛柠只好又说了一遍："温总，我说了，我晚上有约了。"

男人不耐烦地"嗯"了一声，抬手揉了揉眉心，嗓音低沉道："你再考虑一下那天到底要和谁吃饭吧。"

盛柠以为自己幻听了："……啊？"

他垂着眼皮，又淡淡补充："如果你想吃顿好的，我建议你选我。"

他以为选和谁吃饭是什么竞标吗？还建议选他。

盛柠满脸黑线，顺着他的话问道："……那温总你有什么优势？"

温衍扯了扯嘴角，语气相当傲慢地反问她："你说呢，财迷小姐？"

财迷其实算不上什么好词，再配上小姐这个尊称就显得有些讽刺，不论温衍有没有这个意思，盛柠都不太高兴。

是，他确实是有两个臭钱，很戳她的点。但这男人的性格也是真的差劲，差到但凡他没那么有钱，长得也没那么好看，就他这种讲话的口气，如果她投稿给微博上的吐槽博主，评论绝对会把温衍喷得一文不值。

——"不要靠近男人，会变得不幸"。

"有的财迷只是喜欢钱，对吃的要求很简单。"盛柠淡淡地说，"吃得好不好无所谓，能吃饱就行。"

男人明显没料到她会这么说，她的话比直接拒绝还让人挫败。

他有些恼怒，不知好歹四个字到嘴边，又抿唇咽了回去，最后问："你想吃什么？"

"只要不是跟温总你一起吃，吃什么都行。"

说完这句，盛柠转身就走，也不管他接下来又是什么反应。

她觉得她给温衍的闭门羹已经够多了，哪怕换成任何一个姿态没他那么高傲的男人，都会觉得她这人是块铁板，不值得为她在感情上付出任何精力。

周末原本是盛柠例行回公寓住的日子，依旧是因为毕业论文的事，导师找几个毕业生开会，于是周五这天盛柠还是在宿舍住的。

周六早上，季雨涵还在床上和被子醉生梦死，盛柠已经起床洗漱。

她要先去公司报到，到了公司再等温衍吩咐，因为公司离学校太远，为了不迟到，所以必须早起。

盛柠一边刷牙一边打哈欠，镜子里那张困倦十足的脸明显是还没睡够，脸色苍白，显得眼下的颜色更重了点。

没办法，随便扑点粉底盖一盖吧。

因为赶时间，盛柠也没有多少时间化精致的妆，她突然就想起了盛诗檬的好。

桌上的手机响起来，盛柠看了眼是温衍打来的电话，以为是催她的电话，心里下意识一紧，有些不想接。

于公于私，温衍每次给她打电话，她都会不由自主地紧张。

其实他也没有惩罚过她什么，甚至连工资都没扣过，而且还时常给加班费，所以她也不知道自己在怕什么。

一接起就听到了他的声音："起来了吗？"

"起了。"盛柠加快了速度，"我马上就出门。"

"嗯，吃早餐没有？"

盛柠一愣："没有。"

"想吃什么？"

"……"

"没有想吃的我就随便给你买了。"

盛柠咬唇，刚要开口说她不想吃早餐，男人又仿佛是能隔着手机读心一样，淡淡地补充道："再年轻不怕饿肚子，早餐也一定要吃。"

"那就随意吧，什么都行。"盛柠顿了顿，又说，"豆汁除外。"

那边一顿，竟然笑了声："好。"

盛柠被这声低沉的笑弄得耳朵有些痒，觉得自己就这么轻易妥协，让他得了逞，于是抿着唇说："但是温总你要是给我带的话，等我到公司早餐也冷了，还是我自己买吧。"

那边的人像是没听见她说的话，突然问了句："煎饼果子吃吗？"

盛柠一愣，心想他竟然会买这么接地气的早餐。公司附近有煎饼果子摊吗？她怎么记得都是一些很小资情调的西式甜品店和咖啡厅？

就在盛柠还在思考开在中央商务区的煎饼果子得卖多少钱的时候，男人又说："我看挺多学生在这儿排队，味道应该不错。"

她一下子更迷茫了："温总你在哪儿啊？"

"你们学校东门这边。"

化妆镜里映照出盛柠呆滞的表情。

"这么早就起来化妆了？"突然季雨涵带着哈欠的声音在她背后响起。

盛柠猛地回过神，也不管温衍有没有说完话，急忙挂掉电话，继续手里化妆的动作："嗯，今天加班。"

季雨涵没什么形象地抓了抓她那一头乱发，随口问："跟温先生吗？"

盛柠点头。

抓头发的动作突然停了，季雨涵不解道："那你还起这么早？"

盛柠没懂："什么意思？"

"意思就是你完全可以睡久一点啊，叫他开车过来接你，再顺便让他帮你带个早餐。"季雨涵说，"这就是为什么很多人比起谈恋爱都更享受被追求的过程，你要学会利用知道吗？"

盛柠没说话，她似乎已经能想象到煎饼果子摊前本来排着好多上早课的学生，这时候突然旁边停下一辆和清晨校园环境格格不入的轿车，然后从轿车上下来个西装革履的男人，他走过去站在队伍的末尾，面无波澜地排队等着买煎饼果子。

但盛柠还是想岔了一步，温衍并没有亲自下车，依旧是端着老板的架子让司机帮他下去买的早餐。

正排着队的几个学生注意到有个穿着西装的中年大叔混入了他们的队伍，但并没有多注意。

直到排到这位大叔，老板问他要加什么料，大叔愣了下，回过头去，朝着不远处轿车的方向喊："温总！您要加什么料啊？"

老板和几个学生都纷纷被这句呼唤吸引，也好奇地朝着大叔看着的方向投去眼神。

密不透风的黑色轿车降下车窗，露出了一张英俊淡漠的脸。

有几个学生矜持地戳了戳同伴的胳膊，示意同伴一起欣赏。

温衍不吃煎饼果子，所以也不了解买煎饼果子的流程，他忘了问盛柠。

小姑娘不爱吃晚饭，早上总要多吃点。

他直接说："有什么都给她加上。"

司机点头，转头对老板说："都要。"

众所周知，中国人是全世界最会吃的，而高校因为有来自五湖四海的学生，所以无论是正餐还是小食，都是种类繁多且内卷严重，为了抓住这些大学生的胃，不但要味道好，更要料足价格也够实惠，这家店的煎饼果子之所以一大清早就有这么多学生在排队，就是因为同时满足了以上几点。

"嘿！好嘞！"

老板得令，将手里的小铲子自信一挥，"哗啦啦"抓上一大把料往煎饼上丢。

司机买好煎饼果子后，立刻给温衍送了过去。

温衍神色复杂："……这么大？"

"对，那老板实在。"司机问，"温总您想吃什么？我去帮您买。"

"不用。"温衍摇头，"去买两杯豆浆吧。"

盛柠刚上车就被温衍投喂了一份超级无敌特大份的煎饼果子。她呆呆地看着这个煎饼果子，塞了满满当当的料，几乎快要把外层的面皮撑爆。

这不是煎饼果子，这是砖头。

"这也太大了。"盛柠为难地说，"我肯定吃不完。"

温衍："不要浪费粮食。"

盛柠无奈道："不浪费粮食的前提是我能吃得下这么多。"

温衍没说话，一副"反正我已经买了你看着办吧"的表情看着她。

盛柠捧着这一大份的煎饼果子犯了难，又看他气定神闲，优哉游哉地抿了口豆浆，好奇地问："温总你早上就喝一杯豆浆吗？"

"嗯。"温衍说，"转了一圈没什么特别想吃的。"

"那你不饿吗？"

"饿了再说。"

盛柠看了眼自己手里的煎饼果子，又看了眼他。

有病吗？一个撑死一个饿死。

煎饼果子为了方便吃，都会从中间被切开，她想了想，将煎饼果子分成两半，然后递了一半给温衍。

"干什么？"他睨她。

"你只喝豆浆肯定会饿的。"盛柠抿唇，有些不自在地说，"我吃不完，温总你帮我分担点吧。"

温衍淡淡地说："吃不完的就丢给我是吧。"

盛柠："……"

她也觉得跟人分着吃早餐不太好，而且这个人还是温衍，她跟他的关系如今还尴尬着呢，但又没什么办法，毕竟是老板给买的，她总不能吃一半丢一半。

"算了，不麻烦你了。"盛柠说，"我跟司机分着吃吧。"

刚刚负责给温总和盛翻译买早餐且现在正在开车的司机本来还在偷笑，就这么猝不及防被提及，愣了下，赶紧说："我在家吃过早餐了。"

盛柠干笑两声："哦，你吃过了啊。"

听着她尴尬的语气，温衍微微勾了勾唇，朝她伸出手："算了，我帮你吃吧。"

"我自己吃。"盛柠装作没看见他伸过来的手，"吃不完大不了留一半当午饭。"

温衍挑眉道："午饭会跟德国人去餐厅吃，你要带个煎饼果子去？"

"也不是不行。"盛柠说，"正好给德国人介绍一下我们的传统美食。"

温衍沉下脸色，有些气恼地说："我都说帮你吃了，你还犟什么？"

盛柠也有些气，觉得这个男人简直莫名其妙，刚刚她说分他吃，他不乐意，还在那儿阴阳怪气，现在她不麻烦他了，他又要了。搞什么，耍她吗？

于是她说："不用了，我怎么好意思勉强温总帮我吃。"

一直在开车的司机实在忍不住了，心想不就一个煎饼果子，至于吗？

温总也是，本来今儿就起得早，大老早就从温宅出发了，到现在这么长时间都没吃早餐，真不知道他哪儿来的力气跟盛翻译吵。

"我没勉强。"看她语气坚定，一副绝对不给他吃的样子，温衍只能松口，叹气道，"我刚逗你的，你听不出来吗？"

盛柠扯了扯唇："没听出来。"

男人终于没辙了，放轻了语气说："我大清早过来接你，到现在什么也没吃，你知道吗？"

盛柠不动声色地皱起眉。

他又说："盛柠，我现在很饿。"

盛柠倏地心间一麻，抓着煎饼果子的手颤了颤。

她将手里的煎饼果子分出一半塞给他，语气有些凶："给你给你。"

再凶也没吓着温衍，他终于有点悟过来这姑娘其实吃软不吃硬。

特制的甜面酱汁配上荤肉的浓香和素菜的清香，温衍咬了口还泛着热气的煎饼果子，唇角往上很浅地扬了一下。

两个人就这么别别扭扭地分享了一大份煎饼果子。

啤酒工厂在比较偏远的郊区，原品牌在二十世纪中叶创立，按年限算下来，已经是相当有年份的牌子了，后来于二十一世纪初跟另一家老字号啤酒品牌合资在燕城建立了第一座大型的啤酒厂区。

国内的商业竞争，再加之随着开放政策，很多外来品牌的入驻，这个牌子渐渐在激烈的市场竞争中失去优势，直到被兴逸集团收购。

但运气好的是当时温兴逸喜欢喝该品牌的啤酒，再加上他也不愿看到这么一个有底蕴的老品牌被内外夹击直至消失，于是最后还是没狠下心来吞掉整个品牌，而是保下了这座岌岌可危的啤酒工厂，品牌也得以在资本竞争中勉强挣扎着喘了口气。

德国父女是掐点来的，一分钟都没迟。

简单打过招呼，之前酒会上见过面的那位女士冲盛柠亲热地打了个招呼："翻译小姐，又见面了。"

几个人进了工厂，温衍开始和德国人谈生意。

"由于我父亲温董事，比起啤酒每年的产量，我们一直更加重质。"

盛柠将温衍的话逐一翻译给德国人听。

"我们会使用最干净的玉泉水，酒花和酵母都是欧洲进口，在最大程度上保留了麦芽原始的香气。

"国内外的啤酒口感其实很不一样，德国啤酒久负盛名，我们也一直很期待与你们合作。

"你们的品牌想要在中国站稳脚跟，获得我们的青睐，当然就需要根据我们的口味做出调整，这是外来品牌想要进驻中国市场必不可少的妥协。"

现在的外来品牌都相当聪明，他们知道一味地保持着高冷，贴上外文标签并不足以真的吸引到国内大部分顾客的目光。

现在国内品牌迅速发展，很多人开始关注自身的民族企业，所以外国人想要赚中国人的钱，就一定要低下他们那高贵的外邦头颅，学会怎么讨好中国人。

人在交流的时候会有思维惯性，当一种语言突然卡壳，会下意识地用意思更贴切的母语代替。盛柠为了应对这种情况，在今天之前已经做了不少功课，背了不少关于啤酒术语的德语词汇，所以即使德国人有时候会不自觉用两种语言交替着说，她翻译起来也没有什么特别磕绊的地方。

德国人很严谨，即使他已经对温衍的言辞很心动，却还是斟酌着语气和神色。

或许是用脑过度，又或许是在拖时间，德国人提出要去洗手间，温衍其实也不太熟悉工厂的路线，于是叫来一个会说英文的工作人员，让他带着客人去洗手间。

留下温衍和盛柠，还有德国人的女儿。

温衍明显也是说累了，难得懒洋洋地松下了肩膀，眼神随意地打量着工厂内部。

"你老板真的很帅。"父亲终于不在了，女士用德语对盛柠说，"特别是说中文的时候，虽然我听不懂，但我觉得他的咬字很性感。"

盛柠撇嘴说："那是因为中文本来就好听。"

女士问她："上次你和他跳过舞之后成为情侣了吗？"

盛柠愣了下："什么？"

见盛柠没反应过来，女士诧异地挑了挑眉，更露骨也更精确地问："Lebensabsehnittspartnerin!"

盛柠蒙了，什么东西？

德国人对两性之间的关系划分非常明确，因而有的单词也就非常生僻。

女士没办法了，只能用英文问："Are you sexual partners?（你们是性伴侣吗？）"

没有了德语加密，温衍听懂了，诧异地看向盛柠。"你背着我跟她在聊什么玩意儿？"

盛柠立刻无辜地猛摇头。

"跟她说不是。"别人把他和盛柠误会成这种关系，温衍对此显然有些不适，蹙眉淡淡说，"你说是我在追你。"

盛柠："……"

她心想：我怎么说！！我可没那个脸！！

反正她不说。

盛柠难为情地瞪了温衍一眼，女士仍在等他们的回答。

男人被她的这一眼瞪得心痒喉干，不自觉挪开眼，翘起唇角来。

他轻轻嗤了声："要你这个翻译有什么用。"

盛柠有理有据地表示："非工作性质的内容我有权不翻译。"

但她忽略了一点，那就是她的上司虽然不会说德语，但会讲英文，等盛柠反应过来，温衍已经对那位女士坦白了。

女士愣了下，紧接来了句："Krass!（天哪！）"

然后那双因为天生骨相而眼窝深邃的眼睛瞬间发出巨亮的光芒，等女士的父亲从洗手间回来后，她立刻迫不及待地把温先生和翻译小姐这两个人目前的关系告诉了父亲。

这个德国外商抖着他的大胡子说："Doris（桃瑞丝），你猜对了。"

女士骄傲地挑眉："看到没有？爸爸，我就说女人的直觉通常都很准确。"

盛柠抽了抽嘴角，不知道这位女士是从哪儿来的直觉，明明上次酒会的时候她和温衍的关系还很纯洁。

不对，现在也很纯洁。

之后温衍又带着父女俩去工厂内间转了半圈，德国外商掐着点看了眼手表，提醒温衍已经是午餐时间了。

因为工厂的位置比较偏僻，周围没什么商业圈，所以温衍将午餐定在了离这儿不远的一家预约制餐厅，直接开车过去十几公里就到。

这家餐厅的后现代设计感十足，中西餐点皆有提供，为了照顾这对德国父女，在陈助理提前打电话和餐厅预约的时候，就已经和厨师敲定了西餐菜单。

装修精致的包间里，两面靠室外的外墙完全用玻璃代替了水泥墙面。如今燕城的气温正处在冬春交替的时节，郊区空气和市区相较来说清新很多，空间和视野也更为开阔。这会儿室外天色阴沉，正在下小雨，大片的绿植被润湿，和雨水发出清脆淅沥的碰撞。

　　室内灯光明亮，刀叉碰撞的声音和低沉温和的交谈声交杂着。

　　温衍明显还想再继续谈上午合作的话题，但德国父女的兴趣显然在别的话题上。

　　"既然是午餐时间，温先生，我们可以暂时不谈工作上的事吗？让我们好好享用这顿午餐。"

　　盛柠将这段话翻译给温衍，温衍点头答应，充分尊重他的意愿。

　　但就在他妥协的下一秒，Doris开口："如果可以的话，我和我父亲对你和你的翻译小姐之间的故事很感兴趣，可以聊这个吗？"

　　盛柠："……"

　　真不想翻译给温衍听，但她不翻译也没用，因为人家说的是英文，所以温衍听懂了。

　　温衍语气淡淡地对外商说："比起合作，你女儿似乎对我和我的翻译更感兴趣。"

　　外商咧嘴一笑，还挺不好意思："其实我也非常感兴趣。"

　　毕竟八卦是全人类的天性。

　　盛柠用"你看吧，我就跟你说私事别往外随便说"的眼神瞥了眼温衍。

　　温衍："……"

　　"如果担心翻译小姐会害羞的话，请放心，现在不是工作时间，翻译小姐可以尽情享用她的午餐，不用麻烦她。"Doris笑着说，"温先生你跟我们交流就好。"

　　盛柠立刻松了口气，果断地开始装起哑巴来。

　　温衍稍稍愣住，皱眉去看盛柠，可她只顾着吃，对他投来的眼神毫无反应。

　　两个人并排坐着，对面就是德国父女，温衍的两只手都放在餐桌上不好挪动，于是只能在餐桌之下，挪腿踢了踢盛柠。

　　盛柠依旧不动声色，而餐桌下的双腿却朝另一边躲开。

　　温衍再踢就踢空了，他略微错愕地瞪了眼盛柠，只能拒绝了父女俩的请求。

　　毕竟涉及个人隐私，Doris并没有勉强温衍，反而理解地点点头道："既然温先生你也害羞的话，那我们就不听了。"

　　盛柠含着土豆泥的嘴紧紧抿着，唇角却忍不住幸灾乐祸地扬了起来。

用过餐后的下午，温衍带德国父女去了啤酒加工车间参观，之前他说过国内外的啤酒其实味道很不一样，所以就让工厂员工弄了几杯给他们尝。

小纸杯里装着最新鲜的啤酒，连盛柠也有份。

她这份是温衍递给她的。"要尝尝吗？"

盛柠从来没尝过还没出厂的啤酒，她也好奇，所以接过纸杯喝了一小口。

"好喝吗？"他问。

盛柠点头："比平时在店里买的那种罐装的好喝。"

温衍："这就是水果罐头和水果的区别。"他看她把那一小杯啤酒都给喝光了，又说："机会难得，你要喜欢就多喝几杯。"

盛柠摆手："喝多了脑子会晕，到时候翻译得不准确就惨了。"

温衍扯唇，冲她抬了抬下巴，让她看那边："你看那父女俩还有接着聊工作的意思吗？"

盛柠朝他指的那方向看过去，那父女俩明显是见了啤酒就走不动道，这会儿不知道在聊什么，已经边喝边笑开了。

其实上午温衍就已经和外商谈得差不多了，现在主要是双方都还在考虑，周一去公司他还要和下属开会讨论，所以也不是很急着知道外商的明确意向。

啤酒度数不高，但喝了酒确实能让人变得大胆起来。

本来胆子就很大的 Doris 在几杯啤酒下肚后，趁着翻译小姐休息空闲的间隙，凑到温衍身边和他搭话。

温衍对她的靠近并没有多抗拒，但还是礼貌地拉开了些许社交距离。

"不用防备我。"Doris 撇嘴说，"我不会对心有所属的男人下手。"

温衍淡淡地说："谢谢理解。"

Doris 脸上的笑意越发明显，大胆地说："但不可否认，你真的很迷人。"

温衍依旧是一句不咸不淡的谢谢，目光并没有停留在 Doris 身上，而是在看到某个人后才突然顿住视线。

盛柠这会儿已经喝了好几杯啤酒，刚做出来的啤酒气泡很足，她没忍住，突然张嘴打了个嗝。

她以为没人发现，掩耳盗铃般地鼓了鼓嘴，又装模作样地咳嗽了一声，试图掩盖掉刚刚打过嗝的口气。

一旁观察着她的男人突然就笑了起来。

Doris 也跟着笑了起来："她很可爱，对吧？"

温衍柔和了脸色，轻声说："是的。"

"那你对她说过她很可爱吗？"

温衍："……"

Doris 了然道："那大概是没说过了，既然觉得她很可爱，她又是这样吸引你，为什么不告诉她呢？"

男人眯了眯眼，依旧没有回答。

Doris 深吸一口气，语气变得有些严肃："温先生，我需要提醒你，真正会令女人感到贴心的，绝不是男人的强势。"

温衍终于从盛柠身上收回目光，侧头看向 Doris："什么意思？"

"我不知道你和翻译小姐平时在工作之外是怎样相处的，但我知道她一定接受过很好的教育，她的思想一定是独立而且有主见的。"Doris 说，"你的外貌和社会地位或许很打动她，但你的态度并不一定是她喜欢的。"

"爱很冲动，爱一个人是完全感性且主动的行为，但真正的爱情一定是平等的。"

男人目光沉静，半晌后终于对她扬了扬嘴角："谢谢。"

连着收到了他的三句谢谢，还看到了这么冷峻的男人笑起来的样子，Doris 在欣慰的同时又惋惜着，如果他明白了她的意思，那么他就离完美更近一点了，而这样一个无论从外在还是内在来说都完美的男人却不是她的战利品，实在可惜。

这么大的合作不可能一天就能谈成，之后两方还需要更多地接触，但今天的工作就此告一段落，观光定在了周日，德国父女驱车离开，盛柠今天的工作也就此结束。

坐上车，温衍问她："你是回学校还是去公寓？"

"学校。"盛柠毫不犹豫地说，"我回去写论文。"

他挑了挑眉："喝了酒还能写得进去论文？"

盛柠满不在乎道："又没喝醉，有什么写不进去的。"

她做事不喜欢拖拉，本来这周末的计划就是要留在学校写论文，因为临时的加班不得不打乱，反正现在还不晚，回去的话还能抓紧时间写写。

"去年刚送你这套公寓的时候，我看你好像巴不得天天住在那儿。"温衍顿了顿，语气很淡，"现在就没那时候的热情了。"

盛柠解释："我现在也是巴不得天天住在那里，但是毕业前琐事多，这段时间住在学校比较方便。"

提到公寓，盛柠又想到了盛诗檬和温征："对了，温总你知道温征要带我妹妹去见家人的事情吗？"

"知道。"温衍蹙眉，语气并不关心，"随他吧。"

他态度这么平静，反倒让盛柠觉得惊讶。"你这时候不是应该阻止他吗?"她皱眉道，"怎么突然就一副撒手不管的样子了?"

温衍漫不经心道："我怎么管?"

盛柠没懂："……什么怎么管?"

"我现在对你这样。"他睨她一眼，语气低沉，"哪儿来的资格管他?"

温衍没把话说全，有的话其实不用说得太明白，只要她能听懂就行。

第 5 章

一车玫瑰

盛柠又不傻，她当然听懂了，但她觉得还不如听不懂，因为就算听懂了，她也不知道该怎么回应温衍。

一开始谁能料到事情会发展到这个地步？

她信誓旦旦地对盛诗檬说的那些话全都成了笑话，到如今也不知道该怎么向盛诗檬坦白。

"但是你弟弟现在还不知道你……"车上司机还在，盛柠绞尽了脑汁想把这件事尽量往委婉了说，用词相当小心翼翼，而且还给了双方体面的退路，"反正事情现在也还没到不可挽回的地步，如果温总你后悔了，等今晚睡一觉起来，我完全可以当作你什么都没跟我说过，我们以前是怎么样，以后还是怎么样。"

温衍目光一沉，语气平静道："我不后悔。"

盛柠苦恼地抿起唇。

这个油盐不进的古板男人，她已经给了他这么大的退路，他竟然想也不想就直接说不后悔。

这人不听劝，她顿时有些气急败坏地问："……那你要怎么跟你弟弟说？"

他难道都不会觉得丢脸吗？

温衍沉默片刻，而后轻描淡写道："温征那边我不打算再插手，他事后要怎么跟我算账，我都接受。"

盛柠睁大眼："你……"

"我必须承认，感情这东西……"温衍突然停下话头，侧过眸去不再看她，而是看向了车窗外那一片仿佛要被阴沉的乌云吞入的旷野郊区。他慢吞吞地托着腮道："确实是等自己栽进去了才知道厉害。"

盛柠心尖微麻，无奈地偏过了头，他看他那边的车窗，她就看她这边的。

她神色看似平静，其实内心在大声咆哮。

全是资本主义的陷阱！！全是资本家的话术！！

两个人都没再说话，突然的一声偷笑来得莫名其妙。

明显是男人的声音，盛柠本来就很烦，她想也不想就开口吼人："老男人，笑屁啊笑。"

然而下一秒她听到的却是司机心虚的道歉声。

"对不起对不起，刚看到一条野狗跑过去，就没忍住笑了，绝对不是笑盛翻译你。"

刚刚那一声是司机笑的？不是温衍笑的？

"啊不是，我不是说你，我以为——"盛柠尴尬地皱起五官，又飞快地瞥了眼温衍，怎么解释都得罪人，她最后只能放弃地说，"对不起啊。"

司机也很尴尬，干巴巴地哈哈笑了两声。

车上坐着的三个成年人智商正常，温衍和盛柠怎么可能不知道司机刚刚在笑什么。一般司机开着车，马路上突然蹿出来一条狗，吓都吓死了，谁能笑得出来。

很明显他就是在笑他们刚刚的对话，一个人想尽了法子委婉，一个人却各种意有所指，两个人都不坦白，然而越是不坦白旁观者就听得越明白，气氛就越尴尬。同样的，盛柠刚刚那句话是在凶谁，司机和温衍也都心知肚明。

反正司机这回心里发誓，他要再发出一点声音，回去就把自己毒哑。

无辜被凶了的温衍不满地皱起眉。"你以为刚刚是我笑的？"

盛柠当然不承认："没有。"

温衍仿佛没听见她的狡辩，又问："我没名字吗？"

原来是不满她叫他老男人。就是脱口而出的一个称呼，不知道他那么在意干什么……况且他年纪确实也不小了。

盛柠觉得他小题大做，于是说："你也给我取过不好听的称呼，我们扯平。"

"什么？"温衍想了想，"财迷？你不本来就是？"

"……"

"还是汤圆？"看她不说话，他语气淡淡地问，"不好听吗？挺贴切的。"

一点也不贴切。

现在天气已经渐渐转暖，盛柠早就不穿她那些五颜六色的羽绒服了。

温衍对那时候穿着羽绒服的盛柠印象深刻，之前他以为自己对她的羽绒服之所以记得那么清楚，是因为平时接触到的大部分女性，无论在哪一个季节，为了展现自己的苗条身段，都穿得不多。

尤其是他那个当演员的外甥女，最冷的那段日子，温衍关注过她的几场户外红毯活动，接近零下的气温，她竟然穿了身露背的礼服，真是疯了。

温衍看了就很不满，知道跟外甥女说没用，特意去找了外甥女婿说这件事。

他当时在电话里的语气很是责怪，说你一个男人在红毯上都穿得比她多，不知道叫你老婆再多穿件外套？

外甥女婿无辜地表示，他跟她说过，是她自己不肯，非要把身材露出来，说是要在红毯上狠狠艳压其他女明星。

都是女人，怎么差别就这么大。

盛柠这个瘦骨伶仃的姑娘就怕冷得很，非把自己裹成圆乎乎的样子。

她穿裙子的时候其实也挺好看，零星几次见她穿裙子精心打扮的场景，都让人很难忘。但还是"汤圆"更可爱一点。

温衍直到今天才终于反应过来，不是因为她之前穿得多他才印象深刻，而是因为可爱，所以他才多看了她一眼又一眼。

因为这声偷笑而引发的乌龙，导致之后没人再说话。

直到车子快开到学校，盛柠要准备下车了，温衍这才不经意地问了句："和你同学约的晚饭还来得及吃吗？"

盛柠愣了下，然后猛地反应过来，他之前约她吃饭，她用陆嘉清作为借口拒绝了他。

温衍抬腕，微微推开衣袖，看了眼手表上的时间，眉峰轻挑，嗤了声道："该迟到了吧？"

从工厂那边过来，中间跨了好几个区，这个点已经完全过了晚餐时间，除非他们约的是夜宵。

温衍跟那个德国外商有相同的习惯，那就是看时间喜欢用手表。对有收藏手表爱好的人来说，比起电子设备，制作精细的手表才是最准确的时间工具。

盛柠没有戴手表的习惯，工作时间当然也不能看时间，所以对今天一天流逝过去的时间自然也就没什么概念。而他明显是有在掐时间的。

他故意的吗？

她心虚地抓紧安全带，硬气道："迟不迟到都跟你没关系。"

"不跟你同学打电话道个歉？"

打什么？怎么打？她跟人根本就没约饭。

盛柠只能说："我回去再给他打。"

温衍眯了眯眼，语气很淡："上回你跟他吃饭，我中途把你带走，你道了一次歉还觉得不够，怎么今天就不急不忙了？"

盛柠一慌，下意识的反应让她无所适从。

温衍反应敏锐，抓到她的微表情，很快就有了另一个猜测："还是说你今晚根本就没有约，你那个同学只是你用来拒绝我的借口？"

"……"

他突然没什么表情地笑了声，而后敛住情绪，轻声问她："盛柠，我就这么让你避之不及吗？"

这会儿车子已经快到校门口了，盛柠只能暂时装哑巴，眼睛死死盯着车窗外，心想就快了就快了，马上就能下车了。

等车子终于停了，她迫不及待解开安全带就要下车，突然伸过来一只手拽住了她的胳膊。

"干什么？"盛柠皱眉，已经有些生气，"又不许我下车？"

温衍一愣，他刚刚完全是下意识抓住了她的胳膊，而之前他的态度也如同这只朝她伸过来的手一般，强势而果断，还带着居高临下，好似在说他已经这样明显地表示了心意，她凭什么避开。

意识过来自己又一次对她强势，他松开了手。

盛柠怀疑地看着他，现在车上还有第三个人，虽然司机这会儿已经装作自己又聋又瞎，但总归是个大活人，温衍应该不敢对她做什么。

"盛柠，我以前对你的态度确实不好。"他垂了垂眼，语气平静且认真道，"我向你道歉。"

盛柠像见鬼一样看着他。

男人侧开眼，喉结微顿，酝酿片刻后放轻语气说："以后我约你，如果你没时间或是单纯不想答应，都可以直接拒绝我，不需要找任何借口。"

盛柠怎么都不敢相信这是从他嘴里说出来的话。

她不确定地问："……那你会给我穿小鞋吗？"她咬咬唇，不安地补充道："扣我工资之类的。"

简单从男女关系上来说，盛柠不怕得罪温衍，最好是把他彻底给得罪了，得罪到老死不相往来的那种最好。但他们的关系却不仅仅是男人和女人的关系而已，他是她的顶头上司，他是她的甲方。

老板怎么能随便得罪，就算以后她的实习结束了，但只要她还在燕城，只要她以后的工作跟外贸有关的话，就不可避免地会听到他的名字。

这种压迫并不一定是他想给她的，而是本来就存在的。

盛柠需要做出一定的妥协，不想更不能把话说得太绝，也是真的不想得罪他。

温衍叹气说："胡思乱想什么，我怎么会。"

盛柠："……哦。"

"下车吧，到宿舍以后给我发个消息。"温衍说，"明天还有一天，辛苦了。"

盛柠顺利下了车，站在原地呆滞地目送车子离开。

转性了，真的转性了。世界末日要来了吗？

盛柠一边想着这个天马行空的问题，一边愣愣地往宿舍的方向走。今天是周六，大多数人都闲，她往里面走的时候，擦肩而过不少这时候正准备外出的学生。

有的是同性朋友之间三五成群，有的一看就是小情侣去外面玩。

情侣之间的气氛确实不一样，有的是女生亲昵地挽着男生的胳膊，有的是男生体贴地圈住女生的肩膀，有的是手牵着手，总之两个人脸上一定都是笑着的。

这些年轻的校园情侣，把幸福和甜蜜都写在了脸上。

面前又走过来一对情侣，男生个子很高，看上去跟温衍差不多。

盛柠不自觉就多看了一眼。

这个男生搂着女朋友的腰，凑着她的耳朵跟她说悄悄话，女生被男朋友逗得眉开眼笑，伸出拳头捶了他一下。

男生非但不生气，反而还抓住了她的拳头，再掰开她的手指和她十指紧扣。

"……"

盛柠突然就起了一身的鸡皮疙瘩，跟温衍谈恋爱简直太可怕了！！

她再不敢多看一眼，加快了脚步匆匆往宿舍跑。

回到宿舍后的盛柠仍然惊魂未定，季雨涵问她今天加班加得怎么样，她也只是简单敷衍了两句，然后坐回自己的位置，打开笔记本准备转移注意力，专心写论文。

季雨涵其实特别想八卦盛柠跟温衍今天一起加班的细节，但又不好打扰盛柠写论文，于是只能憋着，特意等到准备熄灯睡觉的时候，她看到盛柠上了床，才偷偷摸摸地爬过来盛柠这边。

盛柠被她爬床的动作吓了一大跳。"干什么？"

"女寝夜聊。"季雨涵的眼睛在黑暗中散发出诡异的光芒。

盛柠捏紧被子，靠墙缩了缩。"聊什么？"

"废话，当然是聊男人啊。"

盛柠装傻："你交男朋友了？"

季雨涵翻了个白眼："我要是交了男朋友的话，这大好的周末我不跟他一块儿出去过夜，难道还在这里跟你浪费春宵一刻吗？"

盛柠也翻了个白眼，重色轻友也就算了，这女的居然连装都不装一下。

"你跟温先生，今天有没有情况啊？"季雨涵也不拐弯抹角，直接问出了她最想知道的重点。

盛柠抿唇："没有。"

季雨涵失望地"哦"了一声。

"是你防线太高，还是他不行啊？"她摸着下巴自言自语道，"他一个当老总的，追姑娘的经验应该挺丰富的吧，怎么连你一个'母单'的研究生都搞不定？"

温衍有没有追姑娘的经验盛柠不太清楚，但她知道他是有个明星前女友的。

盛柠抽了抽嘴角，就他那态度，难怪分手了，前女友也嫁给别人了。

季雨涵一听没情况，顿时就失去了八卦的欲望，磨蹭几秒后爬下了床。

盛柠看她走了，这才从枕头下掏出刚刚收到了消息的手机，她刚刚还没来得及看是谁发来的，就因为被季雨涵的爬床动作吓到而急忙藏起了手机。

等看到是盛诗檬发来的消息后，她才突然意识到，刚刚之所以藏手机，是怕温衍给她发消息。

消息不是温衍发的，在庆幸的同时，她又莫名有种矛盾的失落感。

盛诗檬："你今天不在公寓啊？"

盛柠："我在宿舍。"

盛诗檬："怎么不早说。"

盛诗檬："我以为你在，来之前还特意点了两人份的夜宵。"

盛诗檬："我要胖三斤了。"

盛柠不解："你以前周末不是都会跟温征一起出去过夜吗？"

盛诗檬："那是以前谈恋爱的时候嘛，现在我跟他就是在演戏而已，卖艺不卖身好吧。"

盛柠："……"

就在盛诗檬以为她姐不会再回的时候，盛柠又突然发来一句："你和温征谈恋爱的时候不会觉得恶心吗？"

盛诗檬："？"

盛诗檬："啥意思？"

盛柠："就是两个人腻在一起。"

盛诗檬更迷茫了："谈恋爱不腻在一起，那跟拜把子有区别吗？"

盛柠无言以对，她不再回盛诗檬的消息，转而又去翻朋友圈，试图转移注意力，然后翻到了陆嘉清的动态。

他还要出国回一趟学校，所以发了条动态作为这次短暂回国的总结。

一个高中同学在动态下问他回国了打算去哪儿发展。

他回："燕城。"

高中同学："哦嚯，果然是盛柠在的城市。"

他又回："是啊，以后找她出来聚就方便了。"

高中同学："此处应该艾特盛柠。"

盛柠在下面官方地回："随时欢迎。"

陆嘉清很快回她："会的，我还欠你一顿饭，等我回来还。"

上次陆嘉清原本打算请她的那顿饭，被温衍打断，然后还是温衍付的钱。都是男人，陆嘉清当然不可能把这顿饭算在自己头上，温衍那时候明显是误会了她和陆嘉清的关系。

要不要跟温衍解释一下？

盛柠转念一想，不对，她为什么要跟他解释？他误会干她屁事。

她扔开手机，索性闭眼，什么都不想了。

睡前想东想西，导致这一晚上都没怎么睡好，一直在做断断续续的梦，一下子梦见盛诗檬和温征分手，两个人指着她的鼻子大骂她棒打鸳鸯，一下子又梦见温衍，夸她干得漂亮。

然后场景再一转，她跟温衍手牵着手在学校的小路上散步。

和以往模糊的梦不同，这个梦很详细。

做到一半，盛柠突然惊醒，惊恐地看着天花板，身体动弹不得，仿佛被鬼压床般，还出了一头的冷汗。

她抚了抚额头，摸出手机一看时间，早上六点半。

睡得不安稳，睡的时间又这么短，盛柠有些头晕，但她怕自己再睡过去后又睡过头，于是干脆睁眼睁到了起床时间。

等起了床，温衍照样打来电话，问她起来没有。她有气无力地说起来了，很快被他听出不对劲。

"你身体是不是不舒服？"

"有点。"盛柠揉了揉太阳穴，"昨晚没睡好。"

那边的人顿了顿，说："那你今天休息吧，我找别人替你。"

如果是之前，那盛柠一定会很遗憾，就这样白白错失了一天的加班费，但现在不同，盛柠松了一大口气，太好了，今天可以不用看见他了。

她说了声谢谢温总，挂断电话后立刻蒙上被子开始睡回笼觉。

这一觉直接睡到了中午。

盛柠是被窗外的雨声吵醒的。她伸了个懒腰，起床后做的第一件事就是打开手机看有没有错过的消息，还没翻完消息栏，就有电话打进来。

是温衍打来的电话。

她怕是工作电话，赶紧接了起来。

刚接起，那边的男人就问她："好点了没有？"

盛柠："好多了。"然后又问："观光结束了吗？"

"外头下雨了，没法继续，我让人送他们回酒店了。"温衍顿了下，问她，"你宿舍怎么走？"

盛柠："啊？"

温衍："外来车辆不让进学生宿舍区。"

"不是。"盛柠觉得她没表达清楚自己的疑惑，"你来我学校了？"

"嗯。"

"你来干什么？"

温衍真的服了，为她的迟钝感到无可奈何，经历得多了，连气都生不起来。

他低声说："笨哪你，我除了来找你，还能来干什么，这个学校还有第二个让我倒贴成这样的姑娘吗？"

盛柠其实很想吐槽，你这就叫倒贴？但她内心又不希望温衍再做出什么太过分的事，她最近感觉自己的意志力在逐渐瓦解，再过分一点的话，她怕她自己顶不住。

"怎么走？"温衍在电话那头催促，"很多学生在对我指指点点。"

大学校园里突然出现一个穿着打扮都格格不入又引人注目的男人，这个男人既不是老师也不是学生，而且长得还相当不错，肯定会被人多看两眼。

还能怎么办，准备接驾呗。

她分不清东南西北，于是凭着自己的空间想象力给温衍指路。

"对，看到那个路口就可以往左走了。"

"……"

"你正对着那个小超市，然后再往右边走。"

"……"

"嗯嗯，看到那个停自行车的地方了吗？背对着它往前走就行了。"

"……你就不能给我指个东南西北？"

"不能。"盛柠说，"我分不清。"

"……"

等终于看到她说的宿舍楼，温衍觉得自己刚刚没被她的话绕晕简直就是个奇迹。

"到了。"

"好，我现在下来。"

盛柠连忙从床上爬起来，这时候她已经来不及梳妆打扮恭迎"陛下"了，只能从抽屉里找了个口罩戴上，挡住苍白没血色的脸，装成重病在身的样子裹上外套下楼去接人。

她下楼看到温衍的时候稍微愣了下，男人穿着简约高级的大衣，挺拔俊逸地候着，身量高挑挺拔，虽然是白天，他站在宿舍楼下，在这片景致里看着都像在发光。

女生宿舍常年都有男生在门口等人，这会儿也有几个男生在等，也不知是不是故意的，他们都离温衍很远。

她还愣着，温衍看到她了。

他精准地认出这个裹着外套戴着口罩，一头长发松松散散地用鲨鱼夹夹在脑后的姑娘就是他要找的盛柠，于是迈步朝她走过来。

男人越走近，盛柠的呼吸就越是困难。

"真生病了？"他低头打量她，"怎么还戴着口罩？"

盛柠也不好意思说是来不及化妆，只好说："有点咳嗽。"

然后装模作样地咳了几声。

"吃药了吗？"

"吃了。"

"我带你去医院看看？"

"小感冒而已，不用去。"

"吃饭了吗？想吃什么，我带你去吃。"

"我打算点外卖。"

然后话题就彻底被盛柠堵死了，温衍抿唇，脸色比盛柠好不到哪儿去。骨子里的高傲此时已经在身体内咆哮，他恨不得转身就走，起码还能保全点面子。

盛柠心里有些不安，她现在和温衍站在宿舍楼下说话，难保不会有同学认出她来，到时候她要怎么和同学解释？

这是我老板，知道我生病了特意来探病的？

问题是谁信哪，现在给人打工生病了请个假，老板能同意给你请病假不扣工资就已经很有良心了，哪个老板还会亲自来探病。

她只想打发他赶紧走。"你如果是来探病的话，现在人你也看到了，可以回去了。"

温衍扯了扯嘴角："盛柠，我大老远过来找你，你就让我看两眼，然后三两句话给我打发了？"

"那你想怎么样，你要进我宿舍吗？"盛柠指了指自己身后的宿舍，"你好意思进吗？"

他叹了口气，问："你宿舍有人吗？"

"我室友在。"盛柠说。

"生病了就不要吃外卖，你想吃什么，我去买。"温衍说，"你问问你室友想吃什么，我买了一块儿给你们送过来。"

盛柠以为自己幻听了："你要请我室友吃饭？"

"嗯。"

"为什么？"

温衍脸色微红，淡淡地说："追人不是要先讨好室友吗？"

距离他大学毕业已经有些时间了，而且他念的是军校，规矩跟一般的高校也不太一样，见盛柠眼睛瞪得老大一脸难以置信的样子，不禁疑惑地又皱起眉说："还是说到你们这代的学生已经不流行这个了。"

"……"

盛柠本来就头晕，一听他这话，瞬间更晕了。

以前也有男生用过这招，可那些都是和她同龄的男生，同龄人之间说话没什么忌讳，又不涉及利益，她知道该怎么应付，最严重的后果也不过就是跟他们一起上课的时候见面尴尬。

她是真的不知道该怎么应付温衍，想拒绝，内心却又不干脆，不拒绝，又显得自己像是在故意钓着他。

"盛柠！"

身后传来声音。盛柠转过头，季雨涵不知道为什么下了楼。

季雨涵就是下楼找她的，盛柠刚刚说下楼一趟，没拿手机，她以为盛柠就是去楼下拿个外卖。

结果盛柠桌上的手机响了，季雨涵先是没管，可是对方打来了好几次，她这才走到盛柠的桌子旁看了一眼，发现是盛柠的导师打来的，她怕导师有急事找盛柠，于是帮盛柠接了，结果还真有急事。季雨涵顾不得什么，拿起盛柠的手机就匆匆下楼来找她。

她以为盛柠是拿外卖，所以在看到温衍的时候整个人都呆住了。

盛柠："你怎么下来了？"

"啊。"季雨涵回过神，把手机递给她，"你导师刚给你打电话，说是有急事。"

盛柠闻言立刻接过手机，赶紧给导师回了个电话过去。

另外两个人也不知道导师跟盛柠说了什么，只看见盛柠上半张脸的神色很明显焦急起来。

"好，我马上发给您。"

跟导师简短通完电话，盛柠看了眼还在等她的温衍，狠了狠心说："导师找我有急事，温总你先回去吧。"

然后就跑上了楼。

温衍："……"

饶是脾气再好的男人，三番五次在一个姑娘身上吃到闭门羹，这会儿也是忍不住来了气。

他叹了口气，摁着眉心平复心情。

季雨涵小心翼翼地帮盛柠说话："温先生，盛柠她是真的有急事，她导师找她，您别介意啊。"

温衍瞥了她一眼，问："你是盛柠的室友吗？"

资本家跟她说话了！资本家近看真的超帅！！盛柠你这个身在福中不知福的愚蠢女主角！！！

季雨涵的内心在疯狂尖叫，面上却无比淡定："嗯，温先生你好。"

"那你应该知道她喜欢吃什么。"温衍松开眉头，淡淡地说，"她身体不舒服，吃外卖不好，我去给她买饭，你有建议吗？"

季雨涵拼命点头："我太有了，我跟她一起吃了两年的饭，她的口味我一清二楚。"

然后她倾囊相告，说完最后一个盛柠喜欢的菜后，温衍又问她："你想吃什么？"

季雨涵半天没反应过来："……我也有份啊？"

温衍点头："当然。"

季雨涵脸上露出了"一人得道鸡犬升天"的表情。

她太了解为什么自己也有份了，于是抱着投桃报李的感恩之情，她热情地说："温先生，你放心，我不是吃白饭的人，我一定会报答你的。"

等季雨涵回到宿舍后，盛柠刚给导师传完邮件，侧头随口问了她一句："他走了吗？"

季雨涵："走了。"

盛柠抿唇，有些说不清自己此刻是什么心情。

"你跟他说了什么？"

"没说什么。"季雨涵顾左右而言他，"就随便聊了聊，我本来以为温先生是那种很不好接近的性格，没想到他还挺好说话的。"

他本来就不好接近，两个人认识半年多了，他对她的态度都是最近才好起来的，而且还不是单纯地变好，是别有目的。

结果今天他和季雨涵第一次说话，季雨涵就说他好说话。

"温先生说你生病了啊，"季雨涵问，"你怎么都没跟我说？"

盛柠小声说："小病，睡一觉就行了。"

然后关上笔记本，爬上床准备继续睡觉。

她不知道温衍今天来干什么，也不知道自己在干什么。

闭上眼没多久，因为昨晚实在没睡好，顾不上自己还没吃饭，意识又开始有些昏昏沉沉的。突然听到季雨涵叫她。

盛柠困顿地睁开眼："怎么了？"

"吃饭啊。"季雨涵说，"温先生给你买的午饭。"

盛柠嗅了嗅，果然闻到了饭菜的香味。

她从床上起来，季雨涵已经把饭菜都布置好了，招手让她快过来吃。

"哦，温先生还帮你买了药，因为不知道你具体是什么病症，所以各种药都买了，你看着吃。"季雨涵又递了纸袋子给她，"吃了饭以后记得吃药，这样病好得快一些。"

盛柠看着那一袋子药，又看了眼饭菜的量，明显是给两个人吃的，她喜欢的菜有，季雨涵喜欢的菜也有。

盛柠说不清自己此刻是什么感觉。

她肚子很饿，所以季雨涵递筷子给她，她也接了。

吃着吃着她突然鼻子一皱，眼睛泛起酸涩，季雨涵忙问她怎么了，她小声说菜太辣了。

季雨涵正好也在吃这个菜，嘴里咀嚼着说："不辣啊。"

吃过饭后，两个人又一块儿收拾了一下，季雨涵叫她好好休息，等她睡醒了之后陪自己出趟门。

"去哪儿啊？"盛柠问。

季雨涵含糊说:"嗯,就陪我去校门口拿个东西。"见盛柠一直盯着她看,又催促道:"哎呀,你快睡觉吧,不然到时候还病着走不了那么远。"

盛柠本来就没生病,摇头说:"我没事,走得动,能陪你去,放心吧。"

季雨涵笑着道:"那就好。"

快到晚上的时候,天色渐渐暗下来,季雨涵叫盛柠陪她出门,盛柠也没问,室友之间不用问那么清楚,平时她想去哪儿,季雨涵有空的话也会陪着她。

两个女生手挽手走到校门口。

"温先生的车在那儿,看见没?"季雨涵突然松开了盛柠的手,将她往前一推,"你们聊吧,我先走啦!"

还没等盛柠反应过来,季雨涵好似百米冲刺,撒腿就跑。

"……"

她看向车子的方向,有些惊讶温衍居然还没走。

这是在她校门口等了一天?

盛柠坐上车,也不敢看他,眼睛盯着前面,有些不自在地问:"你怎么还在这儿?"

男人却答非所问:"睡了一觉病好点了吗?"

盛柠一愣,点头:"好多了。"

然后又反应过来什么,疑惑地问:"你是为了让我睡觉才特意等到现在的?"

"嗯。"温衍看着前车玻璃,轻描淡写道,"趁着下午顺便给你准备点东西。"

盛柠:"什么?"

他摁下后备厢的按钮:"在后备厢,你去看看。"

盛柠不明所以地下了车,绕着车子转了半个圈,来到了后备厢前。

她睁大了眼:"……"

温衍的私家车是最冰冷低调的黑色,车身上没有一丝装饰,就连车挂都是最普通的"出入平安"。后备厢此时却铺满了与之格格不入的玫瑰花,这得有多少枝玫瑰花,算五块钱一枝,这一后车厢也不少钱了。

铺满整个后备厢的玫瑰花,盛柠以前觉得只有有钱糟践的人才会花这么多钱买这么多玫瑰花。

转念一想,他确实是有钱糟践。这一车的玫瑰花对他来说又算得了什么,不过是洒洒水的程度。

盛柠在这一瞬间甚至产生了错觉,眼前这个男人不是她的上司,而是一个再普通不过的男人,他们之间有着平等的关系,他们相识的过程很正常,没有牵涉任何利益，所以之后的互相吸引，就显得水到渠成。

其实爱一个人本来就很简单，被那个人吸引，或许是一个眼神，或许是一个小小的举动，又或许只是最简单的惊鸿一瞥。

但他们不是。

"上回在沪市的时候，你送了我一枝，我给你转了账当回礼，你没要。"温衍不知什么时候也下了车，"不要钱那就也换成玫瑰花。"

盛柠张嘴，半天也没说出一句话来，过了一会儿，呆呆地说："你这花多少钱一枝啊？"

温衍不知想起什么，扯了扯唇说："放心吧，没你亏，不到五十二块。"

但是买这么多，就算是批发价那也很多了。花又不实用，放几天就枯了，还是要丢进垃圾桶，更何况还是这么多花。

太浪费了，简直就是糟蹋钱。盛柠在心里说。

可是在觉得他铺张浪费的同时，也觉得自己的品位也不怎么样。他俗气，她也没好到哪里去，不然肯定觉得土，不会心如擂鼓，也不会小鹿乱撞。

"……喜欢这样的吗？"

温衍的嗓音依旧低沉，只是不像往常那般稳重，不再居高临下，也不再指挥若定，反而带着几分紧张。

这个男人花钱准备了一份这么财大气粗的惊喜送她，语气却这么没有自信。

盛柠的鼻尖又酸了。

这个男人给她的感觉为什么这么矛盾，他平常那副冷峻成熟的样子去哪里了？被狗吃了吗？可是为什么这么矛盾的同时，又这么戳她的心尖。

"盛柠？"

盛柠一直不说话，温衍有些急了，低头去看她的表情，却发现她的表情好像有些不对劲。

她的眼睛红红的，一双杏眼睁得老大，水汪汪地看着他，就连眼睫毛都被打湿成软塌塌的一缕又一缕。

温衍心一慌，从头到尾也没骂过她，不知道她为什么又要哭。

"怎么了这是？"他叹气道，"再不喜欢也用不着哭吧。"

盛柠用力吸了吸鼻子。

他有些气馁地说："别哭了，你要不喜欢下次就不弄了。"

"没有不喜欢。"她受不了他那副有点委屈的语气，解释道，"就是被你吓到了。"

温衍轻轻"嗯"了声："那就好。"

然后他抬起手，想要帮她擦眼泪。

盛柠的眼睫毛颤了颤，不小心刮到了他的指腹。

温衍指腹一痒，触感柔软冰凉，低头看到了她紧咬着的唇。

那里他以前碰过的，而且还不止一回，只是从来没有哪一次，是因为水到渠成的心动而触上。

他蜷了蜷手指，指尖下移，停在了她挂在下巴的口罩上，而后他轻轻往上一提，就帮她把口罩重新戴好了。

盛柠睁着那双浸着水的眼睛，迷茫地看着他。

温衍的眼底里有笑意，可又很快地将这份轻佻揉碎在了黑沉沉的瞳孔里。

他低头注视她，气息略有逾越，却又始终合理地控制在分寸之中，而后克制地揉上了她的头。

"今天来找你之前，我应该先跟你说一声才对。"温衍突然说。

盛柠心想，他要是提前跟她说，那或许她就不会让他来了。

她没有说话，他接着开口，语气平静："军人以服从命令为天职，这个道理是我姥爷从小就教给我的，我就是听着这个道理长大的。"

盛柠从来没听他说起过他还有个外公。"……然后呢？"

"所以我之前觉得没什么不好，只要我认为我做的事是对的就行了，别人怎么想都跟我无关，不论是对我家人还是你。"

温衍在解释。

他为人处事的风格都来自家庭带给他的教育，他在那样的环境下长大，自然长大后也就成了那样的人。从前没觉得不好，现在却在耐心地向盛柠解释。

"但是我发现这样的我好像给你带来了不少负担。"温衍淡淡地说，"不论你相不相信，我没有要逼你答应跟我在一块儿的意思。"

盛柠点头："我相信。"

"那我现在重新问一次，我可以追你吗？"他低下姿态轻声说，"在不会给你带来负担的前提下，给我个机会，可以吗？"

其实这个问题对他们来说已经没什么意义了，因为在这一刻，盛柠明确地听到了自己的声音，同样是从胸腔中发出的，却不同于人类本能的心跳声。

那是坠入爱河的声音。

她并不觉得意外，自己不是傻子，心里其实早有端倪，不会迟钝到连这都意识不到。

在明知两个人的差距是巨大鸿沟的前提下，她的心就已经在摇摇欲坠，在今天之前还能欺骗自己说，或许只是好感，或许只是仰慕。

从小到大说爱她的人来来去去那么多，大多数人最后都变成了过客，或者因为各种变故，不再爱她。所以在被眼前这个男人吸引的同时，她还是小小地产生了一丝错觉和希望。于是，摇摇欲坠的她终于在今天一脚踏空掉了进去，无论再怎么逃避和装傻，她都没办法再骗自己。

她还是那么倒霉，不受上天的宠爱，今年也仍旧没有实现自己的新年愿望。

——她还是爱上了温衍。

他的外公教他要服从命令，而她在很小的时候就没有人教她了，甚至没有人教她要听话，所以她叛逆又任性。

不论温衍在其他人眼中是怎样的人，但至少在他外公心里，他一定是个听话的好孩子。

好孩子不要跟没有大人教的坏孩子玩，坏孩子会把好孩子带坏的。

无论是好孩子还是坏孩子，如果想要维护好这段关系，将来都会很辛苦。

"……你不要追了吧。"盛柠犹豫很久，最后还是垂着眼小声说，"趁着温征和诗檬还不知道，我们可以当作什么都没发生过，不要在我身上浪费时间了。"

然后在意识到这一点后，她给出的却是这一番话。

不想再一味地享受着他的付出，而自己却给不了他任何回应，这对他不公平。她不舍得，所以还不如就在今天做个了断。

温衍完全没有料到她会是这个回答，整个人都怔在原地。

他曾在无数次的纠结下，试图压抑过、挣扎过，反复思量，反复说服自己，不要再继续下去，以后就算得偿所愿了，也会爱得很辛苦，因为他们不合适。但是感情这东西真的太折磨人了，不是说不去想就可以真的不去想，也不是说可以放下就真能放下的。

不合适又怎么样，不也依旧栽得彻底。

爱不归理智管，只归自己的心管。

在温衍意识到自己爱上她的那一刻，他已经离起点很远，回头没有用，因为回头也找不到动心伊始的那个入口。

往前走也走不出这个一头扎进的迷宫，只能任凭自己在迷宫中越走越远。

温衍在这一刻颇为无奈，巨大的挫败感和失落感一齐涌来。当他选择放下高傲用真心打动她，却依旧不被她接受的时候，原来会这么难过。

他没有实现自己的新年愿望。

"盛柠，对你我是真没辙了。"他自嘲地扯了扯嘴角，气恼而又无力地低哑着声音说，"我从来没想过自己这辈子会在一个姑娘面前难堪成这样。"

盛柠到最后也不知道温衍是怎么处理那些玫瑰花的。

大概是丢了吧。

她回到宿舍，季雨涵连忙跑上前问她怎么样，盛柠摇头，淡淡地说："彻底拒绝了。"

"啊??"季雨涵一脸不可置信，又小心翼翼地问，"……是玫瑰花太土了吗？"

盛柠："不是。"她停了一下，说："我觉得我跟他不合适。"

"不合适？"季雨涵看她脸色苍白，想到什么，语气不解，"不是，这都什么年代了，他是有钱没错，但是你有很差吗？论外表咱年轻又貌美，论事业咱前途一片大好，别这么自卑好不好。"

"我不是自卑。"

"那是什么？"

盛柠疲倦地趴在桌子上，将头埋在手臂里。

就算图这一时的爽快在一起了，之后呢？之后要怎么办？

这又不是小说或电视剧，片尾打上一句 happy ending（美好结局）就算完事，剩下只靠脑补就能过完一辈子，她是活生生的人，她之后还要过日子，还要生活。

她的生活中本不该出现温衍。

季雨涵看她不说话，心里也猜到是因为什么。"你考虑这么多现实因素，我也不能说你错了，但我就问一个问题，最本质的一个问题。"她顿了顿，问，"你喜欢他吗？"

盛柠依旧埋着头，闷闷地"嗯"了一声："喜欢的。"

季雨涵重重叹了口气。

想当初还是她跟盛柠"科普"的温衍的家世，也是她跟盛柠说的温衍跟她们不是一个次元的人，谁能想到温衍会对盛柠……

估计就连他们自己都没想到今天。

可感情奇妙就奇妙在这儿，两个完全不相干的人，都知道对方是不合适的那个人，却还是受不住被彼此吸引，然后不由自主地靠近和心动。

盛柠既然考虑这么多，那么温衍那边一定也考虑过，他或许比盛柠更纠结，但纠结过后的决定，却和盛柠截然相反。

"早知道就不跟你说那些什么豪门秘闻了。"季雨涵一脸后悔，自责道，"我这不是毁人姻缘吗？"

毁人姻缘。盛柠心说，这就是她在做的事。

她擅自去干涉别人的感情，又怎么能说服自己去从心底接受这份猝不及防地将她打得七零八落的感情。

季雨涵说："盛柠，这是你和温衍两个人的事，我干涉不了，但我就说一句，我不希望你以后会后悔因为今天考虑这么多错过了一个你真心喜欢的人。我出去吃个夜宵，你要吃的话发微信给我，我帮你打包。"

然后她拍拍盛柠的肩膀，给了她独自思考的空间。

等室友走了，盛柠这才抬起头来，她掏出手机打开微信，却不是给季雨涵发消息让她给自己带夜宵。

盛诗檬："咋了？"

手指在屏幕上似点非点了好久，最后盛柠还是鼓起勇气告诉她："我喜欢上温衍了。"

她想至少应该告诉盛诗檬。

很快盛诗檬打来电话，语气听不出情绪："姐，你在哪儿？"

盛柠不知道该怎么面对盛诗檬，但是盛诗檬叫她出来当面聊。

她去了学校门口的清吧和盛诗檬见面，因为是周日，这会儿清吧里的学生不多，卡座上零零散散地坐着一些人，氛围很安静，很适合聊天谈心。

姐妹俩找了个偏僻的位置坐下，点了两杯果酒。

盛诗檬手里的那杯果酒都喝完了，她仍旧一言不发。

盛柠没什么心情喝酒，浅浅抿了一口就放下了酒杯，酝酿片刻后说："我知道我现在看上去挺可笑的，口口声声说跟他不可能，结果转头就喜欢上他。"

盛诗檬抿了抿唇，语气莫名有些沧桑："我真是没想到你喜欢的居然也是温总这种款式的男人。"

盛柠否认道："我对他这种款式的没兴趣。"

盛诗檬瞪眼："那你还！"

"我就是单纯地喜欢他这个人，跟他是什么款式的没关系。"

盛诗檬张了张嘴，耳根子被她说得一麻。"那温总那边呢？"

盛柠皱眉，咬着牙有些羞愤地说："……老男人不要脸。"

盛诗檬久经情场，她姐这句老男人，瞬间就让她懂了。

……这两个人，搞什么啊。盛诗檬都不知道该说什么好，简直"槽多无口"。

"我说你俩脸就不疼吗？"盛诗檬翻了个白眼，半天也只憋出这么一句，"在你们互相看对眼的那一刻，你们对我和温征难道就没有过一秒钟的羞愧吗？"

盛柠："……"

盛诗檬重重叹了口气。

以前有把姐姐和温总往那方面想过，甚至盛诗檬还开过玩笑，只是每次都被盛柠坚决否认了。可那个时候盛柠明显是很抗拒跟温衍扯上关系的，盛诗檬甚至看得出来，她很讨厌温衍，对温衍的讨好和谄媚也不过是因为温衍能给她梦寐以求的房子和钱。

所以在收到盛柠消息的那一刻，盛诗檬足足愣了好几分钟。

她甚至怀疑是不是盛柠玩大冒险输了，可是转念一想，除了她们姐妹俩，没人知道她们和温家那两兄弟的牵扯，她们也不可能告诉别人，怎么可能会是大冒险。

"那你现在什么打算？"盛诗檬顿了顿说，"我以前追过温衍一阵子，不过没追到，你不会因为这个事跟我吵架吧？"

盛柠这才想起来，盛诗檬以前追过温衍来着。

她仰头一口气喝下去大半杯果酒，脑子更乱了。

盛诗檬还没意识到盛柠脸色的不对劲，又继续幽幽地说："而且高蕊也追过温衍——"

"别说了。"盛柠痛苦地捂住头，"我就是个见钱眼开的傻×。"

那个男人以前对她态度多冷淡啊，而且他还看不起她。现在他给了她几个甜头，说了几句真心话，用了几个拙劣的追求手段，她居然就这么没出息地沦陷了。

"……不怪你，要怪只能怪温衍。"盛诗檬谈的恋爱多，见识多，所以消化得也快，这会儿已经可以安慰盛柠了，"有钱长得又帅就算了，私生活还干净，不到处留情，这种男人……没办法，谁让我们都是俗人。"

"……你不骂醒我吗？"盛柠神色复杂地看着她。

盛诗檬："你这不是醒着的吗？而且感情这东西本来就说不清楚的啊。"然后她摸着下巴喃喃道："现在主要就是到时候怎么跟高蕊解释……"

"她不用知道。"盛柠打断她。

"嗯？"盛诗檬说，"可是你跟温衍在一起的话，她迟早会知道吧。"

"不会在一起。我和你对感情的态度不一样，你觉得感情是及时行乐，是只要在一起过，哪怕以后分开了也不怕会觉得遗憾。"盛柠淡淡地说，"但我不是那么看得开的人，比如我爸，比如你妈，所以我到现在都没办法原谅他们。"

盛诗檬听她提起盛启明和石屏，神色一滞，轻声说："我明白。"

"你和温征的事，我没资格插手了。"盛柠说，"你自己决定吧。"

"什么意思？"盛诗檬有些不解，"那温衍给你的房子呢？"

盛柠语气平静："如果他要收回那就收回吧，我也不想欠他的。以后我也不会去想什么天上掉馅饼的事了，踏踏实实赚钱也好过现在自己折磨自己。"

盛诗檬觉得盛柠这个人理智得让人觉得害怕，又让人觉得很心疼，让旁人没法苛责她的胆小和退缩。

"姐，你现在这么干脆，就不怕以后会后悔吗？"

盛柠摇头道："我们压根就不合适，这是谁都能看出来的。如果我跟他在一起了，以后万一分开，我或许会忘不了他，有可能这辈子都走不出来。"

哪怕知道说出来可能会被盛诗檬笑话，但她还是觉得说出来心里好受多了。幸好这时候还能有个人听她说真心话。

盛柠微微哽咽了一下，有些不甘心地说："……其实我现在就已经非常喜欢他了。"

可是后悔也好过之后想忘都忘不掉。

直到快要到门禁时间，盛柠才和盛诗檬告别。

"我去你宿舍睡吧。"盛诗檬有点担心盛柠，不太想和她分开，"我今天陪你睡。"

盛柠摇头："不用，会打扰到我室友的。"

宿舍毕竟不是她的个人空间。

盛诗檬也不想打扰到雨涵姐，只好说："那你要睡不着就发微信找我，我们打字聊天。"

"好。"

和盛柠告别后，盛诗檬站在原地想了很久，最后掏出手机给温征发消息。

"你什么时候带我去见你爸爸？"

"我想尽快把这场戏演完。"

盛柠想要跟温衍彻底划清界限，那她就不能再跟温征有任何牵扯。

那套公寓她已经陪着盛柠住了一个寒假，公寓里已经有了她们生活过的痕迹，这个寒假里，她们去宜家逛了好多回，为这套公寓添上了好多好多属于她们自己的细节。

就算盛柠已经不在意会不会被温衍收回，她也不愿意就这样功亏一篑。

第 6 章

蓝颜祸水

新的一周，盛柠直接请假了，她的实习早就结束，本来就是为了帮丽姐的忙才答应多留半个月，所以她说学校有事要忙想请两天假，徐百丽也没多说什么，直接就给她批了假。

总裁办少了个实习生也照样正常工作着。

温衍是周一下午才来上的班，经过总裁办的时候，他停下脚步，瞥了眼那个空荡荡的实习生工位。

"温总？"陈助理提醒他。

他回过神来，问："盛柠没来上班吗？"

"她请假了，快毕业了琐事太多。"

也不知道究竟是真的琐事多还是在躲他。

温衍收回目光，径直往办公室走。

对他来说没有什么泾渭分明的工作日和周末，有工作在身的时候，周末也照样要加班或是出差。

上周他足足浪费一整个周日，于是这周积压着等批的文件也就更多，然而周日那一整天消磨掉的时间也没有让他得到正向的情绪调节，反而在周一上班后更加掩不住疲累。

晚上准备下班，温衍揉着眉心，打了个电话让司机在楼下等着，继而披上大衣走出办公室。

出来时正好听到徐百丽和老陈在聊天，似乎是在聊新一期的实习生是不是要等到各大高校统一春招的时候才有定数。

温衍顿下脚步。

徐百丽和老陈看到他，赶忙起身打招呼："温总，要下班了？"

他"嗯"了声，状似不经意地问："盛柠的实习要结束了？"

"是啊。"徐百丽说，"她的实习总结都写好了，刚发给我。"

"发给我看看。"

徐百丽也不知道温总为什么会对盛柠的实习总结感兴趣，每年公司都会招收实习生，要是每一份实习总结他都看，那都不用处理别的事了。

但温总要，虽然目的不明，但她也没必要捂着。

"那我发到您微信上。"徐百丽说。

温衍"嗯"了声，从大衣兜里掏出手机。

整个总结逻辑清晰，语言流畅，在最后致谢的一段她感谢了很多人，丽姐、老张前辈、陈助理、张秘书，还有温衍。

不过很简单，就只是官方的一句"感谢我的上司温总在工作上予以我的帮助和鼓励，令我这段时间受益匪浅"。

这些日子的相处，就这样被她巧妙而敷衍地浓缩成了如范文般的简单一句，既让人生气，又让人挑不出错处。

"我觉得写得挺不错的，专业学语言的学生文字表达能力确实很强。"徐百丽问，"温总您有意见吗？"

温衍放下手机："没有，那她之后就不过来了？"

徐百丽摇头："没有，周五的时候她还要过来一趟，交份纸质的总结给我，我给她盖戳。"

"好。"温衍说，"辛苦了。"

下了楼，司机已经在门口等着。

他直接上车，司机问他是不是回温宅，他淡淡"嗯"了声以作回答。

之后一路无话，司机通过后视镜悄悄打量上司，觉得温总仿佛又回到了之前的状态。

他的上司一直就不是个多话的男人，司机和温总相处的大部分时间都是在车上，不论路程的远近，常常就是这样一路沉默过来，只是偶尔温总打电话，司机才会听到他冷淡低沉的声音。

窗外的霓虹夜景如同走马灯般闪过视线，明明灭灭地照亮后排男人的脸。

男人英俊的眉眼显得十足疏离冰冷，也显出几分掩不住的孤独和怠惰，他耷拉着眼皮，最后实在撑不住，就这样在疾驰的车流中，迎着茫茫夜色小睡了过去。

是司机叫醒的他，说到家了。

温衍皱了皱眉，脑子还困顿着没有恢复清醒，几乎是靠意识勉强拖着身体下车。

他刚进家门，老爷子的护工就冲他急急忙忙地跑过来。

温衍神色一紧："爸怎么了？"

护工忙摇头说不是，是温征今天不知怎么突然带他女朋友回来见老爷子了。

"我怕他们到时候又吵起来，我拦不住，老爷子的身体真的受不住再发脾气了。"护工说，"我刚在楼上看到您回来了，所以就立马下来了，您快去看看吧。"

温征真的带盛诗檬回家了。

温衍"啧"了声，顾不上脱掉大衣，迈步朝楼上走去。

书房门是虚掩着的，温衍敷衍地敲了两下门，然后直接推开。

温兴逸坐在正对房门的位置上，而温征和他的女朋友坐在靠侧边的小沙发那儿，三个人见他回来，露出了神色各异的表情。

"你回来了？"老爷子冲温衍招手，"正好，你跟你弟弟说吧。"

"不用哥说了，刚刚该说的您已经跟我说过了。"温征直接打断老爷子的话，语气不耐道，"既然谈不拢，那我们也没必要继续谈下去，我不想气您，等您哪天想通了，我再来跟您说。"

"等我想通?! 究竟是我想不通还是你想不通！"

老爷子一听这话，狠狠拍桌，桌上摆着的毛笔架子都随着震了两下。

温征冷着脸不肯松口。

"盛小姐，我对你这个人没有任何意见。"老爷子狠狠白了温征一眼，接着又看向一旁沉默的盛诗檬，缓下语气道，"当然，我对你的家世也没有任何意见，毕竟一个人不能决定自己的出身。"

盛诗檬抿唇："谢谢您的理解。"

"你是燕外的高才生，受过这么好的教育，各方面的能力肯定也很优秀。"老爷子尽力柔和了自己的语气说，"现在的年轻人比我们那时候更敢拼敢做了，等过个几年，我相信你会成为一名很出色的翻译。"

这话听着像是长辈对晚辈的未来的一种正面鼓励，盛诗檬却听得有些心慌。

果然，老爷子话锋一转，嗓音浑厚严正："等那时候，多少青年才俊任你挑选，你完全可以找一个家世和你相差不大，个人能力也跟你不相上下的男朋友。比起和温征这个纨绔子弟在一块儿，跟各方面条件都合适的男人组建家庭，没有我们这么多规矩的婆家，你将来会过得更舒服一些，你说呢？"

这话已经说得很委婉，但盛诗檬还是听出了老爷子的态度。

像温衍那样直接强硬地要求她和温征分手，或许她还能以真爱为借口，跟他争辩两句，可是这样站在她的角度看似为她着想的说辞，她一个还没走上社会的大学生，压根不知道该怎么反驳。

"她跟我在一块儿怎么就不能舒服了？"一贯懒散的温征听不下去，言辞稍带激烈地反驳着父亲，"爸你也知道我们家规矩多，那为什么不改？就非要管得这个家的所有人都喘不过气来你才高兴是不是？"

"我管你那是因为你是我儿子！"老爷子瞪着眼大喊，"不乐意被我管那就滚吧！赶紧滚！不要回来了！从明天开始我就叫人停了你的卡！"

"停吧。"温征满不在乎道，"我也不是没了卡就不能活。"

"你活不了！你真以为那个什么劳什子餐厅是你一手开起来做到今天的？"老爷子冷冷笑道，"要不是你哥在背后偷偷帮你打点，你以为自己真能这么顺风顺水吗！臭小子，家里人供你吃供你穿，还供你拿钱出去混日子，你就是这么报答家里人的吗！"

温征一愣，犹豫地看向温衍。"帮我打点是什么意思？"

温衍拧着眉，一言未发。

"你以为钱真那么好赚，生意真那么好做？白手起家是随随便便谁都能做到的吗？"老爷子指着温衍说，"你，还有荔荔，成天叫嚣着要独立，要自由，要靠自己打拼事业，实际上呢？如果不是你哥在背后默默护着你们，你们早不知道在外边吃过多少次亏，受过多少委屈了！"

这下不光是温征愣住，就连盛诗檬也愣住了。她一直以为温衍就如同温征口中说的那样，作为企业的管理者，他说一不二，专断又独权，对待家人也同样强势又冷硬，对人对事都没有半点温情可言。而温衍之前给她的印象也一直是如此，所以她其实能理解温征的反抗。

没有人会受得了这样的哥哥，这样的家长。而这样刻板印象下的温衍，却承受着这样的误会，默默地将叛逆的弟弟呵护在他的羽翼之下。

"你怎么不跟我说？"温征难以置信地说，"你不是跟爸一样反对我开餐厅的吗？如果我不听就不管我死活，这是当初你跟我说的。"

"他是反对，你偏要出去独立门户，他能怎么办？一个娘胎里出来的，他就有你这一个弟弟，要是真的不管你死活，你以为你还能在外头快快活活活吗？！"

温征的神色越是不可置信，老爷子越是急火攻心，直接抓起桌上的笔筒扔了过去。

温征挪身，下意识就护住了旁边的盛诗檬。

笔筒里的笔随着老爷子的动作通通撒出来，盛诗檬被吓住，反应不及，只来得及用力闭上眼。

但他们都没有被打中。

盛诗檬不确定地睁开眼，除了身侧护着她的温征，眼前还有一道阴影，身形高大的男人正将她和温征一块儿护在自己背后。

是温衍。

盛诗檬诧异地张开嘴，怎么也想不到他会护着他们。

此时温衍转过了身，她看到他整洁的大衣上起了皱，是被东西砸中的痕迹。

温衍低头淡淡地看着他们。"没事吧？"

盛诗檬呆呆地摇头。

温衍看向温征，语气低沉地命令道："带你女朋友先走。"

温征神色复杂地看了温衍好几眼，最后牵着盛诗檬快步离开。

老爷子急得就要去追，温衍上前拦下他："爸，差不多得了。"

"你什么意思？"老爷子看着挡在自己身前的大儿子，"你也要跟我对着干？"

"温征的女朋友也是自己父母一手养大的，不该在我们这里受委屈，您有任何怨言当着温征的面说就行了。"温衍神色严肃，放轻了声音道，"别伤着人家姑娘。"

老爷子一怔。

温衍又问："如果是荔荔在外头被人这样说，您心里会好受吗？"

"你说得对，我是被气糊涂了。"沉思片刻，老爷子颓然坐下，苍老的声音再也掩盖不住，"叫护工进来，我头痛得很。"

温征牵着盛诗檬坐上车，他也没问她要去哪里，直接发动车子疾速驶离了温宅。

狂嚣的风蹭过车窗，狂风呼啸急促，仿佛即将在车身周围掀起一阵风暴，而比风声更激烈的是车上人的心情。

他开得很快，且这一路上一言不发，竟然很快就将盛诗檬送到了学校。

温征将车停在靠校门口的马路边，像脱力般低下头，整张脸埋在方向盘上，冷静了好一会儿后才抬起头来低声问："你刚刚有没有被打着？"

盛诗檬摇头："都打在你哥身上了。"

"我一直以为他是我爸那边的。"温征哑声说，"我竟然一点都不知道他为我做了这么多。"

盛诗檬笑了笑说："现在知道了也不迟啊。"

温征软下表情，声音柔和："对不起，刚刚吓到你了。"

"没事。"盛诗檬摇头。

"我不该这么鲁莽地带你见我爸。"他自责地闭了闭眼，叹了口气，"真的不该。"

父亲对盛诗檬说的那些话，他听了都不舒服，更何况是她。可一开始这也是他对她提出的请求，所以在盛诗檬催促他演完这最后一场戏的时候，他虽然犹豫，却没有拒绝。只是演戏而已，无论老头子说了什么，都不要在意就是了。

可他还是该死地在意，他后悔自己就这样毫无准备地将盛诗檬带到了父亲面前，如果这不是一场戏，如果她是真心以女朋友的身份在今天登门，那她该有多难过。

温征将手伸进衣兜，摸到了一个戒指盒。那里面是去年他为了对温衍恶作剧而买的钻戒，后来恶作剧结束，餐厅的工作人员又把这枚钻戒还给了他。

这是一枚五克拉的钻戒，他当时买的时候也没有多想，纯粹就是觉得好玩就买了，没有打算送给任何人，也没有任何目的。

可是最近他常常带着这枚戒指，尤其是在见盛诗檬的时候，却从来没有拿出来过，而今天一过，他不知道还有没有拿出来的机会。

"檬檬，我想清楚了。"

盛诗檬："什么？"

"我们以后不要再演戏了。"衣兜里的手不停摩挲着盒子，温征轻声说，"我想跟你说真话。"

可还没等他说出口，盛诗檬就先一步将她想说的说了出来："不用再演戏的话，那我们就分手吧。"

温征不安地舔了舔唇，局促地说："这个事先缓缓，你先听我说。"

"没钱真的很难的。"盛诗檬突然说。

她见过盛柠为钱烦恼的样子，她知道钱有多重要。

温征："什么？"

"而且我们也不是真的要结婚，都是演戏而已，你没必要把话说得那么绝。只是开餐厅的话，你爸你哥其实都默认了不是吗？他们没有真的不准你开餐厅，你爸只是因为你今天带我回了家，才这么生气的。所以你的目的其实已经达到了，他们其实早就对你妥协了。"盛诗檬说，"我们这回是真的可以分手了。"

温征哑口无言，半晌后才结巴地说："我……我说的不演戏不是要跟你分手的意思。"

说着，他缓缓地掏出了戒指盒。

这个戒指盒的出现完全出乎了盛诗檬的预料。

她不敢置信，眼睛睁得大大的，也跟着结巴了起来："这……什么？"

"戒指。"他掀开盖子，露出了里面璀璨的钻戒。"我知道现在这个时机很不好，但错过了现在我真不知道以后还有没有机会再跟你说。"

温征内心翻涌，有些紧张地看着她："檬檬，我是真喜欢你，跟演戏没关系，之前说的让你帮我演戏，都是为了拖延跟你分手的时间。现在我知道我哥是我这边的，你姐那边我可以去说服她。"

从来没做过这种事，也没有任何准备，在学校大门口跟姑娘求婚，寒酸又狼狈，可他也没办法了。

温征的语气不自觉颤抖了起来："这戒指……你收下行吗？以后我给你补个更浪漫的仪式。"

盛诗檬的思绪在刹那间如同烟花般炸开，但很快又如同石头般沉甸甸地落了下去。

太晚了……

她现在要做的就是和温征彻底分手，然后帮盛柠拿到那套房子，而她到目前为止对温征所做的，不过是一些虚情假意的爱，远不及温衍对温征所做的那些。

她和盛柠合伙坑骗兄弟俩的事一旦被他们知道，盛诗檬简直不敢想象那之后将会遭受什么样的后果和代价。

人可以拿任何东西做赌注，唯独不可以用爱。越是真挚的感情就越经不起任何欺骗。

如果他的感情是假的，那她可以毫无负担地陪他演，可如果他的感情是真的，那她就是不折不扣的罪人。

她定定心神，狠下心将戒指盒推了回去。

温征慌了："檬檬？"

"我们分手吧。"盛诗檬语气坚定，"今天的话我就当没听过，你把戒指收回去，我们以后都不要再联系了。"

温征仿佛被人兜头浇下一盆冷水，刚刚鼓起勇气向她坦白的那些局促和紧张在这一刻全都化成了灰心和难堪。

所以纠缠拖延了这么久，他们最终还是要分手。

温征甚至不知道盛诗檬是什么时候下的车，只知道自己兜里的手机响了，他僵硬地低下头，笨拙地掏出手机接起了电话。

温衍在那头问他："送她回去了吗？"

"哥。"温征回过神来，沙哑着声音说，"我跟檬檬分了。"

"分了。"

盛诗檬给盛柠发来简单的两个字。

正在图书馆看书的盛柠收到消息后，看着那两个字发了好久的呆。

她知道这意味着什么，意味着这场骗局圆满落幕，所有的事都结束了。

盛柠以为自己会欢欣雀跃，甚至会忍不住在安静的图书馆里大喊一声"我终于解放了"，然后再被图书管理员小声警告，可她仅仅是松了口气，内心并没有多喜悦。

一直到周五她又回了趟兴逸集团，也仍旧是这个状态，没有回过神来。

高蕊正好也是这一天来公司交总结盖戳，两个人来的时候在公司楼下撞了个正着。

盛柠目前还没有想好该怎么面对高蕊，结果她就出现了。

高蕊还是那副乐呵呵的样子，生怕盛柠看不到她，还用力跟她招手，朝她小跑着过来。

两个人的部门在不同层，但是进电梯的时候只有盛柠摁了按钮。

"我先去一趟你们总裁办。"高蕊笑眯眯地说。

"去找温总？"

"啊不是，去找我学长。"高蕊说，"这不是实习结束了吗，我就想着请他吃个饭，感谢他这段时间对我的照顾。"

盛柠松了口气。"那你现在，还喜欢温总吗？"

"嗯？"高蕊抚着下巴想了想，点头道，"应该还喜欢吧，毕竟也觊觎他那么久了，哪儿能说忘就忘。"

盛柠徒劳地张唇，最后也只能干笑两声。

她以为自己跟高蕊的关系其实没那么好，可是到现在才发现，她早就把高蕊当朋友看待了。

盛柠喜欢高蕊的乐观、开朗、洒脱和豁达，这些都是她没有的，也是她最羡慕的。

盛柠酝酿半天，还是决定跟高蕊坦白。如果真的把她当朋友，就不应该瞒着她，哪怕自己并不打算和温衍在一起。

"我想跟你说个事。"

"啥事啊？"

"我对温总。"她咬咬唇，"其实我对他——"

高蕊看她欲言又止，扑哧一下笑出来："你也喜欢他？"

盛柠缓慢地点头："……嗯。"

"喜欢没关系啊，肯定不止我一个人喜欢他啊。"高蕊毫不介意，还冲她眨了下眼，"你也喜欢他，说明咱俩眼光一致，哦，还有诗檬，咱仨不愧是姐妹啊。"

盛柠正要再次开口，听见高蕊补充了一句："但是姐妹，如果你没有我这么强大的心脏，我还是劝你及时止损，上回我被他拒绝得太惨了，我这么乐观的人都大哭了一场。"高蕊若有所思地说："而且他好像有心上人了，能让他忘记前女友的心上人，估计比温荔还漂亮。"

"……"

"唉，倒霉。"高蕊说，"我居然碰上一个还没出场就让我输得彻彻底底的情敌。"

盛柠神色复杂，此时刚好楼层到了，高蕊先她一步走出电梯。

高蕊常常来总裁办溜达，所以总裁办的前辈们她都熟，她甜甜地叫了声丽姐，然后问："陈丞呢？"

"陈总助啊。"丽姐说，"陪温总出去了。"

"啊，不在啊。"高蕊鼓起嘴，"早知道我就提前跟他说一声了。"

"你有事找他的话可以等等。"丽姐看了眼手机上的时间，"他们估计中午就能回来。"

高蕊决定等陈丞回来，顺便又问盛柠要不要陪她一块儿。

盛柠不想见温衍，摇摇头说自己赶着回学校。

"有课吗？"高蕊问，"没课的话就陪陪我呗，反正不差这么一上午，中午我请你和学长吃饭。"

盛柠还是说不要。

"实习结束以后就真难得见面了，好不容易今天碰上。"高蕊撒娇般地抓着盛柠的胳膊，眨眨眼睛说，"来吧，姐妹？"

"……"

盛柠本来就对高蕊有愧疚，而且她这人吃软不吃硬，高蕊这一撒娇，她实在有些招架不住。

约好后高蕊就下楼去自己部门交总结去了，盛柠只好回到自己的工位等她，结果高蕊交完总结，又临时被之前经常折磨她的那个组长叫过去谈话。

她发微信给盛柠抱怨，就这么一直拖到快中午，组长总算放人，刚从组长那儿逃脱出来的高蕊立刻打电话给陈助理问他回来没有。

"回了，在路上。"陈助理在电话里问，"有事吗？"

"想请学长中午吃个饭。"高蕊说，"盛柠也一起去。"

陈助理语气温和地说："可以啊，餐厅地址发给我。"

挂掉电话，高蕊很快给陈助理发过去一个地址，离公司不远。

正好这时候车子开到了路口，往前走个百来米就是餐厅，陈助理干脆转过头对坐在车后排的温总说："温总，我中午约了人吃饭，我想直接就在这个路口下车行吗？"

刚从外边忙完公事的温衍此时正在闭眼小憩，闻言依旧闭着眼，没什么情绪地淡淡"嗯"了声。

得到温总同意，陈助理给高蕊发了条语音消息。

"学妹，你和盛柠不用在公司等我回来了，我正好就在这边，直接跟你们在餐厅会合。"

高蕊发来一个"好的老板"的表情。

正琢磨着给这个机灵鬼学妹回个什么表情，陈助理突然听见温总问了他一句："你中午要和谁一块儿吃饭？"

陈助理答："我学妹高蕊，还有盛柠。"

"在哪儿吃？"

陈助理直接报了餐厅名字。

温衍"嗯"了声，评价道："那里味道不错。"顿了会儿，他又问："我中午吃什么，你给我准备了吗？"

陈助理转了转眼珠子，迅速反应过来。"要不今儿中午您跟我们一块儿？"

上回因为高蕊告白失败，她临时找了自己当情绪垃圾桶，害得他浪费了一晚上，不光陪着她买醉，而且被吐了一身。陈丞心里无奈，但他一个男人又不好跟学妹明面上计较。正好这次吃饭把温总叫上，再让她难受一回，以报那天的醉酒之仇。

温衍："不会打扰你们？"

陈助理笑着说："不会，正好我这大男人跟两个姑娘一块儿吃饭也怕被她们冷落，有您陪我还自在些。"

盛柠本来还打算着等陈助理回来了，自己要不要去女厕所躲躲。结果高蕊告诉她陈助理打算直接跟她们在餐厅会合，所以她们不用在公司等他回来了，现在就可以出发。

听到这个消息的盛柠狠狠松了口气，心想这下肯定见不到某个人了。

结果在餐厅看到某个人的时候，她没做任何心理准备，浑身狠狠打了个战。

高蕊很明显还没从上次告白失败的打击中完全走出来，一见到温衍，整张脸的表情都有些僵住了。

两个男人并排坐，她俩就只能挑对面的两个位置坐，高蕊不想跟温衍坐对面，于是悄悄推了推盛柠的胳膊，小声说："姐妹，帮个忙，你坐温总对面去吧。"

盛柠："……"

高蕊眼神无措，都快给她跪下了："求求你了。"

于是两个姑娘虽然心境不同，但神色却大同小异地在小方桌旁落了座。

温衍见盛柠在自己对面的位置坐下，脸上依旧没什么表情，只是眸色变得有些晦暗不明。

饭桌上高蕊拼了命地忽略温总跟陈丞搭话，但陈丞就是故意要把话题往温总身上带，搞得最后高蕊只好瞪着陈丞，在心里骂男人没一个好东西，然后也装起了哑巴。陈丞见这个话痨学妹总算吃了回瘪，心里直乐，挑着眉慢条斯理地专心用起餐来。

温衍和盛柠本来就是"哑巴"，没人再说话，于是这顿饭吃得相当漫长。

盛柠一直埋着头吃，头低得脖子都有些疼，却始终不敢抬起头来。她怕她一抬起头，就正好对上某个人的眼睛。

最后实在受不了了，盛柠借口要去上洗手间，起身离开。

她站在盥洗池前发了好久的呆，最后用力拍了拍自己的脸，努力调整出淡定的表情，等表情到位，这才放心地走出了洗手间。

这家餐厅的男女洗手间是挨着的，她刚出来就撞见了正往洗手间这边走的温衍，盛柠好不容易调整过的淡定表情在见到他的一瞬间再次崩塌。

她绝对不相信今天这顿饭是巧合，打死她都不信。

现在高蕊和陈助理也不在这边，她心里紧张，脱口而出就是一句质问。"你来干什么？"

温衍却答非所问，扯了扯唇说："厚着脸皮倒贴的是我，被你拒绝的也是我，要躲也是我躲，盛柠，你有什么好躲的？"

她躲的心思太明显了，他不可能看不出来。

盛柠垂着眼，声音很低："那你为什么不躲着我？"

男人沉默半晌，突然自嘲地笑了声："你以为我不想吗？"

盛柠咬唇，不知道他是什么意思。

"我一听到你名字，行动总是比脑子快一步。"温衍说，"你让我怎么办？"

他那双黑沉沉的眼眸仿佛是枷锁，牢牢锁在她身上，片刻都不肯挪开。

盛柠心潮涌动，一瞬间连呼吸都有些困难。"我实习已经结束，你以后都不会听到我名字了。"她含糊地说，"等时间久了就好了。"

温衍简直是又气又好笑："你是在安慰我？"

她不说话，男人又叹了口气，不再跟她讨论这个会让两个人都觉得不自在的话题。

"你知道温征和盛诗檬分手的事吗？"

盛柠点点头："知道。"

"温征这两天状态很差。"温衍顿了顿，说，"你问问盛诗檬，这件事还有没有回旋的余地。"

盛柠不解地抬起头来，一方面是不解温征这两天为什么状态会很差，只是演戏而已，如今戏已经演完了，也分手了，他这会儿难道不应该庆祝自己获得自由了吗？另一方面是不解温衍为什么会叫她帮忙问这段感情还有没有回旋的余地。

"他们俩分手难道不是正合你意吗？"

温衍眼神闪躲，轻声说："我没资格再插手他们俩之间的事。"

相似的话盛柠也跟盛诗檬说过。因为自己都没能阻止得了感情的萌芽，在感情这方面，他们都是输家，都没控制住自己的心，又有什么资格去管别人的感情。

这短短的几分钟，洗手间的走廊就已经来来回回经过好几个人，实在不是一个谈话的好地方。

已经没什么可聊的了，两个人各持一方的态度，谁也说服不了谁，再谈下去也是浪费时间。

"我先过去了，你晚点再过去，别让陈助理他们起疑心。"

盛柠转身离开，佯装什么事都没发生过地回到座位上。

没过多久温衍回来，一直到这顿饭吃完，四个人在桌上都始终无话。

吃完饭，温衍和陈助理回了公司，而盛柠和高蕊已经结束了今天的行程，准备各自回学校。

盛柠打算坐地铁回学校，正准备和高蕊告别，却被她一把抓住了衣袖，她的表情看上去很不对劲。"盛柠，我问你个问题，你老实回答我。"

盛柠心中一紧，预感不好，可还是点头说："你问。"

"温总喜欢你，是吗？"

"……"

"我不是故意听见的，我就是看你去洗手间去了太久，有点担心你，所以就去找你了。"高蕊咬唇，嗓子发干似的，越往下说越是吐字困难，"我没听到多少，听到温总说倒贴的是他的时候，就有些受不了，所以没再听下去。"

如果盛柠和她一样对温总只是单相思，她不会介意，甚至还会觉得她们是同病相怜，可盛柠不是单相思。

自己那么仰慕的男人，在别人面前总是一副高傲又冷漠的样子，对周围不重要的人或事都漠不关心。

就是这样的男人，直到她告白的那一天，他甚至都不知道她叫什么。

可他并不是对谁都这么疏离，他面对喜欢的姑娘也是会主动的……甚至是倒贴。

甚至是用这顿饭当作幌子，也要见盛柠一面。

她清清楚楚看到了温衍面对盛柠时的那副神情，他在那一刻就像个没什么自信的普通男人面对着心上人，明明有些生气，可是却又无可奈何，甚至连声音都是低着的，带着他自己都察觉不到的妥协和失落。

原来再高傲的男人只要在感情里栽了跟头，都会完全变成另一副模样。

高蕊不知道该怎么形容这种感觉，总之有点难受，挺不高兴的。

盛柠想要和她解释，可是也不知道该解释什么。她和温衍之间的关系本来就说不清楚，如果是一周前，她还可以说自己对温衍绝无想法。可是就在上周，她意识到自己爱上温衍了。

所以她真的无话可说。

高蕊语气失落地说："我是真把你当朋友看待的，所以才不想憋着，直接就问你了。"

除此之外，她还想说点什么，但是这会儿脑子乱成一团糨糊，什么都说不出来。最后高蕊只能说，这段时间她应该不会再联系盛柠了，她需要一点时间好好整理自己对温衍，以及对盛柠的心情。

盛柠点头说好，然后看着她转身离开。

不想责怪温衍是什么蓝颜祸水，盛柠就是觉得自己在感情方面真的很笨很矫情，而且还不会处理。

所以她又失去了一个朋友。

盛柠的实习在总结交上去的第二周彻底结束，她终于可以在学校专心准备自己的考试和毕业论文。一周差不多有六天都泡在图书馆里，每天都是食堂、图书馆和宿舍三点一线，生活仿佛又回到了正轨，也回到了原点。

盛诗檬最近也在忙毕业的事，她也不知怎么的，大学四年都是混过来的，现在临近毕业竟然开始拼命用功起来了，所以这段时间也几乎都是泡在本科院那边的图书馆里。

她在微信上跟盛柠哭诉："好久没去公寓过夜了，我都快忘了那里长什么样了。"

盛柠回："你想去就去，密码我没改。"

盛诗檬："我一个人去有什么意思，还不如待在宿舍里，起码还有室友陪我聊天。"

盛柠听出来她的话里有话，依旧不动声色，想看看她还能使出什么招数来。

盛诗檬："啊，我真的好想我的懒人沙发，空气净化器，还有水压超大、洗一个小时水都不会变小的热水器……"

难怪寒假的时候水费那么高，都快比电费高了。

破案了。

盛诗檬还在不停地对公寓里各种家电抒发想念之情，盛柠被她说得终于也有些心动起来……要不周末去那儿过个夜？

盛柠："这周去公寓过夜，去不去？"

盛诗檬秒回："去！！"

于是在这周五的晚上，姐妹俩分别带好东西，坐地铁去了公寓。

盛诗檬刚走进公寓就立刻享受般地吸了一大口空气，还做了个环抱大自然的动作。"是家的味道。"

如今这里确实也称得上她们的家了。

到了公寓整个人都轻松下来，姐妹俩先后去浴室洗了热水澡，穿着睡衣窝在沙发上边吃水果边看电影。

电影是在榜单上随便找的，正好是非常经典的友情向老电影，内容说的是几个女孩子之间的友情。

盛柠看着电影就想到了高蕊。她心里其实是很不想失去高蕊这个朋友的，于是她就借着这部电影，顺道把上周高蕊撞见她跟温衍说话的事跟盛诗檬坦白了，想问问她有没有什么挽回友情的建议。

她从小到大朋友不多，实在不太擅长处理这种事。

"没事，高蕊很快就会想通的。"盛诗檬却不太担心这个，还安慰她说，"如果为了一个男人就随随便便反目，那绝对不是真友情，我以前还追过温衍呢，我们不还是好好的？"

盛柠无语："那能一样吗？"

"怎么不一样？"

"她对温衍是认真的，至于你——"盛柠皱了皱眉，"你对温征都没认真过。"

盛诗檬脸色一僵，闷闷道："都分手了，还提他干什么？"

盛柠也觉得这会儿提温征不好，但既然已经下意识提了，还是决定把话说完。

"我听说你们分手以后，温征的状态挺不好的。"盛柠不解地问，"你们不是演戏吗？为什么他还会状态不好？"

盛诗檬心虚地"啊"了一声。

她不能告诉盛柠那天温征跟她真求了婚，更不能告诉盛柠她当时内心很触动，却仍旧狠下心拒绝了温征的求婚，因为这样的话，盛柠就一定不肯再要这套房子了。

盛诗檬随口说："可能是以前从来没被女人甩过，自尊心受挫了吧。男人嘛，都那副德行，他甩别人可以，别人不能甩他。"

盛柠恍然大悟，原来男人被甩会导致自尊心受挫，看着很受伤很委屈的样子，其实跟感情深不深没半毛钱关系，就纯属是不甘心。

她又不禁心想，所以温衍也是这样吗？其实他也并没有那么难过，只不过是在她这里吃了瘪，男人的自尊心作祟罢了。

正想着这个，扔在沙发边的手机响了起来，盛诗檬给电影摁了暂停键，示意她赶紧接。

盛柠有些心不在焉，所以也没看来电显示，直接接了起来。

那边是个中年男人的声音："喂？是盛小姐吗？"

"嗯。"盛柠一时半会儿没听出来是谁的声音，看了眼来电显示才恍然大悟，"吴经理？"

吴经理立刻在电话里头笑开了花："是我是我，您还记得我真是太好了，好久没联系了，您过得还好吗？"

盛柠跟着客套："还不错，吴经理您呢？"

"唉，日子不还是那么过嘛。"吴经理谦虚了一下，紧接着又问，"您现在在博臣花园吗？"

"我在，怎么了？"

"哦，是这样，年前咱们品牌不是又开了新盘嘛，卖得还挺好的，然后温总他今儿抽空跟我们几个负责人一块儿吃了顿饭，饭桌上兴致高，温总就多喝了几杯。我老婆最近回娘家了，家里就我孩子一个人在，我也不好醉醺醺地回去，温总体谅我，就特别准许没让我喝。

"然后温总跟其他几个人就一直喝到这个点，温总他有点喝多了，在车上一直睡着，我叫他他也不理，关键我不知道温总家住在哪儿啊，您看这事给闹的。"

吴经理讲了一大堆，盛柠也没听出来半句重点，但她又不好挂电话，毕竟这里头满满的都是人情世故，她只能耐心听着，并且给面子地顺着吴经理的话问道："所以呢？"

"所以我就干脆开到博臣花园这儿了，现在就在您公寓楼下呢。"吴经理咳了声，好声好气地说道，"您说温总这么一个年轻力壮的大男人，个子又比我高那么多，我一个人实在是扛不动，您方便下来接一下温总吗？"

一旁的盛诗檬不知道那个叫吴经理的男人跟她姐说了什么，总之她姐的表情突然变得非常不对劲。抱着腿，整个人窝在沙发里，手指挠着膝盖，好像那儿很痒，明明是皱着眉一副苦恼的样子，眼里却闪着莫名的情绪。

她用唇语问："怎么啦？"

盛柠复杂地瞥了她一眼，不知道该怎么说。

"盛小姐？您在听吗？"

"……在听。"

"您现在方便下来一趟吗？"吴经理说，"我孩子还在家等我回去给他弄饭吃呢。"

盛柠闭了闭眼，答应道："我现在下去。"

吴经理在电话那头连连道谢，挂掉电话，盛柠站起身来，还没等盛诗檬问她去哪儿，她就自己先交代了。

"温衍喝醉了，我下楼去看看。"

盛诗檬倏地张大嘴，露出了迷惑且震惊的表情。

一个男人喝醉了酒来找一个女人，而且还在那个女人楼下，这能是什么意思？

她结巴了半天，也不知道该说什么，只能讷讷道："……那……那我是不是要找个地方躲一下啊？"

"不用，他不会上来的。"盛柠说，"我下去看看，待会儿把他打发掉就上来了。"

盛诗檬欲言又止，那可不一定。而且她姐对自己可真够自信的，要真有这么自信，当初怎么会一下没把持住喜欢上温衍。

以前也不是没人追过盛柠，只是她对着别人的时候就淡定得很，说一两句话干脆拒绝，人家要不死心非要继续追，她就干脆躲着不见。

男人的耐心总是有限的，而且伊始的好感，也没有多么深刻，甭管当初追得有多紧，转头放弃得也很快。

但温总和她姐，好像天生就是为了打破对方的原则而出生在这个世界上的。

盛柠都把话说得那么绝了，可温总不知道为什么，在醉酒后还是来到了盛柠的楼下。明明都已经那么干脆地拒绝了，但盛柠一听到温衍在楼下，虽然犹豫了很久，但还是没办法放着不管。

盛诗檬心里这么想，但又不好说出来拆盛柠的台，毕竟她姐为温总的事已经够苦恼。

这会儿盛柠已经穿上外套出门下楼了。

盛诗檬叹了口气，算了，万一到时候温总真上来了，她自己见机行事吧。

"盛小姐，这儿！"

车子就停在公寓楼下，吴经理还怕盛柠看不着，一看到她下来就拼命冲她招手。

盛柠肩头一颤，双手缩在外套兜里，亦步亦趋地走过来。

吴经理见着盛柠特别开心，明明她穿着家居服，头发也是松散地绾在脑后，没打扮没化妆，他开口就是一句"好久没见，盛小姐比之前看着更漂亮了"。

盛柠知道自己现在什么样子，笑了笑没戳破吴经理的马屁。

客套完，吴经理转身打开了后车门，冲里面的人低声说："温总，盛小姐来接您了。"

盛柠站在吴经理后面，探出半个脑袋往里看，想看看这个男人究竟醉成什么样了，连自己家的地址都报不出来。

在看到温衍的时候，她愣了下。

他平时即使再累，在车上小憩的时候整个人也是端坐着的，就连头都不会往后仰，抱胸低颔，一副睡着了也还是在沉思的高冷样子。

而现在他整个上半身竟然侧躺倒在了后车座上，纵使车子再宽敞，也不可能容得下一个一米八多的男人舒展地伸直身体睡觉，于是一双长腿放不上去，只能委屈巴巴地屈在前车椅与后车座的间隙中。

盛柠本来还以为他是装醉的，这要是装的，那确实装得挺像的。

"我叫不醒温总。"吴经理一脸无奈，"要不盛小姐您试试叫他吧？"

盛柠抿唇，不自在地叫了声："温总。"

没反应，她又走近，伸出手礼貌地推了推他的肩膀。

男人睡得很死，依旧没有反应。

她站在车边，扶着膝盖弯下腰将脸凑近了几分："温衍？"

叫了好几声都没反应，盛柠有些没耐心了，当着吴经理的面也不好叫别的大不敬的称呼。

她叹了口气，怕耽误吴经理回家看孩子，只能说："要不我们先把他扶下车吧？别耽误您开车回家。"

　　吴经理忙说："啊，不用，叫不醒那就让温总在车上先睡着吧，反正您在他身边，有您看着他就行。这是温总的车，我也不好开走，我打个车回去就成。"

　　睡车上也行，起码不用吹风。

　　盛柠点头："行。"

　　"温总，那我先回去了啊。"吴经理冲温衍低下头，语气活像是在给自个儿上司洗脑催眠，"您可千万别喝断片啊，一定得记着今天是我送您来的。"

　　盛柠："……"

　　打工人的卑微。

　　等吴经理走了，盛柠弯下腰去看他。原本只是想看看他到底是不是装醉，睫毛有没有在悄悄打战，可凑近了却被他的脸吸引了视线。

　　这个男人长得真的很好看。轮廓冷峻利落，五官浓郁，眉眼疏朗，闭眼的时候少了那份疏离感，安安静静的，终于显出几分平和清隽。

　　总之是非常周正英俊的长相，好看得令人看一眼就难忘。

　　他的唇紧紧抿着，因为睡着了不说话，终于没那么讨厌了。

　　以前看他，哪儿哪儿看着都不顺眼，现在看他，也不知道是不是因为喜欢他，所以滤镜作祟，就觉得他哪儿哪儿都顺眼又好看。

　　盛柠在心里默默鄙视自己。

　　她只想赶紧把人弄醒打发走，于是也不再跟他客气，直接用力推了推温衍的肩膀。"喂，温衍。"

　　"资本家。"

　　"老男人。"

　　也不知道是叫外号起了作用，还是用力推他的动作起了作用，总之睡着的男人有了点动静。

　　男人蹙眉，困倦又模糊地微微睁开了眼。平时凌厉的眼神竟然像个初生的孩子般透出懵懂，他花了点时间才看清眼前的人，稍微晃了一下视线，张口时带着浓浓的醉意。

　　"盛柠？"

　　"嗯。"盛柠应了声，"你喝了多少？醉成这样。"

　　他抿唇，声音低哑得厉害，揉着太阳穴说："不记得了。"

　　盛柠忍不住吐槽："还集团老总呢，也就这点酒量。"

　　男人没力气反驳她，用手撑着车座勉强坐起来，盛柠见他醉得连动作都变得笨拙了起来，连忙帮忙扶了一下。

等坐好后，温衍又整个人往后一仰，瘫软地靠在椅背上，用手摁着额头困难地小口喘气。因为醉得太厉害，他脸上有不自然的红色，整个人看上去都很虚弱。

盛柠实在看不下去他这副样子，和平时看着反差实在太大，于是放轻了语气说："我现在开车送你回家。"

他看着她，面无表情地控诉道："盛柠，你有没有点良心？"

"什么？"

"这房子好歹也是我送你的。"男人抿唇，声音低低的，"你都不肯让我上去喝杯水。"

如果是平常，上去喝杯水倒也没什么，但现在盛诗檬在家里，肯定不能让他上去。

盛柠不能说真正不能让他上去的原因，只好敷衍道："不方便。"

他问："哪儿不方便？"

"家里太乱了。"

男人嗤道："我又不是没见过。"

"比你上次去的时候还乱，衣服扔得到处都是。"盛柠故意往夸张了说，企图吓退他，"你去了都没地方落脚。"

温衍闻言果然皱起了眉，一副"你真的是个姑娘吗"的表情看着她。

可是紧接着他就像是认命了般地"嗯"了声，然后说："只要不是贴身的东西，我可以帮你收拾。"

"……"

他说得很隐晦，但盛柠听懂了。

她的脸上瞬间涨起一层红晕，头昏耳麻，但又不得不说："就是贴身的，满地都是，所以真的不方便。"

温衍被她说愣了，他不是一个喜欢想象的人，但她说得实在太有画面感，让他不得不想。

他平时整洁惯了，家里又有人负责每天打扫收拾，所以他家总是干干净净的。盛柠跟他的生活习惯大相径庭，甚至可以说是完全不合拍，可如果是她的那些衣服凌乱地落在他家里，他竟然也不觉得乱，反而还有些说不清道不明的沉溺感。

他喉头微动，因为酒精作祟的关系，连想象都开始变得肆意荒唐了起来。

两个人各想各的，一时间都说不出话来，盛柠心想不能再这么跟他耗下去了，电影还没看完，而且盛诗檬还在家里等她，但又不能真把温衍扔在车上不管。

最后她还是心软地说："我送你回家吧，你要回你哪个家？"

这个问题一说出口，盛柠觉得自己沾上了资本主义的奢靡气息。多少社畜在这儿拼了命地干上半辈子也不见得能买上一套房子，而温衍却能选择自己要回哪个家。

一想到这里，盛柠瞬间不心软了，对他的态度又强硬几分。共情个屁，他那么有钱。

温衍不说话，她也不惯着他，直接说："我只知道京碧公馆，我送你去那里吧。"

"不去那儿。"他说。

"那你想去哪儿，你给我个地址，我送你去。"

然后男人又不说话了。

盛柠扯了扯唇角："那就去京碧公馆。"

然后她关上温衍这边的车门，绕着车子走了半个圈坐上主驾驶座，等做好一切开车准备后通过后视镜看了眼后排的男人。"你把安全带系上啊。"

温衍全当没听见，也不理她，板着张脸高冷无比地坐在那儿。

盛柠气得直磨后槽牙，心想：好你个老男人，这是你先跟我玩幼稚的，难道我还治不了你了？

然后她也不管他，直接启动车子，一踩油门，开出几米后又猛地踩了下刹车，车身瞬间因为惯性整个往前一抖。

后排的男人因为喝了酒，反应有些迟钝，没料到她会玩这招，于是也因为惯性，身体猛地前倾，头狠狠撞上了前排的车椅背。

他顿时痛得闭眼，嘶了一声。

盛柠系着安全带，所以完全没事，她甚至还得意地扬了扬眉，嚣张地往后看。

温衍的脸色很难看，已经微微发白了，漂亮的眼睛眯着，竟然还有一点点泛起的水光。

他胃里一阵阵泛酸，神色痛苦。"……你是要杀了我吗？"

糟了，忘了他喝了酒胃不能受颠簸。

盛柠立刻下车，迅速打开后车门坐上去查看他的情况。"没事吧？"

盛柠撩开他额前的短发，那儿已经被撞红了，似乎还鼓起了一个小小的包。

温衍有些气恼地往后一躲，自己揉着额头。

盛柠意识到自己做得有些过分了。"所以我让你系好安全带啊。"她心里愧疾，却又忍不住抱怨他，"交通安全懂不懂？"

温衍不想承认自己刚刚在和她赌气，闭上眼，虚弱地说："想吐。"

"那我扶你下车吐，别吐车上了。"

好歹上百万的豪车，光清理费就得不少钱，有钱也不是这么糟践的。

他不想动，固执地说："我不下去。"

盛柠简直服了，只好拍着他的后背给他顺气。

柔软的手在他背后重抚，隔着衣服却还是引得他心跳急促，温衍牢牢盯着她，眼里的情绪越来越浓。

见他神色好点了，盛柠将手收回来。"好点了吗？"

他"嗯"了声，突然将头一歪，靠在了她的肩上，闭上眼带着醉意叫了声："汤圆。"

盛柠知道温衍是在叫她，叹气道："天气已经暖和了，我不是汤圆了。"

温衍听她居然否认了这个称呼，一抿唇，有些负气地伸手抱住了这个只会跟他斗嘴的汤圆。

她都叫过他多少回老男人了，他都大度地没跟她计较。

可是在将她揽入怀里的那一瞬间，他的负气又全都化作了柔软。

他的动作很轻，拼命压抑着自己浓烈的呼吸和念想，万分克制、小心再小心地，像是捧起一件珍贵的瓷器般，生怕磕了碰了这件宝贝。

明知不碰才是最好的保护，可他抑制不住身体本能的靠近和喜欢，就这样将盛柠小心翼翼地抱了怀里。

"我想跟你待在一起。"他顿了顿，声音慢吞吞的，低沉嗓音里带着些许委屈，"就算上去了我也不会对你做什么的，你别赶我走了。"

犯规，绝对犯规了。

"……我不是担心你做什么。"

盛柠心跳骤快，动了动肩膀想要挣脱，但他的力道实在太轻了，她怕一挣脱又让他不小心磕着哪儿，于是只好这样任由他抱着，闻着他身上浓重的酒气，还混着大衣上冰冷清冽的味道。

其实真的不太好闻，可是……

该死的滤镜，把她的眼睛弄瞎也就算了，这下连她的嗅觉都失灵了。

盛柠的睫毛颤了颤，拒绝的话说出来也变得有些勉强："温衍，话我已经说得很清楚了，你别这样行吗？"

他还是不放手，滚烫的呼吸打在她的脖颈上，激起她皮肤和心里的阵阵战栗。

"我跟温征不一样。"他突然说。

盛柠没明白他为什么会突然提自己弟弟，恍惚地问："什么？"

"我一定会护好你的。"

他漂亮的眼睛紧紧闭着，呼吸滚烫，因为醉酒而掀起喘息，如同击鼓般在她心间敲出一阵阵的回声。

温衍低下声音向她请求道："汤圆，你就试试，试着喜欢上我，好吗？"

他第一次这样没出息地对一个姑娘请求，把自己的脆弱和渴求完完全全地摊在了她面前。这时的温衍不再是那个骄矜的温总，也不再是那个习惯将人分成三六九等的温家主人。

第 *7* 章

把持不住

　　没了这些社会身份的加持，此时抱着盛柠的，仅仅是一个内心爱意不断野蛮往外滋生的男人。

　　他喝了太多酒，多到现在都没想起来自己究竟喝了多少。

　　今天这顿饭局原本不在温衍的行程之中，在今天之前这一周的时间里，他将所有的精力都投到了工作之中。

　　整整一周的连轴转，温宅都没回过几次，工作到深夜实在困乏难耐，连路都不想多走一步，直接去了就近的公馆歇息。

　　这样的工作频率非常折磨身心，终于在周五这天，温衍决定给自己放一个小假，也让助理和秘书提早下了班，并表示这周不会再有工作安排给他们，意在叫他们好好享受周末。

　　他也给司机提前放了假，让司机今天可以回家吃饭。

　　给几个亲近的下属放了假，温衍自己开车准备回趟家。

　　他开得很慢，一路上被超了好几次车，男人本能的好胜心在这一刻却因为疲倦的身体激不起任何水花来。他丝毫没有归心似箭的念头，恨不得这段回家的路程再长一点。

　　家里最近终于休战了，温征跟盛诗檬分了手，之前他对父亲许下的豪言壮语也成了笑话。失恋带给他的打击太大，他不像从前那样经常和狐朋狗友在外浪荡了，而是老老实实待在家里，偶尔餐厅有事，需要他这个当老板的过去坐镇，温征才会出门。

　　小儿子老老实实待在家里，老爷子终于不再成天大骂不孝子。

　　可是没了争吵的温宅却不像温衍想象中的那样变得和谐，如果说争吵还能让这个家有一丝的烟火气，那失去争吵后，剩下的就只有家人之间无话可说的那股沉闷和压抑。

吴建业的电话打来得算是正好。

他那边也是抱着试试看的心态给顶头上司打的电话，结果没想到上司却答应得那么爽快。

吴建业一听温总是自己开车过来，立马说会提前给温总安排靠谱的代驾，等吃完饭，安安全全给温总送回家。

温衍却淡淡地说："待会儿你不用喝，结束后就你送我回去吧。"

吴建业一愣，其实他也不想喝得醉醺醺地回去照顾孩子，给温总当司机的话，正好能逃过一劫。

顶头上司出席饭局，一帮人在饭桌上是铆足了劲溜须拍马，又是陪酒又是演讲的，温衍平时听得太多了，对这些都没什么特别的反应，他也不爱仗着自己身份高就劝别人的酒，倒是下属们敬过来的酒，他都接了。

能混到今天，饭桌上的这群人都跟人精似的，很快看出来温总今天不想说话只想喝酒，于是喝酒的兴头就更高了。

最后一帮人喝得酩酊大醉，有的叫老婆来接，有的找代驾，只有吴建业最特别，不但滴酒未沾，还要送温总回家。

同事们都给吴建业比大拇指，说："老吴可以啊，抱上温总大腿了，升到总部这事指日可待。"

吴建业当时是心花怒放，直到上了温总的车，他才犯了难，他不知道温总住哪儿。

问温总，温总也不答，他想带温总去酒店开房，结果一翻手机发现余额紧俏，他的钱都在老婆那里管着，每个月只给他留日常的生活费，压根就不够去星级酒店开房。

温总喝得这么醉，贸然拿他手机掏他钱包也不好，万一他醒了以后断了片，那自己该怎么解释？

吴建业表示自己太难了。

"那……那我送您去盛小姐那儿？"

他平时不跟着温总做事，对温总的行程是真的不清楚，绞尽脑汁想了半天，也只能想到盛小姐。可是也不知道盛小姐这会儿在不在家，吴建业还在纠结，结果一直醉着的温总居然有了反应。

他皱眉闭着眼说："就去那儿。"

吴建业当时就是一脸迷惑的表情。

他那几个同事都已经醉到讲胡话了，有的甚至还抱着电线杆子当老婆亲，相比起来温总的酒品算不错了，再醉也不说胡话，再醉也依旧端着老总架子。

所以他这会儿也不确定温总到底说的是醉话还是清醒话，只知道上司说话，他照办就是了，别的不多打听。

"那我先给盛小姐打个电话？问问她在不在家。"

"去了再打。"男人喝得晕头转向的，心里想着盛柠，浓浓酒意侵袭下竟然还能精准般地猜到那姑娘的反应，算计般地低声道，"提前说人就跑了。"

吴建业作为已婚人士，男人和女人之间别别扭扭腻腻歪歪的那点事，他十几年前谈恋爱那会儿早就跟他老婆玩过不知道多少回了，瞬间意会地长长"啊"了一声。

盛小姐年轻，他们温总也还是一枝花的年纪嘛。

吴建业拼命憋着笑说："嗯，明白了，我现在就送您去盛小姐那儿。"

于是事情就发展到了这个地步，喝醉的男人抱着他喜欢的姑娘，因为喝得太多，酒精将他最后把控着理性的那一根弦也绷断了，说出来的话也不经思考，也不管丢不丢面子，会不会被她笑，心里想什么就说了什么。

说不触动是假的。

盛柠凡人一个，人心肉长，而且最重要的是——她喜欢温衍，不知从什么时候开始的，总之等她回过神来时，她已经很喜欢他了。

所以她一点也不觉得反感，即使他这时候是个醉鬼，可一点也不影响她因他而变得心跳和呼吸急促。

她安安静静地被他抱着，嘴里还是那句曾在心里提醒过自己无数次的说辞。

"温衍，我们不合适。"

男人忍不住收紧了几分抱她的力道，没有否认她的话，哑声说："我知道。"

"所以你能放开我吗？"她小声说，"我送你回家。"

"不想回。"温衍自嘲地扯了扯唇，"没意思。"

一个听话的儿子、一个冷血的哥哥、一个强势的舅舅，就是这些年温衍给家人们的印象，他曾以为他所做的一切都是为了家人，即使得不到回报也没关系，一家之主不需要理解和关心。可感情总是贪婪的，他想要盛柠的关心，他想要盛柠的回应。

会被她的一举一动牵动着情绪，会反复试探她对自己的感觉，那么喜欢和在意的人，素来高傲的男人又怎么会甘心就这样错过。

"没意思那也是你家。"盛柠说。

起码比她好多了，那个糟心的原生家庭就不说了，就连自己唯一的一套房子都是从温衍这儿薅来的。跟她比起来，他已经拥有太多东西了。

可温衍没说话，也不知是醉得没听见还是在耍赖。

盛柠敛下情绪，他不放手，她就狠下心自己伸手推开他。"回去吧，我送你。"

然后她伸手，从座椅侧边抽出安全带，体贴地为他系上。

等系好安全带，盛柠打开车门，一只脚刚伸出车门，胳膊突然被男人拉住，然后她的整个身子往后一仰，后背撞上了男人的胸膛。

男人低而沉重的声音在她身后响起："我就这么让你讨厌吗？"

盛柠眼睫毛微颤，否认道："不是。"

他不甘的声音几乎是抵着牙发出来的："那为什么你连试试都不愿意？"

"我不想试，我没那个时间。"她闭了闭眼，尽力淡定地说，"我跟你不一样，你生下来就什么都有，你开的车、你戴的表、你住的房子，还有你身上所有的东西，都是我需要拼了命赚钱才可能买得起的，可这些对你来说都是凤毛麟角。"

"你想要什么，我可以给你。"他哑声说。

盛柠无可奈何道："我不信你不懂我说的话是什么意思，我已经把话说成这样了，你为什么还是要缠上来？你就这么闲吗？"

男人愣住，紧紧抿着唇没有回答。

"有钱真好。"她突然笑了笑，语气突然变得讽刺起来，"我为了毕业的事整天忙得焦头烂额，一想到毕业之后的未来就焦虑得睡不着觉，而你生下来就什么都有，根本不用考虑这些东西，才有时间喝醉了跑来我这里撒酒疯。"

盛柠只想把他赶走，全然没有意识到她的话有多伤人。

温衍今天喝了很多酒，酒意作祟，于是厚着脸皮再一次过来找她，放下了所有的姿态，说了好多平时绝对不可能说出口的话，醒酒后甚至会后悔会难堪的话，却都没有直接请求她跟他在一起，只是想让她试试。

可饶是把姿态放得再低，也经不住被她这么说。

他松开了桎梏着她胳膊的那只手，盛柠利落地从后车座下去。

温衍没有再阻止，甚至在盛柠送他回公馆的这一路，他都没有再说话，神色僵硬而难堪。他放下了所有的高姿态，醉着酒跑来跟她坦白，可还是被她拒绝了。

盛柠其实很怕开车，尤其是之前在沪市的时候，温衍坐在副驾驶座上，开最低挡的速度都怕。可是今天不知道为什么，开着温衍上百万的豪车，她竟然也不怕磕着碰着，一路上开得特别顺畅，就连红灯都没碰上几个，顺顺利利就到了。

她将他送回了公馆，也不管他还在车上坐着，下了车准备自己打车回公寓。

往外走出几米后，盛柠忍不住回头看。

温衍也已经下了车，站在地下停车场昏暗不明的灯光下，个子高挑，衣履精致，整个人看上去却是狼狈的。

盛诗檬本来是想给盛柠打电话的，她姐实在是去得有点久，但她就怕楼下是那种情况，那她这个电话就打得很不道德。

盛柠不在，她一个人待在家里，电影也看不进去，最后实在好奇，甚至还跑到阳台上往下看，想试试能不能看见那两个人在楼下到底搞什么。

结果只看到楼下停了一辆黑色轿车，要不是路灯照着，整个车身都能隐在夜色里。

也就是说她姐和温总都还在车里。

一般来说两个互相有意思的人在车里待这么久，能干什么。反正盛诗檬当初还没跟温征分手的时候，隐蔽性极高的车厢也能当成调情的小场所。

在视线昏暗又空间狭小的车厢里，就连接吻都能让人全身酥麻。温征有个小习惯，他喜欢一边吻她一边揉捏她的耳朵，吻完之后还在她耳边笑一声，故意问她喜不喜欢。

盛诗檬那会儿在温征面前的人设还是清纯女大学生，所以会故意羞涩地低下头，轻轻捶一下他的胸口，撒着娇嘟唇说不喜欢。

他特别吃女孩子口是心非的这一套，然后又会笑着吻上来。

现在回想起来，也不知道那段时间是谁骗谁比较多。

如果把她和温征交往的这段时间当作一场沉浸式的恋爱游戏，两个人互相较着劲，都想拿到所谓的掌控权，将对方牢牢吃定，这样在关系结束之后，自己就能保持完全的体面和对方告别，就不会是狼狈的那一方。

现在看来好像是她做到了。但是赢了也没有很开心，反倒有种说不出的难过。

正当她不自觉想到温征的时候，楼下的车子开走了。

盛诗檬不禁疑惑，难道盛柠今天要跟温总一起过夜吗？

她从阳台上走回到沙发那儿去拿手机，如果盛柠今天外出过夜的话，应该会跟她说，但是没有。

盛诗檬心不在焉地将电影看完，盛柠还没回来。

这下总算有点理解盛柠平时一个人在公寓等她和温征约完会回来是什么感

受了。

盛诗檬洗漱好准备上楼睡觉的时候，盛柠终于回来了。

"姐？"她楼梯走了一半，又赶紧下来，"回来了？怎么去了这么久？"

盛柠淡淡地说："我送他回家了。"

"啊？"盛诗檬挠了挠脸，"是因为我吗？"

因为她在，所以盛柠不方便叫温总上来，才只好送他回家，耽误了这么长的时间。

盛诗檬觉得有些愧疚，她不但没等盛柠，还一个人把电影看完了。

"那还看电影吗？我陪你看。"她关切地问。

大不了陪她姐重新看一遍就是了。

盛柠摇摇头，正在盛诗檬不知道该说什么的时候，她突然上前两步，一把用力抱住了盛诗檬。

盛诗檬有些愣："姐？"

"我说了好多伤他心的话。"盛柠小声说。

盛诗檬一愣，然后就听到盛柠抱着她小声啜泣了起来。

盛柠边吸鼻子边说："诗檬，我从来没有这么讨厌过自己。为什么我总是这么悲观，还没开始就想到以后，然后怎么都不敢说喜欢他。怪不得我总交不到朋友，怪不得除了你没有人愿意陪着我，都是我自作自受。"

说着说着盛柠就哭出了声，盛诗檬想替盛柠擦眼泪，但盛柠不愿意让盛诗檬看到自己哭得这么惨烈，死死抱住盛诗檬，用力拽着她，将所有的眼泪都滴在了她的衣服上。

她大声地哭着，说的话也有些语无伦次，断断续续地泣不成声。

"我真的很喜欢他，看到他今天那么难过，我也好难过，我想跟他说对不起的，可是我怕跟他说了对不起又会给他希望，我不想钓着他，不想他在我身上浪费时间，跟我这样的人在一起，他以后会很累。"

"……"

盛诗檬是第一次看到盛柠这么哭，她被盛柠的情绪传染，也跟着红了眼睛。

考试没考好的时候盛柠会难过，但不会哭，反而会更努力地学习。

被盛启明骂的时候盛柠也会难过，但同样不会哭，反而会更加努力，努力摆脱那个原生家庭，到一个新的地方过自己的日子。

然而对温衍，盛柠不知道该怎么办，因为放弃一段感情，之后她再怎么努力也没有用了。

周五的夜晚就这么过去。

温衍独自在京碧公馆睡到中午，起来后头痛欲裂，宿醉的后遗症在第二天完全暴露出来，连下床洗漱都困难。

他干脆重新躺倒在了床上，伸手捂住眼睛，试图再次睡过去，可是昨天晚上的记忆这时候又涌上了脑海。

他没有断片，清清楚楚地记得自己昨天晚上干了什么，也清楚地记得自己对盛柠说了什么，盛柠又对自己说了什么。

想起了昨天的一切，温衍无比难堪地从唇角扯出一抹苦笑，他都不知道原来自己喝多了能对一个姑娘说出那种话来。

真的丢脸，丢脸到这辈子都难忘的一次醉酒。

而这次醉酒的后劲也比温衍想象的要大得多，非但持续了整个周末，还一直延续到了下周的一整个工作日。

陈助理和张秘书经过两天完整的、不被上司打扰的休假，整个人的状态看上去都是神采奕奕的。

他们的上司依旧是平时工作时的状态，开会、批文件，连外出应酬都依旧是雷厉风行的，看不出任何端倪。

总裁办少了个实习生，除了丽姐和老张时不时会念叨一两句"哎呀，小盛不在杂活没人干，快招个新的实习生进来吧"，对其他人似乎没有任何影响。

或许是念叨有灵，这周五他们总裁办还真来了个实习生，不过不是新实习生，而是跟盛柠同期毕业的实习生高蕊。

高蕊如今不是兴逸集团的实习生了，她今天是以高总女儿的身份来的，一路进了公司，还杀上了总裁办。

高蕊以前还是实习生的时候，说话做事都比较小心，如今摘掉了实习生的帽子，整个人都嚣张了起来。

她直接闯进了温衍的办公室。

正在办公的温衍被她吓了一跳，冷下脸色叫助理："陈丞！"

高蕊直接将办公室的门一关，把陈助理挡在了门外。

"高小姐。"温衍不满地看着她，"你爸平时就是这么教你的吗？招呼都不打一声就闯进来？"

"那还不都是因为你！"高蕊责怪地看着他，先发制人道，"我在家里想了一周，都不知以后要怎么跟盛柠继续做朋友，你这个蓝颜祸水，破坏我们的友情，你给我负责！"

温衍的眼里滑过阵阵荒唐，跟看神经病似的看着她。

"我负责什么？"他冷声说。

高蕊仰头叉腰，大小姐气势十足地说："我想好了，既然你喜欢她，她喜欢你，你俩迟早得谈恋爱吧？我的好朋友跟我喜欢过的男人谈恋爱，搁谁身上谁受得了？所以你给我介绍个跟你条件差不多的男人，这事就算完了，等我有了新欢，我就跟盛柠和好。"

温衍握着笔的手狠狠顿住，神色错愕地看着她。"……你说什么？"

高蕊顿时五官扭曲，以前有多仰慕这个男人，现在就有多痛心，这种转变对失恋的人来说也就分分钟的事。

"我说一遍就已经很难受很心痛了，你竟然还让我重复一遍？温衍，杀人诛心也不带你这样——"

温衍直接打断她的话，只问自己最关心的重点："你说谁喜欢谁？"

"你喜欢她，她喜欢你啊。"高蕊呆呆地说，怕他听不懂，还特意形象地用两只手的食指对指，做出双箭头的样子来，"你俩不是互相喜欢吗？"

温衍不动声色地眯了眯眼，问："你听谁说的？"

"呃。"

高蕊当然不能告诉温衍她偷听了他们讲话，做生意的最忌讳被人偷听到谈话，她爸就是这样。于是她只含糊回答了一半："盛柠说的啊，她亲口跟我承认的。"

高蕊清晰的话让温衍怔了半晌，喉间发紧，然后微颤着嗓音再次向她确认："真的？"

"真的，不然我至于跟盛柠……那啥吗？"她不想说闹掰这两个字，于是又瞪了眼温衍，喃喃地说，"就为了一个男人搞成这样，太狗血了。"

她是真的喜欢温衍，或许仰慕更多，大过于喜欢，但喜欢这种心情是实实在在的。

高蕊平时的性格太大大咧咧了，所以这次失恋，她的那些塑料姐妹团成员谁都没把这事当真，都以为她过段时间就好了。她们都觉得，她对温衍的一见钟情，顶多就是钟情他的长相、他的身份，以及他在其他男人的衬托下那份冷傲优越的气质。

在高蕊来集团实习前，她甚至都没有和温衍说过话，温衍都不知道她是谁。他只是在初遇的那次酒会上，因为她父亲的引荐，客气地对她笑了笑，然后叫了她一句高小姐而已。

就连高蕊自己都以为这份喜欢并不认真，可直到被他拒绝，又听到了他和盛柠的对话后，心里才确定，原来他也是会喜欢人的，只是喜欢的那个人不是她而已。

这一周，她到处去玩，姐妹们都吊儿郎当地安慰她，说这个世界上可有三十五亿个男人呢，这个拜拜就拜拜，下一个更乖。

但她的心情还是好不起来。

就像是学生时代暗恋一个成绩非常优秀的男生，没有说过几句话，甚至连朋友都算不上，却记得他的学号和座位，记得他每一次考试的成绩排名，记得他爱打食堂哪个窗口的菜，在毕业之后因为再也见不到他而伤感难过。

"抱歉。"

高蕊被男人的一句道歉唤回了神。

"改天我会请高总吃顿饭。"温衍补充道。

高蕊怎么会听不懂，从个人角度出发，他不能给她任何回应，所以用跟她爸谈生意的契机来表达歉意。

虽然自己没泡上温衍，但好歹帮她爸牵了个线，不错。

"还有介绍男人。"高蕊说，"穷点没关系，我有钱，但长相起码要跟你是差不多程度的帅。"

温衍的表情稍微滞了一下，他从来没帮人介绍过对象，而且还是这种胡闹的择偶要求。

"……尽量。"他勉强应下，随后又淡淡说了句谢谢。

高蕊不知道他莫名其妙谢她什么，谢她今天过来"大闹天宫"？但她并不关心这个，她知道温衍是个很注重信誉的商人，基本上说出口就算是口头协议，今天来的目的也已经达成，高蕊心满意足地离开了。

她刚出去，陈助理正站在门口等她。

"你这胆子也太大了，温总的办公室随随便便就往里闯。"他神色关切，"你没被他扔文件吧？"

高蕊仰头看着他骄傲地说："没，而且他还答应了帮我介绍对象。"

陈助理脸上的无奈顿时又化作了惊恐。

"学长。"高蕊没心没肺地嘿嘿一笑，"我又想喝酒了。"

"……找别人吧。"

那时候被吐一身的场景还历历在目。

"但是除了你我不知道该找谁了。"高蕊突然撇嘴，眼巴巴地看着他道，"我在别人面前哭，他们都觉着我是假哭，不但不安慰我，还笑话我，只有你能理解我的痛苦。"

陈助理深深叹气。

被迫和大小姐约好今天去喝酒，等大小姐终于满意离开，陈助理敲响办公室的门，想看看温总对高蕊的突然到来究竟是个什么反应。

结果进去了以后，温总竟然在发呆。陈助理叫了一声，温总才回过神来，问他有什么事。

陈助理原本是想帮那个想一出是一出的大小姐求个情，让温总别跟她计较，现在看来温总好像并没有生气，也并不在意高蕊不礼貌的不请自来的行为。

"……没事，就是来问问您中午打算吃什么，我好让人安排。"陈助理随便想了个理由说。

"不吃了，你把今天需要我批完的文件一次性整理好拿给我看，下午的会提前两个小时。"温衍说完这些，又问他，"晚上有应酬吗？"

陈助理想了想，摇头："好像没有。"

温衍"嗯"了声，淡淡道："那就争取今天按时下班，辛苦了。"

惊诧之余，陈助理感动得差点哭出来。

这两周是怎么了？他竟然连续两个周五按时下班，还能专心享受周末。原本都已经做好了拿这么高的工资给温总加一辈子班的觉悟，"996"都不敢指望，"007"才是常态，却没想到"965"如此神仙的工作制有一天也能落到他头上？

神仙老板，神仙工作，他要在兴逸集团干到退休。

盛柠并不知道高蕊在和她暂时绝交的这段时间去找了温衍。在短短时间内同时失去了友谊和拒绝了喜欢的男人，导致她在接下来的日子里状态都非常差，有时候坐在图书馆里，明明眼睛盯着资料，人却魂飞天际，效率完全提不起来。

五月份有口译证考试，六月份是毕业答辩，她实在没时间再浪费，可还是因为感情上的事大大拖慢了整个计划和进度。

导师以为她是最近太忙太累了，还劝她要注意劳逸结合。

人在特别忙碌的时候会没空想别的，可是一旦空闲下来，脑子放空，想些什么就在所难免。

空闲的时候她就会想那个人。

自从上周她对温衍说出那样过分的话之后，他没再联系过她。

也是，被说了那样的话谁还能拉得下脸呢，更何况是温衍那样的男人。

盛柠不想让自己看着太难过，于是在心里拼命安慰自己——温征和盛诗檬已经分手了，她和温衍的账也算结清了，至于跟他莫名其妙的感情牵扯，幸而一切都还没开始她就及时给掐断了。

等她毕业过后找了工作就每年按时缴纳社保，拿到购房资格应该是几年之后，她那时候再去找温衍签手续，说不定温衍都不记得她是谁了。

等到那时候她找没找男朋友结没结婚不知道，反正温衍那个年纪，应该早结婚了。

基本上想到这里，盛柠就打住了，然后继续埋头忙自己的事。

周五下午，盛柠和导师，还有她导师带的几个学生一起开了个小会，开完会后导师又单独把她留下来说话。

盛柠以为是论文的事，正准备洗耳恭听，结果导师一开口却是："这个周末就别泡在图书馆里了，约朋友出去玩玩，给自己放两天假耽误不了什么事的啊。"

盛柠愣了下，点头道："谢谢老师。"

走出教导楼，放眼望去天都是灰沉沉的，明明春分已过，然而天气依旧时好时坏。

盛柠不自觉缩了缩脖子，打算今天晚上约盛诗檬和季雨涵出去逛个街打发打发时间。

结果这两个人都是前期疯狂划水，中期开始被导师催的时候才后知后觉地开始用功，所以她们的导师并不像盛柠的导师这么好说话，不但不催，还会主动给放个假。

可除了她们之外盛柠又没有其他更亲近的朋友了，聊天页面里的那个三人小群已经很久没有人说过话。

盛柠不想就这么回宿舍躺着，她现在急切地需要找件事来打发时间。

在手机上查了查有没有适合一个人去消磨时间的休闲活动，查了半天也没什么感兴趣的，正好这时候她收到了陆嘉清发来的微信。

他回国了。

那边的硕士学位春季课程是二月结课，毕业典礼也差不多是安排在那个时间，处理完所有的事情后，陆嘉清终于告别学校回到国内。

他说上回被她的上司截和请了客，所以这次一定要请回来。

盛柠："今天晚上？"

陆嘉清："可以啊，不过我刚下飞机，要先回去收拾屋子。"

陆嘉清："等我收拾好了再联系你。"

他上回来燕城的时候就已经托朋友找好了房子，连押金都交了，就等着这次过来直接搬过去住。

盛柠想了想，问他："你介意多个人帮忙吗？"

陆嘉清回得很快："不介意，你介意来帮我吗？"

跟陆嘉清说话真的很舒服。

她当然说不介意，然后问他要了地址，回宿舍放好笔记本又拿上包。

走之前盛柠往阳台那儿向外看了眼越来越阴沉的天空，想起最近天气预报说燕城可能将要迎来新一年的倒春寒，冷暖空气来往频繁，天气的晴雨变化快，所以提醒广大市民最近要注意保暖。

她想了想，还是谨慎地带上了雨伞，最后披上围巾出了门。

他们约好直接在陆嘉清找好的房子那里见面，陆嘉清比她动作快一点，已经将行李箱放好，收到盛柠到了的消息后又下楼接她。

盛柠包得很严实，陆嘉清在见到她的时候不免笑了起来。"你怎么比我一个从北欧回来的人穿得还多？"

他穿着身英伦风大衣，甚至都没扣扣子，就那么风度翩翩地向外敞开着。

看着就冷，无法理解。

温衍也是这个习惯，大衣明明有扣子，却不爱扣，非要敞开着穿。

"你是真的怕冷。"陆嘉清说，"我记得读书的时候你就是这样，大家都换夏季校服了，你还穿着外套，课间做操的时候就你最显眼。"

盛柠的个子不算高，以前做操的时候被老师安排在前面，而陆嘉清那时候个子就已经很高了，所以一般都是站在后面几排。

他个子高，视线也看得远，于是很容易就能看见那个熟悉的马尾辫。

盛柠做操就跟她学习一样，态度认真，姿势到位，和她旁边那些偷懒划水的同学比起来，她那一板一眼的动作显得颇为有趣可爱。

陆嘉清常常看着看着就笑出了声。

做体转运动的时候，盛柠回头，他又急忙收回目光，即使两个人隔得很远，她还有近视，他不知怎的却还是担心被她发现他在看她。

可能就是因为态度认真，盛柠有次被体育老师选中，在领操的同学请假当天，叫她上去代替。于是陆嘉清就欣赏到了她做得更认真，也更僵硬的课间操。

经陆嘉清提醒，盛柠也想起了自己那段不堪回首的高中课间操岁月，干笑两声说："谁还没点黑历史。"

"不觉得。"陆嘉清笑着说，"那个时候不好意思跟你说，其实我做操的时候从来没看过领操员，看的都是你。"

盛柠张嘴，有些不知道该怎么回答。

陆嘉清也没想让她回答什么，简单叙完旧后，两个人上楼开始收拾东西。

男生的东西不多，但也不算少，盛柠不好帮忙收拾太私密的东西，于是就简单地帮他收拾了一些大件。

等东西都收拾得差不多之后，因为天气冷，才刚过下午六点，天色就暗了下来。

陆嘉清打算请她吃个晚饭后再送她回去，这会儿正好是下班的高峰期，位置不太好找，陆嘉清就近挑了家附近评价不错的餐厅。

"你找好毕业后住的房子了吗？"吃饭的时候陆嘉清随口问她，"离我这儿近吗？"

盛柠摇头："不太近，我住在使馆区那边。"

"使馆区？"

陆嘉清找房子的时候看过那个地方，非常热门，紧邻着商圈，无论是地铁还是公交车都极其方便，地段相当好，当然租金也是相当贵。

他有些惊讶盛柠竟然刚毕业就能租那么贵的房子，转念又一想，笑着说："那你妈妈还是比我妈大方多了，我想租个好点的地方我妈理都不理我。"

盛柠一愣，问他："你认识我妈？"

"不算认识，准确来说是我妈认识你妈妈。"陆嘉清说，"偶尔聊天的时候聊到我跟你都在燕城。"

说到这里，陆嘉清突然笑了一下："我妈不知道我高中的时候追过你，还问我还记不记得你。怎么会不记得呢。"

陆嘉清当时是不折不扣的天之骄子，家庭条件不错，做什么都很有天赋，无论是学习还是运动，总是能轻而易举获得别人的目光，所有的东西来得太容易，自然对一切就看得很淡。

一开始是觉得有个女生老跟自己争第一，于是理所应当地注意到她。

具体上心是什么时候，陆嘉清记不清了，印象深刻的是某次考试的时候，盛柠又拿了第一，只有她做对了一道非常难的超纲数学大题，而他当时坐在考场上因为在想晚上要不要去通宵上网，分了神，自然也就没做出来。

和他熟悉的男生无意间跟他说过，盛柠平时不爱理人，不过如果拿不懂的题目去问她，她一定会解答。

他想知道盛柠怎么做出来的，于是就去问了她。

盛柠似乎也是很惊讶他会来找她问题目，不过既然他来问，她也没多想，还是很认真地给他解答了。

她的声音跟她的人一样斯文，凑近了听细细甜甜的，秀气的手指捻着笔，在草稿纸上写下字迹清晰的解答过程。

他懂了，笑着对她说了句谢谢。

盛柠也笑，说不客气。

陆嘉清第一次看她笑，圆圆的杏眼弯成月牙，少了清冷感，反倒更符合这个年纪的女孩子该有的可爱。

他心尖一麻，说他是因为知道题目怎么做了开心，那她为什么也这么开心？

她的笑容里带着一些得意。"连你这个经常考第一名的都来问我题目了，说明我的学习成果还是很不错的。"

也就是在这个时候，陆嘉清发现自己喜欢上她了。

一直被人捧着的天之骄子还是第一次追人，带着些许笨拙，也不知道该怎么追，甚至还去找了她的妹妹做军师。

但他们的关系并没有因为多了个军师而更进一步，原以为是因为她不想耽误学业，于是高考后，他再次鼓起勇气去找了她。

盛柠依旧拒绝了。

她是个做事很有条理的女孩子，早在懂事的那一天起就给自己做好了人生规划，至少在能够赚钱养活自己之前，她所有的心思都在学习上，根本分不出精力和人谈恋爱。

陆嘉清发现自己焐不热她的心，骨子里的骄傲作祟，没有强求，也没有再联系过她。

和盛柠没有联系的这些年其实也过得挺丰富的，只是偶尔被朋友们问到他的少年时期，他会想起盛柠，颇不好意思地告诉他们，自己曾经笨拙地追过一个女生，而且还失败了。

直到硕士毕业快要回国，他从母亲口中再次听到了盛柠的名字。

"我跟她妈妈聊过了，我们觉得你跟她条件挺合适的。不过那个女孩子毕业以后好像要留在燕城，不知道会不会回来我们这边工作。"

于是年少时的记忆通通回来了。

同过窗的同学，年少时期的关系就不错，老家在同一个地方，如今又都在燕城工作，无论从哪方面看，都很合适。如果他们各自去跟别人相亲，都未必能找到面前这么合适的人。

两边的母亲都没有问两个孩子是否有意，光是从条件上比较，就觉得他们很合适。

陆嘉清没有跟母亲说，他高中的时候其实对盛柠不光是同窗之情，但那并不重要，只要现在的条件合适，感情就是水到渠成。

"你现在有男朋友吗？"陆嘉清语气温和，打趣着问，"你现在也出来工作了，我想谈恋爱这件事应该能提上你的日程表了吧？"

盛柠没有说话。

她确实是把谈恋爱这件事安排在了这个年龄段，而且相亲是最快找到合适对象的方法。

可是哪怕是最传统的相亲也会充满各种意外，不知道会遇见什么样的人，不知道会被对方怎样评头论足，也不知道是否真的能找到一个各方面条件都很合适，同时自己也喜欢的人。

她和陆嘉清是高中同学，她了解他的性格和品行，知道他是一个很好的人。这样就可以省去从认识到了解的时间，也省去了磨合的过程，以后吵架的概率也会很小。

老天爷对她那么差，终于在今天大发慈悲给了她一个最合适的人，就坐在自己的对面。

可是她却犹豫了，她又想起温衍。

无论从哪方面看都不合适，可是她就是很喜欢。

没有一点办法。

"……没男朋友，但有喜欢的人了。"盛柠小声说。

陆嘉清愣了愣，随即叹着气笑了，语气依旧温和："明白了，吃饭吧。"

盛柠夹起一块肉放到嘴里，这时候兜里的手机响起来，她拿出手机，在看到来电显示后，整颗心瞬间剧烈地跳动起来。

她没接，任由手机响了一会儿。

紧接着又是第二次响。

盛柠烦躁地皱眉，还是站起身，和陆嘉清说出去接个电话。

刚接起来，电话那头是和陆嘉清说话完全相反的语气，冰刀子似的冷冽刺耳。

"你在哪儿？"

"干什么？"

"你说干什么。"温衍又问了一遍，"在哪儿？"

"地球。"

"……具体点。"

"中国。"

"……"

打个电话都能被这姑娘气个半死，温衍什么都没问出来。

他叹了口气，退了一步说："那我等你回来。"

盛柠扯了扯唇角："你知道我要回哪里？"

"你无非就是回公寓或是学校，我去一个地儿等你回来。"温衍淡淡说，"剩下那个地儿我叫人帮我看着。"

盛柠被他逼得心悸难耐，忍无可忍道："你以为你是黑社会啊！！法治社会我报警你信不信啊！"

温衍被她吼得不说话了。

就在盛柠以为这招对他有用，正欲挂掉电话时，他又开口了："你报吧。"温衍慢悠悠地说："派出所见也行。"

盛柠无话可说。"……你找我干什么？"

"我有话问你。"

"那你可以现在就问我。"

"这件事得当面问。"

"改天不行吗？"

"不行。"温衍说，"我一刻都等不了。"

盛柠咬唇，说不清楚自己为什么连只是听到他要来找自己都觉得紧张。可是在经过刚刚和陆嘉清的谈话后，她心里更加确认了自己对温衍的感觉。

盛柠最后还是报了地址给他。

温衍不禁问："怎么跑那个地方去了？"

她不想回答，语气不怎么好："嫌远就别来，有话直接说。"

电话那头的男人深深吸了口气，所有的脾性在盛柠这儿全化成了车尾气。

"我来，等着。"

下班高峰期一过，天色已经彻底暗下来，伴随着夜色降临，还有一同落下的细密小雨。

还好盛柠带了伞，吃完饭后，她本来是想先送陆嘉清回去，然后自己再折回来，结果陆嘉清觉得大晚上的让女孩子一个人在路上等不安全，所以提出陪着她等人过来。

"你这上司还真是。"陆嘉清哭笑不得，"怎么每次都是挑我们吃饭的时候来找你。"

盛柠抿唇："他跟我犯冲，估计跟你也犯冲吧。"

等了不久，一辆熟悉的黑色轿车缓缓朝这边驶过来。

小雨明显没引起车上的人的注意，男人在路边停好车，顶着小雨直接下了车。

依旧是熟悉的西装革履，淋着雨朝他们走过来，整个人看上去一丝不苟，能看出来是刚下班从公司过来的。

陆嘉清对盛柠上司的感觉从上次吃饭的时候就很不好。

其实他自己的家庭条件很好，但从来没对其他人摆过架子，毕竟现在是二十一世纪，这个社会表面上崇尚的还是人人平等的思想，所以对盛柠上司这种态度看上去高高在上的男人，他见了就有些不爽。

温衍看到陆嘉清也拧起了眉，紧绷着语气问："跑这么远就是为了见你同学？"

盛柠回呛："关你屁事。"

陆嘉清："……"

看来盛柠比他还不爽自己的上司。

温衍被她呛了一句，脸色又阴沉几分。"结账了吗？"

"已经结了。"陆嘉清主动回答了温衍的问题，然后有些不满地看着他说，"温先生，我请盛柠吃饭，真的不需要每次都是你来付钱。"

温衍淡淡地瞥了他一眼，语气平平道："既然你和盛柠是同学，我请你们两个吃也没事。"

陆嘉清听到这话，终于觉得不对劲了起来。

"辛苦你陪她在这儿等我过来了。"也不管他觉得对不对劲，温衍又说，"你可以走了，再见。"

陆嘉清脾气是好，但前提是别人不惹他。

温衍这副居高临下的语气实在是让人生气，他笑了两声，不由得问道："温先生，我请问你现在是以盛柠的什么人的身份跟我说话？上司吗？"

他的话很简单，意思就是你没资格这样命令我。

"上司？"温衍嗤笑一声，然后看向盛柠，"真不愧是你同学，跟你一样迟钝。"

盛柠生怕陆嘉清再多待一会儿的话，这男人又要说出什么厚脸皮的话来，于是赶紧对陆嘉清说了句谢谢，然后将自己的伞递给他。

陆嘉清接过伞，他可一点都不迟钝，有时候男人的第六感也很准，尤其是对上同性。上回他就察觉到盛柠的这个上司对盛柠的态度有些不对劲，如今心里更加确定了。

他顿时有些不舒服，睨了眼她上司，突然对盛柠说："今天我家太乱了，下次你再来我家的时候记得跟我说一声，我提前收拾好。"

盛柠心想今天自己就是来帮他收拾东西的啊，他家要是不乱那她来干什么。

她以为陆嘉清是在跟她谦虚，正要客气地说不乱，温衍猝不及防地问："你今天去他家了？"

"是的。"陆嘉清再次抢答，然后他问盛柠，"是吧？"

盛柠点头："嗯。"

温衍紧绷着下颚，陆嘉清微微一笑，这才和盛柠告别。

等碍事的人终于撑着盛柠的伞离开，男人这才冷冷地"呵呵"了声，讽刺道："为了见他你倒是愿意跑到这么远的地方来。"

盛柠就当没听见，只说："你找我到底什么事，说吧。"

温衍语气不悦："你先回答我为什么去他家了。"

盛柠不说话，他不说今天来找她的重点，问东问西问些没用的问题，那她索性就当哑巴。

"我有没有跟你说过不要随便跟男人单独相处。"温衍紧皱着眉，"你怎么还是没有一点防备心。"

听着温衍责怪的话，盛柠终于忍不住了："我跟谁单独相处都比跟你在一起安全。"她恶狠狠地说："别用这种说教的语气跟我说话，你现在不是我老板也不是我甲方了，我听了不爽。"

温衍带着几分愠怒问道："那你敢说你那个同学对你就没有一点想法吗？"

盛柠咬着牙说："有也没你多。"

"那就是有。"温衍扯唇，"我找你你恨不得藏地里头，他找你你却肯跑这么远来，盛柠，你就这么差别对待是吧。"

"我就差别对待了怎么了，他会说人话你会说吗？"

她居然就这么大方承认了，温衍怒睁着眼，心火冲头，太阳穴突突地跳。

"你——"

盛柠仰头瞪他，此时也顾不上什么面子不面子的了，一心只想让这个老男人无话可说。"你什么你？你吃什么醋啊你，还在这里跟我阴阳怪气地说教，没名没分的，你凭什么？"

温衍直接气笑了。"我凭什么？"他眼里冒火，压低了嗓音说，"凭你喜欢我。"

盛柠狠狠怔住，下意识就要怒斥他胡说八道。

但他没给她这个机会，冷着声又问道："你敢说你之前几次拒绝我是因为对我没感觉吗？"

心事被完全戳穿，而且是被温衍当场戳穿，盛柠尴尬至极，一瞬间耳根发麻，脸颊温度迅速升高，她后退几步，只想赶紧跑。

反正是下小雨，她干脆心一狠，转头就往外跑。

她才往外跑了没两步就被男人追上，又一把给她扯了回来。

两个人在大马路上你来我往地拉扯半天，引起好几个路人驻足回头。

他俩都不是那种喜欢被围观的人，被路人就这么盯着看热闹，属实也有些丢脸。

盛柠已经分不清自己现在到底是因为被温衍戳中了心事觉得尴尬，还是被路人看热闹觉得尴尬，总之她就是非常尴尬。

她想跑，但是温衍又不准她跑。

他其实也很尴尬，但比起尴尬，他更不想就这么放她跑了。

"去我车上说。"温衍实在也有些受不了了，绷着下巴低声说。

"不去。"

上次被他在车上强吻的画面还历历在目。

"那我们去个人少的地方说。"为防止她又挣脱，他警告道，"别闹，丢脸死了。"

"……"

他们去了这条街转角的小巷子，昏暗的小巷子里年久失修的照明灯明明灭灭，路也不太平整，还有雨顺着狭窄的屋檐落下来，根本没人肯在这种糟糕的下雨天走进来。

两个人刚刚的情绪都很激动，现在进了没人的小巷子，竟然又同时沉默起来。

盛柠背抵着墙，垂着睫毛，视线往下，怎么也不抬头看他。

"盛柠，你跟我说实话。"温衍先开了口，低下头将目光牢牢锁在她脸上，"是不是喜欢我？"

"不喜欢。"

"你不喜欢我那你喜欢谁？你那个同学吗？"

"我就非得喜欢一个吗？"盛柠仍是固执地说，"不喜欢一个人难道我就会死吗？"

温衍恨声道："我会死，行不行？"

盛柠也恨声："那你死吧！"

他气得敲了下她的头。"我就想听你一句实话，有这么难吗？"

反正也被他知道了，盛柠如今再怎么否认他也肯定不信了。他就是知道了她喜欢他，所以今天才跑过来兴师问罪的。

盛柠看清了眼前状况，索性破罐子破摔，心一横干脆豁出去了，说："是，我是喜欢你，我又不是木头，被一个有钱又长得帅的男的追，我把持不住也很正常。"

有钱又长得帅，把持不住。

温衍被她这番话说得心脏紧缩，耳根子直发烫。

"我说了我们不合适，难道温征和盛诗檬的反面教材还不够吗？我已经忍得这么辛苦了，你为什么还要逼我？"

她越说越气，觉得这个男人简直太不要脸，可是自己又在他每一次强势的进攻中步步沦陷，一边拒绝一边更为他心动。说完也不解气，她干脆伸出拳头狠狠捶了他一下。

曾经温衍也像她一样，觉得是对方在逼自己妥协和放弃抵抗。其实谁也没有逼谁，就是面对对方时那抑制不住的心动在逼迫着他们步步深陷。

温衍硬生生受了她这一拳头，闭了闭眼，压抑着情绪低声说："你怎么忍的，你教教我。"

盛柠摇头，放弃般地说："……教不了了。"

刚刚在和陆嘉清吃饭的时候她就知道她没救了。放着一个合适的人不要，心里想的全是狗屎资本家。

在她告诉温衍自己在哪儿吃饭的那一刻，其实心里就在期盼着他来找自己了。

温衍目光灼热，一字一句地对她说："盛柠，和我在一起，我知道你在怕什么，无论怎样，都有我挡在你面前。除非你先不要我。"

她的心在刹那间软得一塌糊涂，脸颊温度也高得吓人，鼻尖和眼角迅速泛起酸涩的湿意，突然抿唇哭了起来。

"那我还能说什么？"盛柠边哭边断断续续地说，"你都这么说了谁还敢不要啊？"

在明确听到她的这句回答后，温衍紧绷着的神经终于彻底松开。他笑着松了口气，心跳极快，幸而雨越下越大，盖住了他越发明晰的心跳声。

温衍捧起她的脸，伸手替她擦掉了眼泪，又报复般地掐了她的脸。

男人的心因为被某种长久以来的念想填满，声音变得有些嘶哑粗糙。

"这是你之前跟我嘴硬的代价，好好受着。"

盛柠泪眼蒙眬地"啊"了声，一瞬间不懂他说的"受着"是什么意思。

但下一秒，她知道了。

这场春雨来得又快又急，细密的雨滴顺着空旷天际落入城市，将各色霓虹晕染成模糊的光点。他们都以为这场雨很快就会停，谁知雨越下越大，兜头而落，似乎是要淹没整座城市。

小巷内的昏暗灯光被雨水切成斑驳光晕，照在正在躲雨的两个人身上，像是撒满了盐。

盛柠整个人都被笼罩在他的身躯之下，男人替她挡去了外头越下越急的雨，明明是以护着的姿态在替她挡雨，却在这一秒突然弯腰低下头来，一手撑着墙，一手捧起她的脸，强势而精准地撞上她的唇，给了她一个比这场突如其来的春雨还急不可耐的亲吻。

而比这个吻更汹涌的是温衍的心，这些日子被她折磨得身心俱疲，在得到她凶巴巴的回应后是瞬间涌上心头的热切和狂喜，得偿所愿之下，他带着被她拿走的所有理智，不再克制，不再压抑，以人类最独一无二诉说爱意的双唇相抵、呼吸纠缠的方式尽数还给了她。

温衍从纠缠的呼吸中抽出空隙来，低声说："这下知道我为什么要当面问了吗？"

也不等她回答，他又迫不及待咬着她的唇重重吻了下去。

第8章

还没习惯

盛柠因他那句不需要回答的问题陷入片刻的恍惚。

温衍在确认了她对自己也有感觉之后，几乎是一刻都等不了。

很符合他的性格，他确实是这样的男人。即使他最近对盛柠的纵容一而再、再而三地加深，他骨子里依旧是骄傲的。

那次醉酒是他彻底卸下骄傲的时候，却还是被盛柠硬生生地拒绝。

温衍出身优渥，一生下来什么都有，从小就养成了矜高倨傲的性格，长大后又担当着整个温氏的生意和名望，他要时时刻刻保持理性，不可以冲动，不可以任性，习惯了在工作中运筹帷幄，也习惯了对人的管教和掌控。

他怎么也没想到有一天自己竟然会这样纠缠一个对他毫无感觉的姑娘。

盛柠不喜欢他，所以他对她所做的一切都是无理的，这种无理不但没有得到她的回应，反而引起了她的反感。

她对他的反感让他彻底陷入了挫败和失落之中，却在今天从高蕊那里得知了盛柠的真实想法。

他很快想清楚盛柠在担心什么。

她不是不喜欢他，只是她和他有同样的担心，同样的犹豫，甚至她考虑的比他更多，所以她一步都不肯往前走。

没关系，那他就多走几步。丢脸也无所谓，温衍不想就这样放任自己错过她。

他们之前接过两次吻。虽然有悸动、有无措，也确实在之后的一段时间里念念不忘，但是是在盛怒还带着赌气的情绪下碰上的，在盛柠和温衍眼中甚至都算不得吻，只能说是嘴磕嘴。

这次却不同。

彼此的唇都感受到了来自对方的触感，越是重碾越是能感受到这股柔软。

温衍难挨本能，张嘴咬了咬盛柠干燥的唇，盛柠浑身一颤，嘴唇被他吐出的呼吸迅速烫湿。

细密的电流从和他紧贴的唇瓣瞬间涌向四肢百骸，连垂在身侧的攥紧的指尖都在刹那间因为暂时的麻痹失去了知觉。

她被他咬得不自觉"嗯"了一声。

下一秒，温衍朝她走近几厘米，强势地用他的舌尖吻了进来，而盛柠只有张嘴承受的力气。

他非常霸道地在她口中舔卷，你侬我侬地交缠，越吻越不想分开，越吻越想要得到更多，呼吸在彼此口中不断交换，你渡给我我渡给你，激起头皮一阵阵的酥痒酸爽。

盛柠脸热心跳，心如擂鼓。

他的吻像一张铺天盖地的网将她牢牢束缚住，她下意识抬起手，明明只有唇在接吻，手臂却也没什么力气，只能轻轻拽住他的大衣，指尖仍然是酥麻的。

感受到这股小小的力道，男人的喉结更加热切地上下滚动起来。

这一刻真是任谁都要心动。

他情不自禁地收回那只撑着墙的手，改为用两只手捧起她的脸。捧高她，自己又将身子更低下几分，贴着她的唇已经紧到不能再紧，用力地吮吸。

人类为什么会这么聪明，居然知道用接吻来表达爱意，暧昧至极又亲密至极。

盛柠以前在图书馆找资料的时候看到过一本古罗马历史科普书，拉丁文中甚至有好几个词来形容不同类型的吻。

浪漫的古罗马人将吻分成了三种：礼节性的 osculum、唇对唇的 basium，以及舌头缠绕的 savioum。

而他们现在就正在 savioum。

被他这样吻着，盛柠心想自己大概这辈子都不会忘记这个单词。

也不知道吻了多久，温衍松开她。

两个人嘴上都泛着水光。

盛柠一整个脖子往上的温度都烫得吓人，她没有抬头看他，却能感觉到他的目光此刻正牢牢地锁在她脸上。

在湿润而沉重的几下呼吸后，温衍抱住她，低下头，将头埋进她的肩颈。

他边低声笑着边自嘲道："喘不过气了。"

盛柠："……"

原来不是只有她不会换气，以至刚刚差点窒息。

因为刚刚亲得实在太激烈，在两人分开之后的好几分钟里，他们都没说话。

雨下得很大，温衍怕她淋着，一直都是和她面对面站着没有离开。

她被他护得很严实，一点都没淋着。

刚刚和陆嘉清吃的那顿饭，再加上此时此刻，更加让她确定了心中的想法。

其实但凡她没那么喜欢温衍，她或许都会从现实因素考虑，答应跟陆嘉清继续接触，可是她没有。就连陆嘉清这种从各方面条件看上去都无比合适的人，她竟然都完全不想考虑，由此可见她心里只有一个人选，那就是温衍。

即使现在不和温衍在一起，估计在之后的很长一段时间里，她也没有办法跟其他人在一起。

那次温衍喝醉了酒过来找她，对她说了那些话，她的内心就已经触动到无以复加，甚至还因为拒绝了他，回家后大哭了一场，把盛诗檬都给吓了一跳。

也是那个时候她知道了这个男人到底占据了她心中多大的地方。

她以为温衍不会再来找她了，可是今天他再次出现，戳中了她的心事，逼她承认自己喜欢他。

温衍知道她怕什么，所以他给了她承诺——除非是她在未来的某一天主动结束，否则他会一直挡在她面前。

盛柠当年也有犹豫过要不要和陆嘉清试试看，只是她一而再再而三的退却终于让陆嘉清觉得灰心挫败，彻底失望，于是两个人这些年再没有联系过。

她确实需要有人逼一把，也确实需要一个无论她再怎么逃避，都会坚定不移选择她的人。

被动到如此地步，也就只有温衍受得了她。

那就顺从心意，赌一把吧。

她想和他在一起，无论之后结局如何都行。

盛柠背靠着墙，面对着温衍，以为自己终于冷静下来，已经可以跟他正常交流了，于是做好十足的心理准备，抬起头看向他。

温衍本来就一直在看她，从头到尾都没挪开过视线，于是她一抬头，两个人视线相撞，眼里仿佛都还在回放刚刚春雨下热烈接吻的镜头。

温衍愣了下，想跟她说什么来着，喉结微动，唇刚启开，盛柠又迅速低下了头。

盛柠反应这么大，温衍被她这么害羞的反应搞得也有点不知所措，什么也说不出口，只得抿唇继续沉默着。

越是不说话，气氛就越是怪。

这抓心挠肝的气氛如同缠人的丝线在空气中流动着，弄得这对男女心慌意乱。

等了片刻，雨还是没有要停的意思，似乎有意将他们困在这条小巷子中。

温衍不得不打破沉默，轻声说："去车上吧？"

他的声音还没从刚刚的亲吻中恢复过来，带着强烈的情绪，低低柔柔的，还有点哑。

男人的嗓音条件真的绝佳，平时不带情绪说话的时候是冷冰冰的低音炮，现在有了情绪，又温柔得不像话。

盛柠耳根一痒，"嗯"了声。

小巷子虽然现在没人，但谁也不敢保证下一刻会不会有人进来躲雨。

温衍脱下自己的大衣，盖在了盛柠头上。"别淋雨，回头该感冒了。"

然后揽着她的肩，带着她一路小跑着去了车上。

坐进了车里，盛柠掀下盖着头的大衣，顺势摸了摸大衣，整个背面的布料都差不多湿透了，可见那条小巷子根本挡不住多少雨。

温衍打开了车顶灯和暖气，随手掸了掸被打湿的短发。

刚刚在小巷子里不说话，好歹环境是开放的，如今车里环境封闭，实在不适合"装死"。

盛柠看到他身上的西装也差不多被雨水弄成更深的颜色，为了打破沉默，主动问道："你这西装挺贵的吧，能沾水吗？"

她没发现自己的声音其实跟平时也有点不一样，很娇。

说得温衍喉咙一紧。

"能沾，不能水洗而已。"他先回答了她的问题，然后沉声说，"比起我这个人淋雨，你好像更关心我身上的衣服。"

盛柠抿唇，其实她就是关心他淋雨来着，只是不太习惯直接说。

温衍等半天也没等到她开口，没再强求，抬手又掸了掸自己被打湿的短发。

盛柠突然问了句："车上有毛巾吗？干净的那种。"

他"嗯"了声，从储物盒里拿出一条备用毛巾。

本来是用来擦车的，只不过旧的那条还没扔，于是新的这条也没派上用场。

"你哪儿淋湿了？"他将毛巾递给她，问完他又上下打量了她一眼。

刚刚在小巷子和从小巷子跑来车上的这段路程，都有他牢牢护着她，居然还是淋湿了？

盛柠摇头："我一点都没淋湿。"

温衍刚要问那你要毛巾干什么，就看盛柠拿着毛巾靠了过来，微微仰起身子将毛巾盖在他头上。

他怔住，接着清晰地感受到她帮自己擦头发的动作。

男人的头发短，很好擦，而且他一动不动，就这么任由她给他擦。

盛柠高中毕业那会儿为了打发暑假漫长的时间，去宠物店做过兼职，在那里给猫猫狗狗洗过澡。

大多猫猫都怕水，洗澡的时候不是乱动就是"口吐芬芳"地喵喵叫。

家养的狗狗对洗澡大都不抵触，有的甚至很享受，洗完澡盛柠给它们擦身体，它们特别乖不说，甚至还会欢快地冲她吐舌头，用一双明亮湿润的狗狗眼睛看着她。

温衍这么乖，盛柠突然有种在给狗狗擦毛的错觉。

但不同的是，狗狗的眼睛是无辜的，而她给温衍擦着擦着，他深邃漂亮的眼眸就又深沉几分，牢牢盯着她，跟钩子似的恨不得把她钩到自己的眼睛里。

盛柠加快了速度，差不多帮他擦好后，急忙退后。

温衍眯眼，快速伸手握住她的胳膊，又将盛柠朝自己拉近了。

盛柠心跳很快，喃喃道："已经帮你擦干了。"

男人盯着她无措的表情看了几秒，突然笑了一声，轻声道："谢谢女朋友。"

她愣了好半天，非常不习惯这个称呼，咬唇道："你别这样，好尴尬。"

她跟温衍的相处模式真的已经固定了，而且她都习惯了。现在突然这样，他怎么想的她不知道，反正她不习惯。

温衍："尴尬什么？"

盛柠："……你懂的。"

温衍没说话，于是车厢内的气氛又开始变得奇怪起来。

当两个人的关系完全进入一个新的阶段时，如果不是对谈恋爱这种事很有经验的话，确实是需要一些时间来适应的。

相处模式没有办法一下子就从同学、朋友、同事之类的普遍社会关系跳到男女朋友上，更何况他们之前还是上司和下属的社会关系，所以总有那么一点点的手足无措。

他们其实知道在一起之后要做什么，也知道谈恋爱到底是个什么意思，所以现在要克服的就是这种因关系转变而带来的不适，让关系转变之后的相处变得自然起来。

温衍知道这需要时间，但还是想尽快让她适应他们的新关系，不然他想做什么，她老是害羞，他也会跟着拘束起来，那还怎么继续？

她现在就连他叫她一声女朋友都不习惯，而且……

温衍沉默了几秒，淡淡道："更尴尬的事我们刚才不是都做过了吗？"

经他提醒，盛柠瞬间又想到了刚刚在小巷子里发生的事。

她又羞又气，立刻鼓起眼睛瞪他："喂！"

温衍微微笑起来，耳根子也悄悄红了，掐了掐她的脸，又倾身凑头过去在她脸上啄了一口。

"这样的，能接受吗？"他低声在她耳边问。

盛柠摸着滚烫的一边脸，也学着他低声在他耳边回答："还可以喽。"

得到她的回答后，温衍勾唇，大手覆上她的头，柔柔地摸了摸她的发顶。

甜滋滋的味道从心底升起，盛柠实在控制不住唇角的弧度，也笑了起来。

封闭车厢内的沉默对视比刚刚在屋檐下躲雨时更让人心动，盛柠的杏眼亮晶晶的，在车顶灯的映照下显得尤为明澈。

温衍看着看着，越看就越心动。

而盛柠也在和他的对视中情不自禁地发出感叹："你的眼睛好漂亮。"

就连男人自己都没发现，此时他内心的情绪被映出来，将自己深沉的眼睛变成了一潭柔和明净的湖水，温柔得不像话。

盛柠受不了这样被看着，却又因为被他这样看着而觉得甜蜜。

温衍的心尖被狠狠撩拨了一下，喉结滚动，刚刚唇上紧贴着的柔软触感依稀还在，牵动着浑身的神经，和她接吻的感觉实在太好，今晚仅仅一次怎么够，于是他又凑了过来，想要再次感受一下。

外头还是兜头的大雨，车厢内却安静得只有他们用来换气的呼吸声。

男人扣着心上人的后脑勺，随着唇舌间加深的吻，不自觉将指尖插到她的发间，像是在给她挠痒，也像是在给自己的心灭火。

纵使唇上再湿润，也不免被磨痛，盛柠竟然发出了两声自己都从没听过自己发出的"嗯嗯"声。她被自己吓到，面色也因为刚刚的声音迅速泛起绯红。

温衍浑身一颤，边吻着边将扣在她后脑勺上的手不自觉滑到了她脆弱的脖颈上，扯开她的围巾，用大拇指指腹轻轻摁了摁她的喉部。

盛柠皱眉低哼。

最后男人的手蜷握，在她肩膀上用力捏了捏。

她还是个学生，年纪也轻。想到这儿，温衍深吸一口气，彻底打住，指腹擦过她的唇，而后克制地收回了手。

"……我送你回去。"男人低哑的声音听上去有些湿意。

盛柠还在为自己刚刚发出的声音而感到羞愧，幸而他只是听到了，绅士地没有提起。况且他好像也没有什么很明显的反应。

两个人各自坐好，温衍冷静了好几分钟，这才发动车子。雨刮器开始工作，车前玻璃显现出清晰的景物。

"你回哪儿？"他问。

"回学校吧。"

"最近不住公寓了？"

"嗯，最近忙毕业论文的事，在公寓的话太舒服了，写不进去论文。"

有理有据的回答，她不回公寓，就只能送她到校门口。

温衍抿唇，没什么情绪地说："忙还跑这么大老远过来跟别人吃饭？"

他怎么还记得这个。

只不过这次盛柠没再呛他，而是好好地解释道："我同学今天刚下的飞机，我帮他搬新家收拾东西，所以才来的。"

"干这种体力活不找男人找你？"

"是我主动要帮他的。"盛柠老实说。

温衍好半天没说话，再开口的时候是一声冷嗤。

盛柠面色微窘地说："以后不会了。"

温衍还以为她会跟自己据理力争一番，没想到竟然这么自觉。

温衍当家长当惯了，管人也管惯了，本来家长意识又起来，下意识又要教育她，谁知道现在熊孩子突然转性，反倒让他的家长做派没了用武之地。

"……你以后要再想帮忙可以跟我说。"他放柔了声音说，"我直接叫几个人去帮他，难道不比你一个姑娘帮他的效率高？"

盛柠愣了下："你干吗突然对我同学这么好？"

温衍蹙眉，用余光瞥她，淡淡地说："你傻吗？我不是对你同学好，我是对你好。"

盛柠："爱屋及乌？"

"那没有。"此时车子正好转道，男人打了下方向盘，偏头看着后视镜中的后方车况，漫不经心道，"只爱你。"

盛柠被他这句脱口而出的，或许连他自己都没意识到的情话弄得内心小鹿乱撞。

下车前，温衍又亲了她。

一个晚上亲这么多回，已经预定了盛柠今晚的梦。

从前梦里的虚幻感全都变成了现实，她才发现原来现实中的温衍比梦里的温衍更溺人。

明明这个男人上一秒脸上还是一副淡定的表情，可是下一秒亲她的时候又换成了一副温柔沉迷的神色，和他整个人的气质形成了一种奇异的矛盾感，而这种矛盾感却恰好是他最迷人的地方。

最令她得意的是，只有她能欣赏到这种矛盾感。

温衍的这种矛盾感，是因为盛柠。

救命，谈恋爱真的好让人上头。

这才不到一个小时，她就快溺死在里面了，以后还怎么办？

送完盛柠，温衍径直将车开回家。

路上的时候他时不时侧头看一眼已经变得空荡荡的副驾驶座，想起之前某个人坐在这里，勾起唇角又开始笑。

等到了家，他才敛去笑意。

时间还不算太晚，从外面看温宅，大半的窗户内仍然是灯火通明。

老爷子这会儿还没休息，温衍一进屋，照旧先去看了他。

他敲门进去的时候，老爷子正坐在床上，床上架了个小桌子，上面摆着一盘象棋残局。

见儿子来了，老爷子立刻冲他招手："来得正好，过来看看这局。"

温兴逸的象棋水平不算太好，而温衍的象棋是他姥爷亲自教的。

他姥爷贺至正才是真正的象棋高手，年轻的时候就特别爱下象棋，后来官职越来越高，人也越来越忙。有的人甚至还借着下象棋的借口找他来借花献佛，这之后贺至正就不怎么下象棋了。

他当年相中温兴逸做女婿，也有一部分原因是和温兴逸下过棋，从棋局对阵中发现温兴逸这人不错。

下象棋讲究排兵布阵，非常考验耐心，现在的年轻人很少有兴趣去学，贺至正的几个孙子孙女都不爱学，反倒是温衍这个外孙从小就稳重沉着，跟着姥爷学得挺好，身上还有棋士称号。

温衍走过去，看了棋局半晌，说："您这边已经输了。"

老爷子"呵呵"了声："我能不知道吗？我就是在想有没有什么办法能破这个死局。"

"死局您还破它干什么。"温衍蹙眉，"今儿医生来过了吗？怎么说？"

"能怎么说，还不就是那些车轱辘话翻来覆去地说呗，反正我是一条腿都踏进棺材的人了。"温兴逸推开棋盘，突然叹了口气，"就跟这棋一样，死局。"

一般老人家说这种丧气话，越搭理他越来劲，所以温衍选择自动忽视。"温征最近没惹您生气，正好趁这段时间，您听医生的话好好调养。"

一提起温征，老爷子又扯唇讽刺地笑了："不过被一个小姑娘甩了而已，就成那样了。不过说真的，那个小姑娘也挺厉害的。"老爷子越说越起劲："我还以为她多难劝，结果那天一出家门就立马把那臭小子甩了。你们都说那臭小子是个纨绔子弟，身边的姑娘换来换去的，现在一看谁玩谁还不一定呢，哈哈。"

温衍摁了摁眉心，阻止道："您就别幸灾乐祸了。"

"怎么？我一个当老子的还不能笑他了？有本事他别被姑娘甩啊。"老爷子哼哼两声，"说他是我生出来的都丢我的面。"

温衍叹了口气。不分手的时候劝着人分手，分了手又嫌弃儿子是被甩的那个，他爸着实很难伺候。

"你以后可不能这样，听着没？一个大老爷们儿整天拘泥于情情爱爱像什么样子，老爷们儿都是要干大事的人。"

温兴逸说到这里，又瞥了眼神色淡漠的大儿子，"呃"了一声后，说："当然，爸相信你不是那样的人。"

温衍："……"

"说起这方面，你还记得你姥爷过年的时候说要给你介绍姑娘吗？你没见，直接跑了，一个人在沪市过的年，我都不知道你都这么大人了，还跟长辈玩这一套。"老爷子叹着气说，"你姥爷给你找的，不说别的，条件肯定配得上你。人家最近要来一趟燕城做客，你好歹见一面，又没逼你第二天就去跟人家领证，别到时候我外孙女都给我生曾孙了，你都当舅姥爷了，你那老婆还没个影。"

老爷子爱操子孙的心，他不知道自己的大儿子几个小时前才刚跟一个姑娘确定关系，而且那个姑娘现在还没毕业。如今小儿子刚分手，就又开始催大儿子的婚。

"您别操心我了。"温衍只觉得头疼，敷衍道，"赶紧休息吧。"

老爷子突然瞪眼："我怎么能不操心你?！你是我儿子，我是你老子，老子跟儿子之间没大仇，温征那小子这方面不用我操心，但你，我得跟你讲一句实在话。"

温衍摁了摁眉心："您说。"

"趁着年轻，赶紧把婚结了，把孩子生了。"说到这里，老爷子突然又换了种口气，以过来人的口气说，"你妈比我小十几岁，她嫁给我的时候才二十来岁，小丫头片子一个。我呢，工作又忙，每天管公司的事就已经够累了，在精力方面，我跟你妈那就不是一路人——"

"说真的，我能生下来你俩，也得亏我那时候身体好，知道吗？换你的话，你不趁着年轻抓紧时间，等年纪大了以后，不一定的。"

中国人说话讲究点到即止，言尽于此，老爷子觉得他已经暗示得够明显了，再明显一点他这张老脸都直接可以不要了。

温衍面无表情地说："我没问题。"

"要是所有的男人都没问题。"老爷子嘟囔道，"那那些个男科医院是怎么开起来的。"

"……"

温衍的眼皮子跳了两跳，竟被父亲给说笑了。

他不欲与父亲继续耍嘴皮子，淡淡笑两声后又很快恢复到往日淡漠："有没有问题我心里有数，您休息吧。"

老爷子见儿子这副样子，也知道今天是劝不出什么结果了，一个甩手说道："行，我管不了你。"

然后就往床上一躺，跟个孩子似的用被子蒙住头，赌气般说道："我催着你，你回回搪塞也就算了，毕竟现在家和公司都是你说了算，要哪天你一个狠心把我这个当老子的给赶出去，也没人敢说你的不是。"

"您在说什么。"温衍走过去替父亲将被子掖好，"没您哪儿有我，别瞎想了。"

老爷子看着儿子那张和自己年轻时有好几分像的脸，一时间记忆涌上心头，额间苍老的痕迹越皱越紧。

"当年你姥爷让我娶你妈，说实话，我不乐意，我跟你妈没感情，再加上我一直忘不了荔荔她姥姥，你妈也不乐意嫁给我，但最后能怎么样。"老爷子一顿，自嘲地笑了笑，"我需要你姥爷，你姥爷也需要我，我和你妈身上绑着太多的利益，再不乐意她也嫁了，我也娶了，这些年也就这么过来了。"

当年贺清书嫁给温兴逸的时候才二十岁出头，刚从国外念书回来，性格骄纵又任性，而温兴逸和亡妻的女儿温微当时都已经念高中了。

温衍的母亲贺清书是贺至正唯一的女儿，从小被家里人宠着长大，想做什么就做什么。哥哥们都被逼着按照父亲的意愿过日子，从军的从军，经商的经商，唯独她能够去国外最好的艺术学院留学，没上过一天班，没吃过一天苦，却能拥有最好的生活。

所以贺至正叫她嫁给温兴逸的时候，她没有任何讨价还价的余地，她的一切都是家里给的，没了家里的支持，她一无所有。

温兴逸也曾犹豫过，但最后还是为生意娶了贺清书。

结婚以后，温兴逸不喜欢小妻子的骄纵和任性，贺清书同样不喜欢这个比自己大很多岁的丈夫，但他们需要孩子，即使没感情，还是生下了温衍和温征。

这段婚姻说是一地鸡毛也不为过，直到最后贺清书去世前，夫妻俩之间也是相处得连陌生人都不如。

可它为双方带来的利益也是实实在在的，或者说这段被安排好的婚姻是否幸福，从一开始就不在考虑范围内，双方的目标都只有利益。

感情淡漠又如何，大富大贵之家，什么都不缺，已经比太多家庭好了。

"你不用我操心，等我进棺材了，我也不用你操心了。"老爷子躺在床上轻声说，"但是温衍，我和你妈当初都没能反抗得过你姥爷，你是我儿子，爸知道你辛苦，也盼着你好，所以不该犯倔的时候适当收一收。你姥爷重视你这是好事，他给你介绍的那个姑娘过不久来燕城，你记得好好招待，成不成是一回事，主要是给你姥爷面子。"

交代完后，温兴逸也说累了，挥手让温衍回房休息。

温衍走出父亲房间不一会儿，房间的灯熄灭，父亲已经准备休息，而他站在房门口伫立了好半天。

如果可以，谁不想选择去爱一个合适的人？但感情永远都是这么不讲道理，偏偏最吸引自己的那个人就是最不合适的那个人。

温衍垂下眼，自嘲地勾了勾唇。

已经做了这么多年的好孩子，这次干脆赌一把，不听话了。

"哥，回来了？"

温征出来的时候，正好看见他哥站在爸的房间门口发呆。

"嗯。"温衍回过神，淡淡瞥他，"怎么还没睡？"

温征笑了笑："这才几点啊就睡，我肚子有点饿了，想下楼叫阿姨帮我煮碗面，你要吗？"

听他说肚子饿，温衍也才想起来到这个点了，自己都还没吃晚饭。中午随便吃了吃就忙到了下班时间，一下班又去找盛柠，根本没有吃饭的时间。

她和她同学倒是吃完了饭，也不问问他吃过晚饭没有。

"给我也煮一碗。"温衍说。

"成。"

兄弟俩下楼，叫了阿姨煮面，然后坐在餐桌旁等着。

温征觉得今天这个场景实在难得，于是兴致上来问他哥："喝一杯吗哥？"

"吃面还喝酒？"温衍直接拒绝，"想喝酒去找你那些朋友喝吧。"

温征托着下巴散漫道："前几天天天找他们喝，喝得都没意思了。"

"转性了。"温衍睨他，"喝酒都觉得没意思了。"

这时候阿姨端上来两碗冒着热气的家常面，温征嗅了嗅，享受地叹了口气，然后拿起筷子开吃。

他吃了两口面后才懒懒解释道："我不是跟他们说我失恋吗，他们说是安慰我，结果就是叫上一帮女的过来陪，我说我没兴趣，他们就自己在旁边跟那些女的玩起来了，这到底是安慰我还是打击我呢？"

温衍平时就看不惯他的那些个狐朋狗友，个个都是不学无术的富家子弟，温征现在这个吊儿郎当的样子，很大原因就是近墨者黑。

他一听温征说那些人叫女人来陪，骨子里的家长本性又开始作祟，立刻观感不好地皱起了眉。"谁让你平时浪荡惯了，认真了也没人信。"

温衍斯文地吃了口面，一副你活该的冷漠口气。

温征懊恼地"啧"了声："一开始也没认真，哪儿知道我会真栽在她手里。"

温衍微愣，而后脸色迅速阴沉下来，放下筷子，声音也变得紧绷了些："一开始没认真是什么意思？"

反正现在也分手了，温征觉得也没什么好瞒的了。"一开始不是，就是玩玩而已，顺便试试爸的态度。知道你和爸要棒打鸳鸯，我还在心里偷乐，以为把你们都给耍了。"温征说到这里还欠揍地笑了笑，可是那笑容很快又换成了嘲讽，"可是我也不知道自己怎么的，慢慢就上心了，那天我看爸当着檬檬的面那么说话，心里实在难受，后来爸说要停掉我的卡，让我滚出去，你猜我当时心里是怎么想的？"

温衍不动声色地问："怎么想的？"

"我竟然想的是，横竖有檬檬陪着我就行，以后爸不管我，我就好好跟她在一块儿。"温征说，"我还送了她钻戒，我知道钻戒对女人来说是什么意思，所以平时我都是送别人耳环项链什么的，那是第一回送姑娘钻戒。"

"你跟她求婚了？"温衍扯了扯唇角。

老爷子要是知道他这厢刚跟小儿子大吵一架，转头小儿子就跟他女朋友求了婚而且还被拒绝了，不得当场气昏过去。

"生平第一次求婚，还被拒绝了。"温征突然撇嘴，低头狠狠吃了一大口面，鼓着腮帮子喃喃道，"……丢人。"

温衍好半晌没说话，等再开口的时候已经是质问的口气。"你老实回答我，你对盛诗檬究竟是不是认真的？"

温征愣了好一会儿，垂眼抿唇道："嗯。"

"那要不就接受事实，要不就去求复合。"温衍也"嗯"了声，淡淡道，"你自己想吧。"

温征眨眨眼，有些恍惚地看着他哥："复合？我去求？"

"不想复合就认命。"温衍说，"你几天没去上班了，餐厅不开了是不是？"

"我餐厅开得好好的，你别诅咒我。"温征抿唇纠结了会儿，最后烦躁地说，"我就是要复合我也得有那渠道啊，她把我联系方式都拉黑了我怎么联系她啊？"

"你不会直接去她学校找她？"

"不打声招呼就去？"温征蹙眉，"那她要是不见我怎么办？"

"那就等到她见你为止。"

温征抗拒道："那不就是死缠烂打？"

拉下脸来对姑娘死缠烂打，这对他来说确实是个挑战，关键是他以前也从来没试过。

温衍嗤道："嫌丢脸就别做。"

温征不确定地看着他哥："能成功吗，她不会觉得烦吗？"

温衍面色微红，挪开眼，淡定道："有概率。"

温征沉默片刻，怎么也没想到他失恋，最后给他出主意的竟然是他哥，那个永远冷着一张脸，不知道温情这两个字怎么写的哥哥。

"哥，既然你是我这边的，那当初为什么要把话说得那么绝情。"温征喉结微动，一改刚刚的散漫劲，认真地看着温衍说道，"你知道我和荔荔因为你的冷血埋怨了你多少年吗？"

温衍没说话。他要是不替爸做这个恶人，以爸那种急脾气，真发起火来，吃亏的只会是他们这些自以为真的可以反抗家长的熊孩子。他替爸管着，好歹爸那边有人交差，他们也能做自己想做的。

"你们要怎么埋怨是你们的事。"温衍语气平平，"只要你们能过好自己的日子就行了。"

他从前确实觉得温征和盛诗檬不合适，无论从哪方面看都不合适，认为他们就算这会儿你侬我侬，之后也会因为种种的阻碍而分道扬镳，可他还是在那天他爸大发雷霆的时候，下意识地护在了他们的身前。

温征从前不喜哥哥的少言寡语，总觉得他像个冰块，如今才真的感受到了他的可靠和关心，从来不说，却也从来不少。

温征的内心突然一软，感叹了句："真不知道以后哪个女人有福气做我嫂子。"

温衍吃面的动作突然一顿。

"但是哥。"温征以过来人的语气真诚建议道，"找女人一定要找那种她爱你比你爱她多的，这样才能占据主动权，否则就会跟我一样——"

他幽幽叹了口气，认命地说："我算是被檬檬那丫头套牢了，太丢老爷们儿的脸了。"

温衍这会儿已经吃不下面了，撂下筷子就走。

"喂，你面还没吃完呢。"

没有应答。

温征喃喃道："怪了，好心给他提醒，生什么气。"

倒春寒并没有持续多久，在雨季的一周过后，整个燕城的天气都开始彻底回暖。

燕城已经是连续好几天的晴日，而负责毕业生论文的导师们似乎也从前些时候那潮湿阴冷的天气中成功"渡劫"，重新变得和蔼可亲起来。

具体表现在这个大晴天的周末，盛诗檬的论文在经历多次修改后，终于得到了她导师一个淡漠的点头肯定。

盛诗檬差点哭出来。"谢谢老师，呜呜呜。"

导师被她激动的神色吓了一大跳，哭笑不得地给她打预防针："还没到终稿呢，别高兴得太早了。"

但是并没有用，一路从教导楼跑出来，盛诗檬快乐得像一只春来南归的小鸟。

暂时解放后第一件要做的事就是给盛柠发消息，大喊："解放了!! 约起来!!"

盛柠几天前就找她，说有话要跟她说，无奈她被论文压着实在抽不出空来，到今天才终于得空找她姐。

等不及盛柠回复，盛诗檬直接坐公交车到了高翻学院。

她去的时间不太巧，盛柠正好在图书馆，给她发了消息说让她等会儿再过来。

盛诗檬："可是我已经到了。"

盛诗檬："［挠头］"

盛柠："你是飞过来的吗？"

盛诗檬只好进图书馆找人，等找到盛柠后，无声拍了拍她的肩，在得到盛柠默认后，蹑手蹑脚地在她旁边坐下。

口译证的考试在即，盛柠的时间都是挤着来用的，一个人恨不得拆成两个用。

到午饭时间，肚子饿了的盛柠终于起身，并对等她等到快睡着的盛诗檬说："走，去吃饭。"

盛诗檬立刻站起来，欢欢喜喜地跟她姐一块儿走出图书馆往食堂走。

去食堂这条路上的学生很多，人群嘈杂，盛柠还在看手机上的考试资料，盛诗檬怕她一个不小心撞上谁，于是主动让她挽上自己的胳膊，带着她往前走。

盛诗檬好奇问道："你之前在微信上不是说有话要跟我说吗？"

"哦。"盛柠抬起头，语气平稳，"我跟温衍谈恋爱了。"

然后又低头继续看手机。

"哦。"盛诗檬点点头，等回味过来后猛地愣住，"啊?！"

盛柠也不得不停下脚步，本来她已经尽力装作淡定了，但是盛诗檬的反应太强烈，她装不下去，抓了抓头发又挠了挠脸，最后抿唇说："我要说的就是这个。"

盛诗檬整个人还沉浸在震惊之中。

"你等一下，我缓一下。"她捂着额头，说，"人真是活得久了什么事都能见识到。"

盛柠语气复杂道："你才活多久。"

盛诗檬啧啧，晃了两下头，语气颇为骄傲："我虽然只活了这么短的时间，但我已经见识到了很多人这辈子都见识不到的东西。"

"……有这么稀奇吗？"盛柠无语。

"我的神啊，这还不稀奇？你想，要是你现在穿越回到去年，然后告诉去年的你，今年你会跟温衍谈恋爱，你觉得去年的你会是什么反应。"

盛柠思索片刻，说："大概会觉得我疯了。"

"所以就是了呗。"盛诗檬说。

之后姐妹俩打了饭，找了个食堂最角落的地方，边吃边继续说。

盛诗檬问出了她最好奇的一个问题："所以你怎么就突然跟他在一起了啊？"

"他知道我喜欢他了。"盛柠突然瞪了盛诗檬一眼，"不会是你跟他告的密吧？"

盛诗檬赶紧否认："我可没有背叛组织啊，别乱说。"

之前盛柠在拒绝温衍后，找她大哭了一场，盛诗檬虽然心疼，但最终只是陪着盛柠哭了一晚，并没有插手他们之间的事。

一是她理解盛柠的顾虑，二是自己和温征已经分道扬镳，也实在没那个资格再去劝她姐从心选择。

这些日子盛诗檬自己也想了很多。

她确实是喜欢温征的，所以才会在跟他说分手的时候，那么难过。

那个时候盛柠和温衍的关系走进了一个死胡同，温衍不愿意放手，盛柠又急于和他撇清关系，姐妹俩是同一条船上的人，拖得越久，这场阴谋就越容易被发现，盛诗檬只能选择尽快和温征分手。

"哎呀，算了，你管谁告的密呢，反正你们也在一起了，再去纠结这个有意义吗？"

盛诗檬摆手，示意她姐别再想这些有的没的。

"也是。"盛柠点头，然后继续边看手机边吃饭，"那就不想了。"

"哎，别看手机了。"盛诗檬眨巴眨巴她那双求知若渴的大眼睛，"那个，温总谈恋爱的时候是什么样子啊？"

"嗯？"盛柠敷衍道，"就那样。"

盛诗檬不死心："那样是哪样啊？"

盛柠"啧"了声："就你想的那样。"

"我想的哪样啊？"

"你好烦啊。"盛柠垂下眼嘟囔道，"就你和高蕊之前聊的那样呗。"

盛诗檬迷茫地"啊"了声，她和高蕊自从实习结束以后都好久没联系过了，盛柠突然提起高蕊来，让盛诗檬不得不在脑子里开始搜寻有关高蕊的记忆。

还没等她搜寻到，盛柠一直握在手里的手机先响了。

她在看到来电显示后心虚地瞥了眼盛诗檬，然后起身："我去接个电话。"

盛诗檬眯眼，立刻眼疾手快地抢过盛柠的手机，一看来电显示，果然。

"我用我的恋情成全了你们，你连打个电话都要躲着我，你还是人吗？"盛诗檬将手机还给盛柠，命令道，"接！开免提！"

"……"

被道德绑架的盛柠不得不按照盛诗檬说的那样做。

电话刚接起，盛柠还没来得及说话，低沉的男人声音先响了起来："怎么这么久才接？"

"哦，吃饭，没听见。"

"这周有空吗？"温衍不疑有他，"我带你去餐厅吃饭？"

盛柠抿唇："没空，快考试了。"

"那考完试以后呢？"

"要准备毕业答辩。"

"……那你什么时候有空？"

"六月份以后吧。"

一旁的盛诗檬已经听不下去了，摇着盛柠的肩膀无声用唇语替温衍抗议：这才四月份！！你这个冷血的女人！！

但温衍显然没盛诗檬这么激动，只是淡淡嗤了声："我们盛总真是大忙人。"

又来了，熟悉的阴阳怪气。

盛柠扯了扯嘴角，回驳道："温总不也是？"

"我再忙也抽出时间每天给你打电话了，不像盛总你。"温衍"呵呵"了声，"打着电话都能睡过去，让我听了一晚上的磨牙声。"

这句话的信息量真的太大了，盛诗檬瞬间睁大了眼。

这会儿盛诗檬还在听他们讲电话，盛柠觉得自己的皮都快被开水烫掉一层了。

她语气顿时有些凶，试图用凶凶的语气来掩盖自己的羞赧。"我睡着了难道你不会挂电话？"

男人沉默几秒，淡淡道："有磨牙声听总比没有的好。"

这边盛柠还没有什么反应，盛诗檬先无声"尖叫"了起来，脸上快速闪过"这么可爱的温总是真实存在的吗"以及"这跟我当初追的那个冰山总裁真的是同一个人吗"诸如此类的神情。

磨牙并不是什么好习惯，温衍不介意，可是盛柠自己介意。

而盛诗檬在旁边已经完全听开心了，眼冒爱心，就等着他们再说点更劲爆的来听。

盛柠只能敷衍地强行结束这个话题。

"不说了，我吃饭，先挂了。"

盛诗檬一脸失望。

"等会儿。"温衍说。

"还有事吗？"

男人在那头叹气，语气不满地问："真要等到六月份？"

盛柠正要说最好是等到六月份，然后猛地又被盛诗檬使劲晃了下肩膀，被她用唇语怒吼：不可以！！

"……没有，见个面的时间还是有的。"在盛诗檬的怒目圆睁下，盛柠只好改口。

"感谢盛总百忙之中抽出时间来跟我谈恋爱。"温衍说，"好好准备考试吧。"

挂掉电话，盛柠恨不得自己能一个人拆成三个来用，一个用来准备考试，一个用来写论文，一个用来谈恋爱，刚刚好。

偏偏盛诗檬不懂她的苦恼，还给她上起了课。"姐，不要以为确定关系了就是 happy ending（快乐结局）了，谈恋爱重要的是过程，不是结果，如果你这么不上心，那新鲜劲很快就过去了，到时候等甜蜜期一过，你跟温总之后怎么办？"

盛柠听得直皱眉头："什么怎么办？"

问到点子上了。

恋爱大师盛诗檬用筷子敲了敲餐盘，又咳了声清清嗓子，这才正经道："一般来说呢，谈恋爱分四个阶段。一个是甜蜜期，也就是热恋期，刚在一起的时候，你们看对方哪儿哪儿都好，处于一种对对方绝对包容的状态，哪怕发现了对方的一些毛病，也会自动忽略。

"然后就是第二个，厌恶期，在我本人的数次恋爱中，一般都是在这个阶段就分手了。你们越来越熟悉彼此，但热恋的感觉这时候已经消退了，你们发现了对方的毛病，有了矛盾，开始吵架，然后就会觉得，你们不那么喜欢彼此了。

"第三个就是接受期，因为每个人都是独一无二的，这个世界上没有两个绝对百分之百契合的灵魂。因为舍不得放弃这段感情，你们开始互相磨合，开始真正地去包容对方的缺点，并学着接受对方的不完美。"

盛柠下意识问道："那最后一个阶段呢？"

"习惯期啊，习惯了身边多了一个人，他渗入了你生活中的每一个细节，如果哪天这个人不见了，你就会很不习惯。"盛诗檬摸着下巴说，"到这个时候你们差不多就能结婚了吧。"

说到这里，盛诗檬突然有些兴奋地问她："姐，你和温总以后会结婚吗？"

盛柠目光闪烁，轻声道："应该不会。"

"……"

盛诗檬意识到自己问了个很愚蠢的问题，比起她来，她姐可比她清醒得多。

她姐会和温总在一起，完全是一种冲动而已，是一种抑制不住想跟他在一起的那种冲动，所以对以后根本没有想到那么远。

盛柠为温衍暂时放下了她趋利避害的本能，也放下了她按部就班的人生，因为她喜欢他，喜欢到只想现在跟他在一起。

盛诗檬了解盛柠，所以她明白姐姐是鼓起了多大的勇气才跟温总在一起的。就是不知道温总那边是不是也是这样。

"唉，不管了，今朝有酒今朝醉，明天分手也不亏，跟喜欢的人谈一场恋爱，而且还是温衍，反正肯定不会亏就是了。"盛诗檬比她乐观得多，笑着说，"好好享受吧。"

盛柠也笑起来。什么四个阶段，能撑到第二个阶段就够幸运了。

姐妹俩互相望着笑，话不用多说也知道对方心里在想什么。

"啊，糟了，那房子的事怎么办？"盛诗檬又突然想起这个，不由得担心道，"我们两个合谋这件事，要一直瞒着温总吗？"

盛柠说："我打算等这段时间忙完，找我妈借点钱，然后把房子从他手里买下来。"

盛诗檬一怔，问道："你不直接跟温总坦白吗？"

盛柠摇头。

"你是怕他知道了，会影响你们之间的关系吗？"

盛诗檬这话问得小心翼翼的，盛柠却再次摇头，淡淡地说："我是怕你和温征之间再没有余地。"

盛诗檬神色呆滞，好半天才喃喃问道："什么余地？"

"温衍说温征是真的喜欢你。"盛柠说，"不管他一开始是以什么目的跟你谈恋爱，总之你把他给套牢了。"

对于温征栽在自己手里，盛诗檬原本是应该感到自豪的，但她却没有。

不得不说这段恋爱的后劲有点大。

一开始吊儿郎当，谁也没把这段关系当真，像是收集战利品般，把对方当成是猎物捕获，只是盛诗檬清楚地认识到温征不可能会是听话的猎物，于是也没有交出自己全部的真心用来做诱饵，而温征却以为她是单纯无害的猎物，于是放下了戒备，也交出了所有的真心。

"你不用在意我跟温征怎么样。"盛诗檬洒脱地摆了摆手，"最近我已经在朋友圈宣布恢复单身了，正好有个研一的师哥想约我，你吃完饭以后还去图书馆看书吗？去的话我就不和你约了，我和师哥出去玩。"

盛柠下意识问："师哥？"

"嗯，那个师哥最近刚跟他异地恋的女朋友分手。"盛诗檬漫不经心地说。

吃过饭后，盛柠继续回图书馆奋战，而盛诗檬今天得闲，准备去应师哥的约。

盛诗檬长得漂亮，性格也好，平时身边就不缺追求者，单身的时候还会同时跟好几个男生接触，但是她一旦有了男朋友，就会主动疏远其他男生。所以从去年她交了个校外的男朋友开始，就没再跟其他男生有过任何密切的交往。平时除了上课或是集体活动，其他男生也很难见到盛诗檬。

盛诗檬换男朋友的速度很快，这个校外的男朋友她交往了相当长的时间，就在别人都以为盛诗檬这是碰上真爱收心的时候，她发朋友圈宣布自己已经和校外的男朋友分手了。

这个师哥就是盛诗檬分手后第一个决定接触的对象。

不为别的，刚失恋的人大概率是没心情这么快就开始下一段感情的，她都快毕业了，师哥还约她，很明显不是真心想要开始一段新的恋情。约她的目的估计也是找个人打发时间，顺便疗伤，纾解心情，盛诗檬没有负担，也当是打发时间。

师哥说要去游乐园，原本是想搭地铁去的，盛诗檬想了想，还是觉得直接开车去方便。反正她有一辆MINI，是前男友送她的，这件事整个系的人都知道，师哥当然也知道。

于是到了约定时间，她载着师哥刚开到校门口，就瞧见马路边停了辆骚包的跑车。

盛诗檬认出那是温征的车。

她想忽视这辆车，结果这辆车的主人视力跟她一样好，而且车技也比她好，就这么大刺刺地朝她开过来，盛诗檬还没开上马路，就被他挡在了校门口。

师哥神色迷茫："开得起跑车的人也玩碰瓷啊？"

盛诗檬叹气，这会儿工夫，从跑车上下来个男人。

男人高挑清瘦，身上价格不菲的穿着和这辆跑车是相得益彰的，脸长得很帅，是标准的小白脸美男子长相，姿态却很吊儿郎当，走过来，敲了敲盛诗檬的车窗。

"不好意思，等我一下。"盛诗檬只好冲师哥抱歉一笑，然后下车。

她一下车，温征把墨镜一取，露出他狐狸般狭长的眼睛，里面是浓浓的不爽。

他懒洋洋地用墨镜指了指车里："你开着我送你的车载其他男人？"

"……"她又不知道他会在校门口堵她。

"正好。"盛诗檬索性说，"这车还你，你叫人把车开走，我跟我师哥搭地铁。"

"我不要。"温征蹙眉，"送出去的东西哪儿有收回来的道理。"

盛诗檬叹气："那麻烦你把车挪开点，别挡我路。"

温征无动于衷，自顾自问："你跟他要去哪儿？"

"跟你有关系吗？"盛诗檬说，"我还没问你，你来我学校干什么？"

温征抿唇，拖腔带调地说："除了找你还能干什么。"

"那你找我有什么事吗？"

盛诗檬问得直白，温征张唇半天，这才卷着舌头含糊说："……檬檬，咱俩分手的事，要不你再考虑考虑。"

"……"

"我承认我以前是浑，一开始跟你谈恋爱的目的也不单纯。你是第一次谈恋爱，对谈恋爱这事想得单纯美好，却碰上我这样的男人，不但给不了你任何承诺，还带你回家。那天你被我爸那么说，所以你想分手我能理解。"温征长长叹了口气，心想人都来了还要什么面子，索性敞开了说，"但你得信我，我现在是真喜欢你，想跟你在一块儿。"

盛诗檬目瞪口呆，一连后退好几步。

"你躲什么？"温征不满道。

盛诗檬有点心乱，摇着头说："你别这样，都分手了还玩这套。"

"我没跟你玩。"温征说，"我认真的。"

盛诗檬不想再跟他说，学校门口停了辆跑车，又拦下了辆 MINI，实在太引人注目了。

"再说吧。"她伸手挡住脸，急忙就要走，"你先回去。"

温征也有些没脸，觉得他哥这建议给得实在是丢大老爷们儿的脸，不过既然来了就不能空手而归，于是顾不上别人围观，愣是有些执拗地说："那你得先把我微信从黑名单拖出来，不然我找你还是只能当面找。"

盛诗檬点头："好，你赶紧哪儿来的回哪儿去。"

温征见她松了口，这才让步。

挪车前他看向车子里的人，闲闲打量人家一眼，不屑地扯唇笑了声。

温征的车子一让道，盛诗檬几乎是立刻踩油门开走了。

终于把校门和温征的车甩在了身后，她这才松了口气。

印象里温征不是这样的人，也绝对干不出这种事来，勾勾手指头都招女人的男人，怎么突然变得这么幼稚了？

她正思考着温征的不对劲，副驾驶座上的师哥开口了。"那是你前男友吗？"

听说盛诗檬之前校外的男朋友是个富二代，应该就是刚刚那个。

"啊？嗯。"盛诗檬语气抱歉，"别介意啊。"

"不会。"师哥又问，"他是来让你还车的吗？"

"不是。"

"你这车不便宜，我建议你还是把车还给你前男友吧，毕竟这说到底也不是你的东西。"师哥欲言又止，从盛诗檬前男友的角度出发，试探着说道，"男人毕竟是男人，为了面子肯定不好要回来，但女孩子还是要有点自觉，都分手了，还开着前男友的车，也难保别人不会乱想，你说对吧师妹？"

温征送给她的东西，她想还他都不要，倒是有其他男同胞替他操心。

"嗯。"盛诗檬装出一副恍然大悟的样子，点头道，"多谢师哥的建议，我会还的。"

师哥被盛诗檬这副乖巧听话的小白兔样子搅得心里痒痒，感叹道："还是师妹懂事，比我前女友懂事多了。"

盛诗檬听师哥这么说，心里大概也猜到这位师哥是个什么样的男人，默默地笑而不语。

没有对比就没有伤害。和温征的这段恋爱后劲大，不得不说也有一部分原因是在其他质量更拉胯的男人身上。

第 9 章

男士戒指

上半年的翻译专业资格考试安排在劳动节之后，第一天考口译，第二天考笔译，盛柠从笔译的考试现场出来的时候，整个人差不多脱了半层皮。

走出考场，她第一时间拿出手机开机。

滞留的消息随着手机开机一股脑涌来，让手机振动了好久。

她低头一一去看那些消息，其中就有温衍的。

上一条还是他问她几点钟考完，她告诉他时间后，他说等到那个点去她学校接她，让她直接来校门口，结果这一条是在她考试的时候发过来的，说临时有个会要开，所以要晚点过来。

盛柠："你开完会了吗？"

没有回答，应该还在开会。

盛柠耸耸肩，反正他人还没来，自己索性先回宿舍。刚一回宿舍就碰上了从考场回来的季雨涵。

因为在考试前她就先跟季雨涵说等考完后要和温衍出去吃饭，所以季雨涵一考完就先回了宿舍，没有等盛柠一起走。

季雨涵看到她愣了，呆呆地问："你怎么回来了？不吃饭了？"

"他开会。"盛柠说，"也许今天不吃了吧，我就回来了。"

季雨涵问："温先生跟你说今天的约会取消了啊？"

"没有，我猜大概率取消吧。"盛柠将包放下，又问她，"今天晚上去吃麻辣烫吗？"

"我说盛小姐，你男朋友又没说要取消，你怎么就知道他没有为了和你约会现在正在公司赶着把会开完然后过来。"季雨涵叉着腰说，"要是你跟我去吃麻辣烫，结果他一个电话打过来，你怎么处理？"

盛柠眨了眨眼，说："就是吃个饭而已，哪天不能吃，没必要赶吧。"

季雨涵一脸数落地看着她，有理有据地说："你这些日子跟我泡图书馆准备考试，天天跟我吃的食堂，跟他吃过几回饭？之前几回温先生都来学校找你了，你为了省时间就只带着他在学校里头转，我估计他都数清楚咱们学校种了多少棵树了。"

盛柠无法反驳。

可她之前确实忙着准备考试，能抽出时间带温衍逛学校已经是她的极限了。

总不能为了谈恋爱连试都不考了吧？

她反思了一下，知错就改道："行，那我等他开完会过来找我。"

"你都考完了，他忙着开会，你就去他公司找他啊。"季雨涵恨铁不成钢地说，"顺便给他个惊喜，他看到你突然出现肯定很高兴。"

盛柠不禁问："你怎么这么懂？"

季雨涵得意地冲她挑眉："我告诉你，恋爱大师一般分两种，一种是你妹那种身经百战的，另一种就是我这种纯纸上将军，懂吗？"

"……"

"我好不容易今天解放，不用再被你抽背单词，你赶紧去约会。"季雨涵见盛柠还是一副呆呆的样子，直接伸手赶人，"去给温先生抽背单词去。"

被室友嫌弃了，盛柠抿唇道："那我去温衍公司找他。"

"换条漂亮的小裙子，再顺便化个妆啊。"季雨涵说，"反正要给惊喜，就给全套嘛。"

盛柠是个行动力很强的人，季雨涵提点一番，她就立刻开始执行。"行。"

然后她打开衣柜，开始挑衣服。

最近天气渐渐热了起来，身上的衣服也越来越薄，外头已经有不怕冷的姑娘直接穿吊带出门了。

冬天的时候嫌天气冷穿得多，现在好不容易天热了，却又开始纠结会不会穿得太少了。

季雨涵见她在专心挑衣服，从自己的抽屉里掏出个东西，然后偷偷摸摸地走到盛柠身边，塞给她。

"带上，这是上回我陪学妹去艾滋病讲座的时候发的，给我这个单身狗发有什么用，我又没机会用。"季雨涵眨眨眼，意有所指地说，"我看你挺需要的，万一你跟温先生今天情投意合情到深处情不自禁了呢。"

盛柠面色呆滞，等她反应过来后，立刻严词拒绝："不用。"

季雨涵被她正气凛然的语气吓得缩回了手。

居然这么自信，等到时候花前月下，饮下爱情这杯酒，看她还能不能保持这份自信。

以防万一，季雨涵还是趁着盛柠换衣服的时候，偷偷地将那包小东西扔到了她的包里。

盛柠换好衣服，走到季雨涵面前。"穿这件可以？"

季雨涵从手机前抬起头，眼睛瞬时一亮："哇。"

盛柠肩膀一缩："晚上会冷吧。"

"就是要冷好吧，然后温先生会把自己的外套脱下来给你披着。"季雨涵微眯了眯眼，已经陷入了想象，"你想想，宽大的西装外套披在你纤细的身体上，这视觉反差，绝了。"

盛柠受教地点点头，又主动问："那我是不是最好喷点香水？这样等我把外套还给他的时候，他还能闻到我残留的香水味。"

"嗯？"季雨涵顿时睁大了眼，一脸诧异地看向盛柠，"我×，你是恋爱天才啊，这就学会举一反三了。"

盛柠谦虚道："过奖。"

这主要也是盛诗檬教得好。

香水都喷了，那妆肯定也要化好，只可惜化妆这项技能，盛柠暂时还没有跟盛诗檬修炼好，季雨涵的化妆技术比她高超些，但还是差点，两个人就着网上的妆教视频鼓捣了二十几分钟，这才终于搞定。

"好看！"季雨涵啧啧感叹，"我就说夏天才是美女的季节，你一到冬天就把自己裹得只剩一张脸露在外头，走在路上从背后看你，简直就是长了两条腿的汤圆。"

一听汤圆这个称呼，盛柠愣了下。"我真的很像汤圆？"

"穿得多就像。"季雨涵说。

"那你觉得那样好看吗？"

季雨涵实话实说："反正没你穿得少的时候好看。"

盛柠若有所思地点点头，决定就穿身上这条裙子了。

等她差不多都弄好，恰好收到温衍给她回的消息。

"还要一会儿，你在学校等我。"

盛柠回了个"好"，然后本着送惊喜的心态，出发去找温衍。

从学校到兴逸集团没有直达地铁，中途还需要换乘，以前盛柠觉得麻烦，所以实习的时候都是住的公寓。

今天往那儿去心里倒是没觉得麻烦，一路戴着耳机听歌，哪怕换乘之后没位置坐只能站着，也丝毫不影响心情，甚至有那么一点点期待，还有那么一点点激动。

也不知道耳机里在放什么歌，总之甜丝丝的。

回完消息，温衍放下手机，摁了摁眉心。

"在回女朋友发的消息吗？"

温衍抬头，淡淡瞥向眼前的女人，点头承认："嗯。"

他的神色依旧疏离淡漠，身子微微往后仰，背靠着办公椅不再说话，办公室内重新陷入寂静。

其实集团季度中期的临时会议已经在几十分钟前开完了，温衍刚收拾完东西准备离开会议室，陈助理突然告知他有新访客来。

温衍皱眉，问有没有预约，陈助理说没有。

"没有就让他先跟总裁办预约，等下周再说。"

陈助理尴尬地拦下他，欲言又止。

温衍看出来助理的不对劲，蹙眉问："谁来了？"

陈助理无奈地说："您刚开会的时候来了通私人电话，我帮您接了，是杭城那边打来的，说是贺老爷子的好友拜访，要您接待一下。"

温衍神色一凛，立刻给贺老爷子回了电话。

贺老爷子仿佛知道温衍会打来电话，一接起就直接说明："人家姑娘好几天前就到燕城了，你工作忙一直没空见。这些天听你爸说你也没回家，晚上都是去自己的地方过的夜，回的哪个地方也不跟你爸说，你爸也不知道。幸好人家不介意，直接去公司找你，否则等她走了你都没见着人。"

果然。

温衍"啧"了一声，语气不悦："您怎么不提前跟我说。"

"我提前跟你说，然后你又躲哪儿去是吧。"贺老爷子先是笑了声，然后语气严肃道，"她爷爷可是当年跟我一起出生入死，打完仗后又跟我一起在大会堂领受勋章的战友，人家这么有诚意，你可得有点礼貌，知道吗？"

挂掉电话，温衍直接问陈助理："人在哪儿？"

"您办公室。"陈助理说，"老爷子说不能让贵客待在会客室。"

温衍扯了扯唇，这是怕他压根不去会客室把人冷落在那儿，所以直接让人去了他办公室等着。

从贺老爷子那儿知道他这个战友的孙女叫胡璇，于是温衍一进办公室，还没看清人长什么样，就先叫了句胡小姐。

很快得到了对方一句轻柔悦耳的回答："温先生，你好。"

温衍一向不喜和人浪费时间，更何况是宝贵的私人时间，他相信这位胡小姐应该也很清楚老爷子叫她来公司找他是什么意思。

于是在短暂的交谈过后，温衍直接表示："我有女朋友了。"

胡璇却一点也不意外，她就没指望过这个男人是单身。

她反而淡淡一笑："我也有男朋友，而且我跟我男朋友从十几岁的时候就开始谈了。"

温衍略显错愕地挑起眉，没有说话。

"温先生谈的这个女朋友时间应该没有我久吧，因为你外公过年跟我爷爷聊天的时候，语气很确定地说你是单身。"胡璇依旧面带笑意，只是语气比刚刚多了几分讽刺，"你觉得比起我，你能坚持多久？"

"我到了。"

这句话刚编辑好打算发出去，盛柠想了想又删掉了。反正是惊喜，干脆就一惊到底，直接上楼去办公室找他算了。

想法很完美，结果在进门的时候被保安拦下。

盛柠猛地想起自己之前能自由出入，是因为挂着集团的工作牌，进出都能刷卡。现在她早结束实习了，工作牌也被收回了，当然进不去。

她抿了抿唇，只能给陈助理发了个消息，问他能不能下来接自己。

陈助理："你来公司了？"

盛柠："嗯。"

陈助理："……温总还在接待客人。"

盛柠内心一虚，心想是自己不请自来，要是真耽误他们工作那就不好了。

于是她赶紧说："没事，那我在楼下等吧。"

陈助理："我先接你上来吧。"

他效率很高，发完这条消息后不过十分钟就下来接盛柠了。

其实一开始知道盛柠和温总谈恋爱的时候，他也是缓了好几天才接受这个事实，可是后来仔细复盘，也发现了其中的一些蛛丝马迹。

尤其从去年圣诞节那会儿开始，那机会甚至还是他亲手创造的。

当然陈助理也不敢自诩媒人，毕竟真要算媒人，他还不是那个最大的，最大的应该是吴经理。

毕竟没有那套房，也就没有这之后的所有。

吴经理想升到总部想了很久，终于在半个月前接到了总部的通知，说是等观察考核期通过，就能升到总部来工作。

其次大约就是他那个傻子学妹高蕊，她去找温总算账的第二天，陈助理就收到了温总的通知，让他帮忙订一束玫瑰花送到盛柠的学校去。

时间凑得实在太近，要说这其中没有学妹的功劳，谁信。

陈助理甚至还在微信上旁敲侧击了一下，想问问她知不知道这其中的真相，而学妹只是在微信上给他发了一串看起来非常高深莫测的话。

"我就知道迟早会有这么一天的。"

"明明是三个人的电影，我却始终不能有姓名。"

"替我祝福他们。"

"来自一个炮灰女配的祝福。"

温总那边他不敢打听，好不容易另一个当事人如今就在自己面前，他肯定要八卦一下。

在看到盛柠的时候，陈助理小小地愣了一下。

这谈了恋爱就是不一样，以前来公司上班的时候都是素面朝天，一张清丽斯文的脸无须任何雕饰，最多擦个有色唇膏，简简单单的马尾辫看着干净清爽，现在不在这儿上班了，打扮反倒精致了起来。

在电梯里的时候，盛柠的语气还有点犹豫："他在接待客人，我就这样上去，不太好吧。"

陈助理并不在意。"没事，是私客，你坐我位置上等就行。对了，你介意我问个事吗？你和温总，是怎么——"大老爷们儿八卦总有些拉不下来脸，但他真的太好奇了，还是硬着头皮问，"突然就在一块儿了？"

盛柠"啊"了声，好像每个人都很好奇这个，盛诗檬、季雨涵，甚至是陈助理。

但无论回答多少次，盛柠都觉得很不自在，她不是很习惯跟人说这个，比较敷衍地说："看对眼了。"

陈助理问："怎么看对眼的？"

"他那边我不知道，反正我这边就是——"盛柠尽量用比较平淡的语气说，"我比较肤浅，一个长得帅又有钱的男人，心里有点想法也很正常，你说对吧。"

陈助理突然笑了："那要是这样的话，你不是应该对温总一见钟情吗？"

就凭那差到极点的第一印象，那居高临下的语气和生人勿近的气质，怎么一见钟情？

陈助理见盛柠只是干笑，猜到她是不好回答，一般姑娘对这种问题还是比较矜持，于是没继续问她。

电梯到了，盛柠跟在陈助理后面走出来。

他们出来的时候，正好碰上一个女人要进来。

女人五官清秀，气质看上去很柔和，衣着不菲，就连头发丝都精致到分毫。

陈助理语气惊讶道："胡小姐？您要回去了？"

这位胡小姐对陈助理笑了笑："是的，我跟温先生已经聊完了。"

她看了眼陈助理旁边的年轻姑娘，顺便也亲切地冲她笑了笑。

盛柠也回了她一个笑容。

等胡小姐走了，陈助理才给盛柠介绍："这就是我说的温总的私客，说是温总外公的朋友。"

"这么年轻？"

"温总的外公早些年没退的时候职位调动比较大，从一个省到另一个省任职的也有，所以人脉比较广。"陈助理耸肩，"再年轻都不稀奇。"

盛柠以前从季雨涵那儿听说过有关温衍外公的事，不过季雨涵当时说得很模糊，她也没注意听，如今听陈助理说起来才后知后觉，总觉得比起温总的父亲温董事来说，他这位外公的经历听起来更加传奇。

"客人走了，你直接进去办公室吧。"陈助理说，"最近总裁办下班比较准时，老张他们几个都已经下班走了，没人打扰你们。"

盛柠觉得陈助理这话哪儿哪儿听着都有些不对劲，但又深究不出原因来。

她推开门走进去，温衍正面对着落地窗打电话。

男人站姿笔挺，被一身挺括西装衬托，显得宽肩腰细，那双腿也是笔直有力。

他不知道是在和谁打电话，声音压得很低，还夹杂着淡淡不悦。

盛柠刚听了没两句，正想着要不要出去等他打完电话再进来，温衍突然没什么情绪地笑了声："我不觉得您的手能长到越过我伸到她身上去。"

"……"

"我不是温征，只要您清楚这点就够了。"

紧接着温衍就挂掉了电话，至于他在跟谁打电话，说的什么内容，盛柠是一句都没听懂。

他打完电话也没急着转身，而是继续站在窗边，一言不发地盯着窗外灯火通明的夜景。片刻后，男人低头，手指重重摁上眉心，沉沉叹了口气。

盛柠这会儿走也不是留也不是，走的话显得自己太冷血，留的话又像个女鬼。

终于这时候，温衍又拿起了手机。

突兀的手机铃声在办公室里响起，两个人都吓了一跳。

温衍回过头，就看到了站在办公室里的盛柠。他狠狠怔住，恍惚过后，眸间晃过明灭不已的光。

忙了一整天，好不容易想着能在下班后带她去吃个饭为她庆祝考试结束，也顺便给自己放松放松，却又在下班后被迫应付所谓的胡小姐。

他跟胡小姐说得很清楚，果然人刚走，姥爷的电话就打了进来。

姥爷放了狠话，温衍也同样放了狠话。

这场对话并不愉快，他身心俱疲，原本是打电话想跟盛柠道歉，时间已经这么晚，不知道她还愿不愿意出来吃饭。

如果她不愿意，那就等明天白天，他再去学校接她，顺便买束花向她赔罪。

他以为会因为他的迟到而生气的姑娘却如此精心打扮，就站在他的办公室里，站在他的面前。

很奇怪，这个人只是站在自己面前，什么也没说，什么也没做，他却觉得心脏都快要被揉碎了。

她怎么能每次就出现得那么刚刚好。

盛柠本来想装作淡定地跟他打声招呼，可是被他这样牢牢盯着，脸上的温度越来越高，明明是给他惊喜，心跳加快的却是她。

他不说话，她也一句话都说不出口。

终于温衍有了反应，大步朝盛柠走过来，盛柠呆呆站着，就那么看着他朝自己靠近，最后整个人被一把揽过，她被他抱在了怀里。

温衍抱着她，揉了揉她的后脑勺，嗓音低哑道："不是让你在学校等我吗，怎么过来了？"

盛柠小声说："呃，surprise（惊喜）。"

他笑了声，和刚刚毫无情绪的笑声不同，低低柔柔的，夹杂着愉悦。"我们汤圆开窍了，之前好几次去学校找你，就敷衍着带我逛两圈学校，现在竟然都知道主动来找我了。"

我们汤圆。

汤圆。

盛柠还是头一次觉得这个外号这么动听，她决定等天气一冷，就使劲多穿，将这个人设贯彻到底。

"说了现在不是汤圆了。"盛柠悄悄勾唇，在他怀里喃喃说，"都已经夏天了。"

温衍轻轻"嗯"了声："夏天更好，露馅了。"

盛柠总觉得他的话别有深意，可她这会儿脑子晕乎乎的，抓不住具体意思。

不过温衍也没等她领悟到具体意思，就捧着她的脸吻了下来。

刚触上，温衍就闻到了一股淡淡的水果香。

他稍稍拉开距离，和她鼻尖蹭着鼻尖，目光向下，盯着她嫣红的唇，问出了一个大部分男人都很好奇的问题："口红能吃吗？"

不能的话就擦了再吻，吻完再让她重新涂一下。

盛柠也给出了一个比较让男人放心的回答："能吧，有毒的话谁敢往嘴上涂。"

这下男人放心了，张口咬上，柔软的触感伴随着水果香，还有温热的呼吸，以及盛柠乖巧的反应。

这是在办公室，估计以后再坐在这里办公，都会不自觉想到自己曾情不自禁在这里做过什么。

这个想象很让人兴奋，温衍发出吞咽的一声，加重了对她唇齿间的侵略。

以前谁能想到，打嘴仗还能这样打。

谁又能想到，不吵架的时候，温衍的这张嘴依旧可以这么霸道，而盛柠的这张嘴竟然能这么乖。

情感需求终于被喂饱了，因为两个人都没吃晚饭，温衍决定带盛柠去解决胃的需求。

分开的时候盛柠不自觉咬了咬唇，口红绝对没了，再不沾杯的口红也经不住这么折腾。

"你口红没了。"温衍目光幽深，指腹擦过她的唇角。

盛柠"哦"了声，低头在包里掏："我带了口红的，我补一下。"

包里琐碎的东西太多，就在盛柠找口红的时候，盖在最外层的一个小东西就这么明晃晃掉了出来。

"……"

盛柠呆了。

她明明记得她没拿！！这东西是从哪儿变出来的！！

温衍盯着地上的那个玩意儿足足半分钟，也很震惊盛柠居然会随身带这东西。

看着她一脸呆滞且恨不得原地去世的愤恨表情，心中大概也了然这东西的出现对她来说也很意外。

但他显然不太愿意放过如此好的捉弄机会，于是眉峰微挑，掐了下她的脸淡淡问道："汤圆，你是想请我吃汤圆吗？"

都是成年人了，这段日子相处下来，他们唯一一次比较越线的还是某天盛柠带温衍去逛学校。

每所高校似乎都有一片适合情侣约会的小树林，盛柠的学校也不例外。

这一路走过来不知道碰上多少对小情侣，闲聊时温衍说他当年上大学的时候，因为念的是军校，所以完全是军事化的管理，别说这样随意地在学校里散步，连早晚的外出都有限制。

盛柠好奇那怎么谈恋爱。

温衍说规定上是不可以谈的。

所以在撞见树下有对影子模糊的人在接吻的时候，他比盛柠更愣。

不过后来他也把盛柠摁在树干上吻了。

当时路灯昏黄，树影斑驳，寂静的校园树林内，盛柠对温衍的诱惑力实在太大，他的手稍微越了线，盛柠锁骨往下的地方被覆上一层陌生的触感，很麻很痒，让她不自觉瑟缩了下。

温衍深深吐气，而后克制地收回了手。

他当时闭眼缓了好一会儿，才忍耐地对她说："这对你来说不是个好地方，带我去别的地方逛吧。"

那天晚上盛柠在床上一直辗转反侧到大半夜。

所以今天季雨涵给她塞计生用品的时候，她想也不想就拒绝了。原因就是她对自己以及对温衍都很有信心，再怎么情到浓处，该打住还是能及时打住。

盛柠后退一大步，东西就这么明晃晃地掉在地上，她却捡都不敢捡，脑子乱成一团糨糊，试图组织语言对温衍解释这东西不是她带来的，她也没有那个意思。

谁知温衍微偏着头看她，最后得逞般浅浅笑了。"行了，不逗你了。"

他替她捡起了地上的东西，随手收进了自己的西装内侧口袋，又往呆若木鸡的姑娘额头上轻轻一敲："以后再用，先去吃饭。"

盛柠："……"

她松了口气，可是又不可抑制在被他捉弄，又被他轻易揭过后那种生气又心动的感觉。

温衍对吃的不太挑剔，平时忙起来也会去公司食堂，但因为今晚是久违地和盛柠一块儿吃饭，于是就想着带她去吃点好的。

车子开在路上，还没到地方，路过了一家大型商场，盛柠往车窗外看了眼，突然问他想不要吃火锅。

"你想吃火锅？"他问。

"嗯。"盛柠问，"你能吃吗？"

"火锅有什么不能吃的。"

温衍边回答边打转向灯，将车子改道往商场开去。

车开进停车场，他给原本订好的餐厅打了个电话，说要取消预约。

盛柠觉得中途改主意不太好，所以在温衍打电话的时候就一直盯着他，生怕他露出一点不耐烦的情绪，结果一直到他挂了电话，脸上都没有什么多余的表情。

盛柠自以为的任性行为并没有引起他的反感，就连温衍自己都没注意到，他很自然地为她改了安排，也很自然地纵容了她。

盛柠勾唇，默默收回了视线。

停好车后下车，她先从副驾驶上下来，绕到主驾驶那边主动给他开了车门。

温衍微讶，不过还是下了车。

等他用遥控锁好车门，刚将遥控收到兜里，胳膊上悄悄缠上来一只手臂。

他侧头，低眸看她，终于察觉到她的不对劲。"干什么？"

盛柠眨眨眼，语气不太自然地问："挽着不行吗？"

温衍看着那只纤细的胳膊挽着自己，她的肩膀也自然而然地靠着自己，很轻地牵了牵唇角。"行。"

管她为什么要突然献殷勤，总之他受着了，至于她到底想做什么，都依她好了。

盛柠今天打扮得很漂亮，走在温衍身边挽着他也完全不违和，两个人坐电梯上楼的时候，看着镜面反射出来的画面，就连她自己都觉得赏心悦目。

到了火锅店，不论是汤底还是菜都由盛柠全权决定，她甚至还点了啤酒。

在今天之前，她已经连续吃了半个学期食堂的饭，好不容易解放，肯定要怎么舒服怎么来。

啤酒先上来，盛柠不但自己喝，还递了一罐给温衍。

"你喝吧。"温衍说，"到时候我送你回去。"

盛柠瞪眼，开了罐啤酒放在他面前，语气不爽："我都喝了你不喝？"

温衍淡淡问："我喝酒了谁开车？"

"叫代驾啊。"盛柠理直气壮。

温衍看她几秒，最后举起酒罐碰了碰她的，说："好，我陪你喝。"

盛柠又突然拦下他："等一下，敬酒词呢？你一个做生意的连敬酒词都不说的吗?"

要求还挺多。

温衍顺从地说:"那就祝你考试通过。"

盛柠很满意这个敬酒词,也回敬了一句:"感谢温总厚爱,祝温总事业顺利,以后生意越做越大。"

温衍失笑地"嗯"了一声,和她碰杯。

店里气氛热烈,声音嘈杂,哪怕只是中辣程度的辣锅,对盛柠的胃也是个不小的考验,她很快就吃得额头冒汗,脸颊两旁浮上红晕。

温衍叫她把东西下在清汤锅里,可是盛柠今天就是想要挑战一下自己。

也不知道是受了哪个能吃辣的同学影响,盛柠倔强地认为没有辣锅的火锅不是完整的火锅,即使她和温衍都不爱吃辣,但依旧在点单的时候选了鸳鸯锅。

滚烫的火锅刚好配上凉啤酒,盛柠觉得辣了就喝一口啤酒,那股往舌尖上钻的辣劲很快又被暂时压了下去。

温衍咬着啤酒罐口,神色复杂而无奈地看着盛柠一口又一口地将啤酒喝下肚。

他平时应酬都是喝洋酒或是白酒,所以一般啤酒的度数对他来说其实算不上什么,她今天想喝就让她喝,之前为了考试辛苦了那么久,好不容易考完了,总要让她放松一下。

反正他还清醒着,有他送她回去也出不了事。

等这顿火锅吃得差不多了,菜几乎是温衍负责吃光的,酒几乎是盛柠喝掉的。

盛柠现在处在半醉不醉的状态,有意识,整个人感觉轻飘飘的。

"我去结账。"温衍说,"在这儿等我,不许乱跑。"

"我请!"盛柠举起手机晃了晃,豪迈道,"这顿我来请,别跟我抢。"

说完她就站了起来,往结账台那边走。

温衍生怕这醉鬼摔着,赶紧上前扶住了她,盛柠却以为他是要跟自己抢着结账,一把甩开他。

"有钱了不起吗?我们是在谈恋爱,不是你包养我,懂不懂?"她语气严肃地说,"难道我一顿火锅还请不起吗?这顿我请,你一边待着去。"

她一个学生,现在还没正式出社会赚钱,又是个姑娘,两个人出来消费当然得是他付钱,不知道为什么就扯到了包养这两个字上面。

为了照顾醉鬼的自尊心,温衍点头:"行,你请。"

盛柠满意了，转头去结账。

结账的时候她还有些得意地跟负责结账的服务员炫耀地说："这顿是我请我男朋友吃。"

温衍就站在她旁边，想反驳但又不知道该怎么反驳。

服务员小心打量他一眼，不自觉露出了"穿得这么好，长得这么帅，结果吃饭还是要女朋友付钱，天哪，这个社会的男人究竟能不能好了"的复杂眼神。

还好火锅店哪儿都有，盛柠要想吃还可以去别家，温衍懒得解释，等盛柠结完账后直接牵着她离开。

两个人乘着电梯下去，他们这一层坐电梯的人多，盛柠站在最角落，温衍站在她前面，手臂微微抬起环住她，将她护在了安全的三角区域。

到一楼的时候呼呼啦啦下去了一大片人，盛柠也以为到了，就推着温衍跟着走出了电梯。

"喝迷糊了是不是，车子停在地下一层。"

被推出来的温衍拍拍她的脑袋，只好重新摁电梯，可这会儿电梯已经下去了，他们还得等。

等电梯的间隙，盛柠的目光停在旁边贴着的巨幅广告海报上，是珠宝广告，代言人恰好是他们两个都认识的人。

温荔。

温衍看着这幅海报，下意识蹙起了眉，而盛柠则是目不转睛地盯着，脸上看不出什么神情。

一直等到电梯来了，温衍叫她进去，她也没有反应，仿佛要把这幅海报给看穿。

"这丫头有什么好看的。"温衍说，"你要想看，改天我叫她过来，你当着面想看多久都成。"

盛柠幽幽看他一眼，撇嘴说："我没看她。"

"那你在看什么？"

"……我在看她身上戴的那些珠宝。"

温衍愣了愣，有些哭笑不得："喜欢珠宝？"

"贵的东西谁不喜欢。"她嘟囔道。

他摇摇头，叹气说："财迷。"然后下一秒却牵起她的手说："走吧，去给你买。"

不得不说广告确实有用，至少温衍就已经因为这幅海报，带着盛柠顺势就去了一楼的这家珠宝专柜。

专柜小姐一般都很会看人下菜碟，温衍带着盛柠进来，她微眯了眯眼一看，很快就将人从头打量到脚，然后露出了最富热情的标准笑容，并配上最真诚的礼貌招待。

店里的灯光很足，将这些橱柜里的珠宝衬托得闪闪发光。

温衍没有怎么理会专柜小姐的热情目光，只叫盛柠自己挑。

盛柠被这些珠宝首饰弄得眼花缭乱，咽了咽口水，轻声问道："有男士戒指吗？"

专柜小姐快速地将店里卖得最好的几款男士戒指拿了出来。

盛柠从中挑了一枚，然后对温衍说："手。"

温衍莫名地伸出手，然后她就把戒指套在了他的中指上。

"喜欢吗？"盛柠问他，"喜欢我给你买。"

这话一出，专柜小姐愣了，温衍也愣了。

专柜小姐以为是这位先生给这位小姐买，却没想到竟然是小姐买给先生。

不过她从业多年，很快就反应过来，立刻看向温衍，语气艳羡道："先生，您女朋友对您真好。"

温衍低眸看着她，语气不确定地问："……你给我买？"

盛柠坚定点头："嗯。"

男人一时间被她搞得说不出任何话来。

盛柠很少买珠宝，身上最贵的一件珠宝还是本命年的时候犹豫了好久才狠下心来给自己买的一个素圈的金手镯。

从来没这么爽快过，一枚镶着几颗碎钻的铂金戒指，因为设计和品牌溢价，比原料价贵了足足好几倍，她就这样毫不犹豫地刷了卡。

温衍还没有反应过来，盛柠就将这枚戒指送给了他。

两个人在专柜小姐的恭送下离开，温衍想问她什么，这会儿正好来了电话，他接起来，是代驾打来道歉的，说路上出了点状况，要晚几分钟再过来，请他别取消订单。

温衍没空在意代驾早来或是晚来，他现在的注意力都在自己左手中指的那枚戒指上。

挂掉电话，温衍告诉盛柠代驾要晚点来。

盛柠点头："哦，那我出去吹吹风。"

他们走出商场，虽然天气最近已经热了，但晚上还是在刮凉风，盛柠被风吹得稍微清醒了，不过脑子依旧是晕乎乎的。

温衍脱下外套披在了她身上。

"风冷。"他说，"披好。"

商场的正门门口是喷泉水池，旁边还有很多供小朋友游玩的游乐设施，盛柠绕着喷泉边沿慢慢踱步，温衍陪着她转了两圈，停下脚步，牵着她的手往自己身边一拉，将她拉回到自己面前。

他想了很久，还是问了："怎么突然要给我买戒指？"

盛柠语气平静："不为什么，就是想给你买东西。"

听不出一丝醉意，温衍又问："那你怎么不给自己也买一枚？"

盛柠老实说："太贵了，给你买就行了。"

男人好半天都没有说话。

"贵还买。"温衍轻嗤了声，语气里有说教也有心疼，"每个月的生活费够吗，自己的钱都未必够花，还乱给我买。"

然后他顿了顿，掏出手机说："这枚戒指不退了，你再回去挑一枚女款的，跟我的凑一对，钱我来付。"

不一会儿，盛柠听到自己包里手机的振动声。

他摸了摸她的脑袋，说："多转了点，给你当生活费用。"

盛柠蹙眉，不知怎么突然有些生气，也掏出手机，打开他的转账信息，点了退还。

"没有规定只许男人给女人买东西，不许女人给男人买东西吧？"

温衍张唇欲说什么，但盛柠似乎猜到他要说什么，语速很快地打断了他："也没有规定不许学生给工作了的人买东西吧？我给你买东西，你不高兴吗？"

温衍点头："高兴。"他一顿，语气很轻："你今天能主动来找我，我就很高兴了。"

她咬了咬唇，诚实地说："其实今天主动来找你不是我的主意，是我室友给我出的主意。"

温衍却没觉得多意外，只是说："那你回去后替我谢谢你室友。"

"你今天高兴，都是因为我室友给我出了主意，但我也想不用她给我出主意，就我自己让你高兴。"盛柠想了想，说，"如果你喜欢我找你，那下次你不用特意去学校接我了，我主动来找你。"

温衍当然喜欢，不过他还是摇了摇头，轻声说："你不是说搭地铁还要换乘不方便吗，我开车比你方便。"

"可是我今天来的时候，一想到是来找你，一点都不觉得麻烦。"盛柠说，"如果多转两趟地铁来找你就能让你这么高兴，我觉得很值得。"

很神奇，哪怕是付出也觉得高兴。

盛柠其实一开始并不想在这段感情中付出太多，她知道温衍喜欢她比较多，只要她回应一点点，他就会回应很多很多。

可是在她看到他因为自己今天主动来找他的行为这么高兴，她的第一反应并不是得意，觉得这个男人真好哄，而是想着自己以后一定要让他更开心。

温衍心尖化水，柔软得不像话。他像是在确认什么，试探着问道："你到底有没有喝醉？"

"我只是喝多了，没醉。"盛柠眼神明亮，声音也很清晰，"我知道自己在说什么。"

温衍笑了笑，彻底没辙了。

他想这姑娘大概就是上天派来叫他沦陷的。

原以为在一起就是终点，却没想到喜欢这种情绪是没有终点的。

感情会如同倾泻的洪水一发而不可收，不顾一切，也无可救药。

会慢慢地越来越喜欢她，越来越爱她。

但这一切都是值得的。

不论是之前和姥爷的争辩，还是再之前和父亲的周旋，以及将来可能会面对的困难。

"我以后会多跟我室友请教，其实我挺聪明的，学东西都很快。"她看着他的眼睛，认真地说，"我会学的。"

人来人往的商场门口，霓虹灯闪烁，这会儿恰好到了音乐喷泉的表演时间，被灯光映成不同颜色的水柱从底部的喷泉口向上喷射，随着音乐的节奏交叉变换成形状不一的造型。

温衍戴着她给他自己买的戒指，在众人都将目光放在喷泉上的时候，眸光清淡沉静，一双深邃漂亮的眼睛里全是盛柠，嗓音低沉温柔。

他说："我也会学的。"

他们在一点点地为对方学着变得温柔。

门口的音乐喷泉结束后，温衍又带着盛柠往商场里走。

"挑个喜欢的。"温衍说。

她都给他买了，他不给她买，那他也不用当男人了。

温衍在这方面很固执，如果盛柠不要，那他也不要自己手上的这枚戒指。

盛柠也只能任由他牵着自己回到了那家卖珠宝的专柜，看着琳琅满目的珠宝，隔着玻璃眼睛都差点被闪花，她觉得每个都很好看。

"挑不出来。"盛柠老实说。

温衍语气从容地问："那就都要了？"

盛柠和专柜小姐都瞪大了眼。

尤其是专柜小姐，一脸"有钱又大方的男人谁不爱"，然后再看向盛柠的时候又是"妹妹啊，肯为你承包一个珠宝柜的男人一定得好好套牢知道吗"的表情。

这么一个大单要是成了，她明天就能当店长吧。

然而盛柠却摇头："别，我手指头都不够戴。"

她又不是蜈蚣，满打满算也就十个手指头，这不是糟践钱吗？而且……

盛柠冲温衍勾了勾手指头，温衍挑眉，听话地将头凑过去。

"你有这么多钱买黄金也行啊。"盛柠的声音很小，只有他能听见，"黄金比钻石保值多了，变现也方便。"

温衍微愣，盯着她看了几秒。这财迷眼里闪着算计的光，好像生怕他亏钱。

他的眼中难掩温存，忽地一笑，点头道："行，听你的。"

听到这位先生又突然不打算都买了，专柜小姐不免失望。

虽然不能一年干一单、一单吃一年了，但业务提成不嫌少，多一单算一单，所以她还是尽心尽力地为他们推荐选款。

因为心里对这位先生的财力大概有个预估，专柜小姐一口气拿出了好几枚戒指，都是他们的主推款，无论是单钻镶嵌还是铺镶钻，主钻的重量、净度、色泽和切工都是顶尖。

专柜小姐戴着丝质手套，小心翼翼地拿起其中一枚钻戒，朝盛柠伸出手。

"小姐您看，这一款是我们 1896 系列中比较受欢迎的一款订婚钻戒，四爪托钻，很经典的设计，我们的代言人温荔拍广告的时候，手上戴的就是这一款，您要是喜欢的话我给您试戴一下？"

盛柠一听是订婚钻戒，抿唇问道："就没有普通含义的戒指吗？"

专柜小姐眨了眨眼，笑着说："戒指的意义都是人赋予给它的，如果小姐您喜欢，就把它当成普通戒指戴也可以呀。"

盛柠还远没有到当买玩具似的买钻戒，把一枚这么大的钻戒当普通戒指看待的财富自由程度，而且她觉得自己和温衍还远没到能买这种钻戒的程度。

专柜小姐用询问的眼神望向温衍。

"拿别的款式看看。"温衍说。

专柜小姐点头："好的。"

就在专柜小姐挑款式拿戒指的时候，盛柠想起去年她和温衍就是因为一枚钻戒在餐厅闹了一场求婚的乌龙。

五克拉以上的钻戒，说印象不深刻那是不可能的。

当时自己没要，温衍自然也不可能拿走，她突然有些好奇那枚钻戒最后去哪儿了，于是顺口问了温衍那枚戒指的下落。

正好温衍前些日子从温征那儿听到了这枚戒指的下落，可能是为了照顾弟弟的面子，即使盛柠可能已经从盛诗檬那儿听说，他依旧没有主动对她说起温征求婚被拒的事，只是简短地回答："在温征那儿。"

盛柠松了口气："没丢就好，你弟弟心真大。"

"怎么突然想起他的那枚戒指了？"

"那么大一枚求婚戒指，至少几十万。"她诚实地说，"我当然印象深刻。"

就搞个恶作剧而已，也舍得这么花钱，有钱人真是会玩。

后来专柜小姐给他们推荐了一款同样镶着碎钻的细圈戒指，盛柠肯定没意见，她比较肤浅，对贵价商品十分包容，认为贵的一定好看，哪怕不好看也是她的品位有问题，绝对不是商品的问题。

刷完卡后，温衍直接将戒指套在了她的中指上。

盛柠的手长得很小巧，柔若无骨，这枚戒指很衬她的手。

他心头微动，轻轻牵起唇角，突然倾身覆在她耳边，和她说起了悄悄话。

"先给你买普通含义的，等你愿意做温太太的那天，"温衍的手骨节分明，漂亮有力，给她套上戒指后也没很快松开，声音清淡地说，"我再给你买特殊含义的戒指。"

这一句状似无意的承诺听着波澜不惊，却让盛柠讶然无言。

真假不知，会实现与否也不知。可是人不就是这样，以后会怎么样谁知道，至少在这一刻，心中的荡漾是真真切切的。

等买完戒指后，代驾已经在停车场等了不少时间，于是温衍直接带着盛柠坐电梯去了地下停车场。

温衍对代驾报了两个地址，一个是盛柠的学校，另外一个就是他在京碧的公馆。

盛柠眨眨眼："你不回你家啊？"

"嗯，最近不回。"他又问她，"你都考完试了也不回公寓？"

"考完试了还有答辩啊。"盛柠突然将头靠在了他的肩上，喃喃道，"不过你放心，我答应过你，一有空就会主动去找你。"

被她靠着的那一边肩膀没动，温衍伸出另一只手拍了拍她的头。"没事，你毕业要紧。"

盛柠"嗯"了声，摇摇头："谈恋爱也要紧。"

他歪了歪头，轻轻撞了下她的头，失笑道："我们汤圆今天怎么回事，好听的话冲我一套一套地说。"

盛柠闭眼说："上头了。"

以前吃别人"狗粮"的时候，就觉得他们怎么能说出那么肉麻的话来。可是一到自己身上，却发现肉麻的话好像怎么都说不够。

"喝酒上头吗？"温衍叹了口气，"明儿一觉起来不会就忘了吧。"

"不会忘的。"盛柠说，"正好喝了酒，我就能把平常不太好意思说的话说给你听了。"

他眉峰微挑，低声说："那再多说几句给我听听。"

她想了想，咳了声，为了避免母语羞耻，还特意说了英文。

"Rain fall from the sky, leaf fall from the tree.（雨从天上坠下，树叶从树上坠下。）"即使避免了母语羞耻，也不能完全避免内心羞耻，盛柠的声音越来越小，"And I fall in love with you.（而我坠入你的爱河。）"

温衍："……"

他半天没说话，盛柠心里没底，主动问："是不是很土？"

男人从喉间溢出笑来。

平时不怎么笑的人偶尔笑起来，会让人特别舍不得挪开视线，但盛柠这会儿并不想看他，故意将头埋得很低很低。

她听到他说："有点。"

盛柠心想果然，这个狗屎资本家，平时谈生意的时候她就不信他连一句好听的话都不会说，到她这儿连撒个谎都不肯。

她扯着嘴角说："哦，那以后再也不说了。"

听她不高兴了，温衍叹气道："我话还没说完。"

盛柠呛他："狗嘴里吐不出象牙。"

然后就被他敲了下头。

她正要发怒，只感觉到他低下头来，亲了亲她的鬓角。

"但我这人被你吃得太死了，你说什么我都喜欢。"清冷濡湿的呼吸打在她脸上，温衍说，"以后再多说点，成吗？"

两个人说着悄悄话，前头开车的代驾大叔听不见，不过从后视镜里看见这对男女头靠着头，心里也七七八八猜到他们在说什么。

代驾大叔也跟着眯眼笑了起来。

到第二天，盛柠已经忘记了自己昨晚有没有答应，她只记得自己回宿舍的时候，整个人都轻飘飘的。

季雨涵看到她回宿舍，语气特别遗憾。"到底是你不行，还是温先生不行，我东西都帮你们准备好了，你竟然还是回来了！"

还好回来了，不然要是第二天酒醒的时候看到温衍，她都不知道该怎么面对他。

盛柠一边懊恼自己昨晚的肉麻行为，一边回想着，又莫名其妙地傻笑了起来。

她想，这或许就是盛诗檬说的热恋期吧。

盛柠这个喝多了的人都还记得昨天发生了什么，更不用提酒量比她好得多的温衍。

她醒了之后做的第一件事就是看手机，微信里有温衍不久前发过来的消息。

"醒了吗？"

"昨天的事还记得吗？"

他好像也怕她忘记。

盛柠撇嘴，故意装傻，回了句："啊？昨天发生了什么？"

温衍给她发了个敲头的表情。

盛柠心情很好，放下手机，重新躺回了床上。

天气渐渐热了起来，宿舍里已经开始吹电扇了。

夏天到了。

第 10 章

世纪大摊牌

五月的翻译资格考试结束，紧接着就是六月的毕业答辩。

高翻学院每年招收的学生不多，尤其是盛柠的专业，一年最多也就招十几个，一个班上就那么点人。比起人数较多的本科院那边，他们人少，毕业照也方便拍，所以在本科院的学生们还在为毕业的事忙成一团时，他们的毕业照已经拍好了。

毕业服都是统一租借的，盛柠拍完毕业照后没有直接还，而是多借了一个下午。

温衍在她拍毕业照的下午特意来了趟她的学校。

天气热，不过因为盛柠要求，他还是顶着烈日骄阳，西装革履地和穿着毕业服的盛柠在校碑前拍了张照。

这张照片的电子档两个人各存了一份，又各打印了一张出来，拿相框郑重地装上，摆在家里。

外交部的公务员考试还是如往年般定在了十月下旬，不过今年的报名人数因为新上任的新闻部司长而激增，万千人浩浩荡荡过独木桥。盛柠的目标很明确，就是要考进外交部，所以没有参加学校的夏季校招，而是将所有的心思都放在了国考上。

和有清晰人生规划的盛柠不同，盛诗檬当初选择学外语一是为了来燕城找盛柠，二是因为从小爱看动漫所以才选了这个专业，至于之后的就业安排，她属实是没想那么多。所以这段时间，盛诗檬一边在忙毕业的事，一边在夏季校招的现场到处逛。

她之前跟师哥还约会过几次，最近因为实在抽不出空来，在师哥跟她告白后的第二天就以不合适的理由拒绝了师哥。后来师哥又在微信上找过她几回，盛诗檬权当没看见。

温征被她从黑名单中放了出来，她也照样没理，一心忙自己毕业的事。

毕业和男人孰轻孰重，盛诗檬就是再恋爱脑也分得清。

但是温征显然就不太能理解盛诗檬，他从小到大念书都是吊儿郎当着过来的，这一路能顺利毕业全靠自己有个有钱的爹。

在盛诗檬不知道第几次刻意忽视他的消息后，他开始怀疑是不是自己的方法用错了——这死缠烂打压根就不管用啊。

给他出这个主意的是他哥，所以他很理所应当地又找他哥开导去了。

温衍因为最近被姥爷那边逼着相亲的事正跟姥爷处在无硝烟的战争状态中，已经很久没回过温宅，今天是父亲下令，叫他必须回来，他这才在下班之后回了温宅。

他回来的时候一脸疲态，显然是刚忙完公司的事，从头到脚都散发着生人勿近的气场。

家里的阿姨不敢靠近他哥，不过温征不怕，他现在已经很清楚他哥是什么样的人了。他哥就是个刀子嘴豆腐心的人，看着像是一座融不化的大冰山，其实心比谁都软。

温征的房间跟温衍的挨得比较近，他连门都没敲，直接就闯了进去。

"哥。"

温衍最近因为合作的事在谈判桌上和德商反复周旋，两边的态度都很严谨，各自咬着利益死死不肯放，德商那边看中中国市场巨大的利润前景，而温衍这边也同样看中德商百年经营的品牌口碑，两边都很想合作，但两边都不肯让利。

每天上班都为这件事头疼，如今刚回到房间还没安静上一分钟，就又被打扰了。

他一脸被打扰了的样子看着温征："没长手敲门是不是？"

温征抿唇，退后两步，懒洋洋地敲了敲门。"敲了，行了吧？"

温衍都懒得理他，冷着张脸问："干什么？"

"找你咨询下追檬檬的事。"温征说，"她最近不理我了，你说是不是死缠烂打这招对她不管用？"

温衍一脸事不关己："关我什么事？"

"你给我出的主意，怎么不关你的事了。"温征走到他床边一屁股坐下，"总之你得负责到底。"

"我每天忙着上班应酬，你躺在家里就能从我手上拿分红。"温衍冷冷一笑，"管你这个还不够，现在你感情上的问题也要赖上我了是吧？"

温征心虚地咳了声，故作淡定地说："我是你亲弟，一个娘胎里出来的，你能不管吗？"

温衍没搭理他，正好这时候自己的手机响了，是闹钟。

他将闹钟摁掉，随意扔在一旁的桌子上，边解领带边冲温征甩手赶人："没空，我待会儿还有个线上会议要开。"

温征不信，以为这是他为了搪塞自己随便找的理由，起身走到他旁边，一把拿过他的手机。"那我看看你行程表。"

温征拿起手机后才突然想起来他压根就不知道温衍的手机密码，但是还没等他放下手机，手机一下子就被抢了回去，温征甚至都还没来得及看清屏保上的照片，只隐约看到是一张合照，一男一女，男的穿一身西装，女的则是穿一身毕业服。背景他更熟悉，燕外的校门口，他以前还在和盛诗檬谈恋爱的时候，去过那儿很多回。

他脑子顿时"嗡"的一下，檬檬就恰好是毕业生，要拍毕业照来着。

"温衍，你连你亲弟的墙脚都挖？"温征脸色发白，气得肩膀打战，几乎是咬着牙在说话，"你是什么时候跟檬檬搞在一块儿的？"

温衍："？"

有病。

"你有病就去看医生，没病就回房躺着。"温衍冷冷道。

温征立刻就给他哥掉了回去："现在是我有病还是你有病？你之前逼着我们分手，等我们真的分手以后又故意站在我这边，给我出这种馊主意，让我觍着脸去找檬檬，我一个大老爷们儿的脸在她那儿都丢尽了，你的形象可不就高大起来了。"

温衍倏地拧眉，突然就被他说恼了，冷声斥道："我让你去找盛诗檬复合，丢你什么脸了？"

温征瞪眼，难堪地抿了抿唇，怒声反问："怎么不丢脸？分了手还上去倒贴，我这辈子什么时候在女人面前这么窝囊过？"

"你要是觉得面子比盛诗檬重要，那就别跟我在这儿嚷嚷。"温衍板着脸嗤道，"谁让你不争气栽她身上了，要不就认栽，要不就闭嘴。"

"你这个挖我墙脚的还反过来教训起我来了？"温征骂道，"温衍，平时看着挺坐怀不乱清心寡欲的，爸给你介绍姑娘你不要，姥爷给你介绍的人都上咱们家来了，你就往外躲着不见，爸问我你这些日子住哪儿我都没说！搞了半天你这衣冠禽兽是只喜欢玩背德刺激的是吧？檬檬这些天不见我，是不是因为你把她拐你那儿去了？"

温衍越听越觉得荒唐，不知道他弟这脑回路怎么拐的弯，想骂人都嫌浪费口舌，他听着听着，竟然抚着眉头笑了起来。

"敢情你之前去找檬檬她姐，明面上是为了拆散我们俩，实际上是叫她姐给你和檬檬当幕僚是吧？"

温衍挑了挑眉，也不说话，就好整以暇地看着温征，看他还能讲出什么精彩故事来。

结果温征一看他那淡定的模样，一点都没有对自己这个弟弟的愧疚之心，越想越觉得是这么回事，温征也不想再多说，直接抡起拳头就朝他哥的脸挥了过去。

温征从前在学校念书的时候仗着自个儿爹有钱没少干浑蛋事，打架是肯定会打的，再说了一个男人要是连打架都不敢，那也不用当男人了。

温衍扯唇，直接侧身躲开，曲起胳膊肘往他肋骨上一敲，温征顿时痛得"嘶"了声，紧接着两三下又被温衍捉住胳膊反手给摁在了床上。

男人居高临下地看着自个儿弟弟，但温征即使打不过也还在嘴硬。

"有本事别用你在学校学的那些招数！"

这话一出，温衍桎梏他的力道又紧了点，温征疼得眉头紧蹙，终于闭嘴了。

"我要真用了你以为你还能说得出话来？"温衍没什么情绪地警告道，"老实点知道吗？有话好好说，别在我面前摆弄你那些花拳绣腿。"

被嘲讽是花拳绣腿，温征岂能容忍，阴阳怪气道："你不花拳绣腿，读了几年军校学了点拳脚功夫了不起，退了役回来不好好继续当你的温总为国家经济做贡献，连弟弟的墙脚你都挖，你最爷们儿。你要是还在役，我明天就上你们军区实名举报你去。"

温衍活生生被他给逗乐了，低沉地笑出声来。

温征一听更气了，放开嗓子喊道："爸！快来！你大儿子生活作风出大问题了！"

温衍拧眉，立刻捂上温征的嘴。

温征"嗯嗯"了两声，被他哥翻了个身仰躺在床上，紧接着温衍将手机扔到了他脸上。

"眼睛瞎了，嘴倒是没坏。"温衍冷冷地说，"瞪大眼看清楚这上头是谁。"

温征眨眨眼，拿起手机仔细一瞧。

合照上确实是他哥跟一个燕外女学生，男的他没认错，但女的不是檬檬。

刚刚他只是扫了一眼就被抢走了手机，根本没看清楚脸，不过因为自己平时见温衍见多了，看那身量就认得出是温衍，但是毕业服宽松，遮住了姑娘的身材，而且她还戴着学位帽。

燕外确实是出了名地美女多，但他哥没有那种"集邮"女学生的爱好，加上他又没看清楚脸，先入为主地以为那是盛诗檬。

照片上的人不是盛诗檬，但是那张脸也很熟悉。等他想起来这姑娘是谁后，脑子又是"嗡"的一下，而且比刚刚那一声"嗡"更震撼。

"……这不是……檬檬她姐吗？"

"嗯。"

温衍知道这件事迟早要被温征知道，他很清楚温征是个什么德行，到时候绝对少不了被温征狠狠讥讽一番。

虽然心里已经有了准备，但素来稳重的男人到底是磨不开面子，就想着能多瞒一会儿是一会儿，现在知道了也好，不用他亲自说。

"……"

温征至少在床上愣了两分钟，等回过神来后又仔细看了眼手机上的屏保照片，恨不得给手机看出洞来。

照片倒是没什么大问题，拍得挺好看，背景和光线都很完美。

凭良心说，多亏了老爷子温兴逸的基因强大，温家这几个儿女都长得好，人均"合照杀手"，在拍照方面从来没输过。

他哥一身西装笔挺，个子高身段好，相当英俊，檬檬她姐虽然穿着学位服，但那张脸没遮着，也是年轻漂亮。

很般配。

但诡异就诡异在他们很般配这点上。

温衍吃饱了撑的没事跑去燕外跟檬檬她姐拍合照，温征不想把事情想得这么离谱，但事情好像真的就这么离谱，比他哥挖他墙脚和盛诗檬搞在一块儿还离谱。

"你……你……离谱。"

温衍也觉得离谱，当初发现自己喜欢上盛柠后，他曾一度无法接受，以为自己疯了。挣扎许久，还是控制不住，心动永远在理性之前，他干脆放弃了。

到现在一头扎进去，已经没法放手。

"我跟檬檬前脚分手，你后脚就跟她姐搞在一块儿。"温征喃喃道，"哥，你真的，去看看脑子吧。"

"……"

"温征知道了"

短短的一句话，没有任何标点符号，也看不出任何语气，但不知怎么的，盛柠莫名看出了一种灰心的情绪。

盛柠这会儿原本在参加毕业聚餐，跟同学互相敬酒正热闹着，突然就收到了温衍发来的这条消息。

她也不敢耽误，立刻借口离开包厢，偷摸着找了个角落给温衍回了个电话。

"喂？"盛柠犹豫半晌，语气担忧，"你没事吧？"

"能有什么事？"

盛柠挠了挠脸，问："你弟说什么了吗？"

"没怎么说。"温衍说，"他说找个时间我们四个人一块儿吃个饭，当面聊聊。"

盛柠："……"

这有什么好聊的，不尴尬吗？

温衍沉默半晌，说："他那边我理亏，不好拒绝，你跟你妹妹说一声吧。"

"……好。"

交代完这个，两个人都暂时不知道该说什么。

温衍幽幽叹了口气，低声说："放心，有我给你挡着，冷箭放不到你身上。"

温征提出要他们四个人坐在一块儿吃顿饭好好聊聊这件事，他自己不跟盛诗檬说，还是盛柠转告的盛诗檬。

盛诗檬的反应和盛柠一样，而且她比盛柠还不能理解。"有病吧？这有什么好聊的？"

盛柠也觉得温征多半是脑子哪里出了问题，但温衍那边觉得理亏所以没法拒绝，一个巴掌拍不响，她作为另一个巴掌自然也是理亏的这一边，再加上她跟温征不熟，面都没见过几次，所以更不知道该怎么拒绝。

"反正到时候你看着说话吧。"盛柠叹气道，"记得表现得震惊一点，不然太不符合常理了。"

盛诗檬有点为难，虽说人生如戏，但她又不是真的演戏的，好不容易分了手自由了，也不用在温征面前继续塑造她的清纯人设了，如今她姐和温衍的事被温征知道，就又要见面。

"我都已经震惊过了，还要怎么震惊啊？"

盛柠也不清楚，干脆让她抄作业："你到时候参考一下温征的反应。"

作为这场闹剧中从头到尾被蒙在鼓里的不知情人，温征的反应应该挺大的，估计也有很多话要说，不然不会要他们四个一块儿吃饭。

盛诗檬最听盛柠的话，她即使心里很不情愿见温征，但还是点了点头。

就当售后服务吧。

温征把这顿饭定在了他自个儿的餐厅，还特意开了个包间，只有 VIP 才能预订的那种，装修好隐蔽性也强，很多文艺圈的大佬来这边聚会都爱用这个包间。

姐妹俩从学校过来这边比较远，所以当天是温衍去接的她们。

低调不张扬的黑色轿车停在学校门口，盛诗檬看到车的时候不禁想，有的时候车子确实能侧面反映出车主人的品位，比如温衍的这辆车，再比如温征的那些骚包跑车。

好久没见温衍，这个男人看着还是那么高冷，浑身都散发着生人勿近一般的帅。

如果不是盛柠确定地告诉她，他们两个在谈恋爱，盛诗檬甚至以为今天她俩是跟着上司去哪儿出差公干。

"温总好。"

虽然早就不在他公司实习了，可盛诗檬也想不出别的称呼叫温衍，所以还是叫的温总。

温衍神色平静，淡淡点头："嗯，上车。"

她很识时务，主动开了后车门，结果盛柠也想陪着她一块儿坐在后面，被温衍淡声阻止："盛柠，坐前边来。"

盛柠脸皮薄，私底下怎么相处都行，但盛诗檬在这儿，她不想跟温衍凑得太近，于是委婉拒绝道："我陪我妹妹坐后面。"

"你成天待在学校，要陪你妹妹哪天不能陪？"温衍说，"坐前边。"

盛诗檬推了推盛柠的胳膊，无声对她说：你就坐前面去喽。

盛柠没辙，只好坐上了副驾驶座。

车子刚开出去，她包里的手机振动起来，原本盛柠不想理，但座椅突然被轻轻拍了下。她回过头，盛诗檬晃着自己的手机，示意她看手机。

盛柠觉得莫名其妙，有什么话不能当面说，坐一辆车里还要用手机交流，不过她还是拿出手机看了眼盛诗檬来的消息。

盛诗檬："你刚刚听出他的潜台词没有！他要你陪他坐在副驾驶！"

盛诗檬："他好别扭啊啊啊啊啊！"

盛柠："……"

她真的没听出来。

盛柠："你过度理解了吧。"

盛诗檬相当自信："我过度理解算我输好吧。"

她觉得她姐对男人还是了解得太少，有很多地方还需要她提点。

盛诗檬咳了声，恭敬开口："温总，我能问您一个问题吗？"

温衍淡淡"嗯"了声。

"温征是怎么发现你跟我姐的事的？"

盛柠也很好奇，于是侧头看向温衍。

温衍没有立马回答，反倒先问她："你是怎么发现的？"

盛诗檬："我？我姐跟我说的啊。"

温衍不禁蹙眉："然后你就接受了？"

盛诗檬没忘记盛柠的教导，立刻说："肯定不是啊，我当时那叫一个震惊，震惊了好几天都没缓过神来。您看当初您反对我和温征反对得那叫一个坚决啊，您还记得您当初是怎么跟我说的吗？您说我配不上温征，还说您知道我在打什么主意，别想着麻雀飞上枝头，让我趁早死心。"盛诗檬回忆起当时，就不由得真情实感了起来："当时真的差点都把我给说哭了。"

虽然盛诗檬承认，她一开始跟温征谈恋爱的目的不纯，可被温衍当着面那么诋毁，是个女孩子都受不了。

温衍面色微红，抬手摸了摸眉峰，沉声道："抱歉。"

盛诗檬顿时睁大了眼，这辈子都没想过能从温衍嘴里听到一句道歉。

"没……没事，其实您当时说的也挺对的。"盛诗檬结结巴巴地说，"毕竟我跟温征差得确实也挺多的，图一时之快在一起了也未必能走到以后，是我们太恋爱脑了。"

温衍突然不说话了。

盛柠也不说话。

盛诗檬猛地意识到自己刚刚的话已经不仅仅是针对她和温征了，于是立刻补充道："我绝对没有说您和我姐姐是恋爱脑的意思啊！"

但无济于事，坐在前面的两个人同时深深地叹了口气，是不是恋爱脑，他们心里门儿清。

盛诗檬："……"

气氛陡然变得死寂无比，一直等车子开到了目的地，温衍都没再开口说过话，也没有再给盛诗檬做阅读理解的机会。

温征在餐厅等了他们很久，等三个人终于到了，立马开始了今天的批斗大会。在正式批斗之前，他还特意搞了个铺垫。

温征看向盛诗檬，语气平静地说："檬檬，我哥和你姐之前对我们在一起这件事很反对是吧？"

盛诗檬配合地点头："是。"

"觉得我们俩不是一个世界的人是吧？"

"是。"

"大道理一套一套的，义正词严地叫我们分手是吧？"

"是。"

"嗯，然后他们搞在一块儿了。"温征扯了扯嘴角，阴阳怪气地冲包间里的另外两个人竖起了大拇指，"牛×。"

"……"

"……"

盛柠毕竟是盛诗檬的姐姐，再加上温征跟她也不熟，所以不好真的把矛头指向她，只逮着温衍一个劲地说。

私底下只有兄弟两个人，他再怎么埋汰温衍也不及现在当着他前女友和他哥现女友的面埋汰他哥来得爽，于是温征刻意在发现的那天晚上憋着，有话全留在了今天说。

不得不说温征的记性真的超群，竟然把他哥当初跟他说的那些话全都翻出来还给了他哥。

"是谁当初跟我说，跟我不一样，对不合适的人不该动真情，嗯，不该动真情，然后转头就找了我女朋友她姐。"

盛诗檬纠正道："前女友。"

温征神色一滞，"啧"了声说："我这正说得起劲，你能不能不打断我？这都什么时候了，你还在意这一两个称呼，现在是一致对外的时候，我哥以前怎么对你的，你忘了？"

盛诗檬噎住，做了个"你请你请"的手势。"……你继续。"

温征说了这么多，口也说干了，就又问她："别光我一个人说，你也是被迫害的一方，你就没什么要说的？"

盛诗檬一直都有点怕温衍，所以不敢把矛头对准了他，可是她又要迎合温征，于是只能埋汰她姐。

她摊着手说："我姐当初不也说自己跟温总绝无可能，说自己绝对不会喜欢上温总。"

一直沉默的温衍听到这句话后突然蹙起眉，睨向盛柠，老大不情愿地"呵呵"了声："绝对不会喜欢上我？"

盛柠被他看得脚趾抠地，咬唇，不甘示弱地回驳："你不也说不该动真情？"

两个人复杂地看了对方一眼，然后又同时难堪地挪开了眼。

盛诗檬很想笑，但是又不敢笑，一是不敢得罪温衍，二是怕她姐面子挂不住。

温征就没那么多顾忌了，直接笑出了声，添油加醋地拱火："哟，起内讧了？打起来打起来。"

温衍料到会有如今这么一天，但他到现在为止，着实忍他弟很久了，跟盛柠在一起这件事，他理亏他认，但温征小人得志那样，实在是欠揍。

温衍年少时，母亲去世得早，父亲又忙工作，家里有弟弟有外甥要照顾，根本没有叛逆和任性的资格。外甥很懂事，又怕他这个舅舅，所以他一直没操什么心。

但另两个不同，没少让他头疼，毫不夸张地说，简直就是无法无天的小魔王。

弟弟仗着家里有钱在学校里称霸称王，早恋打架是一个不落。每回他替父亲去跟弟弟班主任谈话，班主任都摇头叹气说明明是兄弟俩，怎么差距就这么大。

外甥女也是被养出了一身骄纵的大小姐脾气，追星追得成天嚷嚷着要去闯荡娱乐圈。十几岁的小丫头片子竟然瞒着家里人找别人来冒充父母给她签约，一个人偷跑到海外去当练习生，被他抓回来以后关了半个多月才老实。

外甥女他不好揍也不舍得揍，于是温征这个做弟弟的，从小到大都没少挨他的揍。

要不是盛柠姐妹俩还在这儿，他要给温征留面子，估计这会儿早开揍了。

"说够了没有？"温衍语气不耐，"说够了能不能上菜？"

埋汰了一大通，温征也算是解了点气，暂时给嘴放了假，叫服务员上菜。

这顿饭他吃得格外舒心，可以说是自和盛诗檬分手以来，最舒心的一次。

温征光自己吃得舒心还不够，他还格外照顾盛诗檬和她姐姐的感受，问她们菜合不合胃口，如果不合胃口就重新点。

姐妹俩都不挑，这一餐下来都不知道得花多少钱，她们的舌头又不是金子做的，谁敢挑剔。

温衍对这家餐厅没什么好印象，哪怕老板就是他弟弟，他平时应酬的时候也不爱来，除非是合作方那边指定要来这里吃饭，他才会勉为其难地将饭局安排在这里。

他不怎么吃菜，温征就给他倒酒。

"哥，我们喝一杯啊。"温征笑眯眯地举起酒杯。

温衍："我跟你喝，你能给我让多少利？"

温征有些无语："我又不是在跟你谈生意。"

"我喝酒要么为利，要么为人情，没利可图，这也不是什么人情局，我跟你喝什么？"温衍冷漠地挪开眼，"你自个儿喝吧。"

温征哑口无言，要不怎么说他哥自退役之后，在那一年的股东大会上强势入主集团，只当了几年的太子就登了基，爸那边也心甘情愿退位做起了太上皇，别说内斗了，他连篡位的资格都没有。

"行，你不跟我喝。"温征转而又对盛柠说，"檬檬她姐，按岁数的话你比我还小上几岁，我直接叫你名字你不介意吧？"

盛柠点头："当然可以。"

温征语气闲适："那盛柠，既然我哥不跟我喝，你是他女朋友，我这个做弟弟的敬你一杯酒应该不过分吧？"

盛柠一个没出茅庐的学生，哪儿说得过温征，刚拿起酒杯，杯口就被温衍伸过来的手摁下了。

"跟一个刚毕业的姑娘喝酒。"温衍淡声说，"你也就这点出息。"

温征耸耸肩说："那我酒都倒了，总要有个人陪我喝吧。"

温衍看他那副无赖的样子，没什么表情地笑了声，往自己酒杯里盛满酒。

"喝吧。"他随意举起酒杯。

温征得逞，懒懒眯眼笑开，也举起了酒杯。"咱兄弟俩就不说那些客套话了，都在酒里。"

盛诗檬坐在盛柠旁边，有些不自在地扯了扯盛柠的袖子，她在集团做了那么久的实习生，对温衍的身份认知还是有点没转变过来，小声对盛柠说连温总都喝了，她们不喝是不是不太好。

盛柠也觉得，这一桌身份最高的人都喝了，她们不喝不合适。

于是她跟温衍说，要不她们也喝一小杯算了。

"你们俩不用喝。"温衍看着姐妹俩，淡声嘱咐道，"记住，以后在外工作应酬的时候别松口，坚持说自己不会喝。"

盛诗檬愣愣地点头："哦。"

以前她跟温征在一起的时候，他经常带她去朋友聚会上玩，那些朋友也有要跟她喝酒的，都是温征帮她挡下的。

温征当时调笑着说，有他在，哪儿能让他们这帮不怀好意的孙子得逞灌他女朋友的酒。可是温征偶尔中途离席，接电话或是上洗手间什么的，就几分钟的空隙，盛诗檬就被他的朋友们塞了酒，说不喝就是不给他们面子，结果依旧是被钻了空子让酒进了肚。

今天居然被温衍上了一课，他还教她们以后出去工作了怎么应付。

盛诗檬不禁看向温衍。

自从上次去了温宅，这个不近人情的温总在她心里竟然慢慢变得柔软了起来。

温衍没注意到盛诗檬在看自己，和温征有来有回地喝了几杯后，兜里手机响了起来，是工作上的电话，德国人那边打过来的，不能挂，于是只能起身去外面接。

"别趁我不在叫盛柠陪你喝酒。"男人就连威胁的话也说得十分平静，"否则你今儿就别想走出这扇门。"

温征颇感好笑，举起双手保证道："用得着护这么严实吗？成成成，不敢不敢。"

等温衍出去，盛诗檬终于也敢离桌去上洗手间了。

其实包间里就有单独的洗手间，温征以前跟她提过，餐厅是会员制，能订这个包间的都是 VIP，进进出出都是些有钱有势的人，因而这个包间里的单独洗手间用处比较多，有些时候是用来方便，有些时候是用来办事。

她想起这个，还是决定去外面的洗手间。

原本是想拉上盛柠陪她一块儿去，结果温征却口头拦下了盛柠。"我跟你姐单独聊聊。"

盛诗檬皱起眉："什么事不能当着我和温总的面聊？"

温征有些哭笑不得："就是不能当着你和他的面聊才要单独聊，你怎么跟我哥一个样呢，我又不会吃了你姐。"他见盛诗檬眉头未松，单手举起做发誓状，妥协道："放心，不喝酒，就聊聊，我保证。"

盛诗檬看了眼她姐，盛柠冲她点了点头，示意没事，她这才放心地走出包间。

其实盛柠也不知道温征要跟她聊什么，不会是要以其人之道还治其人之身，叫她和温衍分手吧？

她还在猜温征要说什么，坐她对角线上的温征开口了，不是叫他们分手，他说了段她没大听懂的开场白。

"去年我和我外甥女分别去了趟寺庙，替我哥许了个愿，然后今年吧，这愿望它只实现了一半。"温征笑着"哼"了声，"佛祖的半边耳朵聋了，愿望只听着一半，真便宜我哥了。"

愿望还能只实现一半的？

盛柠好奇，但不好问，毕竟跟温征不熟，人家许的什么愿跟她无关，怎么说也是隐私。

她抿唇，也不知道是在安慰温征还是可怜自己，轻声说："能实现一半就很好了。"

她今年就许了一个愿，结果都还没实现。

"你跟我哥是什么时候在一块儿的？"温征问，"我和檬檬分手前吗？"

"分手后。"

"他追你，你追他？"

盛柠觉得自己像是在被盘问，心里有些不自在，但还是答了："他……追我吧。"

温征眯眼，吊儿郎当地问："死缠烂打？"

盛柠沉默了好一会儿才说："也不算。"

温征懒洋洋地勾着唇说："难怪了，他这么熟练。"

盛柠没听懂，也不知道该怎么搭腔，只好举起杯子抿了口茶掩饰尴尬。

"我还以为自己这辈子都抓不着我哥的把柄了，多亏你，今儿我总算是狠狠出了口恶气。"温征突然往前倾了倾身子，胳膊伏在桌上，一副很感兴趣的样子问她，"他死缠烂打的时候什么样？是不是特不要脸？你当时有用手机录下来吗？"

盛柠表情复杂，她又没病，怎么可能会录这个东西。再说她要是真敢录，能不能活到今天都是个问题。

温征一看盛柠那表情就知道她没录，颇为遗憾地叹了口气。"我上回见他做这么出格的事，还是在他上大学那会儿吧。"温征问，"他跟你说过吗？"

盛柠摇了摇头："没有。"

温征："想知道吗？"

盛柠："想。"

温征跟狐狸似的笑了笑，故意晃了晃手中酒杯，蛊惑道："跟我喝一杯就告诉你。"

盛柠立刻给自己倒了杯酒。

温征今天准备的都是高度数的酒，盛柠爽快地一口干下去，喉咙发热，脑子几乎是瞬间就有些晕。

盛柠喝完，将空酒杯面向温征。

温征挑了挑眉，幽幽说道："我哥这人吧，从小到大都听话得很，我也不知道有的孩子是天生就没有叛逆期呢，还是我哥本来有，但因为要照顾我们几个小的，被活生生逼得没有了。

"后来他高中毕业，听了我们姥爷的话，去念了军校。姥爷当时想的是，先看看我哥能不能吃得了这份苦，吃得了就等他毕业了以后为他铺路，领他从军从政。"

事实证明姥爷没看错人，温衍仿佛是天生的军人，远比他那几个孙子要优秀得多。

"我以前还给檬檬看过我哥穿军装的照片，她当时眼睛都看直了，我心里还挺不是滋味的。"温征说到这儿，突然掏出手机翻相册，"给你看看。"

去年的盛柠还不感兴趣，可现在的盛柠简直不要太感兴趣。

温征将手机递给她，她拿过来一看，眼睛也看直了。

军礼服笔挺，绶带从左肩斜至右肋，宽腰带牢牢束住腰身，深眸冷目，英俊高大，身姿挺立，气质斐然。

如果一个男人只是脸好看，那么其他男人或许不会觉得他帅，但如果一个男人气质好，那其他男人也没法不承认他的帅。

"帅吧？所以他退役还挺可惜的。"温征说，"改行当资本家，那档次瞬间就下来了。"

盛柠点头，挺不好意思地问："这照片能不能发我一份？"

温征语气散漫："不能，你是他女朋友，照片还得问我要？你想要自己问他要去，让他穿给你看都行。"

她撇嘴，那还是算了，自己可没那个脸。

没照片，那就继续听温征讲好了，盛柠问："那他为什么突然就退役了？"

"被阴了呗。"

温衍一贯是少说多做的性格，再加上长得好，在他们那一届相当有名，他跟谁都处得不错，有个别的甚至是称兄道弟。

有次温衍的姥爷来学校看他，不知被谁看到，紧接着温衍的光环又多了一层。

后来温衍有个很要好的同期生家里出了事，他父母出了车祸，双双在重症室，家里又有几个还在读书的弟弟妹妹。

原本就是因为家里困难才送他来参军，不知是受了谁的蛊惑，他以温衍的名义开始收钱，说是给温衍送钱就能让温衍的姥爷帮忙安排，调职调岗什么的都方便，被人举报的那天，情急之下，将现金通通藏进了温衍的储物柜。

由于是刚开始就接到举报，所以钱并不多，但影响巨大，后果不堪设想。

温衍直接就找上了那个同期生，失望又生气地问他为什么要这么做。

而他却破口大骂老天不公平，说凭什么温衍的出身就那么好，他却活得那么辛苦。

他不知道，彼时温衍刚拿钱叫人给他老家的医院匿名送过去。

温衍的家世背景为他带来的光环遮住了所有人的眼睛，他的父亲是拿过红旗的实干派企业家，他的母亲出身名门，他的姥爷是赫赫有名的退休干部，所以他这些年的努力和汗水全都被忽视，那些靠自己得来的奖章和荣誉被人说成是不可言说的潜规则。

那些曾经要好的同期生很多都下意识地同情更值得同情的那一方，他们理解他的苦衷，替温衍原谅了他犯的错。因为那个同期生家庭困难，受了处分，前途就真的彻底没了，而温衍有他姥爷帮衬，还可以重新开始。

这件事闹得很大，所有人都以为温衍一定会平安无事，可是在纪检调查期间，温衍自己消极对待，最后结果下来，那个同期生负刑事责任坐了牢，而温衍则被强制性退伍返回原籍。

"当时姥爷气得就差没扛着一麻袋的藤条往我哥身上伺候，幸好爸护着他，为了这件事差点没跟我姥爷闹掰。"温征说，"后来我哥就老实了，让干什么就干什么，比小时候还听话。"

到现在，当年的那些同期生都断了联系，只剩下一个在公安系统工作的同期生，不过还有联系也是因为温衍跟他有些亲戚关系，逢年过节免不了走动，平时的话很少联系。

"你们女孩不是都有句话吗，说一个男人是不是真心跟你谈，就看他愿不愿意把你介绍给他的朋友。我哥是不是都没带你见过他朋友？你别多想，他不是不带你见，而是压根就没什么朋友，非要说朋友的话，工作应酬就是他朋友，他平时有多忙你也知道的。"

说到这儿，温征打起趣来："以后你俩要是吵架，你还能去找你朋友诉苦，叫你朋友给你出主意，他可没有，估计只能一个人烦恼该怎么办。"

经过那次教训，温衍彻底收起了他的同理心。

一出生就拥有很多人为之付诸一生却难以得到的资源和财富，一辈子不愁吃穿，既然做什么都甩不掉冷血资本家的刻板印象，那就不要甩了。

因为对人对事太过冷漠，以至在家人眼中，他都是给人这种感觉。

"我以前一直觉得他不近人情，可是直到那次我带檬檬回家，我爸跟我说了他这些年在背后默默为我们这一家人做的事，我就——"温征说到这儿顿住，突然低头，用力揉着眉心低声骂道，"他妈的，一个大老爷们儿，心智正常，四肢健全，什么都好，就偏偏没长嘴。"

"好在他没长嘴，我这个弟弟长了嘴，我们家反正我和檬檬给你们打过头阵了，我爸倒还好，他管得住我，管不住我哥。关键是姥爷那边，不大容易。"温征说完这些大实话，怕给盛柠吓着，又补充道，"但我哥跟我不一样，我不知道他是怎么说服他自己那老古板脑袋的，不过他既然已经过了自己心里那一关，那他应该也有准备了，你不用管别的，安心跟他谈着，他会处理好的。"

"别跟那个同期生一样，他经不起第二次背叛了。"

盛柠眼神闪烁，轻轻点了点头："好。"

温衍和盛诗檬是一起回来的。

两个人回来的时候，温征跟盛柠早聊完了，盛柠在吃菜，温征端着酒杯独自喝酒。

看上去什么都没发生。

温衍一回来就问盛柠："他叫你喝酒没有？"

温征立刻给盛柠使了个眼色，盛柠摇头："没有，我一直在吃菜。"

然后得到了温征一记感激的眼神。

这顿饭吃完后，温征的批斗大会也算是告一段落，温征被温衍灌了不少酒，没法开车，于是叫了代驾先送姐妹俩回学校，自己再回家休息。

温征今天的目的一是埋汰他哥，二是借此机会见一见盛诗檬，他想叫盛诗檬留下，两个人再单独说话，然后自己待会儿再叫人送她回学校，谁知盛诗檬压根就没这个打算，直接要上温衍的车。

在上车前温征拉住盛诗檬，将她拉到一旁，有些不理解地问她："连我哥和你姐都在一起了，为什么你还是不肯给我们一个重新开始的机会？"

"他们是他们，我们是我们。"盛诗檬说，"他们对彼此都是认真的。"

温征反问："我现在对你难道不是认真的？我之前对我不也是认真的吗？"

盛诗檬顿了顿，摇头道："不是。"

温征不相信地笑起来："檬檬，我都这样了，你就别撒谎了行吗？"

"我没撒谎。"盛诗檬抿了抿唇，干脆向他坦白道，"我有件事一直没跟你说，其实一开始我进公司的目的就是为了追温衍，只不过后来我没追上他，正好你来公司，我才和你在一起的。"

"……"

温征当即愣在原地，从头到脚恍如雷劈般动弹不得。

其实他刚跟盛诗檬在一起的时候，确实有听公司的人说过，说他女朋友之前对他哥有点那意思，只不过那时候盛诗檬在他眼里就是个没谈过恋爱的单纯小姑娘，这种摆明了是毁她名声的造谣他压根就没信，顺便还给了那些说三道四的员工口头警告。

他眼睁睁看着盛诗檬上了温衍的车，又眼睁睁地看着车子开走。

一个接着一个离谱的信息像馒头大的冰雹似的往他头上砸，在这六月盛夏的天气里将他砸得遍体生寒。

盛诗檬上了车，眼看着车子发动，将温征的身影甩在很后面。

她原本并不打算跟温征坦白，可是她实在有些装不下去了。

之前在餐厅里上完洗手间回来，她碰上打完电话的温衍，两个人站在走廊里聊了会儿。

盛诗檬很想知道温衍对她姐姐究竟是不是认真的，她跟盛柠有同样的顾虑，所以也很理解盛柠的顾虑。

她很怕盛柠处在弱势的一方，因为在感情里，谁处在弱势的一方，谁就注定吃亏。

"我很喜欢你姐姐，"温衍淡淡地说，"不是图一时之快。"

他只说了这么一句，盛诗檬却觉得这句话比从前她交往过的那些男人和她说的每一句甜言蜜语都更令人信服。

她从前一直觉得爱情这东西不过就是生活中的调剂品，老守着一个人有什么乐趣，上一个谈腻味了就换下一个，这样就能永远保持新鲜感。

因为两个人在一起一定会有摩擦，她不想为对方改变自己，也不需要对方为她改变什么，在最喜欢彼此的时候尽情地享受快乐，在快乐过后趋于平淡，矛盾开始显露出来的时候及时抽身，再接着投入下一段，永远为自己留有余地。

快乐就好，她认为这就是最舒服的恋爱方式。

而她姐和温总并不是，他们俩日后也许会被伤得很深，会后悔自己的付出，会难过对方的辜负，但还是奋不顾身一头往未知的以后扎了进去，毫无保留地决定去爱一个人。

盛诗檬得到温衍的回答，放心地舒了口气。

而温衍似乎对她还颇有疑问，思索片刻最终还是提了出来。"我从前对你有误会，是因为你刚到公司那会儿的行为确实很容易让我误会。"

温衍说得比较委婉，但盛诗檬知道他说的是她之前在公司追过他的事。

一开始温征和她在一起，温衍以为他们只是玩玩，所以没有提，后来看温征认真了，就更不知道该怎么和温征说。

他的观念本就比较传统，尤其是对感情，知道弟弟和盛诗檬在一起后，内心下意识就开始拒绝想起自己和盛诗檬有过那样的瓜葛，但现在如果盛诗檬要和温征重新开始，他觉得有必要把这件事跟盛诗檬说清楚。

"你如果对温征是认真的，那就不要对他说，我也不会跟他提。"温衍说，"就当没发生过。"

温衍的意思就是会帮忙保密，因为让温征知道了只会徒增误会。

而盛柠为了她和温征还有复合的余地，还对温衍瞒着房子的事，盛柠甚至打算跟自己亲妈借钱，把那套公寓买下来，用来抵消她们姐妹俩的负罪感。

可是他们越是这样，盛诗檬就越觉得她和温征没有办法再在一起。

一开始就不真诚的感情又怎么配得到真诚的回应，对她是，对温征也是。

还妄想谈什么真爱。

所以她不装了，她索性跟温征摊牌了。

这样盛柠也能早点把房子的事跟温衍说清楚，如果温衍怪罪下来，盛柠大可把锅全甩在她身上，说是她出的主意，逼着自己跟她合作套房子，这样温衍应该就不会舍得再怪罪她姐。

不管有没有用，盛诗檬觉得都应该赶紧把这个主意告诉盛柠。

她从副驾驶座上转过头，看到温衍将头靠在了她姐的肩膀上，正在闭眼睡觉。

盛柠看到盛诗檬转过了头，脸上一僵，顿时不自在地动了动肩膀，伸手将温衍推开。"你起来。"

温衍被她推得睁开了眼，不满道："我头晕，让我靠一会儿。"

"有人。"盛柠小声说，"你靠车门去。"

盛柠语气坚定，一副有人在绝对不给靠肩膀的样子。

温衍沉默几秒，淡淡地说："我让代驾开到你们学校，待会儿到了学校让你妹先下车，你开车送我回去。"

盛柠不解道："你有现成的代驾不用，要我开什么车？不怕我给你车祸祸了？"

温衍一脸无所谓："祸祸吧，有车险。"

坐在副驾驶座上的盛诗檬听了真是要被他们急死，恨不得拎着他们的耳朵叫他们去报个恋爱速成班。

一个别扭到无可救药，一个直到无可救药。

"……我开不了。"盛柠皱眉说，"我喝酒了。"

"酒我都帮你挡了，你喝的哪门子酒。"温衍也皱眉，"你就这么不想送我？"

盛柠不好把温征供出来，只好徒劳地说："不是，我真喝了。"

"靠边停车。"温衍突然说。

代驾大叔不知道怎么了，但车主吩咐，还是在前面的路口靠边停了车。

温衍解开安全带，朝同样不知道为什么要停车这会儿正迷茫地看着他的盛柠伸出手，将她拉过来，然后捧起她的脸，将唇贴了上去。

就短短几秒钟，他撬开她因为震惊而来不及紧闭的牙齿，舌尖往里探了一圈，然后离开。

男人轻声道："还真喝酒了。"

盛柠张着嘴，呆若木鸡地看着他。

等她反应过来后，脸上温度瞬升，大喊一句你干什么啊，然后猛地就冲温衍的脑袋上来了一巴掌。

"……"

围观的盛诗檬上一秒不敢置信温衍的行为，这一秒不敢置信她姐的行为。

盛柠又羞又气，她本来就不习惯在人前跟温衍亲密，挨得太近都会不好意思，更不要说当人的面亲嘴。

温衍抚着脑袋，一脸错愕地看着她："你打我？"

盛柠咬牙切齿地吼："打你怎么了！你刚刚干什么！"

"以前没在一起，我擅自亲你，你打我我认了。"温衍并不觉得自己哪里错了，高傲地冷哼道，"现在你是我女朋友，难道我还不能亲？"

盛诗檬的嘴直接张成了"O"形，虽然人没说话，但眼睛里却写满了"多说点多说点"。

盛柠是真没料到平时稳重的男人喝多了酒以后会这么厚脸皮，这种话两个人私底下说说也就算了，当人面说是嫌自己脸皮太厚想要丢两层下去是不是。

她立刻捂住温衍的嘴不准他再说，男人往后仰头想要挣脱她的手。盛柠哪儿容他躲开，干脆也解开了自己的安全带，他越往后仰她就越往前倾，最后直接给他摁在了车门上，双手死死捂住他的嘴，那架势恨不得给他就地捂死算了。

温衍那双被酒意侵袭的眼睛突然眯了眯，空出的两只手往下去挠盛柠的腰。

盛柠很怕痒，尤其是腰。果然她立刻缩回了手往后躲，温衍却一把抓住她，将她狠狠扯过来，摁坐在了自己腿上。

盛诗檬维持着坐在副驾驶座上转头的动作，整个人目瞪口呆，觉得眼前这番景象真是好精彩好刺激，简直恨不得拿手机给拍下来。

男人喝醉了力气也大，盛柠怎么掰他手指头都没用，她羞得浑身发抖，一张脸红得不像话，整个人都趋近孓毛的状态，怒吼道："老男人放开我啊！你不要脸我还要呢！"

温衍抱着盛柠的腰不准她起来，沉声警告道："老实点，不然等车上没人了我收拾你。"

盛诗檬转过头去。

同为电灯泡，她和代驾大叔互相交换了一个"我们应该在车底，不应该在车里"的眼神。

两个人脸色尴尬，一致认为自己不适合再待在车里。

平日里高傲又冷酷的温大总裁此时因为喝了酒，脑子犯晕，神志也不太清醒，秉持着"只要我不尴尬那尴尬的就是别人"的醉酒态度，当着外人的面就这么直接亲盛柠，还跟人小打小闹，把车上的人推入尴尬的深渊，他本人却毫无自惭之心。

谈了几个月，温衍私底下什么样她也见识过，人前人后给人的感觉是不太一样，但即使是私底下，他大部分时间也是以年长者的身份在和她相处。

没有居高临下，而是一种从骨子里突显出来的成熟稳重。盛柠忙答辩的那段时间没空和他见面，两个人每天就打打电话，他会在电话里嘱咐她要劳逸结合，不要仗着现在还年轻就放肆熬夜，以后老了身体负担就大了。

论文答辩的那个上午，虽然她很有信心自己会过，但还是免不了感到紧张，于是趁着去洗手间的工夫给温衍打了个电话，想叫他给自己增添点信心。

他的声音在电话那头显得清冷低沉，故意埋汰她。"平时在我面前不是挺无法无天吗，答个辩就怂成这样？"

盛柠说："你又不是我答辩老师。"

结果温衍抓错重点，问她："那我是你的什么？"

盛柠知道他是故意的，于是也故意说："上司。"

男人不恼，也不指正她，顺着她的话戏谑她，淡淡"哦"了声，用平静的口吻问她。"每天跟上司打电话调情，你男朋友知道吗？"

盛柠被他的调情二字弄得怪不好意思，凶巴巴地说："那以后就别打了吧，挂了。"

被威胁了。

温衍只好说："行了，真不禁逗。"

盛柠对他抱怨，本来是打电话给他想叫他鼓励鼓励自己，谁知道他把话题岔开十万八千里。

温衍淡淡地说："你能过的。"接着又轻笑着补充了句，"不能过我找你们学校领导去。"

盛柠当然知道自己肯定能过，温衍也知道她能过，她纯粹就是紧张而已。

他用半开玩笑的语气化解了她的紧张，答辩自然很顺利地就过了。

想到这儿，盛柠叹了口气，酒真不是个好东西。自己平时喝多了也没这样，最多是说些肉麻的话，可为什么温衍就这样。

而从来没见识过温衍这一面的盛诗檬比盛柠更震惊，怎么也料不到温总私底下面对她姐的时候，居然是这样的。

喝了酒靠在她姐的肩上，她姐不给靠还不高兴。以为自己是酒精测量仪，捧着她姐的脸就亲上去，非逼着她姐坐他腿上，还威胁说要收拾她姐。

因为温总平时给人的感觉实在是太过于生人勿近，她以前和高蕊甚至还探讨过，这样的男人如果哪一天坠入爱河了，会不会完全变一副样子。

探讨是探讨，可是再探讨那也只是猜测，只是想象，只能脑补，怎么可能比得上如今亲眼见到。

盛诗檬由衷地感受到了一股来自内心深处的快乐，终于没忍住嘿嘿笑出声。

代驾大叔看她笑了，也跟着笑了起来。

两个人这一笑，盛柠的脸终于彻底挂不住了，用力掐温衍的大腿肉。

温衍痛得"嘶"了一声，盛柠立刻挣脱，脸红红地坐回自己那边的位置，离他特别远，几乎是贴着车门。

柔软的坐垫和男人紧绷有力的大腿区别很大，他的大腿硬邦邦的，她还是比较喜欢坐在坐垫上。

见她跟躲瘟神似的躲着他，好像自己刚强迫她干什么似的，温衍"哼"一声，吩咐道："开车吧。"

代驾大叔如释重负，立刻发动车子。

车子经过物理加速和代驾大叔以及盛诗檬内心狂叫"快点到吧求求了"的心理加速，很快就先开到了学校。

盛柠迫不及待要跟盛诗檬一块儿下车，却被温衍拉住胳膊。

她喊了句"诗檬"，结果盛诗檬一下车头也不回地撒腿就跑。

盛柠目瞪口呆，就这么看着盛诗檬抛下了她。

车上只有代驾大叔一个外人，没人跟他一块儿当电灯泡，为了赶紧解脱，大叔踩油门的力道比刚刚又重了不少。

开到京碧公馆后，大叔笑眯眯地说了句"麻烦给我一个五星好评啊"，然后迅速下车，从后备厢拿上自己的折叠车，"嗒嗒"溜走。

尴尬到极点，人也就淡定了，盛柠这会儿已经麻木了，认命地替温衍解开安全带，扶着他下了车，又带他去乘电梯送他上楼回家。

两个人进门，门刚自动关上，盛柠正想问要不要帮他倒杯水，整个人蓦地被男人一把扯过来。

从玄关到客厅不过几步的距离，他连这点距离都等不及，直接将她推靠在玄关的墙上，手扶在她的后脑上，低头用力且强势地吻下来。

盛柠瑟缩，浑身一紧，心跳很快失了控。

撬开牙抵入的流程已经很熟练，温衍的舌尖刮过她的上颌，紧接着卷着她的舌头开始吮弄。

高年份的白兰地口味醇正，甘洌美味，带着浓浓的蜂蜜味，顺着唇舌的纠缠送进了盛柠的嘴里。

她脑子很晕，整个下颌都快被吻麻了，什么时候边吻着边被半抱到沙发的也不知道。

盛柠整个人被吻得陷进了沙发，男人的膝盖屈着抵在她腿间，一整个身躯半压下来，遮住了从落地窗前落入室内的日光。

她环上他的脖子，搭在他后颈上的指尖不自觉蜷缩，抓皱他整齐的衬衫后领。

盛柠今天穿了件白色的娃娃领短衫，清爽的雪纺布料，前面还系着一排珍珠小扣，衬托出她锁骨之下两座小雪山。

独处时，那一排扣子似乎在对温衍发出诱惑。

温衍是男人，男人都有种本能，那就是亲吻的时候绝不会只满足于亲吻。

他的目光直勾勾的，眼神里仿佛带着钩子，两个人的气息搅在一起，混沌不堪。

温衍的声音已经被渴望弄哑，很沙："汤圆。"指尖碰上扣子，克制到极点，依旧没有直接上手，而且先附在她耳边问："我碰碰行吗？"

…………

盛柠想要自己系上扣子，不过谁解谁系，温衍自觉地帮她给系上了。

他那双深沉的眼睛一眨也不眨，视线内仿佛还萦绕着刚刚看到的盛景，不舍得将它消散。

男人都擅长变本加厉，接吻还不够，刚刚甚至还埋下了头。

盛柠实在受不了，怀着最后一丝清明把他的脑袋推开，还吼了他一声。

他被吼得身体一顿，眨眨眼看着她。

温衍真是长了双太漂亮的眼睛，平时看着冷冰冰的，这会儿眼里的冰化掉，成了无数闪烁的亮光。

他重新抬起头，叹了口气，像是急于发泄什么，抬起她的下巴，更加用力地亲她。

扣子系好后，盛柠将刚刚被他们挤到地上的沙发枕捞起来，牢牢抱在胸前。

她抱着沙发枕，温衍抱着她，将她抱到自己腿上，手掌抚上她的脑袋，一下一下替她梳理着刚刚因为被他压在沙发上而弄乱的头发。

等差不多梳好了，两个人的心跳也渐渐趋于正常。温衍处在似醉非醉的状态，身体还是晕晕乎乎的，但是脑子还清楚地记得自己刚刚对盛柠做了什么。

温衍的声音已经没有刚刚那么沙了，依旧是重低音，低低沉沉的。"酒是温征让你喝的？"

盛柠知道他这句话问出来的时候就已经猜到了，所以没否认。

"不是不让你喝。"他皱眉，手寻到她的鼻子捏了捏，"你不会拒绝吗？"

"是我自己要喝的。"盛柠说，"而且我就喝了一杯。"

只喝了一杯那还好。

"我出去那么久，你跟他都说了什么？"温衍随意猜道，"说我坏话了？"

"说你好话。"

温衍轻嗤一声，明显是不信。

盛柠故意说："好吧被你发现了，他说你这人性格太差，没朋友。"

男人很快猜到这姑娘大概是用一杯酒和温征换了他退役前的一些过往。抚她头发的指尖一顿，温衍低低"嗯"了声。

盛柠往他怀里缩了缩，说："我性格也不好，也没什么朋友。你知道的也就有我室友，本来还有高蕊，其实我跟她关系也挺好的，但因为你也闹掰了。"

紧接着温衍被怀里的人重重捶了下。

温衍闷哼，将她的手抓过来摁在心口："你们会和好的。"

高蕊最近来他公司也挺频繁的，不是来找他，而是找他助理陈丞。

陈丞被这个学妹烦得不行，学妹一来找他他就露出一副苦相，可是学妹要他陪着做什么，他还是照办不误。

高蕊是高总的女儿，温衍没有闭门不让她来公司的理由。陈丞虽然被学妹缠得紧，但一直没耽误过自己工作，所以温衍就随他们去了。

盛柠不信："我读过书的，你别骗我。"

"骗你干什么？"他淡淡说，"能和好就珍惜吧，我都没有可以和好的朋友。"

盛柠笨拙地安慰他："没事，你这么有钱。"

温衍失笑："财迷。"

盛柠从他怀里抬起头："我不是汤圆吗？"

温衍"嗯"了声："都是。"

她笑了笑，正儿八经地说："也是朋友，女朋友里面也有朋友两个字。"

温衍愣了愣，盛柠不擅长说什么安慰的话，咳了声，有些不自在地说："以后我就是你朋友，你有什么不顺心的事，或者是工作上烦了累了尽管来找我。"

她寒假在他的公司实习过，工作和念书不能比，前者忙起来简直歇不下脚，晚上打电话的时候，偶尔还能听到男人困倦的叹气声。

温衍没说话，眼中光芒晃动不定，又将她抱紧了点。

"好。"他低声问道，"要辛苦你以后一个人干两份活了，要不要给你加份工资？"

盛柠想了想，说："那你请我吃几顿好的吧，就当抵工资了。"

他却说："那你看我这个人能不能抵工资。"

盛柠恍惚地眨了眨眼，一下子没理解他的意思。

看到他眼里有促狭，盛柠这才反应过来，"哼"了两声，故意说："那我还是要钱吧，我又不能把你卖了换钱。"

温衍轻轻敲了下她的脑袋："傻吗你？我人都是你的了，我的钱当然也是你的了。"

"有道理。"盛柠摸了摸下巴，好奇地问，"那怎么才算是我的？"

他笑起来，将唇贴着她的耳朵说："你刚刚要是让我继续，我就是你的了。"

盛柠恼得又要打他。

一个军校出身的大老爷们儿白白学了一身的拳脚功夫，就那么任由着她的拳头往自己身上落。

等盛柠消气了，温衍又把她抓过来亲。

两个人衣物摩擦，发出窸窸窣窣的声音，温衍不满却又满足地喊她："汤圆。"

盛柠："哎，干吗？"

温衍将头埋进她的颈窝，头发磨蹭着她的肌肤，盛柠觉得有点痒，想把他的头挪开，结果却又被他更紧地贴了上来。

他有时真的觉得挺累的，不管是为公司还是为家人。可他又不是那种擅长为自己解释的人，被误会被埋怨也坚决不为自己辩解半句，父亲、弟弟，还有外甥，他们如果能明白过来那就最好，明白不过来也不影响他为他们继续做什么。

他是温家的支柱，也是公司的支柱，如果他都喊累，那些依靠他的人怎么办。

再说作为一个男人，怎么能跟人抱怨累抱怨苦，男人就该顶天立地，纵使觉得委屈也要往肚子里咽。

但是在盛柠面前，他觉得可以将一直压抑的情绪往外放一放。

他轻声说："一直和我在一起，行吗？不论是朋友还是女朋友，都别放开我。"

盛柠根本受不住他这样，他平时清醒的时候她就喜欢得不得了，喝醉了更加喜欢。

唉，真想狠狠疼爱他。

第 11 章

坚定地信任

一直陪温衍醒酒到晚上，盛柠坚决不在他家过夜，一定要回学校。

再留一晚上，别说温衍，她怕自己都把持不住。

温衍打了个电话给自己的司机，叫他过来送盛柠回家。她说自己打个车回去就行，温衍不让，非让她等司机过来。

盛柠想好好坐在沙发上，温衍也不让，把她抱到自己腿上。

她坐在他腿上，男人一会儿撩撩她的头发，一会儿捏捏她的耳朵，一会儿玩玩她的手，总之手里的动作就没停，把怀里的姑娘当洋娃娃似的把玩。

盛柠也没阻止他，嘴上絮絮叨叨地跟他说要毕业了，自己因为要专心准备下半年的国考，所以都没找工作。

她知道温衍肯定不能理解他们这些普通人的就业焦虑，毕竟他生下来就站在终点线上。

放以前她肯定不会跟一个资本家说这些，她又不指望资本家能跟她共情。但现在不同了，资本家是她男朋友，跟男朋友说两句总没问题吧。

"那这几个月你生活费够吗？"温衍问，"给你转点？"

看吧，果然不能共情，第一反应是她钱够不够花。

"够，我有小金库。"盛柠说。

温衍明显不信，她一个学生，能攒多少钱。

他揉揉她的头说："以前不是我女朋友的时候想着法地从我这儿薅羊毛，怎么现在反倒不要了？"

"以前看你不爽。"盛柠说，"毕竟你是万恶的资本家。"

温衍挑眉："现在看我爽了？"

"嗯。"

他故意问："为什么？"

盛柠这个小财迷精明得很，哪儿那么容易上当，反问道："你以前也看我不爽，现在看我爽了，你又是为什么？"

答案显而易见。

温衍没从她嘴里套出来肉麻的情话，只能作罢，又换了个话题："那你这几个月住哪儿？住公寓？"

"对啊。"

"考不考虑住个更好的地方？"温衍刻意顿了下，语气有些意味深长，"比如我这儿？"

"不考虑。"盛柠翻了个白眼，"我这几个月是要专心准备考试的，住你这里那还准备什么？"

温衍揣着明白装糊涂，怎么都要逗她："住我这儿怎么就不能准备考试了？你怕什么？"

于是盛柠又朝他翻了个白眼，还"哼"了声。

温衍好整以暇道："行，那我去你那儿住。"

盛柠不满道："你自己这么多房子，干吗住我那儿？不行。"

那房子是她以后要跟盛诗檬一块儿住的，坚决不可以，而且如果温衍知道盛诗檬也住在那儿，他一定会起疑心。

想到这儿，盛柠觉得她得尽快解决房子的问题，得找个时间回趟老家，找她妈妈说说。

"眼珠子滴溜溜地转，打什么鬼主意呢。"见盛柠突然不说话，一副在想事的样子，温衍点了点她的额头。

盛柠回过神来，向他打听道："那套公寓，如果要买的话，大概要多少钱啊？"

温衍不解道："公寓我不是已经送你了吗？"

"可是如果我妹妹真的跟温征复合的话，那公寓就得还你啊。"

盛柠知道温衍肯定不会再把那套公寓要回去，可她现在也只有这个理由可以拿出来说。

果然，温衍说："合同是这样写的，但我不会收回去的，放心吧。"

真阔气。

别的男人送东西，顶多送包送车，像温征那样送 MINI 的已经算是相当阔气了，温衍直接把一套房子想也不想就送了。

盛柠叹了口气，她好像真傍上大款了。

她背叛了无产阶级。

温衍不知道她心里那点小九九，还在想盛柠不许他去公寓住的事。"真不让我去住？"温衍问，"只是偶尔去过个夜也不行？"

"不行。"

他要是去那儿过夜，盛诗檬就得流落街头。

温衍顿时有点恼了，已经为她妥协到这份上了，只是想去公寓过个夜她都不许。

他捏着盛柠的脸问："你就这么怕我对你干什么？"

盛柠："啊？"

温衍扯唇，视线下移，那股子骄矜劲又上来了，冷哼一声道："我要是真对你没分寸，你这会儿早趴我床上喊疼了知道吗？"

"……"

正好这时候司机的电话打进来，说已经到了，盛柠立刻起身，头也不回地逃离。

这些天断断续续将东西差不多从宿舍搬进了公寓，盛柠站在空荡荡的宿舍里，正准备搬最后一趟。

等搬好以后，她打算回一趟沪市。

因为不确定宁青有没有空见她，她还特意提前给宁青发了消息。

一般她发消息给宁青，宁青都会回，只是并不热情，有的时候甚至是隔了几天才回。

盛柠以为这次又要等上好几天，宁青却出乎意料地很快给她回了电话。

宁青的语气听上去并不热络，但也不算多冷淡，声线一如既往的干练清脆："怎么了？"

平时只是用文字交流，如今听到了久违的声音，盛柠抿了抿唇，轻声说："我毕业了。"

"我知道。"宁青问，"毕业后有什么打算吗？"

盛柠把打算考外交部的事跟妈妈说了。

宁青和盛启明不一样，她一点也不介意女儿留在燕城工作，"嗯"了声，算是赞同盛柠的这个决定。

"公务员不错，不求日后做多大的官，起码稳定。"

就业打算被认可，盛柠嘴角勾笑，紧接着宁青又问她："等稳定下来了，嘉清那孩子你要不要再多接触一下？我和他妈妈都觉得你们挺合适的。"

上回吃完饭后陆嘉清已经跟宁青和自己的母亲那边坦白，说盛柠已经有了喜欢的人。

两边的母亲不好强求，但始终觉得可惜，因为错过了这个，未必能再找到比这个更合适的人了。

"不用了。"盛柠想了想，还是决定告诉宁青，"我有男朋友了。"

"嘉清说的你喜欢的那个人？"

"……嗯。"

宁青问了些有关于盛柠男朋友的信息，年龄方面反正只要不是差太多就行，她最关心的是职业和家庭条件。

职业问题盛柠含糊地说是开公司搞外贸的，家庭条件的话，盛柠思索了一会儿，说："他家很有钱。"

"有钱不代表就跟你合适。"宁青语气平静，"不过总比你爸给你介绍的那什么科长儿子强。"

盛柠面色微窘："妈你知道这件事？"

"知道，不然我也不会跟嘉清他妈妈说让你们认识。过年你没去你爸给你安排的相亲，你爸特意打电话过来骂，说我生了个白眼狼，跟我一模一样。"宁青笑了两声，语气讥嘲，"不像我难道像他？盛启明他算个什么东西。"

自从那年夫妻俩离婚后，宁青在女儿面前再也不掩饰她对前夫的厌恶。

盛柠却恍然大悟，难怪宁青一直没问过她的感情状况，却突然和陆嘉清的妈妈一起撮合他们。

宁青说："不管那男的家里有钱没钱，女孩子有条件的话还是要有一套属于自己的房子。"

"妈你最近在沪市吗？我想当面跟你聊聊房子的事。"盛柠犹豫了一会儿，"我可能需要问你借点钱。"

"在。"宁青说，"我下周要出趟国，你想见我的话尽快过来吧。"

挂掉电话，盛柠赶紧给自己买了张这周回沪市的高铁票。

回沪市这件事决定得比较急，盛柠先是给温衍发了消息告诉他自己要回沪市，然后又给盛诗檬发消息。

盛诗檬正好在拍毕业照，正跟好朋友们穿着学位服自拍，收到盛柠的消息后立刻给她打了个电话。

一连串的就是好几个问题："你要回沪市？回家吗？那要不要我陪你一起回去啊？"

她以为盛柠要回的是老家，盛柠跟盛启明关系不好，跟石屏关系也很僵，一个人回家肯定不好受，有个人陪着肯定比她单独回家要好得多。

"不用。"盛柠说，"我是去找我妈的。"

盛诗檬的语气突然轻下来："这样啊。"

谈及宁青，姐妹俩暂时无话。

原配痛恨小三，石屏介入了她的家庭，她怎么可能就这么轻易放过盛诗檬。

当年石屏不但丢了老师的工作，宁青还特意去让人打了招呼，无论是公立学校还是私立学校，没有哪所学校敢招石屏进来教书，一是校方为了学校名声，二是宁青叫人打了招呼。

宁青出国前最后一次和石屏会面时，她看着躲在石屏身后小小的孩子，冷冷讥讽道："小三生出来的女儿，将来也未必是什么好东西。"

石屏捂住了盛诗檬的耳朵，请求宁青："你要怎么说我都行，麻烦别说我女儿，她真的什么都不懂。"

那会儿盛诗檬也才几岁大，可是已经看得懂周围大人因为她的妈妈而对她散发的恶意。

盛诗檬打破沉默道："姐你去找你妈妈是为了买房子的事吗？"

"对。"

"其实我跟温征已经——"

她话未说完，那边突然变得吵闹，盛柠"喂"了好几声，然后听见一声尖厉的怒骂。

"盛诗檬！贱小三！"

电话倏地挂断。

盛柠有些心慌，怎么也想不清楚那句"贱小三"是什么意思。

盛柠很了解盛诗檬，因为她妈妈，盛诗檬在和一个男生交往前会再三确认他是不是单身，她自己在谈每一段恋爱的时候，也绝对不可能去招惹其他人，都是等分手了才开始找下一个。

幸好盛柠这会儿在宿舍，高翻学院离本科院不远，她赶忙跟季雨涵打了个招呼，就跑了出去。

她刚搭上校内公交，手里一直攥着的手机响起，盛柠以为是盛诗檬打来的，连看都没看就接了起来，结果却是温征打来的电话。

她大失所望，语气不怎么好："有事吗？"

"檬檬不接我电话，你跟她在一块儿吗？"温征的语气有些不自在，"她今天拍毕业照，我买了束花想送给她。"

盛柠睁大眼："你现在在我们学校吗？"

"在啊，我车就停在你们校门口。"

盛柠语气着急："你直接进去找，诗檬好像碰上什么事了，我现在也在往她那边赶。"

温征嗓音一紧，说了声好，然后就匆匆挂掉了电话。

盛诗檬原本正在跟盛柠打电话，突然听到有人在背后骂她，接着她被人从身后狠狠推了一下，她一个前倾直接摔倒在了地上，手机也掉了出去。

她都还没反应过来，只看清了是一个面目可憎的女生，这个女生又直接一把将她头上的学士帽拿起扔在一旁，抓起她的头发逼她抬起头，紧接着给了她一巴掌。

她对"小三"这个词有种本能的厌恶和害怕，整个人瞬间蒙掉。

因为她刚刚走到了一个角落给盛柠打电话，所以和她一起拍毕业照的同学们暂时都还没发现她被人打了。

女生又要挥手打她，盛诗檬不可能再任由自己被人打，一把拽住女生的手臂狠狠甩开，自己从地上站起来，捂着脸怒道："你他妈谁啊！有病吗？"

"你不认识我还不认识我男朋友吗？"

"你男朋友谁啊！"

"你装什么装？我男朋友！应子实！"

盛诗檬猛地想起来了，应子实是那个之前跟她约着去了趟游乐园的师哥。

"我问过他了，他说你们已经分手了——"

女生疾声打断，恨恨道："放屁！我们只是吵架了而已，从来没分过手！我后来找他道歉想和好，他说这段时间你一直对他示好，还主动跟他约了好几次，他已经喜欢上你了，所以要跟我分手。盛诗檬你说你怎么那么不要脸呢？交那么多男朋友还不够，还要去抢别人的男朋友！"

盛诗檬早就看出来那个师哥不是什么好东西，约过一次后就再也没理过他，却没想到他连分手都没分。

她知道这个女生把她当成了第三者，于是让自己冷静下来，对女生说："你能不能别听你男朋友一面之词，难道他说什么就是什么？"

这会儿已经有同学发现了盛诗檬这边的不对劲，和她要好的几个女生已经朝这边走了过来。

"盛诗檬！"

"怎么了这是？"

无论盛诗檬和她的朋友怎么解释那个女生都不听，嘴上一直在骂，没停过，拦都拦不住，没办法，只好让人先去找那个师哥过来，三个人来个当面对峙。

盛柠一赶到这边就找到了盛诗檬，因为这会儿盛诗檬正站在灌木那边，被几个人围着。

盛柠什么也顾不上，立刻跑过去护住了盛诗檬。

盛诗檬看到盛柠，原本一直强忍着没流下来的眼泪瞬间涌了出来。

她带着哭腔喊："姐。"

女生见又有人来维护盛诗檬，立刻大叫道："你是盛诗檬的姐姐？你妹妹当小三抢我男朋友你知道吗？"

盛柠立刻否认道："不可能。"

盛诗檬站在盛柠身后，听她想也不想就否认，鼻尖一酸，拽着盛柠的手不松。她吸了吸鼻子，有盛柠在，她原本气极又委屈的心情突然好多了。

女生看姐妹俩紧紧牵着手，嘴上不屑地啐道："不是一家人不进一家门，你姐估计也是在外面给人当小三的吧？"

为什么会有人心理阴暗成这样，如同阴沟里爬出来的蛆虫，将恶毒的揣测就这样随意地加在一个陌生人身上。

没等盛柠反应什么，盛诗檬走上前，迎着女生阴鸷的目光。

之前一直想着解释，没有还手，一是不想闹得太难看，二是这个女生如果真的没有跟渣男分手，那么她也是受害者之一。

现在她却觉得解释个屁，直接将刚刚受的那一巴掌狠狠地扇过去还给了女生。

盛诗檬红着眼睛说："跟我姐道歉。"

盛柠抚慰般地用力握紧了她的手。

盛诗檬正要让盛柠别参与，紧接着就看到另一个引人注目，朝这边跑过来的人的身影，瞬间她僵在原地。

"檬檬！"

来人个子高挑清瘦，俊眉紧拧着，手上还捧着为庆祝她毕业而买的花束，如骄阳般在这个季节盛开的向日葵。

他来干什么？

盛诗檬从前老跟温征撒娇，她知道温征很吃这一套，她偶尔"小作"怡情，温征也是照单全收。

被人冤枉成小三，按理来说她这时候应该委屈地扑到他的怀里跟他哭诉，叫他给自己撑腰。可是盛诗檬从来没有一刻这么不希望他出现，第一次觉得原来被他看到自己狼狈的样子是这么难堪。

而那个歇斯底里的女生看到又有个男人过来护着盛诗檬，这个男人无论从长相，还是穿着，都肉眼可见地比应子实高了好几个档次，心里顿时更恨更不是滋味，眼底生狠，恶毒的话想也不想就脱口而出。

"不但当人小三还脚踏两条船，你睡那么多男人脏不脏啊，一天洗几次澡？真是够贱的！"

盛诗檬气得浑身颤抖。"你放屁！"

盛柠和温征听着女生的话，神色迅速阴冷下来。盛柠正要骂人，盛诗檬的朋友突然喊道："来了来了！应子实来了！"

应子实跑过来，看着眼前的场面，又看着自己前女友那泼妇样，又气又尴尬，直接将前女友拽过来冲她大吼："你干什么！疯了?!"

"我不来，难道让你跟小三双宿双飞?!"

"应子实！当着我朋友，还有你女朋友的面，你给我把话说清楚了！"盛诗檬瞪着师哥，"你约我的时候是不是很明确地告诉我你已经分手了，是单身?!"

被两个女生联合夹击，应子实哑口无言。

他在约盛诗檬之前，确实还没有和女朋友分手，只是吵了架在冷战。

盛诗檬在他们系很有名，人长得清纯漂亮又玩得开，系里甚至还有句名言：大学四年没去过东区的食堂，没和盛诗檬谈过恋爱，那这四年大学就算白读。

正好他厌倦了和异地女朋友每天打电话汇报这个汇报那个，却见不到面的枯燥恋爱，打算和女朋友分手。盛诗檬这时候也和校外男友分了手，他想着怎么也该试试，于是就开始约盛诗檬。

盛诗檬很会照顾男生的感受，对男生有股恰到好处的"小作"，也有时时刻刻的小贴心，这样的女孩子很难有男人能抗拒。

只是去过一次游乐园，应子实就发现他喜欢上盛诗檬了。

在女朋友终于憋不住跟他道歉的时候，他对女朋友说了分手，女朋友气得打电话过来骂他。他不想承认自己在短时间内变了心，于是就说有个漂亮的学妹在追他，而且还不在意他有没有女朋友，对他体贴入微。紧接着又开始数落女朋友跟自己异地，照顾不到他的感受，体会不了他的喜怒哀乐，他只是一个无奈的男人，将自己变心的原因全都推到了女朋友和盛诗檬身上。

为了让女朋友彻底死心，应子实还给女朋友发了盛诗檬的照片，说这个学妹不但比她性格好，还比她长得漂亮，不能怪他。

应子实叫女朋友把之前他给她寄过去的礼物换算成现金转还给他，女朋友在微信里骂了他几十条，就是没有还钱，应子实心里生气，安慰自己钱要不回来就算了，彻底分手就好。

可是他分手后，盛诗檬却不搭理他了。

正当他想着丢了芝麻也没捡着西瓜时，却怎么也没想到和他异地的前女友会大老远跑来他的学校找盛诗檬。

简直无地自容，应子实一把拽过前女友，心虚地冲她吼："你能不能别发疯了！要发疯滚回你自己学校发去！"

然后就要将她拖出学校。

女生尖叫着说不要，力气却大不过应子实。

盛诗檬大喊："应子实你把话给我说清楚再走！"

她的几个朋友也拽着应子实不准他走，非要他把这件事给澄清了。

温征面若寒霜，情绪一直处在濒临爆发的当口，其他人只是拽着应子实，而他则是直接上前，朝着应子实的脸就狠狠来了一拳。

应子实被打得偏过了头去。

温征冷冰冰地开口："污蔑我女朋友是小三，就想这么轻飘飘地走了？"

应子实被打得半边脸都没了知觉，也怒了，大吼道："盛诗檬拿我当乐子，我为了她跟我女朋友分了手。她倒好，我约了她一次后就把我甩脑后了，她没当小三，但这个行为跟当小三有什么区别！"

这话一出，立刻招来几个人的冷笑。

"有病。"

"自作多情。"

应子实羞恼难当，而女生在听到他脱口而出的实话后也愣在了原地，原本骂得很欢的嘴也再说不出半句话来。

他实在没脸，只觉得自己做了盛诗檬的舔狗还落得这个下场，气急败坏地只能靠着贬低盛诗檬来让自己不那么丢脸。

"盛诗檬在我们学校是出了名的玩得开，换男朋友跟玩似的，不信你问这里其他人。"应子实阴阳怪气地说，"她都不知道睡了多少个男人了。"

温征整个人怔在原地，手里还捧着花束，越发显得他像个傻子。

盛诗檬闭眼，清楚自己和温征算是彻底完了。

应子实同情地看着温征："谁知道她有没有给别人当过小三？我看你也挺有钱的，别被她的外表骗了，与其在这里当舔狗给她出气，还不如赶紧把你送她的那些东西要回来，别到时候连钱都拿不回来。"

温征顿时大怒，咬着后槽牙骂道："你个傻 × 玩意儿，配当男人吗你！"

他只是打不过温衍，不代表他打不过眼前这个傻×。好歹跟温衍这个练家子交过手，也偷学了那么几招狠的，于是直接抬腿，一脚狠狠踢了过去，直接把这傻×师哥踢摔在了地上，然后又冲过去坐在他身上往脸上狠揍。

应子实被狠狠压制在地上，很快就被打得鼻青脸肿，鼻孔都蹿出血来。

他那个前女友这时候竟然还想着护他，跑过去就要拽走温征。"干什么！别打我男朋友！"

温征不好对女人动手，叫了句盛柠，盛柠动作很快，强硬地拉开女生。

"拿个垃圾当宝贝，就以为我妹也跟你一样喜欢垃圾是不是？"盛柠盯着女生，语气冷凝，"你刚打我妹了是不是？"

她一来就看到了盛诗檬脸上的巴掌印。

女生被她的语气吓得咽了咽口水。

盛柠直接挥起手冲女生脸上狠狠甩了一巴掌。"还拽我妹妹头发了是不是？"

然后又拽着女生的头发拖着她走了几步，女生痛得大叫，伸手就要去拽盛柠的衣服。

盛诗檬原本还在哭，一看那女生又跟盛柠厮打起来，顾不得自己泪眼蒙眬，立刻冲了上去，一把从后面薅住女生的头发，狠狠往后一拽。

"你有病冲我来，打我姐干什么！"

女生直接被姐妹俩合力摁在地上，丢脸至极，骂也骂不出口，还也还不了手，只能大声啜泣着，骂应子实渣男。

盛诗檬的朋友们看到这个场景，尤其是温征打应子实打得实在太狠，生怕温征真给人打出毛病来惹得自己一身腥，赶紧叫了学校保安过来劝，最后保安又打了110，一直到警车开过来，这场闹剧才算结束。

坐警车去派出所，温征没跟姐妹俩坐一辆车，盛诗檬坐在车子后排，安静地抱着盛柠。

她喃喃问："姐，我真的很脏吗？"

陪同的警官也大概知道刚刚是个什么情况，小姑娘的那帮朋友都七嘴八舌地跟他们解释了，正要开口安慰，小姑娘的姐姐却已经捧起了她的脸，替她擦去了眼泪。

"听着，你一点都不脏。"盛柠眼神认真，一字一顿坚定地说，"脏的是那些人还没从封建社会进化过来的大脑和思想，脏的是那些人对你的偏见，脏的是他们自己。"

坐在前面的警官拼命点头："你姐姐说得对，现在都什么年代了，恋爱自由。新时代青年多谈几段恋爱怎么了，只要没碍着别人，丰富人生，丰富阅历，以后碰上渣男一眼就能看出来还不会被骗，多好。"

盛诗檬小声说："谢谢您安慰我。"

警官摆手："没事没事，就是下次千万别这么动手了啊，法治社会，遇到麻烦就赶紧报警。"

盛诗檬慢慢冷静下来，重新靠在了盛柠的肩上。

因为怕再被警官听见，她压低了声音说："我不是小三。"

"我知道，我了解你。"盛柠抚着她的脸说，"你不可能做那种事的。"

盛诗檬眼神闪烁，心里忽地升起某种期望，小心翼翼地喃喃道："如果我跟你说，其实我妈妈当年根本不知道你爸爸不是单身才跟他在一起的，你愿意相信她吗？"

盛柠愣了下，紧接着有些诧异地看向她。

这时候车子刚好开到派出所门口，负责开车的警官说："到了，下车进去说吧。"

温衍接到在公安局工作的那个朋友的电话时，人还在公司开会。

朋友在电话里说："温征打架了，现在人在燕外东院这边的派出所，我现在正往那儿赶，去帮他解决一下，你也赶紧过来一趟吧。"

温衍突然就冷了脸，正在对着 PPT 做汇报的下属不知道自己哪儿说错了，表情越来越惊慌。

温衍低下头，狠狠摁着眉心，最后还是起身，直接结束了会议。

临走前他对着一干不明就里的下属说："抱歉，我有私事。"

原来是私事，下属们大松一口气，忙说："没事没事，温总您去忙吧。"

温衍连司机都没来得及叫过来，自己开着车就疾驶出停车场。他知道这个架既然是在燕外打的，那绝对跟另外两个人脱不了干系。

开车过去的路上，温衍在心里不止一遍地念：三个小王八蛋。

等到了派出所，朋友带他去见了这三个参与打架的小王八蛋。

果不其然，除了温征，盛柠和盛诗檬姐妹俩也在。

在看到盛柠后，温衍又是气恼又是担心，紧紧蹙着眉头，一张俊脸阴沉得不像话。"我就知道你肯定也在。"

盛柠低着头，缩着肩膀坐在椅子上不说话。

男人过来得急，卷起的袖口都没来得及拉下来整理好，他除了在路上开车，剩下的路程都是跑过来的，脸上也起了一层薄薄的汗。

他顾不得什么形象，大步流星朝盛柠走去，曲膝在她面前半蹲下，仔仔细细地打量她的脸，还抬起她的胳膊捏了捏。

他边检查边沉声问："伤着哪儿没有？"

盛柠绞着手指，跟熊孩子似的撇嘴说："没伤着，我和我妹二打一，碾压。"

温衍这才松了口气，但紧接着又敲她脑袋轻嗔道："碾压你个头，你还觉得很光荣是不是？"

打架打进了派出所，这当然不是什么光荣的事。

温征因为下手比较重，这会儿还在里头被问话没出来。应子实最惨，坐着警车直接先去了医院，他前女友因为是最先挑起事端的人，所以问话时间也不短。

盛诗檬刚接受完警官询问，出来坐下还没来得及跟盛柠说上一句话，温衍就来了。她现在莫名觉得自己很多余。

确定盛柠没事后，温衍瞥了眼盛诗檬。"你有没有事？"

盛诗檬眨眨眼，简直受宠若惊，用力摇头道："没事没事。"

此时一个警官过来，喊了个男生的名字，然后说："你爸爸来了。"

一个男高中生站起来，紧接着他的爸爸怒气冲冲地走进来，一进来就破口大骂。

"兔崽子！我和你妈每天累死累活赚那么点钱，辛辛苦苦送你去学校读书，每次考试给我考个倒数第几就算了，还一天天的不学好，就知道拉帮结派打架！看老子今天不打死你！"

然后就冲过去对着男生的脑袋就是一个暴扣。

男生非但不怵，还特别嚣张地说："打架怎么了！他们先惹我的！"

他爸爸气得眼珠子都快掉出来，警官拼命拉着才免于他在大庭广众之下对儿子使用暴力。

姐妹俩在旁边看热闹看得津津有味。

"还好意思看别人。"温衍冷冷地说，"一个研究生毕业，一个大学毕业，你俩跟那小孩有区别吗？"

"……"

"……"

姐妹俩听着温衍的话，莫名有些怕挨他的揍，只能装作一副知道错了十分悔过的样子，默契地耷拉着脑袋不说话。

温衍扯了扯唇，没什么情绪地说："三个人一块儿打架，挺能的。"

"不怪我姐，也不怪温征。"盛诗檬顿了顿，小声说，"其实也不怪我，纯属无妄之灾。"

"到底怎么回事？"

盛诗檬结结巴巴地把整个事情原委跟他说了。

温衍越听眉头皱得越紧，最后叹了口气，说："行了，你俩坐着吧，我去处理。"

问话室里负责给温征问话的两个警官被温征气得不轻。

这富二代生了副好皮相，心里也清楚打架斗殴不可取，但就是故意这么干了，因此让两个警官很是头疼，不知道该怎么教育。

温征对两个警官的态度倒是挺好的，但警官只要跟他说你这么做错了，他依旧是抬起下巴吊儿郎当地说："警官，揍人也得看我揍的是谁，我今儿要揍的是别人呢，我肯定就认错了，但揍那傻 ×。"他顿了顿，嗤笑一声道："那傻 × 的医药费我出了，但道歉不行，除非他先跪下来给我女朋友磕三个响头道歉。"

警官拍着桌子说："你这是打架斗殴，再严重点，那就是故意伤害罪了知道吗！"

温征敛笑，蓦地冷了语气淡淡道："他当着那么多人的面污蔑我女朋友，我没给他打残就不错了。"

警官语气威慑："真给他打残了，人家是能起诉你的知道吗！"

可惜毫无作用，温征挑着眉说："起诉行啊，那我打个电话找我律师来说。"

"……"

真就是越有钱的越难教育。

这富二代肯为自己的行为负责，但没有认错态度，警官们其实也知道他打架的缘由，确实也是那个男的该揍，但没办法，打架行为不可取。要是所有人都用拳头说话，那这个社会岂不乱套，所以必须得让这富二代从态度上认识到错误。

僵持了没多久，从局里赶来一位高级警督，听说是这富二代的亲戚，没过多久又来了个穿衬衫西裤的男人，听说是这富二代的哥哥。

领导让人给这两位泡茶，态度恭敬地叫他们先坐着喝口茶。

负责教育温征的两个警官心想，得，富二代的两座大靠山来了。

坚决不认错的温征在看到这两位的时候，吊儿郎当的表情立刻就变了。

靠山一来，这事解决得更快了。

应子实从医院过来，他被温征打得鼻青脸肿，看着恐怖，其实皮厚耐打，没真伤着筋骨，全是皮外伤。

由警方出面调解，温衍淡淡地看着坐在桌子对面和仨小王八蛋打架的应子实和他前女友。

他语气平缓，态度却异常冷漠，对方很清楚地感受到了他的不屑和居高临下，却又从他说的话中挑不出任何错处。

"我弟弟脾气急，把你打成这样，这确实是他的不对。"温衍顿了顿，又意有所指道，"但你应该也清楚他为什么打你。"

应子实光是看着眼前这个男人都有点怵。

这富二代的哥哥跟富二代的气质完全背道而驰，不带一丝轻佻，着装板正精致，协商和解过程中从头到尾面无表情，冷峻疏离，比揍他的那个富二代看着不好说话多了。

弄得应子实连医药费都不敢多要，双方之前打架打得有多狠，协商过程中就有多和谐，压根就不像协商，像开会，搞得原本坐在这里怕双方协商不好又闹起来的警官们发挥不了作用，甚至有些迷茫自己为什么要坐在这里。

最后赔了应子实医药费，而应子实和他前女友老老实实对盛诗檬鞠躬道了歉，这件事总算彻底完结。

应子实是个什么东西，他前女友如今也是彻底看清，这么一闹，这对异地情侣算是彻底闹掰了。

事情解决了，温征说有话要单独跟盛诗檬谈，带着人先走一步。

告诉温衍这件事的警官也打算离开。

这位警官气质上看着跟温衍差不多，只不过长相上，温衍更偏向于俊朗标致的那一款，而这位警官长得要更硬朗一些。

盛柠从温衍那儿知道这位警官姓黎，和温衍不但是表亲，还曾经是军校的同期生。

这位黎警官跟温衍站在一起，给人感觉就像是两座无法逾越的大冰山。

温征的纨绔子弟人设深入人心，因而黎警官对他和盛诗檬的事没有任何兴趣。派出所所长和他认识，也知道温征，一看温征身份证就立刻认出了这是温二少爷，所以第一时间就打电话通知了他。

他过来完全是出于亲戚身份，不想温征这小子给整个温家丢脸。

反倒是和温衍在一块儿的那个姑娘，他多看了好几眼。

温征这边参与打架的三个人里，明眼人都看得出来，温衍最在意的不是他弟弟，而是这姑娘。

两个人倒是没有什么特别明显的肢体接触，就是温衍跟这姑娘说话的时候目光很专注，语气也会不自觉地放轻，黎警官跟温衍睡过四年的上下铺，所以很清楚温衍平时对人是什么样。

这姑娘长得倒是挺斯文漂亮的，谁能想到动手打起人来能那么狠。

盛柠也发现这位黎警官在看自己，但又不知道该做什么反应，她只好对黎警官露出了一个自认为非常自然的微笑。

黎警官平静地挪开目光，问温衍："你女朋友？"

温衍惜字如金："嗯。"

"老爷子给介绍的？"除了相亲，他想不到任何温衍能交到女朋友的途径。

温衍蹙眉："不是。"

黎警官略微诧异地抬了抬眉。"所以你和你弟各自找了两姐妹？"

"有问题吗？"

"没。"黎警官牵唇，"会玩。"

盛柠全程听着，两座冰山之间的对话，整个加起来竟然不超过五十个字。

这会儿好巧不巧温衍来了个电话，他掏出手机看了眼来电显示，又看了眼盛柠，然后说要去接个电话，就出去了，徒留盛柠面对另一座冰山。

毕竟是温衍的表亲，又是朋友，盛柠不想冷场，于是干巴巴地跟黎警官搭话。"一直听说温衍有个在公安工作的朋友，今天终于见到了。"

黎警官扬眉："盛小姐知道我？"

盛柠说："我之前听温征说起过温衍退役以前的事，所以知道你。"

黎警官了然地"嗯"了声。

温衍还没回来。

黎警官见这姑娘说完这几句话后又不知道该说什么了，一脸局促的样子，于是主动道："那温衍退伍的原因温征也跟你说了？"

"嗯。"盛柠小声说，"还挺可惜的。"

温衍穿军装真的帅，比穿西装还帅。

黎警官说："人确实是这样，感性上比较容易偏向弱势的那一边，所以当时大部分人都站在了另一个人那边。"

就好像会哭的孩子有糖吃，温衍给人的印象太过强势冷淡，做什么都游刃有余，从没露过怯，所有人都认为他不会因为那件事受打击，却没想到他会直接选择退役。

"当年那件事，他的那些朋友都挺后悔的。"黎警官眼神平静，字字深重，"我看得出来他很喜欢你，所以希望你能一直坚定地站在他这边。"

这边盛柠和黎警官之间的对话因为温衍打开了，而另一边她妹妹盛诗檬还在和人僵持着。

派出所离燕外不远，走路二十分钟就到，温征是坐警车过来派出所的，他的车还停在燕外的校门口，所以就带着盛诗檬先走路回她的学校。

盛诗檬一直走在温征后面，和他保持着固定的距离，温征也没跟她搭话，两个人就这么一前一后走着，走完了自认识以来他们之间最沉默的二十分钟。

两个平时最擅长说甜言蜜语的人，都曾用糖衣炮弹将对方哄得心花怒放，如今却是一言不发。

说什么呢？盛诗檬心想，她现在说什么好像都会让温征觉得是假话。

学校马路对面的小摊已经支起来了，亮起点点灯光，温征走到自己的车子边，迟迟没有打开车门。

对盛诗檬这一路的沉默，他既感到气恼，又感到无奈。

"檬檬。"他开了口，"你就没什么话要对我说的吗？"

盛诗檬说有，然后说："对不起。我确实在认识你之前就谈过很多恋爱了。"她轻声说："之前在你面前的那些都是装出来的，是我骗了你。"

而她的诚心认错却并没有抚慰到温征，反倒让温征觉得自己更像个傻子。

自从上次盛诗檬跟他坦白说曾经追过他哥，温征就没再找过盛诗檬。没联系她的这段时间，他其实想了挺多。

说不硌硬盛诗檬追过他哥这件事肯定是假的，为此他又去找他哥打了一架，当然还是没打赢，但从他哥口中明确地得知，他哥和盛诗檬之间什么事都没有。

他知道的，只是心里觉得气，气盛诗檬喜欢的第一个男人不是他。

可是再气也舍不得放手，慢慢他就想通了。

盛诗檬一开始不认识他，她先认识的他哥，他哥长得好看，各方面也都优秀，本来就很招小姑娘喜欢，她没把持住，动心很正常。

至少跟自己在一起后，她和他哥就再没有瓜葛了，而且现在她姐跟他哥在一起，那就更没什么好介意的了。

温征就这样说服了自己。

没有关系的，只是对他哥动过心而已，她喜欢过的只有他一个人。

他买了束花，想在她拍毕业照这天过来送给她，顺便跟她一起照张相也用来做屏保，就像他哥跟盛柠那样。

不论从前两个人是不是真心，至少从这一刻，他无比真心，只要盛诗檬愿意再相信他一回，那么他们就认认真真地重新谈一次恋爱。

因为盛诗檬的这句道歉，温征悲哀地发现他难过的根本不是盛诗檬交过多少男朋友，或是之前在他面前装得多懵懂多单纯。

他也不介意自己是不是她的初恋，是不是她感情上所有的第一次。哪怕从一开始她就告诉自己，她谈过很多段恋爱，她曾喜欢过很多男人，他对她的态度也不会变，该喜欢上她还是会喜欢上她，该交付真心依旧会交付真心。

他宁愿盛诗檬从一开始就告诉他。

他难过的是盛诗檬骗他，骗他骗得彻底。

她曾对他句句都是爱，甜言蜜语张口就来，满心满眼都是他，可是她心里却从来没真正爱过他。

在他曾经扬扬得意猎物上钩的时候，却不知她同样也把他当成了解闷解乏的猎物。

和他不同的是，他在引诱猎物的时候对猎物真的上了心，而盛诗檬却在他上钩后，狠狠一脚踢开了他。

真够厉害，也真够心狠的。

而他却没资格怪她，因为自己一开始也并不是真心对她。

她从没爱过他啊。

认识到这点的温征苦笑两声，自嘲地说："盛诗檬，是我输了，你技高一筹，我投降。"

原来兔子真的赢不了乌龟，他跟龟兔赛跑里那只愚蠢自负的兔子没两样。

盛诗檬嘴唇微张，却不知道该说什么。

在温征从应子实那儿知道了她真面目的那一刻，她以为他会当场质问她，质问她为什么要骗自己，甚至有可能也会像其他男人一样说她脏，指责她不检点。

但是他没有，他为她打架了。

和曾经看到她被围堵在学校巷子里的姐姐一样，姐姐那时候那么讨厌她，却依旧在那时候选择了维护她。而温征也在那一刻无条件地选择相信了她。

也是在那一刻，盛诗檬没法再骗自己。她喜欢温征，是无比真心的喜欢。

他们为自己曾经在这段感情上所加的轻佻和谎言付出了彻底的代价，那就是当付出真心的时候，没有一个人配得到对方真心的回应。

"回去吧。"温征哑声说，"和你的朋友好好说说，让他们明天再陪你把今天没来得及拍的毕业照拍了。"

然后他开车走了。

而他打算送给盛诗檬的那束向日葵早就在打架的时候被扔在了地上，这会儿估计早被打扫的阿姨捡起来扔进了垃圾桶，盛诗檬也早就换下了学位服。

他们没能拍上一张合照。

温衍打电话后回来，黎警官已经离开。

盛柠正坐在椅子上等他。

"走吧。"温衍问她，"你今天晚上住哪儿？"

"公寓。"盛柠说,"宿舍差不多都空了,还剩最后一趟没搬,我明天再回学校继续搬。"

温衍"嗯"了声:"那我送你去公寓。"

开车送盛柠回公寓的路上,温衍突然问了句:"之前你给我发微信,过两天是要回老家对吗?"

"嗯。"盛柠说,"去找我妈。"

"票已经买好了?"

"买好了。"

"回燕城的票买了吗?"

"还没。"盛柠说,"不确定什么时候回来,反正直达的高铁有很多趟,还不急着买。"

"到时候我帮你买回来的机票吧。"温衍说,"我跟你一起回。"

盛柠没反应过来,呆呆地问:"你也要去沪市吗?"

"不是,我去趟杭城。"温衍顿了顿,淡淡说,"去见我姥爷。"

盛柠从温征那儿听说过兄弟俩的外公,在温征的原话里,这位外公是个很厉害的人物。

她抿抿唇,问:"你外公是找你有事吗?"

"嗯。"温衍揉揉她的头说,"不是什么大事,等我见完他就去沪市找你,跟你一块儿回燕城。"

盛柠说好。

之后她掏出手机,给盛诗檬发了条微信,想问问盛诗檬今天要不要跟她一起去公寓过夜。盛诗檬一直没回,盛柠又给她打电话,那头提示说该用户已关机。

她这才想起盛诗檬的手机在今天下午的时候被摔在了地上,估计已经摔坏了,盛诗檬应该还没发现。

关于石屏的事,盛诗檬话只说了一半,还没说清楚,而且她好像还有关于温征的事要跟自己说,但是也没来得及说清楚。

两个人应该已经复合了吧。

温征今天为盛诗檬打的架,已经足够证明他是真的喜欢盛诗檬。

盛柠为他们松了口气,转头看向正在开车的温衍,心想得赶紧回沪市找她妈商量房子的事,借钱把那套公寓给她下来,而不是叫温衍送给她。

因为那套房子是所有谎言和骗局的开始。

两天后,盛诗檬坐上去沪市的高铁。

下了高铁以后，她直接打车去了宁青发给她的地址。

宁青长年在国外，每年只有很短的时间会回国看望盛柠的外公外婆，因而比较喜欢住酒店，她给盛柠的地址也是她常住的某个酒店套房。

高铁到站前几十分钟盛柠就给宁青发过消息，只不过宁青没回，直到盛柠到酒店前台了，前台小姐给宁青的套房打电话，宁青才接起。

盛柠以为她妈不回消息是还在睡觉，等上去了才发现她妈原来是在忙。

宁青穿着一身浴袍给盛柠开门，女人似乎是刚洗完澡，眉眼艳丽，面色红润，头发披散在肩上，还有些湿。

盛柠已经好几年没见过妈妈，今天再见，她感觉妈妈好像比几年前的时候看着更年轻了，乍一看说她妈妈三十岁出头估计都有人信。

宁青自离婚后就没有再婚，这么些年一直单身，去世界各地游玩，物质和精神财富一样不缺，自然也有很多的时间可以拿来保养。

如此舒适的生活状态，不用为老公孩子操劳，没有任何家庭负担，看上去当然年轻。

"进来吧。"宁青说。

盛柠走进去，还没来得及在沙发上坐下，套房的卧室门被打开，从里面走出来一个光着上半身的年轻男生。

男生浑身上下只穿了一条四角内裤，身材一览无余，精瘦白皙，那张脸也是清秀漂亮，配合着睡眼蒙眬的表情，显得格外秀色可餐。

他打了个哈欠，困倦地问道："青姐，谁来了啊？"

盛柠被这一幕男色搞得当场呆滞，看着眼前这个和自己年纪差不多的男生光着身子站在她妈的房间里，心中除了震惊也只剩下震惊。

宁青的反应明显就淡定很多："我女儿。"

男生一听是宁青的女儿，这才抬起了眼皮看向盛柠。

"你女儿蛮漂亮的嘛。"看着这个和自己年纪相仿的女生，男生眼睛弯起，"就是长得和青姐你不太像。"

宁青"嗯"了声，淡淡道："长得像她那个爸，你继续睡吧，我等会儿叫你。"

男生乖巧地回卧室继续睡了。

盛柠知道她妈妈这些年交过不少男朋友，但她不知道她妈妈的男朋友居然这么年轻。

宁青见盛柠一直盯着卧室门，主动说："传媒学院的学生，人还挺听话的。"

盛柠干巴巴地说："好年轻啊。"

宁青笑了声："你找的那个男朋友还没我找的这个年轻吧？"

盛柠无法反驳，点头："嗯。"

不论是年龄还是气质，温衍都是稳重成熟那一款的。

茶几上还有没收的高脚杯，杯子里还有没喝完的红酒，盛柠一看就猜到他妈之前应该是和那个男生坐在这里一起喝酒。

宁青没管茶几上的杯子，又去橱柜那里拿新酒杯，还顺便问盛柠喝不喝。

盛柠摇头说不喝。

宁青没勉强，给自己倒了小杯酒，背微微抵着高脚台面，优雅地抿了口红酒，勾唇说："不过你现在还年轻，自然喜欢比你成熟还能照顾你的男人。等你到我这个年纪就知道了，男人越老越没劲，还是年轻的好。"

盛柠现在正处在热恋期，她觉得温衍哪儿都好，听她妈这话里有拉踩温衍的意思，于是下意识就为自己的男朋友辩解道："他就比我大几岁而已，不老。"

盛柠自己叫温衍老男人可以，但别人不行。一枝花的年纪，哪里老了，正正好的成熟，她很喜欢。

"你现在看他哪里都好，以后等你们感情淡了就会觉得他没那么好了。"宁青说，"还是嘉清那孩子跟你最合适。"

"我知道他很合适。"盛柠顿了顿，补充道，"但是我还是喜欢我这个。"

宁青笑了声，意味不明道："当年我也是这么看你爸的，不合适又怎么样，谁让我喜欢。"

盛柠一听她妈将温衍和她爸盛启明相提并论，不由得蹙眉："他跟我爸不一样。"

"话别说得太死，我活得比你久，见过的男人比你多多了，男人没几个好东西。"宁青讥嘲地说，"现在对你再好，以后谁知道呢。"

宁青和前夫盛启明相识于大学，盛启明是从他们那个小村子里考到城市来的大学生，认识宁青的时候是穷学生一个，除了一副斯文俊美的好皮相，什么都没有。

穷学生和城里大小姐的爱情听起来浪漫，可在宁家眼里一文不值。

宁家给宁青挑女婿，最不在意的就是皮相，所以整个宁家除了宁青，没人看得上盛启明，架不住宁青喜欢，长辈们只得松口，退一步提出了要让盛启明当上门女婿的要求。

一穷二白的盛启明兜里半个子没有，心气倒是高得不行，说什么也不肯。

可那会儿宁青是真的爱他，她把最浓烈也最真挚的感情都给了盛启明，最后她跟家里人大闹一场，家里人没办法，只好同意让两个人结了婚，由宁家出钱，风风光光举办了婚礼，将宁青嫁给了盛启明。

而盛启明那时候也是真的爱宁青，为了不辜负妻子的心意，除了努力工作，还一心顾家，家务他做，饭菜他煮，连同妻子娘家对他的态度，他也咬牙忍了下来，从不对妻子抱怨。就连他们的孩子出生后，盛启明为孩子取的名字都明喻着他对妻子的爱。

后来石屏出现了，所有的美好戛然而止。

宁青父母心疼女儿的遭遇，也不敢再勉强她去接受下一段婚姻。

宁青觉得她终于找到了最适合自己的生活方式，那就是自由自在地活着，没有任何来自家庭的约束。

既然有钱的男人喜欢找女人作为他们排解寂寞的工具，那么有钱的女人为什么不可以找男人排解寂寞？

盛柠现在跟她男朋友正处在感情最好的阶段，所以完全听不进去宁青的话。

宁青心中发笑，跟她年轻的时候简直一样，满心满眼都是盛启明，哪里顾得上考虑两个人合适不合适，日后会不会被伤害被背叛。

不知道盛柠找的那个男朋友有哪里好，竟然能让在盛启明的影响下的盛柠，敞开了心去喜欢，甚至放弃了更适合她的陆嘉清。

盛柠抿着唇不说话，显然是不想和她妈妈讨论这个问题。

不听就算了，宁青也懒得说，有些女人总归是要被男人害惨了才知道学聪明。

她摆摆手，不想和女儿继续探讨关于男人的话题。

"你今天来找我不是要跟我谈房子的事吗？"

盛柠点点头，端坐在沙发上，开始认真和宁青谈要买房子的事。

盛柠的户口目前确实是在燕城，不过那是因为她大学期间在燕城读书，户口确切来说只是在学校，属于学籍户口，在燕城是没有购房资格的，所以盛柠一开始就做了两个打算。

一是考外交部，考进了外交部那就是正儿八经的公务员，稳定工作几年自然能拿到户口；二就是缴纳社保，五年的社保不能断缴，五年之后就能拿到燕城的购房资格。

就算从现在开始着手准备购房资格，也不可能今天准备，明天就能买房。

宁青自然也是知道这点的。

"就算你要买房，也得等上个几年，为什么这么急着就要用钱？"

盛柠找了个借口说："我想先将这笔钱拿去投资，等几年之后房子涨了价，我的本钱也不会只是在原地踏步。"

宁青点了点头，又说："你既然开口问我借钱，还有明确的数额，那说明你应该已经决定要买哪里的房子了，是吧？"

这不是笔小钱，已经接近宁青给人投资一期项目的数额了，她当然要问清楚。

盛柠把自己要买的公寓品牌告诉了宁青。

宁青用手机查，很快皱起眉："小产权房？"

虽然这个房产品牌够高端，挂靠的兴逸集团在燕城也很有名，但掩盖不了这只是小产权房的事实。

"小产权就小产权，你选地段这么贵的小产权，一平方米的价格已经赶得上住宅房了。你既然以后要在燕城定居，为什么不把目标定在住宅房上？"

宁青的疑虑很明确，盛柠有原因，却不能告诉她。

一开始盛柠决定买小产权房，就是因为她不打算跟宁青要那么多钱。她知道小产权房很不好，但它的首付相对住宅房来说却更便宜，这些年她把宁青给她的钱都攒了起来，十年八年内攒个首付对她来说虽然也不容易，但不是不可能。

人是要有梦想，但梦想不能太离谱，所以盛柠不得不现实地做了退一步的选择。

所以一开始温衍问她要什么的时候，她说的也是公寓，而没有贪婪地越过自己的梦想，去向他要求更好的房子。

温衍是兴逸集团的 CEO，旗下拥有数个房产品牌，而博臣花园恰好也是小产权房中最高端的一个品牌。

这种种的缘由让盛柠选择了博臣花园，她一开始把事情想得很简单，以为房子到手就是万事大吉。盛柠那时候根本没想到她会和温衍在一起，也根本没想到这套房子会成为她对他的心结。

"你要买房，我可以拿钱给你买，你跟我借也好，管我要也很好，但我希望你能把目光放长远一点。"宁青实在不能苟同盛柠的决定，语气自然也不怎么温和，"你男朋友不是燕城人吗？你要买小产权房，难道他没劝你？"

在她眼里，盛柠是个很有规划的孩子，成年后更是这样，对自己的每一笔钱都精打细算，就算盛启明那么想从女儿手里撬走这些钱都没能得逞，所以宁青才放心直接打钱给盛柠，要怎么用，拿来买什么，全由盛柠自己决定。

盛柠问她借钱，宁青以为她对这笔钱会有很合理的用处，却没想到她竟然要把这一大笔钱用来买一套小产权房，不说买了自己住，就连拿去投资都不划算。

"女朋友要在他的城市买房子，他连个屁都不放？就这样的男人，你还说他对你好？盛柠，你别跟那些傻女孩一样被骗了。"

盛柠："不是的。"她不知道该怎么解释了，只好老实说："他就是博臣花园的老板。"

宁青不解道："你不是说你男朋友是搞外贸的吗？怎么又变成搞房地产的了？"

"兴逸集团确实是做外贸起家的。"盛柠说，"只是后来生意做大了也往房地产发展了。"

宁青倏地睁大眼，至少沉默了半分钟。"……所以你男朋友姓温是吗？"

"嗯。"盛柠不禁问，"妈你怎么知道？"

"我怎么不知道。"宁青扯了扯唇，"你外公做梦都想结交上姓贺的那一家，没想到你倒是曲线救国。"

她都不知道该怎么评价盛柠，是该说盛柠太不自量力，还是太有本事。

"我自己受过教训，明白了女人不能低嫁。"宁青说，"所以我给你介绍了嘉清，不提你爸那边，我跟他妈妈是朋友，你跟他是门当户对。我以前年纪小的时候也觉得门当户对是个很讽刺的词，但现在我觉得这个词太对了，这不是封建，不是势利，而是一种规律。"

时隔很多年，宁青重新这样叫盛柠："囡囡，你还年轻，所以觉得爱情就是全部，然而它不是。"

盛柠当然知道爱情不是全部。有了父母的例子，她比很多女孩子都早熟，对待感情也更理智清醒。

她唯独对温衍例外了。

"你等我先换个衣服，我陪你回趟你爸那儿，你把户口本拿出来。"宁青说，"燕城的房子等过几年你有资格买了再说，我先帮你在沪市买一套房。"

盛柠从小到大就是个很聪明的孩子，有时候大人不需要把话说清楚她就能懂，她当然知道宁青是什么意思。

那个睡在卧室里的年轻男生被宁青叫走了。

他临走时还挺不高兴的，说青姐有了女儿就忘了他。

宁青看上去心情不太好，没惯着男生，反问道："不然呢？她是我生下来的，你是我生的吗？"

男生脸色瞬变，立刻对宁青又是撒娇又是谄媚，说自己错了不该要小性子。

"好了，你回学校吧。"宁青说，"有需要我会再联系你的。"

男生点头，跟宁青强调了好几遍一定要记得联系他。

后来宁青在车上又收到男生发来的微信，一大串的话，盛柠戴的隐形眼镜，度数不高没看清，只看到妈妈没回，还直接将那个男生的微信拖进了黑名单。

就是吃了个醋就被她妈给甩了，作为被吃醋的当事人之一，盛柠忍不住问："妈你这就把他给甩了？"

"不然呢，反正过两天我也要出国了，留着干什么？"宁青不以为意。

盛柠不禁感到佩服，她妈简直像个女王啊。要是让她这么对温衍，她舍不得。

"对了，你打个电话问问你爸，打听看看他在不在家，要在家的话你就自己上去拿户口本吧，我在车里等你。"宁青淡淡说，"我懒得见他。"

今天不是周末，盛启明这会儿应该是还在公司上班，盛柠以防万一，还是给盛启明打了个电话。

"不在，我在公司上班。"果然，盛启明在电话里这么说，"只有你石阿姨在家。"

盛柠松了口气，正好，她也不想见盛启明。

盛启明在电话里问她："你是不是回来了？"

盛柠："没有。"然后就挂掉了电话，也不给盛启明机会说出下一句话。

挂掉电话后，盛柠如实告诉宁青，家里只有石屏在。

宁青愣了愣，没什么情绪地"哦"了声。

盛柠问："要不妈你还是在车里等我？"

宁青挑眉："她我有什么好不见的？正好我也去看看这女的过得怎么样，看看报应到她身上没有。"

她曾经确实恨石屏，抢走了她深爱的丈夫，破坏了她美满的家庭，宁青恨不得将石屏挫骨扬灰。

离婚后迅速出国，也是不想再和这对让她伤心生气的狗男女生活在同一座城市，否则她走路都嫌脚下踩的地砖脏。

这些年她一个人过得很自在，什么也不缺，当初的恨也就随着时间的治愈慢慢消散。现在每提起盛启明的名字，听到他的声音，宁青就只有厌恶和不屑，早没了当年歇斯底里对这个男人的绝望和爱恨。

再提起石屏的名字，也只剩下了讽刺。

第 *12* 章

与过去和解

车身锃亮的轿车开进了盛启明现在所住的老小区，宁青和盛柠一块儿下了车。宁青随意看了眼老小区的环境，没什么表情地勾了勾唇。

盛夏骄阳下，坐在小区旁树荫下拿着蒲扇乘凉的王奶奶看到盛柠，眼睛一亮，笑呵呵地对盛柠说："柠柠回来了啊，怎么没看到檬檬呢？"

还没等盛柠回答，王奶奶冲楼上喊道："石屏！你一个囡囡回来喽！"

"哎！"楼上传来石屏惊喜的回应声。

宁青踩着高跟鞋走到王奶奶面前，微微曲膝对老人家微笑道："奶奶，石屏她不是柠柠的妈妈，我才是柠柠的亲妈妈，石屏她是后妈，是小三。"

王奶奶年纪大了，脑子有些转不灵活，一听宁青这话，呆愣愣地问："侬是柠柠的亲妈妈，那怎么侬不养柠柠呢？"

老人家还在不解，石屏已经跑下了楼。

她刚刚在家里搞卫生，穿着不怕弄脏的旧衣服，脸上还有薄汗，见到盛柠的时候脸上表情一喜，可是紧接着见到盛柠旁边那个打扮得高贵精致的女人后，笑容又顿时僵在脸上，脸色也蓦地发白。

宁青看到了石屏现在的样子，一瞬间内心别提有多畅快，觉得自己这一趟真是没白来。

小三灰头土脸，而原配却光鲜亮丽，任谁看了都要喊一句大快人心。

"……柠柠她妈。"石屏勉强开口，"你今天怎么有空来了？"

"陪我女儿来拿户口本。"宁青拍了拍盛柠的肩，"你上去拿吧，我和你石阿姨聊聊。"

石屏一听宁青要跟自己单独聊，小心翼翼地问盛柠："檬檬没陪你一起回来吗？"

盛柠摇了摇头，而宁青突然开口道："石屏，你还真有脸让你女儿一直用着檬这个字当名字啊？"

石屏有些无措地闭嘴，不敢再说话。

"盛启明那个贱男人，我女儿叫盛柠，这个柠取的是我的姓。他倒好，为了表示有多爱你，去叫你女儿改了他的姓，还给她取了新名字，把檬字用在了你女儿身上。他不要脸你倒是也心安理得地跟着不要脸。你女儿实际上叫周诗诗，知道吗？她不配用跟我女儿配对的名字。你看你现在这个样子，都是报应知道吗？"宁青讥讽地笑了笑，故意说道，"有其母必有其女，估计你女儿现在也过得不怎么样吧。"

妈妈的软肋都是自己的孩子，宁青提起盛诗檬，就是成心要让石屏伤心，叫她不好过。

石屏抿唇，语气泛酸道："是我对不起你，但这件事跟檬……跟诗诗没关系，你要怎么说我都行，请不要再牵扯上我女儿了。"

"石屏，你装可怜给谁看呢？"宁青漫不经心道，"你在破坏我家庭的时候，就应该想到你女儿也会跟着你得到报应知道吗？你跟盛启明搞婚外情的时候怎么不想想你女儿？"

王奶奶年纪大了，听不大懂她们之间的对话，只能拼命摆手喊道："不要吵啦不要吵啦，都是街坊邻居，以和为贵嘛。"

这会儿已经有些街坊邻居听到了楼下的动静，纷纷从自家屋里探出头来。

"楼下这是怎么了？"

"好像是石屏跟人家吵起来了呀！"

石屏想起女儿，已经泪流满面，说不出一句话来，只能蹲下身捂着脸默默哭。

盛柠表情复杂，一直想着那天去派出所的路上盛诗檬对她说的话，可是盛诗檬那天没对她说清楚，这些日子她也联系不上盛诗檬。

她思索片刻，还是开了口："妈，你等一下。"

宁青面色不悦："怎么？你要帮这女人说话？"

盛柠没说话，而是将石屏扶了起来，石屏抓着盛柠的胳膊，脸上满是泪水，不住地说"是我对不起你们母女俩"。

"阿姨，诗檬告诉我，你当年是因为不知道我爸不是单身才跟我爸在一起的。"盛柠直接问出了口，"这到底是怎么回事？"

石屏悲怆的表情霎时滞住。

"什么意思？"宁青也皱起了眉。

不可否认盛启明和宁青当年是真的恩爱过的，盛柠也是真的幸福过的。父母恩爱、家境优渥，那时候她觉得自己是世界上最幸福的小女孩。

可是后来因为石屏的出现，这些真实经历过的点点滴滴成了碎掉的美梦。

宁青恨石屏，盛柠也恨石屏，甚至因为她曾经那么喜欢的石老师成了破坏父母感情的第三者，她的恨由爱生来，比宁青的恨强烈百倍。

跟石屏一起生活的那些年，盛柠对石屏的忤逆和冷漠曾让石屏数次落泪，而盛柠每次看到石屏因为她而身形晃动白了脸色，内心就觉得畅快无比。

可是这些年石屏对她的态度她不是没有感受到的。

盛启明和石屏是从小青梅竹马长大的邻居，当年感情要好，十几岁的时候两个人同时情窦初开，自然而然就走到了一起。

可是后来盛启明考上了城里的大学，成了他们村里的第一个大学生，两个人就这样分开。

石屏一直期盼着盛启明毕业，等他回来娶她，可是村里去外面打工的年轻人告诉她，盛启明在大学里认识了一个城里的大小姐，两个人已经谈恋爱了。

他们都说盛启明这可算是攀上高枝喽，看不上石屏了，等以后盛启明娶了有钱人家的大小姐，有了城里的户口，就不会再回到他们这个穷村子里了。

石屏躲在家里哭，一直哭到眼泪都流干，不得不放下了盛启明。

她走了出来，村里的男人却还是经常拿着这件事取笑她，说她哪里都不如城里大小姐，换作他们，他们肯定也选大小姐不选她。

久而久之他们都觉得石屏是被盛启明不要的"二手货"，还在背地里说石屏肯定已经跟盛启明睡过了，身体早就不干净了，不能娶。

后来石屏的父母见女儿嫁不出去，心想这个女儿不能砸在手里，一狠心，将她嫁给了村里一个死了老婆的中年男人。

中年男人有酗酒的习惯，常常喝醉了酒就打骂石屏，石屏每次哭着回娘家找父母哭诉，父母都说："他是你男人，做女人要学会忍，等以后你给他生了孩子就好了。"然后第二天又把石屏送回了男人家。

后来石屏生下了那时候还叫周诗诗的盛诗檬，男人因为生的是个女儿，对这个孩子不甚在意，连名字都懒得取。所以诗诗这个名字是石屏给女儿取的，她希望女儿长大后能背唐诗会算数，因为只有有文化，才能改变女孩子的命运。

可是没等到女儿长大，男人就打算将才几个月的盛诗檬卖给别人。

石屏什么都可以忍，唯独对女儿，她不能忍。

她和男人大闹一场，被男人打得鼻青脸肿，最后还是她答应了男人，用自己的钱养女儿，不用他出一分钱，男人才妥协了。

石屏发现自己等不到女儿长大改变她自己命运的那一天，于是捡起了荒废的高中课本，白天干活，晚上就偷偷看书。

人在濒临绝境的时候，什么奇迹都有可能发生，石屏考上了当地的师范学校，她成了他们村的第二个大学生。

因为考上了大学，便有了勇气跟男人提离婚，她带着女儿去了城里，一边打工一边念书。

石屏毕业的那一年，因为在校成绩优异，被分配到了城里很有名的一所小学当语文老师。她那时候觉得一切都是那么美好，自己的人生重新开始了。

可是就在入职后的第一个家长会上，她最喜欢的一个叫盛柠的学生叫来了她的爸爸。

是盛启明。

一如既往俊美的脸，为人父后，他的脸上还多了几分成熟，穿衬衫长裤，气质温润斯文。

盛启明也很惊讶石屏竟然是女儿的班主任，她的脸上化着淡妆，穿着得体大方，完全褪去了那时候的土气和青涩。

当年的初恋时光重新从盛启明的心口最深处涌上，那是他们最青涩最美好的一段时光。

而石屏却很有分寸，在惊讶过后便换上了平静的脸色，用班主任的口吻问盛启明，盛柠的妈妈今天怎么没有来。

盛启明在那一刻鬼使神差地说："我和盛柠的妈妈已经离婚了。"

他开始追求石屏，为避免暴露自己还没离婚的事实，他骗石屏说因为考虑到孩子的成长问题，所以他和妻子离婚的事情，盛柠并不知道，她一心以为爸爸妈妈还在一起，叫石屏不要在盛柠面前提起她的妈妈，免得孩子起疑心。

这一招并不高明，却很容易就骗过了当时沉溺在盛启明的温柔攻势里的石屏。

石屏本来就很喜欢盛柠这个孩子，也因此对她越来越关心，甚至像个妈妈一样关心她。

盛柠自然也越来越喜欢石屏，每天来学校的第一件事不是找朋友玩，而是找石老师。

没过多久，石屏发现她怀孕了。她怀上了初恋的孩子，那时候她以为她的人生已经彻底迎来了幸福，可是这一切戛然而止在盛启明的妻子宁青找来学校的那一天。

婚外情被揭露，校方毫不犹豫就开除了她。

她丢了工作，丢了名声，人人唾骂她是小三，盛启明当初追她的时候骗她自己是单身这件事没有任何证据，他一口咬死石屏是第三者，所以无论石屏怎么解释，都没有任何人相信她。

盛柠那时候恨她入骨，一心想的都是石老师拆散了她的爸爸妈妈，她自然也不会相信。

没有了工作，她打掉了和盛启明的孩子，带着女儿回了老家。

她以为至少父母会给予她支持。

可是没有，她的父亲给了她一巴掌，骂她不要脸，要和她断绝关系。她的母亲哭着说她傻，说她都给人当小三了，名声已经彻底毁了，以后不跟着盛启明还能跟谁？没有男人会再要她。

他们逼她嫁给盛启明，因为她只能嫁给盛启明。

他们说："你不嫁给盛启明，你以后要靠什么养活你女儿？"

看着当时还一脸懵懂的女儿诗诗，石屏软弱了，也退缩了，她不再反抗，终于彻底放弃了自己的人生。

她没有任何选择。

她才刚刚因为读书而好起来没多久的人生，就这样被父母、被盛启明、被村里的那些人、被这个世道对女孩的偏见、被封建残余的思想给再次彻底毁掉了。

而石屏不可否认，即使破坏盛启明家庭这件事不是她主观所愿，可她确实做了小三，这个小三的骂名是她该背的。

"你要对你姐姐好。"石屏总是这样对盛诗檬说，"妈妈对不起她，需要用这一辈子来赎罪。"

所以盛诗檬一直对盛柠很好，因为这是妈妈教她的。

这就是石屏的一整个人生。

她有多悲哀自己的人生，就有多羡慕宁青的人生。

女孩子能够出生在一个好的家庭是多么重要，宁青的洒脱和自信是她这辈子都不可能有的。

街坊邻居听了这个完整的故事，都啧啧叹息。

"对不起。"石屏哭着对面前彻底愣住的母女俩说，"我不知道你们现在愿不愿意相信我，但我真的没想过会给你们造成这么大的伤害。"

盛柠愣到说不出话来，红着眼睛看向妈妈。

而宁青只是颤着嘴角狠狠骂道："盛启明你他妈个天杀的狗畜生！"

盛启明突然接到盛柠打来的电话，他怀疑盛柠回来了，结果盛柠非但没回答，反而还直接挂断了电话，他心中疑虑顿时更盛。

盛启明决定回家看看能不能碰上盛柠。

回家前他跟科长打了个招呼，科长脸上的表情不太高兴，话里话外都在指责盛启明作为一个老员工不该抱着这样的工作态度，有点事就要请假早退。

其实自从年后来上班，科长对盛启明的脸色就一直不太好，原因是过年那会儿盛启明提出要把女儿介绍给科长的儿子，本来都约好了，结果盛柠非不肯，大过年的闹起了离家出走，于是盛启明只好放了科长的鸽子。

本来这事就这么过去了，谁知道科长儿子自从看过盛柠的照片，又了解了盛柠的专业学历后，后面他爸给他介绍的那些个相亲对象就怎么也看不上了，觉得盛柠跟这些女的比起来，长得漂亮学历又高，错过了实在可惜。

科长老婆也觉得盛柠好，说儿子娶个高学历的女孩子回来，做父母的不光是脸上体面，以后给她生出来的孙子脑瓜子都会聪明一些。虽然儿子各方面条件是没有盛柠好，但盛柠爸爸是她老公的下属啊，他们儿子配盛柠是绰绰有余了。

盛启明只好说是女儿回来，所以要请假回趟家，果然科长的态度一下子就变了。

科长又对盛启明热情起来，爽快让他回家，还说要请他和他女儿吃顿饭，就明天了，叫盛启明带上他女儿，两家人一起吃个饭，好歹让两个孩子见一面。

盛启明巴不得跟科长搞好关系，当然爽快答应。

领了科长的情，盛启明匆忙赶回家，生怕盛柠又逃跑了。

结果回到家却发现小区楼下正热闹着，一个邻居看到他，立刻大喊了句："盛启明回来了。"

盛启明还不知道是怎么回事，就见街坊邻居中走出来一个脸色阴冷的女人。

是前妻宁青。

他倏地愣住，自己和前妻已经很多年没见，今天一见发现前妻衣着精致，保养得当，非但没老，反而看着更年轻了。

"你怎么来了？"

盛启明话音刚落，宁青已经抬起了手臂，在众目睽睽之下用力给盛启明的脸上来了一巴掌。

"畜生！"

盛启明被打得眼前一晕，等反应过来后看见自己被这么多街坊邻居看热闹，他脸色一僵，大吼道："宁青你有病吧！"

宁青冷冷一笑："我是有病，我当年要不是有病，怎么会跟你这个畜生结婚！"

盛启明扯着嘴角冷笑，怒声不已道："当着这么多人的面发神经，你不嫌丢脸我还嫌丢脸，赶紧给我滚！"

结果这话一出，一帮街坊邻居立刻开始七嘴八舌地指责起他来。

"长得人模人样，真没想到是这种男人。"

"戆×样子，这些年害了多少好女人，比死人多口气，怎么还不去找死？"

盛启明不知道发生了什么，又看石屏站在一旁正被盛柠扶着抹眼泪，心里顿时也猜到了什么，瞬间怒不可遏，骂骂咧咧地就要冲过去找石屏对峙，却被宁青抬手拦下。

"她是不是跟你说了什么！"盛启明不可置信地瞪着前妻，"你不会就信了她的鬼话吧？"

宁青尖声反问道："那你当年跟我说的难道就是什么人话吗！"

盛启明的眼中闪过刹那间的心虚，随后故作很有底气地问道："我当年说什么了？！"

宁青冷笑着点了点头。"盛启明你不承认是吧？好，我现在就打电话叫我律师来，我、你，还有石屏，我们三个人今天就面对面地把当年的事情给聊清楚了，看看到底谁才是那个畜生！"

面对前妻的咄咄逼人，盛启明白着脸后退了一大步，这一刻竟然仓皇到说不出任何话来。

盛启明不禁想到两个人离婚前每次盛启明被岳父敲打，都是宁青出面替他维护面子。有这样的娘家做靠山，这么多年过去了，盛启明在她面前仍是提不起半分男人的尊严。

婚外情的事情过去了这么多年，如今重新提起，犹如将几个人尘封多年的旧伤口再次撕开。

宁青和盛柠对石屏的恨意已经远不如当年那么浓烈，当年石屏解释一个字，母女俩都嫌恶心。现在想想，盛启明当年就是钻了这个空子，才让石屏始终无法将婚外情的真相告诉她们。

为了报复石屏，宁青毁掉了她的工作和前途，盛柠则是这么多年始终不肯给她一点好脸色。

当年母女俩把大部分的恨意都加在了石屏身上，甚至有意忽略了盛启明，她们当然知道盛启明才是真正的始作俑者，可在石屏出现之前，他是丈夫，是父亲。

他曾是那么完美的丈夫和父亲，母女俩恨他，却又不得不承认她们爱他，即使在强大的恨意驱使之下，爱也没那么容易在一朝一夕之间就彻底被淹没。

事情已经过去那么久，所有的爱恨都变得理性，回想起当初，母女俩觉得讽刺至极。凭什么呢，凭什么石屏承担了所有的罪责，而盛启明还能好好地上班生活？

当年所有的真相彻底言明，除了盛启明，其他人都如同全身脱力般颓然松了口气。

宁青淡淡地说："盛启明，你真的让我觉得年轻时候那么爱你的自己像个傻子。"

宁青已经不再爱盛启明，所以她不会再盲目地选择相信他，对石屏也不再是一味的恨。对于当年的真相，她有自己的判断。

盛启明无力辩驳，只得喃喃道："……对不起。"

他是真的爱过宁青，所以决定出轨的时候曾狠狠谴责过自己。

他也是真的爱过石屏，所以出轨的那一刻也曾觉得自己终于得偿所愿。

就是在这样矛盾的心情下，盛启明狠狠伤害了两个女人。

所有的谈话结束后，宁青准备带着盛柠离开。

石屏将母女俩送到了车子旁。

盛柠先上了车，宁青的一只脚本来已经踏上了车，却又突然收了回来，转头看向石屏。

"石屏，我没办法原谅你。"宁青说。

石屏低着头，嗫嚅道："我知道。"

她也没办法原谅自己，当年她给她们母女实在带去了太大的伤害，这是清清楚楚的事实，没办法抹去。

宁青："你跟盛启明离婚吧。"

石屏闭眼，苦笑着摇了摇头："如果有的选，我当年都不会跟他结婚。"

"你现在有的选了。"宁青看着石屏，第一次面对她时语气能这样平静，"我不会轻易放过他，如果你继续跟着他的话，也会跟着一起遭殃。我会找律师帮你打官司，诉讼费我出，即使当年的事已经没有任何证据，让盛启明这个畜生净身出户不太可能，但我会让律师尽力帮你争取到最大的利益。"

"这一次没有人会逼你，你自己做决定。"

石屏神色诧异，颤着唇不敢相信宁青竟然会帮她。

车里的盛柠也听到了宁青说的话，同样露出了不可置信的神色。

她沉默片刻，弱声却坚定地说："我要离婚。"

"跟那个畜生离婚之后，重新开始过日子吧。"宁青淡淡地说，"柠柠小时候总对我说石老师有多好，如果没有那个畜生，你现在说不定已经桃李满天下了。"

石屏好不容易缓下来的心神再次波动起来，即使用力闭眼也没办法阻止眼泪的倾泻。

"……谢谢。"她哽咽着说，"谢谢……谢谢你还愿意帮我。"

宁青"嗯"了声，坐上车离开。

车子驶离小区，车里的母女俩好半天没有说话。

刚刚宁青对石屏说的那些话，盛柠都听见了。如果她是宁青，她也会出手帮石屏脱离苦海，不是因为原谅了石屏，她们之间的芥蒂永远都无法消除，仅仅是因为想再给那个可怜的女人一个重新开始人生的机会。

沉默的车厢里，宁青突然开口："囡囡。"

盛柠轻轻"嗯"了声。

"石屏这些年对你好吗？"

盛柠自七岁那年和宁青分开，跟着盛启明和石屏生活。这些年来，宁青为了让自己尽快从失败的婚姻中走出来，她从来没问过盛柠过得好不好，也从来没问过石屏这个后妈对盛柠好不好。这也让第一次从妈妈嘴里听到这句关心的盛柠有些不知道该怎么反应。

盛柠不回答，宁青也能猜到，低声自言自语道："应该挺好的，否则那个奶奶也不会以为她是你的亲妈妈。"

宁青想起了当年她在放弃了盛柠的抚养权后，在出国前最后一次将盛柠送到了盛启明那儿。

盛柠知道这很可能是她和妈妈最后一次见面，坐车来的路上就一直哭一直哭，等到了地方，她还是拉着妈妈的手不肯放。

可宁青还是狠下心来甩开了盛柠的手，头也不回地转身离开。

车子缓缓驶离，盛柠又从巷子里追了出来，小小的人一直追着车子跑，不停地喊"妈妈我错了，妈妈你别不要我"。

盛柠跑不过车子，最后直接摔在了地上，还是石屏慌忙跑了过来抱起她哄她别哭。

时隔多年，宁青终于后知后觉地感叹道："幸好你好好地长大了。"

盛柠没有说话，因为她觉得自己并没有好好长大。她还是更喜欢小时候的自己，乐观单纯，热情开朗，无论是对家人还是对朋友，都会不遗余力地去爱，去拥抱他们。

回到酒店后，宁青替盛柠开了个房，让她晚上好好睡一觉。

盛柠瘫倒在房间的大床上，盯着天花板发了很久的呆，因为宁青的话，回想起自己这一路成长的点点滴滴，都不知道自己是怎么熬过来的。

　　她咬着下唇，最后还是没忍住哭了起来，狠狠地将所有的过往都借由停不住的眼泪发泄出来。

　　从前一个人过惯了，孤独也就显得没那么凄凉，而此时此刻，她突然就很想念一个人。

　　盛柠掏出手机，吸吸鼻子，给这个人打电话。

　　温衍接得很快，低沉稳重的嗓音一如既往。

　　盛柠听到这个声音，好不容易冷静下来的情绪再次汹涌起来，眼泪大颗大颗地冒出来，她死死地捂住嘴，生怕被他听出来自己在哭。

　　温衍耐心地叫了她好几声，问她怎么不说话，后来盛柠就把电话给挂了，还是决定跟他发微信。

　　盛柠打字很快，用文字的形式断断续续告诉了温衍今天发生的事。

　　她没指望温衍能看完这些东西，她只是想要找个人倾诉一下。

　　但是温衍会在她发出每一段后很快就给她回复，表示自己一直在看她发来的消息，没有分心去做其他的事。

　　最后盛柠给他发个了哭泣的表情。

　　温衍给她回："先不哭，等我过去。"

　　早在这次温衍来杭城前，贺老爷子就已经催促过他数次，温衍清楚姥爷叫他来杭城的目的，所以一直拖着没有过去。

　　无非就是要把那位胡瑢小姐介绍给他认识。

　　温衍迟迟不过来，贺老爷子就索性让胡瑢去燕城找他。

　　后来胡瑢从燕城回来，贺老爷子问她对自己这个外孙的印象怎么样，有没有看对眼，而胡瑢却告诉贺老爷子，温衍已经有女朋友了。

　　贺老爷子先是不信，觉得是温衍在外边随便找了个女的演戏。

　　温衍交女朋友这件事没有刻意公开，但也没有刻意保密，他几个亲近的下属都知道，所以很好查。

　　让人去查的这段时间里，贺老爷子也一直在给温衍施压。

　　直到那次温征跟人打架去了派出所，温衍再次接到了贺老爷子的电话。

　　温衍依旧是油盐不进，而贺老爷子这次却换了个说法。

　　"我已经大概了解清楚了那个女孩子的一些家庭背景。"贺老爷子的语气很淡，"我认识她外公，如果你真的喜欢她，不妨抽时间过来一趟，我们就那个女孩子好好聊聊。"

所以温衍过来了，他来的时候，胡璐也在，这毕竟是在贺家，于是不得不一起坐在餐桌旁吃了顿晚饭。

等吃过饭后，贺老爷子将温衍单独叫进了书房，一坐下就直奔主题。

"那个女孩子的外公在沪市那边也算是个小人物，之前还拜托人牵线联系上了你大舅，你大舅升迁他还送过礼。"贺老爷子话锋一转，扯着唇讥讽道，"还好没搭理，否则你大舅就得被纪委叫去喝茶了。"

温衍神色一凛，很快听出了贺老爷子的真正意思。

"那个女孩子的父母早年离异，她跟着她爸爸生活，她爸爸那边我也了解了一些。"贺老爷子掀了掀眼皮，嗤道，"没什么出息的男人。"

贺家这边查人是真的有效率，对信息的调取又快又清楚，相比起温衍当时查盛诗檬，都没他们查得这么清楚。

温衍淡淡地问："所以您找我来，就是为了告诉我这些我已经知道了的东西？"

"哦？她已经跟你说了？"贺老爷子有些惊讶，"你能接受？"

温衍没有说话，答案显而易见。

"我记得当初你也是很反对温征和他女朋友来着。"贺老爷子哼笑了声，"他找妹妹，你找姐姐，这姐妹俩倒是都挺有本事的，我还挺想见见的。"

"不需要。"温衍直接拒绝。

被如此干脆地拒绝，贺老爷子立刻敛起笑意，也不再跟温衍耗时间，索性摊开了话说："我给你安排的路，你觉得找这样一个女孩子，她以后能帮到你什么吗？"

"我之前就跟您说过了，从退役之后我就没再想过往您这边发展。温家需要我，我爸也需要我。"温衍垂着眼皮，语气平静，"再说您想叫我改姓贺过来这边，我爸也不可能会同意。"

"你又不是温兴逸一个人生的，光他一个做老子的不同意有什么用，你妈妈要是还活着，未必不会同意你跟着她的姓。"贺老爷子放柔了嗓音说，"你妈妈是我最小的女儿，我疼她，她去世了，我不为贺家，也要为她留个念想，好好替你安排未来的路，你说是不是？"

温衍蓦地笑了。"您疼我妈，所以大老远让她嫁到了燕城？"

贺老爷子立刻反问："难道她嫁得不好吗？还是说你在质疑你爸爸的人品？"

温衍说："我爸人品再好，他对我妈来说也不是个好人。"

有个念念不忘的亡妻，还有个没比贺清书小上多少的女儿，贺清书一嫁过去，就已经看到了自己的未来。

同床异梦，温兴逸时常会盯着亡妻的照片发呆，而他对贺清书的客套和疏离，每分每秒都在提醒着这个大学毕业没多久的年轻女孩，自己嫁得有多失败。

贺清书为了得到父亲和丈夫的认可，将她的希望全部加注在了温衍身上。儿子对她来说不像是儿子，反而更像是用来为自己已经定格的人生博取一丝关注的工具，温衍活得有多累，她不关心，她只关心温衍有没有足够优秀到让丈夫对她这个妻子投来目光。

于是温衍照着母亲的意思，活成了她最期望的样子。

而如今母亲已经去世，再纠结自己儿时是怎么熬过来的也没有任何意义，温衍突然问道："有时候我在想，如果不是因为您的那几个孙子没走您的路，您担心贺家从这一辈断了，您还会看我这个外孙一眼吗？"

贺老爷子内心一虚，即刻拍桌喊道："说什么呢！我不光是为贺家，当然也是为你！"

"那您还是死心吧。姓我不会改，我也不会让您靠近她。"温衍站起来，明显是已经不想再和贺老爷子谈，淡然道，"其余的您冲我来就行。"

"好！好！不愧是我贺至正的外孙！我倒要看看你有多大的能耐！"

温衍从书房出来的时候，额头上有一道淡淡的瘀青，眼角也有些红。

胡瑢一直等在书房外，见他出来后，立马快步朝他走了过去。

"你外公同意你和你女朋友在一起了吗？"胡瑢脸上带笑，看到他额头上的伤，语气有些可惜，"看你脸色这么差，估计是没同意？"

"胡小姐还是少操心我的事，你和你男朋友是很让人惋惜。"温衍淡淡地看着她说，"但我还用不着你来提前同情我。"

胡瑢表情一僵。

贺老爷子当时没料到温衍竟然真的没有躲，看到杯子碎片溅起刮到了温衍，他当即神色一紧，立刻就要冲上去查看温衍的伤势。

不过幸好只是刮到了眼角，贺老爷子大松了一口气，一肚子的火怎么也发不下去了，只好摆手让温衍离开。

温衍回了房，在接到盛柠电话的时候，他正在房间里给自己眼角上的伤口擦软膏，一接起就听出了她语气里的不对劲。

男人心思剔透，她什么都还没说，他就猜到他的汤圆估计也是在家里受委屈了。

盛柠哭着哭着就睡了过去。

这一觉一直睡到半夜，她是被手机铃声吵醒的。

她闭着眼，手往旁边乱摸，摸到了手机，凭着肌肉记忆滑动接听键，拖着困倦的声音"喂"了一声。

男人的声音也有些疲倦："已经睡了？"

"嗯？"盛柠睁开眼，看了眼来电显示，又看了眼时间，"都这么晚了，你怎么还没睡？"

"我怎么还没睡？你还好意思问。"温衍冷哼一声，漫不经心道，"幸好从杭城到沪市的高铁票不愁买。"

盛柠猛地清醒，瞬间从床上坐了起来。

她有些不敢置信地说："你别跟我说你现在就过来了。"

温衍淡淡地说："有个小可怜大晚上给我打电话，又不敢让我听见她哭，还特意跟我打字说，结果打字也没绷住，给我发了个委屈巴巴的哭脸，我能不现在就过来吗？"

盛柠："……"

男人又说："小可怜，定位发给我。"

她立刻将自己的定位给他发了过去。

温衍还在路上，盛柠在房间里坐立难安地等着，一会儿躺着，一会儿站起来，一会儿做俯卧撑，一会儿做仰卧起坐，可惜房间里没有健身设备，否则她估计能在等温衍过来的这段时间里消耗至少五百卡路里。

她现在也说不出自己究竟是紧张还是激动，就跟谈异地恋大半年没见面的情侣似的，一想到待会儿要见面，身体就不受控制地颤抖起来，脑子也跟着发散思维，开始幻想待会儿见面的时候会是什么场景。

盛柠实在是被这种心情折磨得一颗心不上不下，终于在接到温衍的电话后，没忍住矜持，用十分亢奋的语气冲他喊："来了？！"

男人被她这么亢奋的语气搞得有些愣，在电话那头笑出声来。

盛柠意识到自己过于不矜持，咳了声，换了副淡定的语气："来了？"

"嗯，到酒店门口了。"温衍说，"下来接我。"

明明只要他跟前台小姐说一声，让前台小姐给盛柠的房间打个电话他就能自己上楼，但他就非要盛柠下来接。

盛柠一点也没注意到男人的小心思，立刻说："我来了。"

她赶紧飞奔下楼，几乎是百米冲刺冲到了酒店大堂。

明亮如白昼的酒店大堂此时已经很空，只剩下几个还在值班的酒店工作人员，男人正站在前台那儿等她。

看到那个熟悉的高挑身影，也不知道是不是太过激动，盛柠又是鼻尖一酸。

或许是情侣间的心电感应，温衍恰好转过头来，然后就看到了朝他飞奔过来的盛柠。

她飞奔而来，让他有些呆住，嘴角不自觉翘起，心动的感觉瞬间从心底涌出来，流入身体的每一个细胞，一双眼睛盯着这个朝自己越来越近的身影，舍不得挪开半厘米。

盛柠是直接冲撞到他怀里的。

"你来了！"她就差没原地跳起来，激动地喊，"你来了呀！"

当怀里满满当当被她填满的时候，男人突然就觉得这一趟高铁赶得实在值得。

"来了。"温衍眼底柔软，从喉间溢出笑，低头亲了亲盛柠的发顶。

盛柠本来对这种在别人面前秀恩爱的行为挺不好意思的，但今天她一整个情绪起伏实在太大了，晚上一个人窝在酒店房间里，回想这些年自己是怎么长大的，就特别特别想温衍。

她知道温衍家里也有事，他的生活中并不是只有她，所以即使自己很想他，她也没有任性地叫他放下家里的事赶紧过来安慰她。

可是温衍就是来了，在大部分人都已经安睡的夜晚，他一个人坐着高铁过来找她了。

前台小姐全程看得目不转睛，随后很有职业操守地低下头，抿唇偷偷地笑。

顾不得前台小姐的目光，也顾不得前台小姐是不是在嘲笑她这么黏人，盛柠只管抱着温衍，两只手牢牢地圈住男人劲瘦的腰，直到男人轻声对她说："待会儿再抱成吗？我先做个登记，不然进不了你房间。"

盛柠"嗯"了声，这才不舍地放开他。

温衍用右手给前台小姐递身份证，左手垂在身侧，被盛柠紧紧牵着，十指紧扣。

她今天真的很缠他，越缠得紧越是让温衍受用，唇角向上的弧度从见到她的那刻起就没放下来过。

这一看就是男朋友千里迢迢上门来给惊喜啊！！

为了不耽误他们的时间，前台小姐迅速给温衍登记好，然后笑眯眯地恭送他们上楼。

两个人坐上电梯，见周围终于没人了，盛柠想将自己激动的心情对着他抒发出来，于是她一鼓作气，拽着男人的领口逼他弯下腰来，自己再踮起脚。

她原本是想亲他的嘴，但因为电梯里有监控，还是暂时忍了，退而求其次地在他的一边脸上亲了口。

温衍愣住。

盛柠有些不好意思，咳了声往旁边退开两步，和他保持距离。

男人回过神来，脸上淡定看不出什么情绪来，眼中却已是汹涌万分。

他用食指点了点自己的另一边脸颊，一本正经地向她要求道："来，这边也来一下。"

盛柠被他这理所应当索吻的口气逗笑，不想让他太得意，借口电梯里有监控。

温衍眉峰微挑，故作恍然道："哦，所以刚刚亲的时候你用超能力把监控关了？"

"……"盛柠咳了声，非常生硬地转移话题道："你来之前吃过晚饭了吗？"

温衍明显不打算就这样放过她，勾着唇淡淡地问："要不你用超能力猜一下？"

盛柠一脸恼羞成怒，鼓着腮帮子狠狠瞪他，然后举起自己的拳头凶狠威胁道："你再说？"

上一秒还给他一个亲亲的盛柠这一秒就要给他一个拳头，真是翻脸比翻书还快。

温衍扯了扯唇，抬起手来，大手一握，轻松包裹住她的小拳头，平静地嘲讽道："嗬，好大的拳头。"

盛柠："……"

温衍是吃过晚饭过来的，但盛柠没吃，于是前台小姐才刚目送这对情侣上楼，转眼就又看到他们下来了。

盛柠说想吃点接地气的夜宵，譬如烧烤炸串什么的，温衍却不太乐意她这么晚了还吃这么重油，对胃有负担的东西，想让她换点清淡的吃。

盛柠当即嘴巴一撇，跟男人耍小脾气说那就不吃了。

温衍平时习惯了对人说教，一般情况下他的说教都是挺有道理的，盛柠也是个讲道理的姑娘，所以愿意听他的话。

但有的时候她犯起偏来，温衍就没什么辙了，她想怎样还是怎样，他管不住，也不太舍得管太严，弄得她不开心，到时候还得是他低头去哄。

"想吃什么就吃什么，我不说了行吗？"男人妥协道，"大不了吃坏了肚子，我陪你去医院挂水。"

听他都已经做好了陪她去医院的准备，盛柠有些无语："我没那么脆弱好吧。"

二十四小时营业的店不少，盛柠在手机上搜了家离酒店不远的烤肉店，然后拦了辆出租车。

这家店的烤肉是需要顾客自己烤的，平常盛柠和盛诗檬吃烤肉，都是轮着动手，今天盛柠想偷个懒，把烤肉工具往温衍那边一推，做起了甩手掌柜。

面对她的嚣张，温衍有些无奈，说："行，我给你烤。"

然后他拿起工具，又对她要求道："但我给你烤了你就得老老实实吃完，听见没？"

盛柠自信发言："没问题。"

事实证明她高估了自己。点东西的时候以为自己是大胃王，豪迈地一连点了好几盘肉，结果吃了没多少就感觉饱了。

温衍以前还是军人那会儿就已经养成了光盘的好习惯，所以剩下的肉全是他帮她吃完的。

他想说她都不知道说什么好。

光盘后，温衍需要散散步消消食，盛柠知道他吃多了都是自己的错，所以十分乖巧地陪着他散步。

深更半夜，盛柠很主动地挽着他的胳膊，两个人就这样在街上散步。

走了一会儿，温衍的胃终于没那么胀了。

他的眉头依旧皱着，轻声斥责她："你是不是以前就经常浪费粮食？"

盛柠摇头："没有，我以前都是吃多少点多少的。"

温衍轻哼一声："那现在怎么就不知道吃多少点多少的道理了？"

"现在有你了啊。"盛柠说。

温衍淡淡地说："哦，反正有我帮你解决是吧？"

看他一脸严肃，盛柠非但不怕，反而还跟他"小作"起来，撇嘴说："……那不然我找你这个男朋友是干什么用的。"

温衍："……"

服了她了。

他好似苦恼地摁了摁眉心，最后竟然抿唇笑了，有些无奈她的小脾气，但又不得不承认，自己是真的很吃她这一套。

盛柠不知道他为什么又突然笑了，还以为他是被她的话给气笑的，心想看来以前盛诗檬教给她的这些小招数在温衍身上好像也不怎么管用。

她赶紧又挽紧了点他的胳膊，一改刚刚的做作神态，十分真诚地说："下次我绝对不会点这么多了。"

因为盛柠挽紧的动作，她胸前柔软的触感贴上男人硬朗紧绷的手臂。

温衍一顿，眼色暗了暗。

之后盛柠问他胃好点了没，他说还有点撑。

盛柠："那我再陪你走走。"

"不走了，回去吧。"男人垂眸看她，嗓音有点沙哑，"回酒店再慢慢消化。"

温衍平时饮食习惯十分正常，他没有吃夜宵的习惯，因而今天破例在大半夜吃得这么饱，总要赶紧消化掉才能睡得着。

盛柠作为让温衍吃撑的罪魁祸首，理应要负起这个责任。

房间里只来得及开了两盏灯，一盏是刚进房间时开的玄关灯，一盏是盛柠去洗手间漱口的时候开的照明灯。

搁置在一旁的漱口水杯还掀着盖子，没来得及合上，亮白的照明灯下，四目相对，温衍的额头抵着盛柠的额头，噼里啪啦的火星子在他漂亮的眼睛里闪。

他哑声说："你还欠我一个一边脸上的吻。"

盛柠没敢抬眼，心跳很快，听话地在他另外一边脸上落下一吻。

这个脸颊吻让他的呼吸瞬间加重，微侧头凑过来，精准地亲上她的唇。

盛柠被抱至洗手台上，她和温衍的身高也因为洗手台被拉到同一水平线上，温衍不需要费劲弯腰就能亲到她。

接吻确实是可以消耗卡路里的，而且唇舌皆动的吻尤其有效。

在漱过口之后，两个人嘴里有着相同的漱口水的味道。

淡淡的柠檬味，清新香甜，盛柠很喜欢这个味道，可是再喜欢也没能坚持多久。

渐渐地，她的下颌又被吻得有些酸胀，她往外推了推温衍，示意他先等一下。

温衍离远些距离，盛柠睁开眼，原本想找个话题，说洗手台好硬好凉，坐着不舒服，结果却突然发现了他额头上的淡淡瘀青，以及眼角处一抹非常浅的红痕。

盛柠的近视比较严重，晚上因为哭鼻子所以把隐形眼镜也摘了，一直都没再戴上。

他突然过来找她，搞得她心情激动，光顾着跟他打情骂俏，所以一直都没发现。在这么近的距离下观察他，才看到他脸上的伤。

"你脸上这是怎么了？"盛柠捧起他的脸轻声问。

"嗯？"温衍眼睫毛微颤，淡淡地说，"不小心磕着了。"

盛柠："你骗小孩呢？"

他无声勾唇，她又问："是不是你外公弄的啊？"

还真不是小孩，骗不到她。

温衍："他不是故意的，就是不小心。"

盛柠突然不说话了。

"没事。"温衍揉揉她的头说，"严重的话你也不会现在才发现。"

他本意是说这伤太小，压根就不需要注意，结果盛柠却嘴巴一撇，自责道："我居然现在才发现，我太不是人了。"

温衍哭笑不得："你不是人，那是什么？"

盛柠不说话，眼睛里已经隐隐有些水光。

"你是汤圆。"他替她回答了，指腹抚上她的眼角，柔声问，"你的馅是水做的吗？"

盛柠被他这副哄小孩的语气搞得又想哭又想笑，不过还是绷住了表情，小声问："你外公是不是知道我们的事了？"

温衍没瞒她："嗯。"

"我就知道。"盛柠抿唇，无奈地说，"我一开始就说过我们不该在一起的。"

温衍语气平静："不该不还是在一起了。"

盛柠只是抚着他的脸，表情也越来越难过。

"他对我怎样你不用管，我答应过你，无论发生什么我都会站在你前面。"温衍见她表情不对，内心一紧，牢牢盯着她说，"盛柠，你得相信我，我不想听到你说后悔这两个字。"

盛柠闭了闭眼，突然就冲他大声说："我没后悔，我就是心疼你，你看你都被打了！"

温衍一怔，紧拧着的眉头终于松弛下来。"猫哭耗子，我平时被你打得还少吗？"他抓起她的手低声问，"你那拳头都往我身上招呼多少下了？"

盛柠立刻说："那又不一样。"

"哪儿不一样？"

"我打你那是情趣，是有控制力道的。"盛柠生怕他误会自己有暴力倾向，努力解释道，"我可不舍得打伤你。"

男人突然就笑了，捏捏她的手说："你不控制力道就能把我打伤？"

被看不起了，盛柠气急败坏，又想伸拳头，但转念一想她的拳头对他而言确实就跟棉花似的，于是将脸往前一凑，捧着他的脸往他嘴上狠狠一咬。

温衍蹙眉，痛得闷哼一声。

她也"哼"了声，不过是得意地"哼"，然后咧着嘴问他："伤了吧？"

温衍抚着唇，眼神晦暗地看着她，紧接着用所有的肢体动作代替了语言。

他无声却明确地用自己的身体告诉盛柠，如果两个人都不刻意控制，被伤到的那个究竟会是谁。

这个男人真的太要她的命了，从今天他出现在自己面前的那一刻，盛柠就这么觉得了。从他轻描淡写带过额头上的伤口的时候，从他刚刚强势地不许她反悔的那一刻起。

不管了，怎样都好，管他什么姥爷姥姥的，她只想赶紧把他变成自己的人。

他不控制，她也不想再控制。

盛柠用力地回应他热切的吻，将他紊乱的呼吸和低喘尽收耳底。

两个人都被对方动情的样子撩拨到心魂尽失，身体上的变化十分清晰，盛柠坐在洗手台上，承受着温衍铺盖而来的气息和力量。她的身后是镜子，镜子清晰地映出她的背，温衍在她的低哼中，往镜子里投去淡淡的一眼。

他将盛柠抱下洗手台，扶着她站好，然后搂着她的肩膀带她转了个方向，使她面朝着镜子。

洗手间的灯光本就白亮，尤其是这家酒店，充分考虑到了女性的卸妆护肤的需求，就连镜子周围都安上了灯，开关就在旁边的墙上，温衍打开开关，光线更加亮了几分，以便他和盛柠都能更清楚地看到眼前的景象。

温衍的头贴着她的耳朵，声音嘶哑，他喘气喘得厉害，还夹杂着荤腥的笑意。

男人本能的劣根性作祟，他真是爱惨了盛柠这副恼羞的模样。温衍却不知道，男色有时候比女色更加撩人，他英俊又动情的脸庞，皱起的眉头，以及从脖颈延伸至耳后的红晕，也让她同样为他着迷万分。

第 13 章

给你安全感

盛柠强烈抗议，大有如果在这里继续的话就要咬舌自尽给他看的架势。

温衍只是想要她，没想要她的命，还是妥协地关掉了灯，抱着她走出了洗手间。

温衍以为自己在这方面是淡漠的，但在此刻，他得承认自己的无耻。

他像极了一个不要脸的坏男人，嘴上在安抚她，手却阳奉阴违又无比可耻地折磨着盛柠。

男人眼底泛红，喉间吞咽着，用指腹轻轻擦了擦嘴，抬起头难忍地抬起她的下巴吮吻上去。从一开始浅浅的温柔绵雨到最后令人浑身激颤的疾风骤雨，最后食髓知味。

等洗了个澡收拾好，天色已经大亮。

盛柠很困，但又睡不着，整个人处在一种又困又兴奋的状态下。

她一开始还不给他分被子，两个人躲在被子里打斗一阵，最后被闹得腿软的盛柠败下阵来，整个人被温衍手脚并用地牢牢抱在怀里。

男人在餍足之后就很好说话，为了让盛柠安心睡觉，还承诺说下次听她的。

盛柠睁大了眼看着他："真的听我的吗？"

"嗯。"他语气低沉，往她耳边吹着温热的气息，闷笑道，"你喜欢什么样的？"

她在他耳边小声嘟囔了一句什么。

温衍以为自己听错："穿什么？"

盛柠猛地闭嘴，就知道他肯定理解不了自己这奇怪的小癖好，眼一闭，放弃了这个想法。"算了，当我没说。"

温衍抿唇，挺不理解她的这种爱好，轻斥道："军装怎么能用在这种地方。"

盛柠被他这么一说，也感觉自己是有点变态，但又不想承认，于是翻了个白眼有些暴躁地说："不穿就不穿，别用一副教导主任的语气教训我。就你最正直，也不知道刚刚是谁一个劲地问我舒不舒服，装个屁。"

温衍脸色一凛，不轻不重地拍了下她的屁股："不许说脏话。"

盛柠："……"

她说再多脏话都没他刚刚做的那些事有冲击力好吧，道貌岸然的资本家真是充分演绎了什么叫床上床下判若两人。

睡意比情欲更令人难以招架，这一觉直接睡到了第二天下午。

盛柠又是被手机铃声吵醒的。

一接起，电话那头的人就如同抓着了救命稻草般大喊："柠柠！"

是盛启明的声音，盛柠瞬间清醒。

为了不吵醒温衍，她匆匆起床，披上浴袍就去了卧室外。

因为昨天当着街坊邻居的面被揭穿了当年出轨的真相，盛启明在外面的宾馆住了一夜。第二天去上班却被告知自己被开除了，原因不明，他不得不去问领导，领导也只是委婉地说他得罪了人。

他隐隐约约猜到大概是自己的前妻搞的鬼。

工作没了，盛启明只能抓住最后的一个机会，那就是把盛柠介绍给科长的儿子，只要成了，他跟科长就算是攀上了亲戚，没了这份工作，还能叫科长帮他安排别的工作。

"柠柠，帮帮爸爸吧，算爸爸求你了，我现在家也回不去，工作也没了。"盛启明的声音听上去十分苍老，"你就去和人家吃顿饭，哪怕是装个样子也行，可以吗？"

见盛柠不说话，盛启明好声好气道："我们科长的儿子一直惦记着你，为了你连别的相亲都不去了，人家这么看中你，反正你现在也到了该交男朋友的年纪了，还没男朋友，爸爸这也是为你好。"

盛柠淡淡道："别装了好吗？"

盛启明噎了一下："什么装不装的？"

"你帮我介绍男人，到底是为你好还是为我好，你自己心里清楚。"

"你怎么能这么说爸爸！我不是帮你找男朋友，难道还是帮我自己找吗？"

盛柠语气平静："我有男朋友了。"

"有了？"盛启明没料到这个回答，以为盛柠是为了逃避相亲找的借口，语气狐疑道，"你男朋友干什么的？条件怎么样？难道有我给你介绍的这个好？"

"何止是好，又高又帅又有钱，对我又温柔体贴，就你给我介绍的那男的跟我男朋友比起来算个屁。"盛柠冷冷地说，"要相亲你自己去吧，别以为什么男人我都看得上。"

盛柠将盛启明掉得哑口无言，最后只得对女儿卖可怜："柠柠，你真的不管爸爸死活了吗？"

"你当初背叛这个家的时候，怎么没有想到自己会有今天？"盛柠平静道，"爸，你活该。"

盛启明再也说不出任何话来。

盛柠很清楚，宁青不会轻易放过盛启明，否则盛启明不会这么迫切地希望她去跟什么科长的儿子相亲。

可是盛启明会是什么样的下场已经不关她的事，反正这么多年她就是当自己没有爸爸过来的，有了之前那么多年的铺垫，彻底断绝父女关系也并不是很难。

盛柠没有再理会盛启明的苦苦请求，直接挂断了电话，然后将盛启明所有联系方式干脆利落地删除拉黑。

解决完这件事后，盛柠整个人都松了口气。

她身后突然传来一道低沉的声音："原来我在你眼里这么好。"

她整个身体猛地一颤，慢吞吞回过头去。

温衍穿着和她同款的浴袍，就那么抱着胸懒懒地倚在门边，正闲适而淡然地看着她。

盛柠抽了抽嘴角，僵硬地问他："你是什么时候醒的？"

温衍语气平平："你说我又高又帅又有钱的时候。"

"……"摆明了就是在调戏她。

"你偷听我打电话，可耻！我鄙视你。"

温衍很浅地笑了下："你夸我我还不能听吗？"

说不过他，盛柠不想搭理他，绕开他就要走，结果被男人一把从后面抱住，光着的双脚悬空，又被他轻轻松松捞了回来。

温衍一只手不费力地圈住盛柠的腰，一只手撩开盛柠的头发，低头在她后颈上亲了下。

盛柠浑身一软，男人的手已经挨到了她的浴袍带子上。

不得不说，这种极致的亲密对成年男女来说确实是感情的升温剂。

窗帘被拉上，也不知道是谁的浴袍先落在地上，盛柠咬着唇，手一直紧紧抓着手机。

手机在这时候突兀地再次响起。

温衍皱着眉停了动作，盛柠如梦初醒，赶紧推开他去一边接电话。

是宁青打来的。

"敲你门怎么没反应？起床了吗？"宁青在电话里问。

盛柠谈恋爱谈得忘乎所以，都忘了她妈跟她住同一家酒店。

挂掉电话，盛柠赶紧收拾自己这一身的狼狈，等她自己收拾好了，才注意到房间里还有个收拾不了的。

她咳了声，说："我妈来找我了，要不你在卧室先等一会儿？"

温衍听出来她的潜台词："你让我躲着？"

被这么直白地戳穿了内心想法，盛柠尴笑两声，恭维道："不愧是我们温总。"

"你妈来找你，为什么我要躲着？"温衍语气不悦，"现在不见，以后迟早也要见的。"

盛柠一时间没领悟到他的意思，愣愣地问："为什么要见？"

温衍突然拧眉，压低了声音问她："该做的都做了，难道你不用我负责？"

"这都这么年代了，还玩这套。"盛柠一个二十一世纪新女性，着实被他的这副说辞给惊到了，于是无比开放且真诚地说，"你放心吧，两相情愿的事，我才不会拿这个来逼你负责。"

她的表情越是真诚，温衍的脸色就越是阴沉。

这姑娘可真是有够洒脱的，拿得起放得下，穿上裤子就不认人。

他不想跟她多说，上司架势又出来了，跟下达工作任务似的命令道："两相情愿你也得给我负责。"

"……我去给我妈开门，你躲好了，不能被我妈看见，否则我就不负责了。"

在温衍不可置信的"小王八蛋你敢威胁我"的眼神中，盛柠颤巍巍地关上了卧室门。

宁青已经在门外等了挺久，等盛柠给她开门后，很快就从女儿身上察觉到了不对劲。脸上还有点红晕，眼睛亮亮的，嘴唇红润，似乎看着比昨天肿。

进来后，宁青往紧闭着的卧室门那边瞥过去一眼。

这些年她一个人过得潇洒，在男女方面也是。

盛柠以为她妈没发现，殊不知她妈才是真正的"老司机"。

宁青直截了当地问："是你男朋友昨天来找你了，还是你背着他约了别的男人？"

因为盛启明，盛柠对"背着"这两个字有着本能的厌恶，立刻瞪圆了眼想也不想就否认道："我没有！"

"他戴套了吗？"宁青问。

盛柠惊恐地睁大了眼，被亲妈问这种问题，她整个人跟被雷劈了似的。

"他没戴？"宁青见盛柠不回答，立刻皱起眉不满道，"他不知道吃药对女孩子来说很伤身体吗？以后他不戴你就绝对不能让他得逞，知道吗？"

盛柠脸都快烧着了，勉强道："……他戴了的。"

头一回是温衍自己戴的，后来他甚至还把那东西给了她，低声要求她帮他戴，她的眼睛和手都已经不干净了。

盛柠被问得很不好意思，她妈这个"老司机"倒是十分淡定。

"叫你男朋友出来吧。"宁青说，"又不是偷情，成年男女正常交往，有什么好躲的。"

盛柠："……"

这么多年宁青也结识过不少青年才俊，但还是在见到温衍的那一刻没忍住多打量了几眼。相当英俊周正的长相，一身的冷峻气质和风度，宁青心想，真不愧是贺至正的外孙。

宁青虽然祖籍在苏沪，从小到大也没往北上发展过，但她是知道温家的。

当年还身居要职的贺至正为他最小的女儿贺清书安排联姻，苏沪这边的青年才俊被挑了个遍也没挑着满意的，最后还是为了贺家自身的发展，看中了远在燕城的温兴逸，不顾女儿意愿将人嫁到了那边。

宁青自认家境优渥，父亲在当地也算是有头有脸的人物，但普通人无法想象的这所谓的上层阶级中却还是存在着一条完整的鄙视链。

在贺至正的眼中，压根就没有宁家的存在。如果温衍不是她女儿盛柠的男朋友，宁青或许还得叫他一声温总，温衍也绝不会像现在这样礼貌地叫她伯母。

聊了几句客套话之后，宁青叫盛柠去她的房间帮她拿落下的证件过来，连盛柠都心知肚明宁青这是在支开她。

盛柠走之前担忧地看了眼温衍。

等盛柠走了，宁青开门见山道："柠柠这次回来是来找我借钱的，她说想买房子，但她想买的却是你集团名下的一个房地产品牌的房子。"

温衍很快想到："博臣花园？"

宁青"嗯"了声，神色疑虑地说："我没有质疑你为什么不干脆把那套房子送给她，她想买房子我也可以给她买。但你既然也做房地产，应该比我这个外行更清楚住宅房和小产权房的区别，她想买房子，为什么你不提醒她买住宅房？"

温衍眉头拧起，淡淡地说："那套房子我已经送给她了。"

宁青："那她为什么还要买？"

温衍神色复杂地摇头："我不太清楚。"

气氛陷入沉默，宁青明白温衍也跟她一样不太清楚盛柠要买那套房的缘由，因而那套房子应该不是温衍给女儿下的套。

宁青稍稍松了口气，换了个话题，问："你喜欢柠柠吗？"

温衍点头："当然。"

宁青问了一个作为母亲都会问的问题："你有跟她结婚的打算吗？还是只是打发时间谈谈恋爱？"

温衍想起盛柠那拿得起放得下的态度，不禁扯了扯唇，于是趁着盛柠不在，暗戳戳地阴阳怪气道："柠柠她怎么想的我不知道，我对她是认真的。"

宁青听出他话里有话，感觉他反而是在内涵她女儿不负责。

她咳了声，甩开这个猜测，接着说自己的："虽然我很不想承认，但我必须承认，女人在婚姻中确实处于弱势，我不想再冒这个险，所以自从和柠柠爸爸离婚后就一直没有再婚，但柠柠如果想要组建家庭，我也不能干涉她的选择。

"我之前给她介绍了一个男孩子，那个男孩子是她的高中同学，我跟他妈妈也认识，彼此很熟悉，她跟那个男孩子从各方面来说都很合适，但她喜欢你，所以跟那个男孩子没成。

"我不是贬低自己的女儿，柠柠确实是高攀了你，你们不合适。我不用想都知道你家里人肯定不会同意你们在一起，燕城那边我不太清楚，你外公这边如果你处理不好，柠柠会很辛苦。

"年轻人谈恋爱我不反对，但如果你不能明确地给柠柠一个未来的保障，我希望你们能够及时止损，你去找跟你合适的女孩子，让柠柠去找跟她合适的男孩子。"

宁青没有因为女儿交了个这么好条件的男朋友就乐不可支，她反而是反对的，只是她没有反对得很明显，还是留了几分余地。

盛柠知道她妈支开她，压根就不是想要她找什么证件，于是在酒店楼下随便逛了没多久就回来了。

盛柠回来的时候宁青已经离开。

温衍还坐在沙发上，见她回来，冲她招了招手："汤圆，来。"

盛柠走到他身边坐下，紧接着被男人抱在了怀里。

"今儿听到你爸和你妈都要给你介绍对象。"温衍淡淡地说。

"我没答应他们。"盛柠解释道，"我不是吃着碗里还看着锅里的人。"

温衍问："你妈妈要给你介绍的那个高中同学，是不是就是之前跟你吃过好几回饭的那个？"

盛柠点头："嗯。"

他低嗤一声："你妈妈说他比我更适合你。"

"是更适合。"盛柠小声说。

温衍拧眉，揪着她的脸说："那你怎么不去喜欢他？"

盛柠挣开，觉得这男人有点烦，反反复复为陆嘉清生多少回气了，她都跟他解释一万遍了。"就是以前对他有好感而已，这很正常吧。"

"好感？"温衍眯起眼，冷笑一声，"那怎么没在一块儿？还让我这个不适合的人得逞了。"

"你管我啊。"盛柠不爽道，"你怎么这么双标，我对他再怎么样都是未遂，你和那个女明星可是明明白白地在一起过，我说什么了吗？"

温衍愣了下，没理解过来："哪个女明星？"

"装傻是吧？"盛柠翻了个白眼，"温荔啊。"

温衍的表情瞬间就变得有些难以捉摸："……我跟她在一起？"

"不是吗，你不是还送了她百万高定礼服？"

男人困惑片刻，待反应过来她误会之后，竟然笑了出来。

"你傻吗。"他又气又笑地点她的额头，"我跟那丫头要是在一起岂不是乱伦？"

盛柠呆了几秒钟，然后蓦地张大了嘴。

不会吧？

温衍已经给温荔拨通了电话，为防止她不信，还按了免提。

拨通以后就是那边的人愉快的声音："舅，找我有事吗？"

盛柠："……"

"没事。"温衍边好笑地欣赏她呆滞的表情，边对电话里的人说，"就问问你咱俩是不是亲舅甥女。"

"啥意思啊？"温荔语气一紧，开始猜测道，"难道咱们温家还有什么我不知道的豪门身世秘闻吗？"

"想多了，是亲的。"温衍说，"有个傻瓜说我们是前男女朋友关系，我给自己证明一下。"

温荔愣了下，当即激动地说："造谣，绝对的造谣，这是谁造的谣啊？之前造谣我和我弟出轨，现在又造谣我跟我舅，离谱。而且这世上的男人又不是死绝了，我就算要出轨也不至于找家里人吧，这不是乱伦吗？"

"你要跟谁出轨？"电话里突然传来一道男人平静质问的声音。

盛柠觉得有点熟悉，但一时半会儿又想不起来，直到温衍对她说："她老公。"

盛柠恍然大悟，那个叫宋砚的男明星。

紧接着温荔的语气就突然变得正经起来，跟发誓似的。"这世上的男人死没死绝都跟我没关系，因为我这辈子只爱我们家宋老师。"

温衍扯了扯唇，这个温家唯一的女孩，千娇万宠着长大，结果却是个"夫管严"，真是说出去都丢脸。

"这话私底下跟你老公说去，别硌硬我。"温衍耐心渐失，"我挂了。"

温荔立刻阻止道："等等，那个造谣的人，舅你倒是告他啊，你不告他，你把他信息给我，我告他，这种人就得让他知道什么叫祸从口出。"

盛柠拽着温衍的胳膊拼命摇头。

她就是在心里猜测，默默吃醋而已，又没有向媒体八卦爆料，这不能算造谣吧？

温衍眉峰微挑，轻描淡写道："你舅妈造的谣，我怎么告？"

那边沉默几秒，紧接着是一声巨大的尖叫声。

温荔："什么?! 舅妈?? 你给我找舅妈了?!《西游记》里都是骗人的，从石头里蹦出来的不是孙悟空，是我舅妈——"

在盛柠尴尬又愤怒的眼神下，温衍顾不上解答外甥女的疑惑，直接把电话挂了。

温衍似笑非笑地盯着盛柠看。

"承不承认自己傻？"他问。

盛柠硬着头皮甩锅："一开始是高蕊说的，我只是不小心听信了她的传言。"

温衍扯唇："她说你就信，不也是傻？"

盛柠咬牙切齿道："谁知道你这么年轻，居然有个跟我差不多大的外甥女。"

"嗯，现在找借口就说我年轻了。"温衍淡淡地说，"之前谁骂我老来着？"

"行，我傻行了吧？"盛柠做了个打住的手势，"我现在知道她是你外甥女了，这件事就过去了。"

"你说过去了就过去了？"

"那你要怎么样？"

温衍目光戏谑，看她一脸随时准备就地赴死的模样，没舍得再逗她。"叫我句舅舅？"

盛柠立刻嫌弃地拒绝。

两个人在沙发上闹了会儿，她越是抗拒，他越是来劲。

最后温衍捧着她的脸，又咬了下她的鼻子，故意低声威胁道："叫不叫？不叫告你造谣。"

盛柠只好瓮声瓮气地叫了句："……舅舅。"

温衍"嗯"了声，终于放过她。

他替她理了理头发，又说："不过我已经有个不省心的外甥女了，你还是换个称呼叫我。"

盛柠知道是什么称呼，她闭着嘴，没搭腔，坚决不上他的套。

温衍见她把嘴闭得紧紧的，捏了捏她的唇，轻声嗤道："现在嘴硬有什么用？等你成了温太太，不想叫也得叫。"

盛柠呸道："提前贷款，资本主义陷阱！"

"那我给你点实在的。"温衍笑了两声，说，"我再送你一套房子，不是小产权房了，住宅房，你自个儿挑。"

莫名其妙又被送一套房子，盛柠不安地问："怎么突然要送我房子？"

温衍却问她："博臣花园的那套我已经明确说过送给你，合同也生效了，为什么你还是要买？"

盛柠顿住，想说什么但又说不出口。

她要买下这套他已经送给她的房子这个行为确实很奇怪，不光是产权的问题。不过不管是什么原因，她想要房子这件事，不需要她妈妈来，温衍就能做到。

"以前你说我不懂你作为普通人的焦虑，说房子能给你安全感。"温衍顿了顿，说，"我确实不太懂，不过你要的安全感，我可以给你。"

温衍抚着她的后脑勺轻声说："我又不是没能力送你一套新的，你何必就盯着那一套？"

温衍说要送她房子的事，盛柠没有答应。

她说要去洗手间，一进去锁上门就给盛诗檬拨了电话，好在盛诗檬的手机终于修好了。

"我不知道他为什么又要送我房子，但我不想再骗他了。"盛柠想了想，有些歉疚地问道，"我可以告诉他吗？我还是担心如果房子的事被温衍知道了，你和温征就没办法——"

"姐，你跟温总说吧，我和温征已经不可能了。"盛诗檬打断盛柠的话，"那套房子的事一天不说清楚，谁也不敢保证会不会在某一天变成定时炸弹。"

盛柠没反应过来："不可能是什么意思？"

"我跟他都说太多谎了。"盛诗檬叹了口气说，"他骗我我骗他，骗到最后就算说清楚了也不敢再在一起，因为不知道自己什么时候又会被骗，我不想你跟温总也变成这样。"

在盛柠给盛诗檬打电话的同时，温衍恰好也接到了温征的电话。

"有事？"

"哥你之前是不是送了盛柠一套房子？"

温衍"嗯"了声。

温征沉默片刻，语气听上去不太对劲："你送给盛柠的那套房子是在博臣花园吗？"

温衍愣了下："你怎么知道？"

"你别管我是怎么知道的，那套房子是你和盛柠在一起之前你送她的，应该不是白送的吧？"温征仿佛极力想要确定什么似的，问得很急，"你送她那套房子的条件是不是我和盛诗檬分手？"

"……对。"

温征突然笑了。"还真是这样。"

温衍觉得莫名其妙，摁着眉心有些不耐地问："你到底想说什么？"

温征语气复杂："盛诗檬现在就住在那儿，我这几天去她学校找她，没找着，听她室友说她已经搬到那儿去了，她室友还说她是跟她姐一块儿住的。"

温衍神色微敛，语气里听不出什么情绪："然后呢？"

"哥你想过没有，你用来收买盛柠拆散我和盛诗檬的房子，为什么盛诗檬会住在那儿？"

温衍没有说话。

兄弟俩都不是傻子，有些话点到即止，就能在心中拼出完整的猜测来，而这个猜测倘若是真的，反倒证明了他们有多傻。

"其实我本来不打算问你，这些事我不是查不到。"温征顿了顿，沉声说，"你要是真爱她，打算为她跟咱姥爷对着干，就去问她，听她给你解释，让她把这事给你说清楚，你要能接受那最好，不能接受……我也不想看你继续当冤大头。总之别变得跟我和盛诗檬一样，坦诚点，否则越往后知道越拉不回来。"

说到这儿，温征笑了笑，有些自嘲又有些无奈地说："其实我还是想和她在一块儿，可是我不知道该怎么继续了，我骗了她好多次，她也骗了我好多次。"

电话挂断，温衍坐在沙发上凝思良久，眼中意味不明。

直到盛柠从洗手间回来，说要跟他说件事，他才回过神来。

"你说。"

盛柠深吸口气，声音不高，语气却坚定："博臣花园的那套房子，其实我跟我妈借钱要把它买下来，是有原因的。"

温衍轻声说："原因是盛诗檬知道我们之间的合同。"

他语调和缓，说出的话却让盛柠内心一颤："从一开始，你算计的就不是他俩，而是我，对吗？"

盛柠原本打好的腹稿已经通通作废，没法再接着往下说。

"你怕我知道以后把房子收回去，所以想要把它买下来？"

盛柠摇头，字斟句酌地解释道："我是不想让我们之间一直有这么个定时炸弹存在。"

"你既然知道它是定时炸弹。"温衍紧锁着眉，压抑着情绪尽力语气缓慢道，"那为什么之前一直没告诉我，还是你觉得捂着就能让它变成哑炮？"

盛柠赶紧摇头："我是怕温征那边接受不了，他跟诗檬——"

温衍打断她："那你觉得我能接受吗？"

她哑了口，缓缓摇头，诚实道："我不知道，但无论你能不能接受，我都一定会告诉你，只是时间的早晚而已。"

男人扯了扯唇："如果我不能接受，你要怎么办？"

盛柠神色一慌。

在温衍说这句话之前，她以为自己到现在还瞒着温衍，完全就是为了盛诗檬。然而这一刻才发觉，她瞒到现在，一方面是为了盛诗檬，另一方面也确实是担心在对温衍坦白之后，他会不接受。

一开始答应和温衍在一起的时候，原本只是不想再折磨自己，从他们在一起的那一天起，盛柠就做好了将来会分开的心理准备。

可是她没想到温衍和她不同，他并不是抱着同样的想法才选择和她在一起，他考虑到了以后，考虑到了他们将来所有会面临的困难，从和她在一起的那一天就没想过要分开。

他抛掉了所有的顾忌，给了她一颗平等的真心。

所以她越来越喜欢他，越来越害怕会真的跟他分开，直到他因为她的一通电话赶到了她身边。

那一刻倾泻而出的情感告诉盛柠：她爱温衍，很爱的那种。

盛柠很清楚，他们依旧是不平等的。只要她还在欺骗他，这段感情就永远不可能平等。

可是她又害怕他受不了她的欺骗和算计，会一气之下和她说分开，给盛诗檬打的那个电话，是在征求盛诗檬的意见，也是在说服自己。

"那我也会告诉你。"盛柠的唇有些颤，垂着眼，却仍旧尽力以清晰的声音说，"我……我喜欢你的，所以以前和诗檬合伙套房子的事，我肯定不能瞒着你。我不想我们之间变得跟他们一样，说的话都分不清哪句是真哪句是假。"盛柠突然有些害怕地抓上了他的胳膊，结巴却又无比坦诚地说："一开始我确实……确实是想要房子，你就像是从天上掉下来的馅饼，我没想别的，就想从你这里多薅点羊毛，我不知道我现在会对你这么……"

她压根就没想到今天，也压根没想到自己竟然会爱上温衍。

听到她这么直接的告白，温衍闭了闭眼，忽然泄了气般，一只手摁上眉心用力揉捏，一只手回握住盛柠抓在他胳膊上的那只手。

好似十指紧扣也不够，他又将盛柠揽到怀里，大手扣紧她单薄的肩膀。

在爱上她之前，温衍曾狠狠警告过她不要对他要手段，否则后果自负，他给她的所有都不会是白给，如果她骗了自己，温衍有的是办法叫她吃苦。

所以他反而不需要用任何心机，因为在他眼中盛柠没有任何威胁，她再怎么要小聪明，也始终是弱势的那一方。

然而他高估了自己也低估了盛柠，他没料到自己会爱上她。

倘若温衍还是从前的那个温衍，盛柠绝对承担不起欺骗他的代价。

只是她坦白的时机和他知道的时机都很不好，竟然是在他把身心尽数交付之后，想着要给她安全感，在情到浓处把该做的都做了之后，正打算要给她关于未来的所有保障和承诺的时候。

犹如当头棒喝，气是真的气，可是再气也没办法像一开始打算的那样叫她付出代价。

如果就这样轻描淡写地揭过，又有点不甘心，骨子里的骄傲都好像变成了轻贱的草。

两人无言之时，总有东西要打破宁静。

一通又一通的电话打过来，明明人在沪市，却仍旧活在家人的目光下。即使温衍起身去接了电话，可盛柠还是在他没来得及走开的那一瞬间听到了电话里的怒吼声。

是他父亲温兴逸的声音："你跟你姥爷究竟说了什么?!"

她看着温衍皱起眉，还没有从刚刚跟她的对话中抽出情绪来，脸色疲累，紧锁的眉头中还紧紧萦绕着烦闷。

和父亲通完电话，温衍问她："你打算什么时候回燕城？我给你买机票。"

"……那你呢？"盛柠问，"你不回去吗？"

"我还有事要处理。"温衍轻声说，"你先回去吧。"

"那房子的事——"盛柠小心翼翼地问。

温衍苦笑道："我都为你走到这一步了，你要我怎么办呢？"

盛柠的鼻尖一下子就酸了，眼泪倾涌而出。

没有激烈的争吵，也没有伤人的言辞，没有针锋相对和互不相让，甚至是冷静平和的，温衍给了她解释的机会，没有厉声质问，也没有指责她的欺骗和隐瞒。

因而结束的时候也很平静，仿佛死水微澜般。

温衍是突然来找盛柠的，没带任何行李，离开沪市的时候也是一个人说走就走了。

第二天，盛柠也收拾了自己带过来的简便行李准备回燕城，在离开沪市前，她找妈妈谈了心。

盛柠想的是，或许宁青会给她一些建议。

宁青也曾有过优渥的生活，也曾当过公主，她和温衍之间的身世差距其实也没那么多，也许宁青会给自己一些自信。

可是宁青的第一句话就浇灭了她的希望。"这世上的男人那么多，何必一开始就将自己的时间浪费在一个不合适的人身上？你们的成长环境不同，性格和家世都差得太多了，在生活中没有共鸣，就像我跟你爸那样，当新鲜感退去，爱也消磨殆尽之后，这样的差异一旦没了爱情做润滑，就会让你们活得很累。

"他的家世和社会地位比你高一大截，你对他从一开始就没有平等的资本，话语权永远在他那里。他那样的家庭，表面看着你是风光高嫁，你却要做出很大的牺牲，作为依附他的那一方，渐渐地他会变成你生活的一切，而你并不是他的一切。"

"如果那时候温衍不再爱你。"宁青问得现实而残忍，"囡囡，你怎么办？"

盛柠哑口无言，她甚至说不出"他不会的"这四个字。

现实中有太多的因素会影响人的内心，无论现在有多爱，那将来呢？

"可我是真的爱他。"盛柠低声说。

"之前因为你和爸爸，还有石老师的事，让我一直觉得这世上没有什么感情是真的可靠的，甚至还不如钱来得可靠。你们之前有多爱我。"盛柠顿住，突然埋下头去，捂着眼睛哽咽道，"不要我的时候就有多狠心。"

宁青愣住，她已经很久没看见女儿哭了。

好像自从将她送回给盛启明那次，她追着自己的车大哭着跌倒后，在数年屈指可数的交流中，宁青都没再见过盛柠哭。

宁青以为盛柠已经长大，当年的事她已经看开，所以不再哭了。

然而对孩子来说，童年所遭受的伤害，尤其是至亲给的，很大可能是一辈子都无法治愈的。

"我不知道温衍以后会不会也跟你们一样。"盛柠吸了吸鼻子，倔强地说，"我也很怕他以后会跟你们一样，可至少现在我不想放弃他。"

宁青等盛柠说完，默默地从包里掏出了一张银行卡，递到盛柠面前。

"密码是你的生日，这里面的钱足够你在燕城买一套不错的住宅房，要怎么花你自己决定。如果你需要在沪市买房子就跟我说，我会叫人给你挑一套好的。"

盛柠泪眼蒙眬地抬起头来。

"这些年我为了自己能够从失败的婚姻中走出来，忽略了你。"宁青顿了顿，有些自嘲地说，"我一直觉得只要给了你金钱上的补偿，就算是对得起你了。"

宁青眼眶微湿，认真地说："我知道当妈不是这样当的，对不起。囡囡，我不会再逼你去放弃他，可你现在的选择是对是错我也没法保证。人生是你自己的，我希望你能够真正为你自己打算。温衍如果真的爱你，不用你说，他也会为你们的将来打算好一切。"

宁青出国的航班在盛柠的航班之前，说完话后，她先一步离开了酒店。

盛夏的天气闷热，盛柠坐在酒店大堂里边吹空调边打发时间。

反正也没别的事做，索性就掏出手机刷起了公务员笔试题。

也不知道是没学到位还是心不在焉，一连做了二十道选择题，竟然错了一小半，盛柠放下手机，抚着额头叹气。

手机又振了起来，盛柠烦躁地看了眼来电显示，是个陌生号码，号码来源地显示的是杭城。

她接起，是个相当好听温柔的女人的声音。"你好，请问你是盛柠小姐吗？"

盛柠"嗯"了声，刚想问她是谁，女人就自报家门道："我叫胡璐，托温衍外公的嘱咐，老人家想请你来杭城做客。"

"……"

"老人家对你非常好奇，想要和你见个面聊聊天，只是温衍对老人家的态度有点误会，所以一直在阻拦，我们也没能联系上你。"胡璎语气温和，"盛小姐，如果你是真心想要和温衍在一起，也不能总是让他一个人面对家人，你说是吗？"

如果是之前，盛柠肯定不会去这一场明摆着的鸿门宴，温衍说一切由他来面对，那就由他来。

但是她看到他从杭城带过来的伤，以及他和他父亲打电话的时候，承受着父亲的指责的疲惫样子。

刚说要送她一套新的房子，转眼就知道了上一套房子的真相，却还是没忍得下心来指责她。

盛柠咬唇，"嗯"了声说："我去。"

"好的，那我派人去接你。"

胡璎这次就是专程来接盛柠过去的，盛柠告诉她地点后没多久，她的车就开过来了。

盛柠在看到胡璎的第一眼后，就知道这是个和温衍同样出身优越的天之骄子，十分精致得体的打扮，就连脸上的笑意都让人察觉不出半分虚假。

胡璎同样也在打量盛柠。

斯文漂亮的女孩子，即使身上学生气还未退，可年轻也正是她最大的资本。

听贺老爷子反复夸赞自己外孙，她本以为温衍和其他男人会不一样，结果不也还是喜欢年轻女孩。

胡璎收回打量的目光，朝盛柠礼貌微笑道："盛小姐，请上车吧。"

从沪市到杭城走高速如果不堵车的话，速度其实很快，虽然现在正是学生们放暑假的时间，但都还算顺畅。

一路上胡璎跟盛柠聊了不少，却没有提到温衍，都是个人的话题，还顺便问了盛柠皮肤是怎么保养的。

"你只用护肤品？"胡璎羡慕地说，"还是年轻好啊，不像我，必须要定期去做医美。"

看着胡璎这张已经比大多数年轻女孩都要白嫩的脸蛋，盛柠心想有钱真好。

胡璎羡慕盛柠年轻不需要花太多心思保养，而盛柠却羡慕胡璎有钱保养，总之各羡慕各的，聊下来也不觉得尴尬。

车子从高速上下来，开进了市区，盛柠以为胡璎会直接带她去温衍外公的家，却没想到胡璎带她去了一家大型商场里的一家造型工作室。

"是我朋友开的。"胡瑢说，"今晚老人家在家里办了个私人饭局，他特意吩咐我要帮你好好打扮。"

盛柠弄不懂温衍外公的意图，不过既然她来了，就没想过要临阵脱逃。

开工作室的水平到底是跟普通人不一样，等盛柠做好造型出来，一直坐在沙发上看杂志等她的胡瑢抬起头来，直接看呆了几秒。

"怎么样？"造型师骄傲地说，"没辜负胡大小姐你的嘱托吧？"

胡瑢笑着说："没有，很漂亮，以后哪个明星要是挖你去做妆造，每次出席红毯都绝对碾压其他人。"

"那光是我有手也不行啊，颜值和气质也得撑得起我的技术才行。"造型师边给盛柠整理发丝边喃喃说，"其实我想去温荔那边好久了，一直想给她做妆造来着。"

"那你加油。"胡瑢说，"我就先带这位小姐走了，回见。"

带盛柠离开之前，造型师拉着胡瑢小声在她耳边问："这女孩是谁啊？以前都没见过。"

胡瑢："我相亲对象的女朋友。"

造型师突然睁大眼睛："那个放你好几次鸽子的相亲对象？"

"对啊，放我好几次鸽子，我爷爷都还是不死心，一心想让我倒贴。"胡瑢耸耸肩，自嘲笑道，"谁让我不是我爷爷的孙子呢，走了。"

天色渐沉，暮色浓重，到接近吃晚饭的时间点，车子开到了贺宅。

一整个中式风格的建筑，庄重肃穆，大铁门两旁有人负责看守，开过一条被两旁绿荫围绕的水泥路，车子在正门口停下。

"走吧。"胡瑢语气温和，"别紧张。"

盛柠跟着胡瑢下了车，下车后她抬头看了眼这个还没进门就已经让人感到不自在的府第，又看着胡瑢从容优雅地走在她前面。

"胡小姐。"盛柠突然叫住她。

胡瑢回过头："怎么了？"

盛柠不知道自己为什么要叫住她，盛柠自知愚蠢却还是抱着什么不太可能的希望问她："你也是温衍的外甥女吗？"

胡瑢先是愣了下，可在看到盛柠复杂的表情后很快明白过来。

到底还只是个年轻女孩。

她没打算瞒着盛柠，笑道："盛小姐，问这个就没意思了，你应该知道我是他的谁吧？目前是相亲对象，如果温衍最后没拗得过他外公，我就是他未婚妻。"

盛柠点点头："哦。"

因为早就猜到，所以心里并不意外，只是有一点点的难受。

她跟着胡璎进了贺宅，从大门前庭到入户玄关，再一直走到过厅，传统中式入户的空间层次缓缓递进，负责分隔空间的嵌花门柱沉稳厚重，到中堂里才豁然开朗。

这里添置的古玩字画并不多，却摆放得恰到好处，视觉中心的位置挂着一幅来自名家的工笔花鸟画。

这里今天晚上有一个私人饭局，请的客人不多，但多或少对盛柠来说没差别，因为温衍不在这儿，她一个人都不认识。

大多都是中年人，穿得十分随意，但都简约大方。

一个完全陌生的地方，完全陌生的一群人，而这群陌生人都是互相认识的，他们相谈甚欢，对盛柠投来好奇打量的眼神。

这样的状况让盛柠没来由地感到拘谨和紧张，连手和脚都不知道该往哪儿放，就只能跟在今天才认识的胡璎身边。

有个中年人主动走过来："哟，这是我们小璎的朋友啊？"

"是呀，我朋友漂亮吧？"

"漂亮漂亮。"中年人问，"你朋友姓什么？她父母是在哪儿任职啊？"

胡璎笑眯眯地说："姓盛，其余的您就别打听了，她不是我们这边的人，我就是单纯带朋友过来吃个饭。"

中年人笑着让盛柠随意，又回去椅子上坐着了。

"你是新面孔，所以别人对你好奇，你就正常说话，不想回答的就别答。"胡璎说，"需要我给你介绍一下这些人吗？"

盛柠点点头："麻烦胡小姐了。"

"没事，应该的。今天这个饭局主要都是温衍他外公这边的一些亲戚，还有我爷爷的一些朋友。他外公和我爷爷还在楼上下棋，等开饭了就下来。"

这个私人饭局，来的都是贺家和胡家的亲戚朋友，盛柠脸色一白，颇感讽刺。

等到开饭时间，所有人移步至餐厅，两个大家长终于露面。

鹤发童颜的两个老人家，身板笔直，都是穿简约的衬衫长裤，相谈甚欢地从楼上下来。

盛柠的位置被安排在胡璎旁边，除了几个知情的，其他人都把她当成了胡璎的朋友。

盛柠今天打扮得很漂亮，单从外貌来说，她是这张饭桌旁最出挑的人。

就像是一个花瓶，而这张饭桌旁的人早就见惯了各式漂亮的花瓶，也就是在刚看到盛柠的时候多看了两眼，紧接着就将视线放在了更值得聊天交流的人身上。

没有人排斥她，更没有人对她的家世背景问东问西，这一群在名利场中沉浮的人，能坐在这张饭桌旁，全都练成了一身喜怒不形于色的好本事。

他们始终对盛柠保持着该有的客套和礼貌，贺至正老爷子叫她随意，想吃什么就夹，不用客气，胡瑢的爷爷见盛柠始终只吃自己面前的那几道菜，还特意帮她转了盘，亲切地叫胡瑢给盛柠夹新的菜吃。

这个阶层一些默认的社交礼仪和规则，胡瑢也都在她旁边提醒她了。

没有距离感，却又处处提醒着盛柠，自己和这里的格格不入。

终于有人问起盛柠的工作，盛柠如实说了自己的情况，那人一听她要考外交部，立刻来了兴趣。

"外交部？外交部好啊，他们那儿最年轻的那个徐司长，我跟他爸爸之前还是同事呢，不过人家工作能力强，升得可比我快多喽。他大儿子也有出息，现在好像是在市委？"

话题从外交部瞬间跳转到了市委，无论怎么转，都有人能接上新的话题。

盛柠什么也不知道，什么也不了解，她只知道自己要考的外交部，那个徐司长长得很帅，网上有他很多的发言视频，对于他的家庭背景一概不知。

可这些人并不在意徐司长在网上有多少人关注，他们在乎的恰好就是盛柠不可能知道的。

一直到这顿饭吃完，人在桌上心思却始终游离在外的盛柠终于明白了温衍的外公为什么要找她来吃这顿饭。

她之前遇到的那些只会表面上埋汰人的势利眼算什么，这才是真正的来自上层阶级的下马威。

一句话都不用说，就只是用一顿饭告诉了她，她和温衍身处在两个世界。

而盛柠甚至都没有否认的机会，因为她的拘谨和无措就已经给了贺至正答案。

吃过饭，贺至正让盛柠去他书房里说话："盛小姐，晚饭吃得还习惯吗？"

盛柠如实回答："托胡小姐的福，她很照顾我。"

贺至正笑了笑，放心地点头："那就好。"可紧接着他说，"这证明我给温衍挑老婆的眼光不错。"

盛柠沉默以对，她平日里那点虚与委蛇在这个老人家面前不过都是班门弄斧，还不如不说话。

　　贺至正倒不在意盛柠的沉默，反正他平常同小辈说话，小辈只需要认真听就行了。

　　"听说你父母在你很小的时候就离婚了？"

　　盛柠点头："嗯。"

　　"你妈妈那边的条件好一些，但你却是跟着你爸爸和后妈长大的。"贺至正语气和蔼，"父母离婚前后给你带来的生活落差，对当时的你来说很不好受吧？"

　　盛柠承认："是挺不好受的。"

　　那时候物质需求对她来说，并不亚于任何的精神需求。所以她要努力攒钱，在同龄的孩子还在期待父母的奖励时，她已经在考虑如果要一个人生活，那么要挣够多少钱才能养活自己。

　　贺至正又问："如果你和我外孙在一起了，你的生活又会发生翻天覆地的变化，远比你那时候的变化更大，这个落差你能接受吗？"

　　"这个落差我能不能接受不重要，主要是您不接受不是吗？"盛柠垂着眼，语气平静，"您不用弄得好像是站在我的角度上看问题。"

　　贺至正微顿，浑厚嗓音仍然亲和："温衍送了你一套房子是吗？"

　　盛柠怔住，倏地抬起头来。

　　"我暂时还不知道温衍是出于什么目的，在你们认识没多久的时候就把那套房子送给你了，温衍也不肯说。"贺至正目光凌厉地看着盛柠，"但你收下了，这是结果。如果你们只是谈恋爱的话，他送你多少套房子我都不会有意见。我没有办法不对你和温衍交往的真实目的感到怀疑，希望你能理解。"

　　盛柠哑口无言，她可以跟温衍解释，却无法对除他以外的人解释。

　　说不是为钱，谁信呢？

　　自己一开始就是冲着钱去的，就算现在她说和温衍在一起不是为了钱，别说贺至正不相信，就连她自己都不相信。

　　太虚伪了。

　　她发现自己真的不适合当偶像剧女主角，在这种时候甚至说不出一句有力反驳的话。

　　那些看似清高的价值观，所谓的真爱和自由，在极致的钱权前都不值一提。

　　"你父母在你小的时候离婚，所以在感情方面，他们或许没能给你什么好的意见。二十一世纪的门当户对，并不是你们年轻人所想的那么老套，家庭背景只是衡量两个人是否合适的其中一环。"

贺至正接下来的话就如同宁青说的那样，就算现在坚定不移，可随着时间的推移，谁能够保证未来？

胡璇当然可以嫁给温衍，她有给予她底气的娘家，她有和温衍能够互相抗衡的家世和条件，当然不用担心当这桩婚姻成为现实中的一地鸡毛后，自己会变得一无所有。

盛柠不是，她选择了温衍，就相当于放弃了自己。

就算带着"温太太"的头衔风风光光地过上一辈子，她也依旧是飞上枝头的麻雀，不会得到他的家人们的平等看待，没有人会记住她叫什么，她更不会有她自己的事业和人生。

日后旁人提起，盛柠不是盛柠，而只是温太太。

她的标签不再是自己，而是温衍。

一旦温衍变了，她就什么都没有了，依附于男人所得到的风光，等失去后甚至连为自己博弈的本钱都没有。

"盛小姐，你们不合适。"贺至正说，"我不想去逼你们分开，那样只会适得其反。看得出来你是个很有想法也很独立的孩子，我只希望你能自己想清楚，我已经老了，不想再跟你们年轻人谈什么爱不爱的，你现在或许会觉得我固执，但等你活久了就会知道，年轻时候追求的所谓真爱，其实没什么意义。"

"人能够把自己的这一辈子活清楚就已经够不容易了，钱虽然是身外之物，但只要你踏踏实实的，它能够保障你一辈子，但是爱呢？"贺至正淡淡道，"会变的，我比你多活了大半辈子，我见过太多了。"

对贺至正的话，盛柠退无可退，也避无可避。

对她来说犹如坐牢的一场饭局，自己和这里的格格不入，都让她产生了怀疑。

所以温衍一直挡在盛柠面前，没给贺至正接触盛柠的机会，唯独这一回，盛柠是自己来的。

双方的家长看得都比他们远，更知道他们的差距，门第都是次要，更致命的是因为成长环境和教育程度的差别，以至完全没有共鸣的生活阅历。

所有人都说他们不合适，所有人都不看好他们。

爱情不足以填补将来要在一起生活却因为双方差异而产生的巨大罅隙。

即使盛柠前途无量，可以考进外交部，可以一路升迁，可那要花上多少年，又需要多少的精力去培养，贺至正才能获得回报？贺至正需要的是现在就能为贺家带来直接利益的外孙媳，好友的孙女胡璇就是最省心的答案。

于是他对盛柠说出最后的筹码："等你考进外交部后，如果你有政治方面的志向，要是不嫌弃我这个已经退了休的老头子，可以随时来找我。当然，如果你嫌过来找我麻烦的话，我可以让人在杭城也给你安排一套房子。"

盛柠心中苦笑。

这才是真正的软硬兼施，而不是如她想象中的"给你五百万离开我外孙"。

她还很年轻，没有经历过大风大浪，人生阅历也不够，对长者口中听上去如此清晰而又正确的大道理，终于还是陷入了短暂的迷惘和自我否认之中。

胡璿送走了爷爷和叔辈后，转而又穿过门厅去了贺宅的后院。

爷爷临走时再三吩咐她要把握好温衍，多关心一下温衍，还叫她待会儿吃完饭散席后记得给温衍带点饭菜过去。

胡璿让厨房的人热了饭菜，自己给温衍送了过去。

后院里除了贺老爷子平日用来休息发呆的后庭花园，往侧边走还有一间房，那里是贺家的祠堂。昨天温衍从沪市回来后，人就一直在祠堂里没出来过，就连今天晚上吃饭，贺老爷子也没让他出来。

胡璿当时不在场，还是听贺老爷子亲口说的。

温衍送了那个女孩一套房，在他们一开始认识的时候。原因不明，可也是因为这套房，让贺老爷子对盛柠的看法一落千丈。

贺至正满心以为将这套房摊在明面上说，能够让温衍清醒点，然后认识到盛柠和他在一起的真正目的。但是温衍的态度依旧冷淡，置若罔闻，甚至还说出了"一开始她没有动感情，为的确实是钱，这我能理解"这样的蠢话。

贺至正眼里那么懂得精明算计的外孙，仿佛就成了个傻子，动起真感情来，甚至比他那个纨绔弟弟更执着，也更让贺至正失望。

"真是傻了！那女孩就明摆着是冲着你的钱去的，她说什么你竟然还就信了！"

贺至正见温衍仍然执拗，直接用祠堂里的祖宗牌位逼他妥协。

最后争执不下，贺至正直接喊话："好！你就跪着，跪着吧！要不就跪到你想清楚了为止，要不就跪到要我叫人送你去医院为止！"

因而胡璿进来祠堂的时候，温衍还在原地跪着。

如果从昨天算起的话，满打满算跪了一天了，但凡换个身体素质不太行的人，估计早晕了，哪里还会像他这样背脊挺拔，跪着都笔直。

她走到温衍身边："要吃点东西吗？"

温衍淡淡瞥她，摇头。

他脸色苍白，没什么血色，英俊眉眼明明冷峻，却又透着脆弱。

胡璐看着他，突然想到以前的自己，问："温衍，你知道我跟我男朋友是怎么分手的吗？"也不等温衍说话，她又自顾自道，"我倒是没你这么惨，不过在当时做得也挺绝了，为的就是能让我家里人还有他都相信，我这辈子非他不嫁。"

"但他却不是非我不娶。"胡璐笑了笑，"他说我和他不同，我赌得起，而他赌不起，我的家庭太复杂，给他爸妈太大的压力。在我已经做好为他放弃所有的时候，他怕了，退缩了，所以放弃了我。"

温衍启唇，嗓音沙哑："你到底想说什么？"

"如果你的女朋友也退缩了，你要怎么继续？你喜欢她的独立和理性，喜欢她的倔强，而她这些吸引你的地方，就注定她不会甘于依附你，她会想到和你在一起之后，会因为低你一等而面临什么。"胡璐说，"如果她不肯为你做出这些妥协，你现在做的所有事就是自我感动。"

温衍紧抿着唇没有说话。

胡璐见他始终不为所动，轻轻叹了口气。"她现在应该已经跟你外公说完话了，你猜她会为你妥协吗？"

温衍蓦地抬起头看她："她来了？"

"来了。"胡璐点头，"都吃过一顿饭了。"

温衍一抬膝盖就要站起来，却因为跪的时间太长而根本站不起来，膝盖以下胀痛麻木，踉跄着又跪回了地上，神色痛苦难耐，撑着地，额上立刻起了大滴大滴的汗。

男人低着头弯着腰在地上缓了片刻，最后强忍着膝盖的疼痛勉强站了起来。

胡璐急忙就要去扶他，温衍只是抬手说不用。

从来都是步履有力的人第一次走得这么慢而狼狈，甚至还需要走个几步就歇下来缓一缓。

好在要上楼的时候，他急着要找的那个人从楼上下来了。

正恍惚的盛柠看到楼下站着的两个人，神色一怔。

胡璐看到盛柠下楼，适时说："你们聊。"

然后很快离开。

等胡璐走了，盛柠不可置信地问道："……你在家？"

那为什么刚刚吃饭的时候没有出现？

温衍脸色苍白，语气低沉："你为什么要来？我不是说一切有我，叫你不要管吗？"

盛柠张嘴，顿了顿才小声说："我……我觉得我总是要过来见一见你家人的。"

温衍蹙着眉，突然低斥道："那你来了能帮到我什么吗？你一个刚毕业的学生能做什么？"

盛柠被他突然的斥责吓得缩了缩肩膀，垂眼咬着唇，面色也渐渐变得窘迫起来。

她从一进门情绪就压抑到了极点，在看到温衍的那一刻，她就像抓住了可以栖身的稻草。没想到最终却只得到了他的一通责怪。

他既然在这个家里，又为什么不出现？反而还生气她不打招呼擅自出现在这里。这不由得让盛柠又想起自己处在这栋宅子中的格格不入，以及宅子里所有人的落落寡合。所有的委屈终于在这一刻彻底爆发。

"我今天来了才知道，我之前的想法是对的。"盛柠看着他，声音里藏着一股犟劲，"我就是个普通人，这里太压抑了，我连站在这里都觉得呼吸困难。"

温衍心口生疼，原本在看到她时短暂忽略的膝盖也再次疼起来。

他抓着楼梯扶手，扯了扯唇，勉力维持着挺拔身形说："压抑吗？可我就是在这种环境下长大的。是不是我也让你挺压抑的？"温衍也看着她，见她神色难受，他哑声问，"你是不是要放弃我了？"

盛柠一怔，一时没说出话来。

她这一瞬间的犹豫却让温衍突然在这一刻觉得自己一直在自我感动。

他跟盛柠说了很多次，不要放开他。

他知道她认钱不认人，可还是在她退缩犹豫的那一刻，作为可能被放弃的那一方，感到了失落和无奈。

男人的质问几乎是从牙缝里挤出来的："房子的事我都已经揭过，已经做到这份上了，为什么你还是——"

即使是这样，他都不忍苛责。试着去理解她当时的心境，那些小心翼翼的算计，没什么是不可以释怀的，也没什么是不可原谅的。

只要盛柠爱他。

温衍胸口起伏，又突然泄了气般问道："我究竟哪儿做错了，不足以让你相信我？"

他拼命维护的是一段她随时都可以抽身的感情，没给自己留有任何余地，而盛柠却随时可以放手。

"我没有。"盛柠想起这几天接连被长辈们否认的感情，后怕地抓着扶手颤声说，"我就是没有安全感。"

温衍突然紧拧眉头，手死死握住楼梯扶手，虚汗又从额头上渗出，脸色比刚刚看着更加惨白虚弱。

膝盖上如钻心般的痛越来越难忍，温衍坚持够久了，如今实在有些站不住，只能缓缓就着楼梯坐下，高大的身形顷刻间如山倒城塌。

温衍眼眶微红，无力又难堪地轻声说："那你有没有想过，我也需要你给我的安全感？"

第 14 章

她的真心话

盛柠嘴唇翕动，原想说什么，又突然看到温衍朝着楼梯坐了下来。

两个人脸色都不好，刚刚也都抓着楼梯扶手，所以盛柠一时也没发现，再看到他额间冒起的密汗后才惊觉不对。

她耸了下鼻子，立刻蹲下身去问他："你怎么了？"

温衍不想说，还在因她的退缩而难过，抿着唇没出声。

"到底怎么了啊？"盛柠捧起他的脸，又伸手探了探他的额头，"生病了吗？"

凑近了看才发现哪儿哪儿都不对劲，眉眼间愁色浓郁，就连唇色都是泛白的。

温衍转头，抬手挡开了她，轻声说："没事。"

"你这像是没事的样子吗？"

盛柠看了眼四周，偌大的客厅里竟然没一个人，整个贺家的人似乎都知道，需要给盛柠和温衍单独说话的空间。

她没有遭到强硬的逼迫，但这个家带给她的压迫感似乎更甚，想让盛柠从心底决定放弃。

盛柠想要先扶温衍起来："我先扶你去沙发那边坐，然后去叫你家的人带你去医院。"

温衍也是实在撑不住了，坐在楼梯上又显得狼狈不堪，于是任由盛柠扶着他起来。

她肩膀单薄，力气也不大，扶不住比她高那么多的温衍。男人目光闪烁，没敢都靠上，大半的体重仍然靠着双腿支撑，走起路来膝盖处还是钻心地痛。

终于扶着人在沙发上坐下，盛柠说："我去叫人来。"

她刚起身，温衍突然伸手拉过她。盛柠跌到他的怀里，男人双臂收拢，紧紧地抱住了她。

并不是强势，而是呵护的拥抱，男人将脸埋到她的脖颈中，温热隐忍的呼吸打在她脆弱的肌肤上。

"你不该来的。"他嗓音干涩，沙哑而低沉，"我今儿没陪着你，怕吗？"

盛柠小声说："怕。"

"我也怕。"

至于怕什么，温衍没说。

争吵不过几分钟，他们同时败下阵来。并不激烈，但两个人都知道，他们仍旧需要冷静一下。互相给不了彼此要的安全感，唯恐再说下去对方会情绪激动，一不小心对自己说出那两个字。

盛柠觉得温衍肯定是生病了，虽然他不说。她还是有点自私，不想去叫胡瑢过来，也不想去叫温衍外公，只能看看能不能找到他的其他家人。

不过盛柠并不熟悉贺宅的构造，差点以为自己要迷路，后来越走越远，硬是没碰上一个人，还走出了单人密室逃脱的感觉。

她也不知道自己是怎么走到贺宅最偏僻的一条走廊里的。

这一条走廊的尽头只有一间房，盛柠刚想转身往回走，紧接着就看到这条走廊的尽头处站着一男一女。

男人将女人抵在墙上，盛柠目瞪口呆地看着眼前景象，赶紧缩回身体躲了起来。

她认识这两个人，之前在饭局上胡瑢有向她介绍。

贺至正的曾孙那一辈如今都在沪市工作，恰好今天回来看老人，这两个人是贺至正的曾孙和曾孙媳妇。

看上去般配，其实不是一对，曾孙媳妇从小长在贺家，长大后顺理成章和贺家人订了婚，还未过门，但贺家所有人已将她当成了媳妇。她的未婚夫忙工作今天没能来，于是由她代替未婚夫和自己未来的小叔子一起过来。

在饭局上两个人的座位虽然挨在一起，但全程没有交流，而他们现在之间的对话却吓到了盛柠。

"你要不要脸！放开我！"

"我不要脸难道你要？要嫁给我哥做我嫂子了，就真当我们之前发生的所有事都不存在了是吧？"

盛柠表情郁闷，只觉得这栋宅子不光让她感觉压抑，而且这些姓贺的还一个比一个可怕。

没有对比就没有伤害，她此刻由衷地觉得温衍是这个家最正常的人。

回过神来的盛柠顾不得什么，立刻往回跑。好在她还记得回去怎么走，等跑回客厅的时候，客厅里除了温衍，已经多了两个人。

一个是胡璐，一个是贺老爷子说要负责送她离开的人。

"已经帮你联系医院了，你最好还是叫医生来看看。"

盛柠走过来的时候，正好听见胡璐对温衍说。

他果然生病了。

盛柠抿唇，想问他到底怎么了。

负责送盛柠离开的人得了贺至正的吩咐，到了客厅却没看见她，如今终于看到她，立马说："盛小姐，车子就在门口，走吧。"

盛柠下意识看向温衍。

温衍揉了揉眉心，对那人说："直接送她去机场。"

"机票我已经让人重新帮你买了，先回去吧。"温衍语气平静，"等我回燕城再联系你。"

至于什么时候回燕城，他没说，所以她也不知道他说的再联系是什么时候。

盛柠是坐时间最近的一班飞机回的燕城，下飞机的时候已是深夜，是陈助理来接的她。

明明上次见陈助理还是不久前，可就在这短短的几天时间里，她去了趟沪市，又去了趟杭城，再回到燕城的时候就有种恍如隔世的感觉。

"我送你回公寓？"陈助理问她。

盛柠："麻烦了。"

行车的路上，陈助理屡次欲言又止，看盛柠的表情不太对，有话却怎么也问不出口。

等车快开到公寓了，他才下定决心问道："温总还好吗？"

"生病了。"盛柠说。

"啊？"陈助理先是惊诧，然后有些自责地叹气道，"看来温总还是上网了。"

盛柠不解："什么上网？"

"你不知道？"陈助理说，"我们最近不是和德商准备正式签合同吗？不知道从哪儿冒出来一批早几年离职的老啤酒厂员工维权。"

原本这事闹不到温衍那儿，集团有公关部门，有法律部门，分厂那边如果真有什么总部不知道的事件，自会有人去查清楚，但这段时间不知是谁在背后运作，竟然闹到了网上，好些自媒体跟团建似的，都发了有关啤酒厂的通稿。

"你也知道现在的网友，听风就是雨的，老啤酒厂前几年就挪到临海岛城那边了，那些维权的员工其实早几年就正常离职了。温总选择和德商合作也是不想让原厂旧址荒废，还有就是为了留在旧址的员工可以继续就业，结果就被那些媒体说成了帮着国外品牌抢占国内市场，挤压国内本土品牌的生存空间。"

"温总的个人资料在网上一直是非公开的，但有个人自称知情人，断章取义，把他之前当过军人，其间因为贿赂事件被强制性退役的事给曝光了出来。"陈助理越说眉头越皱，"说他以前吃公粮都吃到狗肚子里了，转眼就成了黑心资本家。"

剩下骂得更过分的陈助理不好说，还是盛柠自己用手机搜了才知道的。

说他辜负了国家培养，说他满身铜臭，说他是洋狗子。

涉及人身攻击的辱骂比比皆是，翻都翻不完，越看盛柠的手就越抖，甚至还回了几条。

"别回，你一个人哪儿回得过来，有公关呢。"陈助理阻止道。

公司的公关部不是吃素的，甚至还找了专业的公关公司，但就是不知道到底是谁在背后推波助澜，舆论非但没停歇下来，反而愈演愈烈。

陈助理不想让盛柠激动地跟网友争吵，所以就没说。

盛柠其实知道就算回了也没用，可她看着那些对温衍的辱骂和攻击，实在忍不住想要维护他，维护的代价是自己很快就收到了几条骂她是资本家养的狗的私信。

"温董为这个事又急又气，这几天一直给我打电话。"陈助理说。

话音刚落，手机又响了起来。"看吧，又来了。"

陈助理接起，透过蓝牙耳机盛柠都能听见温衍父亲那气冲山河的怒吼。

"温董您注意身体，消消气。"

"已经联系上温总了，温总说杭城那边还有事，暂时回不来。"

"他让我照顾盛小姐，我刚在机场接到盛小姐，这会儿正要送她回家。"

温兴逸知道盛小姐就是盛柠。

盛柠和温衍的事，温兴逸一直被瞒在鼓里，还是他的岳父贺至正转告他的。

贺至正告诉他那天，温兴逸直接失眠了一整晚，第二天给温征叫到身边来，二话不说直接往死里头就是一顿教训，大吼着问儿子这世界上的姑娘是不是只剩下姓盛的了，百家姓氏那么多，为什么就逮着姓盛的姑娘去喜欢。

还拿着自己那根雕了纹还镶了珠的黄花梨拐杖往温征身上招呼了好几下，才勉强顺过来心气。

温征被他老子打得没脾气，还挺委屈地反驳说他先认识先喜欢姓盛的姑娘的，温衍是跟风，要揍去揍温衍，揍他算怎么回事。

结果温兴逸更气了，说："没你，你哥能认识另外一个姓盛的姑娘？"

温征没话说了。

就两个儿子，全被姓盛的给拐走了。温兴逸甚至觉得自己是不是上辈子得罪了哪个姓盛的，然后被人给下了诅咒，带到了这一辈子。

除了盛柠，贺至正还和温兴逸说起了另一件事，有关让温衍改姓。

贺至正有这个想法不是一两天了，他跟温衍说不通，所以才不得不来跟温兴逸提。

岳父在电话里对温兴逸说得挺真心，说什么让温衍从商，确实是可惜了，如果是由他这个做姥爷的来安排，温衍的人生绝不止于此。

温兴逸让陈助理随时待命，然后才挂了电话。

一旁的温征忙问："我哥回来了吗？"

"没有。"温兴逸眯了眯眼，语气不明，"估计是被你姥爷扣在那边了，所以他才急着先把女朋友给送了回来。虽然查不到，但我能肯定，最近有关于你哥的那些事，十有八九就是你姥爷那边的杰作，就是为了让你哥服软。"

温兴逸白手起家，从零创业混到如今。他经历过太多，舆论一传到他耳朵里，几乎是立刻就想到了杭城那边。

温衍当初去念军校，就是贺至正一手安排的，后来温衍因故退役，贺至正一直觉得可惜。

温兴逸沉默片刻，突然大吼一声，语气里又是埋怨又是责怪："那臭小子，真当自己多能耐，能耐到扛起来一整片天呢！他姥爷都把他逼到这个地步了，他都不告诉我这个当老子的！他姥爷真是活久了什么都敢想。"他气得直张鼻孔："还改姓？改他妈的姓啊！"

温征喃喃地说："可不就是改成妈的姓嘛。"

温兴逸立刻狠狠地瞪了眼温征，然后果断改口："改个屁的姓！"

老子敢当着儿子的面骂岳父，但儿子不能当着老子的面骂姥爷，温征咳了声，没附和父亲的骂声，认真提出自己的疑问："我姥爷重男轻女的思想那么重，又不是只生了我妈一个女儿，他儿子、孙子那么多，为什么就盯着我哥不放？"

"生那么多有什么用，也得扶得上墙啊。他大孙子家的那两个明字辈的兄弟倒是挺有出息，结果为一个女人争得头破血流，听说现在做弟弟的那个还在跟已经成了自个儿嫂子的女人牵扯不清。家丑不外扬，你姥爷没那个脸，只能拼命捂着不让外人知道，真当我也不知道呢。"温兴逸冷冷一笑，"你哥从小听话，说话做事都得我还有你姥爷真传，唯一让你姥爷看不惯的就是他姓温不姓贺，他当然想你哥改了姓，名正言顺变成他贺家的孙子。"

温征没想到他爸一个退休老头，成天躺在床上下棋、听相声逗乐，消息竟然还能这么灵通，连这种家族丑闻都知道。

或许是岳父和女婿的性格太相似，同等地强势和专断，因而贺至正对温兴逸这个女婿有欣赏也有提防，而温兴逸却从来没喜欢过贺至正这个岳父。以前他妻子贺清书还在世的时候，他不好明着说什么，现在他妻子已经走了那么多年，他对岳父的积怨也不用再憋着。

温兴逸埋汰完自个儿岳父，睨了小儿子两眼，突然"哼"了声说："这么想来，你兄弟俩分别看上姐妹俩，倒是一个锅配一个盖，起码没搞得兄弟反目丢我的脸，也算是不幸中的万幸。"

温征扯了扯唇角："跟我哥抢一个女人，我不想活了。"

温兴逸一点也不给小儿子面子，直接翻了个白眼讽刺道："也是，到时候女人还没抢到，先被你哥打死了。"

温征看他爸竟然有心情开玩笑，抿了抿唇，试探着问道："那爸，我哥和盛柠的事——"

"没空，老子现在没空管你们跟那姐妹俩的四人行，当务之急就是赶紧把你哥接回来，你去安排飞机，我要去趟杭城！我温兴逸是他贺至正的女婿，不是他的冤大头，他想要给贺家找个后继者，自己叫他那群儿子再给他生，别打我儿子的主意！一个退休老头子不好好待在家下棋、逗鸟，咸吃萝卜淡操心，还真把自己当玉皇大帝，想着一手遮天了是吧？我念着你妈的面子还把他当岳父看，他倒好，抢我儿子。"

温兴逸越说越气，越说越絮叨，北方老爷们儿那嘴皮子不是盖的，"叭叭"起来能给人听出一耳朵茧子来。

"温衍姓温，他是我儿子，他和盛柠那姑娘的事就算有人不同意，那也是我这个当老子的，轮得到那老帮菜说不吗？"

温征听着也不敢搭腔，只希望他爸面对他姥爷的时候也能这么勇敢。

温兴逸身体不大好，每日有护工悉心照看，医生上门也勤快，平时躺在床上一张嘴当然能"叭叭"说个不停，如今要坐飞机去趟外地，比温征更担心的是那些医护人员。

以防在路上出任何状况，温兴逸一人出行就带上了一整个医疗小队，坐公家飞机还不如坐私人飞机，于是他大手一挥，让温征去给他安排。

申请起飞的流程比较麻烦，还得开健康证明，钱也花得更多。自打温兴逸身体抱恙以来，之前为了讲排场特意买的私人飞机就放那儿再没飞过，每年上千万的维护费用，还得给机场交停机费，他的俩儿子对出行都没什么要求，不讲排场，觉得买张机票比坐私人飞机方便多了，所以也不爱用。

如今好不容易出趟门，再麻烦也要坐私人飞机，忙来忙去好几天，一帮人才终于将这个顽固的老头子送上飞机。

飞机上，护工刚给温兴逸测过血压，没什么问题，老人家立刻就精神起来了。

随行的医护人员有工资拿，累点也乐意，温征忙活好几天，没工资没劳务费，还得在飞机上听他爸继续"叨叨"。

"你看你姥爷这辈子敢摆这么大排场吗？"温兴逸哼哼两声，"退了休他都不敢摆这么大排场，回头就有人给他举报了，请他去纪委喝茶。"

好在航程不远，温征挠了挠耳朵，等飞机一落地，就以不想被姥爷念叨的理由，要去别的地方打发时间，将他爸无情抛下了。

温兴逸是贺至正当初千挑万选选中的女婿，事实证明贺至正的眼光确实非常不错。温兴逸白手起家做到今天，敢拼敢想，商业目光敏锐，做事胆大心细，再加上运气确实不错，富豪榜上年年有名，后来年纪大了功成身退，将集团交给儿子，安心当起了他的太上皇。

他特意从燕城过来，贺宅当然要敞开大门迎接。

中式住宅门槛过高，温兴逸最讨厌迈腿，拄着拐杖走得极不方便，恨不得给岳父家的这些个门都拆了。

温兴逸和贺至正因为各自年纪大了走动都不方便，也不知多少年没见，贺至正很清楚温兴逸拼着身体状况不佳还特意过来为的是什么。

两个老头子你来我往地客套了几句，温兴逸不再废话，茶都不喝一口，开门见山就是要儿子。

"温衍在他姥爷家住得够久了，燕城那儿还有那么大一个公司，上上下下多少人等他安排，是时候该回去了。"

坐在中堂主位上的贺至正倒是不急，优哉游哉地喝了口茶说："来，先尝尝我这六安瓜片，从皖城空运过来的。"

"你应该知道我大老远跑到这儿来不是为了喝茶的。"温兴逸完全不接茬，直接点明，"温衍呢？"

贺至正放下茶盏，突然笑了声："父子俩真是一模一样。"他随即也不再客套，三言两语表明要将温衍留在杭城："我叫他改姓，一方面是为贺家，另一方面也是为温衍的前途考虑。"

温兴逸扯了扯唇："你要是真的疼温衍，就不会用那些个不光彩的手段逼他妥协，也不会把他扣在杭城，连我这个做老子的来了都不让见。"继而他目光凌厉起来，直视着岳父说："你当年把还是小姑娘的清书嫁给我这个女儿都快成年的中年鳏夫，还口口声声说是为她好。她嫁给我以后到底过得好不好，我这个做丈夫的比你这个做父亲的更清楚，为利就是为利，别用舐犊之情做挡箭牌。"

一听温兴逸提起女儿，贺至正的语气变得激动起来："清书过得不好，不还是因为你这么多年一直念着你那个发妻？你发妻运气不好，陪你度过了之前的苦日子，却死在了你刚发达的那一年。但她运气也好，如果不是死在那一年，你还没来得及报答她，你也不至于这么遗憾，想了她这么多年。如果她还活着，你敢保证你们之间就不会变吗？"

对于贺至正的质问，温兴逸反倒平静了下来。"我以前确实重利，总觉得钱怎么赚都赚不够，为了这，对不住过多少人——"

当时发妻病重，温兴逸为了让她开心，给出了不再娶的承诺。

结果她躺在病床上笑他，说不可能，一般男人能为死了的老婆守个两三年就已经算是够有情有义了。

温兴逸改问发妻对他有什么要求，她说，虽然自己私心里希望他这辈子只有她一个老婆，但她还是叫他不要为了她不再娶，他身体健康，还有那么多年的活头，如果为了她一直一个人，那也太孤独了。

而温兴逸却执拗地要证明自己对发妻的感情，多年来一直没再娶，直到他为了生意和利益，违背自己对发妻许下的承诺，娶了贺清书。

后来贺清书也去世了，温兴逸彻底断了再找伴的念头。

他现在就想好好守着孩子们到自己闭眼的那一天。

"我现在老了，钱也赚够了。"温兴逸说，"别的我不要，只想要我的儿子，所以叫温衍改姓不可能，就算我管不住他，他以后爱干什么干什么，我也不会把他交给你们贺家。"

贺至正目光渐冷，沉声问："那你是不打算认我这个岳父了？"

温兴逸不甚在意，回以直视："你如今跟我一样也是个退休老头子，再有本事又能怎么样？"

贺至正拍桌道："你别忘了，你的集团能从燕城一路南下做到现在这个地步，是谁帮的你！"

"集团的生意你要多少，能让的我让温衍放手，其他的没法让的。"温兴逸淡淡地说，"你试试看能不能从我和温衍手里拿走吧。"

贺至正被温兴逸的一番话说得冲冠眦裂，怒意难挨，只能抚着胸大喘气。

跟温兴逸说话仿佛在踢一块比温衍更硬的铁板，而温衍的固执己见和刻板强硬正是他父亲遗传给他的，一旦踩到底线就会触底反弹。

从贺宅出来后，温兴逸直奔医院，还顺便给温征打了个电话，叫他赶紧滚去医院看他哥。

往医院去的路上，温兴逸一直在想自己儿子身体素质不错，平时得个感冒都难得，究竟是什么病，竟然让他要特意去医院休养。

结果到医院上楼后，发现温衍挂的是关节外科。

温兴逸怀着复杂的心情走进病房，病床上的温衍显然对父亲的突然到来没有预料，表情错愕，因为生病，平时盛气凌人的气势减弱不少，眉眼安静漂亮，沉默半晌才问出一句："您怎么来了？"

温兴逸都不记得有多少年没见过大儿子这样了，好像自从贺清书过世后，温衍就再也没露出过这样需要人照顾的神色。

后来温兴逸的身体慢慢不行了，温衍又转而照顾起了父亲，自己却好像从来不会生病，也从来不会觉得累。

在杭城待了这么多天，平时不生病的人竟然都住院了，温兴逸无法想象儿子这些天经历什么，只觉得自己这个老子太不称职，来得太晚。

温兴逸如实说："我为了你改姓的事来的，跟你姥爷吵了一架。"

"我不会改的。"温衍淡淡地说，"温家需要我。"

温兴逸喉头一哽，放柔了声音问他："那你自己呢？就让你自己选，不考虑我们，你要爸爸还是要姥爷？"

温衍愣了下。

一般孩子被问这种问题，都是在几岁的时候，譬如喜欢爸爸还是喜欢妈妈，喜欢爷爷还是喜欢奶奶，都是家长们比较爱问的一些废话问题。

温衍从来没被问过这种问题，因为长辈们并不在乎他更喜欢谁。他的父亲只在意亡妻和姐姐，他的母亲只在意他能不能帮自己获得他父亲的注意，他的姥爷只在意他能不能为贺家带来利益。

而温衍对家人却好似总有无尽的宽容，这种宽容像铺天盖地却看不着踪影的网，又像背后默默跟随的影子，沉默而周密，很难被人发现。

这几年温兴逸总爱催着小辈们回家吃饭，温衍看似只是父亲话语的执行者，但其实他自己内心也是期盼的。

虽然他们之间的感情并不算好，隔阂和误会也深，但他依旧在用自己的方法去保护他们。

只要他们能好好的就够了，他不需要理解和回应。

如今人也这么大了，竟然头一次被父亲问了这种问题，这个问题很幼稚，却很窝心。

温衍垂眼,嘴唇勾笑道:"要您。"

温兴逸整个硬朗苍老的面容瞬间软和下来,伸手重重捏了捏温衍的肩膀。"那你答应爸,你姥爷那边不许再一个人硬抗了。"

"好。"

"咱爷俩一块儿。"

"好。"

父子俩打好商量,温兴逸这才关切问起温衍的病情:"你这到底是生什么病了?怎么挂的关节外科?是摔哪儿了吗?"

温征赶到的时候温兴逸在训温衍。

以前都是他被训,他哥在旁边看着,如今风水轮流转,终于轮到他哥被训,他看热闹了,真是天道好轮回。

温征二话不说就往病房里冲,他还不知道在自己来之前,病房里还是一片父子温情的场面,但此刻的温兴逸又恢复到了平时那暴躁老爷子的形象,对着病床上的温衍就是一顿骂。

"出息了!这辈子也没见你跪过我这个老子,为了个姑娘跪了一天,还把自己给跪进了医院!你赶紧改姓贺吧,不要姓温了!真丢我的脸!"

温征此刻只觉得自己听到了什么了不得的劲爆消息,凑上前好奇地问:"哥,你为了盛柠把自己给跪瘸了?"

谁知温兴逸立刻转移了炮火开始埋汰小儿子:"你别笑你哥,你也跟你哥差不了多少!多大个人了,为个姑娘还跟我闹离家出走,你以为你很爷们儿?"

温征脸色一滞,开始后悔自己为什么非要进来看热闹。

温兴逸一脸恨铁不成钢地叹息:"你俩真是,我生儿子有什么用?谈个恋爱,一个个都变成了二傻子,老爷们儿的脸都让你们给丢尽了,早知道这样我当初还不如生俩闺女呢。"

温征嗫嚅道:"生男生女,您又不能控制。"

温兴逸最讨厌在他训话的时候有人跟他顶嘴,举起拐杖就往温征身上敲:"你再说!你小子又想挨揍了是不是!"

温衍见温征被打了,讥讽抬眉,还扯了下唇角。

温征看到他哥穿着病号服还能摆出那副傲慢骄矜的样子,心里不爽到极致,不甘示弱地阴阳怪气道:"是爷们儿就要为女人下跪,哥你真是爷们儿中的爷们儿,咱家没人比你更爷们儿。"

温衍:"……"

"闭嘴！"医院内不能大声喧哗，温兴逸只得憋着，摁着太阳穴沉声说，"赶紧回家，等回家我再收拾你们！"

这杭城他是一天都不想再待下去了，谁知道再待下去他这个精明又能干的大儿子还会变成什么样。

自己儿子为姑娘下跪这事，虽然听上去是很丢老爷们儿的脸。可再接受不了，事情也发生了，训也训了骂也骂了，温兴逸也没有其他办法了。

等温征滚出去办手续了，温兴逸这才对温衍心疼埋怨道："你为她做到这个地步，那姑娘人呢？你别以为我不知道，她早拍拍屁股回燕城了。"

温衍语气平静："她不知道。"

"……"温兴逸直接没话说了。

他在温衍这个年纪的时候，的确也觉得爱情美好，而且热烈浪漫。他曾经也很爱发妻，可最终还是为利益做出了妥协，所以当贺至正问他如果当年发妻没死，他会不会变的时候，温兴逸没有正面回答。

因为他也不知道。

谁也不知道如果发妻不是死在了他最珍惜爱重她的那一年，如果她还活着，他会不会变成那种有了钱就嫌弃糟糠之妻的男人；谁也不知道他和发妻的婚姻会不会最终也因为生活中的各种矛盾而演变成相看两相厌的一地鸡毛。

随着年龄增长，眼光也慢慢变得现实了，温兴逸对爱情这玩意儿越来越存疑。所以他不相信外孙女的爱情，不相信小儿子的爱情，也同样不相信大儿子的爱情。

因为这东西会变的，他自己就是。

这么多年过去，他对发妻的想念已经越来越淡，梦里也越来越抓不住她清晰的影子，或许等脑子再糊涂一点，就忘了她是什么样子。

温兴逸淡淡地问："值吗？"

"或许不值。"温衍说，"但我认了。"

以前不愿在感情上浪费时间精力，既然知道不能走到最后，那何必要浪费时间去开始。

当初瞻前顾后，不知反复纠结和压抑了多少次，其实那时候心里就已经很清楚那个人是不是合适的。

即使争吵和矛盾让人筋疲力尽，可还是舍不得，还是想要爱她，哪怕只有一点点的可能，也不想轻易放手。

温兴逸又是摇头又是叹气，最后慢吞吞地拄着拐杖走出了病房。

温征办好手续回来的时候，发现父亲站在病房门口，皱着眉不知道在想什么。

"爸？你怎么出来了？"他上前询问。

"给那姓盛的姑娘打个电话。"温兴逸目光平静，"等回燕城了，我要找她谈谈。"

温征一时没反应过来："哪个姓盛的？"

温兴逸冷笑两声："反正不是甩你的那个。"

"……"

在盛柠接到温征打过来的电话之前的这些天都是盛诗檬陪着她的。

盛柠白天在家里看书学习，晚上到点就上床睡觉。

盛诗檬偶尔半夜醒过来的时候，发现盛柠其实压根就没睡，要不就是对着手机发呆，要不就是在网上搜温衍的消息跟人争吵。

这天盛柠对她说要出门，去见温衍的父亲。

"你别去。"盛诗檬担忧地看着盛柠，"我见过老爷子，我在他面前压根就说不出一句话来。"

盛柠摇摇头："我得去。"

姐妹俩一个拉一个挣，最后盛柠的情绪还没崩溃，倒是盛诗檬几乎要哭出来，拉着盛柠的手不许她去："你已经在他外公那儿难受过一回了，不要再去找虐行不行？这个男人你别要了行不行？"

"可是我舍不得。"盛柠轻声说。

盛诗檬张着嘴结结巴巴地说："其……其实失恋都是这样的，时间久了就好了……"

"我之前以为他是生病了。"盛柠咬着唇说，"结果他爸爸告诉我，他那是跪的。他不告诉我，我一点都不知道，还有他之前退役的事被断章取义地爆出来被人骂，我也不知道。"

她说到这儿突然哽咽，低头捂住眼睛，有些自责地说："其实我从来没给过他安全感，又凭什么抱怨他不给我。"

她一味承受着他的付出，一味顾及着自己的感受。

其实温衍从头到尾都坚定地选择了她，不坚定的是她。

盛诗檬突然深吸口气，捧起盛柠的脸看着她的眼睛说："姐你去吧，我买好酒等你回来，到时候我陪你喝，喝吐都无所谓，反正我们还年轻，管他的。"

盛诗檬送她下了楼，温兴逸派了车过来接盛柠去温宅。

温宅也是那么豪华富贵，但或许是因为已经去过贺宅，也见过温衍的外公了，所以来到这里，见他父亲的时候，盛柠已经有了心理准备，神情淡定，并不拘谨。

温兴逸和贺至正给人的感觉相同却又不同。

相同的是气场，不同的是说话方式。

"我跟他姥爷不一样，那些虚头巴脑的话，想必你已经在他姥爷那儿听过一轮了，我也懒得说，所以就不说了。"他开门见山地问，"你当初在他姥爷那儿是答应了跟温衍分开是吧？"

"我没答应。"盛柠摇头。

温兴逸蹙眉，不确定地问："你没答应？"

盛柠再次摇头："没有。"

她当时内心确实诸多犹豫，脑子里仿佛有个小人在不停地告诉她，他外公的话多有道理啊，可不知道为什么，她明知前面是一堵撞不破的墙，却还是一头撞了上去。

她没说任何反驳的话，也不想说服温衍的外公，就只是轻轻地摇了摇头，说除非是温衍亲自跟她说分开，否则她不会放手。

这姑娘看着像一株能够轻易折断的蒲草，可根茎处却出乎意料地坚韧。

贺至正没料到她会这么倔，叹了口气让她再好好想想，就让人送她离开了。

温兴逸在心里嘲笑，可算又给那老帮菜碰上块铁板了，活该。

"温衍很珍惜家人，如果您也不同意，那我觉得我们可能无论怎么坚持，最后也免不了要分开。"盛柠苦笑一声，问道，"我可以提前对您提个要求吗？"

温兴逸叫她过来谈的目的都还没说，这姑娘倒是先提起要求了。

他不知怎么突然勾了勾唇，点头："你说吧。"

盛柠酝酿片刻，小声而坚定地说："就是……希望您和其他的家人以后能多关心他一些。"

温兴逸怔住，不解地看着她。"就这个？"

"嗯，希望你们以后能多陪陪他，别再让他一个人了。"

其实温衍很好哄的，如果过年过节的时候有人陪着他，冬天下雪的时候陪他打个雪仗堆个雪人什么的，他忙工作忙到晨昏不分的时候给他打个电话，都不用说话，睡着了也没关系，给他听磨牙声和呼吸声都可以，他就会觉得自己是有人陪的。

他会为了一枝五十二块钱的玫瑰花，送她一车玫瑰花。也会为了一枚素圈戒指，送她一枚镶满了碎钻的戒指。他会因为她一点点的回应就把自己的一颗真心全都交出来。

他的付出永远是成倍的。

他这么好的一个人，不该是一个人。

盛柠低着头，忍住啜泣，放在桌子下面的手不停地揪动着："就这个，没别的要求了，拜托您了。"

温兴逸看着盛柠，好半天都没说话，直到他突然嗤了声。

"臭小子，庆幸吧，没白跪。"老爷子撇撇嘴，哼道，"这小姑娘可还算是有点良心。"

除了这一句，温兴逸其他想说的话都因为这姑娘说的一番话而说不下去了。

"你今年研究生毕业了，是吧？"他突然问。

盛柠吸了吸鼻子，点头。

"找工作没有？"温兴逸又问，"你之前在温衍手底下实习过，要继续干？"

"没有。"盛柠如实回答，"我打算参加下半年的国考。"

"哦，考公务员？"温兴逸问，"他姥爷叫你考的？"

"不是，是我自己的想法。"盛柠解释道，"其实我去年这时候就想考了，但因为有事耽误了，才拖到今年考的。"

温兴逸点头："那没多少时间了啊，你准备了吗？"

"一直在准备的。"盛柠也不知道温衍父亲问这个干什么，不过既然人家问了，她也就答了，"您给我打电话之前我还在看书。"

温兴逸又突然不满地皱起眉："温衍被他姥爷扣在杭城回不来的这段时间，你竟然还能专心准备考试？"

一说起这个盛柠又低下了头，咬着唇说："我不知道……"

温衍什么都不跟她说。她以为那天他催促她赶紧回燕城，两人分开前他对自己说的"再联系"，是变相的道别。

而温兴逸听她语气又哽咽了，不得不深深叹了口气："算了，这孩子本来就这样。"

长了张嘴，却什么都不说。

生病了不说，难过了不说，遇到事了不说，不想一个人也不说。

接着又问了盛柠一些有关日后的人生计划，温兴逸大概了解后，大手一挥，叫她回去继续准备国考，之后结束了这场谈话。

盛柠临走时，还是没忍住问了温衍的情况。

很想见他，但她知道老爷子大概率是不会同意的，于是只敢小心翼翼地问了句他怎么样。

"他膝盖已经没事了，人还在公司，最近比较忙。"温兴逸说，"和他姥爷那儿有点麻烦事。"

老爷子说得浅显，摆明了是不想多聊，盛柠也不好问。

她从温宅出来的时候人还是蒙的。

他把她叫过来，最后就问了这些无关紧要的话，什么态度也没表示，什么具体的话也没说。

她莫名其妙来了趟温宅就回家了，盛诗檬已经备好了酒在家等她回来，结果一看到盛柠那呆不拉叽的样子，没哭没笑没表情，也有点愣了。

"姐你这是被他爸骂蒙了？"

盛柠摇头："没有。"

"那他同意你和温总在一起吗？"

"不知道。"盛柠说，"应该还没有吧。"

毕竟温衍外公那边的态度很明确，按辈分算起来，温衍父亲还是他女婿，女婿通常都会听岳父的。

盛诗檬举了举酒瓶，问道："那……还喝酒吗？"

看她姐的表情好像也不是伤心欲绝到需要借酒消愁的样子。

"不喝了，喝多了看不进去书。"盛柠说，"我上楼继续看书去了，你要看电视的话声音放小点。"

盛诗檬："……"

等盛柠上楼了，盛诗檬才后知后觉地冲楼上问道："姐，你这是失恋了，所以要发愤图强，以后专心搞事业了啊？"

"也不全是，还有个原因是温衍他爸爸叫我好好准备考试。"从楼上传来盛柠认真语气的回答，"反正我得先考上才行。"

"……万一呢。"她补充道。

盛柠走后没多久，温兴逸给还在公司的温衍打了个电话。

"谈得怎么样了？"

女儿去世多年，岳父和女婿要"分家"，女婿生意做得大，岳父狮子大张口，这但凡搁在普通家庭估计都是有理说不清的家务事，只是贺温两家不是普通家庭，普通人都算不清楚的事，更何况他们两家。

"谈了一天，没进展，明天再谈。"温衍没什么情绪地说，"贺家要我们长江以南包括珠三角地区的生意。"

温兴逸直接讥笑出声："临近沪市的，让了也就让了，毕竟不让咱也不指望以后在那边能多顺利，一整个长江以南的，你姥爷当咱父子俩冤大头呢？"

温衍"嗯"了声，淡淡地说："先耗着。"

"你决定吧。"温兴逸说，"以前跟合作方分账起码都得耗上一周，上了谈判桌哪儿那么容易下来，更何况还是跟你姥爷。"

"您还有别的事吗？"温衍低沉的声音听上去有些疲累，"没有的话我待会儿有个应酬，得出发了。"

温兴逸咳了声，刻意淡定地说："哦，今儿我叫盛柠那姑娘过来家里了。"

温衍即刻沉了语气："您有话冲我说，别去打扰——"

还没等温衍说完，温兴逸语气不爽地打断他："我打扰她？行，那她今儿跟我说的那些个真心话，你一个字都甭想知道。"

那边的人沉默片刻，问："什么真心话？"

温兴逸在儿子看不见的地方翻了个白眼。

"她说如果我也不同意你们在一块儿，你们再怎么坚持估计最后也是要分开的。"温兴逸顿了顿，听温衍沉默不语，才又慢慢悠悠接着讲后半段，"她说就算你俩以后真的分开了，也希望我们这些家人能多关心你一些。她不想你一个人。"

说到这儿，温兴逸突然叹气，有些怀念道："……这些话荔荔她姥姥也对我说过。"

所以那一瞬间，温兴逸想到了发妻。

没有人不想成为爱的人心中唯一的那个存在，他的发妻也是，她说她其实私心里很希望温兴逸在她死后不再找。可她还是不舍得丈夫独自面对没有她之后的岁月，她不想他就这样一个人。

"即使是在你姥爷跟前，她也没有放弃过你，这姑娘跟你一样倔。我寻思你姥爷给她开的条件应该挺丰厚的吧，谁知道这姑娘竟然这么难打发。"温兴逸傲慢地"哼"了声说，"我要是叫你俩分开，那可得下血本才行了。"

一直没说话的温衍终于开口。"是，她很贪财的。"

低沉的、沙哑的，却难掩柔软的语气。

温兴逸骂道："呵呵，贪财还有理了是吧？"

"她说她要考公务员，所以我让她先专心准备考试。"温兴逸说，"你俩的事我还没点头啊，咱家媳妇可没那么好当，她还得接受考查，以后再说。你先把你姥爷那边对付清楚，不然到时候你姥爷又找她去说话，心疼的还是你，知道吗？"

温衍突然笑起来，笑意清爽，轻轻"嗯"了声。

第 15 章

结局和开始

父子俩口中有关温家和贺家的谈判持续了一个多月，双方大有要继续纠缠下去的架势，然而贺家的那对明字辈兄弟，其中的弟弟和嫂子之间那有悖伦常的叔嫂丑闻，原本被贺至正捂得死死的，却不知怎的突然被某个小媒体爆了出来。

在传播范围扩大之前，贺家人眼疾手快地将这件事压了下来，但贺至正被他的曾孙以及曾孙媳妇直接给气进了医院，甚至还牵扯出了曾孙父亲当年那些个龌龊不堪的丑闻，外人面前门楣光耀的清正贺家顿时大乱套，贺至正也再无暇顾及早已过世的女儿夫家和外孙。

始作俑者对此非常得意，甚至还给自己儿子炫耀。

"你姥爷能找人翻出你当年被军队处分的事，断章取义拿来做文章，我难道就不能找他们家的人做文章？他们贺家的人，都是表面上看起来光鲜亮丽，其实骨子里早就烂透了。"温兴逸说，"说白了，就没一个正常人。"

温衍紧跟着父亲的操作，不断对贺至正施压，就差没把谈判桌安排到贺至正的单独病房里。

终于熬到国庆，在举国欢庆的七天长假的时候，贺至正躺在病房里点头同意签了与温家的割裂合同。

至此温家让出临海六省一市的商业版图，两家彻底割袍断义，以后有生意合作还是朋友，没生意那就形同陌路。

整个夏天也在这反复的谈判拉扯中收尾了。

而盛柠也刚好完成了今年的国考报名，距离考试时间还有一个月，她也不知道怎么的，铆着一股劲拼命学，明明是头一回考，偏偏弄出了背水一战的架势。

也是在这背水一战的期间，盛柠接到温衍父亲的电话——温衍又生病进医院了。

"他非要跟你在一块儿，我不同意，所以以后他就不是我儿子了。"老爷子的语气十分冷淡，"他现在生病住院，我没给他找护工，也没给他交住院费，以后是死是活我也不管了，你要还愿意继续跟他在一块儿，以后就你管他吧。"

盛柠接这个电话的时候盛诗檬也在，当场就目瞪口呆。

"老爷子这也太无情了吧，至于吗？"盛诗檬喃喃道，"我和温征那时候他也没这么狠心啊，怎么到温总这儿就——"

盛柠没等盛诗檬把话说完，扔下写了一半的真题卷就往外跑。

"等下我啊！我陪你一起去。"盛诗檬也匆匆换了鞋出门，追着盛柠喊道，"姐你别跑太急，路上闯个红灯再出个车祸，那就太狗血了啊！"

最后还是盛诗檬开着她的 MINI 送盛柠去的医院。

到了医院盛柠就直奔病房而去，盛诗檬虽然也想关心一下温总的身体，但她还是觉得先不要打扰她姐，所以乖乖站在了病房门外，还贴心地帮她姐关上了门。

虽然等在门口，但盛诗檬也着实好奇里面的情况，于是踮起脚往观察玻璃那儿看去。

"檬檬？"

盛诗檬被吓了一大跳，猛地回过头去。

正拿着一篮子水果的温征有些恍惚地看着她。

自从分手以后也不知道多久没见，如今见面竟然有了种恍如隔世的感觉。

盛诗檬张了张嘴，有些不知道该怎么开口，平时对他说谎说多了，现在不说谎了，竟然连话都不会说了。

温征抿了抿唇，咳了声问她："你怎么来了？"

盛诗檬指了指病房："……听说温总生病了，我陪我姐来看看他。"

"你姐不是马上就要考试了吗，怎么还有空过来？"温征问。

"考试再重要那也得过来啊。"也顾不得见到前男友有些尴尬的心境，盛诗檬心疼她姐和温总，真爱不易，于是叹气幽幽道，"你说要是连这最后一面都没见到，岂不是一辈子的遗憾。"

"别乱说啊，不是什么大病。"温征哭笑不得，"就是这些日子连轴转，加班导致的劳累过度，我哥身体一直不错，本来医生说放个长假在家好好休息两周就行了，但我爸有钱没地方使，非要他住院。"

盛诗檬的脸上刹那间充满迷惑和不理解："……"

她迅速反应过来，想要进去病房告诉盛柠真相，结果被温征一把拉住。

"你姐好不容易过来，好歹给她和我哥留个二人世界啊。"

"这不是二人世界的问题好不好。"盛诗檬固执地甩开温征的手，还是打开了门。

门刚被打开一半，就听到了盛柠的怒吼。

"我这公务员还没考上呢，每个月都没工资拿，你就生病住院了，是不是故意搞我心态！"可紧接着就是一句相当接地气的承诺，"不过你放心，以后有我一口吃的就绝对少不了你的，你爸不要你了，我养你也行，但你得在家里帮我搞内勤，你是军校毕业的，肯定会给被子叠豆腐块吧。"

就连给承诺还不忘跟他提要求。

盛柠耸耸鼻子，掀开被子抓住温衍的手，断断续续又前言不搭后语地说着，想到哪儿就说到哪儿。

说到后面她抬手擦了擦眼泪，又说："我之前不该那么畏首畏尾的，明明喜欢你还拒绝你那么多次，明明你已经对我那么好了我还不相信你，总担心你以后还会变心。以前是我把钱看得太重了，这样吧，只要你好起来，以后在我心中你就是第一了，钱第二。"

门外的盛诗檬表情复杂，这会儿进去也不是，不进去也不是。

温征跟盛诗檬一起站在门外看着，也不知道现在到底是什么情况，他哥就加个班累倒了，怎么就演变成了盛柠的世纪大告白。

还有这心电图和这个呼吸器又是从哪儿冒出来的，把一个普通病房整得跟ICU似的。

他扯了扯唇角道："……我哥是真坏啊。肩膀都笑得一颤一颤了，仗着你姐哭得泪眼蒙眬的，看不清，还装着睡不肯醒。"

"我先去帮你交住院费。"

盛柠突然想起来这个，松开抓着温衍的手就要站起身去交钱。

病床上的男人终于装不下去了，在她松手的那一刻迅速抬起手抓上她的手，在盛柠怔愣的时候，将她一整只手牢牢握在手中，粗粝的大拇指不断摩挲她微凉的手背。

另一只手取下呼吸罩，他睁开那双漂亮的眸子，微微弯眼笑着看她。

盛柠目瞪口呆，她刚刚情绪太激动，这会儿还没反应过来，颤颤道："医……医学奇迹……我去叫医生！"

然后她又要走，被男人一把扯回来摁坐在病床上，接着牢牢抱在怀里。

他忍不住笑，在她耳边低笑着说："我没事。"

盛柠最近天天窝在家里写试卷，有的时候闭上眼脑子里浮现的都是行测题，温兴逸打电话给她，用的又是那种冷淡无情的语气，当时她连反应都来不及，直接就跑了过来。

终于后知后觉反应过来的盛柠脑子里这才"轰"的一声炸开。

"温衍你耍我！你他妈——"她本来想骂他，但最后还是恶狠狠地说，"怎么这么坏啊！"

盛柠一改刚刚心疼又后悔的表情，目眦尽裂，暴跳如雷，用力挣扎想要推开温衍，实在推不开，她又改成用拳头使劲捶打他。

虽然以前也被她用拳头打过，不过就像她之前说的，她都有控制力道，大都是吓吓他而已，不是真打，但这次不同，她下了狠心去打，温衍蹙眉，但不吭声，执拗地抱着她，任由她发泄怒火。

盛柠打到自己的手都痛了，他还是不放开，终于她没力气再接着打了，放弃了挣扎，慢慢垂下手臂。

"吓死我了。"她撇着嘴，语气从盛怒又转为哽咽，"我还以为你得绝症了。"

都怪平时看的电视剧实在太容易误导人，都在她脑子里形成固定思维了。

温衍柔声说："没有，就是最近忙累了。"

然后他放开她，用指腹替她抚去眼泪。

"疼不疼？"

"疼不疼？"

她问他被打得疼不疼，他问她手疼不疼。

异口同声的问题，盛柠先缄口，然狠狠地道："痛死你算了，活该，谁让你骗我。"

温衍挑眉："这不是我的主意。"

还没等盛柠说什么，病房里洗手间的门突然被撞开，从里头走出来一脸暴躁的温兴逸。

温兴逸用拐杖指着床上的温衍吼道："臭小子！你敢说你自己不愿意？你不愿意我还能逼你躺床上装病？"

温衍见父亲出来，微勾着唇，语气淡定："我没说您，是您自己出来的。"

而盛柠吓了一大跳，难以置信地看着老爷子。

那她刚刚说的话，都被老爷子听见了？

她以为病房里只有温衍一个人，想着只说给温衍一个人听，谁知道竟然从洗手间里杀出个程咬金。

盛柠咬唇，脸上的温度迅速升高，从脚底升上的一股发麻的感觉直冲天灵盖。

她想出去，于是往病房门口看了眼，结果又看到正躲在半开的病房门的两张脸，本来是八卦的表情，一看到盛柠往这边看过来，立刻乌龟似的缩起了头。

那个姓温的她不好责怪，盛柠只得拿熟的那个出气："盛诗檬！你干什么！"

病房里的父子俩也被她吼得往病房门口看过去。

"没干什么没干什么。"

盛诗檬隔着门为自己辩解，然后听见一个笑意难耐的男人声音："我证明，确实没干什么。"

温衍蹙眉，他不好责怪盛柠的妹妹，只能沉声对门外那个偷听的男人说："温征，带着你女朋友该干吗干吗去。"

温征："好嘞。"

然后门外又传来了盛诗檬被拉走前的澄清："温总，我不是他女朋友，我早就跟他分手了。"

门外两个偷听的识相地滚了，只剩下病房里这位，温衍和盛柠都不好责怪的老父亲。

"我还以为您是个很正经的人。"盛柠咬唇，也不敢说重话，但心里还是挺有怨言的，"耍我好玩吗？"

年轻姑娘这样一脸为难，想责怪又不敢责怪地看着他，一双刚被眼泪浸湿这会儿还湿润润的杏眼瞪得圆圆的，搞得温兴逸一个快八十岁的老头子突然有些不知所措。

"这不是我出的主意，是他外甥女给出的。"温兴逸轻哼一声，撇了撇嘴道，"这丫头就是平时电视剧演太多了，非跟我说这样最能考验出你对温衍的真心。"

而事实就是温兴逸想出来的这个考查真心的招，老爷子先是跟温衍说了，被温衍一个淡淡的白眼打击到了之后，又打电话给外孙女，结果又被温荔一顿吐槽。

"姥爷，现在我拍的电视剧都不流行这种了，戏剧素材来源于生活，您作为豪门，好歹想个新招吧。"

温兴逸备受打击，最后摆出家长的架子，强行通过了这个提案。

温衍本来是不想搭理老父亲的，但温兴逸却不明意味地对他说："盛柠要是真的爱你，一定会很着急，难道你就不想看她为你着急担心的模样？"

要不说知子莫若父，老父亲最终还是把儿子说服了。

盛柠依旧抿着唇不说话，眼里羞愤的火越烧越烈。

"……你这姑娘真是，瞪我干什么？跟你说了想出这损招的不是我。"

温兴逸挪开眼，咳了声，为转移话题，从衣服兜里掏出个红彤彤的东西，递给盛柠。"拿着。"

是个红包。

盛柠眨眨眼，没反应过来："还没过年，您给我红包干什么？"

"我又没说这是过年红包。"

"那这是什么？"

"你这孩子脑瓜子怎么这么轴呢，连这是什么意思都不知道？"温兴逸蹙眉，也懒得解释，直接递给温衍，"她不收你先替她收着，回头你跟她解释吧。"

温衍接过红包，温兴逸大手一挥："行了，我先回家了，你换好衣服也赶紧回吧，别占着医院床位。"

老爷子拍拍屁股准备走人，临走时问盛柠："你要考试了是吧？"

盛柠点头："嗯。"

"我们家还没出过公务员。"温兴逸睨她，"考不上我可是要把红包收回来的。"

盛柠还没搞懂这红包到底什么意思，就又被威胁着要收回来，只能一脸蒙地目送着老爷子离开。

温衍见盛柠发呆，用红包轻轻拍了拍她的脸："财迷，这里头可装了钱的，真不要？"

盛柠不太放心收这个红包，总觉得里头还暗藏着什么阴谋。结果证明她想多了，温衍帮她拆的红包，一共一百张百元大钞，外带一张一块钱钞票，红包数额加起来就是一万零一块。

盛柠不知道这红包什么意思，也不好意思问温衍，生怕这个红包是"离开我儿子"的意思，后来还是她自己用手机查的。

好吧，不是"离开我儿子"的意思。

盛柠放心了。

温衍本来就没什么大病，盛柠来看他的当天就出院了。

他没回温宅，而是先去了京碧公馆。

那是他一个人的住处，不会有人打扰，不会有人偷听，盛柠整个人被温衍捞进怀里，温衍坐在沙发上，她坐在温衍腿上，温衍靠着沙发背，盛柠靠着他。

在病房里说的那些话，盛柠到现在都还没缓过神来，总感觉太羞耻了。

"咱们没见面的这些日子，你都做了什么？"温衍找话题打破沉默，低声问她，"嗯？跟我说说？"

盛柠着实没什么好说的，因为这些日子她就安心窝在公寓里准备考试，于是一句话就概括了这些日子的所有。

"这么努力？"

"嗯，除了你爸爸叫我好好准备，还有一个原因，那就是如果我们真的分开了。"盛柠老实说，"……起码不能丢了事业，你说对吧？"

他淡淡赞同道："对，有事业心是好事。"

盛柠又问他："那你呢？怎么会突然劳累过度？"

温衍大概说了下自己这段时间做了什么，没细说，但最后两句话却清晰有力。

"那边放弃了我。你要的安全感，我现在能给你了。"

温衍低头亲了亲她的发顶，柔声问："虽然时间久了点，你还愿意继续跟我在一块儿吗？"

"我本来想说愿意的。"盛柠抿嘴说，"但是今天你跟你爸爸合伙耍我，所以我要再考虑下。"

男人状似妥协地点头。"那给你一分钟的时间考虑。"

"喂。"盛柠突然抬起头瞪他，"麻烦收起你资本家的说话方式。"

温衍眼底柔软，突然问她："那如果今天的事是真的，我不当资本家了，你说的那些话还作数吗？"

如果他父亲不要他，那她养他。以后他就是她心里的第一，连她最喜欢的钱都要屈居第二。

她毫不犹豫地点头："作数，欢迎加入无产阶级大家庭。"

温衍勾起唇："那恐怕加入不了了。"他问，"要不你来我这边？"

"当资本家有什么好的？"盛柠撇嘴，"名声不好，还得被人骂。"

听到她说被人骂，温衍很快猜到："你上网看了？"

"看了。"盛柠小声说，"我知道你找了公关，但我就是咽不下这口气，还帮你骂回去了。"

说到这儿，她又突然丧气地垂下眼："然后我账号就因为辱骂脏话被举报了。"

温衍这回是真的笑了，故作责备地捏捏她的鼻子说："傻吗你，损人还不利己。"

"我这是帮你骂的好不好。"她一脸狗咬吕洞宾的表情睨他，"我都受不了，更何况你。"

温衍没说话。

其实之前网上的一些非议，他并不觉得有什么。父亲和黎警官那边已经联系上了曾经和他同军区的同期生们，愧疚也好，自责也罢，他们出面说了话，当时的事件真相已经被还原。

他无论是作为曾经的军人，还是作为如今的企业家，都是堂堂正正的人，那些不入眼的中伤，并没有影响他什么。

可盛柠心疼他，她觉得自己做不了什么，可她又做了好多。

她在用小小的柔软保护他。

"我受得了。"温衍轻声说，"我要是连这些都受不了，以后你要受委屈了，我还怎么护着你？"

"你护着我，可是你从来都不跟我说，都是别人告诉我的。"盛柠说，"你要跟我说啊，邀功不会吗？"

他顺着她的话问，"那我现在跟你邀功还来得及吗？"

"来得及。"盛柠用力点头。

"不过，就算你不邀也没关系，反正以后每年的圣诞节我都陪你一起过，我会经常给你买玫瑰花，下雪了也会陪你打雪仗，每天都对你说土味情话。所以以后无论碰上什么了，都一起承担，好不好？"她用力抱住他的脖子，将整个柔软的身体贴近他，认真地说，"别再一个人担着了，我不要你一个人。"

温衍怔愣住，瞬间喉头微动，用力闭了闭眼，却赶不走眼睛突然泛起的酸涩。

这怎么能让他舍得不爱。

在所有的事尘埃落定前，他不敢联系她，他怕没解决完，贺家那边再为难她，让她再经历一次。

她还那么年轻，比他的外甥女还小两岁，自己口口声声说要护着她，但还是让她受了委屈。

那段时间里，温衍理解她的退缩和胆怯，失望却不忍责怪，但她其实没有。

她是胆怯了，但她从来没退缩，她从没放弃过他。

这就是她给温衍的安全感。

那段时间里，盛柠以为他说的"再联系"就是告别，她以为温衍那日斥责她的突然到来，是在斥责她的多管闲事，而温衍也以为她退缩了。

那段时间里，他们都以为前面是一条死路，甚至在误以为对方已经放弃的时候，也仍然在等待和想念。

这世界上有那么多人，每天有无数的人擦肩而过，唯独这个人不一样。

其实都很渴望爱，可在遇到这个人之前，好像从未碰到过爱。都觉得爱这个字太沉重了，所以不肯轻易说出口。

可即使只字不提多爱你，这些日子与你的点点滴滴都铭记于心，更何况是你。

更何况是你这个与我所有点滴相关的参与者。

"好，我再也不一个人担着了，我都跟你说。"他紧紧回拥着盛柠，将头埋在她的肩窝中，哑声说，"汤圆，前些时候见不到你的日子里，我想你想得不得了。"

说完这句，他又突然从她肩窝中抬起头，扣着她的后脑勺，珍重而热烈地吻了上去。

盛柠闭眼乖乖地回应他。

温衍在接吻的时候习惯用双手捧起盛柠的脸，他自己没意识到，完全是下意识的动作。

一双大手就这样如珍似宝地将她捧着，男人微侧着头，紧紧贴着她的唇，吻得有些凶。

两个人太久没见面了，亲吻越发激烈，互相探索，几近窒息。

仅仅是接吻就让盛柠的大脑有些眩晕，以至吻是什么时候往下的都不知道。

"在这儿行吗？"他问，"还是我抱你去卧室？"

温衍的眸色已经深了下去，强势地没给她拒绝的余地，只是在地点选择上问了她的意见。

一点也不民主，盛柠装死。

温衍想起她上回在洗手间里那副羞愤欲死的模样，笑了声："还是卧室吧。"

然后他抱起她，让她的双腿圈着自己的腰，双手轻松托起她走向了卧室。

温衍前段时间一直在忙，每天在谈判桌上都是对着那些人，因为心烦，其余时间的应酬也是意兴阑珊，好不容易放了假，又被心爱的人真情告白了一番，爱意急需宣泄。

自动窗帘被缓缓拉上，男人那双冷淡的眼睛染上赤红的颜色，全都是因为盛柠此刻的反应叫他意浓心动。

后来盛柠睡过去，也不知睡了多久，又醒了。

"你干什么……嗯。"

句尾的闷哼绵长软糯，她自己也愣了，咬着唇不敢动弹。

温衍撑起胳膊稍稍抬起身体，高大的身影笼罩着她，他自上而下看着她，目不转睛地盯着，眸色幽深。

"你接着睡你的觉。"他嗓音喑哑。

"这还睡得着就有鬼了好吧。"盛柠咬牙切齿道。

"那正好。"温衍用气音笑，而后哑声在她耳边问，"我们继续？"

几番折腾下来盛柠是彻底没劲了，躺在床上不闭眼也不睡觉，整个人就是贤者状态。

她刚刚察觉到温衍的习惯，顺口就问了句："你老看我脸干什么？"

温衍抚着她的头发，语气倦懒："嗯？看你的表情。"

盛柠先是一愣，等反应过来后突然就将头埋在了被子里。

他把她从被子里挖出来，明知她懂，却偏要在她耳边故意说："知道你那时候是什么样吗？"

盛柠岂是那么容易就认输的人，以前两个人没在一起的时候她就敢撩他，更何况现在。

于是她迅速关闭贤者状态，开启斗兽状态，猛地将他扑倒，开始在他身上捣乱。

她不甘示弱地说："那我也要看你的表情。"

身上压着个纤细柔软的人，温衍的神色柔和且享受。

他也不阻止，索性任她玩，反正跟挠痒痒似的。

但他的表情越是漫不经心，就越是挑起盛柠的斗志，但很可惜，下一秒她就被抓住了手警告。

"不想再来就老实点。"

盛柠立刻松手，然后在男人又覆身过来之前，从床边一堆散落的衣服里找到自己的外套，再从兜里掏出手机。

"我现在要做题了，你不要打扰我。"盛柠也警告他，"要是到时候我考不上那就都怪你。"

温衍："……"

盛柠是个行动力很强的姑娘，她说要做题那就是真要做题，这天晚上即使是留宿在京碧公馆，也依旧是雷打不动地按照学习计划刷了两套行测卷的选择题。

第二天她就狠心离开了温衍的豪华大平层，回到了自己的小公寓。

今年的公务员考试定在了十一月下旬，考试这天好巧不巧，燕城下起了今年冬天的初雪。

一大清早，盛柠的朋友圈里就热闹了起来，好多人都对着窗户拍了小视频发了朋友圈，告诉其他人今天下初雪了。

盛柠也跟风拍了小视频，不过没发朋友圈，而是先给温衍发了过去。

盛柠："打雪仗！"

结果温衍的回复显然不如她这么热情。

温衍："专心考试，考完再说。"

她又问他等她今天考完要不要出来打雪仗，他说今天忙，没空。

盛柠也知道他工作忙，但还是有些失望，热情被浇灭，干脆不理他了。

室友季雨涵在毕业后当了几个月的社畜[1]，一番雄心壮志都被极品上司和垃圾公司给消磨殆尽，于是也转而决定参加公考，她和盛柠恰好是同一个考场，于是约好了一起出发。

因为下雪，盛诗檬怕姐姐路上出状况，摔个跤丢个证件啥的，于是主动给她当起了司机。

从公寓出发，又去接季雨涵，等车子开到考场，时间还很充裕。

"姐，雨涵姐，考试加油。"盛诗檬冲她们做了个加油的手势，"铁饭碗就在前面等着你们。"

季雨涵先是给自己加了个油，然后拍了拍盛柠的肩膀说："盛小柠同志，这场考试不但决定了你的前途和事业，还决定了你的人生大事，你要是考上了，除了有个铁饭碗，还能顺便嫁入豪门，简直一举两得。到时候记得请我喝喜酒，我这辈子还没见识过真正的豪门婚宴是什么样的，全靠你了。"

盛诗檬一听季雨涵说豪门婚宴，那颗沉寂已久的少女心又开始扑通扑通跳起来，甚至开始了幻想，主动报名说："那我要给你当伴娘。"

盛柠一脸迷惑："……我没说我要结婚啊。"

"不是，你想啊，万一你到时候被外派到国外大使馆公干，一去就是好几年。"季雨涵给她分析，"我不是质疑你俩的感情啊，但是异国恋这玩意儿很难坚持的，像温先生这种条件——长得那么帅就算了，还那么有钱，更难得的是洁身自好，这简直就是行走的荷尔蒙。"

季雨涵幽幽道："听姐妹一句劝，死死地给他套牢了，别便宜其他人知道吗？"

盛柠皱着眉，好半天都没说话。

此时考场的公用广播提示可以进考场了，盛诗檬说晚上考完了再接她们去商场吃晚饭，又对两个人说了句加油，然后才离开。

盛柠下午在写申论作文的时候，原本正发着呆想句子，突然又想到了季雨涵

---

[1] 社畜：网络流行词，青年人自嘲是被公司当成畜生一样压榨的员工。

的话。

晚上七点半考完，天色已经完全暗了下来，乌漆墨黑，全靠城市夜灯照亮。

盛诗檬一下班就开着车赶了过来，提前在考场外等她们，接到人后又直接往最近的商场奔去。

大型商场里什么店都有，盛柠在经过一家珠宝店的时候顿住脚步。

盛诗檬和季雨涵本来正在讨论十月动画新番哪部好看哪部不好看，突然被盛柠叫住。

"你俩陪我进去看看戒指吧？"

两个人瞬间就停止了讨论，兴奋得仿佛是自己要买戒指，十分热情地陪着盛柠走进了珠宝店。

十月动画新番哪儿有盛柠喂的狗粮香。

为了套牢温衍，盛柠可算是下了血本，付款的时候弄得季雨涵都没忍住惊叹道："同为无产阶级，你居然这么富，我不配当你朋友了。"

盛诗檬倒还好，以前在温征那里锻炼出来了，所以表情比较淡定。

"你男朋友好幸福啊。"专柜小姐受过职业培训，此刻两眼里都冒着粉色爱心，"这么漂亮的女朋友跟他求婚，我保证他到时候一定高兴得昏过去。"

盛柠有些怀疑，真的会昏过去吗？

虽然不太相信，但还是因为专柜小姐的这句话弯了眉眼。

买完戒指出来，盛诗檬和季雨涵把盛柠夹在中间，不停地给她出主意怎么求婚最浪漫。

盛柠听得头都大了，最后还是一通电话拯救了她。

电话是温衍打来的，盛诗檬和季雨涵立刻闭嘴，示意她快接快接。

"考完了吗？"温衍在电话里问她。

"考完了，刚吃完饭。"

"我刚忙完。"温衍说，"你在哪儿吃饭？我过来接你。"

盛柠刚还在想怎么跟他求婚，结果他就打电话过来了，她莫名就觉得不太自在，想说不用，结果盛诗檬立刻拉着季雨涵就跑了。

"姐拜拜，我送雨涵姐回家了，你让温总送你回家吧，不回家也行啊！"

盛柠："……"

发了地址给温衍，温衍叫她先随便逛逛，路上下雪，他开车过来要花点时间。

盛柠没逛，干脆走出了商场，商场外面是一个自由活动的大广场，雪下了一天，已经将广场染成了一片白茫茫的景象，不少人在那里打雪仗。

她走到广场上，自己堆了两个迷你雪人玩，后来有两个小朋友过来，夸她的雪人做得可爱，她就把雪人送给了这两个小朋友。

温衍到的时候打电话给她，但由于广场上人太多，所以盛柠叫他站在一个显眼的地方，比如灯牌下面，然后她来找他。

他本来就引人注意，站在广场地标的灯牌下等她，英俊高挑，穿一身剪裁得体的黑色大衣，显得整个人板正又冷峻，盛柠几乎是瞬间就找到了他。

怎么就那么好看呢，怪不得季雨涵建议她赶紧套牢他。

就在盛柠朝他走过去的这段时间里，她看到他被两个看上去年纪跟她差不多大的姑娘搭讪。那两个姑娘也穿着羽绒服，和她一样像汤圆。

温衍低头对两个姑娘说了什么，紧接着用下巴示意不远处的盛柠。

两个姑娘离开，盛柠这才慢悠悠地走过去。

"还是你穿得圆乎乎的比较好看。"男人低头看她，揉她的头，"最像汤圆。"

盛柠心口一麻，撇嘴说："那当然。"

他挑了挑眉，说："走吧，我在国贸那边订了餐厅，赶紧过去。"

"但是我已经吃过晚饭了。"

"不是去那儿吃晚饭。"

"那去那里干什么？"

温衍一滞，没正面回答，有些敷衍地说："你去了不就知道了。"

"那你先等等。"她叫住他。

温衍垂眼看着她，盛柠犹豫良久，心想反正自己是没什么浪漫细胞的，盛诗檬和季雨涵给她做的求婚计划她肯定搞不出来。

她本来行动力就强，这么贵的戒指都买了，恨不得赶紧拿给他看。

之前没想过，可求婚的念头一旦起来了，就很难再压下去。

她想和温衍结婚。想和他一起迎接所谓爱情的终点。而且她想看他是不是真的会高兴得昏过去。

下定决心，盛柠从羽绒服口袋里掏出戒指盒子递给他："给你。"

温衍看到这个小盒子，脑子一蒙，没反应过来："这是什么？"

"你自己打开看啊。"

温衍打开，黑色天鹅绒里躺着一枚男士钻戒。

"我猜你无名指应该比中指细一点，所以选的是比你中指小一号的尺寸。"盛柠说，"你戴下试试，不合适的话我去换。"

她说这话的时候心脏一直在胸腔内不安地乱动，既期待他的反应，又害怕他的反应。

然而温衍的反应却很平淡，眨了眨眼，表情有些恍惚，他没急着戴，而是轻声问她："怎么又给我买戒指？"

　　"男女朋友关系不受法律约束，所以我打算给我们的关系升级一下，用法律彻底把你套牢。"盛柠咳了声，不自在地说，"你觉得我这主意怎么样？"

　　结果一说完她就后悔了，哪儿有人是这么说求婚词的啊，太不浪漫了。

　　但她一时半会儿也想不出更好的说法来，本来买戒指就是一时起意，就连站在广场中央跟他求婚也是一时起意。

　　可是既然求了，她当然是希望他能答应。

　　温衍好半天没说话，盛柠紧张得不行，但随着他长时间的沉默，她的心一沉。

　　原来跟人求婚是这种感受，是真的怕被拒绝，自己今天总算体验到了。

　　专柜小姐骗她，专柜小姐说她男朋友肯定会高兴得昏过去，结果温衍非但没有昏过去，反而还淡定得不行。

　　盛柠在心里默默吐槽，销售员的嘴，骗人的鬼。

　　"怎么办？白布置了。"温衍有些困扰地摁了摁眉心，突然说。

　　盛柠没听懂："布置什么？"

　　"餐厅，求婚现场。"他说，"本来是打算要接你去的。"

　　然后他从自己的大衣兜里掏出个小绒盒，叹了口气，将盒子打开，里面躺着一枚相当有分量的女式钻石戒指。

　　其实在父亲给了盛柠那个一万零一块的红包后，温衍就有了这个念头。拖到现在是不想她分心，想叫她专心准备考试。

　　这姑娘学习成绩一向不错，人也努力上进，所以对她公考上岸，他几乎是没有任何担心的。

　　所以他打算在她考完这天安排个惊喜，特意翘了下午的会提前去了餐厅，和工作人员们布置到晚上才完事，结果被盛柠突然杀了个措手不及，所有的惊喜都白费了。

　　盛柠不知道该说些什么，刚刚那一瞬间的失望又全都变成了惊喜。

　　搞什么，他也刚好要求婚？而且他准备的比她充分多了，还提前订了餐厅，不像她，在广场上就直接这么求了，说的求婚词也不浪漫。

　　看着那钻石的分量，她咽了咽口水，觉得自己这枚真的有点拿不出手，下意识缩了缩手，想把盒子收回去。

　　温衍神色一凛，抓住她的胳膊沉声问："干什么？想反悔？"

　　"不是。"盛柠语气复杂，"你的这枚这么大，显得我这枚……很没有排面。"

他并不在意，淡淡道："我一个男人要那么大钻石干什么？你这枚就够了。"

接着男人拉过她的手，取下了她左手中指上的戒指，然后将这枚分量十足的钻戒戴在了她的无名指上。

给她戴好后，他说："给我戴上。"

"哦。"盛柠呆呆地拿出戒指，也学着他，把原来的戒指取下来，在他无名指上戴上了新的。

两个人的无名指靠在一起，温衍牵起唇角，盯着看了好半天，拇指细细摩挲着她的指尖。

"那——"

盛柠心里也高兴，但还是有些纠结地问："我们这算是谁跟谁求婚啊？"

"你跟我求。"温衍嗓音清沉，轻嗤道，"谁让你这么耐不住性子。"

盛柠抿唇，点点头："好吧，那就我跟你求。"

见她妥协，温衍的傲慢劲上来，高贵地"嗯"了声。

盛柠看他这样子，心里挺不爽的，但没办法，谁让她先掏出的戒指。

她故意问："那我跟你求了，你还没给我答复，你要说你愿意嫁给我。"

"我一个男人嫁给你？"温衍扯了扯唇，一副不想搭理她的样子，"是不是天太冷，把你脑子冻傻了？"

盛柠咬牙，狠狠地说："我傻你还不是被我吃得死死的，你比我更傻。"

温衍被她的话噎住，冷呵一声以维护自己的男性尊严。

盛柠一双眸子亮亮的，理直气壮地说："你快说。"

温衍不肯说，转身就要走，又被她拦下。

盛柠在温衍面前耍起任性来是真任性，不讲理起来也是真的不讲理，温衍凶她，她比他更凶，他又不舍得真揍，所以拿她一点办法都没有。

男人"啧"了声，仿佛被恶霸逼婚，心不甘情不愿地说出了那个字："嫁，行了吧？"

盛柠不爽他的态度，故意说："没听清。"

他板着脸说："你还得寸进尺了是不是？"

"嫁不嫁？真诚点！"盛柠丝毫不怵，凶巴巴地问，"我跟你说我考的可是外交部，前途一片大好，我愿意娶你就偷乐吧，还跟我傲娇什么？"

温衍："……"

"你不嫁算了，戒指还我。"盛柠说，"我赶紧拿去退了。"

他将手往后一背，盛柠扑了个空，她不罢休，又走到他身后去拿戒指。

两个人就这么转了几个圈，温衍觉得实在幼稚，面色微红，叹了口气说：

"你这姑娘，嘴上不占我点便宜就不罢休是吧？"

盛柠也不装，大大方方地承认了："你都知道那还嘴硬什么？"

"好，嫁给你。"温衍妥协，"以后要对我好知道吗？温太太。"

"好的，温先生。"盛柠得逞，咧嘴一笑，"不过等我们打完雪仗再说。"

然后她猝不及防蹲下身，抓起一把雪就朝他的衣服上扔了过去。

温衍一下子愣住，反应过来后盛柠已经跑远，他跟着笑起来，英俊的五官也因为这个笑而柔和得不像话。

盛柠看不清他的表情，冲他得意地喊："来啊，雪仗前无夫妻。"

温衍蓦地收敛了笑意，配合她故意板着脸扯唇说："三天不打上房揭瓦，给我等着。"

紧接着他长腿一迈，朝盛柠追了过去。

穿着黑色大衣的高挑男人冷着脸朝盛柠走过来，给人压迫感十足，她不敢停留，生怕被抓住，撒腿就跑。

这场初雪还没停，铺天盖地地朝人间落下，仿佛要将整个世界都染成一片白色。

在这漫天的雪中，人来人往的广场上，人们都在打雪仗，都在互相追逐打闹，男人轻易抓住了他的汤圆，然后抬起胳膊，佯装要打她。

她吓得立刻缩了缩脖子，迅速将羽绒服的帽子戴上，护着头，试图躲避攻击。

男人看她那怂样，冷哼一声，扔掉手里的雪，两只手抓上她毛茸茸的帽檐，在宽大的帽子之下，在只有他们两个能看到的视角里，弯下腰低头去亲她。

从爱上这个人的那一秒开始就是最大的赌博，违背了一直以来奉行的认知，或许这一刻还很爱，或许下一秒就不再爱，又或许这份爱会在将来的某一天变成荒凉的现实，会在将来变成互相折磨的痛苦回忆。

可还是决定赌一把。

因为想要与之共度一生的是她，所以他愿意赌一把；因为是他，所以她也愿意赌一把。

将全部的爱意倾注在这个人身上，把之后几十年未知的岁月交给这个人。

这是结局。

却也是另一种开始。

（正文完）

番外一

婚后篇

　　万众瞩目的国考在临近年底的时候终于结束了，元旦后的几天，外交部官网对外公布了按照公共科目笔试成绩由高到低进入外交部各项测试测评环节的考生名单。

　　盛柠对自己的国考成绩还是挺有自信的，但也避免不了在查成绩的时候感到小小地紧张，成绩和排名页面显示出来后，她这才松了口气。

　　盛诗檬很关心她的成绩，没出来时就三天两头地问，现在成绩一出来，盛柠截了个图就立刻给盛柠檬发了过去。

　　"我 ×！九百个人考第八，我姐牛！"

　　盛柠露出了满意的微笑。

　　这几个月来辛苦学习，一是为自己的前途和未来，二可不就是为了这一刻的虚荣心。

　　好好学习总是没错的，做学霸被人仰望总是最爽的。

　　她又把截图发给温衍看，温衍的反应没盛诗檬这么激动，倒是酸溜溜地说了句："看来不搬过来跟我一块儿住还是挺有用的。"

　　他平时工作忙，能抽出来约会的时间本来就少，为了能压缩约会的时间成本，所以想让盛柠搬到京碧公馆这边来住，但是盛柠以准备考试为由，一直没同意，理由是："男人只会影响我的事业。"

　　温衍极其无语，不过还是随她去了。

　　过了公共科目笔试，还只算是过了第一关，紧接着还有一轮笔试，在这一轮中再筛去四分之三的考生，其余的进入复试，通过公开遴选和公开选调，最终确认招考计划中的一百多人的名单，这才算是真正通过了独木桥。

然而新一轮考试的时间被安排在了年后不久，盛柠又好死不死地在公共科目笔试过后一时冲动跟温衍求了婚，将两个人的关系从男女朋友正式升级，所以今年过年要去温家拜访。

她父亲盛启明最近因为离婚分财产的事和石屏闹得不可开交，石屏这边有宁青的律师坐镇，这位大状从业多年，当年硬是用一张嘴在法庭上将盛启明逼得净身出户，如今他又帮着石屏，纵使盛启明再歇斯底里却也无济于事。

盛柠早就当没这个爸了，过年也自然不打算回沪市，宁青又不在国内，温衍想拜访也不知道该去哪儿拜访，最后还是和岳母大人线上通了话。

过年前后回国回乡的飞机票都不好买，宁青表示会尽量赶回来，也去温家拜访一趟。

和宁青商量好后，在腊月二十九这天，温衍正式放了假，打算接盛柠去温家过年。

盛柠除了带了自己这几天的行李外，还带了个公文包，里面是笔记本和考试资料。

就连平时行程满档的温衍都被她这架势唬住，忍不住问："过年都不闲着？"

"没办法，竞争太大了。"盛柠从手机前抬起头来，冲他比了个数字，"你知道去年一个职位的竞争比是多少吗？一百五比一，可怕如斯。"

温衍被她这副严肃的语气逗笑，虽然开车眼睛注视着前面，却能脑补到她此刻瞪圆了眼的表情，漫不经心地说："考不上来我公司给我打工也行。"

盛柠撇嘴："不要。"

"怎么？看不上？"

"不是，我志不在此。"盛柠说，"一个真正的无产阶级的最终目标绝不是加入资产阶级，太肤浅太庸俗，我要投身伟大的祖国事业。"

说完这一番漂亮话，盛柠继续低下头背单词。

温衍："……"

从军职转行到资本家的男人总觉得自己被内涵了，但又没有证据。

等车子开到温家，盛柠比上回还紧张，下了车后略显局促地站在原地，甚至不知道该先迈哪条腿。

"走吧。"温衍说，"有我。"

"那待会儿你爸要是问问题，我如果说不出口，你记得帮我解围。"

"嗯。"

"吃饭的时候我不好意思夹太远的菜，到时候你记得看我眼神，给我夹菜。"

"嗯。"

盛柠还是紧张，拽着温衍的袖子说："你一定得一直在我旁边，不能留我一个人。"

"知道，你妈妈嘱咐过我了。"

温衍的再三安慰，终于让盛柠暂时放了心。

她刚摸到大门，里面的人就出来迎接了，紧接着是一句清脆悦耳的"舅妈"。

是温衍的外甥女温荔。

大明星今天穿了身家常服，没化妆，没有平时在屏幕里看着那么艳光四射，但依旧是明艳漂亮。

要不是这个外甥女比她还大两岁，这么甜的一句舅妈，盛柠不给红包都不好意思。

温衍蹙眉："就看见舅妈了没看见我？"

"哎呀，舅，你这张脸我都看了多少年了。"温荔跑到盛柠身边，直接揽过盛柠的胳膊，"来，舅妈，我带你认识一下我们家的成员。"

盛柠被温荔直接拉到了家里，回过头有些无措地看着温衍。

温衍安慰道："我跟着，别怕。"

老爷子还在楼上没下来，沙发上坐着两个男人，正在用手机联机玩游戏，见有人来了后同时抬起头来。

盛柠不追星，平时也很少上网，但偶尔在商场逛街的时候，看到有明星做线下活动，也会好奇地过去看一看，然后感叹明星不愧是明星，长相和气质真的胜其他人一大截，特别鹤立鸡群。

今天一连见着三个明星，整个一场视觉盛宴，而且最爽的是，她是这三个明星的舅妈。

温荔指着沙发上的其中一个男人说："这是宋砚，我老公，演员，影帝，超厉害。"

"你好。"被老婆夸的男人勾唇回夸道，"温老师也很厉害。"

温荔咧嘴一笑，又指着另一个年轻的男人说："这是我弟，徐例，十八线小歌手。"

徐例立刻回呛："你才十八线，演员了不起？"

"开几场演唱会就当自己不是十八线了？"温荔扯唇，"叫人没有？叫舅妈。"

"我叫不出口。"徐例看了眼盛柠，一脸烦躁地说，"这才比我大几岁？我怎么叫？"

"那不叫舅妈你还叫姐啊？叫姐你让咱舅怎么办？"

盛柠刚想说不叫也没事，温荔紧接着又说："这你能怪舅妈年纪小吗？这还不是咱舅，他没找个比你小的就不错了好吧。"

徐例立刻甩锅："那你让砚哥先叫，他到现在连句舅舅都叫不出来，你看他叫不叫得出来舅妈俩字？"

宋砚神色一滞，恰好就撞见温衍正似笑非笑地看着他。

年纪差不多，又偏偏不是平辈就是有这个麻烦，谁让温衍辈分最高。

宋砚挪开眼神，脸色不太好。

温荔姐弟俩一直吵到老爷子下楼才消停。

"吵吵什么！我在楼上都能听见你们姐弟俩吵吵！"

姐弟俩不敢忤逆姥爷，乖乖闭嘴。

"见过你们舅妈了是吧？"老爷子努了努下巴，"第一次见面规矩得有，叫舅妈没有？"

温荔立刻邀功："舅妈一进门我就叫了。"

徐例撇嘴，还是乖巧叫了："舅妈。"

不过之后等姥爷走了，他还是找到盛柠，问她以后姥爷不在舅舅不在的时候能不能叫她姐。

盛柠有些惊讶，她印象里徐例平时在镜头前看着挺高冷的，没想到私底下这么可爱。

"阿砚。"老爷子淡淡看向外孙女婿。

宋砚张了张唇，最后低眸淡淡叫了句："舅妈。"

盛柠小心翼翼地回了一声，心里已经在无耻狂欢。

妈啊，宋砚叫我舅妈，三金影帝叫我舅妈！！！

辈分高是真的爽。

老爷子下楼就是差不多要吃中饭了，一大家子人陪着老爷子吃过中饭后又转移到客厅闲聊，老爷子今天兴致莫名高，不想睡午觉，又说要打麻将，于是拉着几个小辈陪着他一块儿打。

徐例不会打麻将，所以坐旁边，边围观边继续玩自己的手机，剩下的一家出一个恰好凑一桌麻将，老爷子丧偶只能出自己，温征这单身狗也只能出自己。

麻将这东西真的上瘾，打着打着所有人都来了劲，吃过晚饭后又接着打。

"小舅啥时候也给我带回来一个小舅妈啊？"温荔边打牌边问，"三条有要的吗？你牌技那么烂，找个会打牌的来帮你赢钱啊。"

老爷子立刻讥讽道："你小舅还想着除了你舅妈以外那个姓盛的呢，三条碰一个。"

"挺好的呀，喜上加喜。"温荔说，"姥爷，你俩儿子找的同一个亲家，缘分哪。"

"缘个屁，那姑娘早把你小舅甩了！"老爷子越说越气，"人家都把你甩了还想这想那的。还真想一个锅配一个盖是吧？你想过没有，你俩要是也成了，咱家以后的称呼还能好吗！那不乱套了！你是跟着她叫盛柠姐，还是她跟着你管温衍叫哥？"

温征："……"

他还真没想过这个问题，只好默默打出一张二饼。

"碰。"温衍拿过牌，淡淡扯唇，"没出息。"

温征眼皮子一跳，不甘示弱道："哥你有出息，不还是被嫂子吃得死死的？"

温衍突然挑眉，骄矜地说："她跟我求的婚。"

盛柠的牌技不太好，正在研究温衍的牌，看他是凑大张小张，突然被他提到。

牌桌上其他人顿时脑袋上同时冒出一个大大的问号，再默契地看向盛柠。

盛柠挺不好意思地点头："嗯。"

老爷子哼了声，这才勉强顺心道："瞧见没？咱们温家的孩子就得像温衍这样，得让人家对你们死心塌地，而不是你们上赶着倒贴，你看看你俩，一个成天眼里没别的就有自个儿老公，一个人家都把你甩了还巴巴地成天念着，真丢我的脸。"

然后老爷子又转向至今没谈过恋爱的徐例，谆谆教诲道："小例，你以后可不能学你小舅和你姐，你要向你大舅学习，要让姑娘爱你爱得不行，知道没？"

徐例眼皮都没抬，心里想着谈什么恋爱，单身最快乐，嘴上却应道："好，知道。"

于是，盛柠在这一刻同时收到了来自温征和温荔惋惜又难受的表情。

你怎么就这么憋不住，我哥（舅）这种人你怎么能跟他先求婚？你等着吧，这件事他以后能拿出来炫耀一辈子，你信不？

盛柠："……"

已经开始后悔了。

她赶紧挽回自己的颜面："虽然是我先求婚的，但是他那天也打算跟我求婚来着，他还提前订好了餐厅。"

温荔的表情一下子就又变得明媚灿烂了起来，假装不解地眨巴眨巴眼睛看向温衍。

"哦？舅？以前不是说女人只会影响你的工作吗？怎么现在连婚都求上啦？"

温征疯狂接茬，跟温荔唱双簧："哎哟，不知道是谁以前说我在餐厅求婚老土来着，结果到了自己这儿也没有很有新意嘛。"

温衍脸色很黑，看着盛柠，冷呵一声反驳道："那也是你更等不及。"

盛柠立刻回怼："就算是我求婚等不及，那表白呢？是不是你先跟我表白的？"

"哇！舅！你还会主动表白啊！哈哈哈哈哈！！"

"哥！牛×！"

温荔立刻又问："舅妈，我舅是怎么跟你表白的？"

盛柠仔细回想了下，学着温衍板起一张脸，低沉道："看不出来我喜欢上你了？"

然后耸肩："这样。"

"表个白还这么跩，舅，不愧是你！"

"哥，行啊，这么跩不怕被打啊？"

盛柠点头："我还真打了他一巴掌。"

"哈哈哈哈哈，舅啊舅，你也有今天！"

"让你老教训我们！天道好轮回，苍天饶过谁，这就是报应。"

就这么被盛柠掀了老底，温衍气得太阳穴突突跳，但又没法反驳。

大年三十，客厅里开着电视，用来做背景声，而温家的牌桌上却热闹非凡。

老爷子直捂着胸口无声狂怒。

家门不幸！家门不幸！

为什么他的儿子在女人面前都这么没出息！

而温荔和温征此刻的表情已经不能用兴奋来形容了。

他们此时心里只有两个想法：那寺庙太灵了，赶明儿就去给自己求个签去；好舅妈（嫂子），多说点多说点，未来二十年拿来嘲笑舅舅（哥哥）的素材有了。

相比起这群姓温的的热热闹闹，另外两个姓的人明显更内敛些。

"谈恋爱好可怕，连舅舅都变成这样了。"徐例悄悄对宋砚说，"砚哥，我决定这辈子都不要谈恋爱了。"

"碰上喜欢的那就由不得你了。"宋砚歪头对着小舅子轻轻一笑，"而且我觉得你舅舅挺乐在其中的。"

温衍脸很黑，表情愠怒像要吃人，耳根子却被这三个合伙拆他台的人闹得通红，摁着眉心不住叹气。

温征和温荔两个人笑也就算了，毕竟他们确实曾被温衍训得不轻，好不容易看温衍栽在一个年轻姑娘手里，还为这个姑娘性情大变，又是表白又是求婚的，当然要好好嘲笑一番。

可是就连盛柠也这样，他简直白对她那么好。

温衍啧了声，盛柠还在喋喋不休地说，他直接抓住她的后脖子，将她拉到眼前，用只有两个人才能听见的声音说："等着。"

他的声音低沉，带着男人特有的威慑和强势。

盛柠蓦地瞪大眼睛，赶紧闭嘴。

温荔迅速发现了舅妈的不对劲，拧眉冲温衍嚷嚷："舅，你是不是刚威胁我舅妈了？大老爷们儿敢做不敢被别人知道算什么英雄好汉。"

"你这么八卦不去当狗仔当什么演员？"温衍淡声道，摸了张牌随意看了眼，然后优雅地推翻面前的牌，"和了，清一色。"

几人看着温衍推倒这一溜整齐的清一色大饼，温征直接喊："趁着我们嘲笑你偷偷听牌，无耻。"

温荔也说："趁着我们分心赢牌，奸诈。"

温衍翻了个白眼，扯唇道："面子和钱总得捞着一个，不然都跟你俩似的。"

"怎么？就这么见不得你哥你舅好？还好没把公司给你俩。"老爷子是站在大儿子这边的，吹胡子瞪眼道，"每年能拿股东分红都仰仗着谁？赢你俩点钱就不乐意了。"

"……姥爷你一个农民怎么还帮地主说话啊？"

"什么农民地主，这又不是斗地主，就算你舅是地主，这位置也是我传给他的知道吗？"

温荔努努嘴，喊了声，然后叫老公替自己继续打。

"来宋老师，上，打倒地主。"

"还上。你当关门放狗呢。"温征扑哧笑出来，也跟着叫上一旁玩手机的徐例，"徐例来，你替小舅打几圈，赢了算你的输了算我的。"

然而纵使是换了个人上，演员和歌手也照旧赢不过老奸巨猾的资本家，温衍又赢了几把，就连老爷子都要耍起赖来不许他上桌了。

温衍让盛柠替他打，结果盛柠这个小钱串子虽然牌技一般，但脑子跟温衍一样，特别善于算计，尤其是跟钱有关的。上桌后，有温衍在旁给她当军师，再加上自己抓牌的手气也不赖，几圈下来又是最大赢家。

"舅妈你为虎作伥。"温荔不满道，"你应该是我们这边的才对。"

"真就不愧是夫妻，要不是知道你在考公务员。"温征啧啧道，"我还以为是大资本家娶了个小资本家回来。"

盛柠赢多了不好意思，在牌桌下悄悄拽了拽温衍的衣服。

"你放宽了心使劲赢。"温衍满不在乎，"有我在，他俩也就只敢嘴上说说。"

"……"

"……"

跟两个小辈不同，老爷子输多了以后，直接撂牌不干，嚷嚷着要上楼睡觉，这场牌局才彻底结束。

一开始盛柠对温家的印象仅来源于温家三父子，温兴逸的专断独裁，温衍的傲慢冷漠，以及温征的风流花心。

总而言之，就是非常差。

却没想到加上了两个小辈之后，他们私底下是这样相处的，吵吵闹闹，互相拌嘴，一晚上瓜子没嗑几粒，家里阿姨给泡的热茶倒是都喝个精光。

温家人的个性都随了老爷子，一脉相承地嘴毒和傲娇，平时接触不多就会觉得这家人性格都不怎么样，傲慢又讨厌，仿佛天生就爱跟人打嘴仗，但喜欢他们的人就会特别包容。

比如说宋砚，输了好几把之后，温荔不开心了，耍起小脾气来，她的姥爷、舅舅和弟弟都懒得搭理她，唯独宋砚这个做老公的把她当孩子似的耐心哄。

又比如说盛柠，以前觉得温衍这个资本家讨厌至极，现在两个人在牌桌上合伙赢钱，就觉得资本家的这股子奸诈劲是真帅。

盛柠进门前的紧张和局促就在这张热闹的牌桌上渐渐消失了，打到最后甚至还有些舍不得收场。

温衍心情不错，他享受的只是打牌赢钱的过程，对赢的那点小钱不感兴趣，于是都赏给盛柠了。

他们打的番数不大，从下午打到现在，输赢基本上是有来有回，统共也没赢几百块，但即使是只有几百块盛柠也觉得很开心，坐在沙发上数了一遍又一遍，深深感受到了麻将的魅力。

温衍坐在她身边，用手闲适地托着下巴，垂眼安安静静地看着她数钱，看着她因为几百块乐得合不拢嘴，自己也跟着勾起唇角笑得宠溺。

"财迷，这都数几遍了，数不腻吗？"温衍说，"报什么外交部，去银行当个会计多好。"

"那数的都是别人的钱就没意思了。"盛柠说。

温衍轻声问："现在还紧张吗？"

盛柠抿唇一笑，摇头。

"之前谁跟我说的，不许我离开她半步。"温衍掐她的脸，轻嗤道，"跟那两个家伙合起伙来下我面子，你到底是嫁给谁？"

明明今天刚来的时候盛柠还很拘谨，温衍寸步不离地陪着她，她因为紧张，所以很缠温衍，吃饭的时候紧挨着温衍坐，温衍不帮她夹菜她就只吃碗里的白饭，他去个洗手间她都恨不得跟着。

温家有做事的阿姨，但盛柠想着今天第一次上门，怎么也要做个家务表现一下，被老爷子拦下来说不用，温衍跟老爷子说话闲聊的时候，她又不好玩手机，就跟在他身边发呆揪手指头玩。

盛柠平时再怎么精明，到底也还年轻，会紧张很正常，温衍虽然想消除她的紧张，可又不得不承认，自己真的很享受被她缠着。

女朋友第一次上门的那副紧张又乖巧的样子，在男朋友眼里是真的可爱。

现在盛柠已经完全不紧张了，又让温衍失去了那种被她缠着的乐趣。

他自己都没察觉到自己的语气有些酸溜溜的。

两个人靠在沙发上说话，电视里的春晚主持人说着无聊的笑话，淡淡的年味让人打心里觉得温暖，但这阵小气氛却很快被人打断。

温荔大大咧咧地往沙发上一坐，凑过头来问："说什么悄悄话呢？也让我听听呗。"

盛柠尴尬地挠了挠脸，温衍眼睛一眯，语气不怎么好地挥手赶人："回你房间去。"

"怎么？前年过年的时候你就是这样坐在我和宋老师旁边给我俩当电灯泡的。"温荔大仇得报，非常理直气壮，"现在知道当时的自己有多讨厌了吧？"

温衍："……"

温荔见舅舅没话说了，竟然开始命令起他来："舅你回避一下，我跟舅妈有话说。"

温衍皱眉："有什么是不能当我面说的？"

"女性话题，你也要听？"温荔问。

温衍神色微变，在征得盛柠同意后，起身离开。

结果温荔要跟盛柠说的也不是什么女性话题，而是温衍。

温荔跟盛柠说了很多他们小时候的事，温衍虽然是舅舅，辈分高，但因为出生晚，没比小辈大几岁，外人不了解的，还以为他是温荔哥哥。

可是哥哥又怎么会有舅舅这个身份给人的压迫感强，又怎么会像家长一样牢牢护着她。

"我以前老爱跟我舅顶嘴吵架，我觉得被他管着真的好烦。"温荔说，"我每回都把他气得不轻，但他就是个纸老虎，最多面上凶我几句，从来没真的对我怎么样。我和宋老师协议结婚的事，如果不是我舅暗地里帮忙瞒着，我姥爷估计早就气疯过去了。"

盛柠瞪大眼："协议结婚？"

她以为只是那些吃瓜号放假料，从来没相信过，结果竟然是真的？！

温荔立刻嘱咐："我当你是一家人才跟你说的，舅妈你可不能出卖我和宋老师啊。"

盛柠猛地点头："放心。"

"我真的很喜欢舅舅，偷偷告诉你，小时候语文老师布置作文，让我们写最喜欢的家人，其实我写的是舅舅。"温荔哼了声，试图用不在乎的语气掩盖自己的不好意思，"但是我不想让他知道我喜欢他胜过喜欢姥爷，就改成姥爷了。"

盛柠努力憋着笑，不敢戳穿温荔的小傲娇。

"我舅舅真的是个超级好的男人，就是嘴巴上不饶人，性格也有点差，平时还老爱板着一张脸，只要你肯包容他这点，其实他内心一点都不高冷。"温荔握着她的手说，"我们家看着虽然古板又封建，其实这几年通过我的努力已经进步很多了，再加上你，我们争取做豪门家庭中思想最开放的模范豪门。"

盛柠被说得一愣一愣的，她就是结个婚，怎么就肩负起改造豪门家庭的重任了？

"我们都会对你好的。"温荔用那双跟温衍有几分像的漂亮眼睛看着盛柠，"舅妈，你以后也对舅舅好，成吗？"

盛柠抗拒不了这样的一双眼睛，用力点头："嗯。"

说完了话，温荔要回房间跟她老公过二人世界，把盛柠还给了她舅舅。

温衍："都跟她说了什么？说这么久。"

"说你坏话。"温荔喊了声，"劝舅妈赶紧回头是岸，等结婚证一领，想反悔也来不及了。"

温衍脸色一沉，温荔欠揍地冲他晃了晃头，溜回了自己房间。

快到零点的时候，温兴逸老爷子熬不住，已经上床休息，温荔今天心情似乎特别好，叫上家里几个年轻的，给每个人都发了一包仙女棒去温宅后院放烟火。

零点一到，随着天空中升腾的烟火和手里明亮的仙女棒燃烧，温家的几个小辈互道了句新年快乐，然后就准备回房间睡觉。

几个人前后脚儿回屋，盛柠在这个时候接到了盛诗檬打来的新年祝福电话。

"姐姐，新年快乐！"

盛诗檬说了一大堆祝福语，盛柠也祝她新年快乐，温衍问盛柠是谁打来的电话。

"我妹。"

温征走在他俩后面，听到他俩对话后突然快速地两步走上前来。

"是檬檬吗？"他用唇语小声问盛柠。

盛柠点头，跟电话里的人说："温征在我旁边，你要不要跟他说两句？"

温征刚想说不用，盛诗檬却说了声好。

盛柠将手机交给温征，他有些小心地接过手机，不敢先出声。

"温征。"盛诗檬笑着说，"新年快乐。"

温征刚想说什么，盛诗檬又是一句："祝你新的一年别再遇上我这样满口谎话的人了。"

想说的话都卡在喉咙口，温征也故作轻松地回了句："你也是，新年快乐。"

挂掉电话后，温征将手机还给盛柠。

"她还是介意。"回房前温征轻声对盛柠说，"其实我早就不介意那些了。"

回到温衍房间后，盛柠刚进门就被温衍抱住了。

他说的"等着"两个字原来是用在这儿。

亲昵的间隙，他顺口问了句："刚许了什么愿望？"

盛柠还是那套说法："愿望说出来就不灵了。"

不过她还是给了他一点点提示："虽然我去年的新年愿望没实现，但我觉得我今年的新年愿望肯定能实现。"

温衍连她去年许了什么愿望都不知道，更何况今年。

既然她不想说，那他也自然不会追问。

盛柠搂着他的腰喃喃道："我真是没想到，我爸妈离婚以后，最开心的一个年竟然是在你家过的。"

温衍没有说话，而是收紧手臂搂紧了她。

其实他也说不清楚今年跟往年比起来具体哪里不同，但他已经开始期待明年过年的时候了。

两个人抱了一会儿，温衍从她的唇前低下头去，想要做什么的意思很明显。

盛柠本来觉得也是时候该享受点成年人之间的乐趣，直到被抱上床后才突然惊道："惨了，打麻将打得太开心，我今天给自己布置的学习任务还没完成。"说完就要去抓自己的手机。

"明天行吗？"温衍压着她，蹙眉说，"又不差这么一时半会儿。"

"已经是'明天'了。"盛柠说。

温衍："那就早上。"

"那不行，早上我肯定起不来……"盛柠一脸为难，"抓紧这点时间，我能再多复习几个单词。"

温衍："……"

温衍狠狠揉了揉她的头，起身道："你学吧，我出去看电视。"

"看什么电视啊？"

"这个时候能有什么电视看。"温衍有些烦躁，"春晚。"

盛柠真是感动到不行，温衍为了不打搅她，竟然愿意看一遍春晚重播。

这不是爱是什么！

她语气坚定："你放心，我一定会考上的。"

"你最好能考上。"温衍扯了扯唇角。

听着像是威胁和监督，其实没说出口的后一句是，否则真白憋了。

大年初一，整个温家除了老爷子早起了，其他人都睡了懒觉。就连作息向来稳定的温衍都睡了懒觉。

吃早饭的时候只有老爷子一个人坐在餐桌前，面对着一屋子空荡荡的场景，这顿早饭是越吃越气。

"现在的年轻人究竟怎么回事？一个个晚上不睡白天不起，连早饭都不吃，再这么下去身体迟早要玩完！连我这个半条腿都踏到棺材板里的老头子都不如！"

到上午快十一点，家里的阿姨已经要准备午饭了，几个小辈才陆陆续续起来。

下来一个，老爷子就阴阳怪气一句。

外孙女和外孙女婿是最早起来的。

两个人在听完老爷子的絮叨后，陪着老爷子坐在沙发上看电视，今天电视上仍旧在播放昨天晚上的春晚，但还是没人看，电视机就开着，只有偶尔镜头给到哪个之前合作过或是关系不错的艺人，温荔才顺势和宋砚聊上几句。

平时过年睡懒觉大赛的最终胜利者不是温征就是徐例，今年却难得换了人。

温征和徐例都是打着哈欠下楼的，舅甥俩的发型都是需要发量和长度的潮男头，平时打理过后看着就很潮很帅，今天起得太晚来不及打理，头发看着乱蓬蓬的。

"去！把头发给我梳好了！大老爷们儿一个个顶着鸟窝头不害臊啊！"老爷子一声令下，"不梳好我直接用推子给你俩头发都推平了，信不信？"

没办法，舅甥俩只好去梳头。

温荔扎着个简单的高马尾笑得十分幸灾乐祸。

"真奇了怪了，连温征和徐例都起了。"碍眼的人终于走了，老爷子嘟囔道，"你大舅怎么还没起？"

温荔边嗑瓜子边耸肩说："不知道。"

老爷子想了半天，压低了声音问道："你说你舅不会连婚礼都来不及办就给我弄出个孙子来吧？"

原本正安静喝茶的宋砚突然噎了一下，温荔表情复杂，不知道姥爷是怎么想到这层的。

"不会吧，我舅那么传统的人，怎么可能先上车后补票。"温荔摇头。

老爷子又是庆幸又是失望地抿了抿唇。

到快吃午饭了，温衍和盛柠终于姗姗来迟。

温家的人反应都很平常，问他们洗漱好没有，准备吃饭了，反倒是盛柠很不好意思。

她越是不好意思，就越是埋怨温衍。

睡觉前她对温衍千叮咛万嘱咐，叫他一定要早点叫自己起床，平时在家里懒没关系，这是在温家，一定不能起太晚。结果早上闹钟一响，温衍直接就给按掉了，盛柠迷迷糊糊醒来问几点钟，又被男人给揽到怀里，说还早继续睡吧。

然后就这么直接一觉睡到了午饭前。

两个人看着精气神都不太好，于是本来对两人起晚的原因没有怀疑的温荔也不禁怀疑了起来——她不会真的要迎接表弟或是表妹了吧？

老爷子也是这么想的，温衍嘴比较硬，就是做老子的也撬不开，所以他让家里唯一的姑娘温荔去旁敲侧击，找盛柠打听一番。

"问了。"温荔说，"舅妈年后就要考试，所以她今天起晚了是因为昨天晚上学得太晚了。"

"那你舅呢？"

"因为不想打扰舅妈学习，所以今天在客厅里看电视看到凌晨三点多，也起晚了。"

"……"老爷子神色复杂，最后还是点头勉强地说，"行吧，有上进心总是好的。"

原本给盛柠准备的新年红包已经定好了数，老爷子最后又在末尾加上了六千六百六十六块，意味着考试顺利。

大年初三，温衍和温征就上班去了。大年初四，温荔两口子和徐例都因为收到电视台的元宵晚会邀请，也要提前结束了假期回去开工。老爷子虽然心里不舍，但孩子们都有各自的工作，他也不能不放人。

唯独剩下盛柠这个备考生，她本来是大年初三要跟着温衍一块儿走的，结果被老爷子强留在了温宅，帮他应付来上门拜年的亲戚。

温衍一开始没答应，其他人也觉得不合规矩，老爷子不高兴，又是抱怨又是卖惨，最后还是盛柠自己心软，答应在温宅多住几天。

来一个亲戚上门拜年，老爷子就将盛柠推出去介绍，盛柠本来还以为自己会如坐针毡很不自在，结果老爷子还真就只让她露个面，然后随便聊两句就让她回房间了。

偶尔有亲戚拦着说再聊聊，被老爷子一句话就推掉了。

"温衍媳妇年后有考试，陪咱们坐在这儿唠些没营养的话，还不如抓紧时间多看点书。"

即使是在温宅，盛柠每天也依旧是在房间里看书学习，只有吃饭的时候老爷子才会叫她下楼，其余时间完全和自己一个人时没什么区别。

盛柠一直在温宅住到了大年初七，温衍来接她回去。

"好好考听见没。"临走时，老爷子嘱咐盛柠，"牛皮我都吹出去了，说温衍媳妇以后是要在外交部工作的，你可不能让我丢脸。"

盛柠用力点头："您放心吧。"

坐车回去的路上，温衍问盛柠这几天在家里住得还习惯吗，盛柠就把这几天的情况如实说了。

温衍勾起嘴角。

其实老人家要的也不多，就是想平时吃饭的时候身边有个人陪着，或是一个人发呆不知道该做些什么的时候，能想起家里还有个人就行了。

看起来漫长的新年假期就这样过去了。

盛柠在年后正式参加了公务员主管部门统一安排的笔试，复试名单出来当天，她上网查询，最终在名单的前列找到了自己的准考证号。

还有最后一关。

她之前因为导师的问题错过了外交部在学校安排的选拔考试，现在好不容易闯到这一关，不想再出任何的差错。

盛柠深吸口气，更加努力地开始准备复试。

复试的具体考试安排在三月上旬正式公布，考试内容包括心理素质测试和职业业务水平测试，其中水平测试又分为了笔试和口试，以及最后的一轮面试，时间跨度接近一周。

也就是说，在这一周内，盛柠都需要保持着百分之百的专注力面对每一场考试。

三月下旬，最后的面试终于在下午六点结束。

无论结果如何，总之这长达将近一年的压力终于在今天暂时画上了句号。

温衍特意提早结束了工作，将车停在学院门口等她考完试出来。

从考场走出来的盛柠已经没有力气再去想别的，坐在车里沉默，面色不太好，温衍问她要不要去吃饭，她摇摇头，轻声说暂时还吃不下。

温衍没有勉强，开着车带她去了最近的公园广场，想带她散散步放松一下。

三月下旬的晚风还带有一丝凉意，但冬意已经退去些许，这个时候天气不冷不热，最适合外出。

偌大的广场上有不少住在附近的居民也在散步，跳广场舞的阿姨已经集合完毕，领头的那个正在调试音响，孩子们拿着各自的夜光玩具追逐打闹。

两个人本来走得好好的，盛柠却突然停住了脚步，张开双臂从后面抱住了温衍的腰。

"我终于考完了。"她说，"太痛苦了。"

这段时间压力太大，压抑着的情绪不敢往外抒发，直到现在这一刻才彻底放松下来。

而她已经是成年人，所面对的考试压力不但是成绩上的，还有关于自己的未来和前途。

温衍也没法再往前走了，就近找了个凳子坐下。

静静地任由她抱了会儿，温衍这才轻声开口："别给自己太大压力了。"

这些日子他和盛柠见面的机会不多，偶尔带她出去吃饭，她想的都还是考试的事。盛柠不是不知道劳逸结合，可还是不免会觉得紧张。

"但是你，还有你家人，我妹妹，我朋友，你们都想我考上，我不想让你们失望，也不想让自己失望。"她抿唇，突然很小孩子气地问了句，"我要是没考上，你还喜欢我吗？"

一方面怕考不好，让周围人失望，另一方面也不可避免的是因为面子，怕努力了这么久最后竹篮打水一场空，被人在背后小声议论。

温衍理解她的这种压力，在之前那样高强度的重压下，到如今神经松懈下来这一瞬间，非常需要身边有个人能陪着她，告诉她无论结果好坏，都没有关系。

"傻吗你？"温衍说，"无论考不考得上，你都是温太太了，这事没得变。"

有被他略显强势的话安慰到，盛柠心想反正自己也尽全力了，没考上也不算遗憾了。

在复试结果出来前，她还安慰自己，没事的，优秀的人那么多，大家都是公平竞争，就算输给那些人也不丢脸。

从全国考试中选出九百人，再从九百人中选出两百人，最终在这两百人中选出最后的一百五十人。

不过好在盛柠是这一百五十分之一，而且成绩名列前茅。

"盛柠同志，恭喜你通过公平竞争成为外交部的一员，希望你在今后能为构建中国特色大国外交贡献自己的智慧和力量！"

在体检和政审程序全部通过后，她接到干部司的电话，得到正式发函，从去年到今年，大半年的时间，大大小小数不清的考试，努力学习的回报终于来了。

盛柠第一时间给温衍打了电话，温衍先是挂断，她猜到他可能是在忙，不过心情实在太激动了，所以没再打电话，而是给他发了语音。

温衍正在开会，盛柠打过来电话也没法接，她又发来了微信消息，他以为她是有什么急事，想着要不要先听听。

结果犹豫的时候指尖不小心碰到语音条，盛柠兴奋的声音就公放了出来。

"考上了考上了！！我考上外交部了！！我现在就去公馆等你，你下班以后就赶紧回来！！今儿晚上我好好补偿你这些日子禁的欲！！"

他迅速关上手机，但是来不及了。

本来前面的内容还没什么，公放就公放了，但是最后一句话实在猝不及防，直接将温衍的理智打了个稀烂。

"……"

会议上的其他人也不知道该怎么反应，反应太大吧，怕自己明天就因为左脚先踏进公司而被开除；没反应吧，怎么可能没反应！他们又不聋！

偌大的会议室内，就这样陷入了短暂的死寂。

而盛柠对温衍这边的尴尬状况丝毫不知，依旧真切地在等待着他的回复。

也不知过了多久，她收到两个字的简短回复。

"等着。"

虽然听不见他的语气，也看不见他的表情，但以盛柠对男人的了解，他说这两个字多半就是生气了。

果然，如盛柠所愿却又不如盛柠所愿，温衍这天下班回公馆后狠狠收拾了顿她。

盛柠蹦蹦跳跳走到他面前迎接他回家，对他露出了一个灿烂的笑容，而温衍面无表情，脱下身上的西装外套，换好鞋后一把扛起了人就往卧室走。

"喂！"盛柠挣扎着喊，"好歹我们先去吃个晚饭啊！"

但是没有用，公馆的地理位置和高度都绝佳，只要往窗外看就能尽览这片区域内的燕城夜景，只可惜窗帘被残忍地拉上，挡住了室外的风景。

但室内的风景此刻也是风光旖旎不输半分，盛柠中途一度有些受不了，但温衍依旧没有停下。

盛柠感受到他的火气，以为他是在工作上碰到了什么不顺心的事，于是有些暴躁地提醒他工作上的事不要带到私人情感上，这样会显得他这个温总很没有企业家风范。

她不说还好，一说又让温衍想起了今天下午在会议室的场景，低下头恶狠狠地咬她的嘴，然后告诉她今天她发来的语音被整个会议室参与开会的下属听到了的事。

盛柠这下羞愧得一句话都说不出来。

中国人历来含蓄，虽说成年人之间的事大家该懂的都懂，但放在明面上说，大多数人都没那个脸皮。

她和温衍私底下怎样那都是两个人之间的隐私，说点过分的话也无所谓，还能促进感情。最近她因为考试的事忙得焦头烂额，如今因为好不容易考进了外交部，所以趁着高兴劲说点骚的，结果还被人听了去。

不过万幸的是她只是被听到了语音，而温衍是当场没了脸面，难以想象他当时是如何面对会议室内那么多双眼睛的。

"你开会的时候怎么能开小差看微信呢。"盛柠硬着头皮甩锅，"这能怪得了谁？"

这小王八蛋，推卸责任真是一流。

温衍淡淡地说："成，那以后要是我没第一时间回复你的消息，你别跟我闹。"

"……那怎么行。"

"怎么不行？"

"好吧，我的错。"盛柠觉得他是干得出这种事的，只好赶紧认错，"以后我保证再也不说了。"

"说可以。"温衍顿了顿，说，"下次我会注意。"

说来说去还是他不该在公众场合开公放，才害得自己在下属面前颜面尽失，跟她有什么关系？

盛柠觉得自己这个罪受得着实无辜。

公考通过后，趁着空闲的这几个月，盛柠和温衍去领了结婚证。

结婚这个事说浪漫也浪漫，说庸俗也庸俗，浪漫是两个人的浪漫，庸俗是一整个家庭的庸俗。

温家是老传统派别的家族，老爷子温兴逸那颗腐朽的脑袋在近几年因为儿子们和小辈们的叛逆，为了避免自己如果想不开就要被气死，而不得不开始转变思想，但思想哪儿那么容易转变得过来，所以骨子里还是传统的。

虽然是二十一世纪了，但终身大事从古至今就是家长们心中的孩子的头等大事，三媒六聘那是肯定要搞的。

温衍是他最看重的大儿子，大儿子要娶媳妇，从简操办是不可能的，什么简约婚礼，有那个钱搞什么简约婚礼，也不嫌寒碜。

老爷子当然要想尽办法往隆重了搞，光是彩礼，他就给出了一个令盛柠瞪目结舌的数。

盛柠被吓到，她妈那边还要给她出嫁妆，本来是想着参考下男方这边，结果发现参考不起。于是宁青特意飞到燕城跟老爷子面对面商量婚礼的事。商量半天最后也没商量出结果，老爷子说："嫁妆你爱给不给，彩礼就这么多，嫌多也没办法，就这么高调。"

宁青好歹也是中产阶级往上的家庭出身，心高气傲，大女人性格，哪儿能忍得了温兴逸这种大男子主义的亲家。而且嫁妆这东西，一般社会地位越高、越有钱的传统家庭就越是在乎，为了不让女儿嫁过去后被外人说是攀高枝，是必须要准备的。

两个亲家相互之间很看不惯，一边是地地道道的燕城老爷们儿，一边是土生土长的沪市大女人，就这么直接唇枪舌剑了起来。

"沪市人就是事多，跟我在这儿斤斤计较，我请问我们家缺您那仨瓜俩枣的嫁妆钱吗？"

"老先生说话那么大声干什么嘛，哦，财大气粗了不起呀。"

最后还是做子女的劝和。

"我看重她闺女，想着给你们的婚姻大事尽量往大了搞，她妈倒好，还不乐意。"温兴逸对温衍抱怨，"得，真给我说的一脑门子气。"

温衍："……"

而宁青在谈话未果后也对盛柠抱怨："幸好温衍跟他爸不一样，否则你要嫁这么一个男人，我一百万个不同意。"

盛柠："……"

虽然谈得不怎么愉快，但做家长的总归是希望孩子好，只要孩子开心了，合不来就合不来吧，反正一年也难得见上一回面。

办婚礼要准备的地方实在太多，盛柠天真地以为在暑假入职前能搞定，结果她连培训都做完了，到九月份正式上班了，婚礼还没准备好。

盛柠原本想的是不出意外的话，这辈子她可能也就结这一次婚了，所以怎么也要有点参与感，但无奈工作条件不允许。她的工作岗位原本是在地区业务司，因为履历上明明白白写着燕外，之前还担任过一场国际会议的同传翻译，于是在招录的新进干事中，翻译司挑中了她，又进行了一次内部考试，最终将她安排在了翻译司。

从此真正迎来了暗无天日的翻译工作。

同传这个类别的工作是翻译行业中的顶尖，既耗体力也耗精神，需要做大量的训练和实战，这份工作很光鲜，尤其还是为国家做事，但竞争也非常大，每年培养那么多的翻译人才，可最后真正能坐在领导人身后的也就其中几个佼佼者。

负责带新人的教员都来自一线的工作岗位，要求相当严格，几乎是半个月一考核。

临近考核日，盛柠的每一天几乎都是熬过来的，根本就没心情再去考虑婚礼的事，而温衍也忙，他一个大男人也不愿意纠结婚礼中的每一个细节，所以这件事就理所应当地转移到了他们的弟弟妹妹头上。

于是盛柠拜托盛诗檬帮她决定婚礼细节。

"既然你们两个都忙，那温总那边不出个人跟我一起吗？"盛诗檬语气担心，"不会就我一个人决定所有吧？我不敢啊，到时候婚礼要是办得不好岂不是我的全责，也要有个人跟我一起挨骂吧？"

"放心，有人陪你一起分担。"盛柠说，"而且这人你熟得很。"

盛诗檬突然就有种不太好的预感，果然，这个所谓的熟人就是温征。

她这天特意请了个事假去帮姐姐挑婚纱礼服，结果因为两边的人跟店里约的时间都一样，所以她跟温征撞了个正着。

本来一开始知道温征是温总这边的代理人后，盛诗檬是不想来的。但没办法，谁让盛柠是她姐，她姐把这么重要的任务交给了她，她总不能就为了躲避前男友不答应吧，那多年的姐妹情未免也太"塑料"了。

温征也是肉眼可见的不自在，估计跟她此刻的想法差不多，但毕竟是他亲哥所托，所以也没法拒绝。

跟前男（女）友一起来选婚纱，这也太尴尬了。

一进店还被上前接待的工作人员当成新郎和新娘。

"请问是今天预约的温衍先生和盛柠小姐吗？你们两位看上去真的好般配啊。"

温征："……"

"不是，我们是家属。"盛诗檬立刻澄清，"我是新娘的妹妹，他是新郎的弟弟。"

工作人员恍然大悟长长地"啊"了一声，然后立刻道歉。"对不起啊，我们平时接待的主要是你们这个年龄段的年轻夫妻，所以误会了。"

"……"

"……"

好在工作人员心思缜密，看出来新郎的弟弟和新娘的妹妹之间不太"熟"，没什么话题聊，所以立刻打起十二万分的热情，领着他们进去，还问了很多有关新郎和新娘的事，这才打破了尴尬。

盛诗檬今天就是来充当盛柠的眼睛的，盛柠对她很放心，把挑选礼服这项任务全权交给了她。

"你决定吧，我相信你的眼光。"

但婚纱不是现成的，而是定制的，大体的版型和款式需要新娘这边敲定，新娘提出自己的诉求和想法，然后再发给巴黎那边的设计师手工做出来。

于是工作人员给盛诗檬拿来了好几张设计样图，问她喜欢哪款。

"没有实物吗？"

工作人员抱歉地说："有的，但是今天新娘没来，所以也没法给她亲自试穿。"

盛诗檬只好给这几张图拍了照片，问盛柠喜欢哪款。

果然盛柠问了跟她一样的问题，要看实物，盛诗檬说："要不你改天自己来试穿看看吧。"

"你穿一下吧，反正你跟我身高体重都差不多，我看看你的上身效果就知道了。"

盛诗檬："……"

这也行？

不过她姐都不介意了，她也没什么好介意的。

盛诗檬虽然是个不婚主义者，但不婚不代表不爱婚纱。无论是层层雪纺的蓬蓬婚纱，还是突显气质的贴身鱼尾婚纱，很少有女孩子能抵挡住婚纱的诱惑。

盛诗檬看着那些漂亮的婚纱，说不想试那也太虚伪了。

工作人员笑眯眯地说："既然是您替新娘决定，那我给您做个发型，您把头纱也一并戴上看看？您觉得哪一款上头效果好就选哪一款。"

盛诗檬点头，看向一旁还坐在椅子上替他哥挑礼服的温征，朝他走过去，轻轻敲了敲他面前的桌子。

温征抬起头来："怎么了？"

"那什么，我进去替我姐试婚纱了。"盛诗檬眼神游移，"要点时间，你在外面等我下。"

温征愣了愣，点头道："哦，你去吧。"

盛诗檬去里间试婚纱，温征发了会儿呆，掏出手机给温衍打电话。

他早把那几款礼服都拍照发给温衍了，但温衍不知道在干什么，一直没回他消息，打过去电话，温衍才接了，说刚刚有事没空回，礼服由温征决定就好。

温征无语："那你好歹也给点意见啊？这可是你在婚礼上要穿的。"

温衍还是那副不咸不淡的语气："看盛诗檬给她姐选了什么款吧，你帮我挑件般配的就行。"

反正婚礼上新娘才是主角，新郎都是点缀，再穿也穿不出个花样来。

温征咳了声问："那要不要我帮你试穿一下，让你看看上身效果？"

温衍不解："你浑身上下都没几两肉，跟我尺码也不一样，有什么好试的？"

温征语气一噎，自尊心顿时受到暴击，立刻反驳道："……你看不起谁呢？我最近已经把腹肌练出来了好吧。"

结果又得到了他哥的一声无情嘲笑："呵呵。"

"真的很漂亮。"

试衣间里全方位摆设的镜子将每一个角度都展现给试穿者。

工作人员双眼发光，还在不住地夸奖，盛诗檬看着镜子里的自己，伸手犹豫地摸了摸大裙摆上刚被工作人员整理好的蝴蝶结，不可避免地产生一种想法。

难怪那么多人向往婚姻，穿上了这件婚纱，就连自己都挪不开眼。

"来，我帮您把头纱戴上，您看看配上头纱后的整体效果。"

工作人员拿起一款嵌着小珍珠的褶皱头纱，抬手臂替盛诗檬戴上，用小夹子固定好后又帮她整理了下发型，最后还特别贴心地替她选了耳饰和项链。

"您看看您喜欢吗？"工作人员问，"可以的话发给新娘看看？"

对啊，自己是帮姐姐试的婚纱。

盛诗檬赶紧用手机拍了个动态视频发给盛柠看。

"为了让你看全了效果还特意做了造型。"

"感天动地姐妹情，这不给我发个红包？"

"[敲碗求赏]"

没一会儿盛柠回了句："好看，适合你。"

盛诗檬："？"

盛诗檬："适合我有什么用？是你结婚啊。"

盛柠："那你再多试几件。"

然后给盛诗檬发了个红包，算是辛苦费。

盛诗檬收下红包，跟工作人员说换一件。

而工作人员显然觉得现在这位小姐穿的这件就已经绝美了，甚至想录个视频发到他们工作室的短视频账号上用来宣传，到时候私信肯定被问爆。

不忍心就这么帮盛诗檬换下来，工作人员问她要不要给外面那位新郎的弟弟也看看。

盛诗檬不解道："给他看干什么？"

"一般来我们店试婚纱的准新娘都是闺密或是老公陪着嘛，男人和女人的眼光不一样，这样也方便挑出一套最满意的。而且我看那位先生穿得很精致，眼光应该挺好的吧。"

盛诗檬想着好歹是替盛柠挑婚纱，多个人的意见总没错。

她点头，工作人员立刻笑着说："那您站在这儿稍等，我去把那位先生叫过来。"

婚纱裙摆太大不适合走动，当然得要男人过来看。

没一会儿，工作人员从帘子外面探进来一个头，脸都快笑成了太阳花。

"那位先生刚刚也去换了套礼服，我看了下，跟您身上的这件特别般配，我掀帘子了。"

然后硕大的试衣帘子从中间往两边掀开，隔着帘子的两个人同时看到了对方。

盛诗檬只看了温征一眼就偏过了头。本来就长了张好看的俊秀书生脸，虽然平时吊儿郎当的，但正经的白色礼服一穿，黑色领结一打还真有那么点清俊端正的样子在。

如果前任是手办，那温征大概是她收集的所有手办中最极品的。

"这是根据设计师从巴黎发过来的最新手稿，我们加班加点打版手工裁剪出来的。"工作人员蹲下身子替盛诗檬理了理裙摆，并问温征，"先生您觉得怎么样？"

温征以前没少夸过盛诗檬，而且他很会夸。温柔的笑容配上好听的嗓音，即使是肉麻的"我宝贝真漂亮"，她也能被他撩拨到。

盛诗檬之前听过很多回，所以就算温征这时候把她夸上天，她觉得自己的内心也不会有太大波动。

然而这次温征的反应却很简单。

软缎和雪纺织就层叠的婚纱，头纱轻盈，他定定地看着，没有挑眉也没有刻意压低声音，而是轻轻勾起唇，说了句："好看。"

盛诗檬心头一紧，因为偏头而向着温征的耳朵又更热了点。

没出息啊！！不就是好看两个字吗！平时都听腻了，自己心跳加速个什么劲啊！！

工作人员实在是觉得两个人看着太般配了，拉郎配的想法怎么也止不住，大着胆子叫温征站过去，说是要给他们两个拍张合照。

不拍张照留念实在是太可惜了，美的事物不能只是看，一定要想办法留住才行。

盛诗檬想说不用，温征已经朝她走了过来。

他站在她身边，比她高出大半个头，工作人员礼貌地问他们能不能稍微站得靠近点。

盛诗檬颇感不自在，温征却从背后揽过了她的腰。

他的手藏在婚纱背后那个巨大的蝴蝶结装饰中，工作人员看不见，可盛诗檬却能清楚地通过腰间贴身的薄布料感受到他手心的温度。

她抬起眼看他。

温征咳了声，低下头在她耳边用隐蔽的语气说："她以为咱俩不熟。但咱俩明明熟得不行，你说对吧？"

盛诗檬耳朵一嗡，迅速往侧边退开几步，结果没注意自己身上还穿着烦琐的婚纱，一不小心踩到下摆，整个人晃晃悠悠就要摔倒。

她迅速晃动手臂试图保持平衡，还是温征眼疾手快一把将她扶稳，她才免于摔跤。

温征的笑意就从这一瞬间，一直到她试完了婚纱都没停下来过。

盛诗檬怎么也不肯再试婚纱了，说什么也要走。

工作人员除了给他们拍照，其实还录了个小视频，恰好就把两个人说悄悄话的瞬间录了进去。

事后工作人员问他们可不可以发到网络平台上，被两个人同时拒绝。

工作人员颇感遗憾，但还是建议两个人留一张合照，这样也好给新郎和新娘做参考。

盛诗檬没多说话，匆匆从店里离开。

"檬檬。"温征从后面追出来叫住她。

盛诗檬抿唇，转过头："还有事吗？"

温征好脾气地问："你今儿开车来的吗？我送你回去？"

"不用，我开了车来的。"她指了指自己的车，突然又像是想起来什么，猛地又把手放下了，而温征却已经看到了她的那辆MINI。

那是他送给她的车，当初盛诗檬说要还，他没要，他以为她会拿去卖掉，没想到她还在用着。

"我上班的地方离地铁站比较远，开车比坐地铁方便。"盛诗檬似乎知道他在想什么，刻意解释道，"而且现在二手汽车市场的行情不好，卖出去亏。"

"没事，你开着吧。"温征说，"要是你哪天想换新车了，跟我说一下就行。"

盛诗檬眉头一皱，很不理解他的这句话。"我说，难道你对每个分了手的前女友都包售后的？"

温征笑着说："怎么可能？我又不是冤大头。"

"那你——"

"我只对想要重新追回来的前女友包售后。"

盛诗檬愣住，他疯了吧？两个人互相演戏都演到这份上了，现在都分手了，还演吗？演上瘾了？

而温征的话点到即止，既然盛诗檬自己有车，当然就不用他送了。

等温征离开，盛诗檬站在原地风中凌乱了会儿。

她思绪纷乱地回到家，一直到盛柠很晚的时候下班回家，盛诗檬衣服没换妆也没卸，整个人呆呆地坐在沙发上，抱着抱枕，电视里播放着她平时绝对不会看的国际新闻。

盛柠在她旁边坐下，喊了她好几声，盛诗檬才注意到姐姐回来了。

"婚纱试得怎么样？"盛柠问。

盛诗檬皱眉，不满道："不怎么样，婚纱还是你自己去试吧，光我试了，再适合我有什么用？又不是我结婚。"

"但我真的忙。"盛柠也叹气，"我下周又有考核了。"

"跟你们领导请假啊。"盛诗檬说，"结婚这么大的事，我不信你们领导那么没人性。"

"跟领导没关系，主要是我不想到时候考核成绩太差。"盛柠以为她这是替自己准备婚礼准备烦了，心里也理解，于是说，"那周末我要是有空的话自己去试吧。"

盛诗檬咬了咬唇，点头道："嗯。"

"但是会场布置这个事，还是要麻烦你帮我去盯着。"盛柠问，"这个没问题吧？"

"这个无所谓。"盛诗檬犹豫了会儿，还是问，"温总那边呢？还是温征帮他决定？"

"是啊。"盛柠点头，突然想起来什么，问她，"你今天去试婚纱的时候碰上温征没有？温衍说温征也是今天去帮他看新郎礼服。"

她没回答盛柠的话，顾左右而言他道："那会场布置有温征这个家属在就行了吧？"

"那怎么行，男人的眼光比女人眼光差远了，就比如我跟温衍——"

结果盛柠说到一半，电视里的国际新闻台又正巧播放到前不久的外交部的例行记者会，她立刻停住，迅速从包里掏出了平板电脑和触控笔，开始现场做起了笔记。

盛诗檬无言以对。

婚礼的事还没商量好，她姐又忙工作了，没办法，只能等她姐忙完再说。

反正也没事做，盛诗檬顺便陪着她姐看起了记者会。

她姐的注意力全在发言人说的话上，而盛诗檬对这个不感兴趣，注意力就只能放在发言人身上。他穿一身职业西装，鼻梁上架着副无框眼镜，看上去斯文温和。

"这发言人好帅啊。"盛诗檬说，"你领导吗？"

"我下周的考核任务之一就是翻译这个发言人的中文稿，我先练习下，看看他的语言习惯，别吵。"

盛柠神色严肃，在平板电脑上写着盛诗檬完全看不懂规律的笔记，那是同传日记，各种画线和记号，能看清的英文单词没几个，但发言人的一大段话就这么被精简地浓缩在了里面。

盛诗檬果断闭嘴。

等发言人说完了这段话，盛柠才松开眉头，回答盛诗檬几分钟前的问题。

"不算，这是新闻司的领导，专门负责开这种公开的记者会。"盛柠说，"上班的时候见过几次，比电视上看着更帅。"

"真的？"

"嗯，但是已婚。"

"你干吗跟我强调已婚？"盛诗檬撇嘴道，"我就是单纯欣赏帅哥而已，又没有非分之想。"

盛柠耸耸肩"哦"了声。

"你是不是不想看见温征？"她说，"那婚礼那天你们一个伴娘一个伴郎，怎么办？"

"我不是那个意思，当伴娘肯定没问题，但就是……"盛诗檬犹豫半天，说，"今天我和他去的时候被当成新郎和新娘了。"

盛柠这方面的神经比较大条，没听懂盛诗檬的言外之意："所以呢？"

"所以我很尴尬啊！"盛诗檬说，"你想想，和前男友一起去试婚纱！"

盛柠无辜地说："可是我又没有前男友。"

"……"盛诗檬直接掏出手机给盛柠看，"最尴尬的是我们还一起拍了照，我替你试婚纱还情有可原，他穿礼服是要干什么啊？难道温总也钦点他做试穿模特了？"

盛柠看了眼手机上的照片，愣了下。尴尬没看出来，就觉得是"金童玉女"。她好半天才不确定地问道："你俩要复合了吗？"

盛诗檬非常气愤地说："姐你认真点可以吗？我是在吐槽，不是在跟你做情感咨询。"

盛柠："……"

与此同时温征也把这张照片给他哥看了。

温衍在外头忙了一天，刚应酬完回来，心情不太好，浑身疲乏，然后就被温征缠着看照片。

"帅吧？"温征挑眉问。

温衍和盛柠反应差不多，也是一愣，然后反问道："你俩复合了？"

温征的眼中闪过一丝光亮，抿唇一笑："还没有。"

温衍："……"

弟弟妹妹没一个靠谱的，浪费了整整一天的时间，到底选哪套礼服也没给出参考，一个人在那儿纠结疑惑，一个人在那儿提前雀跃，最后还是盛柠和温衍两个人百忙之中抽出空来，亲自去店里敲定的礼服。

工作人员之前接待过新郎和新娘的弟弟与妹妹，然后见到新郎和新娘本人，原本就爱拉郎配的心如今终于可以大大方方表现出来，全程都是爱心眼睛，不住地说。

"两位真的太般配了！"

"简直就是天生一对！"

"我今天真是太幸运了，竟然能接待到你们这么般配的夫妻！"

吹了一大通彩虹屁，工作人员说出了她的最终目的："请问我们店可以将您二位的照片发到网络平台上用作宣传吗？"

没等盛柠说什么，温衍就用令人无法挑刺的理由拒绝了："我太太是公职人员，不太方便，不好意思。"

资本家的话术，盛柠敢保证他绝对是自己不愿意在网络平台上露脸，拿她的工作出来当挡箭牌罢了。

盛柠终于理解盛诗檬为什么在替她来的时候会觉得尴尬。

礼服定好后，由巴黎那边连夜赶工，终于赶在了婚礼的前几天顺利地空运过来。

婚礼定在了深秋的十月国庆假期，燕城的天气还不算太冷，而且国庆假期大家都放假，是个非常适合结婚的时间段。

老爷子说要大办就是要大办，直接包下了酒店的一整层会场，具体到底多少桌老爷子没数，反正是让酒店工作人员把会场给摆满，不说新娘那边能到多少亲朋好友，反正到时候肯定座无虚席就是了。

结果宁青那边跟亲家较劲，心想嫁妆比不过你难道请的客人还比不过你吗，新娘的排面就由她这个亲妈来守护。于是婚礼当天，纵观全场宾客，新郎和新娘认识的人各自不超过十桌，其余的全是新郎爹和新娘妈为了搞排场叫来的。

新娘美美地在里间化妆，不用站在外面迎宾，就是新郎有点蒙，隔段时间就要问死要面子的老父亲和岳母这个宾客是谁。

高蕊是作为男方这边的客人被邀请的，不过她没和自己父亲走一块儿，而是和温衍的助理一起出席的，理由是温衍给高蕊安排在宾客主桌，属于好友桌，仅次于新郎和新娘的直系亲戚桌。

得知自己被安排在好友桌的高蕊一开始是很气愤的。

"杀人诛心！这个男人真是杀人诛心！都已经把我这个女配当炮灰了，还让我坐主桌见证他们的幸福！"

她爸倒是非常开心，巴不得女儿坐主桌，恨不得让全世界都知道他们高氏的千金跟温总是好朋友。

高蕊和陈助理一块儿给了红包，被请进了会场。

会场很大，极尽奢华的装饰布置，两个人往前走了好一会儿才走到主桌的位置。

"陈助理，高蕊，这边这边！"盛诗檬一看到他俩立刻兴奋招手。

"咦？你怎么也坐这桌？不是应该坐在亲戚那桌吗？"

"我陪雨涵姐说话，这是我姐室友。"盛诗檬给两人做介绍，"雨涵姐，这是高蕊，我和我姐在姐夫公司实习的时候认识的好朋友。"

高蕊立刻不服气地说："曾经的朋友，过去时态，麻烦严谨一点，谢谢。"

季雨涵茫然地看向盛诗檬，问什么意思，盛诗檬眨眨眼说："嘴硬呢。"

没一会儿朝这桌又走过来一个年轻女人，这个女人谁也不认识，但是身材巨好，脸也漂亮。

"嘿，我是 Linda（琳达），是新娘的好朋友。参加完婚礼后要一起去酒吧蹦迪吗？"

季雨涵和高蕊同时看向盛诗檬，用眼神问她，你姐什么时候交了这么个朋友？

盛诗檬也茫然地摇了摇头。她不知道啊。

但紧接着走向这桌的宾客更让她们迷惑，是一个笑容可掬的中年男人。"你们好你们好，我是吴建业，这是我的名片。我以前是干房地产的，得温总赏识才升到总部没多久。但如果各位最近有买房需求的话可以随时给我打电话，想买几环内的，买学区房还是买商品房，是想要小高层还是超高层，面积是要经济型还是超大平层，环境是想要安静点的还是热闹点的，对周边的商场学校医院地铁公交各种设施有没有需求，都可以跟我说。"

"……"

这一桌真是牛鬼蛇神全都凑齐了。

这一桌互相几乎不认识的人热热闹闹的，一直到婚礼开始。

婚礼一开场是大屏上的视频播放，有很多没到场的宾客送祝福，男方和女方各自的人脉都有，相当有排面。

当屏幕上出现温荔和宋砚两口子的时候，还引起了不小的轰动。

温荔嘴上虽然称呼的是温先生和温太太，但语气却很随和，一看就是跟新郎和新娘比较熟，不知情的宾客们很快想到温荔也姓温，心里便有了猜测。当她说到"祝二位像我和宋老师一样甜蜜恩爱"的时候，总感觉秀恩爱的成分远大于送祝福的成分。

之前误会温荔是温衍前女友的高蕊此刻已经完全忘了自己当初对盛柠的误导有多不负责任，只顾着满脸羡慕地看着这对天仙长相的明星夫妻。

"绝了，他们家基因简直了，没一个寒碜的。"高蕊悄悄对身边的陈助理说，"我突然有点庆幸自己被当炮灰了，不然要是我嫁给温衍，在他家那也显得太寒碜了。"

陈助理完全不知道该怎么接话，只能干巴巴地说："不至于不至于。"

而盛诗檬却又喜又忧，后悔自己入坑太晚，不过还好这对明星夫妻以后就是他姐的外甥女和外甥女婿了，四舍五入那也是她的外甥女和外甥女婿，吃糖的机会多得是。

因为她是伴娘，提前知道所有的婚礼流程，这会儿特意溜出来看温荔两口子的祝福录像，等这两口子的录像一放完，就立马溜回新娘那边了。

后面还有新郎这边的工作伙伴送的祝福，兴逸集团是做外贸起家，所以今天现场来了外宾，祝福视频里自然也少不了外宾。这其中就有去年刚和集团达成合作的德国外商，不过这个德国外商是带着他女儿一块儿录制的视频。

外商先是正儿八经地讲了一大堆官话，到他女儿 Doris 讲的时候就活泼多了，最后她还特意秀了一把刚学的中文。"Yancy、Nicy，新婚快乐，百年好合，我们是永远的 friends。"

前面那俩单词是新郎和新娘的英文名。

视频全部放完，婚礼这算是正式开始。

聚光灯照耀下，聚焦处干冰缭绕，新娘从缠绕着花藤的旋转楼梯上缓缓走下来。

因为是单亲家庭，所以新娘是由母亲挽着。

盛柠的心跳很快，进场的背景音乐是她自己选的，来自她少女时期非常喜欢的一部电影的插曲。

温衍穿着黑色礼服站在这条被花瓣铺满的红毯尽头等她。郑重庄严、笔挺干练，但脸上表情是温柔耐心的，直到从宁青那儿接过盛柠的手，司仪在台上说开场白，温衍朝盛柠这边微微弯了弯腰，只用两个人能听到的声音问她："紧张？"

盛柠悄悄"嗯"了声。

"我也有点。"不过紧接着他故意打趣她说，"你这裙子这么长，真怕你踩着裙摆摔了。"

盛柠难得没跟他对呛，反而认真地点了点头，附和他道："我也怕，所以刚刚都没敢走太快。"

两个人侧头看着对方，隔着白纱交换了一个"彼此彼此"的眼神，盛柠忍不住笑出声来。

"以后就不用怕了。"温衍握紧她的手，"有我牵着你走。"

手背上是他可靠的温度，盛柠还真不紧张了，就像背景音乐里唱的那样。

But watching you stand alone（可看到你独自伫立）

All of my doubt suddenly goes away somehow（我所有的不确定都突然消散不见）

而他的回答也在这里面。

Darling, don't be afraid（亲爱的，别害怕）

I'll love you for a thousand more（我会爱你，比一千年更久远）

婚礼上总要有点小节目助助兴，新郎和新娘也被要求出个节目，所以当盛柠拿着麦克风说要跟温衍一起给大家唱首歌的时候，听起来不是什么新鲜的节目，但着实让很多了解新郎和新娘的人都吓了一跳。

"我哥唱歌？唱啥啊？《团结就是力量》吗？"温征茫然地问。

但事实就是如此惊悚，他哥已经接过了别人从台下递上来的吉他开始调弦了。

温衍会演奏乐器这件事，温征是知道的，毕竟以前在部队里没什么特别的娱乐活动，一帮大老爷们儿不用训练的时候闲来无事，各自用乐器演奏放松属实是个不错的选择。

盛诗檬皱眉："不会吧？不应该是那种很浪漫的歌吗？"

"那你觉得我哥跟浪漫搭边吗？"温征反问。

盛诗檬："……"

然而他俩都想错了。

歌是盛柠选的，曲子是温衍帮忙弹的，英文发音是盛柠帮温衍抠的，温衍本来就有口语基础，所以纠正发音不算什么难事。

一辈子就这么一次的婚礼，总要做点与众不同的事。

比如没有系统学过乐理知识，也很少在其他人面前唱歌的两个人合唱一首歌，将这场婚礼在记忆里雕刻得更深刻一些。

好在两个人都不是音痴，虽然并不是多有技巧的唱腔，但音色和感情能弥补一切。

盛柠先开了场。

I've been living with a shadow overhead（我已在阴影之下生活了多久）

I've been sleeping with a cloud above my bed（我辗转反侧在乌云之下多久）

I've been lonely for so long（我已孤独了多久）

而温衍的词紧随其后，嗓音抓人低沉，听得人耳尖发麻。

I've been looking for someone to shed some light（我一直在寻找能照亮我前行的人）

Not somebody just to get me through the night（而不仅仅是陪我度过漫漫夜晚）

两个人一个穿着纯白色的婚纱，一个脱了身上的黑色西装，卷起衬衫袖口，安安静静地垂着眼帘，注意力都在修长的手指上。

盛诗檬已经忍不住要尖叫起来，温征就站在她身边，还以为她是身体不舒服，低下头询问："你这是怎么了？"

"太帅了。"盛诗檬捂嘴，又哭又笑的，"我姐夫真是太帅了。"

温征："……"

会弹个吉他唱个英文歌就帅了？

到最后的合唱部分，新郎和新娘已经完全放开。

All I wanna do is find a way back into love（我所有想要的只是重新找回爱情）

I can't make it through without a way back into love（否则的话，我又如何才能度过）

And if I open my heart again（若再次对你敞开心扉）

I guess I'm hoping you'll be there for me in the end（我想你最终会站在我这边）

You know that I'll be there for you in the end（你知道我最终会站在你这边）

一曲完毕，台下都是掌声，而高蕊坐在台下已经哭得泣不成声。

"呜呜呜，他们好般配。"她边抽鼻子边对一旁的陈丞说，"学长，我输得好狼狈。"

陈丞已经分不清学妹到底是因为失恋哭还是因为看到温总和盛柠太般配太幸福而哭的了。

女人的眼泪真是用来表达什么情绪都行。

他抬头想望天，却只看到会场的天花板，无奈地叹了口气，伸手拍了拍高蕊的肩膀："好了好了，不哭了，待会儿温总他们要过来敬酒了。"

一听待会儿新郎和新娘要过来敬酒，高蕊迅速从包里掏出镜子仔细查看眼妆，可惜会场的灯光太昏暗，压根就看不清。本来是想叫盛柠的室友季雨涵或是Linda帮她看看眼妆花了没有，结果两个人都在跟吴建业打听买房的事。其他人她更不熟，她只好挪着凳子朝陈丞靠近。

陈丞下意识往后躲。"干什么？"

"学长你帮我看看我眼妆花了没有，我需不需要去洗手间补个妆。"

陈丞"哦"了声，凑近了查看。

高蕊的眼睛刚被泪水浸湿，显得有点楚楚可怜，陈丞一愣，心想这没心没肺的大小姐竟然有一天也能跟楚楚可怜这个词扯上关系。

陈丞正在胡思乱想，高蕊却突然没头没脑地来了句："凑近了看学长你还挺帅的呢。"

他回神，板着脸迅速往后退开。

"干吗啊，夸你你还不高兴。"高蕊撇了撇嘴。

陈丞不理她，高蕊脾气也上来了，挪开凳子去找季雨涵她们说话。

一直到新郎和新娘过来敬酒，学长和学妹也没再说过一句话。

这场婚宴持续到很晚才结束。

贺家的人在婚宴差不多要结束的时候才姗姗来迟。

姓贺的跟人比起虚伪来，那真是认第二没人敢认第一，老爷子为了做表面功夫给他们送了请束，结果他们竟然还真的来了，来的还正好就是当时跟温家签合同的人。

老爷子当时为了从贺至正那边将大儿子温衍要回来，让出了长江以南的不少生意，而接手这些生意的就是贺至正的长曾孙贺明澜。

温衍的母亲贺清书是那一辈最小的女儿，贺明澜是贺家从贺至正这一代延续下去的第四代，年纪只比温衍小几岁，也得叫温衍一句表叔。

贺家是军人世家，对小辈的要求都是周正挺拔，比如温衍这种。而贺明澜人虽然优秀，但打小就经常生病，整个人看着文弱俊秀，典型的吃不得苦受不得累的公子命，贺至正一直不大满意。

温衍跟贺明澜当时在谈判桌上磨了很久，他的态度始终冷淡，而贺明澜的态度始终温和，最后还是贺家出了丑闻，贺明澜才不得不退了一步。

盛柠一看见他就想起他的未婚妻，还有他的弟弟，所以招呼打得也很不自然。

倒是陪着新郎和新娘一块儿敬酒的温征，很不客气地问："明澜，怎么没带你未婚妻一块儿来啊？"

贺明澜答："她这几天工作忙，抽不出空来。"

"那你就陪她啊，贺家又不是只有你一个人。"温征吊儿郎当地挑起眉，"还是说你把未婚妻托给你弟照顾了？"

这一语双关的话谁都能听懂，换平时温衍已经开口斥责，但今天却恰好聋了，面无表情地没说话。

盛柠也没敢说话，只是使劲竖着耳朵。

结果贺明澜非但没发飙，反而面不改色地说："他们两个在学生时代交往过一段时间，彼此比较了解，托我弟弟照顾她，我也能放心。"

温征愣了，盛柠愣了，包括对别人的事从来不感兴趣的温衍也不明意味地扯了扯唇。

贺明澜斯文一笑，语气温和地反问："重要的是我未婚妻现在选择了谁，不是吗？"

未婚妻和弟弟之间的种种过往，他竟然都不介意。这就是所谓"正宫"的自信吗？

盛柠去杭城的时候见过他的弟弟和未婚妻，一个高挑清冷，一个柔弱楚楚，饭桌上就没说过几句话，看着都端庄，且不好接近。

如果没有撞见他们在走廊尽头的那些荒唐和轻佻，或许盛柠会觉得贺家还是有那么几个正常人的。

盛柠的表情很不自在，贺明澜还好声询问了一句新娘这是怎么了。

温衍和温征没回答。

还能怎么，被你们姓贺的震碎三观了呗。

等姓贺的走了，婚宴也就正式结束了。

本来在婚宴结束后还有项活动，那就是闹洞房，但由于新郎是温衍，所以压根没人敢闹。

就连温征都不敢闹，老爷子更不想闹，老爷子巴不得一帮人赶紧滚，别打扰儿子和他媳妇正经入洞房。

老爷子说："你俩累一天了，晚上好好休息，礼金明天再数，否则数一晚上都数不完的。"

趁着老爷子说话，温征没事做，看床旁边摆着几个小箱子，顺势走过去打开。

一箱子金灿灿的东西。

"太土了吧，全是黄金，好歹来点珠宝什么的啊。"温征吐槽道。

盛诗檬也觉得全是黄金有点土，不过她比较怂，不敢说出来，只在心里默默点头附和温征的话。

"黄金好啊，黄金最保值了。"盛柠非常实在地说，"而且做黄金首饰还得加手工费，我觉得金条最好，连手工费都省了，以后万一家里出了什么财务危机，转手不亏还能赚。"

老爷子没料到他这个儿媳妇年纪轻轻竟有如此长远的眼光，不禁竖起大拇指夸赞："说得好，不愧是温衍的媳妇。"

温衍用一种"你能有我了解这财迷吗"的眼神看着温征，淡淡道："你看她多满意。"

温征："……"

这是结婚，还是做投资呢？

该走的流程走完，新房留给今晚的主角。

老爷子嘱咐了儿子和儿媳几句，打着哈欠离开，盛诗檬到现在还有点怕老爷子，所以刻意避着，在经过姐姐和姐夫同意后，离开主卧，绕着新房到处参观。

温家出手布置的新房，有着最好的地段，装修那都是锦上添花，而有时候吸引女孩子的，恰巧就是这些所谓的表面功夫。

盛诗檬心想如果以后姐夫不在家，姐姐需要人陪着过夜，她是非常乐意过来作陪的。

参观完新房，她也准备走了。

正打算回主卧跟姐姐和姐夫打声招呼时，没想到里头还有个电灯泡在。

温征怎么还没走？

盛诗檬不想其他，径直说："姐，我回家了啊。"

"你今天帮我挡了酒，开不了车怎么回去？"盛柠说，"你在次卧睡吧。"

盛诗檬虽然也很想留在豪宅里过夜，但还是非常识时务地摇头："别吧，我回家睡。"

新婚之夜，小姨子睡新婚夫妻家里算怎么回事。

"我送你回去吧，车你明儿再过来一趟开回去。"温征说，"我叫了司机过来，比代驾靠谱。"

盛诗檬没法拒绝，毕竟安全第一，没什么比安全更重要。

盛诗檬和温征走了后，新房里就只剩下新婚夫妻两个人。

盛柠一仰头，倒在了床上。

"去洗澡。"温衍站在床边看着她，漫不经心地扯掉领带。

盛柠被他这个不经意间扯领带的动作弄得心脏一麻，小声问："你不累吗？"

"你说呢？"解开领带，温衍又开始解袖扣，"大半的客人都是我招待的。"

他垂着眼睛，因为今天有伴郎帮忙挡酒，所以他没怎么喝醉，眉眼间疏淡，眼神还是清明的。

盛柠咽了咽口水："那你还——"

然后温衍开始解衬衫扣子，手上边动作边说："还什么？你到底洗不洗澡？"

盛柠抿唇没说话。

男人看着她，见她不动，一点也没有要去洗澡的意思，收回眼神，往衣柜那边走过去，打开门拿出自己的睡袍。

"那我先洗了。"

他往主卧自带的洗手间走去，关上门。

盛柠后知后觉到他解领带脱衣服是想洗澡，而不是想跟她做什么，她不得不为自己的自恋羞愧了好几分钟。

等温衍洗完出来，盛柠还坐在梳妆镜前慢吞吞地解盘发。

男人对她的速度非常不理解，走到她身后问："你今晚是不打算睡了吗？"

盛柠抬起眼透过镜子瞥他。"我早上四点钟就起来弄的这一身，你以为我跟你一样？嫌我慢你先睡吧。"

温衍叹了口气，伸手抚上她的发顶，上头还有几颗珍珠装饰没取下来，问她怎么取。

盛柠："直接拔下来就行。"

用来固定珍珠的卡子缠绕着她的几根发丝，盛柠没那个耐心，直接粗暴地扯下来，而温衍却很有耐心，一点点地把她的发丝解开，将珍珠取下来。

因为盘发做造型，头发全解开以后整个爹开，温衍没忍住笑了下，揉揉她的头说："够爹的。"

他的指尖力道很轻，跟头皮按摩似的，盛柠颇为享受地闭上眼，等头发彻底散开，她才恋恋不舍地睁开眼。

温衍笑她她也不生气，又叫他帮忙卸妆。

"怎么，结了个婚连卸妆也不会了？"他问，"还是故意要我伺候？"

"故意。"盛柠直接承认，"结婚以后这也是你的义务了。"

温衍牵了牵唇角，听话照做。

按照太太的指示伺候人卸妆，虽然身体很顺从，但那张嘴还是不自觉习惯性地轻嘁："哦，那以后帮你吃饭穿衣服是不是也是我的义务了？"

盛柠："那肯定。"

温衍："我看你这不是结婚，是直接变小朋友了。"

盛柠耸耸肩问："那我变年轻了你不高兴？"

温衍挑眉，手捻着化妆棉轻轻在她脸颊上擦拭着。"虽然男人都喜欢年轻的，但我可没想娶个小朋友回家。"

"你不早说。"盛柠咧嘴道，"木已成舟啦。"

凌晨四点就起来化的妆，却因为一整天忙碌的婚礼，他至今都没仔细多看上几眼，就连婚礼上交换誓言后的吻，他在盛柠的嘱咐下也只是轻轻碰了碰她的唇角。

盛柠今天是新娘，妆容必须完美，不能出任何差错。

她得意扬扬的样子看着很欠揍，眉眼飞扬，清丽斯文的五官在妆容的映衬下显得妩媚。

温衍眸色微暗。

等妆卸得差不多了，盛柠起身准备去洗澡，刚走出没两步被人从身后抱住，他的手搭在她裙子后的绑带上，稍微一拉，紧裹着的胸像是喘过来气般，瞬间解放。

"那小朋友会不会洗澡？"温衍在她耳边轻声地问，"要不要我帮你洗？"

"……"

洗完澡后，两个人有一搭没一搭地聊着天，聊今天的婚礼，聊婚礼上的客人。

"对了，今天高蕊跟我说话了。"盛柠说。

温衍淡淡"嗯"了声。"和好了？"

"嗯，她说本来是想等自己找到一个比你更帅更有钱的男朋友以后再跟我和好，这样就能在我面前炫耀了。"盛柠说到这里竟然笑了起来。

他懒懒地问："她找着了？"

并不是真关心高蕊找到没有，而是作为男人下意识对"比你更帅更有钱"的一种反应。

"没，不过她说她有目标了，远在天边近在眼前，自己眼瞎所以一直没看见。"

温衍问了个跟盛柠当时问高蕊一样的问题："谁？"

盛柠摇头："不知道，她没说，她说这次要等追上了以后再跟我说，不然到时候要是没追上，那岂不是很丢脸？"

高蕊这姑娘是真的心直口快，想什么从来不藏着掖着，甚至在今天婚礼上，在看到两个人交换戒指和誓言的时候，比台上的人还激动，为别人的爱情感动得热泪盈眶。

后来她喝多了，就对盛柠说了实话，其实她心里早就对盛柠和温衍的事彻底看开，只不过因为这一年多以来，一直没再遇上个能让自己再次心怦怦跳的男人。温衍给她介绍过几个，可她都没感觉，所以就一直拗着劲，非觉得要等自己名花有主了，才能大大方方地出现在盛柠和温衍面前，告诉他们，自己才不是炮灰，她有属于自己的女主剧本。

她说："盛柠我们和好吧，我不跟你闹别扭了。"

盛柠什么都没说，一把抱住了她，说："好。"

然后她们沉寂了好久好久的三人小群终于又热闹了起来，并且三人小群今天成功加入了一个新的成员季雨涵，变成了四人小群。

盛柠不知道现在四人小群里就很热闹，高蕊和季雨涵正疯狂猜测盛柠是在数礼金还是在过夫妻生活。

两个人又絮絮叨叨说了好些话，最后实在撑不住睡意，卧室里熄了灯。

不知怎的，温衍在黑暗中睁开黑沉沉的眸子，叫了盛柠几声，盛柠没有应答。

他说："你今天很漂亮。"顿了几秒，他又说："我爱你。"

本来以为盛柠不会听到，但没想到她却突然扑哧笑出了声。

温衍脸色一沉，些许不自在地问："……你还没睡？"

"本来快睡着了。"盛柠理直气壮地说，"是你吵醒我了。"

"……"温衍硬邦邦地道歉，"抱歉，睡吧。"

然后他侧过身子背对着她。

这时候有个柔软的身体从背后凑过来，然后抱住了他。

温衍心脏一麻，身体却没动。

盛柠像是抱着一个高大的人形娃娃，头埋在他的背后用力吸了一口属于他的味道，清冽干净，而且还带着跟她一样的沐浴液的香气。

好满足。

男人将女人抱了个满怀的时候会满足，女人将男人抱了个满怀的时候也是同样的感觉。

双臂箍着他劲瘦却有力的腰，盛柠还将腿霸道地搭在了他的身上。

"腿拿开，别压着我。"温衍轻哼了声。

"其实我也不好意思说。"盛柠知道他这是告白当场被抓不好意思了，但又拉不下资本家那高傲的姿态，于是酝酿片刻，郑重回礼道，"我爱你。"

两个人平时都比较嘴硬，即使已经成了夫妻，但还是很少将爱这个字说出口。

结果他却不肯轻易放过这个好不容易从嘴硬的爱人口中听到的爱字，淡淡地问："有多爱？"

"超爱。"

"那是多少？"

盛柠"嗯"了声，突然问："你还记得我之前翻译的那本诗集吗？"

> 钻石只是一场骗局。
>
> 钻石并非世人眼中真正名贵的钻石，它只是一颗被披上了谎言的石头。
>
> 然而世人仍对它趋之若鹜，就像我爱你。
>
> 无论你是名贵的钻石还是卑微的石头。

无论你是真诚或虚伪，是理想或平庸，是真正的宝物还是二流货色。

　　爱替我的眼睛拂去了所有尘埃，爱替我穿越了一切阻碍。

　　因为我爱你。

　　我的爱人，你在我心中，已胜过千千万万的完美。

　　温衍在黑暗中从喉间溢出一声低沉的笑。

　　盛柠心想，他可真好哄啊。

　　结婚后，盛柠按规定休了三天的婚假，三天后就回到单位上班了。

　　人情世故是职场中挺重要的一环，虽然公务员的职位是个铁饭碗，但照样要跟同事们维持好关系，在单位里才能过得舒服。

　　家里有个当老总的老公，还有个当董事的公公，论人情世故那是导师级别的，这一点自然是帮她想到了。

　　不用盛柠操心，他们就已经帮盛柠准备好了足够分量的喜糖，让她一上班就拿去送给同事们，见人就发，也不用管认不认识熟不熟悉，新婚夫妇的喜气大家都愿意沾，这点小心意肯定会收。

　　和一般市面上批发的喜糖不同，进口的巧克力配上小甜点，好几个同事吃了以后都来问盛柠要链接。

　　一听喜糖是盛柠老公那边帮忙准备的，一个年纪稍长、已经生了小孩的女同事立刻发出"啧啧"的羡慕声，直说自己当初结婚，什么都是自己准备，婆家那边出了个钱就当是大爷了，更别说买喜糖这种琐事。

　　"所以说衡量一个女人嫁得好不好的标准啊，不是婆家那边有多少家底，而是他们肯不肯费心思对你这个儿媳妇，否则就是再有钱，那日子也不好过啊。钱又不是自己赚不到，可对你好这个，是花再多钱都买不来的。"

　　去过盛柠婚礼的同事都在那天见过她老公和婆家亲人了，比起羡慕盛柠的老公长得帅能赚钱，或是婆家家底丰厚，用俗气点的话形容那就是豪门，女同事们更羡慕的是当时在婚礼上，盛柠满脸洋溢着的幸福和甜蜜，以及她老公每每看向她时眼中含蓄却认真的温柔。

　　发给单位同事的这些喜糖是盛柠婆家那边准备的，而从这一个细节上足以看出，盛柠嫁得有多好了。

　　几个已婚女同事给盛柠分享自己的婚后经验，教她怎么保持婚姻的新鲜感，对老公对婆家要怎么样，都是些家长里短的小建议，琐碎却热心。

　　盛柠年轻，也知道经营婚姻不是一件容易的事，于是认真听着。

这一下就替盛柠打开了社交的口子，平时都只是和同事们聊工作，如今就从喜糖自然而然地聊到了柴米油盐。

当天下班回家，盛柠实践了一下，温衍虽然觉得老婆的殷勤来得莫名其妙，身体却很诚实地十分受用。

第二天上班，给她传授经验的同事好奇地问盛柠怎么样，盛柠嘴上含糊地说很好用，心里默默补充，太好用了，以至她有些消受不起。

后来又过了几天，有关盛柠的新婚气氛从办公室中消失，同事们又恢复到了平时的工作状态，盛柠却被主任给找了。

这天主任叫她，盛柠本以为是自己工作出了什么岔子，结果主任问得颇不好意思。

"你前几天在咱们单位发的那个喜糖小礼盒，那里头的小蛋糕，新闻司的徐司托我问问你是在哪儿买的？他太太挺喜欢吃的，一直念着。"

盛柠是翻译司的人，平时跟别的部门打交道不多，但是那天发喜糖的时候，基本上是碰上个人就给发了。正好下班前碰上了新闻司的司长，虽然不熟，人家也不认识她，但还是大着胆子给这位领导也送了份喜糖。

徐司人很好，虽然是领导，但没什么领导架子，跟她家那个老总不一样，不但爽快地收下了喜糖，还恭喜她新婚快乐。

真没想到徐司的太太也会喜欢到拜托丈夫来问的程度。

盛柠挺开心徐司的太太这么喜欢她送的喜糖，只是——

"那个小蛋糕是我先生的外甥女推荐的一家手工甜品店，专给一些明星工作室做甜品礼盒的那种。"

因为在圈内很受欢迎，所以只接大订单，而且还需要预订。

"不是外头零售能买到的啊？"主任点点头说，"那算了，我回头跟徐司解释吧，没事。"

主任没在意，徐司肯定也不会在意，但盛柠却越想越在意。

她下班回家就把这件事跟温衍说了，找他要职场建议，看自己需不需要特意再去帮徐司弄一份小蛋糕来，虽说是送给徐司的太太，但这也算是变相地和徐司交好。

盛柠每天晚上都会抽时间定时看记者会，她的工作性质就是需要持续输入最新的时政新闻和政治术语，对翻译来说，专业技能重要，知识输入同样重要。

正好今天的记者会发言人就是徐司，盛柠将视频挪到温衍面前，说就是这个领导托主任问她小蛋糕在哪儿买的。

"帅吧？"盛柠说，"就是因为这个领导，我们MFA（外交部）每年的报录比越来越离谱了，你知道我是打败了多少人才挤进来的吗？"

接着她比了个夸张的手势。

"那你呢？"温衍收回目光，淡淡地问她，"你也是因为他才决定考的 MFA？"

盛柠老实说："那不是，但肯定有一部分影响。"

温衍"呵呵"了声。"没在他手底下干活，挺遗憾的吧？"

"还行，我们翻译司的老大人也挺好相处的。"说到这儿，盛柠睨着自家这位，"毕竟同样都是做领导的，人家就不给人一种居高临下的感觉。"

只给自家太太当了短暂几个月上司的温衍被莫名拉踩，蹙眉轻嗤道："我居高临下，你这马屁精以前不还是上赶着讨好我？"

盛柠撇撇嘴，也不否认。"那我曾经的领导温总，我到底要不要给领导送一份小蛋糕去？"

"你给荔荔打电话。"温衍说，"她能弄来就送。"

"好嘞。"

得到前任领导的职场建议，盛柠赶紧给外甥女打电话去了。

外甥女在电话那头表示是小事，她跟那家店的老板熟得不行，舅妈的领导的太太要是不怕吃多了小蛋糕会发胖，想吃多少都给做。

盛柠兴高采烈地挂掉电话，冲温衍笑着说："徐司的太太一定会很高兴的。"

然后哼着歌去洗漱了。

看她那一副讨好了领导高兴的样子，温衍突然发现当她老公还不如当她领导。

以前当她领导的时候，她看他再不爽，面上还能装一装，现在结了婚直接原形毕露，该任性就任性，该生气就生气，有时候还举起她那棉花似的拳头威胁恐吓他。

不过后来睡觉的时候，在温衍的低声胁迫下，盛柠别扭地叫了几句老公，比以前她叫他温总动听多了。

即使现在已经听不到她拍他的马屁，但男人还是觉得，比起给她当上司，还是当她老公比较适合自己。

事实证明盛柠的这步棋走得很对，徐司的太太非常喜欢吃她送的小蛋糕。

徐司宠老婆，在某次会议碰头的时候，还特意跟盛柠道了个谢。

道完谢后，徐司问她："我看过你的履历，你也是学西语的？"

"嗯。"盛柠点头，"徐司您也是吗？"

"对，不过很久没说，已经有点生疏了。"徐司说，"你的水平比我高多了。"

当初这一届选新干事的时候，除了业务司那几个部门的职位，其余的部门也寻思着从这些履历里挑几个优秀的年轻人去自己部门锻炼。

论外语技能，盛柠参加过好几届全国英语演讲比赛，她还修了三外，稍弱的德语可以日常交流，英语和西语的水平很高，而且有同传经验，这样的年轻人只做行政方面的工作有些可惜，肯定是要给安排到对口的职位上最能体现人才价值。

正是因为这些，翻译司发现了她。

而如今因为这个小蛋糕，徐司成功注意到了翻译司的这个小盛同志。

"没有没有，您的水平比我高多了。"盛柠十分谦虚地说，"我还在学习当中，离你们这些前辈差太远了。"

"那是因为你还年轻，好好加油吧。"徐司语气温和，"期待能在更高的地方看到你。"

翻译司这个部门别的不多，各项考核尤其多，从最基本的笔译开始，记者招待会上别国领导、外交官的发言和问答，要在最快的速度下，一字不落地用其他语言准确描述出来。

这些考核和训练就像是爬山一样，过程令人筋疲力尽，高压的环境和激烈的竞争下，优秀的人实在太多太多，想要出头非常不容易。

可一旦往上爬了一段距离，再回头往下望的时候，就会发现自己能看得更高更远了。

在进入 MFA 的第四年，盛柠作为高级翻译，得到了某次国际高层会议的译员席位之一。

她剪掉了长发，留着一头柔顺的齐肩短发，穿着干练的黑色西服，坐在自己的位置上，气质斯文，化着得体的淡妆，眼神干净坚毅。年轻，且十分漂亮，而比她外貌更吸引人的是她优秀的工作能力和专业技能。但由于职业原因，网上并没有过多关于这位新晋高级翻译的资料。

可是互联网的功能是强大的，很快就有网友扒出了她的个人信息，甚至在她读书期间参加过的会议录像和参与翻译过的外文书籍都被找了出来。

从当初的青涩到如今的成熟，首次在国际政治会议上崭露头角就能这么从容淡定。

在某次记者会结束后，喜欢和发言人聊天的记者顺口问了句发言人有关新晋高级翻译的事。

"工作问题还是私人问题？"徐司问。

记者挺不好意思："网友关心的，您懂的。"

徐司立刻明白，好脾气地笑了笑说："懂。"然后冲一旁的盛柠招招手："小盛，你来一下。"

盛柠见领导叫她，立刻走了过去："徐司？"

"记者有问题想问你。"徐司笑眯眯地说。

盛柠看向和自己年纪差不多大的女记者，女记者立刻说："是网友比较关注的问题。"

这个采访的小彩蛋很快就被传到了网上，给大家答了疑也解了惑。

"我已经结婚了。"嘈杂的会议现场，盛柠对记者腼腆地说。

不过在徐司的暗示下，她又赶紧补充了一句："但是我们 MFA 未婚的帅哥美女特别多，所以欢迎大家报考。"

"结婚了？？"

"别想了，像这种条件的基本上念书的时候就被人预定了。"

"好的，我宣布外交部失去我了（虽然本来就考不上，但我就是要装这个 × ）。"

网友们知道的也就仅限于这个崭露头角的盛翻译结婚了，别的一概不知。

所谓一人得道全家炫耀，盛诗檬拿着盛柠的工作视频，特别骄傲地对公司同事说："这是我姐。"

老爷子也存了份放在手机里，每回去医院复查的时候都要跟碰见的每一个医生说："我儿媳妇。"

温征喝酒的时候也不忘跟他那群狐朋狗友说："这是我嫂子。"

而温荔和徐例姐弟俩却因为职业特殊性，被姥爷和舅舅三令五申地警告，不许把盛柠是他俩舅妈的事透露出去，本来盛柠最近受到的关注度就高，绝不能让她沾染上娱乐圈那些乱七八糟的东西。

温荔和徐例姐弟俩第一次因为自己的艺人身份而感到了在这个家的格格不入。

这些家人中，最有资格炫耀的其实还是盛柠的老公，可是温衍为人比较低调，不爱跟人炫耀老婆，知情的人知道他老婆最近很受关注，应酬桌上都拿着这个来打趣。要不是他老婆自己透露已婚，还不知道网上有多少人在叫她老婆。

"不过你太太怎么都不戴结婚戒指啊，无名指上套个戒指不就没这么多事了吗？"

温衍不动声色，看起来毫不在意网上有多少男的女的叫他太太老婆。

温衍喝了不少酒，应酬结束的时候司机来接他，看温总的脸上有醉意，关切地问要不要去帮他买个醒酒药。

"不用，家里有。"温衍径直坐上后座，抚着额头说，"直接送我回家吧。"

车子开到家，司机又问温衍要不要叫太太下楼接他。

温衍默认，司机给太太打过去电话。

不过半分钟，司机有些为难地说："太太没接电话，要不我扶您上楼吧？"

温衍摇头，自己下了车回家。

家里的灯都是开着的，盛柠这会儿已经回家了。

已经回家了还不接电话？

温衍脸色不太好，先去了卧室，卧室里没人，又注意到书房的门是虚掩着的，然后直接推了门进去。

在用电脑的盛柠吓了一大跳，猛地转头。

电脑屏幕很亮，隔着几米的距离他看不清她在干什么。

她看起来很紧张，用唇语对他说，快走，还小幅度地用力挥了挥手，赶他离开。

温衍看她那态度就很不爽，懒懒地倚着门框问："怎么不接电话？"

盛柠一脸无奈，小声说："待会儿说行吗？你先出去。"

温衍突然冷笑了一声。"看到网上那么多人叫你老婆，就不认你真老公了？开个会而已，结婚戒指碍着你什么了？为什么要摘了？"

一连串好几个问题向盛柠发难，盛柠被问得哑口无言又面红耳赤，猛地合上了面前的笔记本电脑。

温衍见她关电脑的动作很嚣张，扯着唇沉声问："你还跟我生起气来了？"

盛柠一脸快要被气哭了的样子狠狠瞪着他。

"我刚刚在开会。"她捂着脸，生无可恋，"线上会议。"

她取下了耳机，指着耳机说："你知道刚刚那几个领导笑得有多开心吗？"

特别是徐司，还憋着笑好心建议她："小盛你下线吧，把你的家庭矛盾先解决一下。"

经盛柠控诉，这下温衍的酒彻底醒了，略显错愕地抬起眼皮看她，无话可说。

"你完了。"盛柠咬牙切齿地说，"你以后最好别让我撞见你在家里开线上会议，这事咱俩没完。"

温衍原本是想道歉来着，然而在听到盛柠如此恶劣的报复计划后，又看她一副咱夫妻俩谁也别想好过，破罐子破摔的样子，大有要跟他在各自的职场上同归于尽的架势。

他张了张唇，端着架子倒打一耙："这么大人了，别这么幼稚行吗？"

盛柠失去冷静，大吼道："谁幼稚！到底是谁幼稚！我们的结婚戒指那么高调，钻石那么大，不适合在那种严肃的场合戴，我就暂时摘了不行吗！你生什么气！"然后她又举起手给他看，"你看我现在是不是戴着的！"

　　沉默片刻，温衍挪开眼，面无表情地说："以前是谁说钻石永远不嫌大，看这么大的钻戒都走不动道，现在嫌它太大了？"

　　"……"

　　"以后是不是就要嫌我太有钱，挡着你浑身上下社会主义的光芒了？"

　　"……"

　　所以说资本主义和社会主义无法共存，家庭矛盾这不就来了。

番外二

弟妹篇

在盛柠和温衍婚礼结束后的那天晚上，盛诗檬坐温征的车回家。

代驾是个很健谈的本地大叔，一直找话题和作为车主的温征聊天，而盛诗檬用手托着下巴，望着车窗外闪过的霓虹灯发呆。

大叔每聊一句，温征就敷衍地接过话，最后被逗出了一口懒洋洋的地方话。

他声音很好听，比温衍低沉的声音多了几分张扬，让盛诗檬不自觉想到她和温征的初遇。

其实盛诗檬一直就不喜欢温征这种类型的男人，她喜欢干净的、柔和的，笑起来会让人觉得安心温暖的人。

在进入兴逸集团实习后，盛诗檬就在其他女同事的嘴中听过这位二少的事迹，很会玩的一个男人，尤其是对待感情，他爱好"集邮"各种不同类型的女人，光是有名分的前女友就能从燕城排到巴黎，更别说那些没名没分的红颜知己。

但比起不好接近的温总，公司还是有不少姑娘把目标放在了这位更年轻的二少头上。

旁人都以为这些姑娘傻，明知道他是个渣男还前赴后继地上，但相反，她们精明得很，又不求真嫁入豪门，跟这样有钱的公子哥谈一场恋爱，说出去多有面子，还能捞上一笔，即使分了手也不亏。

盛诗檬一开始是没这个念头的，原因很简单，温征这样的男人不好把控。

听说以前有个女同事抱着这样的念头去勾搭温征，人确实是勾搭上了，但没过多久就被温征的温柔乡彻底俘虏，分手的时候整个人都崩溃了，温征拍了拍屁股走人，她却因为失恋搞得歇斯底里，甚至还去找温总控诉，结果反被温总给炒了。

温征那时候以股东的身份来集团开会，彼时盛诗檬正追求温衍无果，对自己的魅力产生了一定怀疑。

股东大会上，盛诗檬和另一个实习生被安排负责在会议上端茶、递水、送文件。

盛诗檬最先注意到的是坐在主位上的温衍，看他那副冷淡到极点的样子，心想着撩不上，要不要返璞归真赌一把，用最老土的方法，在端茶的时候故意洒一点出来，洒在他的手工西装上。

而另一个实习生动作显然比她更快，惊呼的"对不起"已经出口，盛诗檬心里无语，本想看看这方法究竟有没有用，结果那个实习生的目标不是温衍，而是坐在副位上的温征。

温征还没说话，温衍先开了口。

"出去。"温衍冷冷地说，"让你们经理叫个会倒茶的进来。"

盛诗檬心里庆幸，还好她慢了一步，没用这招。

那个实习生被不苟言笑的温总吓到，即刻就红了眼睛。

"算了哥。"温征好脾气地笑了笑，"一个小姑娘而已，别为难人家，我回头擦擦就行。"

"你有几件衣服给她泼？"温衍动了动下巴，依旧对实习生说，"出去。"

之后的整场会议下来，盛诗檬连温衍的身都不敢近，生怕自己成为下一个。

因为另一个实习生被赶了出去，会议结束后，盛诗檬只能一个人收拾桌子。难得温衍没有头一个离开，等其他股东都离开了以后，他依旧不动声色地坐在自己的位置上，就那么看着盛诗檬收拾。

盛诗檬心跳有点快，不知道温总这是什么意思。

其实她追温衍还是追得挺含蓄的，不过就是处处制造偶遇的机会，温衍有所察觉，但一直没什么反应。

难道是她今天刻意避着温衍，反倒起了作用让他注意到自己了？

"你比她强点。"温衍突然说。

盛诗檬故作不解："啊？温总你说什么？"

温衍扯了扯唇："不懂？"

盛诗檬无辜地摇了摇头。

"那就当我自作多情。"他明显懒得再陪她浪费时间，站起身淡淡扔下一句，"去财务那儿领赔偿金吧。"

盛诗檬："……"

那个给温征泼茶的实习生只是被温总赶出了会议室而已，她今天什么都没做，就要被强行辞退？

盛诗檬一脸郁闷，结果屋漏偏逢连夜雨，本想着去洗手间给盛柠打个电话抱怨一下，恰好就碰上实习生和温征在门口走廊上调情。

温征用一腔懒洋洋的口音调戏那个实习生。"故意的吧？"

实习生一脸娇羞地否认："才不是呢。"

"不是故意的，就是意外喽？"

"嗯哪，您可别多想。"

"哦，本来我还想着你要是故意的就管你要个微信号什么的。"温征故作失望地说，"结果你对我没那意思啊，那算了吧。"

精准掐住实习生的软肋，实习生嗲里嗲气地承认了。

温征很清楚实习生在钓他，他非但不反感，反而顺势咬住了钩子，然后反过来用花言巧语钓住了实习生。

实习生就这样从甩钩的人变成了咬钩的人。

估计不出多久，温征腻了就会扔了钩子，而实习生还以为自己钓上了这个公子哥。

盛诗檬太了解这个套路了，只好在心里默默期望实习生能够撑久一点，别恋爱脑上头被人耍得团团转了，还傻乎乎地以为自己是那个猎手。

结果令人大失所望，不出一周，在盛诗檬准备离职的那几天，实习生红着眼睛向人事递交了辞职信。

实习期间工资不高，主动离职连赔偿都没有，盛诗檬摇头叹息，感叹女孩子真的不能恋爱脑，就算恋爱脑也别找温征这样的啊，找个老实人多保险，怎么想的呢。

后来听组里其他人八卦，是实习生自己要辞职的，二少本来还想着补偿她，叫人事提前给她转个正来着。

她追温衍这么久，只是被他看出来了意图而已，没骚扰没过界，谁知道这男人精神洁癖这么重，就要炒她的鱿鱼。实习生用那么老土的招数泼了温征一身茶，反倒还能提前转正。

本以为离职是板上钉钉的事，结果这天盛诗檬翘班，在公司楼下咖啡厅里用笔记本电脑赶作业，正巧透过橱窗瞥见了来买咖啡的温征。

等门口的铃铛因为推门的动作一响，盛诗檬计上心头，拿起手机，一手用勺子搅着咖啡，故意装作在和人抱怨。

"我暗恋二少那么久，结果人家一杯茶就——"她沮丧地说，"我真的太胆小了，明明是我先喜欢他的，怎么办？我被人抢先一步没机会了，我好想辞职啊。"

她故作吃醋又失望的样子，喋喋不休地诉说着自己有多喜欢温征，被人捷足先登又有多难过，直到身后终于有男人的气息凑近。

麝香混着雪松的清冷，若即若离而又性感异常，典型的"渣男香"，和温衍的稳重冷淡完全不同。

盛诗檬假装没发现，继续说："我不要喜欢他了。"

温征弯着腰，手从后伸出，撑在她面前的桌上，俯下头吊儿郎当地在她耳边说："别，我这才刚知道呢，让我再多高兴会儿啊。"

盛诗檬手一松，手机"啪"的一声砸在地上，她回头一望，撞进一双似笑非笑的眼眸。

上钩了。她想。

之后的一切就很水到渠成，吊儿郎当的公子哥和不谙世事的实习生就这样暧昧不明了大半个月，每天都道早安晚安，哪怕没话说了也要发表情包找存在感，终于在察觉到温征是有点上头了的时候，在他又一次约她出来时，盛诗檬抓住机会将窗户纸捅破。

"早知道泼你茶有用的话。"盛诗檬嘟囔道，"当初我才不会让她先得逞。"

既然女孩子都迈出了这一步，那就没有让她空手而归的道理。

温征用手指刮了刮她的鼻尖，低声问她："那我现在让你得逞还来得及吗？"

这话暗示意味十足，也像是在哄她。

盛诗檬没有立刻答应，反倒睁大眼，然后又故作不解地说："可是我还没有开始追你。我可是认真地想要跟你谈恋爱，不是要跟你玩玩的。"她认真地看着他，语气犹豫地说，"你如果只是想玩玩而已，那还是算了，反正暗恋一个人都不是非得有结果。"

男人大都喜欢傻白甜，尤其是在自己面前傻乎乎的。

果然温征一愣，接着差点没笑倒在她身上。"你这姑娘怎么这么傻呢，你是没开始追我，可我已经追了你大半个月了，看不出来啊？"他牵起她的手，抬到自己唇边吻了吻，"现在也跟你表白了，所以跟我谈恋爱吗？认真的那种。"

盛诗檬惊喜地叫出了声，抱着温征一个劲地问自己没做梦吧，她的暗恋竟然成真了。

温征弯着眉眼说："嗯，恭喜啊，成真了。"

就这样，盛诗檬顺理成章地保住了她实习生的身份，也顺理成章地将目标从温衍转移至温征身上。

温征是个很擅长制造浪漫的人，而盛诗檬则是个很会捧场的人。

往往一场惊喜中，制造惊喜的那个人会比那个获得惊喜的人更渴望某种反馈。

收到五十分的开心，那就表现出一百分的开心；收到一百分的开心，那就得表现出两百分的开心，让他以为自己这些并不新鲜的小惊喜有多打动她，让他在她面前能获得满满的成就感。

于是温征越来越上头，也对她越来越好。

于是盛诗檬也越来越习惯他的这种温柔，甚至有时候连自己都分不清真或假。

她分不清他对她有几分真心，她也分不清自己对他有几分真心。

到最后谎言被戳穿，两个人无法收场，只好分手。

盛诗檬是被温征给叫醒的，她在车子上睡了过去，一觉睡到了家。

"谢谢。"

她解开安全带，打算下车。

温征也跟着下了车。"我送你到家门口。"温征说，"最近我看社会新闻，有的女孩坐个电梯都能碰上变态。"

盛诗檬被唬住，即使自己住的地方再高档，治安再好，也不能保证就一定没有变态出没。

她没拒绝，和温征一块儿坐上电梯。

公寓的电梯空间不大，但两个人中间还是保持了一定的距离。

即使保持了距离，那种不自在还是紧紧地缠绕着自己。

温征先打破沉默，突然问："你刚在车上是不是做梦了？"

盛诗檬一惊，愣愣地问："我说梦话了吗？"

"嗯。"温征挑眉说，"你叫我名字了。"

盛诗檬张唇，一句话都说不出口。

温征侧头看她半天，然后笑了："骗你的。"

"不过我现在知道了，你梦到我了。"他又轻飘飘地补充了一句。

意识到自己被耍了，盛诗檬硬邦邦地甩了句："那又怎样？"

"不怎样。其实咱俩分手以后，我也梦到过你很多次。"他耸耸肩，轻声说，"所以现在心里稍微好受点了。"

他的语气听上去挺洒脱的，但盛诗檬却莫名听出点可怜的意味来。

不可否认，这场恋爱给人的后劲实在太大，以至现实中还不够想，连梦里都在想。

"……时间久了就好了。"盛诗檬拙劣地安慰道。

真是讽刺，虚假的情话平时张口就来，真心的安慰却这么笨拙。

"那你好了吗？"温征问，"咱们也分了一年多了吧。"

电梯到层，随着"叮"的一声，盛诗檬很轻地"嗯"了声。

"那你怎么还没交新的男朋友？"

她没回答，快步走出电梯，温征从后面追了过来。

一直到公寓的房门口，盛诗檬准备输密码，温征突然抬手挡住了密码屏。

"如果照你说的，我压根就不是你刻骨铭心的初恋，只是你很多段恋爱中的其中一段，你这会儿早就该谈下一个了。"他顿了顿，语气温柔，问的话却有些紧逼，"还是说即使没有刻骨铭心，你也需要一年多的时间才能迎接下一段感情？"

盛诗檬仰头看他。

"那你呢？你怎么还不交新的女朋友？"她问他，"你以前不是换女朋友换得很勤吗？"

温征漫不经心地笑了笑，而后反问她："你说呢？"

"……"

她姐和他哥从前那样互相看不顺眼，现在也结婚了，而他们却在分手之后，还处在一年多前的状态里停滞不前，心里忘不掉，却又不知道该怎么复合。

盛诗檬不知道该怎么回答。

两个人沉默许久，隔壁的邻居突然开了门。

"宝，我真要回家了，我妈都打电话催好几次了，再不回去她真的会揍我了。"

"你就说在你闺密家过夜，留下来陪我吧宝贝，嗯？"

同样是一对年轻的男女，显然他们专注于打情骂俏，没料到门口有人。

这对男女在看到盛诗檬和温征后，尴尬地挤出一声笑，然后女的没走成，两个人又进去了，迅速关上了门。

盛诗檬莫名就想到她以前和温征说话也是这个腔调，两个人宝贝来宝贝去的，特别肉麻。

她摇摇头，试图甩开脑子里的回忆，趁着温衍也在发愣的时候，输入密码开了锁。

盛诗檬知道温征一定会进屋来，她推了他两下，没推动，还是让他进来了。

盛诗檬来不及开灯，两个人在黑暗中推搡了半天。

摩擦的衣物发出窸窣声，心里被弄得酥酥麻麻的，盛诗檬不知道他想干什么，心里在想如果真发生了什么，那到底是他霸王硬上弓，还是她欲擒故纵。

但温征其实没做什么，在她放弃推他后，他也只是抱住了她，然后叹了口气说："檬檬，你很久没叫过我宝贝了。"

要问什么时候爱上她的，其实温征也不太清楚。

跟她在一块儿的时候很开心，非常开心，起先以为是这个女孩天生就契合他，契合他的性格，契合他的爱好，契合他所有的不完美。后来才发现都是假的，她对他的契合都是演出来的。

他整个人大受打击，为此消沉了好一段时间。

托盛诗檬的福，他终于也体会到了他的那些前女友的感受。

他确实是输了。

原以为只是因为输了而不甘心，可这一年多里，他始终没办法和别的女人再开始一段新的感情。不是不知道这个人不好，也不是不知道这个人的虚情假意，可在知道这些后，反倒更加忘不掉。

盛诗檬从不吝啬对他的肉麻称呼，但现在她有些叫不出口，叹气问："我现在叫你宝贝，你不觉得假吗？"

"假，但我就是不甘心。"温征咬着牙说，"我第一次被人骗成这样，一年多了，我心里都还没能过去。檬檬，咱俩演了那么久，你就没有一刻对我犯过迷糊，说过一句真心话吗？"

盛诗檬不想骗他。"有过的。"

温征在黑暗中舒展了眉头，正欲说什么，紧接着又听到盛诗檬的下一句。"但是温征，你不怕我这句话又是骗你的吗？"

温征没有立刻回答。

但盛诗檬心思敏锐，她笑了笑，说："你看，你有后遗症了。"

"我——"

"我"了半天也没说出个什么来。

盛诗檬说："我也是。如果我真玩得过你，我根本不会在这儿跟你矫情来矫情去，矫情了一年多都还没能忘了你。"

她同样也分不清温征对她是真是假，明知道这个人是个不靠谱的花花公子哥，有时候却还是会迷糊。

以前她笑那些姑娘，碰上个有钱会撩的就把持不住，如今她也亲自验证了，不怪那些姑娘心防太弱，只怪这男的太狡猾。

"你不甘心，我也不甘心。"盛诗檬顿了顿，老实说，"说句肤浅的，你条件太好了，我的眼光已经被你拉高，你现在让我随便找个男人谈恋爱，我确实做不到。"

就是不甘心而已，人就是这么现实。

以前在学校里还能抱一些不切实际的偶像剧式幻想，可盛诗檬也出来工作一年了，都市男女们光是为工作就耗费了所有心神，哪儿有那么多闲工夫谈爱情，更何况纯不纯粹。

温征突然讽刺地笑了。"我以前都不知道你说话这么刺。"

"以前那些都是刻意在你面前装出来的。"盛诗檬说，"因为我知道那样才追得到你。"

她已经没什么好隐瞒的，说话自然不留余地。

盛诗檬很清楚，如果她真的是个毫无恋爱经验的女孩，估计温征早就不耐烦了。温征见识过太多女人了，他喜欢女人的单纯和偶尔的笨，但如果只有单纯和笨，很快就会让他觉得厌烦。

她一开始装出了那副单纯天真的模样，吸引到了温征。后来全心全意喜欢他的那副样子让温征作为男人的虚荣心得到满足，可仅仅这些还不够打动他，她掩藏在单纯外表下的懂事和体贴，恰到好处的懵懂，以及完美却虚假的温柔，才是真正打动他的地方。

盛诗檬还在说她是怎样一步步给他下钩子的，温征越听眉头皱得越紧，也越是感到难堪。

他不是不知道这些，但是——

温征心中千回百转，最后听不下去了，自暴自弃道："盛诗檬你牛 × 行了吧，老子确实被你给玩愣了。"

然后恼羞成怒地低头去吻她。

盛诗檬没拒绝，顺势伸手环住了温征的脖子，没了以往故作的羞涩，娴熟地回吻了过去。

他不再体贴她，从前以为她是个单纯的姑娘，怕吓着她一直不敢太猛烈。而盛诗檬也不再一味地迎合他，而是铆足了劲，像是要跟他在唇齿间一较高下，比比谁的本事更大，谁的接吻技术更好。

两个人都在较劲，想叫对方知道自己真正的厉害，激烈的亲吻声在黑暗的环境里好似被放大了百倍，刺激着一切有知觉的感官，很快就点燃了身体内的一簇火。

温征把她推在墙上，身体紧紧抵着她。

"你挺会啊。"他抿了抿被她吮得有些刺痛的唇，叹息一声说。

盛诗檬淡淡反问："不然呢，还跟你装清纯小白兔？"

温征哼笑一声，然后又接着吻。

他们之间的关系就这么原地打转了一年多，他还是忘不了她。

她也是。

他们都有点怕。

可此刻心里再怕，也挡不住这一瞬间身体上的渴望。

反正谁也忘不掉谁，大不了以后就保持这样的关系，那就都不用怕了。

两个人只顾着接吻和你吮我吸，言语上没有交流，却在脑子里不约而同地升起了这个想法。

皮带都解了一半，最后温征还是硬生生地打住了。

盛诗檬的身体无力地顺着墙角滑下来，温征也跟着蹲下，抱着她调整呼吸。

"你是不是给我灌迷魂汤了？"他在她耳边哧哧地笑，呼吸滚烫，"我那点男人的想法全用在你身上了。"

盛诗檬面颊滚烫，闭眼说："我还没那么大本事。"

"分手这一年多，你找别的男人没有？"男人的劣根性作祟，温征不甘心地问她。

盛诗檬："找了。"

男人的占有欲就是这么不讲道理，盛诗檬不想说实话叫他得逞。

他报复性地咬了口她脆弱的脖颈，盛诗檬"嘶"了声，伸手想推开他。

他不放，更加用力地拥紧了盛诗檬。

"找了就找了吧，问这个蠢问题算我犯贱。"

冷静过后，他抱着她去了沙发那儿，把她放下，然后自己又直起腰，将皮带重新系好。

盛诗檬有些不敢置信地看着他，搞什么？都干柴烈火到这个地步了。

她以前怎么没发现他自制力这么好。

"要是咱俩今儿就这么睡了，那明早一起来，咱俩会是什么关系？"温征睨她，"男女朋友？还是一夜情？"

盛诗檬："……"

他扯了扯唇，伸手摁在她头上，还顺便揉了揉。"走了，晚安。"

温征还真就这么走了，留下心跳不止的盛诗檬坐在沙发上发呆。

他在克制什么？以前都不知道带她去开过多少次房了，还有什么好克制的。

他又在温柔什么？话都已经明说到这份上了，他怎么还能对她抱有期望，连最本能的生理需求都能硬生生打住。

盛诗檬的心头猛地燃起一簇扑不灭的火，不知是生气还是无奈，在温征走后，她失眠了一整夜。

温征和盛诗檬很清楚，他们两个人都需要再好好考虑一下以后。

钢铁森林中的男女们都有各自的工作和生活，恋爱不是唯一的精神食粮，在一起的契机很难找，分手的理由却满地都是。

石屏和盛启明的离婚官司打了大半年，终于快要收场。

燕城早已经下了雪，而沪市这会儿还是阴冷潮湿的天气，最多下些烦人的雨，连半片雪花都不见。

盛柠早就不管她那个爸爸了，自然没有回沪市的必要。盛诗檬却不能不管她妈，于是最后一次开庭前特意请了假回老家陪石屏。

开庭前双方见了一次面，但闹得很不愉快。

盛柠打电话过来问离婚的事怎么样，盛诗檬实在是被盛启明气得不轻，即使他是盛柠的亲爸，还是发泄般地将盛启明在谈话过程中的没皮没脸都抱怨给了盛柠听。

盛柠在电话里说："要不我过去一趟吧？"

"不用，没那个必要，反正你爸也只能嘴上说说，又不敢真做什么。"

"那他要是破罐子破摔呢？"盛柠说，"我还是去一趟。"

"你别来，真有事我肯定会报警的。"盛诗檬还是说不用，"不是我说，姐，你爸要真破罐子破摔，你来也没用吧，姐夫来的话倒还有点用。"

结果盛柠还真问："那我让温衍去一趟？"

"别别别，姐夫工作忙，没必要为我这一点家务事就特意跑过来一趟。"

盛诗檬是真的不想麻烦盛柠过来，盛柠看到盛启明绝对会不高兴，徒增烦恼罢了。

有宁青的律师保驾护航，这场离婚官司上了法庭，在庄严肃穆的场合，盛启明闹不起来，这场持续了大半年的官司，反倒在这最后时刻异常顺利。

法律当中没那么多人情世故，所以永远比人清醒。

盛诗檬扶着石屏走出法院。

石屏心情激动，双腿有些发软，即使天气阴沉，气温也低，但还是在走出法院的这一刻由衷地感到了温暖和解脱。

而盛启明输得一败涂地，没了工作没了钱，最后连房子也没捞到，他知道石屏的背后有宁青撑腰，纵使心里再恼也不敢说什么。

从前那个令宁青和石屏犯迷糊的男人早就没了当年的俊美和温润，头发毛躁，胡子也好些日子都没刮，看上去相当狼狈。

石屏母女俩走在前面，盛启明一时气不过，追了上去。

他不说石屏，因为他知道石屏唯一的弱点就是女儿。

"你人是我养大的，姓是我给你的，名字也是我给你取的。"盛启明狠狠瞪着盛诗檬，朝地上狠狠啐了一口，"白眼狼，跟你姐一模一样。"

盛诗檬淡淡地说："姓是我跟着我姐姓的，名字也是跟着我姐取的，而且我姐已经和你断绝关系了，所以盛叔叔，不管我姓什么叫什么都和你没关系。"

盛启明就盛柠一个女儿，女儿主动和他断绝了关系，一直是他心里气极又失望的心结，就这样被盛诗檬当面揭开，他口中骂骂咧咧的，直接就要冲盛诗檬挥手甩过去一巴掌。

石屏眼神一紧，迅速挡在了女儿面前。

"檬檬！"

不远处有个怒极的男人声音响起，盛诗檬望过去，顿时不敢置信地睁大了眼。

男人风尘仆仆，衣领和发丝上都还有冷风肆虐过后的痕迹。

她怎么都没想到，姐姐没来，姐夫没来，来的竟然是温征。

温征两三步就走到母女俩面前。

"这是你后爸，不是亲的对吧？"温征说，"那我应该能揍吧。"

盛诗檬愣愣地"啊"了声，还没来得及点头，温征已经仗着自己年轻力壮直接一拳头挥了过去。

盛启明如今这把身子骨早就打不过年轻男人了，最后只能狼狈不堪地跑开。

石屏不认识这个年轻男人，茫然地问盛诗檬："檬檬，你朋友啊？"

温征也是第一次见盛诗檬的母亲，他来得实在匆忙，连忙理了理身上的大衣，叫了句阿姨好。

盛诗檬整个人还处在震惊中，石屏问她，她也不知道该怎么说。

石屏看女儿这个样，也就不问了。"难得你朋友来找你，你陪你朋友吧，我自己打车回家就行了。"

最后还是温征给石屏叫了辆车，和盛诗檬一起送石屏先离开。

盛诗檬没有问温征为什么来了，温征也没说自己为什么来了。

没那个必要问，重要的是他确实来了，重要的是他来得就那么刚刚好，让盛诗檬很不知所措。

曾经两个人互相演戏的时候，他就对她够好了，而如今不再有那些甜言蜜语，只是恰好在这个时候出现，她的心却比从前更迷糊了。

两个人沿着法院外的一条路直走，漫无目的，就这样一直走上了天桥。

"谢谢。"盛诗檬说。

温征"嗯"了声，倚着天桥栏杆，盯着桥底的车水马龙发呆。

"刚刚你后爸要打你，你怎么都不躲？"他淡淡开口，语气有些责怪，"要不是我来得刚好，你岂不是就要被他打了。"

天空灰白没有生气，盛诗檬的脸也同样苍白。"一时没反应过来。以前我和我妈都靠他养，所以不敢反抗，已经养成习惯了。"

她话没说全，但温征却听懂了。他说："没事，以后不会再发生这种事了。"

盛诗檬一直就不信任男人，不相信这世上有什么所谓的好男人，从记不清面孔的生父，到虚伪的继父，再到她那个刻骨铭心的初恋。

不再隐瞒自己的过去，看似单纯的这副皮囊之下所有悲惨而荒唐的过去，她都想说给他听。

也不是想卖惨，叫他可怜自己，就是想对他坦诚，把心完全剖开给他看，让他看到自己最伤痕累累的地方。

他什么都不用做，只用安静听她说，她仿佛就能感觉到安心，好像自己的伤口也在愈合。

盛诗檬双手撑着栏杆，故作轻松地边甩着脚在地面上胡乱画，边对他说这些。

"温二少，现在你知道生在豪门，还有一个什么都帮你扛了的哥哥，运气有多好了吧？"盛诗檬歪头看他，"是不是突然就不舍得恨我了？毕竟我比你惨多了。"

温征什么话都没说，伸手揽过她，然后心疼地抱住了她。

他不擅长安慰人，所以只是轻轻地拍了拍她的背。

"我哪儿有资格恨你。"他哑声说，"真要论咱俩谁比较浑蛋，我可比你浑蛋多了。"

盛诗檬抓着他的大衣下摆，有些贪恋这份温暖。

"我也没好到哪儿去，"她用力闭了闭眼，喃喃道，"我还骗你自己是第一次谈恋爱。"

反正他们两个都是浑蛋，不折不扣的感情骗子，活该被对方骗。

他却不是很在意地说："我压根就不在意那些，你在认识我之前有过多少男人关我屁事。"

盛诗檬小声说："那我还追过你哥。"

温征蹙眉，明显不爽盛诗檬追过他哥，但还是懒洋洋地说："追过就追过呗，反正你也没得逞。我要的就是现在你对我一心一意，你要是爱我，以后就别想找其他男人了，我也不会去找别的女人，我们正正经经地谈一场恋爱。"他垂下眼，认真地看着她，神色也没了往日的吊儿郎当："过去不管怎么样都不重要了，从这一刻起，咱俩再也不骗对方了，成不成？"

盛诗檬鼻子一皱。"……你认真的吗？"

温征彻底没脾气了。"我还不认真啊？你姐一个电话打过来，我什么都没顾就追到这儿来了。"

说完，两个人同时沉默。

这时候天上开始下起雪来。

昨天的天气预报说今天沪市有百分之八十降雪的可能性，但本地人都以为所谓南方的降雪，不过就是稍微下点米粒子意思意思。

但这次不是，是真的下了那种像梨花花瓣似的，小小白白的、轻盈的、一片片的小雪花。一片接着一片，下得稳稳的。

温征见惯了下雪，早就不稀奇了，一双眼睛只看着盛诗檬，清澈干净。

"盛诗檬，我们重新认识一次吧。"

既然忘不掉也不甘心，就索性不去想了，互相给彼此一个机会，从人与人之间最简单也最俗气的相识开始，从最笨拙的试探和心动开始，没有算计和欺骗，彼此坦诚，也不要在意谁爱得比较多，谁才是那个感情中的上位者，就让一切顺其自然。

怕什么呢，没什么好怕的。

盛诗檬笑了，唇中吐出缭绕白雾。

"好。"

番外三

更早的相遇

中考结束的那个暑假，盛柠所在的班级组织了一次集体毕业旅行，由班主任老师领头，带报名的同学和家长去燕城玩。

去燕城的机票和食宿都是要交费的，毕竟是去那么远的城市旅行，费用自然不低。盛柠知道盛启明不会乐意给她出这份钱，为了不给自己添堵，索性连问都没问。

中考出成绩那天，盛柠一个人躲在房间里，默默地用手机查了成绩。

分数不错，上重点高中没问题，然而她却没有半点喜悦之情，因为这会儿她的同学都在燕城，QQ 空间里也全是各种毕业旅行的照片和动态。

虽然几个要好的同学私聊了她，并表示会给她带纪念品回来，但那种孤独的感觉还是让盛柠有些难受。

直到母亲宁青打来电话，问她考得怎么样。盛柠如实告知，宁青淡淡地夸了一句，随后问她暑假有什么安排。

盛柠张了张嘴，最终还是什么都没说。

宁青还有工作要忙，说了两句就匆匆挂了电话，没过几天，宁青让自己的司机来接盛柠，要带她去商场买礼物。

说是买礼物，但宁青本人没有来，她只是扔了张银行卡给司机，让司机带着盛柠去。

看着商场里琳琅满目的商品，盛柠兴趣缺缺。司机陪着逛了一下午，她什么也没买。

晚上宁青有个饭局，打电话叫司机来接，司机只好将卡给了盛柠，卡里的钱管够，让她想买什么就自己刷卡买。

司机走后，盛柠拿着卡，突然心念一动。

十五岁的孩子说胆小也胆小，说胆大却也胆大。胆小到没有家长陪同哪儿都不敢去，胆大到即使没有家长，再远的城市，也敢不顾后果和危险，说走就走。

——她想去燕城玩。

上一次坐飞机是什么时候？是和父母一起去境外的迪士尼乐园玩。然而回来没多久，父亲出轨被发现，最兴奋的一次迪士尼之旅，成了一家三口最后的旅行。

不想再回忆那些，盛柠最终还是选择了地面交通工具。

人生第一次独自出游，有害怕，也有兴奋，盛柠骗盛启明毕业旅行是免费的，盛启明一听不要钱，也就随她去了。

后妈石屏倒是很担心，嘱咐她要注意安全，盛柠态度冷淡，嗯了一声，回房间收拾行李去了。

然而骗过了父亲和后妈，却没有骗过后妈的女儿。

盛柠正在叠衣服，房间门被叩响，一个小小的脑袋从门缝露出来。

"姐姐。"盛诗檬小心翼翼地说。

盛柠没理她。

"你要去燕城玩吗？"

盛柠还是没理她。

盛诗檬咬唇，悄悄走进房间，盛柠才终于开口了，语气淡到近乎冷漠："出去，别进我房间。"

盛诗檬站在原地，小小的女孩局促地低着头，声音很低地说："你要去燕城玩，可是你们班的人不是已经去了好几天了吗？"

盛柠叠衣服的动作停住，有些心虚地眨眨眼，转头看她。

"你怎么知道的？"

"我……我加了你一个同学的QQ好友，我看到她在QQ动态里说的。"

盛柠皱眉。"你加我同学好友干什么？"

"我本来是想问她要你的QQ号……"盛诗檬垂眼。

盛柠一时间不知道该说什么。

就算盛诗檬问到了她的QQ号又能怎么样，第三者的女儿，自己不把她当仇人看已经是恩赐了，还加好友？

见盛柠没有加好友的想法，盛诗檬失落地抿抿唇，又问："你真的要一个人去燕城旅游吗？"

盛柠："嗯。"

"一个人，你不怕吗？"

怎么不怕？但那又怎么样，谁也别想拦着她，如果碰上危险她死在外地了，算她倒霉，反正盛启明和宁青都不管她了。

盛柠嘴硬："有什么好怕的。"

盛诗檬敬佩地瞪大眼，两步上前，接着问："那一个人旅游不好玩吧？"

盛柠敏锐地发觉到盛诗檬的小心思，反问："你想说什么？"

盛诗檬眨了眨那双灵动而清澈的眼睛，一脸期待地说："要不你带我一起去吧？"

盛柠皱眉，第一直觉就是拒绝。她讨厌后妈，连带着讨厌这个继妹，和讨厌的继妹一起去旅游，傻子才会答应。

然而还没等盛柠说什么，盛诗檬就又说："你带我一起去，我就帮你保密。"

盛柠无言。

这一刻，她更讨厌这个继妹了。

然而再讨厌也没有用，哪怕盛启明是个不负责任的父亲，他也绝对不会允许十五岁的女儿独自去那么远的城市旅游。

面对盛诗檬的威胁，盛柠一面觉得这个继妹脸皮厚又难缠，一面又觉得，算了，跟一个小鬼头计较什么呢？错的是她妈，不是她。

盛柠骗父亲和后妈，说这次去燕城是全班一起去的，班主任和大部分的家长都会陪同，很安全，盛诗檬在旁边搭腔，吵着要去，最后在两个小女孩的合力欺骗下，父亲和后妈点了头。

临行时，盛柠态度坚决地拒绝了石屏的送行，石屏没办法，嘱咐了她一大堆，那担心的模样跟盛柠亲妈似的。

坐上去高铁站的公交车，盛柠看着身旁背着书包，一脸兴奋的盛诗檬，很是费解，她对石屏母女的讨厌已经表现得如此明显，为什么这母女俩却还是要单方面地接近她、关心她？

如果说是做样子给盛启明看，但盛启明不在的时候，她们对她依旧很友好。

也不怪石屏唠叨，两个小女孩的身份证上一个十五岁，一个十三岁，确实很难不让人担心。

好在盛柠虽然是第一次单独出门，但她会装淡定，而盛诗檬会撒谎，说姐妹俩放暑假了，每年放寒暑假她们都会去看望在燕城打工的父母，早已经是铁路常客了。

两人就这样顺利地坐上了车。

即使身边带着个讨厌的继妹，盛柠依旧是高兴的，看着车窗外掠过的陌生风景，压抑的心情第一次得到了释放。

她们坐的这节车厢没什么人，很多座位都空着。盛柠塞着耳机，听着歌，安静地靠着车窗做文艺少女，盛诗檬却静不下来，兴奋地在车厢里走来走去。

列车又一次在一个经停站停靠，盛诗檬突然说："姐姐你看，好多军人。"

盛柠往外看去，外面果然站了很多穿着军绿色制服的男人，整齐地站成一列准备上车，个个身姿挺拔，站如松柏。

盛柠虽然是姐姐，但也不过是个才初中毕业的小女孩，不免多看了好几眼，可面上还是装作很淡定。

"所以呢？"盛柠平静反问，"军人有什么好稀奇的。"

盛诗檬说："很帅啊。"

"还好吧。"

盛柠嘴上扫着兴，眼睛却不自觉地停留在那些人身上。

看着气场十足，但都是些很年轻的面孔，其中，站在队首的是个特别高的男人，浓眉俊目，像明星一样好看。

没一会儿，车厢门打开，盛柠知道为什么她坐的这节车厢在前几站一直空着没其他人了，原来都是被这些人买了。

盛柠仰着脖子朝四周看了一圈，刚刚还空荡荡的车厢，这会儿已经被这些穿着制服的军人坐满，一下子显得拥挤起来。

而且这些人落座后也不说话，挺直了背坐着，让盛诗檬也莫名地不敢说话，只能凑到盛柠耳边说："怎么办啊？"

盛柠拿下耳机，一脸淡定地反问："什么怎么办？"

"气氛好严肃。"盛诗檬老实说，"我都不敢说话了。"

"那就别说话。"

盛诗檬被她的冷淡搞得有些伤心，幽怨地看了她一眼，不再说话。

旁边的人不说话了，盛柠抿抿唇，这才稍微安心了些。

她也不知道自己为什么莫名地有些慌，不过是碰巧跟这群穿军装的人坐同一节车厢，况且自己又没犯法。

盛诗檬看着窗外不出声，盛柠看了眼自己身边那个靠近过道的空座位，祈祷着那里千万别坐人。

然而怕什么来什么，最后一个上车的人在她旁边停下。

盛柠心猛地一跳，下意识抬眼，懵懂的眼眸撞上一双黢黑而冷淡的眸子。

是刚刚一眼注意到的那个个子很高的男人。

也是这时候，她才看清男人的长相。

周正俊朗，轮廓分明，以及和身上的军装一样硬挺的身姿。

看脸像电视剧里演军人的男明星，但气质肃穆，又确实是那种很传统的军人形象。

生怕自己的眼神冒犯到这位军人，盛柠赶紧低下了头。

男人也看了一眼自己邻座的小女孩，没说什么，低沉的嗓音响起，问的是其他人。

"都上车了吗？"

"都上车了，班长。"

被喊作班长的男人清点完人数，在座位上坐下了。

其他人进来的时候就注意到了，这个车厢里，除了他们之外还有两个小妹妹，而班长就坐在她们那一排。

好歹穿着制服，肯定不能跟未成年的小妹妹随便搭讪，其他人只能按捺不动，虽然个个坐得很直，但目光还是没忍住偷偷往这边瞥，想看看班长对座位被安排在两个小妹妹旁边做何反应。

很可惜，班长没什么表情，大方地径直坐下了。

盛诗檬在赌气，盛柠没空注意她的情绪，心里想着高铁开得怎么这么慢，到底什么时候才能到目的地。

安静了差不多半个小时，盛诗檬实在忍不住了，悄悄侧头去看盛柠，却发现盛柠的表情有些不对劲，眼眸闪烁，紧抿着唇，双腿也紧夹着，屁股小幅度地在座位上挪来挪去。

盛诗檬太懂了，她上课的时候想去厕所但是又不好意思跟老师说，打算在座位上憋到下课时的状态就是这样。

她掠过盛柠，看到了坐在最外面的男人。

男人虽然没用小桌板，但那两条腿实在太长了，结结实实挡住了路，盛柠想要起身去厕所，必须得要男人让一让才行。

盛诗檬突然扑哧一声笑了出来。

盛柠听到她笑，瞪了她一眼。

如果是平时，盛诗檬肯定会小心翼翼地问自己是不是做错了什么，但此刻，她只觉这个继姐也不过是个孩子罢了，旁边坐了个人高马大的男人，想去厕所连话都不敢说。

"姐姐。"盛诗檬喊盛柠。

盛柠没理会。

盛诗檬又拽了下盛柠，盛柠本来就憋得难受，很不耐烦。

"干什么？"

盛诗檬眨眨眼，无辜地问："你是不是想去厕所啊？"

盛柠倏地睁大眼睛，心事被戳穿让她的耳根迅速滚烫起来。

那个男人没听见吧？！

她赶紧回过头去，男人也正好侧过脸来，恰好看到被叫姐姐的小女孩脸上窘迫又惊恐的表情。

盛柠看到男人极其轻微地挑了挑眉。

下一秒，男人站起了身。

隔了条过道坐的人好奇地问："班长，去哪儿啊？"

男人语气平静："买瓶水。"

说完，男人走了。

盛诗檬一脸"幸运"的表情，对盛柠说："你可以去厕所了！"

进到厕所后，盛柠故作淡定的表情再也绷不住了。

哪儿有那么刚好，那个男人绝对！绝对！绝对听到了！

他只是用一个很轻描淡写的理由体贴又不动声色地让了位置而已。

盛柠就这样在厕所里待了很久，久到再不出去恐怕都要惹人怀疑是不是在厕所里装炸弹了，这才慢吞吞地挪出来。

回来时，她发现盛诗檬这个话痨不知怎的坐在了她的位置上，竟然跟那个男人聊上了。

盛诗檬一见她回来，打招呼道："姐姐你上完啦。"

盛柠脸色窘迫，上厕所这种事，怎么能当着一车厢男人的面就这么坦然地说出口？虽然她和盛诗檬的年纪差不多，但盛诗檬明显还是个小孩子的心理，而她已经是个懂得男女之别的少女了。

车厢里都是男人，她又不好说什么，只能闷闷地应了声。

盛柠一点也不好奇盛诗檬跟男人聊了什么，但她很快就知道了，因为高铁到站后，盛柠原本迫不及待就要拉着盛诗檬下车，男人叫住了她。

"小朋友。"

盛柠反应了好几秒，才惊觉男人是在叫她。

叫住她后，男人和同行的人说了些什么，然后脱离了队伍。

那群人在路过盛柠身边时，脸上是好奇且敬佩的笑容，还附带着七七八八的打趣声。

"小姑娘行啊，一个人带着妹妹来这么远的地方旅游。"

"我们班长很靠谱的，放心跟着他走吧。"

盛柠这下什么都懂了，怒瞪盛诗檬。"喂，你怎么什么都跟人说。"

盛诗檬挠挠鼻子，小声说："这个哥哥问我怎么没看到家长，我就说了。"

"他问你就说？那他问你家里有哪些人，你是不是要把族谱拿给他看？"盛柠无语，"万一他是坏人呢？"

"……长那么帅，又穿着军装，不可能是坏人吧。"

盛柠彻底没话说了。

几个小时的车程，盛诗檬在高铁上没去厕所，这会儿想去了，将书包扔给盛柠，飞奔去了厕所。

盛柠自己背着个大书包，手里又拎着盛诗檬的，瘦小的小女孩站在原地，前后两个大书包夹击，在旁人看来，有些笨拙，又很有趣。

男人就站在旁边，也不上前，就那么等着，直到一车人走得都差不多了，站台上只剩下几个零散的旅客。

她也不知道为什么这个男人还不走，但她跟盛诗檬不一样，她可不想跟这个男人聊天。

长那么高，冷着张脸，压迫感实在太强了，感觉他一只手就能把她拎起来，还是离远点为妙。

盛柠默默地往男人的反方向挪了挪。

男人眉眼淡然，走过来，开口道："你家长呢？"

盛柠盯着前方的铁路轨道，说："没家长。"

男人挑眉，问道："没家长是什么意思？"

"就是没有家长陪同的意思。"盛柠说。

男人轻呵一声："胆子挺大。"

是标准的燕城口音，让原本低沉正经的嗓音带上了戏谑的意味。

男人又说："待会儿跟我走吧。"

盛柠睁大眼，侧头看向男人。"那个，我们就出来旅个游，没有家长陪同，没犯法吧？"

男人说："嗯，不犯法，但不安全。"

盛柠不解地问："那我和我妹妹也不认识你，跟着你这个陌生人走，就安全了？"

男人微愣，面对小女孩的质疑，没说什么，从兜里掏出了一个证件本。

盛柠一看，是学生证，而且上面还有校徽和校名。

"我是军事大学大四的学生，这是我的学生证。"男人指尖挑动，冲她扬了扬证，"看看？"

盛柠没接。"学生证也是可以伪造的。"

办假证的多了去了。

吃了个闭门羹，男人收起学生证，慢悠悠地说："这个时候警惕性倒是高起来了。"

盛柠抿唇，抱着书包，一副把书包当成了精神支柱的模样。

男人淡漠的神色终于换成了无奈。"等着，我打个电话。"

几分钟后，盛诗檬回来了，男人也打完电话了。

"我已经联系了这片辖区的警察。"男人说，"不相信我没问题，总要相信警察叔叔。"

盛诗檬一脸蒙："为什么要找警察啊？我们又没犯法。"

"就非得是犯法了才能找警察吗？"男人看了眼盛诗檬，又转向盛柠，淡淡地说道，"你这个姐姐也是心大，没家长跟着，就敢带着妹妹来这么远的地方玩，要是遇上坏人了怎么办？"

盛柠知道男人的话没错，可她不愿承认。

十五岁的年纪，离成年没差几年，是最不想被大人教训，也最不愿意承认自己年纪小、不成熟的年纪。

更何况说她的还是一个素不相识的男人。男人的语气平静，可话里话外都在指责她做事不考虑后果，幼稚又鲁莽。

盛柠低着头，倒是盛诗檬替她反驳道："我姐姐很稳重的，跟着她出来玩，我放心。"

盛柠耳根一热，说她稳重，在盛诗檬面前尚且能装一装，在成年男人面前，简直不值一提。

果然，男人黢黑眼眸微眯，瞥了眼一脸稚嫩的盛柠，语气平稳道："你姐姐再稳重，在我眼里也是个小朋友。"

盛柠："……我已经十五岁了。"

"我外甥女，今年已经十七岁了。"男人扯了扯唇道，"还爱买芭比娃娃。"

言下之意就是十七岁的人都还这么幼稚，更何况你。

一棒子直接打死了所有这个年龄段自诩成熟的女孩子。

盛柠没话说了。

之后警察来了，让盛柠联系家长，盛柠不想让盛启明和石屏知道她是独自带着盛诗檬来燕城玩的，否则没完没了，于是她向警察报了宁青的号码。

远在沪市的宁青在得知情况后对盛柠一通教育，赶紧让司机买了最快飞燕城的机票，接她们回家。

在司机来之前，警察暂时将她们安排在派出所附近的宾馆住下，还特意安排了个女警察带着她们。

警察安排好了一切，男人这才离开。

在派出所又坐了一会儿，警察拿来了一袋子零食给她们。

以前以为派出所都是坏人才能来的地方，没想到她们来了这里，居然还有零食吃。

盛柠不好意思要，警察却说："这是你们在高铁上遇到的那个哥哥给你们买的零食，这些零食你们小孩不吃，我们大人也不爱吃啊，吃吧，别客气。"

盛诗檬哇了一声，冲盛柠感叹："姐姐，那个哥哥人真好。"

盛柠看着这一袋子的零食，有很多糖和饼干，大都是甜的东西，一看就能猜到男人根本不知道现在最受欢迎的零食是什么，完全是按照几岁小朋友的标准买的。

很古板的行为，但莫名暖心。

但盛柠不知道，男人之所以这么买，是因为他那个外甥女平时就喜欢吃这些，所以是按照她的口味给俩小女孩买的零食。

盛柠问道："那个哥哥呢？"

警察说："走了，回学校了。没有家长陪着，小朋友来这么远的地方旅游真的很危险的，还好你们碰上了那个大哥哥，下次可不许这样了。"

还没来得及跟人说谢谢，人就走了。

她也只知道那个男人是军事大学的学生，连他叫什么都不知道。

早知道他给自己看学生证的时候，就翻开看一看了。

司机来燕城后，经宁青授意，短暂地给她们充当了几天的临时家长，带着她们去了燕城的很多景点。

在燕城的最后一天，凌晨三点，司机带着两个小女孩到广场上看升旗。

天空还带着夜晚的颜色，广场上已经排了很多人，盛诗檬爱看热闹，拉着盛柠和司机以百米冲刺的速度，挤在了人群的最前面，离升旗台很近，视野极佳。

等待的间隙，天渐渐亮起来。终于到时间后，人群中发出此起彼伏的呼喊声和惊叹声。

仪仗队踏着整齐的步伐，有条不紊地朝升旗台走去。

盛柠看到了整齐划一的队伍中最前排，那个拿着旗帜，站在两个护旗手中间的男人。

她目不转睛。

正式而挺括的军礼服，绿意庄重，与麦穗绶带相映，金色肩章光华流转，帽檐压在眉上一个刚刚好的位置，露出他年轻周正的俊朗面容。

队伍气势十足，男人来到升旗台前立定，不多时，长手一挥，鲜红的国旗在空中扬出漂亮的弧线，激昂的国歌前奏响起，男人双腿并拢，直直地站立在旗杆前，昂然扬头，右臂两肩呈一线，比出标准的敬礼姿势。

时间刚刚好，旗帜升上顶端的那一刻，无垠的天空中升起一轮初日。广场上的观众们都被这幅景象折服了。

盛柠也看愣了。

不单单是为升旗，也不单单是为这正好的日出景象。

宽阔的广场，肃穆的红色城门，阳光下迎风飞扬的旗帜，以及旗帜下始终笔挺立正的年轻军人。

她从来没觉得，自己的情绪能够这么澎湃，也从来没有这么向往过一座城市，一座繁华、同时又历史悠久的城市。

她发誓一定要好好学习，然后来这座城市求学。

此时与她汹涌的内心成反比的是她文静的外表，然而外放的盛诗檬却替她说出了她的想法。

"好帅啊！"盛诗檬显然也看到了男人，她拽着盛柠的袖子，在人群中兴奋地亮着双眼，"姐姐你看到了吗？班长哥哥真的好帅！"

盛柠的脸有些热，不知道是因为盛诗檬太大声了让她有些丢脸，还是因为盛诗檬说出了她内心所想。

升旗仪式结束，仪仗队准备退场，盛诗檬站在人群的最前面，扶着栏杆，抓住最后的机会。

"哥哥！班长哥哥！"

盛诗檬大喊着。

男人跟随着仪仗队的队伍，没有偏头，深沉的眼神却偏了过来。

比起吵闹的妹妹，那个文静的小女孩眼里明明写着一万分的兴奋，一双明净的瞳孔亮到不行，却仍旧不忘矜持地抿着唇，姐姐样十足地牵着妹妹，防止妹妹被人群冲散。

但下一秒，矜持的小女孩抬起手，用力朝他挥。

"谢谢！"

盛柠的视力很好，纵使她挤在人堆里，纵使她跟这个男人之间隔了很远的距离，但她似乎能看见他很轻地笑了笑，冷峻的眉眼也柔和了几分。

是成熟高大的军人对小女孩的善意，也是本地人对游客的欢迎。

好似在说：

"不客气，小朋友。"

"欢迎以后再来燕城玩。"

后来盛柠如愿考上了燕城的大学，再后来盛诗檬也考上了燕城的大学，她们和同学约着来看过几次升旗，却再也没碰上过那个男人。

也是，都好几年了，那个班长哥哥早毕业了，怕是早就升了军衔，去往别处。

而且时间太久，她们也早就忘了那个男人的长相，只记得他穿军装的样子，真的很帅，很有气势。

她们都默契地没再提起那时的事，也默契地将那个人当成了人生长河中，无数擦肩而过的普通过客之一。

毕竟人活这一辈子，会遇到的人太多了。

直到盛诗檬大三这年，她因为盛柠在燕城买房子的愿望，知道了兴逸集团，了解到了温衍这个男人。

一开始是觉得如果能在公司和总裁发生点什么一定很刺激，也是一种自我挑战，但无奈这个温总裁实在太难搞，最后盛诗檬只能退而求其次，改追总裁他弟。

盛诗檬对温衍的执念，与其说是情场高手的好胜心，不如说是因为深受偶像剧和言情小说茶毒，而产生的不切实际又梦幻的总裁情结。

尤其是在得知温征他哥是军校出身后，盛诗檬对温衍的兴趣更是到达了一个峰值。就连在盛柠面前，她也毫不掩饰这种兴趣。

盛诗檬第一次跟盛柠提起温衍，是这样描述的："再加上，他哥是真的长得好帅，不光是长相，温征说他哥在继承家业前，是从军校毕业的，他还给我看过他哥那时候的军装照，阅兵式姐你看过吧？"

而那时候的盛柠正因为学业的事烦心，对男人兴趣缺缺，心里却在想，盛诗檬这个军装情结还真是，自从十三岁那年起，就再也没消退过了。

看来那个班长哥哥的帅气，带给盛诗檬的影响真的很深远。

不过，现在温衍已经是盛诗檬的姐夫了，盛诗檬再有情结，也不能往姐夫身上使劲。

于是只能打温征的主意。

温征是个很会取悦女朋友的男人，盛诗檬有总裁情结，这个好满足，他自己好歹也是个小温总，但制服情结……

在网上买了几套制服，效果都不太好，温征无奈，问盛诗檬到底喜欢哪样的制服。

盛诗檬说："正儿八经的真制服，你那些都是 cosplay（角色扮演）玩的。"

温征笑了："姑奶奶，真制服能让你玩吗？"

他说是这么说，但却想到了自己亲哥。

他亲爱的哥哥温衍，可不就有正儿八经的制服吗？

温征委婉地对温衍提了一嘴，果然被温衍骂了一顿，再不敢提制服的事。

温衍不但骂了温征一顿，晚上回家之后，又对盛柠说道："你们姐妹俩到底有什么毛病？"思想正派的温衍是真的很不理解："我的制服是能拿来给你们玩的吗？"

盛柠很无辜。"你弟问你借制服讨好我妹，关我什么事？"

"上梁不正下梁歪这话听过没？"温衍用力刮了下她的鼻子，语气带着点狠，道，"妹妹不正经，多半也是姐姐带坏的。"

盛柠反驳："真不关我的事好吧？盛诗檬不正经，都是那个班长的错。"

温衍问："什么班长？"

盛柠三言两语说了那段往事，她的表达能力没话说，那么久远的过往，几句话就总结了，听得温衍沉默下来，开始深思。

十年前的暑假，在沪市去往燕城的高铁上。

军事大学的大学生。

以及两个没家长的小女孩。

他穿军装的那些年，遇到过的人数不胜数，也帮过不少人，有抱着婴儿的母亲，有行动不便的老者，也有走失的孩子。

温衍突然笑了。

盛柠脸色微窘。"你笑什么？"

"没什么。"温衍收敛表情，平静地问，"所以就因为那个人，你才这样？"

盛柠否认："喂，我可没有，是盛诗檬有。"

温衍似笑非笑道："哦，你没有，你之前也撺掇我把以前的制服找出来穿给你看干什么？还是我正经说了你一顿，你才打消这念头。"

"……"盛柠嘴硬道，"有怎么了？你也不过是那个人的替身罢了。"

见温衍还是没什么反应，眼里笑意反而愈来愈浓，盛柠继续刺激他："那个班长真的很帅，帅得惊为天人，比你还帅。"

男人就这样挑着眉听她夸赞十年前还在军校念大四的自己是多么地英俊帅气，那时因为学校安排，他短暂地当过一段时间的升旗手，在当时的小女孩心中留下了多么伟岸的军人形象。

盛柠说："要不是那个时候我年纪小，我肯定就对他一见钟情了，说不定我和他——"

温衍打断，嗤道："想多了，你那时候才多大，他看不上你的。"

盛柠说："……你一天不损我会死吗？你夸我一句能死吗？"

温衍笑了，从善如流道："但他现在肯定能看上你。"接着，他意有所指地点了点她的脸："毕竟我们盛小姐现在这么漂亮，又这么优秀。"

盛柠瞬间起了一身的鸡皮疙瘩。

她赶紧摆手，一脸受不了地说："算了，我还是比较习惯你损我的样子，你恢复一下吧。"

面对她的调侃，温衍难得没有回呛，仍旧在笑。

真难伺候，跟那时候一样。

高铁上随手捡到的小朋友，竟成了他枕边的爱人。

先不揭穿吧，反正越晚揭穿，她越丢脸。

他乐见其成。

图书在版编目（CIP）数据

你是不是想赖账：完结篇 / 图样先森著 . —— 长沙：湖南文艺出版社，2024.4
ISBN 978-7-5726-1560-3

Ⅰ.①你… Ⅱ.①图… Ⅲ.①长篇小说—中国—当代
Ⅳ.①I247.5

中国国家版本馆 CIP 数据核字（2024）第 013040 号

上架建议：畅销·青春文学

NI SHI BU SHI XIANG LAIZHANG：WANJIE PIAN
你是不是想赖账：完结篇

著　　者：图样先森
出 版 人：陈新文
责任编辑：张子霏
监　　制：毛闽峰
策划编辑：史振媛
特约编辑：孙　鹤
营销编辑：刘　珣　焦亚楠
封面设计：费　且
版式设计：梁秋晨
插图绘制：小石头　阿　布　衿　夏
出　　版：湖南文艺出版社
　　　　　（长沙市雨花区东二环一段 508 号　邮编：410014）
网　　址：www.hnwy.net
印　　刷：北京天宇万达印刷有限公司
经　　销：新华书店
开　　本：680 mm × 955 mm　1/16
字　　数：459 千字
印　　张：24.5
版　　次：2024 年 4 月第 1 版
印　　次：2024 年 4 月第 1 次印刷
书　　号：ISBN 978-7-5726-1560-3
定　　价：52.80 元

若有质量问题，请致电质量监督电话：010-59096394
团购电话：010-59320018